KB021349

「한문, 원본」을 주해·풀이한

삼국유사

三國遺事

[신라 초략본]

일연(1206~1289) 원저

정민호 현토·주해

문경현(경북대학교 명예교수) 본문 감수

明文堂

감수의 글

문경현(문학박사 · 경북대 명예교수)

동경(東京) 옛 도읍지에서 다년간 한문교육을 하고 계시는 정파(丁巴) 정민호(鄭旼浩) 선생이 그 한문 교재로 『삼국유사』의 초략본(抄略本)을 만드셨다. 『삼국유사』는 우리가 잘 아는 바와 같이, 민족 최고(最古)의 서사시인 『삼국사기』와 쌍벽을 이루는 우리 민족의 보전(寶典)이다. 이 책은 13세기 보각국사 일연(一然)이 지은 야사(野史)로서, 국사, 민속학, 국어학, 불교학, 신화와 전설의 연구에 지보(至寶)하고도 귀중한 걸작이다.

정 선생이 이를 한문 교재로 삼고자 친절하고 자상하게 현토 주해하고 번역하여 신라사를 중심으로 소중한 내용을 망라한 것은 그 취사선택에 있어 참으로 절묘한 안배라 할 수 있다. 한문 교재로서 이보다 더 좋은 것이 있을 수 있을까? 풍부하고 흥미진진한 민족문화의 전승에 관한 설화는 독자를 매료하고도 남음이 있다 할 것이다. 우리는 전통문화와 한문 공부를 겸하여 섭취, 학습할 수 있어 교재로서 가치는 이 이상의 재언이 불필요할 것이다.

정 선생은 우리가 살고 있는 현대에서 보기 드문 한학의 대가이시고 훌륭한 시인이다. 그보다 선생의 고결한 인품은 만인의 존경을 받고 계신다. 선생이 전번에 『삼국사기』를 훌륭하게 역주하여 세상에 내놓아 경향 각지의 열렬한 환영을 받은 바 있다. 그때도 내가 정 선생의 책을 감수하고 감복한 바 있었다.

이번에도 나에게 감수와 서문을 부탁하기에 사양할 수 없어 맡게 되었다. 나에게 감수를 부탁하여 맡기게 된 것은, 내가 바로 신라사를 전공하는 역사가이기 때문이다. 내가 무슨 감수할 위치에 있는 것도 아니다. 외람되어 한안불금(汗顔不禁)이 솔직한 심정이다.

정파(丁巴) 선생을 평소에 존경해 오던 터라 선생의 역작을 일독하니 정말로 옷깃을 여미게 한다. 이 훌륭한 번역의 좋은 책을 신라의 후예인 우리 국민들에게 읽히고 싶다는 마음이 우러난다. 겨레 여러분께 진심으로 일독을 권고하고, 이런 좋은 책을 만들어주신 정 선생께 고마움을 전하며 아울러 선생의 청복을 비는 바이다.

2019년 입춘의 계절에
작소운향재(鵲巢芸香齋)에서 문경현이 짓다

이 책을 읽는 분들께

삼국유사 신라 초략본을 만들었다.

이것은 원본을 가지고 한문 공부를 하기 위함이다. 삼국사기나 삼국유사는 한문으로 된 역사서다. 이 역사서를 원전 그대로 읽는다는 것은 한문 공부에 큰 도움이 될 뿐 아니라 역사 공부도 된다는 일거양득의 효과를 노린 것이다. 그것이 무슨 책이든 원본으로 읽어야 그 맛을 확실하게 느낄 수 있기 때문이다.

아시다시피 이 삼국유사는 일연 스님의 소작(所作)이다. 이 속에는 삼국의 야사가 고스란히 담겨있을 뿐 아니라 설화나 사찰에 전해 내려오는 숨은 이야기가 그대로 실려 있는 문화사적 보고다. 더구나 14수의 신라 향가가 모두 향찰로 표기되어 전해 내려온다는 것은 더할 수 없는 반가운 일이며 길이 빛나는 우리의 문학적 유산이다.

요즈음 한문에 대한 관심이 어느 때보다 큰 것 같다. 여기에 부응하기 위해 원문을 현토(懸吐)하고 ❙어려운 낱말❙과 ❙본문풀이❙를 달아서 혼자서 공부하는 데 도움이 되게 했다. 삼국유사 전부를 게재

하지 않고 신라 초략본(新羅抄略本)을 만든 것은 홍법(興法)과 탑상(塔像)에 관한 내용이 신라 것이 절대적이기 때문이며 설화의 역사적 배경이 신라에 있었기 때문이다. 그러나 단군 건국신화나 삼국의 건국신화, 삼한건국, 가락국기 등 건국설화의 역사적 배경이 된 내용만은 선택하여 앞에 싣게 되었다.

이러한 나의 작업을 처음부터 지켜보던 사학자요 한문학자인 문경현 교수께서 기꺼이 감수를 맡아 주시고 서문까지 써 주셨다. 감수를 맡아주신 문경현 교수께 고마움의 뜻을 전한다. 내가 그분을 좋아하고 존경하는 것은 사학자이기 이전에 한문학의 큰선비이기 때문이다.

이러한 나의 작업이 헛되지 않게 많은 사람들이 이 책을 접하여 공부할 수 있다면 더 큰 영광은 물론, 이보다 다행함이 또한 없을 것이다.

많은 사람들의 관심과 양해 있으시길 바라 마지않는다.

2019년 3월 정파(丁巴) 정민호(鄭旼浩)

목차

제2편 奇異(기이) ❷

제3편 興法(흥법) · 塔像(탑상)

제4편 義解(의해) · 感通(감통) · 避隱(피은) · 孝善(효선)

제5편 跋(발)

제1편

奇異(기이) ❶

紀異(기이) 第一(제일)

敍曰, 大抵,古之聖人은 方其禮樂으로 興邦하고
서 왈 대 저 고 지 성 인 방 기 예 악 흥 방
仁義로 設教하다. 則,怪力亂神은 在所不語니라 然
인 의 설 교 즉 괴 력 난 신 재 소 불 어 연
이나 而,帝王之,將興也에 膺,符命과 受,圖籙하여
이 제 왕 지 장 흥 야 응 부 명 수 도 록
必有以,異於人者이니 然後에 能乘大變하고 握,大
필 유 이 이 어 인 자 연 후 능 승 대 변 악 대
器하여 成,大業也니라 故로 河出圖하고 洛出書하여
기 성 대 업 야 고 하 출 도 낙 출 서
而,聖人作하니라. 以至,虹繞神母하여 而,誕羲하고
이 성 인 작 이 지 홍 요 신 모 이 탄 희
龍이 感,女登하여 而,生炎하고 皇娥가 遊,窮桑之野
용 감 녀 등 이 생 염 황 아 유 궁 상 지 야
할새 有,神童하니 自稱,白帝子라 하여 交通而生,小
유 신 동 자 칭 백 제 자 교 통 이 생 소
昊하고 簡狄呑卵하여 而生契하고 姜嫄은 履跡而,
호 간 적 탄 난 이 생 설 강 원 이 적 이
生棄하고 胎孕,十四月에 而,生堯하고 龍交大澤하
생 기 태 잉 십 사 월 이 생 요 용 교 대 택
여 而生,沛公하니라. 自此而降을 豈可殫記리오. 然
이 생 패 공 자 차 이 강 기 가 탄 기 연
則, 三國之,始祖가 皆發乎,神異하니 何足怪哉리
즉 삼 국 지 시 조 개 발 호 신 이 하 족 괴 재
오? 此,紀異之를 所以漸,諸篇也는 意在斯焉이니
차 기 이 지 소 이 점 제 편 야 의 재 사 언
라.

| 어려운 낱말 |

[敍] : 펴다(서). [大抵(대저)] : 대개. [興邦(홍방)] : 나라를 일으킴. [設敎(설교)] : 백성을 가르침. [怪力亂神(괴력난신)] : 괴상한 능력이나 어지러운 귀신에 관한 일. [膺] : 받다(응), 가슴(응). [符命(부명)] : 천자가 되라는 하늘의 명령. [圖籙(도록)] : 앞으로의 길흉을 예언한 기록. [河圖(하도)] : 복희시대 황하에서 나왔다는 팔괘. [洛書(낙서)] : 중국 상고 우(禹)시대에 낙수에서 나온 거북등에 있었다는 글씨. [神母,羲,女登,炎,皇娥,白帝子(신모,희,여등,염,황아,백제자)] : 고대 중국의 삼황오제 시대의 전설적인 인물들. [小昊(소호)] : 태고의 제왕으로 황제(黃帝)의 아들. [沛公(패공)] : 중국 한나라를 창건한 인물. [殫記(탄기)] : 모두 다 기록하다. [漸] : 적시다(점). 싣다. [諸篇(제편)] : 책의 첫머리.

| 본문풀이 | 〈기이(紀異) 제1〉

이 책의 서문에 피력하여 말하기를, 대개 옛날의 성인(聖人)들은 바야흐로 예악(禮樂)을 가지고 나라를 흥하게 했고, 인의(仁義)를 가지고 백성들을 가르쳤다고 했다. 그래서 괴력(怪力)이나 난신(亂臣)에 대해서만은 말하지 않았다. 그러나 제왕(帝王)이 장차 일어날 때에는 반드시 부명(符命)을 얻고 도록(圖籙)을 받게 되었기 때문에 보통 사람과는 다른 점이 있게 마련이니 그런 뒤에라야 큰 변화의 틈을 타서 대기(大器)를 잡아 대업을 이룰 수가 있었던 것이다. 그러므로 황하에서 하도(河圖)와 낙서(洛書)가 나와서 성인(聖人)이 일어났던 것이다. 무지개가 신모(神母)의 몸에 둘러서 복희(伏羲)를 낳았고, 용이 여등(女登)에게 감접(感接)하여서 염제(炎帝)를 낳았고, 황아(皇娥)가 궁상(窮桑)의 들판에서 노는데 자

칭 백제(白帝)의 아들이라고 하는 신동(神童)이 와서 황아와 교접하여 소호(少昊)를 낳았고, 간적(簡狄)은 알 하나를 삼켜서 설[契]을 낳고, 강원(姜嫄)은 한 거인(巨人)의 발자취를 밟고서 기(棄)를 낳았다고 한다. 요(堯)의 어머니는 잉태한 지 14개월 만에 요(堯)를 낳았고, 패공(沛公)의 어머니는 큰 연못에서 용과 교접하여 패공(沛公)을 낳았다고 했다. 이와 같은 일을 어찌 다 기록할 수가 있으랴. 그런 까닭에서 삼국(三國)의 시조가 모두 신이(神異)한 데서 출발했으니, 어찌 꼭 괴이한 것이라 하겠느냐? 이같이 기이한 것을 책의 첫머리에 싣는 것은 그 뜻이 여기에 있기 때문이다.

古朝鮮(고조선), 王儉朝鮮(왕검조선)

魏書에 云하되 乃往,二千載에 有,檀君王儉하여
위서 운 내왕이천재 유단군왕검

立都,阿斯達[經云, 無葉山이라 하고 亦云, 白岳이라 하여 在,
입도아사달

白州地하고 或云,在開城東이라 하니 今,白岳宮이 是라 하다.]하여 開國號를 朝鮮이라 하니 與堯로 同時라. 〈古記〉
개국호 조선 여요 동시 고기

에 云하되 昔에 有,桓因[謂帝釋也]의 庶子,桓雄이 數意
운 석 유환인 서자 환웅 삭의

天下하여 貪求人世어늘 父知子意하고 下視,三危
천하 탐구인세 부지자의 하시삼위

太伯하니 可以,弘益人間이라. 乃授,天符印,三箇하
태 백　가 이 홍 익 인 간　내 수 천 부 인 삼 개

여 遣往理之하다. 雄이 率徒三千하여 降於,太伯山
견 왕 이 지　웅　솔 도 삼 천　강 어 태 백 산

頂[卽,太伯,今妙香山] 神壇樹下하여 謂之神市라 하니
정　신 단 수 하　위 지 신 시

是謂,桓雄天王也라. 將,風伯,雨師,雲師하고 而,主
시 위 환 웅 천 왕 야　장 풍 백 우 사 운 사　이 주

穀,主命,主病,主刑,主善惡하여 凡主,人間,三百六
곡 주 명 주 병 주 형 주 선 악　범 주 인 간 삼 백 육

十餘事하여 在世理化하다. 時에 有,一熊一虎하여
십 여 사　재 세 이 화　시　유 일 웅 일 호

同穴而居하고 常祈于,神雄하여 願化爲人이라. 時
동 혈 이 거　상 기 우 신 웅　원 화 위 인　시

에 神이 遺,靈艾一炷와 蒜,二十枚曰, 爾輩食之하
신　유 영 애 일 주　산 이 십 매 왈　이 배 식 지

고 不見,日光百日이면 便得人形하리라 熊虎得而,
불 견 일 광 백 일　변 득 인 형　웅 호 득 이

食之하고 忌,三七日하여 熊得,女身하고 虎,不能忌
식 지　기 삼 칠 일　웅 득 녀 신　호 불 능 기

하여 而不得,人身하다. 熊女者는 無與爲婚이라 故
이 부 득 인 신　웅 녀 자　무 여 위 혼　고

로 每於,壇樹下에 呪願,有孕하니 雄乃,假化以,婚
매 어 단 수 하　주 원 유 잉　웅 내 가 화 이 혼

之하여 孕,生子하니 號曰, 檀君王儉이라 하니 以,唐
지　잉 생 자　호 왈　단 군 왕 검　이 당

高[唐堯]로 卽位,五十年,庚寅[唐高卽位한 元年이 戊辰이니
고　즉 위 오 십 년 경 인

則,五十年丁巳는 非庚寅也라. 疑其未實이라.]이라. 都,平壤城
도 평 양 성

[今西京]하고 始稱,朝鮮이라 하다. 又,移都於,白岳山,
시 칭 조 선　우 이 도 어 백 악 산

阿斯達하니 又名,弓忽山이요 又,今彌達이라 하니
아 사 달 우 명 궁 홀 산 우 금 미 달

御國,一千五百年이러라. 周武王,卽位,己卯에 封,
어 국 일 천 오 백 년 주 무 왕 즉 위 기 묘 봉

箕子於,朝鮮하니 檀君은 乃移於,藏唐京이라가 後
기 자 어 조 선 단 군 내 이 어 장 당 경 후

還,隱於,阿斯達하여 爲,山神하니 壽,一千九百八歲
환 은 어 아 사 달 위 산 신 수 일 천 구 백 팔 세

라 하다. 唐의 裵矩傳에 云하되 高麗는 本,孤竹國[今
당 배 구 전 운 고 려 본 고 죽 국

海州]이니 周가 以封,箕子하여 爲,朝鮮하고 漢이 分
주 이 봉 기 자 위 조 선 한 분

置,三郡하니 謂,玄菟,樂浪,帶方[北帶方]이라 하다. 〈通
치 삼 군 위 현 도 낙 랑 대 방 통

典〉에도 亦同此說하다.[漢書則,眞,臨,樂,玄,四郡으로 今云,
전 역 동 차 설

三郡하니 名又不同은 何耶오.]

| 어려운 낱말 |

[魏書(위서)] : 중국의 역사서. 24서의 하나. [乃往(내왕)] : 지금부터. [阿斯達(아사달)] : 황해도 구월산의 옛 지명. [古記(고기)] : 신라의 고문헌인 해동고기, 삼한고기, 신라고기 등을 말함. [三危太伯(삼위태백)] : 황해도 구월산을 가리킴. *문경현 교수는 西危東伯이라 했음. 그리고 檀을 壇으로 표기한다고 함. [弘益人間(홍익인간)] : 인간에게 널리 이익을 줄만하다. [天符印(천부인)] : 하늘이 임금 될 자에게 준 표적. [靈艾(영애)] : 신령스런 쑥. [一炷(일주)] : 한 다발. [蒜] : 마늘(산). [爾輩(이배)] : 너희들은. [呪願有孕(주원유잉)] : 아들 낳기를 빌었다. [高(고)] : 고려의 정종의 이름자를 피하여 요(堯)를 고(高)로 함. [御國(어국)] : 나라를 다스림. [矩] : 법도(구), 굽은 자(구). [裵矩傳(배구전)] :

「당서」 '열전' 에 실린 당나라 창건 초기의 학자 배구(裵矩)의 전기. [菟] : 호랑이(도), 새삼(토). [通典(통전)] : 중국의 정전(政典) 서적. 당(唐)나라 두우(杜佑)가 찬(撰)한 것으로 상고로부터 현종(玄宗)까지 모든 제도를 연역적(演繹的)으로 통관(通觀)한 책.

| 본문풀이 | 〈고조선(古朝鮮) : 왕검조선(王儉朝鮮)〉

〈위서(魏書)〉에 이르기를, 지금으로부터 2천여 년 전에 단군왕검이 있어서 그는 아사달에【阿斯達 ; 경(經)에는 무섭산(無葉山)이라 하고, 또는 백악(白岳)이라고도 하는데 백주(白州)에 있었다. 혹은 또 개성(開城) 동쪽에 있다고도 한다. 이는 바로 지금의 백악궁(白岳宮)이다.】 도읍을 정하고 새로 나라를 세워 국호(國號)를 조선(朝鮮)이라고 하였으니 요(堯)로 더불어 같은 시기라 하였다. 〈고기(古記)〉에는 이르기를, 옛날에 환인【桓因 ; 제석(帝釋)을 말함.】의 서자(庶子) 환웅(桓雄)이 자주 천하를 가질 뜻을 두어 사람이 사는 세상을 탐내거늘, 그 아버지가 아들의 뜻을 알고 삼위태백산(三危太伯山)을 내려다보니 인간들을 널리 이롭게 해줄 만했다. 이에 천부인(天符印) 세 개를 주어 인간(人間)의 세계를 다스리게 했다. 환웅(桓雄)이 무리 3천여 명을 거느리고 태백산(太伯山) 정상(頂上)【곧 태백산(太白山)은 지금의 묘향산(妙香山)】에 있는 신단수(神壇樹) 밑에 내려와서 이곳을 신시(神市)라 하니, 이가 곧 환웅천왕(桓雄天王)이라고 이른다. 그는 풍백(風伯), 우사(雨師), 운사(雲師)를 거느리고 곡식, 수명(壽命), 질병(疾病), 형벌(刑罰), 선악(善惡) 등을 주관하고, 모든 인간의 360여 가지 일을 주관하여 세상을 다스리어 백성을 교화(敎化)했다. 이때 범 한 마리와 곰 한 마리가 같은 굴속에서 살고 있었는데, 그들은 항상 환웅(桓雄)에게 빌어 사람이 되기를 원했다. 이때 신이 신령스러운 쑥 한 줌과 산마늘 20개를 주면서 말하기를, 「너희들이 이것을 먹고 백일동안 햇빛을 보지 않으면 곧 사람이 될 것이라.」고 했다. 이에 곰과 범이 이것을 받아서 먹고 3, 7일(21일) 동안 조심했더니, 곰은 여자의 몸으로 변했으나 범은 조심을 하지 못해서 사람의 몸으로 변하지 못했다. 웅녀(熊女)는 혼인을 할 수 없었기에 신단수〔神壇(檀)樹〕 아래서 잉태하기를 비니, 환웅이 잠시 거짓 변신하여 그와 혼인했더니 이에 잉태해서 아들을 낳았다. 그 아기의 이름을 '단군왕검' 이라 했으니, 단군왕검은 당고(唐高)가 즉위한 지 50년인 경인년【庚寅年 ; 요(堯)가 즉위한 원년(元年)은 무진(戊辰)년이다. 그러니 50년은 정사(丁巳)요, 경인(庚寅)은 아니다. 이것이 사실이 아닌지 의심스럽다.】에 평양성【平壤城 ; 지금의 서경(西京)】에 도읍하여 비로소 조선(朝鮮)이라고 불렀다. 또 도읍을 백악산(白岳山) 아사달(阿斯達)로 옮기더니 이름을 궁홀산【弓忽山 ; 일명 방홀산(方忽山)】이라고도 하고 금미달(今彌達)이라고도 하니, 그는 1천5백 년 동안 여기에서 나라를 다스렸다. 주(周)나라 무왕(武王)이 즉위한 기묘(己卯)년에 기자(箕子)를 조선(朝鮮)에 봉했으니, 이에 단군은 장당경(藏唐京)으로 옮겼다가 뒤에 돌아와서 아사달(阿斯達)에 숨어서 산신(山神)이 되었으니, 나이는 1천9백8세였다고 했다.

당나라의 〈배구전(裴矩傳)〉에 전하기를, 고려(高麗)는 원래 고죽국【孤竹國 ; 지금의 해주(海州)】이니, 주(周)나라가 기자(箕子)를 봉해줌으로써 조선(朝鮮)이라 했고, 한(漢)나라에서는 세 군(郡)으로 나누어 두었으니 이것은 곧 현도(玄菟), 낙랑(樂浪), 대방(帶方 ; 北帶方)이라고 했다. 〈통전(通典)〉에도 역시 이 말과 같다.【漢書에는 진번(眞番), 임둔(臨屯), 낙랑(樂浪), 현도(玄菟)의 4郡으로 되어 있다. 그런데 여기에는 3郡으로 되어 있고, 그 이름도 같지 않으니 무슨 까닭인가?】

衛滿朝鮮(위만조선)

1 前漢, 朝鮮傳에 云하되 自始燕時로 常略하여
전 한 조 선 전 운 자 시 연 시 상 략

得,眞番,朝鮮하여[師古日, 戰國時에 (燕)因始略하여 得此地
득 진 번 조 선

也라.] 爲,置吏築障이러니 秦滅燕하고 屬,遼東外徼
위 치 리 축 장 진 멸 연 속 료 동 외 요

하다. 漢興에 爲遠難守하여 復修,遼東,故塞하고 至,
한 흥 위 원 난 수 부 수 료 동 고 새 지

浿水爲界하여[師古日, 浿는 在,樂浪郡이라.] 屬燕하다. 燕
패 수 위 계 속 연 연

王盧綰이 反入匈奴하니 燕人,魏滿이 亡命하여 聚
왕 노 관 반 입 흉 노 연 인 위 만 망 명 취

黨,千餘人하여 東走出塞하여 渡,浿水하여 居秦,故
당 천 여 인 동 주 출 새 도 패 수 거 진 고

空地에 上下障하다. 秒役하여 屬,眞番,朝鮮蠻夷와
공 지 상 하 장 초 역 속 진 번 조 선 만 이

及故,燕齊,亡命者하여 王之하고 都,王儉(險)[王儉을
급 고 연 제 망 명 자 왕 지 도 왕 검

李寄曰, 地名이라 하고 臣瓚曰, 王儉(險)城은 在,樂浪郡,浿水之東

이라 하다.]하다. 以,兵威로 侵降,其旁小邑하니 眞番,
이 병 위 침 항 기 방 소 읍 진 번

臨屯이 皆來服屬하여 方,數千里라 傳子,至孫,右渠
임 둔 개 래 복 속 방 수 천 리 전 자 지 손 우 거

[師古曰, 孫名이 右渠라.]하여 眞番,辰國이 欲,上書하여
진 번 진 국 욕 상 서

見,天子하나 雍閼不通하다.[師古曰, 辰은 謂,辰韓也라.]
견 천 자 옹 알 불 통

* 위에서 '儉을 險'으로의 기록은 문경현 교수의 학설임.

② 元封,二年에 漢使,涉何,諭,右渠하니 終不肯,
원 봉 이 년 한 사 섭 하 유 우 거 종 불 긍

奉詔하다. 何去,至界하여 臨,浿水하니 使,馭刺하여
봉 조 하 거 지 계 임 패 수 사 어 자

殺送何者하여 朝鮮裨王長하고[師古曰 送何者名也] 卽,
살 송 하 자 조 선 비 왕 장 즉

渡水하여 馳入塞하여 遂歸報하다.
도 수 치 입 새 수 귀 보

③ 天子가 拜何하여 爲,遼東之東部都尉하니 朝
천 자 배 하 위 료 동 지 동 부 도 위 조

鮮怨何하고 襲攻殺何하다. 天子가 遣,樓舡將軍,楊
선 원 하 습 공 살 하 천 자 견 루 강 장 군 양

僕하여 從齊로 浮,渤海하니 兵,五萬이요, 左將軍,荀
복 종 제 부 발 해 병 오 만 좌 장 군 순

彘,出遼하여 討右渠하니 右渠는 發兵距嶮하다. 樓
체 출 요 토 우 거 우 거 발 병 거 험 누

船將軍,將齊七千人이 先到,王儉하니 右渠城守하
선 장 군 장 제 칠 천 인 선 도 왕 검 우 거 성 수

고 規知,樓船軍小하고 卽,出擊樓船하니 樓船敗走
규 지 누 선 군 소 즉 출 격 루 선 누 선 패 주

하다 僕失重하고 遁,山中獲免하다. 左將軍이 擊,朝
복 실 중 둔 산 중 획 면 좌 장 군 격 조

鮮浿水,西軍하여 未能破하다.
선 패 수 서 군 미 능 파

④ 天子,爲,兩將,未有利하여 乃使衛山하여 因兵
천 자 위 양 장 미 유 리 내 사 위 산 인 병

威하여 往諭右渠하니 右渠請降하고 遣,太子獻馬하
위 왕 유 우 거 우 거 청 항 견 태 자 헌 마

다. 人衆,萬餘持兵하고 方渡,浿水하니 使者及,左將
인 중 만 여 지 병 방 도 패 수 사 자 급 좌 장

軍이 疑其爲變하여 謂,太子已服하여 宜毋持兵하라
군 의 기 위 변 위 태 자 이 복 의 무 지 병

하니 太子,亦疑,使者詐之하여 遂,不渡浿水하고 復
태 자 역 의 사 자 사 지 수 부 도 패 수 부

因歸하다 報天子하니 誅山[위산을 베죽임]하다. 左將
인 귀 보 천 자 주 산 좌 장

軍이 破,浿水上軍하여 迺,前至城下하여 圍其西北
군 파 패 수 상 군 내 전 지 성 하 위 기 서 북

하고 樓船亦往會하여 居,城南하니 右渠堅守하다 數
누 선 역 왕 회 거 성 남 우 거 견 수 수

月未能下하다.
월 미 능 하

⑤ 天子가 以久不能決이라 하여 使故,濟南太守,
천 자 이 구 불 능 결 사 고 제 남 태 수

公孫遂로 往征之하되 有,便宜將以,從事하다. 遂至
공 손 수 왕 정 지 유 편 의 장 이 종 사 수 지

하여 縛,樓船將軍하고 竝其軍하여 與,左將軍으로
박 누 선 장 군 병 기 군 여 좌 장 군

急擊朝鮮하니 朝鮮의 相,路人과 相,韓陶와 尼谿相,
급 격 조 선 조 선 상 로 인 상 한 도 니 계 상

參과 將軍,王唊[師古曰, 尼谿는 地名이며 四人(路人,韓陶,參,
참 장 군 왕 겹

王唊也)라.]이 相與謀하여 欲降이러니 王이 不肯之하
상 여 모 욕 항 왕 불 긍 지

다. 陶와 唊과 路人이 皆,亡降漢하고 路人,道死하다.
도 겹 노 인 개 망 항 한 노 인 도 사

元封,三年夏에 尼谿相,參이 使人,殺王右渠하고 來
원 봉 삼 년 하 니 계 상 참 사 인 살 왕 우 거 내

降하다. 王儉城,未下라. 故로 右渠之,大臣,成己가
항 왕 검 성 미 하 고 우 거 지 대 신 성 기

又反하니 左將軍이 使,右渠子,長과 路人子,最로 告
우 반 좌 장 군 사 우 거 자 장 로 인 자 최 고

諭,其民하여 謀殺,成己라, 故로 遂定,朝鮮하여 爲,
유 기 민 모 살 성 기 고 수 정 조 선 위

眞番,臨屯,樂浪,玄菟,四郡하다.
진 번 임 둔 낙 랑 현 도 사 군

| 어려운 낱말 |

[前漢書(전한서)] : 전한의 정사(正史)인 한서를 말함.→후한서. [自始(자시)] : 맨 처음에. [顔師古(안사고)] : 중국 당나라 초기의 경학자. 이름은 주(籀)이고, 사고(師古)는 자(字)이다. '한서(漢書)' 를 보충 주석한 사람. [築障(축장)] : 요새지를 만들어 쌓다. [外徼(외요)] : 변방. [浿水(패수)] : 지금의 압록강. [盧綰(노관)] : 한고조를 도와 연왕(燕王)에 봉해졌으나 후에 흉노에 도망하였음. [秒役(초역)] : 차츰, 점점. [雍閼(옹알)] : 막음. 그치게 함. [元封(원봉)] : 한무제의 연호. [諭(유)] : 유시하다. [奉詔(봉조)] : 조서를 받들다. [馭] : 말부릴(어). [距嶮(거험)] : 멀고 험한 곳에서 막다. [迺] : 곧(내). 이에. [谿(계)] : 계(溪)와 동자(同字)임. [唊] : 수다스러울(겹).

| 본문풀이 | **〈위만조선(衛(魏)滿朝鮮)〉**

1 〈전한서(前漢書)〉의 조선전(朝鮮傳)에 이르기를, 맨 처음 연(燕)나라 때부터 진번(眞番), 조선을【안사고(顔師古)는 말하기를, 전국(戰國) 시대에 연(燕)나라가 처음으로 이 땅을 침략해서 차지했다고 한다.】 침략해서 이를 차지하고, 관리들을 두어 변방(邊方)의 요새(要塞)를 쌓았는데, 그 뒤에 진(秦)이 연(燕)을 멸망시키자 이 땅을 요동군(遼東郡) 변방에 귀속시켰다. 한(漢)나라가 일어나자 이 땅이 너무 멀어 지킬 수 없어 다시 요동의 옛날 요새(要塞)를 수리해서 쌓고 패수(浿水)로 경계를 삼아서【안사고(顔師古)는 말하기를, 패수(浿水)는 낙랑군(樂浪郡)에 있다고 했다.】 연(燕)나라에 귀속시켰다. 연(燕)나라 임금 노관(盧綰)이 한(漢)나라를 배반하고 흉노(匈奴)에게로 들어가니, 연(燕)나라 사람 위만(衛滿)은 망명(亡命)해서 무리 1천여 명을 모아 요동(遼東)의 요새를 넘어 도망하여 패수(浿水)를 건너서 여기에 진(秦)나라의 옛 빈 터전인 상하(上下)의 변방에 자리를 잡고 살았다. 차츰 진번(眞番), 조선(朝鮮)의 오랑캐들과 또 옛날에 연(燕)과 제(齊)에서 망명(亡命)해 온 자들을 자기에게 소속시켜 왕이 되어 왕검【王儉 ; 이기(李寄)는 땅이름이라 했고, 신찬(臣瓚)은 말하기를 왕검성(王儉城)은 낙랑군(樂浪郡)의 패수(浿水) 동쪽에 있다고 했다.】에 도읍했다. 위만(衛滿)은 군사의 위력(威力)으로 그 이웃의 조그만 읍(邑)들을 침략하여 항복시켰으니, 이에 진번(眞番)과 임둔(臨屯)이 모두 복종해 와서 그에게 예속되니 사방의 땅이 수천 리나 되었다. 위만은 아들에게 왕위를 전하고 손자 우거【右渠 ; 안사고(顔師古)는 말하기를, 위만의 손자 이름이 우거(右渠)라고 했다.】에 이르러서 진번과 진

국(辰國)이 한나라에 글을 올려 천자(天子)를 뵙고자 했으나 우거(右渠)는 길을 가로막고 지나가지 못하게 했다.【안사고(顔師古)는 말하기를, 진국(辰國)은 진한(辰韓)이라고 했다.】

* 위의 儉을 險으로 기록한다는 것은 문경현 교수의 학설임.

② 원봉(元封) 2년(B.C. 109)에 한나라에서는 섭하(涉何)를 보내어 우거를 타일렀지만 우거는 끝내 명령을 듣지 않았다. 섭하(涉何)는 그곳을 떠나 국경에 이르러 패수에 당도하자, 말을 모는 구종(驅從)을 시켜서 자기를 호송(護送)하러 온 조선의 비왕(裨王)【안사고(顔師古)는 말하기를, 섭하(涉何)를 호송(護送)하는 자의 이름이라고 했다.】을 찔러 죽였다. 그리고는 곧 패수를 건너 달려서 변경 요새를 넘어 자기 나라에 돌아가 이 사실을 보고했다.

③ 천자가 섭하를 임명하여 요동의 동부(東部) 도위(都尉)를 삼으니 조선은 섭하를 원망하여 불의에 그를 쳐 죽였다. 천자는 누선장군(樓船將軍) 양복(楊僕)을 보내서 제(齊)에서 배를 타고 발해(渤海)로 건너가 조선을 치게 하니, 병력은 5만이요 좌장군(左將軍) 순체(荀彘)는 요동으로 나와서 우거(右渠)를 치니, 우거는 지세가 험한 곳에 군사를 내어 그를 막았다. 누선장군(樓船將軍)은 제(齊)의 군사 7천 명을 거느리고 먼저 왕검성(王儉城)에 이르니, 이때 우거는 성을 지키고 있었는데 누선(樓船)의 군사가 얼마 되지 않는 것을 정탐해서 알고 곧 나가서 누선을 공격하니 누선이 패해 달아났다. 누선장군(樓船將軍) 양복은 군사들을 잃고 산속으로

도망해서 죽음을 면했다. 좌장군(左將軍) 순체(荀彘)도 조선의 패수 서쪽을 쳤지만 깨뜨리지 못했다.

④ 천자는 누선장군과 좌장군의 형세가 이롭지 못하다고 생각하고 이에 위산(衛山)을 시켜 군병(軍兵)의 위력을 가지고 가서 우거를 타이르게 했다. 우거는 항복하기를 청하고 태자(太子)를 보내어 말[馬]을 바치겠다고 했다. 그리하여 1만여 명이나 되는 병력을 거느리고 바야흐로 패수를 건너려 하는데 사자(使者)인 위산과 좌장군은 혹시 변을 일으킬까 의심하여 태자에게 일렀다. 이미 항복한 터이니 병기(兵器)는 가지고 오지 마시오 하니, 태자도 사자인 위산이 혹 자기를 속여 해치지 않을까 의심하여 마침내 패수를 건너지 않고 군사를 데리고 돌아갔다. 이 사실을 천자에게 보고하자 천자는 위산을 목 베어 죽였다. 좌장군(左將軍)은 패수 상류에 있는 조선 군사를 깨뜨리고 바로 전진하여 왕검성 밑에까지 이르러 성의 서북쪽을 포위했다. 누선장군도 역시 왕검성 밑으로 와서 군사를 합쳐 성 남쪽에 주둔했다. 우거가 굳게 성을 지켜 몇 달이 지나도 함락시킬 수가 없었다.

⑤ 천자는 이 싸움이 오래 되어도 끝이 나지 않자, 옛날 제남태수(濟南太守) 공손수(公孫遂)를 시켜서 치게 하고 모든 일을 편의에 의해서 처리하게 했다. 공손수는 우선 누선장군을 묶어 놓고 그 군사를 합쳐서 좌장군과 함께 급히 조선을 공격했다. 이때 조선의 상(相) 노인(路人)과 상(相) 한도(韓陶)와, 또 이계(尼谿)의 상(相)

삼(參)과 장군(將軍) 왕겹【王唊 ; 안사고(顏師古)는 말하기를, 이계(尼谿)는 지명(地名)으로 이들은 모두 네 명(名)이라고 했다.】은 서로 의논하여 항복하려 했으나 왕은 이 말을 좇으려 하지 않았다. 이에 한도(韓陶)와 왕겹(王唊)은 모두 도망해서 한나라에 항복했고, 노인은 도중에서 죽었다. 원봉(元封) 3년 여름에, 이계(尼谿)의 상(相) 삼(參)은 사람들을 시켜서 왕 우거를 죽이고 한나라에 항복했다. 그러나 왕검성은 아직도 함락되지 않았다. 그러므로 우거의 대신(大臣)인 성기(成己)가 또 자기 나라를 배반했다. 좌장군(左將軍)은 우거의 아들 장(長)과 노인(路人)의 아들 최(最)로 하여금 자기들의 백성을 타이르기 위해 성기를 모살하도록 함으로 드디어 조선을 평정하고 진번, 임둔, 낙랑, 현도(玄菟)의 사군(四郡)을 설치했다.

馬韓(마한)

魏志에 云하되 魏滿이 擊.朝鮮하니 朝鮮.王準이
위지 운 위만 격조선 조선왕준

率.宮人左右하고 越海而南하여 至.韓地하여 開國
솔궁인좌우 월해이남 지한지 개국

하니 號를 馬韓이라 하다. 甄萱이 上.太祖書에 云하
호 마한 견훤 상태조서 운

되 昔에 馬韓先起하고 赫世勃興하니 於是에 百濟
석 마한선기 혁세발흥 어시 백제

開國於,金馬山이라 하다. 崔致遠이 云하되 馬韓은
개 국 어 금 마 산 최 치 원 운 마 한

麗也요 辰韓은 羅也라 하다.[據,本紀則, 羅는 先起,甲子하
려 야 진 한 라 야

고 麗는 後起,甲申하다. 而此云,者는 以,王準言之耳라. 以此知면

東明,之起에 已竝馬韓而,因之矣라 故로 稱麗爲,馬韓이라 今人이

或認,金馬山하여 以,馬韓을 爲,百濟者는 盖,誤濫也라. 麗地는 自

有,馬邑山이라. 故로 名을 馬韓也라 하다.] 四夷는 九夷, 九
사 이 구 이 구

韓, 穢, 貊이니 周禮에 職方氏가 掌,四夷九貊,者는
한 예 맥 주 례 직 방 씨 장 사 이 구 맥 자

東夷之種이니 卽,九夷也라. 〈三國史〉에 云하되 溟
동 이 지 종 즉 구 이 야 삼 국 사 운 명

州는 古,穢國이니 野人耕田에 得,穢王印하여 獻之
주 고 예 국 야 인 경 전 득 예 왕 인 헌 지

라 하다 又,春州는 古,牛首州니 古,貊國이요 又或云
우 춘 주 고 우 수 주 고 맥 국 우 혹 운

하되 今朔州가 是貊國이라. 或,平壤城을 爲,貊國이
금 삭 주 시 맥 국 혹 평 양 성 위 맥 국

라 하다. 〈淮南子〉,注에 云하되 東方之夷를 九種이
회 남 자 주 운 동 방 지 이 구 종

라 하고 〈論語,正義〉에 云하되 九夷者는 一은 玄菟,
논 어 정 의 운 구 이 자 일 현 도

二는 樂浪, 三은 高麗, 四는 滿飾, 五는 鳧臾, 六은
이 낙 랑 삼 고 려 사 만 식 오 부 유 육

素家, 七은 東屠, 八은 倭人, 九는 天鄙라 하다. 〈海
소 가 칠 동 도 팔 왜 인 구 천 비 해

東,安弘記〉에 云하되 九韓者는 一은 日本, 二는 中
동 안 홍 기 운 구 한 자 일 일 본 이 중

華, 三은 吳越, 四는 乇羅, 五는 鷹遊, 六은 靺鞨,
화 삼 오월 사 탁라 오 응유 육 말갈

七은 丹國, 八은 女眞, 九는 穢貊이라 하다.
칠 단국 팔 여진 구 예맥

| 어려운 낱말 |

[魏志(위지)] : 중국 3국 때 위(魏)의 역사서. 위지삼국지(魏志三國志)라 불림. [甄萱(견훤)] : 후백제를 일으킨 사람. [太祖(태조)] : 고려 왕건을 말함. [勃興(발흥)] : 일어남. [職方氏(직방씨)] : 주대(周代)의 관직명. [乇] : 부탁할(탁).

| 본문풀이 | 〈마한(馬韓)〉

위지(魏志)에 이르기를, 위만(魏滿)이 조선(朝鮮)을 공격하니 조선왕(朝鮮王) 준(準)은 궁인(宮人)과 좌우 사람을 거느리고 바다를 건너 서쪽 한(韓) 땅에 이르러 나라를 세우고 마한(馬韓)이라고 했다고 한다. 또 견훤(甄萱)이 고려(高麗) 태조(太祖)에게 올린 글에 이르기를, 「옛적에 마한이 먼저 일어나고 뒤를 이어 혁세(赫世)가 일어났으니, 이에 백제(百濟)는 금마산(金馬山)에서 나라를 세웠다.」고 했다. 최치원(崔致遠)은 말하기를, 「마한은 고구려(高句麗)이고, 진한(辰韓)은 신라(新羅)다.【삼국사기(三國史記) 본기(本紀)에 의하면, 신라(新羅)는 먼저 갑자(甲子)년에 일어났고, 고구려(高句麗)는 그 뒤 갑신(甲申)년에 일어났다고 했다. 여기에서 말한 것은 조선왕(朝鮮王) 준(準)을 가리킨 것이다. 이것으로 본다면 동명왕(東明王)이 일어날 때에 마한(馬韓)까지 차지했던 것을 알 수가 있다. 때문에 고구려(高句麗)를 마한(馬韓)이라고 부른다. 지금 사람들은 혹 금마산(金馬山)이 있다고 해서 마한(馬韓)을 백제(百濟)라고 하지만 이것은 대개 잘못된 말이다. 고구려(高句麗) 땅에는 본래 읍산(邑山)이 있었기 때문에 이름을 마한(馬韓)이라 한 것이다.】 또, 사이(四夷)는 구이(九夷), 구한(九韓), 예(穢), 맥(貊)이라.」고 하였으니, 〈주례(周禮)〉에 직방씨(職方氏)가 사이(四夷)와 구맥(九貊)을 관장(管掌)했다고 한 것은 동이(東夷)의 종족이니, 곧 구이(九夷)를 말한 것이다.

〈삼국사기(三國史記)〉에 이르기를, 「명주(溟州)는 옛날의 예국(穢國)이다. 야인(野人)이 밭을 갈다가 예왕(穢王)의 도장을 주워서 바쳤다. 또 춘주(春州)는 옛날의 우수주(牛首州)인데, 곧 옛날의 맥국(麥麴 : 貊國)이다. 또 혹은 지금의 삭주(朔州)가 바로 맥국(貊國)이다. 혹은 평양성(平壤城)을 맥국이라.」고 하였다. 〈회남자(淮南子)〉 주(注)에 이르기를, 「동방(東方)의 오랑캐는 아홉 종류나 된다.」고 했다.

〈논어정의(論語, 正義)〉에는 「구이(九夷)란, 1은 현도(玄菟), 2는 낙랑(樂浪), 3은 고려(高麗), 4는 만식(萬飾), 5는 부유(鳧臾), 6은 소가(嘯歌), 7은 동도(同屠), 8은 왜인(倭人), 9는 천비(天鄙)이라.」고 했다.

〈해동안홍기(海東安弘紀)〉에는, 「구한(九韓)이란, 1은 일본(日本), 2는 중화(中華), 3은 오월(吳越), 4는 탁라〔乇羅(托羅)〕, 5는 응유(鷹遊), 6은 말갈(靺鞨), 7은 단국(丹國), 8은 여진(女眞), 9는 예맥(穢貊)이라.」고 했다.

二府(이부)

〈前漢書〉에 昭帝.始元五年.己亥에 置.二外府
전한서 소제시원오년기해 치이외부
라 하니 謂.朝鮮舊地에 平那及.玄菟郡.等을 爲.平
위조선구지 평나급현도군등 위평
州都督府하고 臨屯.樂浪等.兩郡之地에는 置.東部
주도독부 임둔낙랑등량군지지 치동부
都尉府하다.[私曰, 朝鮮,傳則에는 眞番,玄菟,臨屯,樂浪,等四인
도위부
데 今有,平那하고 無,眞番하니 蓋,一地에 二名也라.]

| 어려운 낱말 |

[前漢書(전한서)] : 전한(前漢)의 정사(正史)인 한서(漢書)를 말함. [始元(시원)] : 전한 소제(昭帝)의 연호. 평나+현도군 = 평주도독부. 임둔+낙랑 = 동부도위부.

| 본문풀이 | 〈이부(二府)〉

「전한서(前漢書)」에 이르기를, 「소제(昭帝) 시원(始元) 5년 기해(己亥 : B.C. 82)년에 두 외부(外府)를 두었다.」고 하니, 이것은 조선(朝鮮)의 옛 땅인 평나(平那)와 현도군(玄菟郡) 등을 평주도독부(平州都督府)로 삼고, 임둔(臨屯)과 낙랑(樂浪) 등, 2군(郡)의 땅에 동부도위부(東部都尉府)를 두었다.【내가 생각하기에, 조선전(朝鮮傳)에는 진번

(眞蕃)·현도(玄菟)·임둔(臨屯)·낙랑(樂浪) 등 네 군(郡)으로 되어 있다. 그런데 지금 이 글에는 평나(平那)가 있고 진번(眞蕃)이 없으니, 대개 한 지방을 두 이름으로 불렀던 것 같다.】

七十二國(칠십이국)

◉ 원문에는 78국으로 되어있음.

〈通典〉에 云하되 朝鮮之.遺民이 分爲.七十餘
통 전 운 조 선 지 유 민 분 위 칠 십 여

國하니 皆.地方百里라 하다. 〈後漢書〉에 云하되 西
국 개 지 방 백 리 후 한 서 운 서

漢이 以.朝鮮舊地에 初置爲.四郡하고 後置二府하
한 이 조 선 구 지 초 치 위 사 군 후 치 이 부

니 法令이 漸煩하여 分爲.七十八國하니 各.萬戶라
법 령 점 번 분 위 칠 십 팔 국 각 만 호

하다.[馬韓,在西에 有,五十四,小邑하여 皆,稱國하고 辰韓은 在東하여 有,十二,小邑이 稱國하고 卞韓은 在南하여 有,十二,小邑이 各,稱國하다.]

| 어려운 낱말 |

[通典(통전)] : 중국의 정전(政典). 당(唐)의 두우(杜佑)가 찬(撰)한 것으로 상고부터 唐 玄宗까지 모든 정치와 제도를 기록한 책. 모두 200권임. [西漢(서한)] : 전한의 별칭. [漸煩(점번)] : 점차 번거롭다. * 원문의 [72국은 78국의 오기이다. 마한은 54읍, 진한은 12읍, 변한은 12읍임.]

| 본문풀이 | 〈칠십이국(七十二國)〉

〈통전(通典)〉에 이르기를, 「조선의 유민(遺民)은 모두 70여 나라로 나뉘어 있었으니 이들은 모두 땅이 사방(四方) 백리(百里)이라.」 고 하였다. 〈후한서(後漢書)〉에 이르기를, 「서한(西漢)이 조선의 옛 땅에 처음으로 네 군(郡)을 두었다가 뒤에 두 부(府)를 두었으니 법령(法令)이 점차 번거로워져서 이것을 78개의 나라로 나누니, 이들은 각각 만호(萬戶)였다.」고 했다.【마한(馬韓)은 서쪽에 54개의 조그만 읍(邑)을 가지고 있었는데, 모두 나라라고 불렀다. 진한(辰韓)은 동쪽에 있고 12개의 작은 읍을 차지했는데, 모두 나라라고 했다. 변한(卞韓)은 남쪽에 있어 역시 12개의 소읍(小邑)을 차지했는데, 이들도 각각 나라라고 일컬었다.】

樂浪國(낙랑국)

前漢時에 始置, 樂浪郡하니 應邵曰, 故, 朝鮮國
전한시 시치낙랑군 응소왈 고조선국

也라 하다. 〈新唐書〉,注에 云하되 平壤城은 古漢之,
야 신당서 주 운 평양성 고한지

樂浪郡也라 하다. 〈國史〉에 云하되 赫居世,三十年
낙랑군야 국사 운 혁거세삼십년

에 樂浪人이 來投하고 又,第三, 弩禮王(유리왕)四年
낙랑인 래투 우제삼 노례왕 사년

에 高句麗第三, 無恤王(太武神王)이 伐,樂浪하여 滅
고구려제삼 무휼왕 벌낙랑 멸

之하니 其國人이 與,帶方[北帶方]으로 投于羅하고 又,
지 기국인 여대방 투우라 우

無恤王,二十七年에 光武帝가 遣使伐,樂浪하여 取
무휼왕이십칠년 광무제 견사벌낙랑 취

其地하여 爲,郡縣하니 薩水(대동강)以南은 屬漢이라
기지 위군현 살수 이남 속한

하다.[據,上諸文하면 樂浪은 卽,平壤城이라야 宜矣라. 或云, 樂浪은 中頭山,下에 靺鞨之界이요 薩水는 今,大同江也라 하니 未詳孰是니라.] 又,百濟溫祚,之言에 曰, 東有,樂浪하고 北
우백제온조지언 왈 동유낙랑 북

有,靺鞨이라 하니 則殆,古漢時에 樂浪郡之,屬縣之
유말갈 즉태고한시 낙랑군지속현지

地也리라. 新羅人이 亦以稱,樂浪이라. 故로 今,本朝
지야 신라인 역이칭낙랑 고 금본조

에 亦因之하여 而稱,樂浪郡夫人이라 하고 又,太祖,
역인지 이칭낙랑군부인 우태조

降女於,金傅에 亦曰, 樂浪公主라 하다.
강녀어김부 역왈 낙랑공주

| 어려운 낱말 |

[新唐書(신당서)] : 25사의 하나. 당대(唐代)의 정사(正史)로 구당서(舊唐書)를

개수한 것이다. [國史(국사)] : '삼국사기'의 약칭. [弩禮王四(노례왕4년)] : 삼국사기의 유리왕 4년. [無恤王(무휼왕)] : 고구려의 대무신왕. [薩水(살수)] : 지금의 청천강. [未詳孰是(미상숙시)] : 어느 것이 옳은지? [則殆(즉태)] : 아마. [本朝(본조)] : 고려왕조를 가리킴. [金傅(김부)] : 경순왕.

| 본문풀이 | 〈낙랑국(樂浪國)〉

전한(前漢) 때 처음으로 낙랑군(樂浪郡)을 두었으니, 응소(應邵)가 말하기를, 「이것을 〈고조선국(古朝鮮國)〉이라.」 하였다. 〈신당서(新唐書)〉 주석(註釋)에 평양성(平壤城)은 옛 한(漢)나라의 낙랑군(樂浪郡)이라고 했다. 〈삼국사기〉에 말하기를, 「혁거세(赫居世) 30년에 낙랑(樂浪) 사람들이 신라(新羅)에 항복했다. 또 제3대 노례왕(弩禮王) 4년에, 고구려(高句麗)의 제3대 무휼왕(無恤王)이 낙랑(樂浪)을 멸망시키니 그 나라 사람들은 대방〔帶方 ; 북대방(北帶方)〕과 함께 신라에 투항해 왔다. 또 무휼왕(無恤王) 27년에 광무제(光武帝)가 사자(使者)를 보내어 낙랑을 치고 그 땅을 빼앗아 군현(郡縣)을 삼으니, 살수(薩水) 이남의 땅은 한(漢)나라에 소속되었다.」라고 했다.【이상의 여러 글에 의하면, 낙랑(樂浪)이 곧 평양성(平壤城)이란 것이 마땅하다. 혹은 말하기를, 낙랑(樂浪)의 중두산(中頭山) 밑이 말갈(靺鞨)과의 경계이고, 살수(薩水)는 지금의 대동강(大同江)이라고 한다. 어느 말이 옳은지 알 수가 없다.】

또한 백제(百濟) 온조왕(溫祚王)의 말에 의하면, 「동쪽에 낙랑이 있고, 북쪽에 말갈(靺鞨)이 있다.」고 하였으니, 이는 아마도 옛날 한(漢)나라 때 낙랑군에 소속되었던 현(縣)일 것이리라 생각된다. 신라 사람들이 역시 이곳을 낙랑(樂浪)이라고 했기 때문에 지금

본조, 고려(高麗)에 와서도 또한 여기에 따라 낙랑군부인(樂浪郡夫人)이라는 말이 있었고, 또 태조(太祖 : 고려 왕건)가 그 딸을 김부(金傅)에게 시집보내면서 역시 낙랑공주(樂浪公主)라 불렀던 것이다.

北帶方(북대방)

北帶方은 本,竹覃城이니 新羅,弩禮王(유리왕)四
북대방 본죽담성 신라노례왕 사

年에 帶方人이 如,樂浪人으로 投于羅하니라.[此,皆는
년 대방인 여낙랑인 투우라

前漢,所置二郡名이라 其後에 僭,稱國이라가 今來,降하니라.]

| 어려운 낱말 |

[弩禮王四年(노례왕4년)] : 유리왕 4년. [投(투)] : 투항하다.

| 본문풀이 | 〈북대방(北帶方)〉

북대방(北帶方)은 본래 죽담성(竹覃城)이었으니, 신라 노례왕(弩禮王 : 유리왕) 4년에, 대방(帶方) 사람들이 낙랑(樂浪) 사람들과 함께 신라에 항복했다고 했다.【이것은 모두 전한(前漢) 때에 설치한 두 군

(郡)의 이름이다. 그 후에 참람(僭濫)되게 나라라고 불러오다가 이때에 와서 항복했던 것이다.】

南帶方(남대방)

曹魏時에 始置南帶方郡[今南原府]이라. 故로 云하다. 帶方之南은 海水千里라 曰, 澣海라 하다.[後漢, 建安中에 以馬韓南荒地를 爲帶方郡하여 倭韓을 遂屬하니 是也니라.]

조위시 시치남대방군 고 운 대방지남 해수천리 왈 한해

| 어려운 낱말 |

[曹魏(조위)] : 조조가 창건한 위나라. [南帶方郡(남대방군)] : 남대방군은 위나라 조조가 세운 것이 아니라 당나라가 백제를 멸망시키고 두었던 행정 구역. 지금의 남원. [澣] : 씻을(한).

| 본문풀이 | 〈남대방(南帶方)〉

위나라 조조(曹操) 때에 처음 두었던 것이 남대방군【南帶方郡 ;

지금의 남원부(南原府). * 당나라가 백제를 멸망하고 두었던 행정구역이라고 함.】이다. 그래서 이렇게 불렀던 것이다. 대방의 남쪽은 바닷물이 천리(千里)나 된다고 해서 말하기를, 한해(瀚海)라고 했다.【후한(後漢) 건안(建安) 연간에 마한(馬韓) 남쪽의 황무지를 대방군(帶方郡)으로 삼아서 왜(倭)와 한(韓)이 드디어 여기에 속했다는 것이 이것이다.】

◎ 靺鞨[말갈 : 一作, 勿吉] 渤海(발해)

〈通典〉에 云하되 渤海는 本,粟末靺鞨이니 至,其
통전 운 발해 본 속 말 말 갈 지 기
酋,祚榮이 立國하여 自號를 震旦이라 하다. 先天中
추 조 영 입 국 자 호 진 단 선 천 중
[玄宗壬子]에 始去,靺鞨號하고 專稱,渤海라 하다. 開
시 거 말 갈 호 전 칭 발 해 개 원 칠 년
元,七年[己未]에 祚榮이 死하니 諡爲,高王이라 하다.
조 영 사 시 위 고 왕
世子襲立에 明皇이 賜,典冊,襲王하니 私改,年號하
세 자 습 립 명 황 사 전 책 습 왕 사 개 년 호
여 遂爲,海東盛國이라 하다. 地有,五京,十五府,六
수 위 해 동 성 국 지 유 오 경 십 오 부 육
十二州러니 後唐,天成初에 契丹이 攻破之하고 其
십 이 주 후 당 천 성 초 거 란 공 파 지 기
後에 爲丹(거란)所制하다.[三國史에 云하되 儀鳳三年, 高宗,
후 위 란 소 제

戊寅에 高麗의 殘蘖이 類聚北依,太伯山下하여 國號를 渤海라 하
니 開元,二十年間에 明皇이 遣將討之하다. 又,聖德王三十二年,
玄宗甲戌에 渤海靺鞨이 越海하여 侵唐之,登州하니 玄宗討之하
다. 又,新羅古記云하되 高麗舊將,祚榮의 姓은 大氏니 聚,殘兵하
여 立國於,太伯山,南하고 國號를 渤海라 하다. 按,上諸文하니 渤
海는 乃,靺鞨之,別種으로 但,開合不同而已라 按,指掌圖하면 渤海
는 在,長城東北,角外하다.] 賈耽의 郡國志에 云하되 渤海
가 탐 군 국 지 운 발 해
國之,鴨綠,南海,扶餘,橻城,四府는 竝是,高麗,舊地
국 지 압 록 남 해 부 여 추 성 사 부 병 시 고 려 구 지
也니 自,新羅,泉井郡[地理志에 朔州領縣에 有,泉井郡하니
야 자 신 라 천 정 군
今,湧州니라.]으로 至,橻城府히 三十九驛이라 하고
지 추 성 부 삼 십 구 역
又,〈三國史〉에 云하되 百濟末年에 渤海,靺鞨,新
우 삼 국 사 운 백 제 말 년 발 해 말 갈 신
羅가 分,百濟地라 하고[據此하면 則渤海가 又分爲二國也니
라 분 백 제 지
라.] 羅人은 云하되 北有,靺鞨하고 南有,倭人하고 西
나 인 운 북 유 말 갈 남 유 왜 인 서
有,百濟하여 是,國之害也라. 又,靺鞨은 地接,阿瑟
유 백 제 시 국 지 해 야 우 말 갈 지 접 아 슬
羅州라 하고 又,〈東明記〉에 云하되 卒本城은 地連,
라 주 우 동 명 기 운 졸 본 성 지 연
靺鞨[或云,今東眞이라.]이라 하다. 羅第六, 祗麻王,十四
말 갈 나 제 육 지 마 왕 십 사

年,乙丑에 靺鞨兵이 大入,北境하여 襲,大嶺柵하고
년 을 축 말 갈 병 대 입 북 경 습 대 령 책

過,泥河라 하다. 〈後漢書〉에 靺鞨을 作,勿吉이라 하
과 니 하 후 한 서 말 갈 작 물 길

고, 〈指掌圖〉에 云하되 挹屢와 與,勿吉은 皆,肅愼也
지 장 도 운 읍 루 여 물 길 개 숙 신 야

라 하다. 黑水와 沃沮는 按,東坡,〈指掌圖〉컨대 辰韓
흑 수 옥 저 안 동 파 지 장 도 진 한

之北에 有,南北黑水라 하다. 按,東明帝立,十年에
지 북 유 남 북 흑 수 안 동 명 제 립 십 년

滅,北沃沮하고 溫祚王,四十二年에 南沃沮二十,餘
멸 북 옥 저 온 조 왕 사 십 이 년 남 옥 저 이 십 여

家가 來投,新羅하고 又,赫居世五十三年에 東沃沮
가 내 투 신 라 우 혁 거 세 오 십 삼 년 동 옥 저

가 來獻,良馬라 하니 則,又有,東沃沮矣라. 指掌圖에
내 헌 양 마 즉 우 유 동 옥 저 의 지 장 도

黑水는 在,長城北하고 沃沮는 在,長城南이라 하다.
흑 수 재 장 성 북 옥 저 재 장 성 남

| 어려운 낱말 |

[酋] : 추장(추). [祚榮(조영)] : 발해 건국의 대조영을 말함. [先天(선천)] : 당나라 현종 임자(壬子)년(712). [始去(시거)] : 처음으로 버리다. [開元(개원)] : 당 현종의 연호. [丹所制(란소제)] : 거란이 제압하게 되다. [角外(각외)] : 모서리 밖에. [賈耽(가탐)] : 당나라 시대의 학자. [郡國志(군국지)] : 지리 서적이다. [檻] : 땅이름(추). [泉井郡(천정군)] : 삭주에 소속된 고을로, 지금의 용주(湧州)이다. [阿瑟羅州(하슬라주)] : 지금의 강릉. [東明記(동명기)] : 고구려 시조 동명왕의 기록. [指掌圖(지장도)] : 지리 서적.

| 본문풀이 | 〈말갈[靺鞨 ; 혹은 물길(勿吉)]과 발해(渤海)〉

「통전(通典)」에 이르기를, 「발해(渤海)는 본래 속말말갈(粟末靺鞨)이니, 그 추장(酋長) 조영(祚榮)에 이르러서 나라를 세우고 국호(國號)를 스스로 진단(震旦)이라.」고 했다. 선천(先天) 연간【年間 ; 현종(玄宗)의 임자년(壬子年)】에 비로소 말갈(靺鞨)이라는 명칭을 버리고 오로지 발해라고 일컬었다. 개원(開元) 7년(己未)에 조영(祚榮)이 죽자, 그 시호(諡號)를 고왕(高王)이라 했다. 세자(世子)가 대(代)를 이어 왕위에 오르자 명황(明皇)이 그를 책봉하여 왕위를 잇게 하니, 사사로이 연호를 고치고 드디어 해동성국(海東盛國)이라 했다. 그 땅에는 오경(五京) · 십오부(十五府) · 육십이주(六十二州)가 있었으니 후당(後唐) 천성(天成) 초년에 거란(契丹)이 이것을 쳐부수고 그 뒤로는 거란에게 지배를 받게 되었다고 했다.【삼국사(三國史)에 이르기를, 의봉(儀鳳) 3年, 고종(高宗) 무인년(戊寅年)에 고구려의 남은 무리가 그 여당(餘黨)을 모아 북으로 태백산(太伯山) 밑에 의지해서 국호를 발해(渤海)라고 했다. 개원(開元) 20年 경에 당(唐)의 명황(明皇)이 장수를 보내서 발해(渤海)를 토벌했다. 또 성덕왕(聖德王) 32年, 현종(玄宗) 갑술(甲戌)년에 발해말갈(渤海靺鞨)이 바다를 건너 당(唐)나라 등주(登州)를 침범하자 현종(玄宗)은 이를 쳤다. 또 신라고기(新羅古記)에 이르되, 고구려(高句麗)의 구장(舊將) 조영(祚榮)의 성(姓)은 대씨(大氏)이니, 그는 남은 군사를 모아 태백산(太伯山) 남쪽에 나라를 세우고 국호를 발해(渤海)라고 했다. 위의 여러 글을 생각하니, 발해(渤海)는 바로 말갈(靺鞨)의 별종(別種)으로 다만 그 갈라지고 합한 것이 서로 같지 않을 뿐이다. 또 〈지장도(指掌圖)〉를 상고해 보면, 발해(渤海)는 만리장성(萬里長城) 동북(東北) 모퉁이 밖에 있었다.】 가탐(賈耽)의 〈군국지(郡國志)〉에 이르기를, 「발해국

(渤海國)의 압록(鴨綠), 남해(南海), 부여(扶餘), 추성(檣城) 등의 사부(四府)는 모두 고구려(高句麗)의 옛 땅이었니, 신라(新羅)의 천정군【泉井郡 ; 〈지리지(地理志)〉에는 삭주(朔州)의 영현(領縣)에 천정군(泉井郡)이 있었으니, 지금의 용주(湧州)이다.】에서 추성부(檣城府)에 이르기까지 도합 39역(三十九驛)이 있다.」고 했다. 또 〈삼국사(三國史)〉에는 백제(百濟)의 말년에 발해와 말갈, 신라가 백제의 땅을 나누어 가졌다고 했다.【이 말에 의하면, 발해는 또 나뉘어서 두 나라가 된 것이다.】

신라 사람들은 이르기를, 「북쪽에는 말갈이 있고, 남쪽에는 왜인(倭人)이 있고, 서쪽에는 백제가 있으니 이것이 바로 나라의 해가 된다.」고 했다. 또 말갈은 땅이 아슬라주(阿瑟羅州)에 인접되어 있다고 했다.

또 〈동명기(東明記)〉에 이르되, 「졸본성(卒本城)은 땅이 말갈【혹은 지금의 동진(東眞)이라 함】에 연접되어 있다고 했다. 신라의 제6대 지마왕(祗摩王) 14년(乙丑)에, 말갈의 군사가 북쪽 국경으로 크게 들어와 대령(大嶺)의 성책(城柵)을 습격하고 이하(泥河)로 지나갔다.」고 했다.

〈후한서(後漢書)〉에는, 말갈은 바로 물길(勿吉)이라고 했고, 〈지장도(指掌圖)〉에는, 읍루(挹婁)와 물길(勿吉)은 다 숙신(肅愼)이라고 했다. 흑수(黑水)와 옥저(沃沮)에 대해서는 동파(東坡)의 〈지장도(指掌圖)〉를 보면, 진한(辰韓) 북쪽에 남북의 흑수(黑水)가 있다고 했다. 생각해보면, 동명제(東明帝)는 즉위 10년 만에 북옥저(北沃沮)를 멸망시켰고, 온조왕(溫祚王) 42년에 남옥저(南沃沮)의 20여 가호가 신라(新羅)에 투항(投降)했다고 했고, 또 혁거세(赫居世)

53년에 동옥저(東沃沮)가 신라에 와서 좋은 말을 바쳤다고 했다. 그러니 또 동옥저(東沃沮)도 있었던 것이다. 〈지장도(指掌圖)〉에는 흑수(黑水)는 만리장성(萬里長城) 북쪽에 있고, 옥저는 만리장성 남쪽에 있다고 했다.

伊西國(이서국)

弩禮王(신라 유리왕) 十四年에 伊西國人이 來攻,
노 례 왕 십 사 년 이 서 국 인 내 공

金城하니라. 按,雲門寺,古傳諸寺,納田記에 云하되
금 성 안 운 문 사 고 전 제 사 납 전 기 운

貞觀,六年,壬辰에 伊西郡의 今部村,零味寺가 納
정 관 육 년 임 진 이 서 군 금 오 촌 영 미 사 납

田이라 하니 則,今部村은 今,清道地이니 卽,清道郡
전 즉 금 오 촌 금 청 도 지 즉 청 도 군

이 古,伊西郡이니라.
고 이 서 군

| 어려운 낱말 |

[弩] : 활(노). [按] : 누르다, 생각해 보다(안). [納田記(납전기)] : 절에 시주한 토지를 기록한 문서. [貞觀(정관)] : 당태종 연호. [零] : 떨어지다(령). [部] : 고을 이름(오).

| 본문풀이 | 〈이서국(伊西國)〉

노례왕(弩禮王 : 유리왕) 14년에, 이서국 사람이 와서 금성(金城 : 신라의 수도, 경주)을 공격했다. 운문사(雲門寺)에는, 「예부터 전해 내려오는 제사,납전기(諸寺,納田記)에 보면, 정관(貞觀) 6년 임진(壬辰)에, 이서군(伊西郡)의 금오촌(今部村) 영미사(零味寺)에서 밭을 바쳤다.」라고 했다. 금오촌은 지금 청도(淸道) 땅이니, 청도군(淸道郡)이 바로 옛날의 이서군인 것이다.

五伽耶(오가야)

◉ 五伽耶(오가야)는 [按,駕洛記贊,云하되 垂一紫纓이 下,六圓卵하니 五歸各邑하고 一在,玆城하다. 則,一爲,首露王요, 餘五는 各爲,五伽耶之主라 하니 金官이 不入,五數는 當矣라. 而,本朝史略에 竝數,金官하고 而,濫記,昌寧은 誤니라.]

(1)은 阿羅伽耶[一作耶, 今咸安]요, (2)는 古寧伽耶
아라가야 고령가야

[今,咸寧]요, (3)은 大伽耶[今,高靈]요, (4)는 星山伽耶[今京山一云,碧珍]요, (5)는 小伽耶[今固城]니라, 又,本朝史
대가야 성산가야 소가야 우본조사

略에 云하되 太祖,天福五年,庚子에 改,五伽耶名하
략 운 태조천복오년경자 개오가야명

니 (一)은 金官[爲金海府]이요, (二)는 古寧[爲加利縣]이
금관 고령

요, (三)은 非火[今昌寧이니 恐,高靈之訛]이니, 餘二는 阿
비화 여이 아

羅와 星山이라.[同前 星山, 或作, 碧珍伽耶]
라 성산

| 어려운 낱말 |

[阿] : 언덕(아). [伽] : 절(가). [耶] : 어조사(야). [碧] : 푸를(벽). [恐] : 두려울(공). 아마. [訛] : 잘못(와).

| 본문풀이 | 〈오가야(五伽耶)〉

오가야는【가락국기(駕洛國記)의 찬(贊)을 상고해 보면, 자줏빛 끈 하나가 내려와 둥근 알[卵] 여섯 개를 내려 주었다. 이 중 다섯 개 알은 각 읍(邑)으로 돌아가고, 한 개는 이 성(城)에 있어서 수로왕(首露王)이 되었고, 각 읍으로 돌아간 다섯 개는 각각 다섯 가야(伽耶)의 주인이 되었다고 한다. 그러므로 금관국(金官國)이 이 다섯 개의 수에 들지 않은 것은 마땅하다. 그런데 〈본조사략(本朝史略)〉에는 금관(金官)까지 그 수에 넣고 창녕(昌寧)까지 더 기록했으니 잘못이다.】

(1) 아라【阿羅 ; 야(耶)라고도 했다.】 가야【伽耶 ; 지금의 함안(咸安)】 · (2) 고령가야【古寧伽倻 ; 지금의 함녕(咸寧)】 · (3) 대가야【大伽耶 ; 지금의 고령(高靈)】 · (4) 성산가야【星山伽耶 ; 지금의 경산(京山), 혹은 벽진(碧珍)】 · (5) 소가야【小伽耶 ; 지금의 고성(固城)】이다.

또 본조사략(本朝史略)에는, 「태조(太祖), 천복(天福) 5년 경자(庚子)에 오가야(五伽耶)의 이름을 고쳤다. 즉 1은 금관【金官 ; 김해부(金

海府)로 됨.】, 2는 고령【古寧 ; 지금의 가리현(加利縣)이 됨.】, 3은 비화【非火 ; 지금의 창녕(昌寧)이니, 고령(高靈)의 잘못인 듯싶다.】요, 나머지 2는 아라(阿羅)와 성산(星山)이다.」 했다.【위 주(注)와 같다. 성산(星山)은, 혹 벽진가야(碧珍伽耶)라고도 한다.】

北扶餘(북부여)

〈古記〉에 云하되 前漢書, 宣帝.神爵三年.壬戌.
고기 운 전한서 선제 신작 삼년 임술
四月八日에 天帝가 降于〈訖升骨城〉[在,大遼醫州,界라.]하여 乘.五龍車하고 立都稱王하여 國號를 北扶
사월팔일 천제 강우 흘승골성 승 오룡거 입도칭왕 국호 북부
餘라 하고 自稱.名을 解慕漱라 하다. 生子하여 名을
여 자칭 명 해모수 생자 명
扶婁라 하고 以.解로 爲氏焉하다. 王이 後에 因.上帝
부루 이 해 위씨언 왕 후 인 상제
之命하여 移都于.東扶餘하고 東明帝가 繼.北扶餘
지명 이도우 동부여 동명제 계 북부여
而.興하여 立都于.卒本州하여 爲.卒本扶餘하니 卽.
이흥 입도우 졸본주 위 졸본부여 즉
高句麗之.始祖니라.
고구려지 시조

| 어려운 낱말 |

[古記(고기)] : 삼국사기 '본문' 에서 인용. [訖升骨城(흘승골성)] : 대요의주(大遼醫州) 지역에 있음. [五龍車(오룡거)] : 5마리 용이 끄는 수레.

| 본문풀이 | 〈북부여(北扶餘)〉

〈고기(古記)〉에 이르기를, 전한(前漢) 선제(宣帝) 신작(神爵) 3년 임술(壬戌 ; B.C. 58) 4월 8일에 천제(天帝)가 〈흘승골성【訖升骨城 ; 대요(大遼) 의주(醫州) 지경에 있음.】〉에 내려왔다. 오룡거(五龍車)를 타고 도읍을 정하여 왕이라 일컫고 국호를 북부여(北扶餘)라 하고, 스스로 이름을 해모수(解慕漱)라 했다. 아들을 낳아서 이름을 부루(扶婁)라 하고, 해(解)로써 성씨(氏)를 삼았다. 왕은 뒤에 상제(上帝)의 명령으로 도읍을 동부여(東扶餘)로 옮기고, 동명제(東明帝)는 북부여(北扶餘)를 계승하여 일어나서 졸본주(卒本州)에 도읍을 정하고 졸본부여(卒本扶餘)가 되었으니, 이가 곧 고구려(高句麗)의 시조(始祖)이다.

東扶餘(동부여)

北扶餘.王의 解夫婁.之相인 阿蘭弗이 夢에 天
북 부 여 왕 해 부 루 지 상 아 란 불 몽 천

帝가 降而,謂曰, 將使,吾子孫으로 立國於,此하리니
제 강 이 위 왈 장 사 오 자 손 입 국 어 차

汝其避之하라 하다.[謂,東明의 將興之兆也니라.] 東海之,
여 기 피 지 동 해 지

濱에 有地하니 名은 迦葉原이라 土壤膏腴하니 宜
빈 유 지 명 가 섭 원 토 양 고 유 의

立王都라 하니 阿蘭弗이 勸王하여 移都於,彼하고
립 왕 도 아 란 불 권 왕 이 도 어 피

國號를 東扶餘라 하다. 夫婁가 老,無子라 一日은
국 호 동 부 여 부 루 노 무 자 일 일

祭,山川求嗣러니 所,乘馬至,鯤淵에 見,大石하고 相
제 산 천 구 사 소 승 마 지 곤 연 견 대 석 상

對淚流하니 王이 怪之하여 使人,轉其石하니 有,小
대 누 류 왕 괴 지 사 인 전 기 석 유 소

兒하되 金色蛙形이라. 王이 喜曰, 此는 乃,天賚我,
아 금 색 와 형 왕 희 왈 차 내 천 뢰 아

令胤乎아? 하고 乃收而,養之하여 名曰, 金蛙라 하
영 윤 호 내 수 이 양 지 명 왈 금 와

다. 及其長에 爲,太子하다 夫婁,薨에 金蛙가 嗣位
급 기 장 위 태 자 부 루 홍 금 와 사 위

爲王하고 次에 傳位于,太子,帶素하더니 至,地皇三
위 왕 차 전 위 우 태 자 대 소 지 지 황 삼

年,壬午에 高麗王,無恤이 伐之하여 殺王,帶素하니
년 임 오 고 려 왕 무 휼 벌 지 살 왕 대 소

國除하니라.
국 제

| 어려운 낱말 |

[相(상)] : 신하, 제상을 의미함. [膏腴(고유)] : 땅이 기름지다. [鯤淵(곤연)] : 당시의 지명. [淚流(누류)] : 눈물을 흘림. [令胤(영윤)] : 남의 집 맏아들. [地皇

(지황)] : 한나라 왕망(王莽)의 연호. [國除(국제)] : 나라가 없어짐.

| 본문풀이 | 〈동부여(東扶餘)〉

북부여(北扶餘)의 왕인 해부루(解夫婁)의 신하[大臣]인 아란불(阿蘭弗)의 꿈에 천제(天帝)가 내려와서 말하기를, 「장차 내 자손을 시켜서 이곳에 나라를 세울 터이니, 너희는 다른 곳으로 피해 가도록 하라.【이것은 동명왕(東明王)이 장차 일어날 조짐을 말함이다.】 동해(東海) 가에 가섭원(迦葉原)이라는 곳이 있는데, 땅이 기름지니 왕도(王都)를 세울 만하다.」고 했다. 이에 아란불(阿蘭弗)은 왕을 권하여 그곳으로 도읍을 옮기고 국호를 동부여(東扶餘)라 했다. 부루(夫婁)는 늙어서도 자식이 없더니 어느 날 산천(山川)에 제사를 지내어 뒤를 이을 아들을 구했는데, 이때 타고 가던 말이 곤연(鯤淵)에 이르러 큰 돌을 보고는 마주 향하여 눈물을 흘려서 왕이 이상히 여기고 사람을 시켜 그 돌을 굴러 옮겨보니 거기에 어린애가 하나 있는데, 모양이 금빛 개구리와 같았다. 왕은 기뻐하여 말하기를, 「이것은 필경 하늘이 나에게 아들을 주시는 것이 아니냐?」 하고는 그 아이를 거두어 기르면서 이름을 금와(金蛙)라고 했다. 차츰 자라나 태자(太子)로 삼았고 부루(夫婁)가 죽자 금와가 자리를 이어 왕이 되었다. 그리고 다음의 위를 태자 대소(帶素)에게 전하니, 지황(地皇 : 한나라 왕망의 연호) 3년 임오(壬午 : 22)에 이르러서 고구려왕(高句麗王) 무휼(無恤)이 이를 쳐서 임금 '대소'를 죽이니 드디어 동부여가 망하여 나라가 없어지고 말았다.

高句麗(고구려)

① 高句麗는 卽,卒本扶餘也라, 或云, 今에 和州
고구려 즉졸본부여야 혹운 금 화주
라 하고 又,成州,等이라 하나 皆,誤矣니라. 卒本州는
우성주등 개오의 졸본주
在,遼東界하니 國史, 高麗本記에 云하되 始祖,東
재료동계 국사 고려본기 운 시조동
明聖帝는 姓이 高氏요, 諱는 朱蒙이라. 先是에 北扶
명성제 성 고씨 휘 주몽 선시 북부
餘王,解夫婁가 旣避地于,東扶餘하여 及,夫婁,薨에
여왕해부루 기피지우동부여 급부루홍
金蛙,嗣位하다. 于時에 得,一女子於,太伯山南의
금와사위 우시 득일녀자어태백산남
優渤水하여 問之하니 云하되 我是,河伯之女로 名은
우발수 문지 운 아시하백지녀 명
柳花라 與,諸弟로 出遊터니 時에 有,一男子하여 自
유화 여제제 출유 시 유일남자 자
言하되 天帝子,解慕漱라 하고 誘我於,熊神山下의
언 천제자해모수 유아어웅신산하
鴨綠邊,室中에서 私之하고 而往不返이라. 父母責
압록변실중 사지 이왕불반 부모책
我하되 無媒而從人이라 하여 遂,謫居于,此라 하
아 무매이종인 수적거우차
다.[壇(檀)君記云하되 君이 與,西河의 河伯之女와 要親하여 有,産子하니 名曰,夫婁라 하다. 今에 按,此記하니 則,解慕漱가 私,河伯之女하여 而後에 産,朱蒙이라 하다. 檀君記云하되 産子하여 名

曰,夫婁라 하니 夫婁는 與,朱蒙으로 異母兄弟也라.] 金蛙가 異
금 와 이

之하여 幽閉於,室中하니 爲,日光所照라 引身避之
지 유 폐 어 실 중 위 일 광 소 조 인 신 피 지

하니 日影이 又逐而,照之하여 因而有孕하여 生,一
일 영 우 축 이 조 지 인 이 유 잉 생 일

卵하니 大가 五升許라. 王이 棄之與,犬猪하니 皆,不
란 대 오 승 허 왕 기 지 여 견 저 개 불

食하므로 又,棄之路하니 牛馬避之하고 棄之野나 鳥
식 우 기 지 로 우 마 피 지 기 지 야 조

獸覆之하여 王이 欲,剖之하니 而,不能破라. 乃還其
수 복 지 왕 욕 부 지 이 불 능 파 내 환 기

母하니 母가 以物裹之하여 置於,暖處하니 有,一兒
모 모 이 물 이 지 치 어 난 처 유 일 아

가 破殼而出하니라. 骨表英奇하여 年甫七歲에 岐
파 각 이 출 골 표 영 기 연 보 칠 세 기

嶷異常하여 自作弓矢하여 百發百中이라 國俗에
억 이 상 자 작 궁 시 백 발 백 중 국 속

謂,善射를 爲,朱蒙이라 故로 以名焉하다.
위 선 사 위 주 몽 고 이 명 언

| 어려운 낱말 |

[和州(화주)] : 지금의 함남 영흥 지방. [成州(성주)] : 지금의 평남 성천. [國史(국사)] : 삼국사기. [于時(우시)] : 그때. [河伯(하백)] : 강물의 신. [英奇(영기)] : 영특하고 기이하다. [岐嶷(기억)] : 어릴 때부터 재능이 뛰어났음을 이르는 말. 嶷은 영리할(억), 높을(억). 산 이름. [善射(선사)] : 활을 잘 쏘다.

| 본문풀이 | 〈고구려(高句麗)〉

고구려(高句麗)는 곧 졸본부여(卒本扶餘)이니, 혹은 말하기를 지금의 화주(和州), 또는 성주(成州) 등이라고 하지만 이것은 모두 잘못이다. 졸본주(卒本州)는 요동(遼東)의 경계에 있으니 〈국사(國史)〉 고려본기(高麗本紀)에 이르되, 시조(始祖) 동명성제(東明聖帝)의 성(姓)은 고씨(高氏)요, 이름은 주몽(朱蒙)이다. 이에 앞서 북부여(北扶餘)의 왕 해부루(解夫婁)가 이미 동부여(東扶餘) 땅으로 피해 가니 부루가 죽음에 금와(金蛙)가 왕위를 이었다. 이때 금와는 태백산(太伯山) 남쪽 우발수(優渤水)에서 한 여자를 만나서 물으니 그 여자는 말하기를, 「나는 하백(河伯)의 딸로서 이름을 유화(柳花)라고 하니 여러 동생들과 함께 물 밖으로 나와서 노는데, 남자 하나가 있어 자기는 천제(天帝)의 아들 해모수(解慕漱)라고 하면서 나를 웅신산(熊神山) 밑 압록강(鴨綠江) 가의 집 속에 유인하여 남몰래 정을 통하고 가더니 돌아오지 않았습니다. 부모는 내가 중매도 없이 혼인한 것을 꾸짖어서 드디어 이곳으로 귀양 보냈습니다.」라고 했다.【「단군기」에는 단군이 서하(西河)의 하백(河伯)의 딸과 친하여 아들을 낳아서 부루(夫婁)라고 이름했다고 하였다. 지금 이 기록을 상고해 보면, 해모수(解慕漱)가 하백(河伯)의 딸과 사사로이 통해서 주몽(朱蒙)을 낳았다고 했다. 〈단군기〔壇(檀)君記〕〉에는, 아들을 낳아 이름을 부루(夫婁)라고 했다고 했으니, 그렇다면 부루(夫婁)와 주몽(朱蒙)은 배다른 형제일 것이다.】

금와(金蛙)가 이상히 여겨 그녀를 방 속에 가두어 두었더니 햇빛이 방 속으로 비쳐 오는데, 그녀가 몸을 피하면 햇빛은 다시 쫓아와서 비쳤다. 이로 해서 태기가 있어 알[卵] 하나를 낳으니, 크기가 5되[五升]들이 만했다. 왕은 그것을 버려서 개와 돼지에게 주게 했으나 모두 먹지 않으므로 다시 길에 내다 버렸더니 소와 말이 그 알을 피해서 가고, 들에 내다 버리니 새와 짐승들이 알을 덮어 주어서 왕이 이것을 쪼개 보려고 했으나 아무리 해도 쪼개지지 않아 그 어머니에게 돌려주었더니, 어머니가 이 알을 천으로 싸서 따뜻한 곳에 놓아두었더니 한 아이가 껍질을 깨고 나왔다. 그 아이는 골격과 외모가 영특하고 기이하여 나이 겨우 일곱 살에 재능이 뛰어나서 범인과 달랐다. 스스로 활과 화살을 만들어 쏘는데 백발백중으로 다 맞히었다. 나라 풍속에 활 잘 쏘는 것을 일러서 주몽(朱蒙)이라고 했음으로, 그 아이를 '주몽'이라 이름 지어 불렀다.

② 金蛙에 有.七子러니 常與朱蒙으로 遊戲에 技
금와 유칠자 상여주몽 유희 기

能莫及이라. 長子帶素가 言於王曰, 朱蒙은 非人
능막급 장자대소 언어왕왈 주몽 비인

所生이니 若不早圖면 恐有後患이니다. 王이 不聽
소생 약불조도 공유후환 왕 불청

하고 使之養馬하니 朱蒙이 知其駿者하여 減食令瘦
사지양마 주몽 지기준자 감식령수

하고 駑者는 善養令肥하니 王은 自乘肥하고 瘦者
노자 선양령비 왕 자승비 수자

給蒙하다 王之諸子가 與.諸臣으로 將謀害之하니
급몽 왕지제자 여제신 장모해지

蒙母知之하고 告曰, 國人이 將害汝하니 以汝才略
몽모지지 고왈 국인 장해여 이여재략

으로 何往不可리오 宜.速圖之하라 하다. 於是에 蒙이
하왕불가 의속도지 어시 몽

與.烏伊等으로 三人爲友하여 行至.淹水[今未詳]하여
여오이등 삼인위우 행지엄수

告水曰, 我是天帝子요, 河伯.孫이니 今日.逃遁에
고수왈 아시천제자 하백손 금일도둔

追者垂及하니 奈何오 於是에 魚鼈成橋하여 得渡
추자수급 내하 어시 어별성교 득도

而.橋解하니 追騎.不得渡라. 至.卒本州하여[玄菟郡之
이교해 추기부득도 지졸본주

界] 遂都焉하다. 未.皇作宮室하여 但.結廬於.沸流水
수도언 미황작궁실 단결려어비류수

上하여 居之하고 國號를 高句麗라 하고 因以.高로
상 거지 국호 고구려 인이고

爲氏하다.[本姓은 解也니 今에 自言是,天帝子는 承,日光而,生
위씨

이라, 故로 自,以高로 爲氏니라.] 時年이 十二歲라, 漢의
시년 십이세 한

孝元帝.建昭.二年.甲申歲(B.C. 37년)에 卽位하여 稱
효원제건소이년갑신세 즉위 칭

王하다. 高句麗.全盛之日에는 二十一萬五百八户
왕 고구려전성지일 이십일만오백팔호

니라.

〈珠琳傳〉의 第.二十一卷.載하되 昔에 寧稟離
주림전 제이십일권재 석 영품이

王의 侍婢가 有娠하니 相者.占之曰, 貴而當王하리
왕 시비 유신 상자점지왈 귀이당왕

다 하니 王曰, 非.我之胤也니 當殺之하라. 婢曰, 氣.
왕왈 비아지윤야 당살지 비왈 기

從天來라 故로 我.有娠이니다 하다. 及.子之産에 謂
종천래 고 아유신 급자지산 위

爲,不祥이라 하여 捐圈則,猪噓하고 棄欄則,馬乳하여
위 불 상 연 권 즉 저 허 기 란 즉 마 유

而,得不死하여 卒爲,扶餘之王하다.[卽,東明帝가 爲,卒
이 득 불 사 졸 위 부 여 지 왕

本扶餘의 王之謂也라. 此,卒本扶餘는 亦是,北扶餘之,別都라 故로 云,扶餘王也라. 寧稟離란 乃,夫婁王之異稱也라.]

| 어려운 낱말 |

[早圖(조도)] : 일찍 죽이다. [瘦] : 야윌(수). [駑者(노자)] : 둔한 놈. [逃遁(도둔)] : 도망가다. [未皇(미황)] : 겨를이 없어. [高氏(고씨)] : 주몽의 성씨, 본래의 성은 해(解)씨인데 하늘의 빛을 받아 태어났기에 스스로를 높여 고(高)씨라 했다 함. [珠琳傳(주림전)] : 불교서적인 '법원주림(法苑珠琳)' 의 약칭. [捐圈(연권)] : 우리에 버리다. [猪噓(저허)] : 돼지가 입김을 불어넣다. [棄欄(기란)] : 말 우리에 버리다. [卒(졸)] : 마침내.

| 본문풀이 |

금와에게는 아들 일곱이 있었으니, 항상 주몽과 함께 놀았는데 재주가 주몽을 따르지 못했다. 장자(長子) 대소(帶素)가 왕에게 말하기를, 주몽은 사람이 낳은 자식이 아니니 만일 일찍 없애지 않는다면 후환이 있을까 두렵습니다. 왕은 그 말을 듣지 않고 주몽을 시켜 말을 기르게 하니 주몽은 좋은 말을 알아보아 적게 먹여서 여위게 기르고, 둔한 말을 잘 먹여서 살찌게 했다. 이에 왕은, 살찐 말은 자기가 타고 여윈 말은 주몽에게 주었다. 왕의 여러 아들과 신하들이 함께 주몽을 장차 죽일 계획을 하니, 주몽의 어머니가 그것을 알고 주몽에게 알려 말하기를, 지금 나라 안 사람들이 너를 해치려고 하는데, 네 재주와 지략(智略)을 가지고 어디를 가면 못 살겠느냐. 빨리 이곳을 떠나도록 하라고 했다. 이에 주몽은 오이(烏伊) 등 세 사람을 벗으로 삼아 엄수(淹水)에 이르러 물을 향해 말하기를, 「나는 천제(天帝)의 아들이요, 하백(河伯)의 손자이다. 오늘 도망해 가는데 뒤쫓는 자들이 거의 따라오게 되었으니 어찌하면 좋겠느냐.」 하고 말을 마치니, 물고기와 자라가 다리를 만들어주어 건너게 해주었다. 모두 건너자 이내 풀어 흩어져 뒤쫓아 오던 기병(騎兵)은 건너지 못했다. 이에 주몽은 졸본주【현도군(玄菟郡)과의 경계】에 이르러 드디어 도읍을 정했다. 그러나 궁실(宮室)을 세울 겨를이 없어서 비류수(沸流水) 위에 집을 짓고 살면서 국호를 고구려(高句麗)라 하고, 고(高)로 씨(氏)를 삼았다.【본성(本姓)은 해(解)씨니, 지금 천제(天帝)의 아들을 햇빛을 받아 낳았다 하여 스스로 고(高)로 씨(氏)를 삼은 것이다.】 이때의 나이 12세로서, 한(漢)나라 효원제(孝元帝) 건소(建昭) 2년 갑신(甲申)에 즉위하여 왕이라 일컬었다. 고구려(高句麗)가 제일 융성하던 때는 21만 508호나 되었다.

〈주림전(珠琳傳)〉 제21권에 실려 있는데 거기에 이르기를, 「옛날 영품리왕(寧稟離王)의 시비(侍婢 : 종)가 임신했는데, 관상(觀相) 보는 자가 점을 쳐 말하기를, 귀하게 되어 왕이 될 것이라.」 하니 왕이 말하기를, 「내 아들이 아니니 마땅히 죽여야 한다.」고 하니 종이 말하기를, 「하늘의 기운을 받아 하늘로부터 내려오더니 임신한 것이라.」고 했다. 드디어 아이를 낳자 왕은 상서롭지 못한 일이라 하여 돼지우리에 내다 버리니 돼지가 입김을 불어 보호해 주고, 마구간에 내다 버리니 말이 젖을 먹여서 죽지 않게 해 주어서 이 아이가 자라서 마침내 부여(扶餘)의 왕이 되었다.【이것은 동명제(東明帝)가 졸본부여(卒本扶餘)의 왕이 된 것을 말한 것이다. 이 졸본부여(卒本扶餘)는 역시 북부여(北扶餘)의 딴 도읍이다. 때문에 부여왕(扶餘王)이라 이른 것이다. 영품리(寧禀離)는 부루왕(夫婁王)의 다른 칭호이다.】

卞韓(변한), 百濟(백제)

◉[亦云,南扶餘,卽,泗沘城也]

新羅始祖.赫居世의 卽位.十九年 壬午(B.C. 39)
신라시조 혁거세 즉위 십구년 임년
에 卞韓人이 以國으로 來降하다. 〈新舊唐〉書云하
변한인 이국 내항 신구당 서운
되 卞韓의 苗裔는 在.樂浪之地라 하고 〈後漢書〉에
변한 묘예 재낙랑지지 후한서
云하되 卞韓은 在南하고 馬韓은 在西하고 辰韓은
운 변한 재남 마한 재서 진한
在東이라 하다. 致遠이 云하되 卞韓은 百濟也라 하니
재동 치원 운 변한 백제야
라. 按.本記하면 溫祚之起가 在.鴻嘉四年.甲辰이라
안 본기 온조지기 재홍가사년 갑진
하니 則.後於.赫居世와 東明之世의 四十餘年이니
즉 후어 혁거세 동명지세 사십여년

而,〈唐書〉云하되 卞韓苗裔가 在,樂浪之地,云者
이 당 서 운 변 한 묘 예 재 낙 랑 지 지 운 자

는 謂,溫祚之系가 出自東明이라 故로 云耳니라. 或
위 온 조 지 계 출 자 동 명 고 운 이 혹

有人이 出,樂浪之地는 立國於,卞韓하여 與,馬韓等
유 인 출 낙 랑 지 지 입 국 어 변 한 여 마 한 등

으로 竝峙者가 在,溫祚之前爾요, 非,所都가 在,樂
병 치 자 재 온 조 지 전 이 비 소 도 재 낙

浪之,北也니라. 或者는 濫,九龍山하여 亦名,卞那山
랑 지 북 야 혹 자 람 구 용 산 역 명 변 나 산

이라. 故로 以高句麗로 爲,卞韓者는 盖謬이니 唐以,
고 이 고 구 려 위 변 한 자 개 류 당 이

古賢之說이 爲是니라. 百濟地에 自有,卞山하여 故
고 현 지 설 위 시 백 제 지 자 유 변 산 고

云하되 卞韓이라 하니 百濟,全盛之時에 十五萬,二
운 변 한 백 제 전 성 지 시 십 오 만 이

千,三百户이니라.
천 삼 백 호

| 어려운 낱말 |

[泗沘城(사비성)] : 백제의 도성(都城). [苗裔(묘예)] : 후예. [鴻嘉(홍가)] : 한나라 성제(成帝)의 연호. [唐書(당서)] : 중국 25사의 하나. 신당서(新唐書), 구당서(舊唐書) 2가지가 있음. 주로 신당서를 가리킴. [竝峙者(병치자)] : 함께 나라를 세워 존재함. [或有人(혹유인)] : 어떤 사람. [濫] : 함부로. 넘치다(람). [盖謬(개류)] : 잘못됨. [全盛之時(전성지시)] : 전성시대.

| 본문풀이 | 〈변한(卞韓)과 백제(百濟) ; 또는 南扶餘라고도 하는데 곧 泗沘城이다.〉

신라(新羅)의 시조(始祖) 혁거세(赫居世)가 즉위한 19년 임오(壬

午; B.C. 39)에 변한(卞韓) 사람이 나라를 가지고 항복해 왔다. 〈신당서(新唐書)〉와 〈구당서(舊唐書)〉에 이르기를, 「변한(卞韓)의 후손들이 낙랑(樂浪) 땅에 있었다.」라고 했고, 〈후한서(後漢書)〉에는, 「변한(卞韓)은 남쪽에 있고, 마한(馬韓)은 서쪽에 있고, 진한(辰韓)은 동쪽에 있다.」라고 했다. 최치원(崔致遠)은 변한은 바로 백제(百濟) 라고 했다. 본기(本紀 : 삼국사기)를 상고해 본다면, 온조왕(溫祚王)이 일어나서 나라를 세운 것은 홍가(鴻嘉) 4년 갑진(甲辰 ; B.C. 17)의 일이라고 하니, 그렇다면 혁거세(赫居世)나 동명왕(東明王) 시대보다 40여 년이나 뒷일이니, 그런데 〈당서(唐書)〉에, 변한(卞韓)의 후손들이 낙랑(樂浪) 땅에 살았다고 한 것은 온조왕(溫祚王)의 계통이 동명왕(東明王)에게서 나왔기 때문에 그렇게 말한 것이다. 혹시 어떤 사람이 낙랑에서 나서 변한(卞韓)에 나라를 세우고, 마한(馬韓) 등과 대치한 일이 온조왕 이전에 있었던 모양이요, 그 도읍한 곳이 낙랑 북쪽에 있었다는 것은 아니다. 어떤 사람이 구룡산(九龍山)을 잘못 알고 역시 변나산(卞那山)이라고 불렀던 까닭에 고구려(高句麗)를 가지고 변한이라고 했다. 그러나 이것은 대개 잘못일 것이다. 마땅히 옛날 현인(賢人)의 말을 좇는 것이 옳으니라. 백제 땅에도 변산(卞山)이 있었으므로 변한이라 했으니, 백제가 전성(全盛)했을 때는 호수가 15만 2천3백 호였다.

辰韓(진한 ; 亦作,秦韓)

〈後漢書〉에 云하되 辰韓,耆老가 自言하되 秦之
후 한 서 운 진 한 기 로 자 언 진 지

亡人이 來適,韓國에 而,馬韓이 割,東界地하여 以與
망 인 내 적 한 국 이 마 한 할 동 계 지 이 여

之하니 相呼爲徒하여 有似秦語라. 故로 或,名之爲,
지 상 호 위 도 유 사 진 어 고 혹 명 지 위

秦韓이라 하니 有,十二小國하여 各,萬戶로 稱國하
진 한 유 십 이 소 국 각 만 호 칭 국

다. 又,崔致遠云하되 辰韓은 本,燕人의 避之者라.
우 최 치 원 운 진 한 본 연 인 피 지 자

故로 取,涿水之名하여 稱所居之,邑里하되 云, 沙
고 취 탁 수 지 명 칭 소 거 지 읍 리 운 사

涿과 漸涿,等이라 하니라.[羅人方言에 讀,涿音하여 爲道라
탁 점 탁 등

故로 今에 或作沙梁이라 하니 梁도 亦讀道이니라.] 新羅全盛
신 라 전 성

之時에 京中에 十七萬,八千九百,三十六戶요, 一
지 시 경 중 십 칠 만 팔 천 구 백 삼 십 육 호 일

千三百六十坊이요, 五十五里에 三十五,金入宅[言,
천 삼 백 육 십 방 오 십 오 리 삼 십 오 금 입 댁

富潤大宅也라.] 하니 南宅, 北宅, 于比所宅, 本彼宅,
남 택 북 택 우 비 소 댁 본 피 댁

梁宅, 池上宅(本彼部), 財買井宅(庾信公祖宗), 北維
양 택 지 상 택 재 매 정 댁 북 유

宅, 南維宅(反香寺下坊), 隊宅, 賓支宅(反香寺北), 長
댁 남 유 댁 대 택 빈 지 댁 장

沙宅, 上櫻宅, 下櫻宅, 水望宅, 泉宅, 楊上宅(梁
사 댁 상 앵 댁 하 앵 댁 수 망 댁 천 택 양 상 댁

南), 漢岐宅(法流寺南), 鼻穴宅(上同), 板積宅(芬皇寺上
한 기 댁 비 혈 댁 판 적 댁

坊), 別敎宅(川北), 衙南宅, 金楊宗宅(梁官寺南), 曲水
별 교 댁 아 남 댁 금 양 종 택 곡 수

宅(川北), 柳也宅, 寺下宅, 沙梁宅, 井上宅, 里南
댁 유 야 댁 사 하 댁 사 량 댁 정 상 댁 이 남

宅(于所宅), 思內曲宅, 池宅, 寺上宅(大宿宅), 林上
댁 사 내 곡 댁 지 택 사 상 댁 임 상

宅[青龍之寺東方有池], 橋南宅, 巷叱宅(本彼部), 樓上
택 교 남 댁 항 질 댁 누 상

宅, 里上宅, 椧南宅, 井下宅이러라.
댁 이 상 댁 명 남 댁 정 하 댁

| 어려운 낱말 |

[耆老(기로)] : 노인들. [適] : 갈(적). [割] : 쪼갤(할). [相呼(상호)] : 서로 부르고 모아서. [金入宅(금입댁)] : 부유한 큰집을 말함.

| 본문풀이 | 〈진한(辰韓 ; 秦韓이라고도 했다.)〉

〈후한서(後漢書)〉에 이르기를, 「진한(辰韓)의 늙은이들이 말하는데, 진(秦)나라에서 망명한 사람들이 한국(韓國)에 오자, 마한(馬韓)이 동쪽 경계의 땅을 베어 주니, 서로 부르기를 도(徒)라고 하여 마치 진(秦)나라 말에 가까워졌으므로 혹은 이곳을 진한(秦韓)이라고 하니, 여기에는 12개의 조그마한 나라들이 있어 각각 1만호(萬戶) 나라라고 일컬었다.」고 했다. 또 최치원(崔致遠)은 말하기를, 「진한은 본래 연(燕)나라 사람이 피난해 와 있던 곳이기 때문에 탁수(涿水)의 이름을 따서 그들이 사는 읍(邑)과 마을을 사탁(沙涿)이나 점탁(漸涿)이라고 불렀다.」고 했다.【신라 사람의 방언에 涿(탁)의 음을 道(도)라고 읽는다. 때문에 지금도 혹, 사량(沙梁)이라 하는데, 양(梁)을 도(道)라고도 읽었다.】

신라(新羅) 전성기(全盛期)에는 서울에 17만 8,936호(戶), 1,369방(坊), 55리(里), 35개의 금입댁【金入宅; 부윤(富潤)한 큰집을 말함】이 있었다. 그리고 이것은 남택(南宅) · 북택(北宅) · 우비소댁(于比所宅) · 본피댁(本彼宅) · 양택(梁宅) · 지상택〔池上宅; 본피부(本彼部)〕 · 재매정댁〔財買井宅; 유신공(庾信公)의 조종(祖宗)〕 · 북유댁(北維宅) · 남유댁〔南維宅; 반향사하방(反香寺下坊)〕 · 대택(隊宅) · 빈지댁〔賓支宅; 반향사(反香寺 : 북쪽)〕 · 장사댁(長沙宅) · 상앵댁(上櫻宅) · 하앵댁(下櫻宅) · 수망댁(水望宅) · 천택(泉宅) · 양상댁〔楊上宅; 양부(梁部) 남쪽〕 · 한기댁〔漢岐宅; 법류사(法流寺) 남쪽〕 · 비혈댁(鼻穴宅; 위와 같음) · 판적댁〔板積宅; 분황사상방(芬皇寺上坊)〕 · 별교댁(別教宅; 내의 북쪽) · 아남댁(衙南宅) · 금양종택〔金梁宗宅; 양관사(梁官寺) 남쪽〕 · 곡수댁(曲水宅; 내의 북쪽) · 유야댁(柳也宅) · 사하댁(寺下宅) · 사량댁(沙梁宅) · 정상댁(井上宅) · 이남댁〔里南宅; 우소댁(又所宅)〕 · 사내곡댁(思內曲宅) · 지택(池宅) · 사상댁(寺上宅; 대숙택(大宿宅) · 임상택〔林上宅; 청룡사(青龍寺)의 동쪽으로 못이 있음〕 · 교남댁(橋南宅) · 항질댁〔巷叱宅; 본피부(本彼部)〕 · 누상댁(樓上宅) · 이상댁(里上宅) · 명남댁(椧南宅) · 정하댁(井下宅)이 있었다.

四節遊宅(사절유택)

春은 東野宅이요, 夏는 谷良宅이며 秋는 仇知宅이요, 冬은 加伊宅이라. 第.四十九.憲康大王.代에는 城中에 無一.草屋하고 接角連墻하고 歌吹滿路하여 晝夜不絶하니라.

춘 동야댁 하 곡양댁 추 구지댁 동 가이댁 제사십구헌강대왕대 성중 무일초옥 접각연장 가취만로 주야부절

| 어려운 낱말 |

[四節遊宅(사절유택)] : 봄, 여름, 가을, 겨울의 4계절에 놀이하던 별장. [接角連墻(접각연장)] : 집들의 끝이 맞닿고 담장이 마주 이어졌다. [草屋(초옥)] : 초가집.

| 본문풀이 | 〈사절유택(四節遊宅)〉

봄에는 동야댁(東野宅)이요, 여름에는 곡량댁(谷良宅)이며, 가을에는 구지댁(仇知宅)이요, 겨울에는 가이댁(加伊宅)에서 놀았다. 제49대 헌강대왕(憲康大王) 때에는 성 안에 초가집은 하나도 없고, 집의 처마와 담이 이웃집과 서로 연해 있었고 또 노랫소리와 피리 부는 소리가 길거리에 가득 차서 밤낮으로 끊어지지 않았다고 했다.

新羅始祖(신라시조) 赫居世王(혁거세왕)

[1] 辰韓之地에 古有六村하니 一曰, 閼川楊山
진한지지 고유육촌 일왈 알천양산
村이니 南은 今曇嚴寺라. 長曰, 謁平이라, 初에 降
촌 남 금담엄사 장왈 알평 초 강
于瓢嵓峰하니 是爲及梁部李氏祖니라.[弩禮王九年
우표암봉 시위급량부이씨조
에 置하여 名을 及梁部라 하니 本朝太祖,天福五年,庚子에 改名하
여 中興部라 하고 波潛,東山,彼上,東村이 屬焉이라.]

突山高墟村이니 長曰, 蘇伐都利로 初에 降于
돌산고허촌 장왈 소벌도리 초 강우
兄山하니 是爲沙梁部[梁은 讀云道라 하며 或作涿하며 亦
형산 시위사량부
音道라 하다.] 鄭氏祖니 今曰, 南山部라 仇良伐, 麻
정씨조 금왈 남산부 구량벌 마
等烏, 道北, 廻德等의 南村이 屬焉이니라.[稱,今日者
등오 도북 회덕등 남촌 속언
는 太祖所置也며 下例知니라.]

茂山大樹村이니 長曰, 俱禮馬[一作仇]라. 初에 降
무산대수촌 장왈 구례마 초 강
于伊山하니[一作皆比山] 是爲漸梁部[一作,涿〔喙(훼)〕의
우이산 시위점량부
誤라 함.]요. 又牟梁部의 孫氏之祖니라. 今云, 長福
우모량부 손씨지조 금운 장복
部라 하고 朴谷村等의 西村이 屬焉하다.
부 박곡촌등 서촌 속언

觜山.珍支村이니 長曰, 智伯虎로 初에 降于花
취 산 진 지 촌 장 왈 지 백 호 초 강 우 화

山하니 是爲.本彼部.崔氏祖요. 今曰, 通仙部라 하
산 시 위 본 피 부 최 씨 조 금 왈 통 선 부

고 柴巴等의 東南村이 屬焉하니라. 致遠은 乃.本彼
시 파 등 동 남 촌 속 언 치 원 내 본 피

部人也니 今에 皇龍寺.南과 味呑寺.南에 有.古墟하
부 인 야 금 황 용 사 남 미 탄 사 남 유 고 허

니 云是.崔侯.古宅也이니 殆明矣하니라.
운 시 최 후 고 택 야 태 명 의

金山.加利村[今에 金剛山의 栢栗寺之,北山也라.]이니 長
금 산 가 리 촌 장

曰, 祇沱라.[一作只他] 初에 降于.明活山하니 是爲.漢
왈 지 타 초 강 우 명 활 산 시 위 한

岐部[又作韓岐部]라 하니 裵氏祖니라. 今云, 加德部라.
기 부 배 씨 조 금 운 가 덕 부

上下.西知와 乃兒.等의 東村이 屬焉이라.
상 하 서 지 내 아 등 동 촌 속 언

明活山.高耶村이니 長曰, 虎珍이라, 初降于.金
명 활 산 고 야 촌 장 왈 호 진 초 강 우 금

剛山하니 是爲.習比部.薛氏祖요, 今.臨川部로 勿
강 산 시 위 습 비 부 설 씨 조 금 임 천 부 물

伊村, 仍仇旀村, 闕谷[一作,葛谷]等의 東北村이 屬
이 촌 잉 구 미 촌 궐 곡 등 동 북 촌 속

焉하니라. 按.上文하니 此.六部之祖가 似皆.從天而
언 안 상 문 차 육 부 지 조 사 개 종 천 이

降하고 弩禮王.九年에 始改.六部名하고 又賜.六姓
강 노 례 왕 구 년 시 개 육 부 명 우 사 육 성

하니 今俗에 中興部(급량부)를 爲母하고 長福部(점량
금 속 중 흥 부 위 모 장 복 부

부)를 爲父하고 臨川部(동북촌)를 爲子하고 加德部(한
위 부 임 천 부 위 자 가 덕 부

기부)를 爲女라 하나 其實,未詳이니라.
위 녀 기 실 미 상

| 어려운 낱말 |

[旀] : 하며(미). 이두. 신라에 미지현(旀知縣)이 있었다. [殆明(태명)] : 거의 확실하다. [辰韓六姓(진한6성)] : ① 표암공 이씨(瓢嵓公 李氏). ② 소벌도리 정씨(蘇伐都利公 鄭氏). ③ 구례마 손씨(俱禮馬公 孫氏). ④ 지백호 최씨(知伯虎公 崔氏). ⑤ 지타공 배씨(祗沱公 裵氏). ⑥ 호진공 설씨(虎珍公 薛氏). * 삼국사기에는 소벌도리, 공과 지백호, 공이 바뀌어있어서 정사(正史)인 삼국사기를 따르고 있다.

| 본문풀이 | 〈신라시조(新羅始祖) 혁거세왕(赫居世王)〉

[1] 진한(辰韓) 땅에는 옛날에 육촌(六村)이 있었으니,

1)은 알천,양산촌(閼川,楊山村)이니, 그 남쪽은 지금의 담엄사(曇嚴寺)이다. 촌장(村長)은 알평(謁平)이니, 처음에 하늘에서 표암봉(瓢嵓峰)에 내려왔으니, 이가 급량부(及梁部) 이씨(李氏)의 조상이 되었다. 【노례왕(弩禮王) 9년에 부(部)를 두어 급량부(及梁部)라고 하니, 고려(高麗) 태조(太祖) 천복(天福) 5년 경자(庚子, 940)에 중흥부(中興部)라고 이름을 고쳤다. 파잠(波潛) · 동산(東山) · 피상(彼上)의 동촌(東村)이 여기에 소속된다.】

2)는 돌산(突山) 고허촌(高墟村)이니, 촌장(村長)은 소벌도리(蘇伐都利)이다. 처음에 형산(兄山)에 내려왔으니, 이가 사량부【沙梁部 ; 양(梁)은 도(道)라고 읽고, 혹 탁(涿)으로도 쓴다. 그러나 역시 도(道)라고 읽는다.】 정씨(鄭氏)의 조상이 되었다. 지금은 남산부(南山部)라 하여 구량벌(仇梁伐) · 마등오(麻等烏) · 도북(道北) · 회덕(廻德) 등 남촌(南

村)이 여기에 소속된다.【지금이라고 한 것은 고려 태조(高麗 太祖) 때를 기준으로 한 것이다. 아래도 이와 같다.】

3)은 무산(茂山) 대수촌(大樹村)이다. 촌장(村長)은 구례마【俱禮馬 ; 구(仇)라고도 씀이다.】 처음에 이산【伊山 ; 개비산(皆比山)이라고도 함.】에 내려왔으니, 이가 점량부【漸梁部(혹은 涿部)】, 또는 모량부(牟梁部) 손씨(孫氏)의 조상이 되었다. 지금은 장복부(長福部)라고 한다. 여기에는 박곡촌(朴谷村) 등 서촌(西村)이 소속된다.

4)는 취산(觜山 : 자산) 진지촌【珍支村 ; 빈지(賓之) · 빈자, 빙지라고도 한다.】이다. 촌장(村長)은 지백호(智伯虎)로 처음에 화산(花山)에 내려왔으니, 이가 본피부 최씨(本彼部 崔氏)의 조상이 되었다. 지금은 통선부(通仙部)라 한다. 시파(柴杷) 등 동남촌(東南村)이 여기에 소속된다. 최치원(崔致遠)은 바로 본피부(本彼部) 사람이다. 지금은 황룡사(黃龍寺) 남쪽 미탄사(味呑寺) 남쪽에 옛 터가 있다고 한다. 이것이 바로 최후(崔侯)의 옛집임이 분명하다.

5)는 금산(金山) 가리촌【加利村 ; 지금의 금강산(金剛山) 백율사(栢栗寺) 북쪽 산】이다. 촌장(村長)은 지타【祗沱 ; 혹은 지타(只他)】이다. 처음에 명활산(明活山)에 내려왔으니, 이가 한기부(漢岐部) 또는 한기부(韓岐部) 배씨의 조상이 되었다. 지금은 가덕부(加德部)라 하는데, 상하(上,下) 서지(西知), 내아(乃兒) 등 동촌(東村)이 이에 속한다.

6)은 명활산고야촌(明活山高耶村)으로 촌장은 호진(虎珍)인데, 처음에 금강산에 내려왔으니, 이 사람이 습비부(習比部) 설씨(薛氏)의 조상이다. 지금은 임천부(臨川部)라고 하는데 물이촌(勿伊村) · 잉구미촌(仍仇旀村) · 궐곡(闕谷) 등 동북촌(東北村)이 여기에

소속되었다.

위의 글을 생각해 보니, 이 6부(部)의 조상들은 모두 하늘에서 내려온 것이고, 노례왕〔弩禮王 ; 유리왕(儒理王)〕 9년(32)에야 비로소 여섯 부(部)의 명칭을 고치고, 또 그들에게 여섯 성(姓)을 주었으니, 지금 풍속에 중흥부(中興部)를 어머니로 삼고, 장복부(長福部)를 아버지, 임천부(臨川部)를 아들이요, 가덕군(加德郡)을 딸로 삼고 있었다고 하나 그 사실과 내용은 상세히 알지를 못한다.

[2] 前漢,地節元年,壬子(B.C. 69)[古本云, 建武元年이
전한 지절 원년 임자
라 하고 又云, 建元三年等하니 皆誤니라.] 三月,朔에 六部祖
삼월 삭 육부조
가 各率子弟하고 俱會於,閼川岸上하여 議曰, 我輩
각솔자제 구회어알천안상 의왈 아배
는 上無君主하여 臨理蒸民이라 民皆放逸하여 自從
상무군주 임리증민 민개방일 자종
所欲하니 盍覓,有德人하여 爲之君主하고 立邦,設
소욕 합멱 유덕인 위지군주 입방 설
都乎리오? 하다. 於是에 乘高,南望하니 楊山下,蘿
도호 어시 승고 남망 양산하 나
井,傍에 異氣如電하여 光垂地하고 有,一白馬가 跪
정 방 이기여전 광수지 유 일백마 궤
拜之狀이라 尋撿之하니 有,一紫卵[一云,靑大卵]하고
배지상 심검지 유 일자란
馬見人하더니 長嘶上天하다 剖其卵하여 得,童男하
마견인 장시상천 부기란 득동남
니 形儀端美라 驚異之하여 浴於,東泉[東泉寺在,詞腦野
형의단미 경이지 욕어 동천

北]하니 身生光彩하고 鳥獸率舞하고 天地振動하며
신 생 광 채 조 수 솔 무 천 지 진 동

日月清明이라 因名,赫居世王이라 하다.[蓋,鄕言也이며
일 월 청 명 인 명 혁 거 세 왕

或作,不矩內王하다 言,光明으로 理世也라. 說者云,是는 西述聖母

之所誕也니 故로 中華人이 讚하여 仙桃聖母가 有娠賢하여 肇邦

之語가 是也니라. 乃至鷄龍하여 現瑞産閼英이 又焉知非,西述聖

母之所現耶아? 하니라.] 位號曰, 居瑟邯[或作,居西干하며
위 호 왈 거 슬 한

初,開口之時에 自稱云하되 閼智,居西干이 一起라 하여 因,其言稱

之이니 自後로 爲,王者之,尊稱이라.]이라 하니 時人이 爭賀
시 인 쟁 하

曰, 今,天子已降하니 宜覓,有德女,君配之하리라 하
왈 금 천 자 이 강 의 멱 유 덕 여 군 배 지

니 是日에 沙梁里,閼英井邊[一作,娥利英井]에 有,鷄龍
시 일 사 량 리 알 영 정 변 유 계 용

現하여 而,左脇,誕生童女하다.[一云,龍現死 而,剖其腹得
현 이 좌 협 탄 생 동 녀

之] 姿容殊麗나 然而,唇似鷄觜하여 將浴於,月城北
자 용 수 려 연 이 진 사 계 취 장 욕 어 월 성 북

川하니 其觜,撥落이라 因,名其川曰, 撥川이라 하다.
천 기 취 발 락 인 명 기 천 왈 발 천

營,宮室於,南山西麓[今,昌林寺]하여 奉養,二聖兒하
영 궁 실 어 남 산 서 록 봉 양 이 성 아

다. 男以卵生하니 卵如瓠라, 鄕人이 以,瓠로 爲朴이
남 이 란 생 난 여 호 향 인 이 호 위 박

라. 故로 因姓朴하다. 女以,所出井名으로 名之하니
고 인 성 박 여 이 소 출 정 명 명 지

二聖이 年至,十三歲어늘 以,五鳳元年,甲子(B.C. 57)
이 성 년 지 십 삼 세 이 오 봉 원 년 갑 자

에 男立爲王하고 仍以女로 爲后하고 國號를 徐羅
남 립 위 왕 잉 이 여 위 후 국 호 서 라

伐이라 하니 又,徐伐[今俗訓에 京字云, 徐伐이니 以此故也
벌 우 서 벌

라.]이요. 或云,斯羅, 又,斯盧라, 初에 王生於,鷄井이
혹 운 사 라 우 사 로 초 왕 생 어 계 정

라. 故로 或云, 鷄林國하니 以其,鷄龍이 現瑞也니
고 혹 운 계 림 국 이 기 계 용 현 서 야

라. 一說은 脫解王時에 得,金閼智하여 而,鷄鳴於,
일 설 탈 해 왕 시 득 김 알 지 이 계 명 어

林中이라. 乃改,國號를 爲,鷄林이라 하다가 後世에
임 중 내 개 국 호 위 계 림 후 세

遂定하여 新羅之號하다. 理國六十一年에 王이 升
수 정 신 라 지 호 이 국 육 십 일 년 왕 승

于,天하여 七日後에 遺體가 散落于地하니 后,亦云
우 천 칠 일 후 유 체 산 락 우 지 후 역 운

亡이라 國人이 欲合而,葬之하니 有,大蛇逐禁하여
망 국 인 욕 합 이 장 지 유 대 사 축 금

各葬五體하여 爲,五陵하니 亦名蛇陵이라. 曇嚴寺,
각 장 오 체 위 오 릉 역 명 사 릉 담 엄 사

北陵이 是也니 太子,南解王,繼位하다.
북 릉 시 야 태 자 남 해 왕 계 위

| 어려운 낱말 |

[地節(지절)] : 한나라 선제의 연호. [岸上(안상)] : 언덕 위에. [我輩(아배)] : 우리들. [臨理蒸民(임리증민)] : 모든 백성들을 직접 다스림. 蒸民은 모든 백성들. [自從所欲(자종소욕)] : 스스로 하고 싶은 대로 함. [放逸(방일)] : 흩어져 내버려두다. [盍覓(합멱)] : 찾아서 어찌 ~를 하지 않겠는가. 盍은 어찌 아니

할(합). [紫卵(자란)] : 붉은 알. [長嘶(장시)] : 길게 울음 울다. [左脇(좌협)] : 왼쪽 옆구리. [鷄觜(계취)] : 닭의 부리. 觜는 부리(자, 취). [瓠爲朴(호위박)] : 박같이 생겨서 성을 박으로 했다. [現瑞(현서)] : 상서를 나타냄. [遺體(유체)] : 유해, 즉, 시체를 말함. [蛇陵(사릉)] : 현재 오릉을 말함.

| 본문풀이 |

[2] 전한(前漢) 지절(地節) 원년(元年) 임자【壬子 ; B.C. 69, 고본(古本)에는 건호(建虎) 원년(元年)이라 했고, 건원(建元) 3년이라고도 했다. 하지만 이것은 모두 잘못이다.】 3월 초하루에 6부(六部)의 조상들은 저마다 자기 아들들을 거느리고 알천(閼川) 언덕 위에 모여 의논하기를, 「우리들은 위로 임금이 없어 백성들을 다스리지 못하기 때문에 백성들이 모두 방자하여 각자 하고자 하는 대로 하고 있으니, 어찌 덕이 있는 사람을 찾아서 임금을 삼아 나라를 세우고 도읍을 정하지 않는단 말인가?」라고 했다. 이에 높은 곳에 올라 남쪽을 바라보니 양산(楊山) 밑 나정(蘿井)이라는 우물가에 번갯불처럼 이상한 기운이 땅에 닿도록 비치고, 흰 말 한 마리가 땅에 꿇어앉아 절하는 형상을 하고 있었으므로 그곳을 찾아가 조사해 보니 거기에는 자줏빛 알 한 개【혹은 푸른 큰 알이라고도 함.】가 있었다. 말은 사람을 보더니 길게 울고는 하늘로 올라가 버렸다. 알을 깨고서 어린 사내아이를 얻으니, 그는 모양이 단정하고 아름다웠다. 모두 놀라 이상하게 여겨 그 아이를 동천【東泉 ; 동천사(東泉寺)는 사뇌야(詞腦野) 북쪽에 있다.】에 목욕시켰더니 몸에서 광채가 나고 새와 짐승들이 따라서 춤을 추고, 천지가 진동하고 해와 달이 청명해졌다.

이에 그 아이를 혁거세왕(赫居世王)이라고 이름했다.【이 혁거세(赫居世)는 필경 향언(鄕言)일 것이며, 혹은 불구내왕(弗矩內王)이라고도 하니 밝게 세상을 다스린다는 뜻이다. 해설하는 자는 말하기를, 이는 서술성모(西述聖母)가 낳을 때의 일이다. 그래서 중국 사람들이 선도성모(仙桃聖母)를 찬양한 말에, 어진 이를 낳아서 나라를 세웠다는 말이 있으니 바로 이 까닭이라고 했다. 또 계룡(鷄龍)이 상서(祥瑞)를 나타내어 알영(閼英)을 낳았다는 이야기도 어찌 서술성모(西述聖母)의 현신(現身)을 말한 것이 아니겠는가?】 위호(位號)를 거슬한(居瑟邯)【혹은 거서간(居西干)이라고도 하니, 그가 처음 입을 열 때에 스스로 말하기를, 알영거서간(閼英居西干)이 한번 일어났다고 한 그 말로 인해서 일컬은 것이다. 이 뒤부터 모든 왕자(王者)의 존칭이 거서간(居西干)으로 되었다.】이라고 했다.

이에 당시 사람들은 다투어 치하하기를, 「이제 천자(天子)가 이미 내려왔으니 마땅히 덕 있는 왕후(王后)를 찾아 배필을 삼아야 한다.」고 하였다. 이날 사량리(沙梁里)에 있는 알영정【閼英井 ; 아리영정(娥利英井)이라고 함.】가에 계룡(鷄龍)이 나타나서 왼쪽 갈비에서 어린 계집애를 낳았다.【혹은 용(龍)이 나타났다가 죽었는데 그 배를 가르고 계집애를 얻었다고 했다.】 얼굴과 모습이 매우 고왔으나 입술이 마치 닭의 입부리와 같아서 이에 월성(月城) 북쪽에 있는 냇물에 목욕을 시켰더니 그 부리가 떨어졌다. 이 일 때문에 그 내를 발천(撥川)이라고 했다.

남산(南山) 서쪽 기슭〔지금의 창림사(昌林寺)〕에 궁실(宮室)을 세우고 이들 두 성스러운 어린이를 모셔다가 길렀다. 남자아이는 알에서 나왔기에, 그 알의 모양이 박[瓠]과 같아서 향인(鄕人)들은 박을 '박(朴)' 이라고도 하기 때문에 성(姓)을 박(朴)이라고 했다. 또 여자아이는 그가 나온 우물로 이름을 삼았다. 두 성인(聖人)은 13세가 되자 오봉(五鳳) 원년(元年) 갑자(甲子 ; B.C. 57)에, 남자는 왕이 되고 그 여자는 왕후(王后)가 되었다.

나라 이름을 서라벌(徐羅伐), 또는 서벌【徐伐 ; 지금 풍속에 경(京)을 '서벌' 이라고 부르는 것은 이 때문이다.】이라 하고, 혹은 사라(斯羅), 사로(斯盧)라고도 했다. 처음에 왕이 계정(鷄井)에서 탄생했기 때문에 혹 나라 이름을 계림국(鷄林國)이라고도 했다. 이것은 계룡(鷄龍)이 상서(祥瑞)를 나타냈기 때문이다. 일설(一說)에는 탈해왕(脫解王) 때 김알지(金閼智)를 얻는데 닭이 숲속에서 울었다 해서 국호(國號)를 계림(鷄林)이라 했다고도 한다. 후세에 와서 드디어 신라(新羅)라는 국호로 정했던 것이다. 나라를 다스린 지 61년 되던 해에 왕은 하늘로 올라갔는데 7일 뒤에 그 죽은 시체가 땅에 떨어져 흩어지니 왕후(王后)도 역시 왕을 따라 세상을 떠났다. 나라 사람들은 이들을 합해서 장사지내려 하니 큰 뱀이 나타나서 쫓아다니면서 이를 방해하므로 오체(五體)를 각각 장사지내어 오릉(五陵)을 만들고, 또한 능의 이름을 사릉(蛇陵)이라고 했다. 담엄사(曇嚴寺) 북릉(北陵)이 바로 이것이니, 태자(太子) 남해왕(南解王)이 왕위를 이었다.

第二(제2), 南解王(남해왕)

南解,居西干은 亦云, 次次雄이니 是는 尊長之
남 해 거 서 간 역 운 차 차 웅 시 존 장 지

稱이요. 唯,此王稱之니라. 父는 赫居世요 母는 閼英
칭 유 차 왕 칭 지 부 혁 거 세 모 알 영

夫人이며 妃는 雲帝夫人이라.[一作에 雲梯라 하니 今,迎
부 인 비 운 제 부 인

日縣西에 有,雲梯山聖母하여 祈旱有應하다.] 前漢,平帝,元
전 한 평 제 원

始四年甲子(A.D. 4)에 卽位하여 御理,二十一年하고
시 사 년 갑 자 즉 위 어 리 이 십 일 년

以,地皇四年,甲申(A.D. 24)에 崩하니 此王은 乃,三皇
이 지 황 사 년 갑 신 붕 차 왕 내 삼 황

(南解,琉璃,脫解)之,第一云이라. 按,三國史에 新羅稱
지 제 일 운 안 삼 국 사 신 라 칭

王曰, 居西干이라 하니 辰言에 王也요. 或云,呼,貴
왕 왈 거 서 간 진 언 왕 야 혹 운 호 귀

人之稱이라 하다. 或曰, 次次雄하고 或作慈充이라
인 지 칭 혹 왈 차 차 웅 혹 작 자 충

하다. 金大問云하되 次次雄은 方言에 謂巫也이니
김 대 문 운 차 차 웅 방 언 위 무 야

世人이 以,巫事鬼神하고 尙,祭祀라 故로 畏敬之하
세 인 이 무 사 귀 신 상 제 사 고 외 경 지

니 遂稱,尊長者를 爲,慈充이라 하다. 或云, 尼師今
수 칭 존 장 자 위 자 충 혹 운 이 사 금

하니 言謂,齒理也니라. 初에 南解王,薨에 子,弩禮가
언 위 치 리 야 초 남 해 왕 훙 자 노 례

讓位於,脫解하니 解云하되 吾聞,聖智人은 多齒라
양 위 어 탈 해 해 운 오 문 성 지 인 다 치

하고 乃試以,餅噬之하니 古傳如此니라 或曰, 麻立
내 시 이 병 서 지 고 전 여 차 혹 왈 마 립

干[立一作袖]이라 하니 金大問云, 麻立者는 方言으로
간 김 대 문 운 마 립 자 방 언

謂,橛也니 橛(말뚝)은 標准,位而置하여 則,王은 橛爲
위 궐 야 궐 표 준 위 이 치 즉 왕 궐 위

主요, 臣은 橛列於,下라. 因以,名之니라. 〈史論〉曰,
주 신 궐 렬 어 하 인 이 명 지 사 론 왈

新羅에 稱,居西干과 次次雄者는 一이요, 尼師今者
신 라 칭 거 서 간 차 차 웅 자 일 이 사 금 자

는 十六이요, 麻立干者는 四이니 羅末名儒,崔致遠
십 육 마 립 간 자 사 나 말 명 유 최 치 원

이 作,帝王年代歷하니 皆稱,某王이라 하고 不言,居
작 제 왕 년 대 력 개 칭 모 왕 불 언 거

西干,等하니 豈,以其言이 鄙野하여 不足,稱之也니
서 간 등 기 이 기 언 비 야 부 족 칭 지 야

今記,新羅事에 具存方言이 亦宜矣라. 羅人은 凡,追
금 기 신 라 사 구 존 방 언 역 의 의 나 인 범 추

封者를 稱,葛文王이라 하니 未詳이라. 此王代에 樂
봉 자 칭 갈 문 왕 미 상 차 왕 대 낙

浪國人이 來侵金城하여 不克而,還하고 又,天鳳五
랑 국 인 내 침 금 성 불 극 이 환 우 천 봉 오

年,戊寅(18년)에 高句麗之,裨屬, 七國來投라 하다.
년 무 인 고 구 려 지 비 속 칠 국 래 투

| 어려운 낱말 |

[亦云(역운)] : ~라고도 하다. [地皇(지황)] : 왕망(王莽)의 연호. 왕망은 전한의 平帝(평제)를 독살하고 신(新)나라를 세워 스스로 임금이 되었으며 후한의 광무제에게 멸망당했음. [三皇(삼황)] : 여기서는 남해왕, 유리왕, 탈해왕을 말함. [金大問(김대문)] : 신라의 학자이며 역사가. [齒理(치리)] : 잇금. 즉, 이

빨 자국을 말한 것임. [葛文王(갈문왕)] : 신라시대 왕의 아버지나 또는 왕비의 아버지 등에게 내린 칭호. [天鳳(천봉)] : 왕망의 연호. [裨屬(비속)] : 예속. 裨는 도울(비).

| 본문풀이 | 〈제2대 남해왕(南解王)〉

남해거서간(南解居西干)을 차차웅(次次雄)이라 했으니, 이것은 존장(尊長)을 부르는 칭호이다. 오직 남해왕(南解王)만을 차차웅(次次雄)이라고 했었다. 아버지는 혁거세(赫居世)요, 어머니는 알영부인(閼英夫人)이며, 비(妃)는 운제부인(雲帝夫人)이다.【다른 글에는 운제(雲梯)라 하니, 지금 영일현(迎日縣) 서쪽에 운제산(雲梯山) 성모(聖母)가 있는데 가뭄 때 여기에 기도를 드리면 감응(感應)이 있었다.】 전한(前漢) 평제(平帝) 원시(元始) 4년 갑자(甲子 ; 4)에 즉위하여 나라를 다스린 지 21년인 지황(地皇) 4년 갑신(甲申 ; 24)에 붕어했다. 이 왕이 삼황(三皇 : 남해, 유리, 탈해)의 첫째라 이른다. 「삼국사(三國史)」를 상고해보면, 신라에서는 왕을 거서간(居西干)이라고 불렀다. 이것은 진한(辰韓)의 말로 왕이란 뜻이다. 어떤 사람은 말하기를, 이는 귀인(貴人)을 부르는 칭호이라고 하며, 차차웅(次次雄) 혹은 자충(慈充)이라고도 한다고 하였다. 김대문(金大問)은 말하기를, 「차차웅(次次雄)이란 〈무당〉을 이르는 방언(方言)이니, 세상 사람들은 〈무당〉이 귀신을 섬기고 제사를 숭상하기 때문에 그들을 두려워하고 공경한다. 그래서 드디어 존장(尊長)이 되는 이를 자충(慈充)이라 한다.」고 했고, 어떤 사람은 말하기를, 「임금을 이사금(尼師金)이라고도 하는데, 이것은 잇금[齒理]을 이르는 말이라.」고 했다.

처음에 남해왕(南解王)이 죽자 그 아들 노례(弩禮)가 탈해(脫解)에게 왕위를 물려주려 하니, 이에 탈해(脫解)가 말하기를, 나는 들으니 성스럽고 지혜 있는 사람은 이가 많다고 하니 떡을 하여 입으로 베물어 시험해 보니 옛날 전하는 말과 같았다. 어떤 사람은 임금을 마립간(麻立干)이라고도 했는데 이것을 김대문(金大問)은 해석하기를, 마립간(麻立干)이란 서열을 뜻하는 방언(方言)이다. 서열(序列)은 위(位)에 따라 정하기 때문에 임금의 서열은 주(主)가 되고 신하의 서열은 아래에 위치한다. 그래서 이렇게 이름한 것이라고 했다.

〈사기의 사론(史論)〉에 이르기를, 신라왕(新羅王)으로서 거서간(居西干)과 차차웅(次次雄)이란 이름을 쓴 이가 각각 하나요, 이사금(尼師金)이라고 한 이가 열여섯이며, 마립간(麻立干)이라 한 이가 넷이다. 신라 말기의 명유(名儒) 최치원(崔致遠)이 〈제왕연대력(帝王年代曆)〉에는 모두 모왕(某王)이라고만 하고 거서간(居西干) 등이라고 하지 않았다. 이것은 혹시 그 말이 야비해서 부르지 못할 것이라고 생각해서였다. 그러나 지금 신라의 일을 기록하는데 방언(方言)을 모두 그대로 두는 것이 또한 마땅한 일일 것이라고 했다. 신라 사람들은 추봉(追封)된 이들을 갈문왕(葛文王)이라고 했으니, 이 일은 왠지 자세히 알 수 없다. 남해왕(南解王) 때에 낙랑국(樂浪國) 사람들이 금성(金城)을 침범하다가 이기지 못하고 돌아갔고, 또 천봉(天鳳) 5년 무인(戊寅 ; 18)에 고구려(高句麗)의 속국인 일곱 나라가 투항해 왔다고 했다.

第三(제3), 弩禮王(노례왕)

朴弩禮,尼師今[一作,儒禮王 : 유리왕]이 初에 王이 與,
박 노 례 이 사 금 초 왕 여
妹夫脫解에게 讓位하니 脫解云하되 凡,有德者는
매 부 탈 해 양 위 탈 해 운 범 유 덕 자
多齒라 하여 宜以,齒理試之하여 乃,咬餠驗之하니
다 치 의 이 치 리 시 지 내 교 병 험 지
王이 齒多라, 故로 先立하고 因名,尼叱今이라 하다.
왕 치 다 고 선 립 인 명 이 질 금
尼叱今之稱은 自此王始하다. 劉聖公, 更始元年,
이 질 금 지 칭 자 차 왕 시 유 성 공 갱 시 원 년
癸未(23)에 卽位하여[年表云, 甲申卽位] 改定,六部號하
계 미 즉 위 개 정 육 부 호
고 仍賜六姓하다. 始作,兜率歌하니 有,嗟辭와 詞腦
잉 사 육 성 시 작 도 솔 가 유 차 사 사 뇌
格이라. 始製,犁耜及,藏氷庫하고 作,車乘하다. 建武
격 시 제 여 사 급 장 빙 고 작 거 승 건 무
十八年에 伐,伊西國,滅之하다. 是年에 高句麗兵,
십 팔 년 벌 이 서 국 멸 지 시 년 고 구 려 병
來侵하다.
래 침

| 어려운 낱말 |

[弩禮尼師今(노례이사금)] : 3대 유리이사금을 말함. [咬餠(교병)] : 떡을 베물어서 잇금의 수를 보고 임금으로 추대했다. [劉聖公(유성공)] : 한나라의 회복을 명분으로 왕망(王莽)의 신(新)나라에 반기를 들고 천자가 된 경시제(更始帝) 유현(劉玄)을 말함. [嗟辭,詞腦格(차사,사뇌격)] : 향가의 격식과 감탄 구절.

[犂耜(여사)] : 쟁기와 보습. 犂는 쟁기(려). 耜는 보습(사).

| 본문풀이 | 〈제3대 노례왕(弩禮王)〉

박노례이질금(朴弩禮尼叱今)【유례왕(儒禮王)이라고도 함.】이 처음에 매부(妹夫)인 탈해(脫解)에게 왕위(王位)를 물려주자 탈해가 말하기를, 대개 덕이 있는 사람은 이[齒]가 많은 법이오. 그러니 잇금을 가지고 시험해 봅시다 했다. 이리하여 떡을 물어 시험해 보니 왕이 이가 많았기 때문에 먼저 왕위에 오르게 하고 이로 인하여 왕을 잇금[尼叱今]이라고 한 것이다. 이질금(尼叱今)이란 칭호는 이 왕 때부터 시작되었다. 유성공(劉聖公) 갱시(更始) 원년(元年) 계미(癸未 ; 23)에 즉위하여【연표(年表)에는 갑신(甲申)년에 즉위했다고 함.】육부(六部)의 이름을 고쳐서 정하고 여섯 성(姓)을 하사했다. 이때 비로소 도솔가(兜率歌)를 지었는데 차사(嗟辭)와 사뇌격(詞腦格)이 있었다. 또 비로소 보습과 얼음을 저장하는 창고와 수레를 만들었다. 건무(建武) 18년(42)에 이서국(伊西國)을 쳐서 멸망시켰다. 이 해에 고구려(高句麗) 군사가 침략해 왔었다.

第四(제4), 脫解王(탈해왕)

① 脫解,齒叱今[一作,吐解尼師今]은 南解王,時에[古
탈 해 치 질 금 남 해 왕 시

本云, 壬寅年至者는 謬矣니라. 近則,後於弩禮即位之初이니 無爭

讓之事요. 前則,在於赫居之世라. 故로 知壬寅非也라.] 駕洛國,
가 락 국

海中에 有船來泊하니 其國,首露王이 與,臣民으로
해 중 유 선 래 박 기 국 수 로 왕 여 신 민

鼓譟而迎하여 將欲留之하더니 而,舡乃飛走하여 至
고 조 이 영 장 욕 류 지 이 강 내 비 주 지

於,鷄林東하여 下西知村의 阿珍浦하다.[今有,上西知,
어 계 림 동 하 서 지 촌 아 진 포

下西知村名.] 時에 浦邊에 有,一嫗하니 名은 阿珍義
시 포 변 유 일 구 명 아 진 의

先이라. 乃,赫居王之,海尺之母라. 望之謂曰, 此海
선 내 혁 거 왕 지 해 척 지 모 망 지 위 왈 차 해

中에 元無石嵒이어늘 何因,鵲集而,鳴이요, 拏舡尋
중 원 무 석 암 하 인 작 집 이 명 나 강 심

之하니 鵲集,一舡上하고 舡中에 有,一櫃子하니 長,
지 작 집 일 강 상 강 중 유 일 궤 자 장

二十尺이요, 廣,十三尺이라. 曳其船하여 置於,一,樹
이 십 척 광 십 삼 척 예 기 선 치 어 일 수

林下하고 而未知,凶乎,吉乎라, 向天而,誓爾하고 俄
림 하 이 미 지 흉 호 길 호 향 천 이 서 이 아

而乃,開見하니 有,端正男子하고 竝,七寶奴婢가 滿
이 내 개 견 유 단 정 남 자 병 칠 보 노 비 만

載其中이라. 供給七日하니 迺言曰, 我本,龍城國
재 기 중 공 급 칠 일 내 언 왈 아 본 용 성 국

人으로[亦云하되 正明國, 或云,琓夏國이라. 琓夏는 或作,花廈國
인

(화하국)이니 龍城은 在倭,東北一千里하다.] 我國에 嘗有,二
아국 상유이

十八,龍王하니 從,人胎而生이라, 自,五歲六歲로 繼
십팔용왕 종인태이생 자오세육세 계

登王位하여 敎,萬民修正,性命하며 而有,八品姓骨
등왕위 교만민수정성명 이유팔품성골

이나 然이나 無,揀擇하고 皆登大位라 時에 我,父王,
연 무간택 개등대위 시 아부왕

含達婆가 聘,積女國,王女하여 爲妃러니 久無子胤
함달파 빙적녀국왕녀 위비 구무자윤

하여 禱祀,求息하니 七年後에 産,一大卵이라. 於是
도사구식 칠년후 산일대란 어시

에 大王이 會問群臣하되 人而生卵은 古今未有라.
대왕 회문군신 인이생란 고금미유

殆非吉祥이라 하니 乃,造櫃置我하고 竝,七寶奴婢,
태비길상 내조궤치아 병칠보노비

載於舡中하여 浮海而,祝曰, 任到,有緣之地하여
재어강중 부해이축왈 임도유연지지

立國成家하라 하다. 便有赤龍이 護舡而,至此矣라.
입국성가 변유적룡 호강이지차의

言訖에 其,童子가 曳杖率,二奴하여 登,吐含山上하
언흘 기동자 예장솔이노 등토함산상

여 作,石塚하다. 留,七日에 望,城中可居之地하여
작석총 류칠일 망성중가거지지

見,一峰하니 如,三日月하니 勢可,久之地라. 乃下尋
견일봉 여삼일월 세가구지지 내하심

之하니 卽,瓠公宅也라. 乃設詭計하여 潛埋,礪炭於,
지 즉호공댁야 내설궤계 잠매려탄어

其側하고 詰,朝至,門云하되 此是는 吾祖代,家屋이
기측 힐조지문운 차시 오조대가옥

라 하니 瓠公云, 否라. 爭訟不決하여 乃告于官하니
호공운 부 쟁송불결 내고우관

官曰, 以何驗是汝家오 童曰, 我本冶匠으로 乍
관왈 이하험시여가 동왈 아본야장 사

出隣鄕하여 而人取居之라. 請掘地檢看하소서 하
출린향 이인취거지 청굴지검간

거늘 從之하니 果得礪炭이라, 乃取而居焉하다.
종지 과득여탄 내취이거언

| 어려운 낱말 |

[齒叱今(치질금)] : 이사금. 임금이란 뜻. [皷譟(고조)] : 시끄럽게 북을 울리다. [舡] : 배(강, 선). 船의 속자로도 쓴다. [海尺(해척)] : 해변에서 고기잡이를 전업으로 하는 사람. [石嵓(석암)] : 바위 돌. [拏舡(나강)] : 배를 저어 가다. 拏는 잡을(나). [曳] : 끌다(예). [供給(공급)] : 먹을 것을 주어 잘 먹이다. [迺言(내언)] : 이에 곧 말을 하다. 迺는 乃와 같음. [姓骨(성골)] : 신라의 골품과 유사한바 성으로써 위계를 정한 것. [求息(구식)] : 자식을 구하다. [言訖(언흘)] : 말을 마치고. [三日月(삼일월)] : 초승달. [詭計(궤계)] : 교모하게 남을 속이는 꾀. [詰] : 물을(힐). [爭訟(쟁송)] : 송사 일로 다투다. [何驗(하험)] : 어떤 증명이 있느냐? [冶匠(야장)] : 대장장이. [檢看(검간)] : 검사하여 살펴보다. [礪炭(여탄)] : 숫돌과 숯.

| 본문풀이 | 〈제4대 탈해왕(脫解王)〉

탈해치질금【脫解齒叱今 ; 토해니사금(吐解尼師今)이라고도 함.】은 남해왕(南解王) 때에【고본(古本)에는 임인(壬寅)년이라고 했으나 이것은 잘못이다. 가까운 일이라면 노례왕(弩禮王)의 즉위 초년보다 뒤의 일일 것이니 양위(讓位)를 다투는 일이 없었을 것이다. 또 먼저의 일이라면 혁거세왕(赫居世王) 때의 일

일 것이다. 그러니 이 일은 임인(壬寅)년이 아닌 것임을 알겠다.】 가락국(駕洛國) 바다 가운데에 배 한 척이 와서 닿으니, 이것을 보고 수로왕(首露王)이 백성들과 함께 북을 치고 장차 그들을 맞아 머물게 하려고 했더니 그 배는 나는 듯이 계림(鷄林) 동쪽 하서지촌(下西知村)의 아진포(阿珍浦)에 와 닿았다.【지금도 상서지촌(上西知村) · 하서지촌(下西知村)의 이름이 있다.】 이때 마침 포구에 한 늙은 할멈이 있었으니 이름을 아진의선(阿珍義先)이라고 했다. 이에 그가 바로 혁거세왕(赫居世王)의 고기잡이하여 갖다 대는 할멈이었다. 그는 이 배를 바라보고 말하기를, 「이 바다 가운데에는 본래 바위가 없는데 무슨 까닭으로 까치들이 모여들어서 우는 것일까?」 하고 배를 끌어당겨 찾아보니 까치들이 배 위에 모여들고 그 배 안에는 궤짝이 하나가 있었다. 길이는 20척(尺)이 되고 너비는 13척이나 되었다. 그 배를 끌어다가 나무숲 밑에 매어 두고는 이것이 흉(凶)한 것인지 길(吉)한 것인지 몰라서 하늘을 향해 맹세를 고하고 이윽고 궤를 열어 보니 단정히 생긴 사내아이가 하나 있고 아울러 칠보(七寶)와 노비(奴婢)가 배 안에 가득 차 있었다. 그들을 7일 동안 잘 대접했더니 사내아이는 그제야 말을 하기를, 나는 본래 용성국(龍城國 : 일본 동북쪽에 있는 나라) 사람인데【정명국(正明國), 혹은 완하국(琓夏國)이라고도 한다. 완하(琓夏)는 또 화하국(花厦國)이라고도 하니, 용성(龍城)은 왜국(倭國) 동북쪽 1천 리 떨어진 곳에 있다.】 우리나라에는 원래 28용왕(龍王)이 있어서 그들은 모두 사람의 태(胎)에서 났으며 나이 5, 6세부터 왕위(王位)에 올라 만민(萬民)을 가르쳐 성명(性命)을 바르게 했으며 팔품(八品)의 성골(姓骨)이 있는데 그들은 고르는 일이 없이 모두 왕위에 올랐다. 그때 부왕 함달바(含達婆)가 적녀국(積女國)의 왕녀(王女)를 맞아 왕비(王妃)로 삼았으나 오래 되어도 아들이 없자, 기도를 드려 아들 낳기를 구하여 7년 만에 커다란 알[卵] 한 개를 낳았다. 이에 대왕은 모든 신하들을 모아 묻기를, 사람으로서 알을 낳았으니 고금(古今)에 없는 일이다. 이것은 아마 좋은 일이 아닐 것이라 하면서 궤를 만들어 나를 그 속에 넣고 칠보와 노비들을 함께 배 안에 실은 뒤 바다에 띄우면서 빌기를, 아무쪼록 인연 있는 곳에 닿아 나라를 세우고 한 집을 이루도록 하라고 했다. 빌기를 마치자 문득 붉은 용이 나타나더니 배를 호위해서 지금 여기에 도착한 것이오라고 말했다. 말이 끝나자 그 아이는 지팡이를 끌고 두 종을 데리고 토함산(吐含山) 위에 올라가더니 돌로 집을 만들어 7일 동안을 머무르면서 성(城) 안에 살 만한 곳이 있는지를 바라보아서 산봉우리 하나가 마치 초사흘 달 모양으로 보이는데 오래 살만한 곳 같았다. 이내 그곳을 찾아가니 바로 호공(瓠公)의 집이었다. 아이는 이에 속임수를 써서 몰래 숫돌과 숯을 그 집 곁에 묻어 놓고, 이튿날 아침에 문 앞에 가서 말하기를, 이 집은 우리 조상들이 살던 집이라고 했다. 호공은 그렇지 않다 하여 서로 다투었다. 시비(是非)가 결정되지 않으므로 이들은 관청에 고발을 하였는데 관청에서 묻기를, 무엇으로 네 집이라는 것을 증명할 수 있느냐 하니 어린이는 말하기를, 우리 조상은 본래 대장장이였는데 잠시 이웃 고을에 간 사이에 다른 사람이 빼앗아 살고 있는 것이라고 했다. 그러니 그 집 땅을 파서 살펴보면 알 수가 있을 것이라고 하니, 이 말을 따라 땅을 파보니 과연 숫돌과 숯이 나왔는데 이에 그 집을 취하여 거기서 살게 되었다.

② 時에 南解王이 知,脫解,是智人하고 以,長公
시 남 해 왕 지 탈 해 시 지 인 이 장 공
主로 妻之하니 是爲,阿尼夫人이라. 一日은 吐解가
주 처 지 시 위 아 니 부 인 일 일 토 해
登,東岳하여 廻程次에 令,白衣(人名)하여 索水飮之
등 동 악 회 정 차 영 백 의 색 수 음 지
하니 白衣汲水하여 中路에 先嘗而,進이러니 其,角
백 의 급 수 중 로 선 상 이 진 기 각
杯貼於口,不解하다. 因而嘖之하니 白衣,誓曰, 爾
배 첩 어 구 불 해 인 이 책 지 백 의 서 왈 이
後에는 若,近遙,不敢先嘗하리다 하니 然後에 乃解하
후 약 근 요 불 감 선 상 연 후 내 해
다. 自此로 白衣가 讋服하고 不敢欺罔이라. 今,東岳
자 차 백 의 섭 복 불 감 기 망 금 동 악
中에 有,一井하니 俗云『遙乃井』이 是也라. 及,弩
중 유 일 정 속 운 요 내 정 시 야 급 노
禮王,崩에 以,光武帝,中元二年[丁巳(57)六月]에 乃登
례 왕 붕 이 광 무 제 중 원 이 년 내 등
王位하다. 以昔에 是,吾家라 하여 取,他人家故로 因
왕 위 이 석 시 오 가 취 타 인 가 고 인
姓昔氏라 하다. 或云하되 因鵲하여 開櫃故로 去,鳥
성 석 씨 혹 운 인 작 개 궤 고 거 조
字하여 姓,昔氏하고 解櫃脫卵而,生이라. 故로 因名,
자 성 석 씨 해 궤 탈 란 이 생 고 인 명
脫解라 하다. 在位,二十三年, 建初四年,己卯에 崩
탈 해 재 위 이 십 삼 년 건 초 사 년 기 묘 붕

하니 葬,疏川丘中하다 後有神詔하되 愼,埋葬我骨
장 소 천 구 중 후 유 신 조 신 매 장 아 골

하라 하다. 其,髑髏周는 三尺二寸이요, 身骨,長이 九
기 촉 루 주 삼 척 이 촌 신 골 장 구

尺七寸하고 齒凝如一하고 骨節이 皆,連蛸하니 所
척 칠 촌 치 응 여 일 골 절 개 연 소 소

謂,天下無敵,力士之,骨이라. 碎爲,塑像하여 安,闕
위 천 하 무 적 역 사 지 골 쇄 위 소 상 안 궐

內하니 神이 又,報云하되 我骨置於,東岳하라. 故로
내 신 우 보 운 아 골 치 어 동 악 고

令安之하다.[一云, 崩後에 文武王代인 調露二年庚辰三月十五
영 안 지

日辛酉夜에 見夢於太宗하니 有,老人,貌甚威猛하여 曰, 我는 是解

脫也라. 拔,我骨於疏川丘하여 塑像安於土含山하라 王이 從其言

이라. 故로 至今에 國祀不絶하니 卽東岳神也云러라.]

| 어려운 낱말 |

[吐解(토해)] : 탈해. [廻程次(회정차)] : 돌아오는 길에. [貼] : 붙을(첩). [嘖(책)] : 큰 소리로 꾸짖다. [近遙(근요)] : 가깝고 멀고 간에. [讋服(섭복)] : 두려워서 복종하다. [遙乃井(요내정)] : 토함산에 있는 샘. 입에 붙은 표주박의 설화의 샘물. [疏川(소천)] : 지명. [髑髏(촉루)] : 해골. [連琑(연소)] : 하나처럼 이어져 있다. [碎(쇄)] : 잘게 부수다. 분쇄. [塑像(소상)] : 상을 빚어서.

| 본문풀이 |

이때 남해왕(南解王)이 탈해(脫解)가 지혜 있는 사람임을 알고 큰 공주(公主)로 그의 아내로 삼게 하니, 이가 아니부인(阿尼夫人)이다. 어느 날 토해(吐解)가 동악(東岳 : 토함산)에 올라갔다가 돌아오는 길에 백의(白衣)를 시켜 물을 떠 오게 했는데, 백의(白衣)는 물을 떠서 돌아오는 도중에 자기가 먼저 마시고는 탈해에게 드렸더니, 그때 물바가지가 한쪽 입에 붙어서 떨어지지가 않았다. 탈해가 백의를 꾸짖으니 백의가 맹세하기를, 「이 뒤로는 가까운 곳이거나 먼 곳이거나 감히 먼저 마시지 않겠습니다.」 하니, 그다음에야 물바가지 입에서 떨어졌다 한다. 이로부터 백의는 두려워하고 복종하여 감히 속이지 못했다. 지금 동악(東岳) 속에 우물 하나가 있는데 세상에서 '요내정(遙乃井)' 이라고 부르는 것이 바로 이 우물인 이것이다. 노례왕(弩禮王)이 죽음에 광무제(光武帝) 중원(中元) 6년 정사(丁巳 ; 57) 6월에 탈해(脫解)는 왕위에 올랐다. 옛날에 남의 집을 내 집이라 하여 빼앗았다 해서 석씨(昔氏)라고 했다. 혹은 까치로 해서 궤를 열게 되었기 때문에 까치[鵲]라는 글자에서 조자(鳥字)를 떼고 석씨(昔氏)로 성(姓)을 삼았다고도 한다. 또 궤를 열어 알을 벗고 나왔다 해서 이름을 탈해(脫解)로 했다고 한다. 그는 왕위에 있은 지 23년 만인 건초(建初) 4년 기묘(己卯 ; 80)에 죽어서 소천(疏川) 언덕에 장사지냈다. 그 뒤에 신(神)이 이르기를, 조심해서 내 뼈를 묻으라고 했다. 그 두골(頭骨)의 둘레는 석 자 두 치, 신골(身骨)의 길이는 아홉 자 일곱 치나 되었다. 이[齒]는 서로 엉기어 하나가 된 듯도 하고 뼈마디는 연결되어 있었으니, 이것은 이른바 천하무적의 역사(力士)의 골격(骨格)이었다. 이것을 부수어 소상(塑像)을 만들어서는 대궐 안에 모셔 두었더니 신(神)이 또 말하기를, 내 뼈를 동악(東岳)에 안치하라고 했다. 그래서 거기에 봉안했던 것이다.【어떤 사람은 말하기를, 탈해(脫解)가 죽은 뒤, 문무왕(文武王) 때인 조로(調露) 2년 경진(庚辰 : 680) 3월 15일 신유(辛酉) 밤 태종(太宗)의 꿈에, 몹시 사나운 모습을 한 노인이 나타나 말하기를, "내가 탈해(脫解)이다. 내 뼈를 소천(疏川) 언덕에서 파내다가 소상(塑像)을 만들어 토함산(吐含山)에 안치하도록 하라." 왕은 그 말을 좇았다고 한다. 그런 까닭에 지금까지 제사를 끊이지 않고 지내니, 이를 동악신(東岳神)이라고 한다.】

金閼智(김알지) : 脫解王代

永平三年,庚申(A.D. 60)[一云, 中元六年은 誤矣니 中元은
영 평 삼 년 경 신

盡二年而已니라.] 八月,四日에 瓠公(朴公)이 夜行,月城
팔 월 사 일 호 공 야 행 월 성

西里하니 見大光明於,始林[一作, 鳩林]中하다. 有,紫
서 리 견 대 광 명 어 시 림 중 유 자

雲이 從天垂地하고 雲中에 有,黃金櫃하여 掛於樹
운 종 천 수 지 운 중 유 황 금 궤 괘 어 수

枝하여 光自櫃出하고 亦有白鷄하여 鳴於樹下라 以
지 광 자 궤 출 역 유 백 계 명 어 수 하 이

狀,聞於王하고 駕幸其林하여 開櫃하니 有,童男하여
상 문 어 왕 가 행 기 림 개 궤 유 동 남

臥而卽起하니 如,赫居世之,故事라. 故로 因,其言하
와 이 즉 기 여 혁 거 세 지 고 사 고 인 기 언

여 以,閼智로 名之하니 閼智는 卽,鄕言으로 小兒之,
이 알 지 명 지 알 지 즉 향 언 소 아 지

稱也라 抱載還闕하니 鳥獸相隨하여 喜躍蹌蹌하다.
칭 야 포 재 환 궐 조 수 상 수 희 약 창 창

王이 擇,吉日하여 冊位,太子하나 後讓於,婆娑하고
왕 택 길 일 책 위 태 자 후 양 어 파 사

不卽王位하다. 因,金櫃而出하여 乃姓金氏하다. 閼
부 즉 왕 위 인 금 궤 이 출 내 성 김 씨 알

智生,勢漢하고 漢生,阿都하고 都生,首留하고 留生,
지 생 세 한 한 생 아 도 도 생 수 류 류 생

郁部하고 部生,俱道[一作, 仇刀]하고 道生味鄒하여 鄒
욱 부 부 생 구 도 도 생 미 추 추

卽王位하니 新羅金氏가 自,閼智로 始하니라.
즉 왕 위 신 라 김 씨 자 알 지 시

| 어려운 낱말 |

[永平(영평)] : 한 명제의 연호. [瓠] : 표주박(호). [紫雲(자운)] : 자색 구름. [金櫃(금궤)] : 금빛 나는 궤짝. [掛] : 걸어두다(괘). [抱載(포재)] : 안아다 수레에 싣다. [喜躍蹌蹌(희약창창)] : 기뻐서 뛰고 춤추다. [婆娑(파사)] : 신라 제 5대 임금. [味鄒(미추)] : 신라 13대 임금.

| 본문풀이 | 〈탈해왕대(脫解王代)의 김알지(金閼智)〉

영평(永平) 3년 경신【庚申 ; 60, 중원(中元) 6년이라고도 하나 잘못이다. 중원(中元)은 모두 2년뿐이다.】 8월 4일에 호공(瓠公)이 밤에 월성(月城) 서리(西里)에 걸어가다가 크고 밝은 빛이 시림【始林 ; 구림(鳩林)이라고도 함.】 속에서 비치는 것을 보았다. 자줏빛 구름이 하늘로부터 땅에 드리우고 그 구름 속에 황금(黃金)의 궤짝이 나뭇가지에 걸려 있는데, 그 빛은 궤 속에서 나오고 또 흰 닭이 나무 밑에서 울고 있었다. 이 모양을 호공(瓠公)은 왕에게 아뢰었고 왕이 그 숲에 가서 궤를 열어보니 어린 남자아이가 누웠다가 곧 일어났으니 이것이 마치 혁거세(赫居世)의 고사(故事)와도 같았다. 그래서 그 말로 인하여 그 아이를 '알지(閼知)'라고 이름 지었으니, 알지(閼知)란 곧 우리말로 소아(小兒 : 아지)를 일컫는 것이다. 그 아이를 안고 대궐로 돌아오니 새들과 짐승들이 서로 따르면서 기뻐하여 뛰놀고 춤을 추었다. 왕은 좋은 날을 택하여 그를 태자(太子)로 책봉하였으나 그는 뒤에 태자의 자리를 파사왕(婆娑王)에게 물려주고 왕위(王位)에는 오르지 않았다. 금궤(金櫃)에서 나왔다 하여 성(姓)을 김씨(金氏)라 했다. 알지는 세한(勢漢)을 낳고 세한은 아도(阿都)를 낳고, 아도는 수류(首留)를 낳고, 수류는 욱부(郁部)를 낳고, 욱부는 구도【俱道 ; 혹은 구도(仇刀)】를 낳고, 구도는 미추〔未(味)鄒〕를 낳아서 미추(味鄒)가 왕위에 오르니, 신라의 김씨(金氏)가 알지로부터 시작한 것이었다.

延烏郞(연오랑), 細烏女(세오녀)

第八 阿達羅王, 卽位四年 丁酉(157)에 東海濱
제팔 아달라왕 즉위사년 정유 동해빈

에 有,延烏郎과 細烏女하여 夫婦而居라. 一日은 延
유 연 오 랑 세 오 녀 부 부 이 거 일 일 연

烏가 歸海,採藻러니 忽有一巖[一云,一魚]이 負歸日本
오 귀 해 채 조 흘 유 일 암 부 귀 일 본

하다. 國人(日本國人)이 見之曰, 此는 非常人也라 하
국 인 견 지 왈 차 비 상 인 야

고 乃立爲王하다.[按,日本帝記에는 前後에 無,新羅人爲王者
내 립 위 왕

하니 此乃邊邑小王이요, 而非眞王也니라.] 細烏가 怪,夫不
세 오 괴 부 불

來하여 歸尋之라가 見夫脫鞋하고 亦上其巖하니 巖
래 귀 심 지 견 부 탈 혜 역 상 기 암 암

亦負歸如前하다. 其國人이 驚訝하여 奏獻於王하니
역 부 귀 여 전 기 국 인 경 아 주 헌 어 왕

夫婦相會하여 立爲貴妃하다. 是時에 新羅에는 日
부 부 상 회 입 위 귀 비 시 시 신 라 일

月無光하니 日者奏云하되 日月之精이 降在我國이
월 무 광 일 자 주 운 일 월 지 정 강 재 아 국

러니 今去,日本이라 故로 致,斯怪니이다. 王이 遣使
금 거 일 본 고 치 사 괴 왕 견 사

하여 求,二人하니 延烏曰, 我到此國은 天使然也라,
구 이 인 연 오 왈 아 도 차 국 천 사 연 야

今,何歸乎리오. 雖然이나 朕之妃에 有,所織細綃하
금 하 귀 호 수 연 짐 지 비 유 소 직 세 초

니 以此로 祭天可矣라 하고 仍賜其綃하니 使人이
이 차 제 천 가 의 잉 사 기 초 사 인

來奏하여 依其言而,祭之하니 然後에 日月如舊하
래 주 의 기 언 이 제 지 연 후 일 월 여 구

다. 藏其綃於,御庫하여 爲,國寶하고 名,其庫하여 爲
장 기 초 어 어 고 위 국 보 명 기 고 위

『貴妃庫』라 하다. 祭天所名을 『迎日縣』이라 하며
귀 비 고 제 천 소 명 영 일 현

又『都祈野』라 하다.
우 도기야

| 어려운 낱말 |

[海濱(해빈)] : 바닷가. [歸海(귀해)] : 바다에 나가서. [採藻(채조)] : 해조를 채취하다. [負歸(부귀)] : 업고 가다. [脫鞋(탈혜)] : 신을 벗어두고. [驚訝(경아)] : 서로 만나서 놀라다. [奏獻(주헌)] : 아뢰다. [日者(일자)] : 일관(日官). [織細綃(직세초)] : 짜놓은 가는 비단. [御庫(어고)] : 나라의 창고.

| 본문풀이 | 〈연오랑(延烏郎)과 세오녀(細烏女)〉

제8대 아달라왕(阿達羅王)이 즉위한 4년 정유(丁酉 ; 157)년에, 동해(東海) 바닷가에는 연오랑(延烏郎)과 세오녀(細烏女) 부부가 살고 있었다. 하루는 연오랑이 바다에 나가서 해조(海藻)를 캐고 있는데 갑자기 바위 하나【물고기 한 마리라고도 한다.】가 나타나더니 연오랑을 업고 일본(日本)으로 가버렸다. 이것을 본 (일본)나라 사람들은 이는 보통 사람이 아니라 하여 세워서 왕을 삼았다.【〈일본제기(日本帝紀)〉를 상고해 보면, 전후(前後)에 신라 사람으로 왕이 된 사람은 없다. 그러니 이는 변읍(邊邑)의 조그만 왕(王)이고 진짜 왕은 아닐 것이다.】 세오녀(細烏女)는 남편이 돌아오지 않는 것이 이상해서 바닷가에 나가서 찾아보니 남편이 벗어 놓은 짚신이 있었고, 역시 그 바위 위에 올라갔더니 그 바위는 또한 세오녀를 싣고 마치 연오랑 때와 같이 일본으로 갔다. 그 나라 사람들은 놀라고 이상히 여겨 왕에게 이 사실을 아뢰었다. 이리하여 부부가 서로 만나게 되어 그녀로

귀비(貴妃)를 삼았다. 이때 신라에서는 해와 달에 광채(光彩)가 잃어가니, 일자(日者 : 일관)가 왕께 아뢰기를, 해와 달의 정기(精氣)가 우리나라에 내려 있었는데 이제 일본으로 가버렸기 때문에 이러한 괴변이 생긴다고 했다. 왕이 사자(使者)를 보내서 두 사람을 찾아오려 하니 연오랑은 말하기를, 내가 이 나라에 온 것은 하늘이 시킨 일인데 어찌 돌아갈 수가 있겠는가. 그러나 나의 비(妃)가 짠 고운 비단이 있으니, 이것으로 하늘에 제사를 드리면 될 것이라고 하면서 비단을 주니 사자가 돌아와서 사실을 보고하고 그의 말대로 하늘에 제사를 올렸더니, 그런 뒤에 해와 달의 정기가 전과 같았다. 이에 그 비단을 임금의 창고에 간수하고 국보(國寶)로 삼으니 그 창고를 〈귀비고(貴妃庫)〉라고 했다. 그 하늘에 제사지낸 곳을 〈영일현(迎日縣)〉이라 하며, 또는 〈도기야(都祈野)〉라고도 했다.

지금은 이 지명이 '도구'라 한다.

未(味)鄒王(미추왕), 竹葉軍(죽엽군)

第.十三의 未(味)鄒.尼叱今은[一作,未祖,又未古] 金
제 십 삼 미 추 이 질 금 김
閼智.七世孫이라. 赫世紫纓하고 仍有聖德하여 受
알 지 칠 세 손 혁 세 자 영 잉 유 성 덕 수

禪于,理解[沾解(治解)]하여 始登王位하다.[今俗에 稱王之
선 우 이 해 시 등 왕 위

陵을 爲,始祖堂이라 함은 盖以金氏가 始登王位故로 後代金氏諸

王이 皆以,未鄒로 爲,始祖宜矣라.] 在位,二十三年而,崩하
재 위 이 십 삼 년 이 붕

니 陵在,興輪寺東하다. 第,十四, 儒理王代에 伊西
능 재 흥 륜 사 동 제 십 사 유 리 왕 대 이 서

國人이 來攻,金城하여 我,大擧防禦하나 久不能抗
국 인 내 공 금 성 아 대 거 방 어 구 불 능 항

이라. 忽有,異兵來助하니 皆珥,竹葉하고 與,我軍으
홀 유 이 병 래 조 개 이 죽 엽 여 아 군

로 竝力,擊賊破之하다. 軍退後에 不知所歸하고 但
병 력 격 적 파 지 군 퇴 후 부 지 소 귀 단

見,竹葉이 積於,未鄒陵前이라. 乃知,先王陰騭,有
견 죽 엽 적 어 미 추 릉 전 내 지 선 왕 음 즐 유

功하고 因呼,竹現陵이라 하다. 越,三十七世, 惠恭
공 인 호 죽 현 릉 월 삼 십 칠 세 혜 공

王代인 大曆十四年,己未(779)四月에 忽有旋風이
왕 대 대 력 십 사 년 기 미 사 월 홀 유 선 풍

從,庾信公,塚起하다. 中有一人이 乘,駿馬하여 如,
종 유 신 공 총 기 중 유 일 인 승 준 마 여

將軍儀狀하고 亦有,衣甲器仗者,四十許人이 隨從
장 군 의 상 역 유 의 갑 기 장 자 사 십 허 인 수 종

而,來하여 入於,竹現陵하다. 俄而陵中에 似有,振
이 래 입 어 죽 현 릉 아 이 릉 중 사 유 진

動,哭泣聲하고 或如,告訴之音하니 其言曰, 臣은
동 곡 읍 성 혹 여 고 소 지 음 기 언 왈 신

平生에 有,輔時救難,匡合之功하고 今爲魂魄하여
평 생 유 보 시 구 난 광 합 지 공 금 위 혼 백

鎭護邦國하고 攘災救患之心은 暫無偸改라. 往者,
진 호 방 국 양 재 구 환 지 심 잠 무 투 개 왕 자

庚戌年에 臣之子孫이 無罪,被誅하고 君臣이 不念,
경 술 년 신 지 자 손 무 죄 피 주 군 신 불 념

我之功烈이라. 臣은 欲,遠移他所하여 不復勞勤하
아 지 공 열 신 욕 원 이 타 소 불 부 노 근

니 願,王은 允之하소서. 王이 答曰, 惟我 與公,不護
원 왕 윤 지 왕 답 왈 유 아 여 공 불 호

此邦이면 其如,民庶何오 公復,努力如前하라. 三請
차 방 기 여 민 서 하 공 부 노 력 여 전 삼 청

三不許하니 旋風乃還하다. 王이 聞之懼하여 乃遣,
삼 불 허 선 풍 내 환 왕 문 지 구 내 견

大臣,金敬信하여 就,金公陵하여 謝過焉하고 爲公,
대 신 김 경 신 취 김 공 릉 사 과 언 위 공

立,功德寶田,三十結于,鷲仙寺하여 以資冥福하다.
립 공 덕 보 전 삼 십 결 우 취 선 사 이 자 명 복

寺는 乃,金公이 討,平壤後에 植福,所置故也라. 非,
사 내 김 공 토 평 양 후 식 복 소 치 고 야 비

未鄒之靈이면 無以遏,金公之怒하리니 王之護國
미 추 지 영 무 이 알 김 공 지 노 왕 지 호 국

이 不爲不,大矣리라. 是以로 邦人이 懷德하여 與,三
불 위 불 대 의 시 이 방 인 회 덕 여 삼

山同祀而,不墜하고 躋秩于,五陵之上하고 稱,大廟
산 동 사 이 불 추 제 질 우 오 릉 지 상 칭 대 묘

云이라 하다.
운

| 어려운 낱말 |

[赫世(혁세)] : 대대로 혁혁하여. [紫纓(자영)] : 붉은 갓끈, 곧 귀족을 말함. [陰騭(음즐)] : 몰래 돕다. 騭은 수말(즐). [理解(이해)] : 12대 첨해왕을 가리킴. [珥] : 귀고리(이). [大曆(대력)] : 당나라 대종(代宗)의 연호(대력 15년이며, B.C. 779). [儀狀(의상)] : 모양을 하고. [匡合之功(광합지공)] : 삼국통일의 공

로. [攘災(양재)] : 재난을 물리침. [偸改(투개)] : 변함없음. [勞勤(노근)] : 수고를 하다. [允之(윤지)] : 윤허하다. [就(취)] : 나아가다. [植福(식복)] : 복을 빌다. [遏] : 막을(알). [不墜(불추)] : 게으르지 않다. [懷德(회덕)] : 그 덕을 생각하여. [三山(삼산)] : 신라의 제사 가운데 가장 크게 지내는 곳으로 내림(奈臨), 골화(骨火), 혈례(穴禮)의 3곳을 가리킴. [躋秩(제질)] : 서열, 차례.

| 본문풀이 | 〈미추왕(未鄒王)과 죽엽군(竹葉軍)〉

제13대 미추니질금【未鄒尼叱今 ; 미조(未祖), 또는 미고(未古)라고 함.】은 김알지(金閼智)의 7대손(七代孫)이었다. 대대로 현달(顯達)하고, 또 성스러운 덕이 있어서 첨해왕(沾解王)의 뒤를 이어서 비로소 왕위(王位)에 올랐다.【지금 세상에서 미추왕(未鄒王)의 능(陵)을 시조당(始祖堂)이라고도 한다. 이것은 대개 김씨(金氏)로서 처음 왕위(王位)에 오른 때문이며, 후대(後代)의 모든 김씨왕(金氏王)들이 미추(未鄒)를 시조(始祖)로 하는 것은 당연한 일이다.】 왕위에 있은 지 23년 만에 붕어하였으니 능(陵)은 흥륜사(興輪寺) 동쪽에 있다. 제14대 유리왕〔儒理(禮)王〕 시대에 이서국(伊西國) 사람들이 금성(金城)을 공격해 와서 신라에서도 크게 군사를 동원했으나 오랫동안 저항할 수가 없었다. 그때 갑자기 이상한 군대가 와서 신라군을 도왔는데 그들은 모두 댓잎을 귀에 꽂고 있었고, 이들은 신라 군사와 힘을 합해서 적을 격파했다. 그 후 적군이 물러간 뒤에는 이들이 어디로 갔는지 알 수가 없었고 다만 댓잎만이 미추왕의 능 앞에 쌓여 있을 뿐이었다. 그제야 선왕(先王)이 음(陰 : 음덕)으로 도와 나라에 공을 세웠다는 것을 알았고 이리하여 그 능을 죽현릉(竹現陵)이라고 불렀다. 세월을 뛰어

넘어 제37대 혜공왕(惠恭王) 때인 대력(大曆) 14년 기미(己未 ; 779) 4월에 갑자기 회오리바람이 유신공(庾信公)의 무덤에서 일어났다. 그 가운데 한 사람이 준마(駿馬)를 탔는데 그 모양이 장군(將軍)과 같았고, 또 갑옷을 입고 무기(武器)를 든 40명쯤의 군사가 그 뒤를 따라서 죽현릉(竹現陵)으로 들어갔다. 이윽고 능 속에서 무엇인가 진동(振動)하고 우는 듯한 소리가 나고, 혹은 하소연하는 듯한 소리도 들려왔다. 그 호소하는 말에 이르기를, 신(臣)은 평생 동안 어려운 시국을 구제하고 삼국(三國)을 통일한 공이 있었습니다. 이제 혼백이 되어서도 나라를 보호하여 재앙을 제거하고 환난을 구제하는 마음은 잠시도 변함이 없습니다. 하온데, 지난 경술(庚戌)년에 신의 자손이 아무런 죄도 없이 죽음을 당하였으니, 이것은 임금이나 신하들이 나의 공렬(功烈)을 생각지 않는 것입니다. 신은 차라리 먼 곳으로 옮겨가서 다시는 나라를 위해서 힘쓰지 않을까 합니다. 바라옵건대, 왕께서는 허락해 주십시오 한다. 왕은 대답하기를, 나의 공(公)이 나라를 지키지 않는다면 저 백성들을 어떻게 할 것인가. 공(公)은 전과 같이 힘쓰도록 하오 하고, 세 번이나 청해도 세 번 다 듣지 않으니 이에 회오리바람은 돌아가고 말았다. 혜공왕(惠恭王)은 이 소식을 듣고 두려워하여 이에 대신(大臣) 김경신(金敬信)을 보내서 김유신공(金庾信公)의 능에 가서 잘못을 사과하고 김공(金公)을 위해서 공덕보전(功德寶田) 30결(結)을 취선사(鷲仙寺)에 내려서 공(公)의 명복(冥福)을 빌게 했다. 이 절은 김공이 평양(平壤)을 토벌(討伐)한 뒤에 복을 빌기 위하여 세웠던 절이었다. 이때 미추왕(未鄒王)의 혼령(魂

靈)이 아니었던들 김공의 노여움을 막지는 못했을 것이니 미추왕의 나라를 수호한 힘은 크다고 아니할 수 없다. 그렇기 때문에 나라 사람들이 그 덕을 생각하여 삼산(三山)과 함께 제사 지내어 조금도 소홀히 하지 않으며, 그 서열(序列)도 오릉(五陵)의 위에 두어 대묘(大廟)라 일컬었다.

柰勿王(내물왕), 金堤上(김제상)

◉ [一作,那密王]

1 第,十七, 那密王(내물왕)의 卽位,三十六年인
제 십 칠 나 밀 왕 즉 위 삼 십 육 년

庚寅(A.D. 390)에 倭王이 遣使,來朝曰, 寡君이 聞,大
경 왜 왜 왕 견 사 내 조 왈 과 군 문 대

王之神聖하고 使,臣等으로 以告,百濟之罪於,大王
왕 지 신 성 사 신 등 이 고 백 제 지 죄 어 대 왕

也하노니 願,大王은 遣,一王子하여 表,誠心於,寡君
야 원 대 왕 견 일 왕 자 표 성 심 어 과 군

也하소서 하니 於是에 王이 使,第三子,美海[一作,未吐
야 어 시 왕 사 제 삼 자 미 해

喜]로 하여 以聘於,倭하니 美海,年이 十歲로 言辭動
이 빙 어 왜 미 해 년 십 세 언 사 동

止가 猶未備具라, 故로 以,內臣,朴娑覽으로 爲,副
지 유 미 비 구 고 이 내 신 박 사 람 위 부

使而,遣之하니 倭王이 留而,不送,三十年이라. 至,
사 이 견 지 왜 왕 류 이 불 송 삼 십 년 지

訥祇王,卽位,三年,己未(419)에 句麗,長壽王이 遣
눌 지 왕 즉 위 삼 년 기 미 구 려 장 수 왕 견

使,來朝云하되 寡君이 聞,大王之弟,寶海가 秀智才
사 래 조 운 과 군 문 대 왕 지 제 보 해 수 지 재

藝하니 願與相親하여 特遣小臣하여 懇請하나이다
예 원 여 상 친 특 견 소 신 간 청

하니 王이 聞之하고 幸甚하여 因此,和通하여 命,其
왕 문 지 행 심 인 차 화 통 명 기

弟,寶海하여 道於,句麗할새 以,內臣,金武謁로 爲,
제 보 해 도 어 구 려 이 내 신 김 무 알 위

輔而送之하니 長壽王이 又留而,不送하다. 至,十年,
보 이 송 지 장 수 왕 우 류 이 불 송 지 십 년

乙丑에 王이 召集,群臣及,國中豪俠하여 親賜,御宴
을 축 왕 소 집 군 신 급 국 중 호 협 친 사 어 연

하고 進酒三行하고 衆樂初作에 王이 垂涕而,謂,群
진 주 삼 행 중 락 초 작 왕 수 체 이 위 군

臣曰, 昔에 我,聖考가 誠心民事라, 故로 使,愛子로
신 왈 석 아 성 고 성 심 민 사 고 사 애 자

東聘於,倭러니 不見而,崩하고 又朕이 卽位,已來로
동 빙 어 왜 불 견 이 붕 우 짐 즉 위 이 래

隣兵甚熾하고 戰爭不息이라. 句麗獨有,結親之言
인 병 심 치 전 쟁 불 식 구 려 독 유 결 친 지 언

하여 朕信其言하여 以其親弟,聘於句麗하니 句麗,
짐 신 기 언 이 기 친 제 빙 어 구 려 구 려

亦留而,不送이라, 朕은 雖處,富貴로되 而,未嘗一日
역 류 이 불 송 짐 수 처 부 귀 이 미 상 일 일

도 暫忘而,不哭이로다. 若得見,二弟하여 共謝於,先
잠 망 이 불 곡 약 득 견 이 제 공 사 어 선

主之廟면 則能,報恩於,國人이리니 誰能,成其謀策
주 지 묘 즉 능 보 은 어 국 인 수 능 성 기 모 책

이오? 하니 時에 百官,咸奏曰, 此事는 固非易也니
시 백 관 함 주 왈 차 사 고 비 이 야

必有,智勇方可리라. 臣等이 以爲,歃羅郡,太守〈堤
필 유 지 용 방 가 신 등 이 위 삽 라 군 태 수 제

上〉이 可也니이다 하니 於是에 王이 召問焉하다. 〈堤
상 가 야 어 시 왕 소 문 언 제

上〉이 再拜對曰, 臣은 聞하되 主憂면 臣辱이요, 主
상 재 배 대 왈 신 문 주 우 신 욕 주

辱이면 臣死라 하니다. 若論,難易而,後行이면 謂之,
욕 신 사 약 론 난 이 이 후 행 위 지

不忠이요, 圖,死生而,後動이면 謂之無勇이라 하니
불 충 도 사 생 이 후 동 위 지 무 용

다. 臣이 雖,不肖나 願,受命行矣니다 하니 王이 甚嘉
신 수 불 초 원 수 명 행 의 왕 심 가

之하여 分觴而飮하고 握手而別하다.
지 분 상 이 음 악 수 이 별

| 어려운 낱말 |

[聘(빙)] : 빙문(聘問). [言辭動止(언사동지)] : 언어 행동. [秀智才藝(수지재예)] : 지혜가 뛰어나고 예능에 재주가 있었다. [道(도)] : 가다. [豪俠(호협)] : 뛰어난 협객. [垂涕(수체)] : 눈물을 흘리다. [結親(결친)] : 화친을 맺다. [暫忘(잠망)] : 잠시 잊음. [歃羅(삽라)] : 양산군. [分觴(분상)] : 잔을 나누어 마심.

| 본문풀이 | 〈내물왕(奈勿王 ; 나밀왕(那密王)이라고도 함)과 김제상(金(朴)堤上)〉

제17대 나밀왕(那密王)이 즉위한 36년, 경인(庚寅 ; 390)에 왜왕(倭王)이 보낸 사신이 와서 말하기를, 「우리 임금이 대왕(大王)의 신성(神聖)하다는 말을 듣고 신(臣) 등으로 하여금 백제(百濟)가 지

은 죄를 대왕에게 아뢰게 하는 것입니다. 원컨대, 대왕께서는 왕자(王子) 한 분을 보내시어 우리 임금에게 신의를 표하게 하십시오.」라고 했다. 이에 왕은 셋째 아들 미해【美海 ; 미토희(未吐喜)라고도 함.】를 일본국으로 보냈다. 이때 미해는 겨우 열 살로 말하는 것이나 행동이 아직 익숙하지 못했으므로 내신(內臣) 박사람(朴娑覽)을 부사(副使)로 삼아 함께 보내니, 왜왕은 이들을 30년 동안이나 억류(抑留)하여 놓고 보내주지 않았다. 눌지왕(訥祇王)이 즉위한 3년 기미(己未 ; 419)에 고구려(高句麗) 장수왕(長壽王)의 사신이 와서 말하기를, 「우리 임금은 대왕의 아우 보해(寶海)가 지혜와 재주가 뛰어나다는 말을 듣고 서로 친하게 지내기를 원하여 특히 소신(小臣)을 보내어 간청하는 바입니다.」 했다. 왕은 이 말을 듣고 매우 다행스럽게 여겼다. 이 일로 해서 화친하기로 마음을 정하고 아우 보해에게 명하여 고구려로 가게 했을 때, 내신(內臣) 김무알(金武謁)을 보좌(補佐)로 함께 보냈더니 장수왕도 그들을 억류(抑留)해 두고 돌려보내지 않았다. 눌지왕 10년 을축(乙丑 ; 425)에 왕은 여러 신하들과 나라 안의 호객(豪客)들을 모아 놓고 친히 잔치를 베풀고 술이 세 순배나 돌고 모든 음악이 울려 퍼지자 왕은 눈물을 흘리면서 여러 신하들에게 말하기를, 「옛날 우리 아버님께서는 성심껏 백성의 일을 생각하신 까닭에 사랑하는 아들을 동쪽 멀리 왜국(倭國)까지 보내셨다가 마침내 다시 만나 보지 못하시고 돌아가시고, 또 내가 왕위(王位)에 오른 뒤로 이웃 나라의 군사가 몹시 강성(强盛)하여 전쟁이 그칠 사이가 없었다. 그런데 유독 고구려만이 화친하자는 말이 있어서 나는 그 말을 믿고 아우를 고구려에도 보냈던 바, 고구려에서도 또한 억류해 두고 돌려보내지 않으니, 내 아무리 부귀(富貴)를 누린다 해도 일찍이 하루라도 이 일을 잊고 울지 않는 날이 없도다. 만일 이 두 아우를 만나보고 함께 아버님 사당에 가서 뵙게 된다면 온 나라 사람에게 은혜를 갚겠으니 누가 능히 이 계교를 이룰 수 있겠는가?」 했다.

이 말을 듣고 백관(百官)이 모두 입을 모아 아뢰기를, 이 일은 쉬운 일이 아닙니다. 반드시 지혜와 용맹을 겸한 사람이라야만 될 것입니다. 신 등의 생각으로는 「삽라군(歃羅郡) 태수(太守) 제상(堤上)이 가할까 합니다.」 하고 아뢴다. 이에 왕은 제상을 불러 물으니, 제상은 두 번 절하고 대답하기를, 신이 듣기로는, 「임금에게 근심이 있으면 신하가 욕을 당하며, 임금이 욕을 당하면 신하는 죽는다고 합니다. 만일 일의 어렵고 쉬운 것을 따져서 행한다면 이는 충성스럽지 못한 것이요, 또 죽고 사는 것을 생각한 뒤에 움직인다면 이는 용맹이 없는 것이니, 신이 비록 불초(不肖)하오나 왕의 명령을 받아 행하기를 원합니다.」 하니, 왕은 매우 가상히 여겨 술잔을 나누어 마시고 악수를 나누고 이별하여 떠났다.

＊金堤上 : 〈삼국사기〉에는 박제상으로 되어 있으며 왕자들의 이름도 다르다.

② 堤上이 簾前受命하고 徑趨,北海之路할새 變
제상 염전수명 경추북해지로 변

服入,句麗하여 進於,寶海所하여 共謀逸期하여 先
복입구려 진어보해소 공모일기 선

以,五月十五日에 歸泊於,高城水口而,待러라. 期
이 오 월 십 오 일 귀 박 어 고 성 수 구 이 대 기

日將至에 寶海稱病하여 數日不朝하고 乃,夜中逃
일 장 지 보 해 칭 병 수 일 부 조 내 야 중 도

出하여 行到,高城海濱하니 王이 知之하고 使,數十
출 행 도 고 성 해 빈 왕 지 지 사 수 십

人追之라. 至,高城而,及之나 然이나 寶海,在,句麗
인 추 지 지 고 성 이 급 지 연 보 해 재 구 려

에 常,施恩於,左右라, 故로 其,軍士,憫傷之하여 皆
상 시 은 어 좌 우 고 기 군 사 민 상 지 개

拔,箭鏃而,射之하여 遂免而歸하다. 王이 旣見,寶海
발 전 촉 이 사 지 수 면 이 귀 왕 기 견 보 해

하고 益思,美海하여 一欣一悲하여 垂淚而,謂,左右
익 사 미 해 일 흔 일 비 수 루 이 위 좌 우

曰, 如,一身에 有,一臂하고 一面一眼하니 雖得,一
왈 여 일 신 유 일 비 일 면 일 안 수 득 일

而亡一이 何敢,不痛乎아? 時에 堤上이 聞,此言하고
이 망 일 하 감 불 통 호 시 제 상 문 차 언

再拜,辭朝而,騎馬하고 不入家而,行하고 直至於,栗
재 배 사 조 이 기 마 불 입 가 이 행 직 지 어 율

浦之濱하다. 其妻聞之하고 走馬,追至,栗浦하니 見
포 지 빈 기 처 문 지 주 마 추 지 율 포 견

其夫,已在船上矣니라. 妻呼之,切懇이나 堤上은 但,
기 부 이 재 선 상 의 처 호 지 절 간 제 상 단

搖手而,不駐하고 行至倭國하여 詐言曰, 鷄林王이
요 수 이 부 주 행 지 왜 국 사 언 왈 계 림 왕

以不罪로 殺我父兄이라. 故로 逃來至此矣니다. 倭
이 부 죄 살 아 부 형 고 도 래 지 차 의 왜

王이 信之하여 賜,室家而安之하다. 時에 堤上이 常
왕 신 지 사 실 가 이 안 지 시 제 상 상

陪,美海하여 遊,海濱하여 逐捕魚鳥하여 以其所獲
배 미 해 유 해 빈 축 포 어 조 이 기 소 획

을 每獻於,倭王하다. 王이 甚喜之하여 而,無疑焉이
매헌어왜왕 왕 심희지 이무의언

라 適,曉霧濛晦하니 堤上曰, 可行矣라 美海曰, 然
적효무몽회 제상왈 가행의 미해왈 연

則偕行이니라. 堤上曰, 臣若行이면 恐,倭人,覺而
즉해행 제상왈 신약행 공왜인각이

追之리니 願,臣留하여 而止,其追也하리다. 美海曰,
추지 원신류 이지기추야 미해왈

今,我與汝,如,父兄焉하니 何得,棄汝而,獨歸리오,
금아여여여부형언 하득기여이독귀

堤上曰, 臣은 能,救公之命하여 而慰,大王之情이면
제상왈 신 능구공지명 이위대왕지정

則,足矣리니 何願生乎아? 하고 取酒獻,美海하다. 時
즉족의 하원생호 취주헌미해 시

에 鷄林人,康仇麗가 在,倭國하여 以其,人從而送之
계림인강구려 재왜국 이기인종이송지

하다. 堤上이 入,美海房하여 至於明旦에 左右,欲入
제상 입미해방 지어명단 좌우욕입

見之하니 堤上이 出止之曰, 昨日,馳走於捕獵하여
견지 제상 출지지왈 작일치주어포렵

病甚하여 未起니라. 及乎日昃에 左右,怪之而,更問
병심 미기 급호일측 좌우괴지이갱문

焉하니 對曰, 美海,行已久矣라 하다. 左右,奔告於
언 대왈 미해행이구의 좌우분고어

王하니 王使騎兵으로 逐之나 不及이라. 於是에 囚,
왕 왕사기병 축지 불급 어시 수

堤上하고 問曰, 汝,何竊遣,汝國,王子耶아? 對曰,
제상 문왈 여하절견여국왕자야 대왈

臣是,鷄林之臣이요, 非,倭國之臣하니 今欲成,吾君
신시계림지신 비왜국지신 금욕성오군

之志耳니 何敢言於,君乎아? 倭王이 怒曰, 今汝,已
지지이 하감언어군호 왜왕 노왈 금여이

爲我臣하니 而言,鷄林之臣이면 則,必具五刑하고
위 아 신 이 언 계 림 지 신 즉 필 구 오 형

若言,倭國之臣者면 必賞重祿하리라. 對曰, 寧爲,
약 언 왜 국 지 신 자 필 상 중 록 대 왈 녕 위

鷄林之,犬㹠이언정 不爲,倭國之,臣子요, 寧受,鷄林
계 림 지 견 돈 불 위 왜 국 지 신 자 녕 수 계 림

之箠楚이언정 不受,倭國之,爵祿이니다. 王이 怒하여
지 추 초 불 수 왜 국 지 작 록 왕 노

命,屠剝,堤上,脚下之皮하여 刈,蒹葭하여 使趨其上
명 도 박 제 상 각 하 지 피 예 겸 가 사 추 기 상

하고[今蒹葭上에 有血痕하니 俗云, 堤上之血이라.] 更問曰, 汝,
갱 문 왈 여

何國臣乎아? 하니 曰, 鷄林之,臣也니라. 又使立於,
하 국 신 호 왈 계 림 지 신 야 우 사 입 어

熱鐵上하고 問,何國之臣乎아? 하니 曰, 鷄林之臣也
열 철 상 문 하 국 지 신 호 왈 계 림 지 신 야

니라. 倭王이 知,不可屈하고 燒殺於,木島中하다.
왜 왕 지 불 가 굴 소 살 어 목 도 중

| 어려운 낱말 |

[徑趨(경추)] : 지름길. 길을 향해 가다. [逸期(일기)] : 날짜를 정하다. [海濱(해빈)] : 바닷가. [憫傷(민상)] : 불쌍히 여기다. [箭鏃(전촉)] : 화살 촉. [常陪(상배)] : 항상 모시고 다님. 陪는 도울(배), 모시다(배). [濛晦(몽회)] : 안개가 끼어서 어둠침침하다. [捕獵(포렵)] : 사냥. [日昃(일측)] : 해가 진 저녁때. [犬㹠(견돈)] : 개와 돼지. [箠楚(추초)] : 채찍으로 때림. [屠剝(도박)] : 껍질을 벗기다. [使趨(사추)] : 걸어가게 하다. 趨는 달릴(추). [蒹葭(겸가)] : 갈대. [燒殺(소살)] : 태워 죽이다.

| 본문풀이 |

제상은 임금 앞에서 명령을 받고 바로 북해(北海) 바닷길을 향하여 변복(變服)을 하고 고구려에 들어가 보해가 있는 곳으로 가서 함께 도망할 일자(日字)를 약속해 놓고 제상은 먼저 5월 15일에 고성(高城) 수구(水口)에 와서 배를 대고 기다리고 있었다. 약속한 날짜가 가까워지자 보해는 병을 핑계로 며칠 동안 조회(朝會)에 나가지 않았다. 그러다가 밤중에 도망하여 고성(高城) 바닷가에 이르니 고구려 왕은 이를 알고 수십 명 군사를 시켜 쫓게 했다. 고성에 이르러 따라가게 되었으나 보해는 고구려에 있을 때에 늘 좌우에 있는 사람들에게 은혜를 베풀어 왔기 때문에 쫓아온 군사들이 그를 불쌍히 여겨 모두 화살의 촉을 뽑고 쏘아서 몸이 상하지 않고 돌아올 수가 있었다. 눌지왕은 보해를 만나보고 미해(美海)를 생각하는 마음이 더욱 간절하여 한편으로는 기뻐하고, 한편으로는 슬퍼하여 눈물을 흘리면서 좌우 사람들에게 말하기를, 「마치 한 몸에 팔뚝이 하나만 있고, 한 얼굴에 한쪽 눈만 있는 것 같아서 비록 하나는 얻었으나 하나를 잃은 대로이니 어찌 마음이 아프지 않겠느냐?」 했다. 이때 제상은 이 말을 듣고 말을 탄 채 두 번 절하여 임금에게 하직하고 집에도 들르지 않고 바로 율포(栗浦) 바닷가에 이르렀다. 그의 아내가 이 소식을 듣고 말을 달려 율포까지 쫓아갔으나 남편은 이미 배에 오른 뒤였다. 아내는 간곡하게 남편을 불렀으나 제상은 다만 손을 흔들어 보일 뿐 배를 멈추지 않고 그는 그대로 왜국(倭國)에 도착해서 거짓말을 하여 말하기를, 「계림왕(鷄林王)이 아무 죄도 없는 우리 부형(父兄)

을 죽였기로 도망해서 여기 온 것입니다.」라고 했다. 왜왕(倭王)은 이 말을 믿고 제상에게 집을 주어 편히 거처하게 했다. 이때 제상은 늘 미해를 모시고 해변(海邊)에 나가 놀면서 물고기와 새를 잡아다가 왜왕에게 바치니 왜왕은 매우 기뻐하고 조금도 의심하지 않았다. 어느 날 새벽이 되어 안개가 자욱하게 끼었는데, 제상이 미해에게 말하기를, 「지금 빨리 떠나라.」고 했다. 미해는 「그러면 같이 떠납시다.」 하니, 제상은 신이 만일 같이 떠난다면 왜인(倭人)들이 알고 뒤를 쫓을 것이니, 원컨대 「신은 여기에 남아 뒤쫓는 것을 막겠다.」고 하니 미해가 다시 말하기를, 「나는 그대를 부형(父兄)처럼 여기고 있는데 어찌 그대를 버려두고 혼자서만 돌아간단 말인가.」 했다. 또 말하기를, 「신은 공의 목숨을 구하는 것으로, 대왕의 마음을 위로해 드리면 그것으로 만족할 뿐입니다. 어찌 내가 살기를 바라겠습니까?」 하고는 술을 가져와서 미해에게 올려 드렸다. 이때 계림(鷄林 : 신라) 사람 강구려(康仇麗)가 왜국(倭國)에 와 있었는데 그를 딸려 호송(護送)하게 하였다. 제상이 미해를 함께 보내고 제상은 미해의 방에 들어가서 이튿날 아침까지 있었는데, 미해를 모시는 좌우 사람들이 방에 들어가 보려 하므로 제상이 나와서 말리면서 말하기를, 「미해공은 어제 사냥하는 데 따라다니느라 몹시 피로해서 일어나지 않았다.」고 했다. 그러나 저녁때가 되자 좌우 사람들은 이상히 여겨 다시 물으니, 이때서야 제상은 대답하기를, 「미해공은 떠난 지 이미 오래 되었다.」고 했다.

좌우 사람들이 급히 달려가 왜왕에게 고하니, 왕은 기병을 시켜 뒤를 쫓게 했으나 따르지 못했다. 이에 왕은 제상을 가두고 묻기를, 「너는 어찌하여 너의 나라 왕자를 몰래 돌려보냈느냐?」 하니 제상이 대답하기를, 「나는 계림 신하이지 왜국의 신하가 아니오. 이제 우리 임금의 소원을 이루어 드렸을 뿐인데, 어찌 이 일을 그대에게 말하겠소?」 하니, 왜왕이 노해서 말하기를, 「이제 너는 이미 내 신하가 되었는데도 왜 계림의 신하라고 말하느냐? 그렇다면 반드시 오형(五刑)을 갖추어 너를 죽일 것이다. 만일 왜국 신하라고 말한다면 후한 녹(祿)을 상으로 주리라.」 하니 제상은 대답하기를, 「차라리 계림의 개나 돼지가 될지언정 왜국의 신하가 되지는 않겠다.」고 했다. 차라리 계림의 형벌을 받을지언정 왜국의 작록을 받지는 않겠다고 하니, 왜왕은 노하여 제상의 발바닥 가죽을 벗기고 갈대[蒹葭]를 벤 후에 그 위를 걸어가게 했다. 그리고는 다시 묻기를, 「너는 어느 나라 신하냐?」고 하니, 제상은 「계림의 신하라.」고만 했다. 다시 왜왕은 또 쇠를 달구어 그 위에 세워 놓고 다시 묻기를, 「너는 어느 나라 신하냐?」고 물었다. 역시 계림의 신하라고 했다. 왜왕은 그가 굴복하지 않을 것을 알고 목도(木島)라는 섬에서 불에 태워 죽였다.

참고 * 오형(五刑) : 옛날 중국에서 행했던 다섯 가지의 형벌. 1) 몸에 글자로 문신하는 묵형(墨刑), 2) 코를 베는 의형(劓刑), 3) 발뒤꿈치를 자르는 비형(剕刑), 4) 거세하는 궁형(宮刑), 5) 사형에 처하는 대벽형(大辟刑)을 말함.

③ 美海는 渡海而來하여 使,康仇麗로 先告於,國
미해 도해이래 사강구려 선고어국

中하니 王이 驚喜하여 命,百官으로 迎於,屈歇驛하고
중 왕 경 희 명 백 관 영 어 굴 헐 역

王은 與,親弟寶海로 迎於南郊하여 入闕設宴하고
왕 여 친 제 보 해 영 어 남 교 입 궐 설 연

大赦國內하고 冊其妻로 爲,國大夫人하고 以其女
대 사 국 내 책 기 처 위 국 대 부 인 이 기 여

子로 爲,美海公,夫人하다. 議者曰, 昔에 漢臣周苛
자 위 미 해 공 부 인 의 자 왈 석 한 신 주 가

가 在,滎陽하여 爲,楚兵所虜러니 項羽, 謂,周苛曰,
재 형 양 위 초 병 소 로 항 우 위 주 가 왈

汝爲我臣이면 封爲,萬祿侯하리라. 周苛,罵而,不屈
여 위 아 신 봉 위 만 록 후 주 가 매 이 불 굴

하고 爲,楚王所殺이라. 堤上之,忠烈이 無怪於,周苛
위 초 왕 소 살 제 상 지 충 렬 무 괴 어 주 가

矣라. 初에 堤上之,發去也에 夫人이 聞之하여 追不
의 초 제 상 지 발 거 야 부 인 문 지 추 불

及하고 及至,望德寺門南의 沙上하여 放臥長號하니
급 급 지 망 덕 사 문 남 사 상 방 와 장 호

因名,其沙曰, 長沙라 하다. 親戚二人이 扶腋將還
인 명 기 사 왈 장 사 친 척 이 인 부 액 장 환

에 夫人舒脚하고 坐不起라. 名其地曰,『伐知旨』라
부 인 서 각 좌 불 기 명 기 지 왈 벌 지 지

하다. 久後에 夫人,不勝其慕하여 率,三娘子하여 上,
구 후 부 인 불 승 기 모 솔 삼 낭 자 상

鵄述嶺하여 望,倭國,痛哭而終하여 仍爲,鵄述神母
치 술 령 망 왜 국 통 곡 이 종 잉 위 치 술 신 모

하니 今,祠堂存焉이니라.
금 사 당 존 언

| 어려운 낱말 |

[議者(의자)] : 어떤 이가 말하기를. [周苛(주가)] : 한나라 유방의 신하. [無怪

(무괴)] : ~에 못지않다. [放臥(방와)] : 늘어져 누워서. [扶腋(부액)] : 겨드랑이를 부축하다. [舒脚(서각)] : 다리를 펴고. [鵄述嶺(치술령)] : 경주에서 바다를 바라보는 산고개 이름. 鵄는 소리개(치). 鴟와 동자임. * 17 : 내물왕, 18 : 실성왕, 19 : 눌지왕.

| 본문풀이 |

미해는 바다를 건너 돌아와서 먼저 강구려(康仇麗)를 시켜 나라 안에 사실을 알리니, 눌지왕은 놀라고 기뻐하여 백관들에게 명하여 미해를 굴헐역(屈歇驛)에 나가서 맞이하고, 왕은 친히 아우 보해와 함께 남교(南郊)에 나가서 친히 미해를 맞아 대궐로 들어가서 잔치를 베풀고 국내에 대사령(大赦令)을 내려 죄수를 풀어 주었다. 또 제상의 아내를 국대부인(國大夫人)에 봉하고, 그의 딸은 미해공의 부인으로 삼았다. 이때 어떤 사람들이 말하기를, 옛날에 한나라 신하 〈주가(周苛)〉가 형양(滎陽) 땅에 있다가 초(楚)나라 군사에게 포로로 잡힌 일이 있었는데, 이때 〈항우(項羽)〉는 주가를 보고 말하기를, 네가 만일 내 신하가 된다면 만호후(萬戶侯)를 주리라고 했다. 그러나 〈주가〉는 〈항우〉를 꾸짖고 굴복하지 않으므로 그는 죽음을 당한 바가 있었다. 그런데 이번 제상의 죽음은 주가만 못지않다고 했다. 처음에 제상이 일본으로 떠날 때, 그의 부인이 말을 듣고 남편의 뒤를 쫓아갔으나 미처 만나지 못하고 망덕사(望德寺) 문 남쪽의 백사장(白沙場) 위에 이르러 길게 누워서 울부짖었다는 그곳을 〈장사(長沙)〉라고 불렀다. 친척 두 사람이 부인의 겨드랑이를 부추겨 돌아오려 하자 부인은 다리를 길게 뻗은 채 일어나지 않았다. 그래서 그곳을 〈벌지지(伐知旨)〉라고 이름 지었다. 이런 일이 있은 지 오래 된 뒤에 부인은 남편을 사모하는 마음을 이기지 못하여 세 딸을 데리고 〈치술령(鵄述嶺)〉에 올라가 왜국을 바라보고 통곡하다가 죽어서 그가 치술신모(鵄述神母)가 되었으니, 지금도 거기에는 그의 사당(祠堂)이 있다.

第十八(제18), 實聖王(실성왕)

義熙九年, 癸丑(423)에 平壤州, 大橋成하다.[恐, 南平壤也이나 今楊州임.] 王이 忌憚하되 前王太子, 訥祇가 有, 德望하여 將, 害之하여 請, 高麗兵하여 而, 詐迎訥祇한데 高麗人이 見, 訥祇有, 賢行하고 乃, 倒戈而殺王하여 乃立, 訥祇하고 爲王而, 去하다.

(의희구년 계축 / 평양주 대교성 / 왕 기탄 / 전왕태자 눌기 / 유 덕망 / 장 해지 / 청 고려병 / 이 사영눌기 / 고려인 / 견 눌기유 현행 / 내 도과이살 / 왕 / 내립 눌기 / 위왕이 거)

| 어려운 낱말 |

[義熙(의희)] : 동진의 안제(安帝)의 연호. [恐] : 두려울(공). 아마. ~라고 생각되다. [忌憚(기탄)] : 꺼려 싫어하다. [倒戈(도과)] : 창끝을 돌려. ＊17 : 내물왕,

18 : 실성왕, 19 : 눌지왕

| 본문풀이 | 〈제18대 실성왕(實聖王)〉

의희(義熙) 9년, 계축(癸丑 ; 423)에 평양주(平壤州)의 대교(大橋)가 완성되었다.【아마 남평양이니, 지금의 양주임.】 왕은 전왕(前王)의 태자(太子)인 〈눌지(訥祇)〉가 덕망이 있는 것을 꺼려하여 그를 죽이려고 해서 고구려의 군사를 끌어다가 거짓 〈눌지〉를 맞이하도록 하였으나 고구려 사람들은 〈눌지〉에게는 어진 행실이 있음을 알고는 창끝을 되돌려 실성왕(實聖王)을 죽이고 〈눌지〉를 세워 왕을 삼고 돌아갔다.

射琴匣(사금갑)

◉ 거문고 갑을 쏘라.

第.二十一, 毗處王[一作,炤智王]이 卽位十年.戊辰(488)에 幸於.天泉亭하니 時에 有.烏與鼠.來鳴이라. 鼠作.人語云하되 此烏.去處尋之하라.[或云, 神德王이 欲,行香,興輪寺하니 路見,衆鼠含尾하여 怪之而還占之하니 明日

에 先鳴烏尋之云云이라 하니 此說非也라.] 王이 命,騎士追
왕 명기사추

之하여 南至,避村[今,壤避寺村이니 在,南山東麓이라.]하니
지 남지피촌

兩猪相鬪어늘 留連見之라가 忽失烏,所在하다 徘
양저상투 유연견지 홀실오소재 배

徊路傍이러니 時有老翁이 自,池中出,奉書하다. 外
회노방 시유노옹 자지중출봉서 외

面題云하되 開見,二人死하고 不開,一人死라 하다.
면제운 개견이인사 불개일인사

使來獻之하니 王曰, 與其,二人死론 莫若不開하여
사래헌지 왕왈 여기이인사 막약불개

但,一人死耳라. 日官이 奏曰, 二人者는 庶民也요
단일인사이 일관 주왈 이인자 서민야

一人者는 王也라 하니 王이 然之하여 開見하니 書
일인자 왕야 왕 연지 개견 서

中云하되 〈射琴匣〉이라. 王이 入宮하여 見,琴匣射
중운 사금갑 왕 입궁 견금갑사

之하니 乃,內殿,焚修僧이 與,宮主로 潛通而,所奸
지 내내전분수승 여궁주 잠통이소간

也라. 二人伏誅하다. 自爾로 國俗으로 每,正月上
야 이인복주 자이 국속 매정월상

亥,上子,上午,等日에 忌愼百事하여 不敢動作하고
해상자상오등일 기신백사 불감동작

以,十五日을 爲,烏忌之日하여 以,糯飯祭之러니 至
이십오일 위오기지일 이나반제지 지

今行之하다. 俚言에 〈怛忉〉라 하니 言,悲愁而,禁忌
금행지 이언 달도 언비수이금기

百事也니라. 命其池曰 〈書出池〉라 하다.
백사야 명기지왈 서출지

| 어려운 낱말 |

[射琴匣(사금갑)] : 거문고가 든 갑을 쏘다. [留連(유연)] : 계속 머물러 있다가. [自爾(자이)] : 이런 일이 있고부터. [上亥,上子,上午(상해,상자,상오)] : 정월달의 첫 해(亥)일, 첫 자(子)일, 첫 오(午)일. [糯飯(나반)] : 찹쌀 약밥. [俚言(이언)] : 민간에 전해오는 말. [怛忉(달도)] : 슬퍼서 마음이 아픔. [悲愁(비수)] : 슬프고 근심하다. [書出池(서출지)] : 경주 동남산 밑에 있는 연못의 이름.

| 본문풀이 | 〈사금갑(射琴匣 ; 거문고 갑을 쏘아라)〉

제21대 비처왕【毗處王 ; 소지왕(炤智王)이라고도 한다.】이 즉위한 10년 무진(戊辰 ; 488)에 천천정(天泉亭)에 거동을 했다. 이때 까마귀와 쥐가 와서 울더니 쥐가 사람의 말로, 이 까마귀가 가는 곳을 찾아가 보라고 한다.【혹은 말하기를, 신덕왕(神德王)이 흥륜사(興輪寺)에 가서 행향(行香)하려 하는데 길에서 보니 여러 마리 쥐가 꼬리를 물고 있었다. 괴상히 여겨 돌아와 점을 쳐 보니 내일 제일 먼저 우는 까마귀를 따라가 찾아보라고 했다 한다. 하지만 이 설(說)은 잘못이다.】

왕은 기사(騎士)에게 명하여 까마귀를 따르게 하여 남쪽 피촌【避村 ; 지금의 양피사촌(壤避寺村)이니 남산(南山) 동쪽 기슭에 있다.】에 이르러 보니, 돼지 두 마리가 서로 싸우고 있었는데 이것을 한참 바라보다가 문득 까마귀가 날아간 곳을 잃어버리고 길 곁에서 배회하고 있었는데, 이때 한 늙은이가 못 속에서 나와 글을 올렸다. 그 글의 겉봉에 하였으되 〈이 글을 떼어 보면 두 사람이 죽을 것이고, 떼어 보지 않으면 한 사람이 죽을 것이다.〉 했다. 기사(騎士)가 돌아와 왕에게 바치니 왕은 말하기를, 「두 사람을 죽게 하는 것보다는 차라리 떼어 보지 않고 한 사람만 죽게 하는 것이 낫겠다.」고 하니, 이때 일관(日官)이 아뢰기를, 「두 사람이라 한 것은 서민(庶民)일 것이요, 한 사람이란 바로 왕을 말하는 것이라.」고 했다. 왕이 그 말을 옳게 여겨 글을 떼어 보니 〈금갑(琴匣)을 쏘라[射琴匣]〉고 했다. 왕은 곧 궁중으로 들어가 거문고 갑(匣)을 쏘았다. 그러고 보니 그 거문고 갑 속에는 내전(內殿)에서 분향수도(焚香修道)하고 있던 중이 궁주(宮主)와 은밀히 간통(奸通)하고 있었다. 이에 두 사람을 사형(死刑)에 처했다.

이런 일이 있은 다음부터 그 나라 풍속에 해마다 정월 상해(上亥)와 상자(上子)와 상오일(上午日)에는 모든 일을 조심하여 감히 움직이지 아니하고, 정월 15일을 오기일(烏忌日)이라 하여 찰밥을 지어 제사 지냈으니 이런 일은 지금까지도 계속 행해지고 있다. 속담으로 전해오는 말로, 이것을 〈달도(怛忉)〉라고 했으니 슬퍼하고 조심하며 모든 일을 금하고 꺼린다는 뜻이다. 또 노인이 나와서 글을 올린 그 연못을 〈서출지(書出池)〉라고 한다.

智哲老王(지철로왕)

第二十二, 智哲老王은 姓은 金氏요, 名은 智大
제 이 십 이 지 철 로 왕 성 김 씨 명 지 대

路이며 又,智度路라 하다. 諡曰, 智證이니 諡號,始
로 우 지 도 로 시 왈 지 증 시 호 시

于此하니라. 又,鄕稱王을 爲,麻立干者도 自此王始
우 차 우 향 칭 왕 위 마 립 간 자 자 차 왕 시

니라. 王은 以,永元二年,庚辰(500)에 卽位[或云,辛巳則,
왕 이 영 원 이 년 경 진 즉 위

三年也라.]하다. 王의 陰長이 一尺五寸이라 難於嘉耦
왕 음 장 일 척 오 촌 난 어 가 우

하여 發使,三道求之하다. 使至,牟梁部,冬老樹下하
발 사 삼 도 구 지 사 지 모 량 부 동 로 수 하

여 見,二狗가 嚙,一屎塊하니 如,鼓大하여 爭嚙其,兩
견 이 구 교 일 시 괴 여 고 대 쟁 교 기 양

端하다. 訪於里人하니 有,一小女,告云하되 此部,相
단 방 어 이 인 유 일 소 녀 고 운 차 부 상

公之女子가 洗澣于此라가 隱林而,所遺也라 하다.
공 지 녀 자 세 한 우 차 은 림 이 소 유 야

尋其家,檢之하니 身長,七尺五寸이라. 具事奏聞하
심 기 가 검 지 신 장 칠 척 오 촌 구 사 주 문

니 王이 遣車하여 邀入宮中하여 封爲皇后하니 群
왕 견 거 요 입 궁 중 봉 위 황 후 군

臣皆賀하다. 又,阿瑟羅州[今溟州]의 東海中에 便風,
신 개 하 우 아 슬 라 주 동 해 중 편 풍

二日程에 有,于陵島[今作,羽陵(鬱陵)]하니 周廻,二萬
이 일 정 유 우 릉 도 주 회 이 만

六千七百三十步라. 島夷,恃其水深하여 驕傲不臣
육 천 칠 백 삼 십 보 도 이 시 기 수 심 교 오 불 신

하니 王이 命,伊湌,朴伊宗하여 將兵討之하다. 宗이
왕 명 이 찬 박 이 종 장 병 토 지 종

作,木偶師子하여 載於,大艦之上하여 威之云하되
작 목 우 사 자 재 어 대 함 지 상 위 지 운

不降則,放,此獸하리라 하니 島夷,畏而降하다. 賞,伊
불 항 즉 방 차 수 도 이 외 이 항 상 이

宗하고 爲州伯하다.
종　　위 주 백

| 어려운 낱말 |

[嘉耦(가우)] : 좋은 짝. [三道(삼도)] : 세 방향으로. [嚙] : 물다(교). [屎塊(시괴)] : 똥 덩이. [洗澣(세한)] : 빨래를 씻다. [邀入(요입)] : 맞아들이다. [便風(편풍)] : 순풍. [島夷(도이)] : 그 섬의 우두머리. [驕傲(교오)] : 교만하고 오만함. [師子(사자)] : 사자(獅子).

| 본문풀이 | 〈지철로왕(智哲老王)〉

제22대 지철로왕(智哲老王)의 성은 김씨(金氏), 이름은 지대로(智大路)요, 또는 지도로(智度路)이며, 시호(諡號)는 지증(智證)이라 했다. 시호를 쓰는 법이 이로부터 시작되었다. 또 우리말에 왕을 마립간(麻立干)이라 한 것도 이 왕 때부터 시작되었다. 왕은 영원(永元) 2년 경진(庚辰 ; 500)에 왕위(王位)에 올랐다.【신사(辛巳)라고도 하는데, 그렇다면 영원(永元) 3년이다.】

왕은 음경(陰莖)의 길이가 한 자 다섯 치나 되어 짝을 얻기 어려워서 사자(使者)를 삼도(三道)로 보내서 배필을 구했다. 사자(使者)가 모량부(牟梁部) 동로수(冬老樹) 아래에 이르니 개 두 마리가 북채만한 큰 똥 덩이의 양쪽 끝을 물고 싸우고 있었다. 사자는 그 마을 사람을 찾아보고 누가 눈 똥인가를 물었다. 한 소녀가 말하기를, 「이것은 모량부 상공(牟梁部, 相公)의 딸이 여기서 빨래를 하다가 숲속에 숨어서 눈 것입니다.」라고 했다. 그 집을 찾아가 살펴보니 그 여자는 키가 7척 5촌이나 되었다. 이 사실을 왕께 아뢰었더니 왕은 수레를 보내서 그 여자를 궁중으로 맞아 황후(皇后)를 봉하니 여러 신하들이 모두 하례했다.

또 아슬라주【阿瑟羅州 ; 지금의 명주(溟州)】 동쪽 바다에 순풍(順風)에 이틀이 걸리는 곳에 우릉도【于陵島 ; 지금의 우릉(羽陵 : 울릉도)】가 있으니 이 섬은 둘레 2만 6,730보(步)나 되었다. 이 섬 속의 오랑캐들은 그 바닷물이 깊은 것을 믿고서 교만하여 신하 노릇을 제대로 하지 않았다. 이에 왕은 아찬(伊湌) 〈박이종(朴伊宗)〉에게 명하여 군사를 거느리고 가서 치게 했다. 이때 〈박이종〉은 나무로 사자(獅子)를 만들어 큰 배에 싣고 위협하기를, 너희가 만일 항복하지 않으면 이 짐승을 놓아 버리겠다고 하니, 그 섬의 우두머리가 두려워하여 드디어 항복했다. 이에 〈이종〉에게 상을 주고, 이 섬을 다스리는 책임자[州伯]로 삼았다.

眞興王(진흥왕)

第,二十四, 眞興王이 卽位하니 時年이 十五歲라 太后攝政하다. 太后는 乃,法興王之,女子요 立宗,葛文王之,妃니라. 終時削髮하고 被,法衣而,逝하
제 이 십 사 진 흥 왕 즉 위 시 년 십 오 세 / 태 후 섭 정 태 후 내 법 흥 왕 지 여 자 입 / 종 갈 문 왕 지 비 종 시 삭 발 피 법 의 이 서

다. 承聖.三年九月에 百濟兵이 來侵於.珍城하여 掠
승 성 삼 년 구 월 백 제 병 내 침 어 진 성 약

取人.男女.三萬九千과 馬.八千匹而去하다. 先是에
취 인 남 녀 삼 만 구 천 마 팔 천 필 이 거 선 시

百濟가 欲與.新羅로 合兵하여 謀伐高麗하니 眞興
백 제 욕 여 신 라 합 병 모 벌 고 려 진 흥

曰, 國之興亡이 在天이라, 若天未厭.高麗면 則.我
왈 국 지 흥 망 재 천 약 천 미 염 고 려 즉 아

何敢望焉이리오? 乃.以此言을 通.高麗하니 高麗.感
하 감 망 언 내 이 차 언 통 고 려 고 려 감

其言하여 與羅通好하고 而.百濟怨之라, 故로 來爾
기 언 여 라 통 호 이 백 제 원 지 고 내 이

니라.

| 어려운 낱말 |

[十五歲(15세)] : 삼국사기에는 7세로 되어있음. [女子(여자)] : 여기서는 '딸' 이란 뜻. [葛文王(갈문왕)] : 신라에서는 왕의 아버지나 왕비의 아버지에게 준 호칭. [承聖(승성)] : 양 원제의 연호. [珍城(진성)] : 지금의 경남 단성(丹城) 지방. [若天未厭(약천미염)] : 만약 ~를 싫어하지 않는다면. [來爾(내이)] : 우리 신라에 쳐들어왔다.

| 본문풀이 | 〈진흥왕(眞興王)〉

제24대 진흥왕(眞興王)이 즉위할 때 나이가 15세로서 태후(太后)가 섭정(攝政)을 했다. 태후는 이에 법흥왕(法興王)의 딸로서 입종갈문왕(立宗葛文王)의 왕비(王妃)이다. 왕이 돌아가시자 머리를 깎고 법의(法衣)를 입은 채 세상을 떠났다고 한다.

승성(承聖 : 陳나라 원제의 연호) 3년(554) 9월에, 백제(百濟) 군사가 진성(珍城)을 침범하여 남녀 3만 9,000명과 말 8,000필을 빼앗아갔다. 이보다 먼저 백제가 신라와 군사를 합쳐서 고구려(高句麗)를 치자고 하니, 이때 진흥왕이 말하기를, 나라의 흥망이 하늘에 달려있는데, 「만일 하늘이 고구려를 미워하지 않는다면 내가 어떻게 감히 고구려가 망하기를 바랄 수 있겠는가?」라고 했다. 이 말이 고구려에 전하게 되니, 고구려는 이 말에 감동되어 신라와 더불어 화평하게 지냈기 때문에 백제가 신라를 미워하여 침범하게 되었다.

桃花女(도화녀), 鼻荊郎(비형랑)

第,二十五, 舍輪王은 諡가 眞智大王으로 姓이
제 이 십 오 사 륜 왕 시 진 지 대 왕 성

金氏라. 妃는 起烏公之,女로 知刀夫人이다. 大建
김 씨 비 기 오 공 지 녀 지 도 부 인 대 건

八年,丙申(576)[古本云, 十一年己亥는 誤矣라.]에 卽位하여
팔 년 병 신 즉 위

御國四年에 政亂荒婬하여 國人이 廢之하다. 前此
어 국 사 년 정 난 황 음 국 인 폐 지 전 차

에 沙梁部之,庶女가 姿容艶美하여 時號를 桃花娘
사 양 부 지 서 녀 자 용 염 미 시 호 도 화 낭

이라. 王이 聞而,召致宮中하여 欲幸之하니 女曰, 女

왕 문 이 소 치 궁 중 욕 행 지 여 왈 여

之所守는 不事二夫라. 有夫而,適他면 雖,萬乘之

지 소 수 불 사 이 부 유 부 이 적 타 수 만 승 지

威라도 終不奪也니이다. 王曰, 殺之何오 女曰, 寧

위 종 불 탈 야 왕 왈 살 지 하 여 왈 녕

斬于市언정 有願靡他니이다. 王이 戲曰, 無夫則,可

참 우 시 유 원 미 타 왕 희 왈 무 부 즉 가

乎아? 曰, 可니이다. 王이 放而遣之하다. 是年에 王

호 왈 가 왕 방 이 견 지 시 년 왕

이 見廢而崩하고 後,二年에 其夫亦死하니 浹旬,忽

견 폐 이 붕 후 이 년 기 부 역 사 협 순 홀

夜中에 王이 如,平昔으로 來於,女房曰, 汝昔에 有

야 중 왕 여 평 석 내 어 녀 방 왈 여 석 유

諾이라. 今無汝夫니 可乎아? 女不輕諾하고 告於父

낙 금 무 여 부 가 호 여 불 경 낙 고 어 부

母하니 父母曰, 君王之教를 何以避之리오 하고 以

모 부 모 왈 군 왕 지 교 하 이 피 지 이

其女로 入於房하다. 留御七日에 常有,五色雲이 覆

기 녀 입 어 방 유 어 칠 일 상 유 오 색 운 복

屋하고 香氣滿室이러니 七日後에 忽然無蹤하다.

옥 향 기 만 실 칠 일 후 홀 연 무 종

女,因而有娠하여 月滿將産에 天地振動하고 産得

여 인 이 유 신 월 만 장 산 천 지 진 동 산 득

一男하여 名曰, 鼻荊이라 하다. 眞平大王이 聞其殊

일 남 명 왈 비 형 진 평 대 왕 문 기 수

異하고 收養宮中하여 年至十五하여 授差執事하다.

이 수 양 궁 중 연 지 십 오 수 차 집 사

每夜에 逃去遠遊하니 王이 使,勇士,五十人으로 守

매 야 도 거 원 유 왕 사 용 사 오 십 인 수

之하다. 每飛過,月城에 西去,荒川岸上(在,京城西)하

지 매 비 과 월 성 서 거 황 천 안 상

여 率鬼衆遊하다. 勇士伏林中하여 窺伺러니 鬼衆
솔귀중유 용사복림중 규사 귀중

이 聞,諸寺曉鍾하고 各散하면 郞이 亦歸矣하더라.
문제사효종 각산 낭 역귀의

勇士가 以事來奏하니 王이 召,鼻荊曰, 汝領鬼遊라
용사 이사래주 왕 소비형왈 여령귀유

하니 信乎아? 郞曰,然이니다. 王曰, 然則,汝使鬼衆
신호 낭왈연 왕왈 연즉여사귀중

하여 成橋於,神元寺,北渠[一作, 神衆寺이나 誤니라. 一云,
성교어신원사북거

荒川東深渠니라.]하라 하니 荊이 奉勅하여 使其徒로 鍊
형 봉칙 사기도 연

石하여 成,大僑於,一夜라. 故로 名을 鬼橋라 하다.
석 성대교어일야 고 명 귀교

王이 又問하되 鬼衆之中에 有,出現人間하여 輔,朝
왕 우문 귀중지중 유출현인간 보조

政者乎아? 曰, 有,吉達者하여 可輔國政이니다. 王
정자호 왈 유길달자 가보국정 왕

曰, 與來하라. 翌日에 荊이 與,俱見하고 賜爵執事하
왈 여래 익일 형 여구현 사작집사

니 果,忠直無雙이라. 時에 角干,林宗이 無子하니 王
과충직무쌍 시 각간임종 무자 왕

勅爲,嗣子하다. 林宗이 命,吉達하여 創,樓門於,興
칙위사자 임종 명길달 창누문어흥

輪寺南하니 每夜에 去宿,其門上이라, 故로 名을 吉
륜사남 매야 거숙기문상 고 명 길

達門이라 하다. 一日은 吉達이 變狐而,遁去어늘 荊
달문 일일 길달 변호이둔거 형

이 使,鬼捉하여 而,殺之라. 故로 其衆이 聞,鼻荊之
사귀착 이살지 고 기중 문비형지

名이면 怖畏而走하다. 時人이 作詞曰, 「聖帝魂이
명 포외이주 시인 작사왈 성제혼

生子하니 鼻荊郎.室亭이라 飛馳.諸鬼衆이여! 此
생자 비형낭실정 비치제귀중 차

處.莫留停하라.」 鄕俗에 帖.此詞하여 以.辟鬼하다.
처막유정 향속 첩차사 이벽귀

| 어려운 낱말 |

[大建(대건)] : 진(陳)나라 선제의 연호. [荒婬(황음)] : 어지럽고 음란하다. [艶美(염미)] : 요염하게 예쁘다. [召致(소치)] : 부르다. [欲幸之(욕행지)] : 임금이 간통하려고 하다. [有願靡他(유원미타)] : 다른 것은 원하지 않는다. 靡는 없다(미). 쓰러지다, 아니다. [荊] : 가시나무(형). [見廢(견폐)] : 폐위 당함. [浹旬(협순)] : 열흘 만에. [授差(수차)] : 뽑아서 제수하다. [窺伺(규사)] : 엿보다. [鍊石(연석)] : 돌을 다듬어서. [變狐而遁去(변호이둔거)] : 여우로 변하여 도망가다. [怖畏(포외)] : 두려워서. [室亭(실정)] : 집, 혹은 방. [此處(차처)] : 여기에. [帖] : 붙일(첩), 수첩(첩). [辟鬼(벽귀)] : 귀신을 쫓다.

| 본문풀이 | 〈도화녀(桃花女)와 비형랑(鼻荊郎)〉

제25대 사륜왕(四輪王)의 시호(諡號)는 진지대왕(眞智大王)으로, 성(姓)은 김씨(金氏)요, 왕비(王妃)는 기오공(起烏公)의 딸 지도부인(知刀夫人)이다. 대건(大建 : 陳 선제의 연호) 8년 병신【丙申 ; 576, 고본(古本)에는 11년 기해(己亥)라고 했는데, 이는 잘못이다.】년에 왕위(王位)에 올랐다. 나라를 다스린 지 4년에 주색에 빠져 음란하고 정치가 문란해지자 나라 사람들은 그를 폐위시켰다.

이에 앞서서 사량부(沙梁部)의 어떤 서민의 여자 하나가 얼굴이 곱고 아름다워 당시 사람들이 도화랑(桃花娘)이라 불렀다. 왕이 이 소문을 듣고 궁중으로 불러들여 그 여자를 간통하려 하니 여인은 말하기를, 「여자가 지켜야 하는 것은 두 남편을 섬기지 않는 일입니다. 남편이 있는데도 다른 남자에게 몸을 허락하는 일은 비록 임금의 위엄을 가지고 있다고 하더라도 맘대로 겁탈하지는 못할 것입니다.」라고 했다. 왕이 말하기를, 「너를 죽인다면 어찌하겠느냐?」고 하니 여인이 대답하기를, 「차라리 거리에서 참시를 당하더라도 다른 남자에게로 가는 일은 원치 않습니다.」라고 했다. 왕이 농담하는 말로 희롱하면서 말하기를, 「남편이 없으면 되겠느냐?」고 하니 「예, 되겠습니다.」라고 했다. 왕은 그 여자를 놓아 보내주었다.

이 해에 왕은 폐위되고 죽었는데, 그 후 2년 만에 그녀의 남편도 또한 죽었다. 10일이 지난 어느 날 밤중에 갑자기 왕이 평시(平時)와 같이 여인의 방에 들어와 말하기를, 「네가 옛날에 허락한 말이 있지 않느냐. 지금은 네 남편이 없으니 되겠느냐?」 하니, 여인이 쉽게 허락하지 못하고 부모에게 고하니 부모는 말하기를, 「임금의 말인데 어떻게 피할 수가 있겠느냐?」 하고 딸을 왕이 있는 방에 들어가게 했다. 왕은 7일 동안 머물러 있었는데 머무는 동안 오색(五色)구름이 집을 덮었고 향기는 방 안에 가득하였다. 7일 뒤에 왕이 갑자기 사라졌으나 여인은 이내 태기가 있었다. 달이 되어 여인이 해산을 하는데 온 천지가 진동하더니 한 사내아이를 낳았는데, 이름을 비형(鼻荊)이라고 했다.

진평대왕(眞平大王)이 그 이상한 소문을 듣고 아이를 궁중에 데려다가 길렀는데 15세가 되어 집사(執事)라는 벼슬을 주었다. 비

형(鼻荊)은 밤마다 멀리 도망가서 놀았는데 왕은 용사(勇士) 50명을 시켜서 지키도록 하였다. 그는 매일 밤에 월성(月城)을 날아 넘어가서 서쪽 황천(荒天 : 금성의 서쪽에 있었다.) 언덕 위에 가서는 귀신들을 데리고 노는 것이었다. 용사(勇士)들이 숲속에 엎드려서 엿보았더니 귀신의 무리들이 여러 절에서 들려오는 새벽 종소리를 듣고 각각 흩어져 가버리면 비형랑(鼻荊郞)도 또한 집으로 돌아왔다. 용사들은 이 사실을 왕에게 보고하니 왕은 비형을 불러서 말하기를, 「네가 귀신들을 데리고 논다고 하니 그게 사실이냐?」 하니, 「그렇습니다.」라고 대답했다. 왕이 이르기를, 「그렇다면 너는 그 귀신의 무리들을 데리고 신원사(神元寺) 북쪽 개천에【신중사(神衆寺)라고도 하지만 그것은 잘못이다. 이것을 황천(荒天) 동쪽 심거(深渠)라고도 한다.】 다리를 놓도록 해라.」 하니, 비형은 명을 받아 귀신의 무리들을 시켜서 돌을 갈아서 하룻밤 사이에 큰 돌다리를 놓았다. 그래서 그 다리를 귀교(鬼橋)라고 했다. 왕은 또 묻기를, 「그 귀신들 중에서 사람으로 출현(出現)해서 조정에 정사를 도울 만한 자가 있느냐?」 하니 대답하기를, 「길달(吉達)이란 자가 있사온데 가히 정사를 도울 만합니다.」라고 했다. 그러면 「데리고 오도록 하라.」 하니, 이튿날 그를 데리고 와서 왕께 배알하니 집사(執事) 벼슬을 주었는데 그는 과연 충직하기가 비할 데 없었다. 이때 각간(角干) 임종(林宗)이 아들이 없었으므로 왕은 명하여 길달(吉達)을 그 아들로 삼게 했다. 임종은 길달(吉達)을 시켜 흥륜사(興輪寺) 남쪽에 문에다 누각을 세우게 했는데 그는 밤마다 그 문루(門樓) 위에 가서 자도록 했으므로, 그 문의 이름을 길달문(吉達

門)이라고 했다. 어느 날 길달(吉達)이 여우로 변하여 도망해 가기에 이에 비형은 귀신의 무리를 시켜서 잡아 죽였다. 그래서 이 때문에 귀신 무리들은 비형의 이름만 들어도 두려워하여 달아났다. 그때 사람들은 글을 지어 붙였는데,

임금님의 혼이 아들을 낳았으니,
비형랑(鼻荊郞)의 집, 여기로구나.
날고뛰는 여러 귀신의 무리들이여!
이곳에는 아예 접근을 하지 말지라.

전해오는 풍속[鄕俗]에 이 글을 써 붙여 귀신을 좇았다고 한다.

天賜玉帶(천사옥대)

◉ 하늘에서 옥대를 내리다.

[淸泰四年,丁酉五月에 正承 金傅가 獻,鐫金粧玉,排方腰帶一條하니 長,十圍요, 鐫銙 六十二라. 曰, 是가 眞平王, 天賜帶也라 하고 太祖,受之하여 藏之內庫하다.]

第二十六, 白淨王은 諡가 眞平大王이요, 金氏
제이십육 백정왕 시 진평대왕 김씨

니라. 大建,十一年,己亥(579)八月에 卽位하니 身長,
대건 십일년기해 팔월 즉위 신장

十一尺이라. 駕幸,內帝釋宮[亦名,天柱寺니 王之所創]하
십 일 척 가 행 내 제 석 궁

여 踏,石梯하니 三石이 竝析이라. 王이 謂,左右曰,
답 석 제 삼 석 병 석 왕 위 좌 우 왈

不動此石하여 以示後來하라 하니 卽,城中의 五,不
부 동 차 석 이 시 후 래 즉 성 중 오 부

動石,之一也라 卽位元年에 有,天使하여 降於殿庭
동 석 지 일 야 즉 위 원 년 유 천 사 강 어 전 정

하여 謂,王曰, 上皇이 命我,傳賜玉帶라 하니 王이
위 왕 왈 상 황 명 아 전 사 옥 대 왕

親奉跪受하다. 然後에 其使上天하니라. 凡,郊廟大
친 봉 궤 수 연 후 기 사 상 천 범 교 묘 대

祀에 皆,服之하다. 後에 高麗王이 將謀伐羅에 乃
사 개 복 지 후 고 려 왕 장 모 벌 라 내

曰, 新羅에 有,三寶하여 不可犯이라 하니 何謂也오?
왈 신 라 유 삼 보 불 가 범 하 위 야

皇龍寺의 丈六尊像이 一이오, 其寺에 九層塔이 二
황 룡 사 장 육 존 상 일 기 사 구 층 탑 이

요, 眞平王의 天賜玉帶가 三也라 하니 乃止其謀하
진 평 왕 천 사 옥 대 삼 야 내 지 기 모

다. 讚曰,
찬 왈

雲外天頒,玉帶圍는 辟雍龍衮,雅相宜라.
운 외 천 반 옥 대 위 벽 옹 용 곤 아 상 의

吾君自此,身彌重하니 准擬明朝,鐵作墀로다.
오 군 자 차 신 미 중 준 의 명 조 철 작 지

| 어려운 낱말 |

[鐫金粧玉(전금장옥)] : 금으로 새기고 옥으로 장식. [鐫銙(전과)] : 혁대 잠금의 보석으로 된 장식. [亦名(역명)] : 다른 이름. [石梯(석제)] : 돌다리, 혹은 돌사

다리. [竝析(병석)] : 한꺼번에 부러짐. [跪受(궤수)] : 무릎을 꿇고 받다. [使(사)] : 천사. [郊廟(교묘)] : 제천의식을 행하는 사당. [頒] : 나누다(반). 하사하다. [辟雍(벽옹)] : 임금이 두르다. [龍袞(용곤)] : 임금의 곤룡포. [彌重(미중)] : 점점 무거워지다. [准擬(준의)] : 다음에 ~를 만들다. [墀 : 섬돌(지).

| 본문풀이 | 〈천사옥대(天賜玉帶 ; 하늘이 옥대를 내리다.)〉

【천사옥대(天賜玉帶) ; 청진(淸秦) 4년 정유(丁酉 : 937) 5월에, 정승(正承) 김부(金傅)가 금으로 새기고 옥(玉)으로 장식한 허리띠 하나를 바쳤다. 길이는 10위(圍)요, 전과(鐫銙)가 62개나 되었다. 이것을 진평왕(眞平王)의 천사대(天賜帶)라고 한다. 고려(高麗) 태조(太祖)는 이것을 받아 내고(內庫)에 간직했다.】

제26대 백정왕(白淨王)의 시호(諡號)는 진평대왕(眞平大王)이요, 성(姓)은 김씨(金氏)였다. 대건(大建) 11년 기해(己亥 ; 579) 8월에 즉위하였으니, 신장(身長)이 11척이나 되었다. 내제석궁【內帝釋宮 ; 천주사(天柱寺)라고도 하는데 왕(王)이 창건(創建)한 것이다.】에 거동하여 섬돌을 밟자 돌 세 개가 한꺼번에 부러졌다. 왕이 좌우 사람을 돌아보면서 하는 말이, 이 돌을 옮기지 말고 그대로 두었다가 뒷세상 사람들이 보도록 하라고 하니, 이것이 바로 성 안에 있는 〈움직이지 않는 다섯 개의 돌[五不動石]〉 중의 하나다. 왕이 즉위한 원년(元年)에 천사(天使)가 대궐 뜰에 내려와서 왕에게 말하기를, 「상제(上帝)께서 내게 명하여 이 옥대(玉帶)를 전하라고 하셨습니다.」라고 하니, 왕이 꿇어앉아 친히 이것을 받았다. 그다음에 천사는 하늘로 올라갔다. 여러 사당이나 교외에 큰 제사를 지낼 때는 언제나 이 옥대를 사용했다.

그 후에 고려왕(高麗王)이 신라를 치려고 했을 때 말하기를, 「신라에는 세 가지 보물이 있어서 침범하지 못한다고 하니, 그게 무엇 무엇이냐?」고 하니, 좌우에서 대답하기를, 「황룡사(皇龍寺)의 장육존상(丈六尊像)이 그 첫째요, 그 절에 있는 구층탑(九層塔)이 그 둘째요, 진평왕(眞平王)의 천사옥대(天賜玉帶)가 그 셋째입니다.」라고 했다. 이 말을 듣고 신라를 쳐들어갈 계획을 중지하였다. 예찬하는 시에 이르기를,

> 구름 밖 하늘이 내려주신 옥대(玉帶)는,
> 임금님 곤룡포(袞龍袍)에 두르기 참으로 알맞네.
> 우리 임금 이로부터 몸 더욱 무거우니,
> 다음에는 무쇠로 섬돌을 만듦이 마땅하리.

善德王(선덕왕), 知幾三事(지기삼사)

第二十七, 德曼[一作,万]은 謚를 善德女大王이요,
제 이 십 칠 덕 만 시 선 덕 녀 대 왕

姓은 金氏니라, 父는 眞平王이니 以貞觀六年壬辰
성 김 씨 부 진 평 왕 이 정 관 육 년 임 진

(632)에 卽位하여 御國十六年에 凡知幾有三事하
즉 위 어 국 십 육 년 범 지 기 유 삼 사

다. 初에 唐太宗이 送畵牧丹(모란)하니 三色이라 紅,
초 당 태 종 송 화 목 단 삼 색 홍

紫,白하고 以其實,三升이라. 王이 見,畵花曰, 此花
자 백 이 기 실 삼 승 왕 견 화 화 왈 차 화

는 定,無香이라 하거늘 仍,命種於,庭하여 待其開落
정 무 향 잉 명 종 어 정 대 기 개 락

하니 果如其言이라. 二는 於,靈廟寺,玉門池에 冬月
과 여 기 언 이 어 영 묘 사 옥 문 지 동 월

에 衆蛙,集鳴,三四日하니 國人怪之하여 問於王하
중 와 집 명 삼 사 일 국 인 괴 지 문 어 왕

니 王이 急命,角干,閼川과 弼呑,等하여 鍊精兵,二
왕 급 명 각 간 알 천 필 탄 등 연 정 병 이

千人으로 速去西郊하여 問,女根谷하면 必有賊兵이
천 인 속 거 서 교 문 여 근 곡 필 유 적 병

리니 掩取殺之하라. 二,角干이 旣,受命하여 各率千
엄 취 살 지 이 각 간 기 수 명 각 솔 천

人하여 問,西郊하니 富山下에 果有,女根谷하여 百
인 문 서 교 부 산 하 과 유 여 근 곡 백

濟兵,五百人이 來藏於,彼라 竝取殺之하다. 百濟將
제 병 오 백 인 내 장 어 피 병 취 살 지 백 제 장

軍,于召者가 藏於南山,嶺石上이어늘 又圍而,射之
군 우 소 자 장 어 남 산 영 석 상 우 위 이 사 지

殪하다. 又,有後兵,一千二百人,來하니 亦擊而,殺
에 우 유 후 병 일 천 이 백 인 래 역 격 이 살

之하여 一無孑遺하다. 三은 王이 無恙時에 謂,群臣
지 일 무 혈 유 삼 왕 무 양 시 위 군 신

曰, 朕死於,某年某月日하리니 葬我於,忉利天中하
왈 짐 사 어 모 년 모 월 일 장 아 어 도 이 천 중

라. 群臣이 罔知,其處하여 奏云,何所요 하니 王曰,
군 신 망 지 기 처 주 운 하 소 왕 왈

狼山南也라 하다. 至其月日에 王,果崩하니 群臣이
낭 산 남 야 지 기 월 일 왕 과 붕 군 신

葬於.狼山之陽하다. 後.十餘年에 文武大王이 創.
장 어 낭 산 지 양　　후 십 여 년　문 무 대 왕　창

四天王寺於.王墳之下하다. 佛經에 云하되 四天王
사 천 왕 사 어 왕 분 지 하　불 경　운　사 천 왕

天之.上에 有.忉利天이라 하니 乃知.大王之.靈聖也
천 지 상　유 도 리 천　내 지 대 왕 지 영 성 야

라. 當時.群臣이 啓於王曰, 何知.花蛙二事之.然乎
당 시 군 신　계 어 왕 왈　하 지 화 와 이 사 지 연 호

아? 하니 王曰, 畵花而無蝶이라, 知其無香이요, 斯
왕 왈　화 화 이 무 접　지 기 무 향　사

乃.唐帝가 欺.寡人之.無耦也라. 蛙有怒形이 兵士
내 당 제　기 과 인 지 무 우 야　와 유 노 형　병 사

之像이라, 玉門者는 女根也이니 女爲陰也요, 其色
지 상　옥 문 자　여 근 야　여 위 음 야　기 색

白이니 白은 西方也라. 故로 知.兵在西方이요, 男根
백　백　서 방 야　고　지 병 재 서 방　남 근

이 入於女根이면 則.必死矣니라. 以是로 知其易捉
입 어 여 근　즉 필 사 의　이 시　지 기 이 착

하니라 於是에 群臣이 皆服其.聖智하다. 送花.三色
어 시　군 신　개 복 기 성 지　송 화 삼 색

者는 蓋知.新羅에 有.三女王하니 而.然耶아? 謂.善
자　개 지 신 라　유 삼 여 왕　이 연 야　위 선

德, 眞德, 眞聖이 是也니라, 唐帝도 以有.懸解之明
덕　진 덕　진 성　시 야　당 제　이 유 현 해 지 명

이라. 善德之創의 靈廟寺는 具載.〈良志師傳〉에
선 덕 지 창　영 묘 사　구 재　양 지 사 전

詳之하니라. 〈別記〉云하되 是王代에 鍊石하여 築.
상 지　별 기 운　시 왕 대　연 석　축

瞻星臺하다.
첨 성 대

| 어려운 낱말 |

[知幾(지기)] : 뛰어난 슬기. [貞觀(정관)] : 당 태종의 연호. [牧丹(목단)] : 모란꽃. [開落(개락)] : 꽃이 피었다가 지다. [殪] : 쓰러질(에). 죽이다. [一無孑遺(일무혈유)] : 하나도 남김없이. [無恙(무양)] : 아무 병이 없을 때. 恙은 근심(양). [罔知(망지)] : 알지 못함. [靈聖(영성)] : 영특하고 성스러움. [啓] : 여쭙다(계), 열다(계). [欺(기)] : 속이다. 업신여기다. 희롱하다. [無耦(무우)] : 짝이 없음. [易捉(이착)] : 잡기가 쉽다. [三色(삼색)] : 홍(紅), 자(紫), 백(白). 이는 곧 신라에 세 여왕이 있을 것을 예언. [然耶(연야)] : 그랬던가? [懸解之明(현해지명)] : 선견지명.

| 본문풀이 | 〈선덕여왕(善德女王)의 세 가지 지기(知幾)〉

제27대 덕만【德曼 ; 만(曼)은 만(万)으로도 씀.】의 시호(諡號)는 선덕여대왕(善德女大王)이니 성(姓)은 김씨(金氏)요, 아버지는 진평왕(眞平王)이니 정관(貞觀) 6년 임진(壬辰 ; 632)에 즉위하여 나라를 다스린 지 16년 동안에 뛰어나게 예언한 일이 세 가지가 있었다.

첫째는, 당(唐)나라 태종(太宗)이 모란 그림을 보내왔는데 붉은빛, 자줏빛, 흰빛의 3색으로 그린 모란[牧丹]과 그 씨 세 되[3升]를 보내 왔었다. 왕(선덕)은 그림의 꽃을 보더니 말하기를, 「이 꽃은 반드시 향기가 없을 것이다.」라고 했는데, 곧 씨를 뜰에다 심도록 하여 거기에서 꽃이 피어 떨어질 때까지 기다리니 과연 왕의 말과 같았다고 한다. 둘째는, 영묘사(靈廟寺) 옥문지(玉門池)에 겨울인데도 개구리들이 많이 모여 3, 4일 동안이나 울어대니 나라 사람들이 이상히 여겨 왕에게 물으니, 왕은 급히 각간(角干) 알천(閼川)과 필탄(弼呑) 등을 명하여 정예병 2천 명을 뽑아 빨리 서쪽 교

외로 가니 부산(富山) 아래에 과연 여근곡(女根谷)이 있어서 백제 군사 5백 명이 숨어 있기에 이를 포위하여 엄습해서 모두 죽였다. 또 백제의 장군(將軍) 우소(于召)가 남산 고개 바위 위에 숨어 있었으므로 포위하고 활을 쏘아 죽였다. 또 뒤에 군사 1,200명이 따라오고 있었는데, 모두 쳐서 한 사람도 남김없이 다 잡았다. 셋째는, 왕이 아무 병도 없을 때 여러 신하들에게 일러 말하기를, 「나는 아무 해, 아무 날에 죽을 것이니 나를 도리천(忉利天) 속에 장사지내도록 하라.」고 했다. 여러 신하들이 그게 어느 곳인지 알지 못해서 물으니 왕이 말하기를, 낭산(狼山) 남쪽이라고 했다. 그날이 이르니 왕은 과연 죽었고, 여러 신하들은 낭산 양지에 장사지냈다. 10여 년이 지난 뒤 문무대왕(文武大王)이 왕의 무덤 아래에 사천왕사(四天王寺)를 세웠는데 불경(佛經)에 말하기를, 사천왕천(四天王天) 위에 도리천(忉利天)이 있다고 했으니 그제야 대왕(大王)의 신령하고 성스러움을 알 수가 있었다.

당시의 여러 신하들이 왕에게 아뢰기를, 「어떻게 해서 모란꽃에 향기가 없고, 개구리 우는 것으로 변이 있다는 것을 아셨습니까?」 하고 물으니, 왕이 대답하기를, 「꽃을 그렸는데 나비가 없으므로 그 향기가 없는 것을 알 수가 있었고, 이것은 당나라 임금이 나에게 짝이 없는 것을 희롱한 것이다. 또 개구리가 성난 모양을 하는 것은 병사(兵士)의 형상이요, 옥문(玉門)이란 곧 여자의 음부(陰部)이다. 여자는 음이고 그 빛은 흰데, 흰빛은 서쪽을 뜻하므로 군사가 서쪽에 있다는 것을 알았다고 했다. 또 남근(男根)이 여근(女根)에 들어가면 반드시 죽는 법이니 그래서 잡기가 쉽다는 것을 알 수 있었다.」라고 했다. 이에 여러 신하들은 모두 왕의 성스럽고 슬기로움에 탄복하였다. 꽃은 세 빛으로 그려 보낸 것은 대개 신라에는 세 여왕(女王)이 있을 것을 알고 한 일이었던 것이 아닌가? 세 여왕이란 선덕(善德), 진덕(眞德), 진성(眞聖)이니, 당나라 임금도 짐작하여 아는 선견지명의 예지가 있었던 것 같다. 선덕왕(善德王)이 영묘사(靈廟寺)를 세운 일은 〈양지사전(良志師傳)〉에 자세히 실려 있다. 〈별기(別記)〉에 말하기를, 이 임금 시대에 돌을 갈아서 첨성대(瞻星臺)를 쌓았다.

眞德女王(진덕여왕)

第二十八, 眞德女王이 卽位하여 自製〈太平
제이십팔 진덕여왕 즉위 자제 태평
歌〉하고 織綿爲紋하여 命使往,唐獻之하다.[一本에는
가 직면위문 명사왕당헌지
命,春秋公,爲使하여 往仍請兵하니 太宗이 嘉之하여 許,蘇定方云云者는 皆謬矣니라. 現慶,前에 春秋는 已,登位하고 現慶,庚申은 非太宗이니 乃,高宗之世니라. 定方之來가 在,現慶庚申이니 故로 知,織錦爲紋이 非,請兵時也오 在,眞德之世가 當矣니라. 盖,請放,

金欽純之時也니라.] 唐帝,嘉賞之하여 改封爲,鷄林國
당제가상지 개봉위계림국
王하니 其詞曰, 大唐,開洪業하니 巍巍,皇猷昌이라.
왕 기사왈 대당개홍업 외외황유창
止戈,戎威定하고 修文,契百王하니 統天,崇雨施하
지과융위정 수문계백왕 통천숭우시
고 理物,體含章이라. 深仁,諧日月하고 撫運,邁虞唐
이물체함장 심인해일월 무운매우당
이라. 幡旗,何赫赫하고 錚鼓,何鍠鍠이오. 外夷,違命
번기하혁혁 쟁고하굉굉 외이위명
者는 剪覆,被天殃이라. 淳風,凝幽顯하고 遐邇,競呈
자 전복피천앙 순풍응유현 하이경정
祥이라. 四時,和玉燭하고 七曜,巡萬方이라. 維嶽,降
상 사시화옥촉 칠요순만방 유악강
輔宰하니 維帝,任忠良이라. 五三,成一德하여 昭我,
보재 유제임충량 오삼성일덕 소아
唐家皇이라.
당가황

王之代에 有,閼川公, 林宗公, 述宗公, 虎林公
왕지대 유알천공 임종공 술종공 호림공
(慈藏之父), 廉長公, 庾信公하여 會于,南山,亏知巖하
염장공 유신공 회우남산우지암
여 議國事하다. 時에 有,大虎하여 走入座間하니 諸
의국사 시 유대호 주입좌간 제
公驚起나 而,閼川公은 畧不移動하고 談笑自若하
공경기 이알천공 약불이동 담소자약
며 捉,虎尾하여 撲於地而,殺之하니 閼川公,膂力이
착호미 박어지이살지 알천공여력
如此라, 處於席首나 然이나 諸公이 皆服,庾信之威
여차 처어석수 연 제공 개복유신지위
하다. 新羅에 有,四靈地하여 將議大事에 則,大臣,必
신라 유사영지 장의대사 즉대신필

會其地하여 謀之면 則,其事必成이니 一曰, 東,靑
회 기 지 모 지 즉 기 사 필 성 일 왈 동 청

松山이요, 二曰, 南,亏知山이요 三曰, 西,皮田이요
송 산 이 왈 남 우 지 산 삼 왈 서 피 전

四曰, 北,金剛山이라 是王代에 始行,〈正旦禮〉하
사 왈 북 금 강 산 시 왕 대 시 행 정 단 례

고 始行,侍郞號하다.
시 행 시 랑 호

| 어려운 낱말 |

[現慶(현경)] : 당 고종의 연호. [洪業(홍업)] : 큰 업적. [巍巍(외외)] : 높고 크고 웅장함. [猷] : 꾀하다(유). [止戈(지과)] : 전쟁을 그치다. [體含章(체함장)] : 광채를 머금다. [撫運(무운)] : 순환하는 운수. [邁] : 지날(매). [幡旗(번기)] : 펄럭이는 깃발. [錚鼓(쟁고)] : 징과 북. [鍠鍠(굉굉)] : 鐘鼓의 소리. [剪覆(전복)] : 잘라서 엎다. [凝] : 모이다(응). [幽顯(유현)] : 밝고 어두운 곳. [呈祥(정상)] : 상서를 드리다. [七曜(칠요)] : 일, 월과 화, 수, 목, 금, 토의 다섯별. [輔宰(보재)] : 동량과 같은 신하. [五三(오삼)] : 삼황오제. [膂力(여력)] : 등뼈의 힘. [正旦禮(정단례)] : 정월 초하룻날에 행하는 조례. [侍郞(시랑)] : 집사성(執事省) 병부(兵部)에 소속된 관직으로 이찬(伊湌)까지의 인물이 할 수 있었다.

| 본문풀이 |

제28대 진덕여왕(眞德女王)이 왕위에 오르자 몸소 〈태평가(太平歌)〉를 지어 비단을 짜서 그 가사로 무늬를 놓아 사신을 시켜서 당(唐)나라에 바치게 했다.【다른 책에는, 춘추공(春秋公)을 사신으로 보내서 군사를 청하게 했더니, 당(唐)나라 태종(太宗)이 기뻐하여 소정방(蘇定方)을 보냈다고 했으나 이것은 잘못된 것이다. 현경(現慶) 이전에 춘추공(春秋公)은 이미 왕위(王位)에 올랐다. 그리고 현경(懸磬) 경신(庚申)은 태종(太宗) 때가 아니라 고종(高宗) 때이다. 정방(定方)이 온 것은 현경(現慶) 경신(庚申)년이니, 비단을 짜서 무늬를 놓아 보냈다는 것은 청병(請兵)한 때의 일이 아니고 진덕왕(眞德王) 때의 일이라야 옳다. 대개 이때는 김흠순(金欽純)을 석방해 달라고 청할 때의 일일 것이다.】

당(唐)나라 황제(皇帝)는 이것을 가상히 여겨 칭찬하고 진덕여왕(眞德女王)을 계림국왕(鷄林國王)으로 고쳐 봉했다. 태평가(太平歌)의 가사(歌詞)는 다음과 같았다.

대당(大唐)이 왕업(王業)을 세우니,
높고 높구나! 황제의 계획이었네.
전쟁이 끝이나니 천하는 평정하고,
문치(文治)를 닦으니 백왕(百王)이 그 뒤를 이었네.
하늘을 통솔하여 좋은 비가 내리고,
만물 다스려서 모든 것이 광채가 나네.
깊은 인덕(仁德)은 해와 달과 같고
나라의 운수는 요순(堯舜)보다 앞서네.

깃발은 어찌 그리 혁혁한가,
징소리 북소리는 황황하구나.
외이(外夷)가 황제의 명을 거역하는 자는
칼 앞에 엎어져서 천앙을 받으리라.

순한 풍속은 곳곳에서 퍼져나니,
멀고 가까운 곳에 상서(祥瑞)로움 바치네.
사시(四時)의 기후는 옥촉(玉燭)처럼 고르고,
칠요(七曜)의 광명은 만방에 비치도다.
산악(山嶽)의 정기는 보필할 재상을 내리고,
황제께선 충량(忠良)한 일을 맡기셨네.
삼황(三皇)과 오제(五帝)의 덕(德)을 하나로 이루나니,
우리 당(唐)나라 황제(皇帝)를 밝게 하는구나.

이 임금 시대(時代)에 알천공(閼川公), 임종공(林宗公), 술종공(述宗公), 호림공(虎林公 ; 자장법사의 아버지), 염장공(廉長公), 유신공(庾信公)이 있어 이들이 남산(南山) 우지암(亐知巖)에 모여서 나랏일을 의논했다. 이때 큰 범 한 마리가 좌중에 뛰어들었다. 여러 사람들은 놀라 일어났지만 알천공(閼川公)만은 조금도 움직이지 않고 태연스레 담소하면서 범의 꼬리를 잡아 땅에 메쳐서 죽이니, 알천공의 팔의 힘이 이처럼 세었으므로 그를 수석(首席)에 앉게 했으나, 그러나 사람들은 유신공(庾信公)의 위엄에 더 복종했었다. 신라에는 신령스러운 땅이 네 곳에 있었는데, 나라의 큰일을 의논할 때에 대신(大臣)들은 반드시 그곳에 모여서 일을 의논하면 그 일은 반드시 이루어졌으니, 이 네 곳의 첫째는 동쪽의 청송산(青松山)이요, 둘째는 남쪽의 우지산(亐知山)이요, 셋째는 서쪽의 피전(皮田)이요, 넷째는 북쪽의 금강산(金剛山 : 경주 동천동의 소금강산)이다. 이 임금 때에 비로소 신년 축하 의식으로 〈정단례(正旦

禮)〉를 시행했고, 또 시랑(侍郞)이라는 칭호도 이때에 처음으로 쓰기 시작했다.

* [眞骨(진골)] : 신라 귀족의 하나. 聖骨(성골)은 부계, 모계 혈통이 다 왕족(朴,昔,金)임에 대해, 眞骨(진골)은 부모 양계(兩系) 중에 한쪽은 왕족이되 다른 한 쪽이 왕족이 아닌 경우.

金庾信(김유신)

1 武力,伊干(관등2위)之子가 舒玄角干이라. 角
무 력 이 간 지 자 서 현 각 간 각

干金氏之,長子曰, 庾信이요, 弟曰, 欽純이요. 姊妹
간 김 씨 지 장 자 왈 유 신 제 왈 흠 순 자 매

曰, 寶姬로 小名은 阿海요, 妹曰, 文姬이니 小名은
왈 보 희 소 명 아 해 매 왈 문 희 소 명

阿之라. 庾信公은 以,眞平王十七年,乙卯(595)에 生
아 지 유 신 공 이 진 평 왕 십 칠 년 을 묘 생

하다. 稟精七曜라 故로 背有,七星文하고 又多神異
품 정 칠 요 고 배 유 칠 성 문 우 다 신 이

하다. 年至十八,壬申(612)에 修劍得術하여 爲,國仙
연 지 십 팔 임 신 수 검 득 술 위 국 선

하다. 時에 有,白石者하니 不知其,所自來라 屬於,徒
시 유 백 석 자 부 지 기 소 자 래 속 어 도

中有年이러니 郎이 以伐,麗濟之,事로 日夜深謀하
중 유 년 낭 이 벌 여 제 지 사 일 야 심 모

니 白石이 知其謀하여 告於郎曰, 僕(1인칭)이 請與
백석 지기모 고어낭왈 복 청여

公으로 密,先探於彼하고 然後에 圖之何如오? 하니
공 밀선탐어피 연후 도지하여

郎喜하다. 親率白石하고 夜,出行하여 方憩於,峴上
낭희 친솔백석 야출행 방게어현상

이러니 有,二女가 隨郎而,行하다. 至,骨火川하여 留
유이녀 수랑이행 지골화천 유

宿이러니 又有,一女가 忽然而,至하다. 公이 與,三娘
숙 우유일녀 홀연이지 공 여삼낭

子로 喜話之,時에 娘等이 以,美菓餽之하니 郎受而,
자 희화지시 낭등 이미과궤지 낭수이

啖之하고 心諾相許하여 乃說其情하다. 娘等이 告
담지 심낙상허 내설기정 낭등 고

云하되 「公之所言을 已聞命矣로다. 願公,謝,白石
운 공지소언 이문명의 원공사백석

하고 而共入,林中하면 更陳,情實하리다.」 하고 乃與
이공입임중 갱진정실 내여

具入하니 娘等이 便現,神形曰, 我等은 奈林, 穴禮,
구입 낭등 변현신형왈 아등 나림 혈례

骨火等, 三所,護國之神이라. 今,敵國之人이 誘郎
골화등 삼소호국지신 금적국지인 유랑

引之하나 郎,不知而,進途하니 我欲,留郎而,至此矣
인지 낭부지이진도 아욕유랑이지차의

라 하고 言訖而隱하다.
언흘이은

| 어려운 낱말 |

[伊干(이간)] : 신라 17관등 중 제2위인 이찬의 별칭. [稟精(품정)] : 품성과 정신. [七曜(칠요)] : 일월과 다섯 개의 별(금, 목, 수, 화, 토, 일, 월). [國仙(국

선)] : 화랑. 여기에 낭은 국선이 된 김유신을 가리킨다. [有年(유년)] : 여러 해. [僕] : 종(복). 자기를 낮추는 1인칭 대명사. [方憩(방게)] : 마침 쉬고 있었는데. [骨火川(골화천)] : 지금의 경주시 동천. 骨火(골화)는 동천동 금강산. [美菓餽(미과궤)] : 맛있는 과자를 주다. 餽는 주다(궤). 보내다. [啖之(담지)] : 그것을 먹다. [已聞命矣(이문명의)] : 이미 듣고 알다. 已聞命은 내용을 듣고 알다. [心諾相許(심략상허)] : 마음을 서로 믿음을 가지다. [說其情(설기정)] : 실정을 말하다. [陳情實(진정실)] : 실정을 말하다. 陳은 베풀다. 말하다. [奈林(나림)] : 경주 낭산. [穴禮(혈례)] : 건천 부산(富山). [誘郎(유랑)] : 낭을 유인해 가다. [言訖(언흘)] : 말을 마치고는. (武力 → 舒玄 → 庾信,欽純,寶姫,文姫)

| 본문풀이 | 〈김유신(金庾信)〉

무력이간(武力伊干)의 아들이 서현각간(舒玄角干)이요, 서현각간 김(金)씨의 맏아들은 유신(庾信)이요, 그 아우는 흠순(欽純)이다. 맏누이는 보희(寶姫)로서 소명(小名)은 아해(阿海)이며, 누이동생은 문희(文姫)로서 소명(小名)이 아지(阿之)이다. 유신공(庾信公)은 진평왕(眞平王) 17년 을묘(乙卯 ; 595)에 났는데, 칠요(七曜)의 정기를 타고났기 때문에 등에 일곱 별의 무늬가 있었다. 그에게는 신기하고 이상한 일이 많았다. 나이 18세가 되는 임신(壬申 : 612)년에 검술(劍術)을 익혀 국선(國仙 : 화랑)이 되었다. 이때 백석(白石)이란 자가 있었는데, 어디서 왔는지 알 수가 없었지만 여러 해 동안 낭도(郎徒)의 무리에 소속되어 있었다. 이때 유신은 고구려(高句麗)와 백제(百濟)의 두 나라를 치려고 밤낮으로 깊은 의논을 하고 있었는데 백석이 그 계획을 알고 유신에게 고하기를,

「내가 공과 함께 먼저 저들 적국에 가서 그들의 실정(實情)을 정탐한 뒤에 일을 도모하는 것이 어떻겠습니까?」 하니, 유신은 기뻐하여 친히 백석을 데리고 밤에 떠났다. 고개 위에서 쉬고 있노라니 두 여인이 그를 따라와서 골화천(骨火川 : 지금의 경주 동천동 지방)에 이르러 자게 되었는데, 또 한 여자가 갑자기 이르렀다. 공이 세 여인과 함께 기쁘게 이야기하고 있을 때에 여인들은 맛있는 과자를 그에게 주었다. 유신은 그것을 받아먹으면서 마음으로 그들을 믿게 되어 자기의 실정(實情)을 말하였다. 낭자들이 말하기를, 「공의 말씀은 알겠습니다. 원컨대 공께서는 백석을 떼어놓고 우리들과 함께 저 숲속으로 들어가면 실정을 다시 말씀하겠습니다.」라고 했다. 이에 그들과 함께 들어가니 여인들은 문득 신(神)으로 변하여 말하기를, 「우리들은 나림(奈林), 혈례(穴禮), 골화(骨火) 등 세 곳의 호국신(護國神)이요. 지금 적국 사람이 낭(郞)을 유인해 가는데도 낭은 알지 못하고 따라가므로, 우리는 낭을 말리려고 여기까지 온 것이요.」 하고 말을 마치고는 자취를 감추었다.

② 公이 聞之하고 驚仆하여 再拜而.出하고 宿於.
공 문지 경부 재배이출 숙어

骨火館하다. 謂.白石曰, 今歸他國에 忘其要文하니
골화관 위백석왈 금귀타국 망기요문

請與爾로 還家取來로다. 遂與.還至家하여 拷縛白
청여이 환가취래 수여환지가 고박백

石하고 而問其情하니 曰, 我本.高麗人이라.[古本云,百
석 이문기정 왈 아본고려인

濟는 誤矣라. 楸南은 乃,高麗之士로 又,逆行陰陽은 是,寶藏王事

니라.] 我國群臣曰, 新羅.庾信은 是, 我國.卜筮之
아국군신왈 신라유신 시 아국복서지

士, 楸南也라.[古本作에 春南은 誤矣라.] 國界에 有.逆流
사 추남야 국계 유역류

之水하여[或云, 雄雌이 尤,反覆之事라.] 使其卜之하니 奏
지수 사기복지 주

曰, 大王夫人이 逆行.陰陽之道하여 其瑞.如此라
왈 대왕부인 역행음양지도 기서여차

하니 大王驚怪하고 而.王妃大怒하여 謂是.妖狐之
대왕경괴 이왕비대로 위시요호지

語라 하다. 告於王하되 更以.他事驗問之하여 失言
어 고어왕 갱이타사험문지 실언

則.加重刑하소서 乃以.一鼠.藏於合中하고 問是.何
즉가중형 내이일서장어합중 문시하

物고? 하니 其人이 奏曰, 是.必鼠로 其命有八이니
물 기인 주왈 시필서 기명유팔

다. 乃以謂.失言이라 하여 將加斬罪하니 其人誓曰,
내이위실언 장가참죄 기인서왈

吾.死之後에 願爲大將하여 必滅.高麗矣리라. 卽斬
오사지후 원위대장 필멸고려의 즉참

之하고 剖.鼠腹視之하니 其命有七이라 於是에 知.
지 부서복시지 기명유칠 어시 지

前言有中하다. 其日夜에 大王.夢하니 楸南이 入于.
전언유중 기일야 대왕몽 추남 입우

新羅.舒玄公.夫人之懷라 以告於.群臣하니 皆曰,
신라서현공부인지회 이고어군신 개왈

楸南이 誓心而.死하니 是其果然이라. 故로 遣我至
추남 서심이사 시기과연 고 견아지

此,謀之爾니이다. 公이 乃刑,白石하고 備,百味하여
차 모 지 이 공 내 형 백 석 비 백 미

祀,三神하니 皆,現身受奠하다. 金氏宗에 財買夫人
사 삼 신 개 현 신 수 전 김 씨 종 재 매 부 인

이 死하여 葬於,青淵上谷하고 因名,財買谷이라 하다
사 장 어 청 연 상 곡 인 명 재 매 곡

每年,春月에 一宗士女가 會宴於,其谷之南澗이러
매 년 춘 월 일 종 사 녀 회 연 어 기 곡 지 남 간

니 于時에 百卉敷榮하고 松花가 滿洞,府林하니 谷
우 시 백 훼 부 영 송 화 만 동 부 림 곡

口에 架築爲庵하고 因名,松花房이라 하여 傳爲願
구 가 축 위 암 인 명 송 화 방 전 위 원

刹하다. 至,五十四, 景明王에 追封公하여 爲,興武
찰 지 오 십 사 경 명 왕 추 봉 공 위 흥 무

大王하니 陵在西山,毛只寺之,北하니 東向走峯이
대 왕 능 재 서 산 모 지 사 지 북 동 향 주 봉

니라.

| 어려운 낱말 |

[驚仆(경부)] : 놀라 까무러칠 뻔하다. 매우 놀라다. [拷縛(고박)] : 고문하기 위해 결박하다. [卜筮(복서)] : 점쟁이. [其瑞(기서)] : 그 징조(조짐)가. [妖狐(요호)] : 요사스런 여우의 말. [合中(합중)] : 함 속에. [命有八(명유팔)] : 모두 여덟 마리. [金氏宗(김씨종)] : 김씨의 집안. [一宗士女(일종사녀)] : 한 집안의 남녀. [百卉敷榮(백훼부영)] : 백화만발. 卉는 풀(훼). 敷는 펼(부). [松花房(송화방)] : 현재 송화산 아래에 있었음. [走峯(주봉)] : 뻗어 내린 봉우리.

| 본문풀이 |

공은 말을 듣고 놀라 쓰러졌다가 공손히 절하고 나와서는 골화관(骨火館)에 묵게 되었다. 그러면서 백석에게 말하기를, 「나는 지금 다른 나라에 가면서 중요한 문서를 잊고 왔다. 너와 함께 집으로 다시 돌아가서 가지고 오도록 하자.」라고 하고는, 드디어 함께 집에 돌아와서 백석을 결박해 놓고 그 실정을 물으니 백석이 다음과 같이 말하기를, 나는 본래 고구려 사람이오.」【고본(古本)에 백제 사람이라고 한 것은 잘못이다. 추남(楸南)은 고구려 사람이요, 또한 음양(陰陽)을 역행(逆行)한 일도 보장왕(寶藏王) 때의 일이다.】 우리나라 여러 신하들이 말하기를, 신라의 유신은 우리나라 점쟁이 추남【楸南 ; 고본(古本)에 춘남(春南)이라 한 것은 잘못임.】이었는데, 국경 지방에 역류하는 물줄기【逆流水 ; 웅자(雄雌)라고도 하는데, 엎치락뒤치락 하는 일.】가 있어서 그에게 점을 치게 했는데, 이에 추남(楸南)이 아뢰기를, 「대왕(大王)의 부인(夫人)이 음양(陰陽)의 도(道)를 역행(逆行)했기 때문에 이러한 표징(表徵)으로 나타난 것입니다.」라고 했다. 이에 대왕은 놀라고 괴이하게 여겼으며, 왕비도 몹시 노하여 이것은 필경 요망한 여우같은 말이라 하여 왕에게 고하여 다른 일을 가지고 시험해서 물어 보아 맞지 않으면 중형(重刑)에 처하라고 했다. 이리하여 쥐 한 마리를 함지박 속에 감추어 두고 이것이 무슨 물건이냐 물었더니 그 사람은, 「이것이 반드시 쥐일 것이니 그 수가 여덟입니다.」 했다. 이에 그의 말이 맞지 않는다고 해서 죽이려 하자 그 사람은 맹세하기를, 「내가 죽은 뒤에는 꼭 대장이 되어 반드시 고구려를 멸망시킬 것이라 했소. 곧 그를 죽이고 쥐의 배를 갈라 보니 새끼 일곱 마리나 있었소. 그제야 그의 말이 맞는 것을 알았지요. 그날 밤 대왕의 꿈에 추남(楸南)이 신라 서현공(舒玄公) 부인의 품속으로 들어가는 것을 보고 여러 신하들에게 물었더니 모두 추남이 맹세하고 죽더니 과연 맞았습니다.」라고 했다. 그렇기 때문에 고구려에서는 「나를 보내서 그대를 유인하게 한 것이오.」라고 했다. 공은 곧 백석을 죽이고 음식을 갖추어 삼신(三神)에게 제사를 지내니 이들은 모두 나타나서 제물을 흠향했다. 김유신의 집안에 재매부인(財買夫人)이 죽자, 청연(青淵) 상곡(上谷)에 장사지내고 재매곡(財買谷)이라 불렀다. 해마다 봄이 되면 온 집안의 남녀들이 그 골짜기 남쪽 시냇가에 모여서 잔치를 열었다. 이럴 때엔 백 가지 꽃이 화려하게 피고 송화(松花)가 골짜기 숲속에 가득했다. 골짜기 어귀에 암자를 짓고 이름을 송화방(松花房)이라 하여 전해 오다가 나중에 유신의 명복을 비는 절[願刹]이 되었다. 54대 경명왕(景明王) 때에 공(公)을 봉해서 흥무대왕(興武大王)이라 하니, 능은 서산(西山) 모지사(毛只寺) 북쪽의 동으로 향해 뻗은 봉우리에 있다.

太宗(태종), 春秋公(춘추공)

① 第二十九, 太宗大王의 名은 春秋요, 姓은 金
제이십구 태종대왕 명 춘추 성 김

氏니 龍樹(一作,龍春)角干으로 追封한 文興大王之,
씨 용수 각간 추봉 문흥대왕지

子也니 母는 眞平大王之女의 天明夫人이라. 妃는
자야 모 진평대왕지녀 천명부인 비

文明皇后,文姬이니 卽,庾信公之,季妹也라. 初에
문명황후 문희 즉 유신공지 계매야 초

文姬之姉,寶姬가 夢登西岳하여 捨溺할새 瀰滿京
문희지자 보희 몽등서악 사뇨 미만경

城이라. 旦與妹로 說夢하니 文姬聞之하고 謂曰, 我
성 단여매 설몽 문희문지 위왈 아

買此夢하리라. 姉曰, 與,何物乎아? 하니 曰, 鬻,錦裙
매차몽 자왈 여하물호 왈 육금군

可乎아? 姉曰, 諾이라 하여 妹,開襟受之하다. 姉曰,
가호 자왈 낙 매개금수지 자왈

疇昔之夢을 傳付於汝하노라 하니 妹以,錦裙酬之하
주석지몽 전부어여 매이금군수지

다. 後,旬日에 庾信이 與,春秋公으로 正月,烏忌日
후순일 유신 여춘추공 정월오기일

[見上,射琴匣事하니 乃崔致遠之說이라.]에 蹴鞠于,庾信宅
축국우유신택

前이라가[羅人은 謂,蹴鞠을 爲,弄珠之戲라 하다.] 故踏,春秋
전 고답춘추

之裙하여 裂其襟紐라 曰, 請入吾家하여 縫之하라
지군 렬기금뉴 왈 청입오가 봉지

하니 公이 從之하다. 庾信이 命,阿海하여 奉針하라
공 종지 유신 명아해 봉침

하니 海曰, 豈以細事로 輕近,貴公子乎아? 하고 因
해왈 기이세사 경근귀공자호 인

辭[古本云,因病不進]하다. 乃命,阿之하니 公이 知,庾信
사 내명아지 공 지유신

之意하고 遂幸之하다. 自後로 數數來往하니 庾信
지의 수행지 자후 수삭래왕 유신

이 知其有娠하고 乃,嘖之曰, 爾,不告父母하고 而,
지기유신 내책지왈 이불고부모 이

有娠何也오? 乃,宣言於國中하고 欲焚其妹하다. 一
유신하야 내선언어국중 욕분기매 일

日은 俟,善德王이 遊幸南山할새 積薪於庭中하고
일 사선덕왕 유행남산 적신어정중

焚火烟起하니 王이 望之하고 問何烟고 하니 左右
분화연기 왕 망지 문하연 좌우

奏曰, 殆,庾信之,焚妹也니이다. 王이 問其故하니
주왈 태유신지분매야 왕 문기고

曰, 爲,其妹無夫有娠이니다. 王曰, 是,誰所爲오?
왈 위기매무부유신 왕왈 시수소위

하니 時에 公이 昵侍在前이라가 顏色大變하니 王
시 공 닐시재전 안색대변 왕

曰, 是,汝所爲也니 速往救之하라 公이 受命馳馬하
왈 시여소위야 속왕구지 공 수명치마

여 傳宣沮之하고 自後에 現行婚禮하다. 眞德王,薨
전선저지 자후 현행혼례 진덕왕홍

에 以,永徽五年,甲寅에 卽位하여 御國八年하고 龍
이영휘오년갑인 즉위 어국팔년 용

朔元年,辛酉崩하니 壽,五十九歲라. 葬於,哀公寺,
삭원년신유붕 수오십구세 장어애공사

東하니 有碑라. 王與,庾信으로 神謀戮力하여 一統
동 유비 왕여유신 신모육력 일통

三韓하여 有,大功於,社稷하다. 故로 廟號를 太宗이
삼한 유대공어사직 고 묘호 태종

라 하다. 太子는 法敏이요, 角干,仁問, 角干,文王,
태자 법민 각간인문 각간문왕

角干,老且, 角干,智鏡, 角干,愷元,等은 皆,文姬之
각간노차 각간지경 각간개원등 개문희지

所出也라. 當時에 買夢之徵이 現於此矣라. 庶子
소출야 당시 매몽지징 현어차의 서자

曰, 皆知文.級干과 車得令公과 馬得.阿干과 幷女.
왈 개지문급간 거득영공 마득아간 병녀

五人이러라
오인

| 어려운 낱말 |

[姉(자)] : 손윗누이. 자매의 언니. [捨溺(사뇨)] : 오줌을 누다. 溺는 오줌(뇨), 빠지다(닉). [瀰滿(미만)] : 널리 가득 차다. [旦] : 아침(단). [鬻] : 팔다(육), 죽(죽). [疇昔(주석)] : 전날, 전일. [蹴鞠(축국)] : 공을 차다. [襟紐(금뉴)] : 옷고름. [幸之(행지)] : 가까이하다. 그를 사랑하다. [嘖] : 고함 칠(책). [俟] : 기다릴(사). [殆(태)] : 거의 아마. [昵侍(닐시)] : 가까이 모시다. [傳宣沮之(전선저지)] : ~를 전하여 그것을 저지하다. [神謀(신모)] : 신비한 모책. [皆知文(개지문),級干(급간)] : 개지문은 이름. 급간은 신라의 관등 제9위인 급벌찬(級伐湌)의 다른 이름. [馬得(마득),阿干(아간)] : 마득은 이름, 아간은 관등 제6위인 아찬.

| 본문풀이 | 〈태종(太宗) 춘추공(春秋公)〉

제29대 태종대왕(太宗大王)의 이름은 춘추(春秋)요, 성(姓)은 김씨(金氏)이니 용수〔龍樹 ; 혹은 용춘(龍春)〕 각간(角干)으로 추봉(追封)된 문흥대왕(文興大王)의 아들이다. 어머니는 진평대왕(眞平大王)의 딸 천명부인(天明夫人)이며, 비(妃)는 문명황후(文明皇后) 문희(文姬)이니, 곧 유신공(庾信公)의 누이였다.

처음에는 문희의 언니 보희가 꿈에 서악(西岳 : 仙桃山)에 올라가서 오줌을 누는데 오줌이 서울 장안에 가득 찼다. 이튿날 아침에 문희에게 꿈 이야기를 하니 문희는 이 말을 듣고, 내가 그 꿈을 사겠다고 말하니, 언니는 「무슨 물건으로 사려 하느냐.」 하고 물었다. 「비단 치마를 주면 되지요.」 하니, 언니가 그렇게 하자 하여 동생이 옷깃을 벌려서 받으려 하자, 언니는 어젯밤 꿈을 네게 주노라 했고, 동생은 비단 치마로 값을 치렀다. 그런지 열흘이 지났다. 정월(正月) 오기일【午忌日 ; 위의 사금갑(射琴匣)에 보였으니 최치원(崔致遠)의 설(說)이다.】에 유신(庾信)이 춘추공과 함께 유신의 집 앞에서 공을 찼다.【신라 사람은 공 차는 것을 농주희(弄珠戲)라고 하였음.】 이때 유신은 일부러 춘추의 옷을 밟아서 옷끈을 떨어뜨리고는 말하기를, 「내 집에 들어가서 옷끈을 달도록 합시다.」 했다. 춘추공은 그 말에 따라서 유신공의 집으로 갔었다. 유신이 아해(阿海)를 보고 옷을 꿰매 드리라 하니 아해가 말하기를, 「어찌 그런 사소한 일로 해서 가벼이 귀공자(貴公子)와 가까이한단 말입니까?」 하고 사양했다.【고본(古本)에는 병 때문에 나오지 않았다고 했다.】 이에 유신은 아지(阿之)에게 이것을 명하니, 춘추공은 유신의 뜻을 알고 드디어 아지와 관계하고 이로부터 자주 왕래했다. 유신은 그 누이가 임신한 것을 알고 꾸짖기를, 「너는 부모에게 알리지도 않고 아이를 배었으니 그게 무슨 일이냐?」 하고는, 온 나라 안에 말을 퍼뜨려 그 누이를 불태워 죽이겠다고 했다. 어느 날 선덕왕(善德王)이 남산(南山)에 거동한 틈을 타서 유신은 마당 가운데 나무를 쌓아 놓고 불을 질렀다. 연기가 일어나자 왕이 바라보고 무슨 연기냐고 물으니, 좌우에서 아뢰기를, 「유신이 누이동생을 불태워 죽이는 것입니다.」라고 했다. 왕이 그 까닭을 물으니, 그 누이동생이 남편도 없이 임신했기 때문이라고 했다. 왕이 「그게 누구의 소행이냐?」

고 물으니, 이때 춘추공은 왕을 모시고 앞에 있다가 얼굴빛이 몹시 변했다. 왕은 말하기를, 「그것은 네가 한 짓이니 빨리 가서 구하도록 하라.」고 하니, 춘추공은 명령을 받고 말을 달려 왕명(王命)을 전하여 죽이지 못하게 하고 그 후에 버젓이 혼례를 올렸다.

진덕왕(眞德王)이 죽으니 영휘(永徽) 5년 갑인(甲寅 ; 654)에, 춘추공은 왕위에 올라 나라를 다스린 지 8년 만인 용삭(龍朔) 원년(元年) 신유(辛酉 ; 661)에 죽으니, 나이 59세였다. 애공사(哀公寺) 동쪽에 장사지내고 비석을 세웠다. 왕은 유신과 함께 신비스러운 꾀와 힘을 다해서 삼한(三韓)을 통일하여 나라에 큰 공을 세웠다. 그런 때문에 묘호(廟號)를 태종(太宗)이라고 했다. 태자 법민(法敏)과, 각간(角干) 인문(仁問)과, 각간 문왕(文王)과, 각간 노차(老且)와 각간 지경(智鏡)과, 각간 개원(愷元) 등은 모두 문희가 낳은 아들들이었다. 전날에 꿈을 샀던 징조가 여기에 나타난 것이다. 서자(庶子)는 개지문(皆知文) 급간(級干)과, 거득(車得) · 영공(令公) · 마득(馬得) 아간(阿干) 등이다. 딸까지 합치면 모두 다섯 명의 자녀들이었다.

② 王은 膳,一日에 飯米三斗와 雄雉,九首러다.
왕 선 일 일 반 미 삼 두 웅 치 구 수
自,庚申年에 滅,百濟後로 除,晝膳하고 但,朝暮而
자 경 신 년 멸 백 제 후 제 주 선 단 조 모 이
已나 然이나 計,一日米,六斗와 酒,六斗와 雉,十首
이 연 계 일 일 미 육 두 주 육 두 치 십 수
라. 城中市價는 布,一疋에 租,三十碩이요, 或은 五
성 중 시 가 포 일 필 조 삼 십 석 혹 오
十碩이라, 民謂之,聖代라 하다. 在,東宮時에 欲征,
십 석 민 위 지 성 대 재 동 궁 시 욕 정

高麗하여 因,請兵入唐하니 唐帝,賞其風彩하고 謂
고려 인청병입당 당제상기풍채 위

爲,神聖之人이라 하고 固留侍衛하나 力請乃還하다.
위신성지인 고류시위 역청내환

時에 百濟末王인 義慈는 乃,武王之元子也라 雄猛
시 백제말왕 의자 내무왕지원자야 웅맹

有,膽氣하고 事親以孝하고 友于兄弟하니 時에 號를
유담기 사친이효 우우형제 시 호

海東曾子라 하더니 以,貞觀十五年,辛丑,卽位에 耽
해동증자 이정관십오년신축즉위 탐

婬酒色하여 政荒國危하니 左平[百濟爵名]成忠이 極
요주색 정황국위 좌평 성충 극

諫이나 不聽하고 囚於獄中하니 瘦困濱死에 書曰,
간 불청 수어옥중 수곤빈사 서왈

忠臣은 死不忘君이라 하니 願,一言而,死하나이다.
충신 사불망군 원일언이사

臣이 嘗觀時變하니 必有,兵革之事하리니 凡,用兵
신 상관시변 필유병혁지사 범용병

은 審擇其地하여 處,上流而,迎敵이면 可以保全이
심택기지 처상류이영적 가이보전

요. 若,異國兵來어든 陸路는 不使過,炭峴[一云,沈峴이
약이국병래 육로 불사과탄현

니 百濟要害之地라.]하고 水軍은 不使入,伎伐浦[卽,長嵓,
수군 불사입기벌포

又孫梁이라 하고 一作只火浦, 又白江이라 하다.]하고 據其險
거기험

隘하여 以,禦之然後에 可也니이다. 王이 不省하다.
애 이어지연후 가야 왕 불성

現慶四年,己未에 百濟의 烏會寺[亦云,烏合寺라 함.]에
현경사년기미 백제 오회사

有,大赤馬하여 晝夜六時를 遶寺,行道하고 二月에
유대적마 주야육시 요사행도 이월

衆狐가 入,義慈宮中하고 一,白狐가 坐,佐平書案,
중호 입의자궁중 일백호 좌좌평서안

上하고 四月에 太子宮에 雌鷄가 與,小雀交婚하다.
상 사월 태자궁 자계 여소작교혼

五月에 泗沘[扶餘江名]岸에 大魚出死하니 長,三丈이
오월 사비 안 대어출사 장삼장

라, 人이 食之者는 皆死하다. 九月에 宮中槐樹가 鳴
인 식지자 개사 구월 궁중괴수 명

如人哭하고 夜에 鬼哭,宮南路上하다. 五年,庚申春,
여인곡 야 귀곡궁남노상 오년경신춘

二月에 王都井水가 血色하고 西海邊에 小魚出死
이월 왕도정수 혈색 서해변 소어출사

하여 百姓이 食之하여도 不盡하고 泗沘水가 血色하
백성 식지 부진 사비수 혈색

다. 四月에 蝦蟆數萬이 集於樹上하고 王都,市人이
사월 하마수만 집어수상 왕도시인

無故驚走하다가 如有捕捉하여 驚仆死者百餘요,
무고경주 여유포착 경부사자백여

亡失財物者는 無數하니라. 六月에 王興寺,僧이 皆
망실재물자 무수 유월 왕흥사승 개

見如,舡楫이 隨,大水하여 入,寺門하고 有,大犬이
견여강즙 수대수 입사문 유대견

如,野鹿하여 自西로 至,泗沘岸하여 向,王宮吠之라
여야록 자서 지사비안 향왕궁폐지

가 不知所之하다. 城中群犬이 集於路上하여 或吠,
부지소지 성중군견 집어로상 혹폐

或曲하다가 移時而散하다. 有,一鬼入,宮中하여 大
혹곡 이시이산 유일귀입궁중 대

呼曰, 百濟亡하리라, 百濟亡하리라 하고 卽,入地하
호왈 백제망 백제망 즉입지

니 王이 怪之하여 使人堀地하니 深,三尺許에 有一
왕 괴지 사인굴지 심삼척허 유일

龜하여 背有文하니 曰,「百濟는 圓.月輪이요 新羅는
구 배유문 왈 백제 원월륜 신라

如.新月이라.」하다. 問之巫者하니 云하되 圓月輪者
여신월 문지무자 운 원월륜자

는 滿也니 滿則.虧하고 如.新月者는 未滿也니 未滿
만야 만즉휴 여신월자 미만야 미만

則.漸盈이니다 王이 怒殺之하다. 或曰, 圓月輪은 盛
즉점영 왕 노살지 혹왈 원월륜 성

也요, 如.新月者는 微也니 意者컨대 國家盛이요 而.
야 여신월자 미야 의자 국가성 이

新羅.寖微乎라 하니 王喜하다.
신라침미호 왕희

| 어려운 낱말 |

[膳]:반찬(선). 먹다. [朝暮(조모)]:아침과 저녁. [碩]:클(석). 곡식의 량의 단위 석(石). [固留(고유)]:굳이 머무르게 하다. [耽嫌(탐요)]:계집에 빠지다. 嫌는 예쁠(요). [瘦困濱死(수곤빈사)]:극도로 쇠약하여 거의 죽게 되었을 때. [險隘(험애)]:험하고 좁은 곳. [遶寺(요사)]:절 둘레를 돌다. 遶는 두를(요). [衆狐(중호)]:여러 마리의 여우. [交婚(교혼)]:교미하다. [蝦蟆(하마)]:개구리. [驚仆(경부)]:놀라 넘어지다. [舡楫(강즙)]:배. 강(舡)은 선(船)과 뜻이 같다. [移時(이시)]:잠시 후에. [虧]:이지러질(휴). [漸盈(점영)]:점점 차오르다. [意者(의자)]:생각하기에. [寖微(침미)]:점점 미약해짐.

| 본문풀이 |

왕은 하루에 쌀 서 말(三斗) 밥과 꿩 아홉 마리를 먹었다. 그러나 경신(庚申;660)에 백제(百濟)를 멸망시킨 뒤로는 점심을 먹지 않고 다만 아침, 저녁뿐이었다. 그래도 하루에 쌀 여섯 말, 술 여섯 말, 꿩 열 마리를 먹었다. 성 안에 물건값은 포목(布木) 한 필에 벼가 서른 섬, 혹은 쉰 섬이어서 백성들은 성대(聖代)라고 불렀다. 왕이 태자로 있을 때 고구려를 치고자 군사를 청하려고 당(唐)나라에 간 일이 있었다. 이때 당나라 임금이 그의 풍채(風彩)를 보고 칭찬하여 「신성(神聖)한 사람」이라 하여 당나라에 머물러 두고 시위(侍衛)로 삼으려 했지만 굳이 청해서 돌아오고 말았다. 이때 백제 마지막 왕 의자(義慈)는, 곧 무왕(武王)의 맏아들로서 영웅(英雄)적이며 용맹하고 담력(膽力)이 있었다. 부모를 효성스럽게 섬기고 형제간에 우애가 있어 당시 사람들은 그를 해동증자(海東曾子)라 하더니 정관(貞觀) 15년 신축(辛丑 ; 641)에 왕위에 오르자 주색(酒色)에 빠져서 정사는 어지럽고 나라는 위태롭게 되니, 좌평(佐平 ; 백제의 벼슬 이름) 성충(成忠)이 애써 간했지만 듣지 않고 도리어 옥에 가두니 몸이 파리해져서 거의 죽게 되었을 때 성충은 글을 올려 말하기를, 「충신(忠臣)은 죽어도 임금을 잊지 못한다.」고 하니, 원컨대 한 말씀만 드리고 죽겠습니다. 「신(臣)이 일찍이 시국의 변화를 살펴보오니 반드시 병란(兵亂)이 있을 것 같으니, 대체로 용병(用兵)은 그 지세(地勢)를 잘 가려야 하는 것이니 상류(上流)에 진을 치고 적을 맞아 싸우면 반드시 보전할 수가 있을 것입니다. 또 만일 다른 나라 군사가 오거든 육로(陸路)로는 탄현【炭峴 ; 침현(沈峴)이라고도 하니 백제의 요새지(要塞地)임.】을 넘지 말게 할 것이요, 수군(水軍)은 기벌포【伎伐浦 ; 곧 장암(長嵓)이니 손량(孫梁)이라고도 하고, 지화포(只火浦) 또는 백강(白江)이라고도 함.】에 적군이 들어오지 못하게 해야 할 것입니다. 그리고 험한 곳에 의지하여 적을 막아야 합니다.」라고 했다. 그러나 왕은 이 말을 그냥 묵살하고 지나쳐 들었다.

현경(現慶) 4년 기미(己未 ; 659)년에, 백제 오회사【烏會寺 ; 오합사(烏合寺)라고도 함.】에 크고 붉은 말 한 마리가 나타나 밤낮으로 여섯 번이나 절을 돌아다녔고, 2월에는, 여우 여러 마리가 의자왕(義慈王)의 궁중으로 들어왔는데, 그중 한 마리는 좌평(佐平)의 책상 위에 올라앉았고, 4월에는, 태자궁(太子宮) 안에서 암탉과 작은 참새가 교미를 했다. 5월에는, 사비수【泗沘水 ; 부여(扶餘)에 있는 강 이름】 언덕 위에 큰 물고기가 나와서 죽었는데 길이가 세 길이나 되었으며, 이것을 먹은 사람은 모두 죽었다. 9월에는, 궁중에 있는 홰나무가 마치 사람이 우는 것처럼 울었고, 밤에는 귀신이 궁궐 남쪽 길에서 울어댔다. 5년 경신(庚申 ; 660) 봄 1월엔 서울의 우물물이 핏빛으로 변했고, 서쪽 바닷가에 작은 물고기가 나와 죽었는데 이것을 백성들이 다 먹을 수가 없었고 또 사비수의 물이 핏빛으로 변했다. 4월에는, 개구리 수만 마리가 나무 위에 모여 있었고, 왕도(王都) 사람들이 까닭 없이 놀라 달아나는 것이 마치 누가 잡으러 오는 것 같았으며, 이래서 놀라 자빠져 죽은 자가 100여 명이나 되었고, 재물을 잃은 자는 무수하게 많았다. 6월에는, 왕흥사(王興寺)의 중들이 보니 배가 큰 물결을 따라 절간 문으로 들어오는 것 같았으며, 마치 들 사슴과 같은 큰 개가 서쪽에서 사비수 언덕에 와서 대궐을 바라보고 짖더니 이윽고 어디로 갔는지 알 수가 없었다. 성 안에 있는 여러 개들이 길 위에 모여들어 혹은 짖기도 하고 울기도 하다가 얼마 후에야 흩어졌다. 또 귀신 하나가 궁중으로 들어오더니 큰 소리로 부르짖기를, 백제는 망한다! 백제는 망한다! 하다가 이내 땅속으로 들어갔다. 왕이 이상히 여겨 사람을 시켜 땅을 파게 하니 석 자 깊이에 거북이 한 마리가 있는데 그 등에 글이 씌어 있었는데 그 글에 이르기를,

〈백제는 둥근 달과 같고, 신라는 초승달과 같다.〉

이 글 뜻을 무당에게 물으니, 무당은, 「둥근 달이라는 것은 가득 찬 것이니 차면 기우는 것입니다. 초승달(新月)은 차지 않은 것이니, 차지 않으면 점점 차게 되는 것입니다.」고 하자, 왕은 노하여 무당을 죽여버렸다. 어떤 사람이 말하기를, 「둥근 달은 성(盛)한 것이고, 초승달은 미약(微弱)한 것이오니, 생각하건대, 우리나라는 점점 성하고 신라는 점점 약해진다는 뜻입니다.」라고 하니, 왕은 이 말을 듣고는 매우 기뻐했다.

③ 太宗이 聞.百濟國中에 多.怪變하고 五年.庚
태종 문백제국중 다괴변 오년경
申에 遣使仁問하여 請兵唐하니 高宗詔하여 左虎
신 견사인문 청병당 고종조 좌호
衛.大將軍 荊國公 蘇定方으로 爲.神丘道.行軍摠
위대장군 형국공 소정방 위신구도행군총
管하고 率.左衛將軍.劉伯英 字.仁願과 左虎衛將
관 솔좌위장군유백영 자인원 좌호위장
軍.憑士貴와 左驍衛將軍.龐孝公.等하여 統.十三
군빙사귀 좌효위장군방효공등 통십삼
萬兵.來征하고[鄕記云, 軍이 十二萬二千七百十一人이요, 舡
만병내정

이 一千九百隻이나 而,唐史不詳言之하다.] 以,新羅王 春秋
이 신 라 왕 춘 추

로 爲,嵎夷道,行軍摠管하고 將,其國兵하여 與之合
위 우 이 도 행 군 총 관 장 기 국 병 여 지 합

勢하다. 定方이 引兵하여 自,城山으로 濟海하여 至,
세 정 방 인 병 자 성 산 제 해 지

國西,德勿島하니 羅王이 遣,將軍,金庾信하여 領,精
국 서 덕 물 도 나 왕 견 장 군 김 유 신 영 정

兵五萬하여 以,赴之하다. 義慈王이 聞之하고 會,群
병 오 만 이 부 지 의 자 왕 문 지 회 군

臣하여 問,戰守之計하니 佐平,義直이 進曰, 唐兵이
신 문 전 수 지 계 좌 평 의 직 진 왈 당 병

遠涉溟海나 不習水하며 羅人이 恃,大國之援하고
원 섭 명 해 불 습 수 나 인 시 대 국 지 원

有,輕敵之心하여 若見,唐人失利면 必,疑懼而,不
유 경 적 지 심 약 견 당 인 실 리 필 의 구 이 불

敢銳進하리니 故로 知先與,唐人으로 決戰이 可也니
감 예 진 고 지 선 여 당 인 결 전 가 야

이다. 達率(관명 : 백제관등 2품)常永,等이 曰, 不然이니
달 솔 상 영 등 왈 불 연

다. 唐兵遠來하여 意欲速戰하리니 其鋒을 不可當
당 병 원 래 의 욕 속 전 기 봉 불 가 당

也라. 羅人이 屢見敗於,我軍하니 今望,我兵勢면 不
야 나 인 누 견 패 어 아 군 금 망 아 병 세 부

得不恐이리다. 今日之計는 宜塞,唐人之路하여 以
득 불 공 금 일 지 계 의 색 당 인 지 로 이

待,師老하여 先使偏師하여 擊羅,折其銳氣하고 然
대 사 노 선 사 편 사 격 라 절 기 예 기 연

後에 伺其便而,合戰이면 則,可得全軍하여 而保國
후 사 기 편 이 합 전 즉 가 득 전 군 이 보 국

矣니이다. 王이 猶預,不知所從하다. 時에 佐平,興首
의 왕 유 예 부 지 소 종 시 좌 평 흥 수

가 得罪하여 流竄于「古馬旀只之縣」이라 遣人問
득죄 유찬우 고마며지지현 견인문

之曰, 事.急矣니 如之何오 首曰, 大槪如.佐平成忠
지왈 사급의 여지하 수왈 대개여좌평성충

之說이니다. 大臣等이 不信曰, 興首.在.縲絏之中
지설 대신등 불신왈 흥수재누설지중

하여 怨君而.不.愛國矣니 其言.不可用也니이다. 莫
원군이불애국의 기언불가용야 막

若使.唐兵으로 入.白江(卽伎伐浦)하여 沿流而.不得
약사당병 입백강 연류이부득

方舟케 하고 羅軍升.炭峴하되 由徑而.不得竝馬하
방주 나군승탄현 유경이부득병마

리니 當此之時하여 縱兵擊之면 如.在籠之鷄요 罹
당차지시 종병격지 여재롱지계 이

網之魚也리이다. 王曰, 然하다. 又聞.唐羅兵이 已
망지어야 왕왈 연 우문당라병 이

過.白江炭峴하고 遣.將軍.階伯하여 帥.死士五千하
과백강탄현 견장군계백 솔사사오천

여 出.黃山하여 與.羅兵戰하니 四合皆.勝之라 然이
출황산 여나병전 사합개승지 연

나 兵寡力盡하여 竟敗하고 而.階伯死之하다. 進軍
병과역진 경패 이계백사지 진군

合兵하여 薄津口하여 瀕江屯兵하니 忽.有鳥하여
합병 박진구 빈강둔병 홀유조

廻翔於.定方營上하니 使人卜之 曰, 必傷元帥니이
회상어정방영상 사인복지 왈 필상원수

다. 定方이 懼欲.引兵而止하니 庾信이 謂.定方曰,
정방 구욕인병이지 유신 위정방왈

豈可以.飛鳥之怪로 違.天時也리오. 應天順人하여
기가이비조지괴 위천시야 응천순인

伐至不仁이면 何.不祥之有리오. 乃拔神劍하여 擬
벌지불인 하불상지유 내발신검 의

其鳥하니 割裂而墜於座前하다. 於是에 定方이 出,
기 조 할 렬 이 추 어 좌 전 어 시 정 방 출

左涯하여 垂山而陣하여 與之戰하니 百濟軍,大敗
좌 애 수 산 이 진 여 지 전 백 제 군 대 패

라. 王師가 勝潮하여 軸艫含尾하여 鼓譟而進하다.
왕 사 승 조 축 로 함 미 고 조 이 진

定方이 將,步騎하여 直趨都城하여 一舍止하니 城
정 방 장 보 기 직 추 도 성 일 사 지 성

中이 悉軍拒之하나 又,敗死者가 萬餘라. 唐人,勝勝
중 실 군 거 지 우 패 사 자 만 여 당 인 승 승

薄城하니 王이 知,不免하여 嘆曰, 悔不用,成忠之
박 성 왕 지 불 면 탄 왈 회 불 용 성 충 지

言하여 以至於,此라 하다.
언 이 지 어 차

| 어려운 낱말 |

[龐] : 클(방). [達率(달솔)] : 백제 관등의 제2품직. [師老(사노)] : 군사가 피곤하다. [偏師(편사)] : 한 부대의 군사. [伺] : 엿볼(사). [預(예)] : 우물쭈물하다. [竄] : 숨을(찬). [縲絏(누설)] : 감옥에 갇힘. [古馬旀知之縣(고마며지지현)] : 지금의 전남 장흥. 旀는 땅이름(며). * 旀知縣. [莫若(막약)] : ~함만 같지 못하다. [沿流(연류)] : 연안을 따라 흐르다. [方舟(방주)] : 배를 나란히 하다. [由徑(유경)] : 좁은 길로 가게 하다. [罹網(이망)] : 그물에 걸림. [黃山(황산)] : 충남 연산(連山)지방. [薄津口(박진구)] : 진구로 육박하다. [廻翔(회상)] : 맴돌다. [割裂(할렬)] : 찢어지다. [垂山而陣(수산이진)] : 산을 등지고 진을 치다. [王師(왕사)] : 당의 군사. [軸艫含尾(축로함미)] : 전선이 꼬리를 물고 이어지다. [一舍(일사)] : 30리. [悉軍(실군)] : 모든 군사. [知不免(지불면)] : 죽음을 면치 못함을 알다.

| 본문풀이 |

태종(太宗)은 백제에 괴상한 변고가 많다는 소식을 듣고 5년 경신(庚申 ; 660)에 김인문(金仁問)을 사신으로 당나라에 보내어 군사를 요청했다. 당 고종(高宗)은 좌호위장군(左虎衛將軍) 형국공(荊國公) 소정방(蘇定方)으로 신구도(神丘道) 행군총관(行軍摠管)을 삼아 좌위장군(左衛將軍) 유백영(劉伯英 : 유인원)과 좌호위장군(左虎衛將軍) 빙사귀(馮士貴)와 좌효위장군(左驍衛將軍) 방효공(龐孝公) 등을 거느리고 13만의 군사를 이끌고 와서 치게 하고, 또 신라 왕 춘추(春秋)로 우이도(嵎夷道) 행군총관(行軍摠管)을 삼아 신라의 군사를 가지고 합세하도록 했다.

소정방이 군사를 이끌고 성산(城山)에서 바다를 건너 서쪽 덕물도(德勿島)에 이르자, 신라왕은 장군 김유신(金庾信)을 보내서 정병(精兵) 5만을 거느리고 싸움에 나가게 했다. 의자왕은 이 소식을 듣고 여러 신하들을 모아 싸우고 지킬 계책을 물으니 좌평(佐平) 의직(義直)이 나와 아뢰기를, 「당나라 군사는 멀리 큰 바다를 건너왔고, 또 수전(水戰)에 익숙하지 못하고, 또 신라 군사는 큰 나라가 원조해주는 것만 믿고 적을 가볍게 여기는 마음이 있어서 만일 당나라 군사가 싸움에 이롭지 못한 것을 보면 반드시 의심하고 두려워하여 감히 진격해오지 못할 것입니다. 그러므로 우리는 먼저 당나라 군사와 결전(決戰)하는 것이 좋을 것입니다.」 라고 했다. 그러나 달솔(達率) 상영(常永) 등은 말하기를, 그렇지 않습니다. 당나라 군사는 멀리서 왔기 때문에 속히 싸우려고 서두르고 있으니 그 예봉(銳鋒)을 당할 수가 없을 것입니다. 한편 신라 군사는 여러 번 우리에게 패했기 때문에 이제 우리 군사의 기세를 바라만 보아도 두려워하지 않을 수가 없을 것입니다 하오니, 오늘날의 계교는 마땅히 당나라 군사의 길을 막고 그 군사들이 피로해지기를 기다릴 것입니다. 그러니 먼저 일부 조그만 군사로 신라를 쳐서 그 예기(銳氣)를 꺾은 연후에 편의를 보아서 싸운다면 군사를 하나도 죽이지 않고서 나라를 보전할 것입니다 했다. 이리하여 왕은 망설이고 어느 말을 따를지 머뭇거리고 있었다. 이때 좌평(佐平) 흥수(興首)가 죄짓고 〈고마며지현(古馬旀知縣)〉에 귀양 가 있었으므로 사람을 보내어 물으니, 「일이 급하니 어찌하면 좋겠는가?」 하니, 흥수는 말하기를, 「대체로 좌평 성충(成忠)의 말과 같사옵니다.」 하니, 대신들은 이 말을 믿지 않고 말하기를, 「흥수는 죄인의 몸이어서 임금을 원망하고 나라를 사랑하지 않는 것이오니 그 말은 쓸 것이 되지 못합니다. 당나라 군사로 하여금 백강【白江 ; 기벌포(伎伐浦)】에 들어가서 강물을 따라 내려오되 배를 나란히 하지 못하게 할 것입니다. 또 신라군은 탄현(炭峴)에 올라와서 소로(小路)를 따라 내려오되 말[馬]을 나란히 하지 못하게 할 것입니다. 이렇게 해 놓고 군사를 놓아 친다면 마치 닭장 안에 든 닭과 그물에 걸린 물고기와 같을 것입니다.」 했다. 왕은 그 말이 옳다고 했다.

또 들으니, 「당나라 군사와 신라 군사가 이미 백강과 탄현을 지났다고 하니 의자왕은 장군 계백〔階(偕)伯〕을 보내 결사대(決死隊) 5천 명을 거느리고 황산(黃山)으로 나가 신라 군사와 싸우게 했더니, 계백은 네 번 싸워 네 번 다 이겼지만 군사는 적고 힘이

다하여 마침내 패하고 계백은 전사했다. 이에 당나라 군사와 신라 군사는 합세해서 전진하여 진구(津口)까지 나가서 강가에 군사를 주둔시키는데, 이때 갑자기 새가 소정방의 진영(陣營) 위에서 맴돌고 있으므로 사람을 시켜서 점을 치게 했더니 반드시 원수(元帥)가 상할 것입니다.」라고 한다. 정방이 두려워하여 군사를 물리고 싸움을 중지하려 하므로 김유신이 소정방에게 이르기를, 어찌 나는 새의 괴이한 일을 가지고 천시(天時)를 어긴단 말이오. 하늘에 응하고 민심에 순종해서 지극히 어질지 못한 자를 치는데 「어찌 상서롭지 못한 일이 있겠소.」 하고는, 신검(神劍)을 뽑아 그 새를 겨누니 새는 몸뚱이가 찢어져 그들의 자리 앞에 떨어진다. 이에 정방은 백강 왼쪽 언덕으로 나와서 산을 등지고 진을 치고 싸우니 백제군이 크게 패하였다. 당나라 군사는 조수(潮水)를 타고 전선(戰船)이 꼬리를 물어 북을 치면서 전진했다. 정방은 보병과 기병을 이끌고 바로 백제의 도성(都城)으로 쳐들어가 30리쯤 되는 곳에 머무르니, 백제에서는 군사를 다 내어 막았지만 전사해서 죽은 자가 1만여 명이나 되었다. 그래서 당나라 군사는 승승장구하는 기세(氣勢)를 타고서 성으로 들이닥치니 의자왕은 죽음을 면하지 못할 것을 알고 탄식하기를, 「내가 성충의 말을 듣지 않고 있다가 일이 여기까지 이르렀구나!」 했다.

④ 遂與太子, 隆[或作,孝는 誤也라.]으로 走,北鄙하다
수 여 태 자 륭 주 북 비

定方이 圍其城하니 王(의자왕)의 次子, 泰가 自立爲
정 방 위 기 성 왕 차 자 태 자 립 위

王하여 率衆固守하니 太子之子, 文思가 謂王泰
왕 솔중고수 태자지자 문사 위왕태

曰, 王이 與,太子로 出하고 而,叔擅爲王하니 若,唐
왈 왕 여태자 출 이숙천위왕 약당

兵解去면 我等이 安得全하리요? 하고 率,左右하고
병해거 아등 안득전 솔좌우

縋而出하니 民皆從之나 泰,不能止하다. 定方이 令
추이출 민개종지 태불능지 정방 령

士起堞하고 立唐旗幟하니 泰,窘迫하여 乃,開門請
사기첩 입당기치 태군박 내개문청

命하니 於是에 王及,太子,隆과 王子,泰와 大臣,貞
명 어시 왕급태자륭 왕자태 대신정

福이 與,諸城皆降하다. 定方이 以王,義慈及,太子,
복 여제성개항 정방 이왕의자급태자

隆과 王子,泰와 王子,演과 及,大臣將士,八十八人
륭 왕자태 왕자연 급대신장사팔십팔인

과 百姓,一萬二千八百七人을 送,京師하다. 其國에
백성일만이천팔백칠인 송경사 기국

本有五部, 三十七郡, 二百城, 七十六萬户러니 至
본유오부 삼십칠군 이백성 칠십륙만호 지

是析하여 置,雄津, 馬韓, 東明, 金漣, 德安,等, 五
시석 치웅진 마한 동명 금련 덕안등 오

都督府하다. 擢,渠長하여 爲,都督刺史하고 以,理之
도독부 탁거장 위도독자사 이리지

하니 命,郎將,劉仁願하여 守,都城하고 又,左衛郎將,
명낭장류인원 수도성 우좌위낭장

王文度를 爲,熊津都督하여 撫其餘衆하다. 定方이
왕문도 위웅진도독 무기여중 정방

以所,俘見하니 上이 責而宥之하다. 王(의자왕)이 病
이소부현 상 책이유지 왕 병

死하니 贈,金紫光祿大夫,衛尉卿하고 許,舊臣,赴臨
사 증금자광록대부위위경 허구신부림

詔葬하고 孫皓(중국삼국시대 오나라말대 왕), 陳叔寶(남
조 장 손 호 진 숙 보

조 진나라 후주), 墓側하고 竝爲竪碑하다 七年,壬戌에
묘 측 병 위 수 비 칠 년 임 술

命,定方하여 爲,遼東道,行軍大摠總管이라가 俄改,
명 정 방 위 요 동 도 행 군 대 총 총 관 아 개

平壤道하여 破,高麗之衆於,浿江하고 奪,馬邑山하
평 양 도 파 고 려 지 중 어 패 강 탈 마 읍 산

여 爲營하다가 遂圍,平壤城하니 會,大雪하여 解圍
위 영 수 위 평 양 성 회 대 설 해 위

還하니(소정방을) 拜,涼州,安集大使하여 以定,吐蕃하
환 배 양 주 안 집 대 사 이 정 토 번

다. 乾封二年에 卒하니 唐帝悼之하여 贈,左驍錡大
건 봉 이 년 졸 당 제 도 지 증 좌 효 기 대

將軍,幽州都督하고 謚曰, 莊(已上,唐史,文)이라 하다.
장 군 유 주 도 독 시 왈 장

新羅別記云하되 文武王,卽位五年,乙丑,秋八月,
신 라 별 기 운 문 무 왕 즉 위 오 년 을 축 추 팔 월

庚子에 王이 親統大兵하여 幸,熊津城하여 會,假王,
경 자 왕 친 통 대 병 행 웅 진 성 회 가 왕

扶餘隆하여 作壇하고 刑,白馬而盟하여 先祀,天神
부 여 융 작 단 형 백 마 이 맹 선 사 천 신

及,山川之靈하고 然後에 歃血하여 爲文而盟曰,
급 산 천 지 령 연 후 삽 혈 위 문 이 맹 왈

「往者에 百濟先王이 迷於逆順하고 不敦隣好하고
왕 자 백 제 선 왕 미 어 역 순 부 돈 인 호

不睦親姻하여 結托句麗하고 交通倭國하여 共爲殘
불 목 친 인 결 탁 구 려 교 통 왜 국 공 위 잔

暴하여 侵削新羅하여 破邑屠城으로 略無寧歲라.
폭 침 삭 신 라 파 읍 도 성 약 무 령 세

天子가 憫,一物之失所하고 憐,百姓之被毒하여 頻
천 자 민 일 물 지 실 소 연 백 성 지 피 독 빈

命行人하여 諭其和好러니 負險恃遠하여 侮慢天經
명 행 인 유 기 화 호 부 험 시 원 모 만 천 경

하니 皇赫斯怒하여 恭行弔伐하니 旌旗所指에 一戎
황 혁 사 로 공 행 조 벌 정 기 소 지 일 융

大定이라 固可,瀦宮汚宅하여 作誡來裔하고 塞源
대 정 고 가 저 궁 오 택 작 계 내 레 색 원

拔本하여 垂訓後昆이라. 懷柔伐叛은 先王之令典
발 본 수 훈 후 곤 회 유 벌 반 선 왕 지 영 전

이요, 興亡繼絶은 往哲之通規이니 事必師古는 傳
흥 망 계 절 왕 철 지 통 규 사 필 사 고 전

諸曩冊이라. 故로 立前,百濟王,司稼正卿,扶餘隆
제 낭 책 고 입 전 백 제 왕 사 가 정 경 부 여 륭

하여 爲,熊津都督하여 守其祭祀하고 保旗桑梓하니
위 웅 진 도 독 수 기 제 사 보 기 상 재

依倚新羅하여 長爲與國하여 各除宿憾하고 結好和
의 의 신 라 장 위 여 국 각 제 숙 감 결 호 화

親하고 恭承詔命하여 永爲藩服하라. 仍遣使人,右
친 공 승 조 명 영 위 번 복 잉 견 사 인 우

威衛將軍,魯城縣公,劉仁願하여 親臨勸諭하다. 具
위 위 장 군 노 성 현 공 류 인 원 친 림 권 유 구

宣成旨하여 約之以,婚姻하고 申之以,盟誓하여 刑
선 성 지 약 지 이 혼 인 신 지 이 맹 서 형

牲歃血하여 共敦終始하고 分災恤患하여 恩若兄弟
생 삽 혈 공 돈 종 시 분 재 휼 환 은 약 형 제

하고 祇奉綸言하여 不敢墜失하고 旣盟之後에 共保
기 봉 륜 언 불 감 추 실 기 맹 지 후 공 보

歲寒하되 若有乖背하여 二三其德하여 興兵動衆하
세 한 약 유 괴 배 이 삼 기 덕 흥 병 동 중

여 侵犯邊陲면 神明鑑之하고 百殃是降하여 子孫
침 범 변 수 신 명 감 지 백 앙 시 강 자 손

不育이요, 社稷無宗하여 禋祀磨滅하여 罔有遺餘리
불 육 사 직 무 종 인 사 마 멸 망 유 유 여

라. 故로 作,〈金書鐵契〉하여 藏之宗廟하니 子孫萬
고 작 금서철계 장지종묘 자손만

代에 無或敢犯하라. 神之聽之하여 是享是福하소
대 무혹감범 신지청지 시향시복

서.」하다. 歃訖하고 埋,幣帛於,壇之壬地하고 藏,盟
삽흘 매폐백어단지임지 장맹

文於大廟하니 盟文은 乃,帶方州,都督,劉仁軌作이
문어대묘 맹문 내대방주도독유인궤작

니라.[按上,唐史之文하면 定方이 以,義慈王及,太子隆等을 送,京

師라 하니 今云,會,扶餘王,隆은 則知,唐帝宥하고 隆而遣之하여

立爲,熊津都督也라. 故로 盟文明言을 以此爲驗이라.]

| 어려운 낱말 |

[擅] : 멋대로(천). [縋而出(추이출)] : 이끌고 나가다. 縋는 매어달(추). [堞(첩)] : 성첩. [窘迫(군박)] : 몹시 궁색함. 난관에 부닥쳐 형세가 급하게 됨. [析(석)] : 분할하여. [擢(탁)] : 뽑다. 발탁하다. [渠長(거장)] : 우두머리. [俘(부)] : 포로. [宥] : 용서할(유). [孫皓(손호)] : 중국 삼국시대 오(吳)나라의 마지막 왕이며 손권(孫權)의 손자임. [陳叔寶(진숙보)] : 남조 진후주(晋後主)의 이름. [刑] : 형벌(형). 잡다. [天經(천경)] : 중국을 가리킴. [瀦宮汚宅(저궁오택)] : 궁궐과 집을 허물고 못을 파다. [囊册(낭책)] : 역사책. 囊은 접때(낭). 지난 일. [桑梓(상재)] : 뽕나무와 가래나무, 즉 고향의 집, 고향을 이르는 말. [綸言(윤언)] : 임금의 조칙. 윤음(綸音). [歲寒(세한)] : 절의를 나타냄. [二三(이삼)] : 자주 바꿈. 일관성이 없음. [邊陲(변수)] : 변방을 위태롭게 함. [禋祀(인사)] : 몸을 청결하게 하여 제사를 지냄. [金書鐵契(금서철계)] : 맹세의 글을 철판에 새기고 금으로 칠하여 영원히 보관하는 것. [壬地(임지)] : 북쪽 땅에.

| 본문풀이 |

의자왕은 드디어 태자 융【隆 ; 효(孝)라고도 했지만 잘못이다.】과 함께 북비(北鄙)로 도망을 하니, 정방이 그 성을 포위하자 왕의 둘째 아들 태(泰)가 스스로 왕이 되어 무리를 거느리고 성을 굳게 지켰다. 이때 태자의 아들 문사(文思)가 태(泰)에게 말하기를, 「왕이 태자와 함께 성에서 나가 달아났는데 숙부(叔父)가 맘대로 왕이 되었으니, 만일 당나라 군사가 포위한 것을 풀고 물러간다면 그때에는 우리들이 어떻게 온전할 수가 있겠습니까?」 하고는, 좌우 사람들을 거느리고 성을 넘어 나가니 백성들은 모두 그를 따르니 태(泰)는 이것을 말릴 수가 없었다. 소정방이 군사를 시켜 성첩(城堞)을 세우고 당나라 깃발을 꽂으니 태(泰)는 일이 매우 급해서 문을 열고 항복하기를 청했다. 이에 왕과 태자 융(隆), 왕자 태(泰), 대신 정복(貞福)과 여러 성이 모두 항복했다. 소정방은 왕 의자와 태자 융, 왕자 태, 왕자 연(演) 및 대신 · 장사(將士) 88명과 백성 1만 2천807명을 당나라 서울로 보냈다. 그 나라(백제)에는 본래 5부(部), 37군(郡), 200성(城), 76만 호(戶)가 있었는데, 이때 당나라에서는 이곳에 웅진(熊津), 마한(馬韓), 동명(東明), 금련(金蓮), 덕안(德安) 등 다섯 도독부(都督府)를 두었다. 우두머리를 발탁하여 도독(都督)과 자사(刺史)를 삼아 다스리게 했다. 낭장(郎將) 유인원(劉仁願)에게 명하여 도성 사비성(泗沘城)을 지키게 하고, 좌위낭장(左衛郎將) 왕문도(王文度)를 웅진도독(熊津都督)을 삼아 백제에 남아 있는 백성들을 무마하게 했다. 소정방이 포로들을 이끌고 당나라 임금에게 알현하니, 임금은 이들을 책망만 하고 용서해

주었다.

의자왕이 그곳에서 병으로 죽자, 금자광록대부(金紫光祿大夫) 위위경(衛尉卿)을 증직(贈職)하고 그의 옛 신하들이 가서 조상하는 것을 허락했다. 또 명하여 손호(孫皓)와 진숙보(陳叔寶)의 무덤 옆에 장사 지내게 하고 모두 비를 세워 주었다. 7년 임술(壬戌; 662)에, 당에서는 소정방을 명하여 요동도(遼東道), 행군대총관(行軍大摠管)을 삼았다가 다시 평양도(平壤道)로 고쳐 고구려군을 패강(浿江)에서 깨뜨리고 마읍산(馬邑山)을 빼앗아 진영(陣營)을 세우고 드디어 평양성(平壤城)을 포위했으나 때마침 큰 눈이 내려서 포위를 풀고 돌아가니, 양주(凉州), 안집대사(安集大使)를 삼아 토번(吐蕃)을 평정했다. 건봉(乾封) 2년(667)에 소정방이 죽자, 당나라 황제는 애도하여 좌효기(左驍騎), 대장군(大將軍) 유주도독(幽州都督)을 추증하고, 시호(諡號)를 장(莊)이라 했다.〔이상은 당사(唐史)에 있는 글이다.〕〈신라별기(新羅別記)〉에 의하면, 문무(文武)왕이 즉위한 5년 을축(乙丑; 665) 8월 경자(庚子)에, 왕이 친히 군사를 거느리고 웅진성(熊津城)에 가서 가왕(假王) 부여(扶餘) 융(隆)과 만나 단(壇)을 만들고 백마(白馬)를 잡아 맹세하는데, 먼저 천신(天神)과 산천(山川)의 영(靈)에 제사를 지낸 뒤에 말의 피를 뿌리고 글을 지어 맹세하여 이르기를,

「저번에 백제의 선왕(先王)이 순종(順從)하는 것과 반역하는 이치에 어두워 이웃 나라와 평화를 두텁게 하지 않고 인친(姻親)과 화목하지 않으며, 고구려와 결탁해서 왜국(倭國)과 서로 통하여 그들과 함께 포악한 짓을 했다. 신라를 침략하여 성읍(城邑)을 파

괴하고 백성을 짓밟아 거의 편안한 때가 없었다. 중국의 천자(天子)는 한 물건이라도 제가 살 곳을 잃는 것을 민망히 여기고 백성들이 해독을 입는 것을 불쌍히 여겨 자주 사신을 보내서 사이좋게 지내기를 타일렀었다. 그러나 백제는 지세가 험하고 먼 것을 믿고 하늘의 법칙을 업신여기니, 황제(皇帝)는 크게 노하여 삼가 정벌(征伐)을 행하니 깃발이 가리키는 곳은 한칼에 씻은 듯이 평정했다. 마땅히 궁실(宮室)과 주택(住宅)을 무너뜨려 못을 만들어서 자손들을 경계하고 그 폐단의 근원을 아주 뽑아 없애서 후세의 교훈을 보이려 한다. 귀순(歸順)해 오는 자는 회유하고 반역하는 자를 정벌하는 것은 선왕의 아름다운 법이요, 망한 나라를 흥하게 하고 끊어진 대(代)를 잇게 하는 것은 지난날 성현들의 공통된 규범이었다. 일은 반드시 옛것을 본받아야 하는 것은 옛 역사에 전하는 것이기 때문에, 전백제왕(前百濟王) 사가정경(司稼正卿) 부여(扶餘) 융(隆)을 세워 웅진도독(熊津都督)을 삼아 그 선조(先祖)의 제사를 받들게 하고 옛 고장을 보전케 하는 것이다. 신라에 의지하여 길이 우방(友邦)이 되어 각각 묵은 감정을 없애고 좋은 의(誼)를 맺어 화친하게 지낼 것이며 삼가 조서의 명령을 받들어 영원히 번국(藩國 : 속국)이 될 것이다. 이에 사자(使者) 우위위장군(右威衛將軍) 노성현공(魯城縣公) 유인원(劉仁願)을 보내서 친히 권유하여 나의 뜻을 자세히 선포(宣布)하는 것이다. 두 나라는 혼인할 것을 약속하고 맹세를 소중히 여겨 짐승을 잡아 피를 뿌리고 함께 친목을 두텁게 할 것이다. 재앙을 나누고 환란(患亂)을 서로 구제하며 은혜와 의리를 아는 형제처럼 사랑해야 할 것이다. 삼

가 윤언(綸言 : 황제의 조칙)을 받들어 감히 버리지 말 것이며, 이미 맹세를 정한 뒤에는 함께 변하지 말도록 힘쓸 것이다. 만일 어기고 배반하여 그 덕을 변하여 군사를 일으켜 변방을 침범하는 때에는 신명(神明)이 이를 살펴서 백 가지 재앙을 내리시어 자손들도 키우지 못하고 사직(社稷)도 지키지 못하여 제사는 끊어져서 남는 씨가 없게 될 것이다. 그런 때문에 여기에 〈단단한 맹세의 글[金書鐵契]〉을 만들어 종묘(宗廟)에 간직해 두는 것이니 자손은 만대(萬代)가 되도록 감히 어기지 말 것이다. 신(神)은 이를 듣고 이에 흠향하시고 복을 베푸시옵소서.」 했다.

맹세를 끝내고 제물[幣帛]을 제단 북쪽에 묻고 맹세한 글은 신라의 대묘(大廟)에 간직해 두었다. 이 맹세의 글은 대방도독(帶方都督) 유인궤(劉仁軌)가 지은 것이다.【위에 있는 〈당사(唐史)〉의 글을 상고해 보면, 소정방(蘇定方)이 의자왕(義慈王)과 태자(太子) 융(隆)들을 당(唐)나라 서울에 보냈다고 했는데, 여기에서는 부여왕(扶餘王) 융(隆)을 만났다고 했으니, 당(唐)나라 황제(皇帝)가 융(隆)의 죄를 용서하여 돌려보내서 웅진도독(熊津都督)을 삼은 것을 알 수 있다. 그렇기 때문에 맹문(盟文)에도 분명히 말했으니, 이것으로 증거가 된다.】

⑤ 又,古記에 云하되 總章元年,戊辰(668)[若,總章戊辰則,李勣之事이니 而下文은 蘇定方은 誤矣이요. 若定方則, 年號는 當,龍朔二年壬戌이니 來圍平壤之時也니라.]에 國人之,所
(우 고기 운 총장원년무진 … 국인지소)

請唐兵이 屯于.平壤郊하여 而.通書曰, 急輸軍資
청당병 둔우평양교 이통서왈 급수군자

하라 하다. 王이 會.群臣하여 問曰, 入於敵國하여 至.
왕 회군신 문왈 입어적국 지

唐兵屯所는 其勢危矣요. 所請.王師.糧櫃를 而.不
당병둔소 기세위의 소청왕사양궤 이불

輸其料는 亦.不宜也니 如何오? 庾信.奏曰, 臣等이
수기료 역불의야 여하 유신주왈 신등

能輸其.軍資하리니 請.大王은 無慮하소서 於是에
능수기군자 청대왕 무려 어시

庾信.仁問等이 率.數萬人하여 入.句麗境하여 輸料.
유신인문등 솔수만인 입구려경 수료

二萬斛하고 乃還하니 王이 大喜하여 又欲興師하여
이만곡 내환 왕 대희 우욕흥사

會.唐兵하니 庾信이 先遣.然起.兵川等.二人하여 問
회당병 유신 선견연기병천등이인 문

其會期하다. 唐帥.蘇定方이 紙畫.鸞犢二物하여 廻
기회기 당수소정방 지화난독이물 회

之하니 國人이 未解其意라. 使.問於.元曉法師하니
지 국인 미해기의 사문어원효법사

解之曰, 速還.其兵이라. 謂.畫犢畫鸞은 二切也니
해지왈 속환기병 위화독화란 이절야

이다. 於是에 庾信이 廻軍하여 欲渡浿江하여 今日.
어시 유신 회군 욕도패강 금일

後渡者는 斬之하리라 하니 軍士.爭先半渡할새 句麗
후도자 참지 군사쟁선반도 구려

兵.來掠하여 殺其.未渡者하다. 翌日에 信.返追.句
병내략 살기미도자 익일 신반추구

麗兵하여 捕殺.數萬級하다. 〈百濟.古記〉云하되
려병 포살수만급 백제고기 운

「扶餘城.北角에 有.大岩하여 下臨江水하니 相傳에
부여성북각 유대암 하림강수 상전

云, 義慈王이 與諸後宮으로 知其未免하고 相謂
운 의자왕 여제후궁 지기미면 상위

曰, 寧,自盡이요, 不死於,他人手라 하고 相率至此
왈 녕자진 불사어타인수 상솔지차

하여 投江而死라 故로 俗云에는 墮死岩(낙화암)이라
투강이사 고 속운 타사암

하나 斯乃,俚諺之,訛也니라. 但,宮人之,墮死요, 義
사내이언지와야 단궁인지타사 의

慈는 卒於唐이라.」〈唐史〉에 有,明文이라. 又,〈新
자 졸어당 당사 유명문 우 신

羅古記〉云하되 定方이 旣討,麗濟二國하고 又,謀
라고기 운 정방 기토려제이국 우모

伐,新羅而,留連이라. 於是에 庾信이 知其謀하여 饗,
벌신라이유연 어시 유신 지기모 향

唐兵鴆之하여 皆死坑之하니 今,尙州界에 有,唐橋
당병짐지 개사갱지 금상주계 유당교

하니 是其坑也라.[按,唐史하니 不言其,所以死하고 但書云,卒
시기갱야

何耶아? 爲復諱之耶아? 鄕諺之無據耶아? 若壬戌年에 高麗之役

에서 羅人殺,定方之師면 則後總章戊辰에 何有請兵滅高麗之事리

오? 以,此知鄕傳無據니라. 但戊辰滅麗之後에 有不臣之事하고 擅

有其地而已나 非至殺,蘇李(勣)二公也니라.] 王師定,百濟하
왕사정백제

고 旣還之後에 羅王이 命,諸將하여 追捕,百濟殘賊
기환지후 나왕 명제장 추포백제잔적

하고 屯次于,漢山城하니 高麗,靺鞨,二國兵이 來圍
둔차우한산성 고려말갈이국병 내위

之하여 相擊未解하다. 自,五月十一日로 至,六月二
지 상격미해 자오월십일일 지육월이

十二日히 我兵危甚이라. 王이 聞之하고 議,群臣曰,
십 이 일 아 병 위 심 왕 문 지 의 군 신 왈

計將何出고 하니 猶豫未決이라. 庾信이 馳奏曰,
계 장 하 출 유 예 미 결 유 신 치 주 왈

事,急矣라, 人力,不可及이요, 唯,神術可救니이다.
사 급 의 인 력 불 가 급 유 신 술 가 구

乃於 〈星浮山〉에 設壇하고 修,神術하니 忽有,光耀
내 어 성 부 산 설 단 수 신 술 홀 유 광 요

如,大瓮하여 終,壇上而出하여 乃,星飛于,北去하
여 대 옹 종 단 상 이 출 내 성 비 우 북 거

다.[因此로 名,星浮山이라 山名에 或有別說云한대 山在,都林之南에 秀出,一峰이 是也니라. 京城에 有,一人이 謀求官하여 命其子하여 作高炬 夜登此山,擧之하니 其夜에 京師,人望火하고 皆謂怪星이 現於其地라. 王이 聞之하고 憂懼하여 募人禳之나 其父將應之하니 日官奏曰, 此非大怪也니다. 但,一家子死하여 父泣之兆耳라 遂,不行禳法하니 是夜에 其子下山에 虎傷而死하다.] 漢山
한 산

城中,士卒은 怨,救兵不至하여 相視,哭泣而已라.
성 중 사 졸 원 구 병 부 지 상 시 곡 읍 이 이

賊이 欲,攻急이어늘 忽有光耀하여 從南天이 際來하
적 욕 공 급 홀 유 광 요 종 남 천 제 래

여 成霹靂하여 擊碎,砲石,三十餘所하다. 賊軍이 弓
성 벽 력 격 쇄 포 석 삼 십 여 소 적 군 궁

箭,矛戟,籌碎하여 皆,仆地러니 良久乃蘇하여 奔潰
전 모 극 주 쇄 개 부 지 양 구 내 소 분 궤

而,歸하니 我軍乃還하다.
이 귀 아 군 내 환

| 어려운 낱말 |

[糧匱(양궤)] : 양식. [斛] : 휘(곡). 곡식 들이의 단위. [謂(위),畫犢(화독),畫鸞(화란),二切也(이절야)] : 犢과 鸞의 반절이다. 畫犢,畫鸞은 두 낱말의 반절이니, 즉 '速還' 하라는 뜻임. [信(신)] : 믿다, 펴다. [返追(반추)] : 뒤쫓아 추격하다. [俚諺(이언)] : 속담에. [留連(유연)] : 계속 머물러 있음. [鴆毒(짐독)] : 짐새의 깃을 술에 담근 독. [王師(왕사)] : 당나라 군사. [追捕(추포)] :뒤쫓아 잡다. [猶豫(유예)] : 머뭇거리다. [馳奏(치주)] : 달려와서 아뢰다. [大瓮(대옹)] : 큰 동이. [弓箭(궁전)] : 활과 화살. [矛戟(모극)] : 창. [籌碎(주쇄)] : 부서지다. [仆地(부지)] : 땅에 엎드리다.

| 본문풀이 |

또 〈고기(古記)〉에는 이르기를, 총장(總章) 원년(元年) 무진【戊辰 ; 668, 총장(總章) 무진(戊辰)이라면 이적(李勣)의 일이니 하문(下文)에 소정방(蘇定方)이라고 한 것은 잘못이다. 만일 정방(定方)의 일이라면 연호는 용삭(龍朔) 2년 임술(壬戌)에 해당하며 평양(平壤)을 포위했을 때의 일이다.】에 신라에서 청한 당나라 군사가 평양 교외에 주둔하면서 글을 보내 말하기를, 「급히 군자(軍資)를 보내 달라.」고 했다. 이에 왕이 여러 신하들을 모아 놓고 묻기를, 「고구려에 들어가서 당나라 군사가 주둔한 곳으로 간다는 것은 그 형세가 몹시 위험하다. 그러나 우리가 청한 당나라 군사가 양식이 떨어졌다는데 군량을 보내 주지 않는다는 것도 옳지 못하니 어찌하면 좋겠는가?」 했다. 이에 김유신이 아뢰기를, 「신 등이 군자(軍資)를 수송하겠사오니 대왕께서는 염려하지 마십시오.」라고 했다. 이에 유신(庾信), 인문(仁問) 등이 군사 수만 명을 거느리고 고구려 국경 안에 들어가 곡식 2만 곡(斛)을 가져다주고 돌아오니 왕이 크게 기뻐했다. 또 군사를 일으켜 당나라 군사와 만나고자 할 때 유신이 먼저 연기(然起), 병천(兵川) 두 사람을 보내서 그 합세할 시기를 물었다. 이때 당나라 장수 소정방이 종이에 난새[鸞]와 송아지[犢]의 두 그림을 그려 보냈는데 신라 사람들은 그 뜻을 알지 못하여 사람을 보내서 원효법사(元曉法師)에게 물었다. 원효는 해석하기를, 「속히 군사를 돌이키라는 뜻이니 '畫鸞', '畫犢'은 두 낱말의 반절(半切)인 것이니 '還速[빨리 군사를 돌리라]'을 뜻하는 것입니다.」라고 했다. 이에 유신은 군사를 돌려 패수(浿水)를 건너려 할 때 명령을 내려 "뒤떨어지는 자는 베이리라." 하니, 앞을 다투어 강을 건너는데 반쯤 건너자 고구려 군사가 쫓아와서 아직 건너지 못한 자를 잡아 죽였다. 그러나 이튿날 유신은 고구려 군사를 반격하여 수만 명을 잡아 죽였다.

〈백제고기(百濟古記)〉에는 이르기를, 『부여성(扶餘城) 북쪽 모퉁이에 큰 바위가 있어서 그 아래로 강물이 있으니, 옛날부터 전해 오는 말에 의하면 의자왕과 여러 후궁(後宮)들은 죽음을 면하지 못할 것을 알고 서로 이르기를, 「차라리 자진해 죽을지언정 남의 손에 죽지 않겠다 하고 서로 이끌고 여기에 와서 강에 몸을 던져 죽었다.」 했다. 그 때문에 이 바위를 타사암(墮死岩 : 낙화암)이라고 하나 이것은 속설(俗說)이 잘못 전해진 것이다. 다만 궁녀(宮女)들만이 여기에 떨어져 죽은 것이요, 의자왕이 당나라에서 죽었다.』는 것은 〈당사(唐史)〉에 명문(明文)이 있다.

또 〈신라고전(新羅古傳)〉에는 이르기를, 『소정방이 이미 고구려, 백제 두 나라를 토벌하고 또 신라마저 치려고 머물러 있었다. 이때 유신이 그 뜻을 알아채고 당나라 군사에게 향연을 베풀고 짐독(鴆毒)을 먹여 죽여서 구덩이를 파고 모두 묻었다. 지금 상주(尙州) 지역에 당교(唐橋)가 있으니, 이것이 그들을 묻은 곳이다.』

【〈당사(唐史)〉를 상고하건대, 그 죽은 까닭은 말하지 않고 다만 죽었다고만 했으니 무슨 까닭일까? 감추기 위한 것인가? 향전(鄕傳)이 근거가 없는 것인가? 만일 임술(壬戌)년 고구려(高句麗) 싸움에 신라 사람이 정방(定方)의 군사를 죽였다면 그 후일(後日)인 총장(總章) 무진(戊辰)에 어찌 군사를 청하여 고구려(高句麗)를 멸할 수가 있었겠는가. 이것으로 보면 향전(鄕傳)의 근거 없음을 알 수가 있다. 다만 무진(戊辰)에 고구려를 멸한 후에 唐나라를 신하로서 섬기지 않고 맘대로 그 땅을 소유(所有)한 일은 있었으나 소정방(蘇定方) · 이적(李勣) 두 공(公)을 죽이기까지 한 일은 없었다.】

당나라 군사가 백제를 이미 평정하고 돌아간 뒤에 신라왕은 여러 장수에게 명하여 백제의 남은 군사를 쫓아서 잡게 하고 한산성(漢山城)에 주둔하니 고구려, 말갈(靺鞨)의 두 나라 군사가 와서 포위하여 서로 싸웠으나 끝이 나지 않아 5월 11일부터 6월 22일에 이르기까지 우리 군사는 몹시 위태로웠다. 왕이 듣고 여러 신하와 의논했으나 장차 어찌할지 결정하지 못하고 있었다. 유신이 달려와서 아뢰기를, 「일이 급하여 사람의 힘으로는 할 수가 없고, 오직 신술(神術)이라야 구원할 수가 있습니다.」 하고, 〈성부산(星浮山)〉에 단(壇)을 모으고 신술을 쓰니 갑자기 큰 독과 같은 광채가 단(壇) 위에서 나오더니 별이 북쪽으로 날아갔다.【이 일로 해서 성부산(星浮山)이라고 하나 산의 이름에 대해서는 다른 설(說)도 있다. 산(山)은 도림(都林) 남쪽에 있는데 솟아있는 한 봉우리가 이것이다. 서울에서 한 사람이 벼슬을 구하려고 그 아들을 시켜 큰 횃불을 바라보고 모두 말하기를, 「그곳에 괴상한 별이 나타났다고 했다. 왕이 이 말을 듣고 근심하고 두려워하여 사람을 모아 기도하게 했더니 그 아버지가 거기에 응하려고 했으나 그러나 일관(日官)이 아뢰기를, 이것은 별로 괴상한 일이 아니옵고 다만 한 집에 아들이 죽고 아비가 울 징조입니다.」라고 했다. 그래서 드디어 기도를 그만두었다. 이날 밤 그 아들이 산에서 내려오다가 범에게 물려 죽었다.】 한산성 안에 있던 군사들은 구원병이 오지 않는 것을 원망하여 서로 보고 울 뿐이었다. 이때 적병이 이를 급히 치고자 하자 갑자기 광채가 남쪽 하늘 끝으로부터 오더니 벼락이 되어 적의 포석(砲石) 30여 곳을 쳐부쉈다. 이리하여 적군의 활과 화살과 창이 부서지고 군사들은 모두 땅에 자빠졌다가 한참만에야 깨어나서 모두 흩어져 달아나니 우리 군사는 무사히 돌아올 수 있었다.

⑥ 太宗, 卽位 初에 有獻猪者하니 一頭,二身,八
태종 즉위 초 유헌저자 일두이신팔
足어늘 議子曰, 是는 必,并呑六合,瑞也니이다 하다.
족 의자왈 시 필병탄육합서야
是王代에 始服,中國衣冠,牙笏하니 乃,法師,慈藏이
시왕대 시복중국의관아홀 내법사자장
請,唐帝而,來傳也니라. 神文王時에 唐,高宗이 遣
청당제이내전야 신문왕시 당고종 견
使新羅曰, 朕之聖考가 得,賢臣,魏徵과 李淳風等
사신라왈 짐지성고 득현신위징 이순풍등
하여 協心同德하여 一統天下라 故로 爲,太宗皇帝
협심동덕 일통천하 고 위태종황제

라 汝.新羅는 海外.小國으로 有.太宗之號하여 以僭.
여신라 해외소국 유태종지호 이참

天子之名하니 義在不忠이니 速改其號하라. 新羅
천자지명 의재불충 속개기호 신라

王이 上表曰, 新羅는 雖.小國이나 得.聖臣.金庾信
왕 상표왈 신라 수소국 득성신김유신

하여 一統三國이라 故로 封爲太宗이라 하니다. 帝.見
일통삼국 고 봉위태종 제견

表하고 乃思.儲貳時에 有.天唱空云하되 「三十三天
표 내사저이시 유천창공운 삼십삼천

之.一人이 降於.新羅하니 爲.庾信이라.」고 紀在於
지일인 강어신라 위유신 기재어

書라 出撿視之하고 驚懼不已하여 更遣使하여 許.
서 출검시지 경구불이 갱견사 허

無改.太宗之號하다.
무개태종지호

| 어려운 낱말 |

[議子(의자)] : 말하는 사람. 논자(論者). [幷呑(병탄)] : 합병. [牙笏(아홀)] : 상아로 만든 홀. [僭] : 분수에 지나칠(참). [儲貳(저이)] : 태자로 있음. [撿] : 살펴서 맞추어보다(검).

| 본문풀이 |

태종〔太宗 ; 무열왕(武烈王)〕이 처음 왕위에 오르자, 어떤 사람이 돼지를 바쳤는데 머리는 하나요, 몸뚱이는 둘이요, 발은 여덟이었다. 어떤 사람이 이것을 보고 말하기를, 「이것은 반드시 육합(六合)을 통일할 상서(祥瑞)입니다.」라고 했다. 이 왕대(王代)에 비로소 중국의 의관(衣冠)과 아홀(牙笏)을 쓰게 되었는데, 이것은 자장법사(慈藏法師)가 당나라 황제에게 청해서 가져온 것이었다. 신문왕(神文王) 때에 당나라 고종(高宗)이 신라에 사신을 보내서 말하기를, 「나의 성고(聖考 : 돌아가신 아버지) 당태종(唐太宗)은 어진 신하 위징(魏徵) · 이순풍(李淳風)들을 얻어 마음을 합하고 덕을 같이하여 천하를 통일했음으로 때문에 이를 태종황제(太宗皇帝)라고 했다. 너의 신라는 바다 밖의 작은 나라로서 태종(太宗)이란 칭호(稱號)를 써서 천자(天子)의 이름을 참람히 범하는 것은 그 뜻이 충성되지 못하니 속히 그 칭호를 고치도록 하라.」 이에 신라왕은 표(表 : 글)를 올려 말하기를, 「신라는 비록 작은 나라지만 성스러운 신하 김유신을 얻어 삼국을 통일했으므로 태종(太宗)이라 한 것입니다.」라고 했다. 당나라 황제가 그 글을 보고 생각하니, 그가 태자로 있을 때에 하늘에서 허공에 대고 부르기를, 「삼십삼천(三十三天)의 한 사람이 신라에 태어나서 김유신이 되었느니라.」 했던 일이 있어서 책에 기록해 둔 일이 있는데, 이것을 꺼내 보고는 놀라고 두려움을 말지 못했다. 다시 사신을 보내어 '태종'의 칭호를 고치지 않아도 된다고 허락했다.

長春郎(장춘랑), 罷郎〔파랑 ; 一作, 羆郎(비랑)〕

初에 與,百濟兵으로 戰於,黃山之役할새 長春郎
초 여 백 제 병 전 어 황 산 지 역 장 춘 랑

과 罷郎이 死於,陣中하다. 後討,百濟時에 見夢於,
파 랑 사 어 진 중 후 토 백 제 시 현 몽 어

太宗曰, 「臣等은 昔者에 爲國亡身하여 至於白骨
태 종 왈 신 등 석 자 위 국 망 신 지 어 백 골

이라도 庶欲,完護邦國이라 故로 隨,從軍行을 無怠
서 욕 완 호 방 국 고 수 종 군 행 무 태

而已러이다. 然이나 迫於,唐帥,定方之威하여 逐於
이 이 연 박 어 당 수 정 방 지 위 축 어

人後爾니이다. 願王은 加我以,小勢하소서.」 大王,驚
인 후 이 원 왕 가 아 이 소 세 대 왕 경

怪之하여 爲,二魂하여 說經,一日於 「牟山亭」하고
괴 지 위 이 혼 설 경 일 일 어 모 산 정

又爲創 「壯義寺」 於,漢山州하여 以資,冥援하다.
우 위 창 장 의 사 어 한 산 주 이 자 명 원

| 어려운 낱말 |

[迫於(박어)] : ~에 눌려서. [逐於(축어)] : ~에 따르다. [小勢(소세)] : 작은 힘. 적은 군사. [說經(설경)] : 불경의 설법, 법회. [資(자)] : 도움을 주다. [冥援(명원)] : 명복을 빌었다.

| 본문풀이 | 〈장춘랑(長春郎)과 파랑〔罷郎 ; 다른 곳에는 비랑(羆郎)〕〉

처음에 백제 군사와 황산에서 싸울 때 장춘랑(長春郎)과 파랑

(波浪)이 전쟁터에서 죽었다. 그 뒤 백제를 칠 때 그들은 태종(太宗)의 꿈속에 나타나서 말하기를, 「신 등이 옛날 나라를 위해서 몸을 바쳤고, 이제 백골(白骨)이 되어서도 나라를 완전히 지키려고 종군(從軍)하여 게으르지 않습니다. 그러나 당(唐)나라 장수 소정방(蘇定方)의 위엄에 눌려서 남의 뒤로만 쫓겨 다니고 있으니, 원컨대 왕께서는 우리에게 적은 군사를 주십시오.」라고 하거늘, 대왕(大王)은 놀라고 괴이하게 여겨 두 혼(魂)을 위하여 하루 동안 〈모산정(牟山亭)〉에서 불경(佛經)을 외고, 또 한산주(漢山州)에 〈장의사(壯義寺)〉를 세워 그들의 명복(冥福)을 빌어주었다.

제2편

奇異(기이) ❷

文武王(문무왕), 法敏(법민)

1 王初.卽位는 龍朔.辛酉(661)라 泗沘.南海中에
왕 초 즉 위 용 삭 신 유 사 비 남 해 중
有.死女尸하니 身長.七十三尺이요 足長.六尺이요
유 사 녀 시 신 장 칠 십 삼 척 족 장 육 척
陰長三尺이라 或云, 身長十八尺이라 하니 在.封乾
음 장 삼 척 혹 운 신 장 십 팔 척 재 봉 건
(乾封)二年丁卯(667)니라. 總章.戊辰(668)에 王이 統
이 년 정 묘 총 장 무 진 왕 통
兵하여 與.仁問.欽純等으로 至.平壤하여 會.唐兵하
병 여 인 문 흠 순 등 지 평 양 회 당 병
여 滅麗하고 唐帥.李勣이 獲.高藏王하여 還國하
멸 려 당 수 이 적 획 고 장 왕 환 국
다.[王之姓은 高라 故로 云, 高臧이라 하다. 按,唐書高記에 現慶五年,庚申에 蘇定方等이 征,百濟後十二月에 大將軍契如何를 爲,浿道行軍大摠管하고 蘇定方을 爲,遼東軍大摠管하고 劉伯英을 爲平壤道大摠管하여 以伐高麗하다. 又明年辛酉正月에 蕭嗣業을 爲扶餘道摠管하고 任雅相을 爲浿江道摠管하여 率三十五萬軍하여 以伐高麗하다. 八月甲戌에 蘇定方等이 及高麗戰于浿江하다가 敗亡하다. 乾封元年丙寅六月에 以龐同善(방동선),高臨,薛仁貴,李謹行等으로 爲後援하다. 九月에 龐同善이 及高麗戰敗之하

다. 十二月己酉에 以李勣으로 爲遼東道行軍大摠管하여 率,六摠管兵하여 以伐高麗하다. 總章元年戊辰九月癸巳에 李勣(이적)이 獲,高臧王하여 十二月丁巳에 獻于帝하다. 上元元年甲戌二月에 劉仁軌를 爲林道摠管(계림총관)하여 以伐新羅라 하니 而鄕古記云하되 唐遣,陸路將軍孔恭과 水路將軍有相과 與新羅金庾信等으로 滅之(고구려)하라 하나 而此云, 仁問,欽純等하고 無,庾信하니 未詳이라.] 時에 唐之,游兵과 諸,將兵이 有留鎭而,將謀,襲我者러니 王이 覺之하고 發兵之하다. 明年에 高宗이 使召,仁問等으로 讓之曰,「爾請我兵하여 以,滅麗하고 害之何耶오?」 乃下圓扉하고 鍊兵,五十萬하여 以,薛邦으로 爲帥하여 欲伐,新羅하다. 時에 義相師,西學入唐하여 來見,仁問하니 仁問이 以,事諭之하다. 相(의상)이 乃,東還上聞하니 王이 甚憚之하여 會,群臣問,防禦策하니 角干,金天尊曰, 近有,明朗法師가 入,龍宮하여 傳,秘法以來하니 請詔問之하소서. 朗이 奏曰, 狼山之南에 有,神遊林하니

시 당지유병 제장병 유류진이장 모습아자 왕 각지 발병지 명년 고종 사소인문등 양지왈 이청아병 이멸려 해지하야 내하원비 연병오 십만 이설방 위수 욕벌신라 시 의상사서학입당 내견인문 인문 이 사유지 상 내동환상문 왕 심탄 지 회군신문방어책 각간김천존왈 근 유명낭법사 입용궁 전비법이내 청조 문지 낭 주왈 낭산지남 유신유림

創四天王寺於其地하여 開設道場則可矣니이다
창 사 천 왕 사 어 기 지 개 설 도 량 즉 가 의

하다.

| 어려운 낱말 |

[會唐兵(회당병)] : 당병과 합세하여. [游兵(유병)] : 유격병. [讓(양)] : 꾸짖다. 사양하다. [圓扉(원비)] : 감옥. [來見(내견)] : 찾아보다. [諭之(유지)] : 깨우쳐 그것을 일러주다. [甚憚(심탄)] : 심히 두려워하여. [傳(전)] : 전수. [道場(도량)] : 도를 닦는 장소, 또는 그 모임.

| 본문풀이 | 〈문무왕(文武王) 법민(法敏)〉

왕이 처음 즉위한 용삭(龍朔) 신유(辛酉 ; 661)에 사비수(泗沘水) 남쪽 바닷속에 한 여자의 시체(屍體)가 있는데, 키는 73척, 발의 길이는 6척, 음문(陰門)의 길이가 3척이었다. 혹은 말하기를, 키가 18척이며, 건봉(乾封) 2년 정묘(丁卯 ; 667)의 일이라고 했다.

총장(總章) 무진(戊辰 ; 668)에 왕은 군사를 거느리고 인문(仁問)·흠순(欽純) 등과 함께 평양(平壤)에 이르러 당(唐)나라 군사와 합세하여 고구려(高句麗)를 멸망시켰다. 당나라 장수 이적(李勣)은 고장왕(高藏王)을 잡아가지고 당나라로 돌아갔다.【왕(王)의 성(姓)이 고(高)씨이므로 고장(高藏)이라 했다. 〈당서(唐書)〉 고종기(高宗紀)를 상고해 보면, 현경(現慶) 5년 경신(庚申 : 660)에 소정방(蘇定方) 등이 백제(百濟)를 정벌하고 그 뒤 12월에 대장군(大將軍) 계여하(契如何)로 패강도(浿江道) 행군대총관(行軍大摠管)

을, 또 소정방(蘇定方)으로 요동도(遼東道) 대총관(大摠管)을 삼고, 유백영(劉伯英)으로 평양도(平壤道) 대총관(大摠管)을 삼아서 고구려를 쳤다. 또 다음 해 신유(辛酉) 정월(正月)에는 소사업(蕭嗣業)으로 부여도(扶餘道) 총관(摠管)을 삼고, 임아상(任雅相)으로 패강도(浿江道) 총관(摠管)을 삼아 군사 35만 명을 거느리고 고구려를 치게 했다. 8월 갑술(甲戌)에 소정방(蘇定方) 등은 고구려와 패강(浿江)에서 싸우다가 패해서 도망했다. 건봉(乾封) 원(元)년 병인(丙寅 ; 666) 6월에 방동선(龐同善) · 고임(高臨) · 설인귀(薛仁貴) · 이근행(李謹行) 등으로 이를 후원케 했다. 9월에 방동선(龐同善)이 고구려와 싸워서 패했다. 12월 기유(己酉)에 이적(李勣)으로 요동도(遼東道) 행군대총관(行軍大摠管)을 삼아 육총관(六摠管)의 군사를 거느리고 고구려를 치게 했다. 총장(總章) 원년 무진(戊辰 : 668) 9월 계사(癸巳)에 이적(李勣)이 고장왕(高藏王)을 사로잡았다. 12월 정사(丁巳)에 포로를 황제에게 바쳤다. 상원(上元) 원년(元年) 갑술(甲戌 : 674) 2월에 유인궤(劉仁軌)로 계림도(鷄林道) 총관(摠管)을 삼아서 신라를 치게 했다. 우리나라 〈고기(古記)〉에는 "당나라가 육로장군(陸路將軍) 공공(孔恭)과 수로장군(水路將軍) 유상(有相)을 보내서 신라의 김유신(金庾信) 등과 함께 고구려를 멸망시켰다." 고 했다. 그런데 여기에는 인문(仁問)과 흠순(欽純) 등만 말하고 유신(庾信)은 없으니 자세히 알 수 없는 일이다.】

이때 당나라의 유병(游兵)과 여러 장병(將兵)들이 진(鎭)에 머물러 있으면서 장차 우리 신라(新羅)를 치려고 했으므로 왕이 알고 군사를 내어 이를 쳤다. 이듬해에 당나라 고종(高宗)이 인문(仁問) 등을 불러들여 꾸짖기를, 「너희가 우리 군사를 청해다가 고구려를 멸망시키고 나서 이제 우리를 침해하는 것은 무슨 까닭이냐?」 하고는 이내 원비(圓扉)에 가두고 군사 50만 명을 훈련하여 설방(薛邦)을 장수로 삼아 신라를 치려고 했다. 이때 의상법사(義相法

師)가 유학(留學)하러 당나라에 갔다가 인문을 찾아보자 인문은 그 사실을 말했다. 이에 의상이 돌아와서 왕께 아뢰니 왕은 몹시 두려워하여 여러 신하들을 모아 놓고 이것을 막아 낼 방법을 물었다. 각간(角干) 김천존(金天尊)이 말하기를, 「요즘 명랑법사(明朗法師)가 용궁(龍宮)에 들어가서 비법(秘法)을 배워 왔으니 그를 불러 물어보십시오.」 했다. 그래서 명랑을 불러 물으니 명랑이 말하기를, 낭산(狼山) 남쪽에 신유림(神遊林)이 있으니 거기에 사천왕사(四天王寺)를 세우고 도량(道場)을 개설(開設)하면 좋겠다고 말했다.

②時에 有,貞州使하여 走報曰, 唐兵이 無數至,
시 유 정 주 사 주 보 왈 당 병 무 수 지

我境하여 廻槧海上하니다. 王이 召,明朗曰, 事已逼
아 경 회 참 해 상 왕 소 명 낭 왈 사 이 핍

至니 如何오? 朗曰, 以,彩帛으로 假搆,宜矣니이다.
지 여 하 낭 왈 이 채 백 가 구 의 의

乃以彩帛으로 營寺하고 草搆,五方神像하여 以,瑜
내 이 채 백 영 사 초 구 오 방 신 상 이 유

珈明僧,十二員으로 明朗爲,上首하여 作「文豆婁」
가 명 승 십 이 원 명 낭 위 상 수 작 문 두 루

秘密之法하다. 時에 唐羅兵이 未,交接에도 風濤怒
비 밀 지 법 시 당 나 병 미 교 접 풍 도 노

起하여 唐舡,皆沒於水하다. 後에 改,創寺하여 名,四
기 당 강 개 몰 어 수 후 개 창 사 명 사

天王寺라 하니 至今,不墜壇席하다.[國史에 大改創은 在,
천 왕 사 지 금 불 추 단 석

調露元年,己卯라.] 後年,辛未에 唐이 更遣趙憲을 爲帥
후 년 신 미 당 갱 견 조 헌 위 수

하고 亦以,五萬兵으로 來征하여 又作其法하니 舡沒
역 이 오 만 병 내 정 우 작 기 법 강 몰

如前이라. 是時에 翰林郎,朴文俊이 隨,仁問,在獄
여 전 시 시 한 림 낭 박 문 준 수 인 문 재 옥

中하니 高宗召,文俊曰, 汝國에 有,何密法이관대 再
중 고 종 소 문 준 왈 여 국 유 하 밀 법 재

發大兵하여 無,生還者오. 文俊,奏曰, 陪臣等,來於
발 대 병 무 생 환 자 문 준 주 왈 배 신 등 내 어

上國,一十餘年이라 不知本國之事요. 但,遙聞一事
상 국 일 십 여 년 부 지 본 국 지 사 단 요 문 일 사

爾니이다. 厚荷,上國之恩하여 一統三國하여 欲報
이 후 하 상 국 지 은 일 통 삼 국 욕 보

之德하여 新創,天王寺於,狼山之南하여 祝,皇壽萬
지 덕 신 창 천 왕 사 어 낭 산 지 남 축 황 수 만

年하여 長開法席而已니이다. 高宗聞之大悅하여 乃
년 장 개 법 석 이 이 고 종 문 지 대 열 내

遣,禮部侍郎,樂鵬龜하여 使於羅하여 審其寺하다.
견 예 부 시 랑 낙 붕 귀 사 어 나 심 기 사

王(문무왕)이 先聞하고 唐使將至하면 不宜見,玆寺라
왕 선 문 당 사 장 지 불 의 견 자 사

하여 乃別創,新寺於,其南하고 待之하다. 使至曰,
내 별 창 신 사 어 기 남 대 지 사 지 왈

必先,行香於,皇帝祝壽之所,天王寺하여 乃引見,
필 선 행 향 어 황 제 축 수 지 소 천 왕 사 내 인 견

新寺하니 其使立於,門前曰, 不是,四天王寺요. 乃,
신 사 기 사 입 어 문 전 왈 불 시 사 천 왕 사 내

望德遙山之寺라 하고 終不入하니 國人이 以金,一
망 덕 요 산 지 사 종 불 입 국 인 이 금 일

千兩,贈之하다. 其使,乃還奏曰, 新羅創,天王寺하
천 량 증 지 기 사 내 환 주 왈 신 라 창 천 왕 사

여 祝,皇壽於,新寺而已니이다. 唐使之言하여 因名,
축 황 수 어 신 사 이 이 당 사 지 언 인 명

望德寺[或系,孝昭王代.誤矣]라 하다. 王이 聞.文俊善奏
망덕사 왕 문문준선주
하여 帝有.寬赦之意하고 乃命.强首先生하여 作請
제유관사지의 내명강수선생 작청
放.仁問表하여 以.舍人.遠禹로 奏於唐하니 帝.見表
방인문표 이사인원우 주어당 제견표
流涕하고 赦.仁問慰.送之하다. 仁問이 在獄時에 國
류체 사인문위송지 인문 재옥시 국
人이 爲.創寺名.仁容寺하여 開設.觀音道場이러니
인 위창사명인용사 개설관음도량
及.仁問來還에 死於海上하니 改爲.彌陀道場하여
급인문내환 사어해상 개위미타도량
至今猶存이라. 大王.御國.二十一年하고 以.永隆二
지금유존 대왕어국이십일년 이영륭이
年.辛巳(681)崩에 遺詔.葬於.東海中.大巖上하다.
년신사 붕 유조장어동해중대암상
王이 平時에 常謂.智義法師曰,「朕身後에 願爲.護
왕 평시 상위지의법사왈 짐신후 원위호
國大龍하여 崇奉佛法하고 守護邦家하리라.」法師
국대룡 숭봉불법 수호방가 법사
曰,「龍爲畜報이니 何오.」王曰,「我는 厭.世間榮
왈 룡위축보 하 왕왈 아 염세간영
華久矣라, 若.麤報爲畜이면 則.雅合.朕懷矣리라.」
화구의 약추보위축 즉아합짐회의
王이 初.卽位에 置.南山.長倉하니 長.五十步요, 廣.
왕 초즉위 치남산장창 장오십보 광
十五步로 貯.米穀兵器하니 是爲.右倉이요, 天恩寺.
십오보 저미곡병기 시위우창 천은사
西北山上은 是爲.左倉이니라.
서북산상 시위좌창

| 어려운 낱말 |

[貞州(정주)] : 지금 경기도 개풍 지방. [走報(주보)] : 달려와서 보고하다. [廻槧(회참)] : 맴돌다. 槧(참)은 판. 지정된 장소. [逼至(핍지)] : 급박함에 이르다. [假搆(가구)] : 가건물을 얽어매다. 搆는 構와 같음. [文豆婁(문두루)] : 술법의 명칭. [壇席(단석)] : 단을 만들어 만든 좌석. [永隆(영륭)] : 당나라 고종의 연호. [畜報(축보)] : 축생의 업보. [麤報(추보)] : 추한 응보. [雅合朕懷(아합짐회)] : 나의 의도와 같음.

| 본문풀이 |

그때 정주(貞州)에서 사람이 달려와 보고하기를, 「무수한 당병이 우리 지역의 해상에서 맴돌고 있습니다.」 하니, 왕이 명랑을 불러 말하기를, 「일이 이미 급하게 되었으니 어찌하면 좋겠는가?」 하니, 명랑이 말하기를, 「채백(彩帛 ; 여러 가지 빛의 비단)으로 절을 가설(假設)하면 될 것입니다.」 했다. 이에 채색 비단으로 임시로 절을 만들고 짚[草]으로 오방(五方)의 신상(神像)을 만들어서 유가명승【瑜伽明僧 ; 불교의 한 종파로서 밀교(密敎)의 중.】 열두 명으로 하여금 명랑을 우두머리로 하여 〈문두루(文豆婁)〉의 비밀 술법(術法)을 쓰게 했다. 그때 당나라 군사와 신라 군사는 아직 교전(交戰)하기 전인데 바람과 물결이 사납게 일어나서 당나라 군사는 모두 물속에 침몰(沈沒)되었다. 그 후에 절을 고쳐 짓고 사천왕사(四天王寺)라 하여 지금까지 단석(壇席)이 없어지지 않았다.【〈국사(國史)〉에는 이 절을 고쳐 지은 것이 조로(調露) 원년(元年) 기묘(己卯 : 679)의 일이라고 했다.】 그 후 신미년(辛未 ; 671)에 당나라는 다시 조헌(趙憲)

을 장수로 하여 5만 명의 군사를 거느리고 쳐들어왔으므로 또 그 전의 비법을 썼더니 배는 전과 같이 침몰되었다. 이때 한림랑(翰林郞) 박문준(朴文俊)은 인문을 따라 옥중에 있었는데 고종(高宗)이 문준을 불러서 묻기를, 「너희 나라에는 무슨 비법이 있기에 두 번이나 대병(大兵)을 내었는데도 한 명도 살아서 돌아오지 못하느냐?」 문준이 아뢰기를, 「저희가 상국(上國)에 온 지 10여 년이 되었으므로 본국의 일은 알지 못합니다. 다만 멀리서 한 가지 일만을 들었을 뿐입니다. 우리나라가 상국의 은혜를 두텁게 입어 삼국을 통일하였기에 그 은덕(恩德)을 갚으려고 낭산(狼山) 남쪽에 새로 천왕사(天王寺)를 짓고 황제의 만년수명(萬年壽命)을 빌면서 법석(法席)을 길이 열었다는 일뿐입니다.」라고 했다. 고종은 이 말을 듣고 크게 기뻐하여 이에 예부시랑(禮部侍郞) 낙붕귀(樂鵬龜)를 신라에 사신으로 보내어 그 절을 살펴보도록 했다. 신라왕은 당나라 사신이 온다는 사실을 먼저 알고 이 절을 사신에게 보여서는 안 될 것이라고 하여 그 남쪽에 따로 새 절을 지어 놓고 기다렸다. 사신이 와서 청하기를, 「먼저 황제의 수(壽)를 비는 천왕사에 가서 분향(焚香)하겠습니다.」라고 했다. 이에 새로 지은 절로 그를 안내하자 그 사신은 절 문 앞에 서서, 「이것은 사천왕사(四天王寺)가 아니고, 망덕요산(望德遙山)의 절이군요.」 하고는 끝내 들어가지 않았다. 나라에서 금 1,000냥을 주었더니 그는 본국에 돌아가서 아뢰기를, 「신라에서는 천왕사(天王寺)를 지어 놓고 황제의 수(壽)를 축원할 뿐이었습니다.」 했다. 이때 당나라 사신의 말에 의해 그 절을 망덕사(望德寺)라고 했다.【혹 효소왕(孝昭王) 때

의 일이라고 하나 잘못이다.】

신라왕은 문준이 말을 잘해서 황제도 그를 용서해 줄 뜻이 있다는 소식을 들었다. 이에 강수(强首) 선생에게 명하여 인문의 석방을 청하는 표문(表文 : 글)을 지어 사인(舍人) 원우(遠禹)를 시켜 당나라에 아뢰게 했더니 황제는 표문을 보고 눈물을 흘리면서 인문을 용서하고 위로해 돌려보냈다. 인문이 옥중에 있을 때 신라 사람은 그를 위하여 절을 지어 인용사(仁容寺)라 하고 관음도량(觀音道場)을 열었는데 인문이 돌아오다가 바다 위에서 죽었기 때문에 미타도량(彌陀道場)으로 고쳤다. 지금까지도 그 절이 남아 있다. 대왕(大王)이 나라를 다스린 지 21년 만인 영륭(永隆) 2년 신사(辛巳 ; 681)에 죽으니 유명(遺命)에 의해서 동해 바닷속에 있는 큰 바위 위에 장사 지냈다. 왕은 평시(平時)에 항상 지의법사(智義法師)에게 말하기를, 「나는 죽은 뒤에 나라를 지키는 용(龍)이 되어 불법을 받들어서 나라를 수호하려 하오.」 이에 법사가 말하기를, 「용은 짐승의 응보(應報)인데 어찌 용이 되신단 말입니까.」 하니 왕이 말하기를, 「나는 세상의 영화(榮華)를 싫어한 지가 오래되오. 만일 추한 응보로 내가 짐승이 된다면 이야말로 내 뜻에 맞는 것이오.」 했다. 왕이 처음 즉위했을 때 남산(南山)에 장창(長倉)을 설치하니, 길이가 50보(步), 너비가 15보(步)로 미곡(米穀)과 병기(兵器)를 여기에 쌓아 두니, 이것이 우창(右倉)이요, 천은사(天恩寺) 서북쪽 산 위에 있는 것은 좌창(左倉)이다.

③ 別本에 云하되「建福八年,辛亥(591)에 築,南
별 본 운 건 복 팔 년 신 해 축 남
山城하니 周,二千八百五十步라.」則乃,眞德王代,
산 성 주 이 천 팔 백 오 십 보 즉 내 진 덕 왕 대
始築으로 而,至此에 乃,重修爾라. 又,始築,富山城
시 축 이 지 차 내 중 수 이 우 시 축 부 산 성
하여 三年乃畢하다. 安北河邊에 築,鐵城하고 又,欲
삼 년 내 필 안 배 하 변 축 철 성 우 욕
築,京師城郭하여 旣令,眞吏러니 時에 義相法師,聞
축 경 사 성 곽 기 령 진 리 시 의 상 법 사 문
之하고 致書報云하되 王之政敎明이면 則雖,草丘
지 치 서 보 운 왕 지 정 교 명 즉 수 초 구
畫地하여 而爲城이라도 民不敢踰하여 可以,潔災進
획 지 이 위 성 민 불 감 유 가 이 결 재 진
福이요, 政敎,苟不明이면 則,雖有長城이라도 災害
복 정 교 구 불 명 즉 수 유 장 성 재 해
未消이리다 하니 王이 於是에 正罷其役하다.
미 소 왕 어 시 정 파 기 역

麟德三年,丙寅(666)三月十日에 有人家에 婢名,
인 덕 삼 년 병 인 삼 월 십 일 유 인 가 비 명
吉伊가 一乳生,三子하고 總章三年,庚午(670)正月
길 이 일 유 생 삼 자 총 장 삼 년 경 오 정 월
七에 漢岐部의 一山,級干[一作,成山阿干]婢가 一乳에
칠 한 기 부 일 산 급 간 비 일 유
生,四子하니 一女三子라. 國給穀,二百石하여 以賞
생 사 자 일 녀 삼 자 국 급 곡 이 백 석 이 상
之하다. 又伐,高麗하여 以,其國王孫이 還國하니 置
지 우 벌 고 려 이 기 국 왕 손 환 국 치
之,眞骨位하다.
지 진 골 위

王이 一日은 召,庶弟,車得公曰,「汝爲,冢宰하여
왕 일 일 소 서 제 거 득 공 왈 여 위 총 재

均理百官하고 平章,四海하라.」 公曰, 「陛下,若以
균 리 백 관 평 장 사 해 공 왈 폐 하 야 이

小臣으로 爲宰면 則,臣願,潛行國內하여 示,民間徭
소 신 위 재 즉 신 원 잠 행 국 내 시 민 간 요

役之,勞하고 逸,租賦之輕重과 官吏之淸濁,然後에
역 지 노 일 조 부 지 경 중 관 리 지 청 탁 연 후

就職하리다 하니 王이 聽之하다. 公은 著,緇衣하고
취 직 왕 청 지 공 저 치 의

把,琵琶하고 爲,居師形하여 出,京師하여 經由,阿瑟
파 비 파 위 거 사 형 출 경 사 경 유 아 슬

羅州[今溟州 : 강릉], 牛首州[今春州 : 춘천], 北原京[今忠州
나 주 우 수 주 북 원 경

: 지금의 원주]에서 至於,武珍州[今海陽 : 지금의 光州]하여
지 어 무 진 주

巡行里閈하다. 州吏,安吉이 見是,異人하고 邀致其
순 행 이 한 주 리 안 길 견 시 이 인 요 치 기

家하여 盡情供億하다 至夜에 安吉이 喚,妻妾三人
가 진 정 공 억 지 야 안 길 환 처 첩 삼 인

曰, 今茲에 侍,宿客居士者를 終身偕老하리라 하니
왈 금 자 시 숙 객 거 사 자 종 신 해 노

二妻曰, 寧不幷居언정 何以於人,同宿이오 하나 其,
이 처 왈 녕 불 병 거 하 이 어 인 동 숙 기

一妻曰, 公이 若許,終身竝居면 則,承命矣리라 하고
일 처 왈 공 야 허 종 신 병 거 즉 승 명 의

從之하니라. 詰旦에 居士,欲辭行時에 曰, 僕은 京
종 지 힐 단 거 사 욕 사 행 시 왈 복 경

師人也로 吾家는 在,皇龍과 皇聖,二寺之間하고 吾
사 인 야 오 가 재 황 룡 황 성 이 사 지 간 오

名은 端午也[俗에 謂,端午를 爲,車衣라 하다. 지금도 단오떡
명 단 오 야

을 수리치떡이라 함.]라. 主人이 若到,京師하여 尋訪吾
주 인 야 도 경 사 심 방 오

家면 幸矣니라 하고 遂行到,京師하여 居,冢宰하다.
가 행의 수행도경사 거총재

國之,制에 每以,外州之吏,一人을 上守,京中諸曹
국지제 매이외주지리일인 상수경중제조

하니[注.上守는 今之'其人'也라. "其人"은 省에 비유되는 행정

부서.] 安吉이 當次,上守至,京師하여 問,兩寺之間,
안길 당차상수지경사 문량사지간

端午居士之家하니 人莫知者라. 安吉이 久立道左
단오거사지가 인막지자 안길 구립도좌

러니 有,一老翁하여 經過라가 聞其言하고 良久,佇
유일노옹 경과 문기언 양구저

思曰, 二寺間,一家는 殆,大內也이며 端午者는 乃,
사왈 이사간일가 태대내야 단오자 내

車得令公也라. 潛行,外郡時에 殆,汝有,緣契乎
거득령공야 잠행외군시 태여유연계호

아?」 安吉이 陳其實하니 老人曰, 汝去,宮城之西,
안길 진기실 노인왈 여거궁성지서

歸正門하여 待,宮女出入者,告之하라. 安吉이 從之
귀정문 대궁녀출입자고지 안길 종지

하여 告,武珍州,安吉이 進於門矣니이다 하니 公이
고무진주안길 진어문의 공

聞而走出하여 携手入宮하여 喚出,公之妃하여 與,
문이주출 휴수입궁 환출공지비 여

安吉共宴하니 具饌至,五十味라 聞於上하여 以,星
안길공연 구찬지오십미 문어상 이성

浮山[一作,星損乎山(山名)]下를 爲,武珍州,上守,燒木
부산 하 위무진주상수소목

田하여 禁人樵採하여 人不敢近케하니 內外欽羨之
전 금인초채 인불감근 내외흠선지

하다. 山下에 有田,三十畝하여 下種三石하니 此田
산하 유전삼십무 하종삼석 차전

이 稔歲면 武珍州.亦稔이요 否則.亦否云이라.
임 세 무 진 주 역 임 부 즉 역 부 운

| 어려운 낱말 |

[別本(별본)] : 다른 책에는. [建福(건복)] : 신라 진평왕의 연호. [則乃[(즉내)] : 이는 곧. [眞吏(진리)] : 책임 관리. [致書報(치서보)] : 글을 써서 아뢰다. [政教(정교)] : 정치와 교화. [草丘畫地(초구획지)] : 풀 언덕에 금을 그어. [有人(유인)] : 어떤 사람. [級干(급간)] : 신라 관등 제9위. [王孫(왕손)] : 안승(安勝)을 말함. 안승은 연정토(淵淨土)의 자(子), 보장왕(寶藏王)의 외손. [還國(환국)] : 나라로 데려와서. [冢宰(총재)] : 재상, 정승. [平章(평장)] : 공평하고 정당하게 다스리는 일. [潛行(잠행)] : 몰래 다니다. [徭役(요역)] : 나라에서 시키는 부역. [逸(일)] : 살피다. 지나치다. [緇衣(치의)] : 승복 또는 승려들이 입는 빛깔의 옷. [里閈(이한)] : 마을 동네. [邀致(요치)] : 맞아들이다. [供億(공억)] : 대접하다. [居士(거사)] : 머리를 깎지 않은 불교의 신자를 말함. [詰旦(힐단)] : 이튿날 아침. [其人(기인)] : 지방의 세력 있는 자를 중앙에 와서 종사하게 하는 제도로서 인질적인 성격을 띰. [大內(대내)] : 궁궐. [緣契(연계)] : 약속. 인연을 맺음. [燒木田(소목전)] : 궁궐에 땔감을 공급하는 전(田). [欽羨(흠선)] : 부러워하다. [下種(하종)] : 씨앗을 뿌리다. [稔歲(임세)] : 풍년. 稔은 곡식 익을(임).

| 본문풀이 | 〈문무왕(文武王) 법민(法敏)〉

다른 책에 이르기를, 「건복(建福) 8년 신해(辛亥 ; 591)에 남산성(南山城)을 쌓았는데 그 둘레가 2천 850보(步)나 되었다고 했다.」 이것은 진덕왕대(眞德王代)에 처음 쌓은 것으로 이때에 중수(重修)한 것이다. 또 부산성(富山城)을 처음으로 쌓기 시작하여 3년 만에 마쳤다. 안북하변(安北河邊)에 철성(鐵城)을 쌓고, 또 서울에 성곽(城郭)을 쌓으려 하여 이미 관리(官吏)를 갖추라고 명령하니 그때 의상법사(義相法師)가 이 말을 듣고 글을 보내서 아뢰기를, 「왕의 정치와 교화가 밝으시면 비록 풀 언덕에 금을 그어 성이라 해도 백성들은 감히 이것을 넘지 않을 것이며, 재앙을 씻어 깨끗이 하고 모든 것이 복이 될 것이나 정치적 교화가 밝지 못하면 비록 장성(長城)이 있다 하더라도 재앙(災殃)을 씻을 수 없을 것입니다.」라고 하니, 왕은 이 글을 보고 이내 그 역사(役事)를 중지시켰다.

인덕(麟德) 3년 병인(丙寅 ; 666) 3월 10일에, 어떤 민가(民家)에서 길이(吉伊)라는 종이 한꺼번에 세 아들을 낳았다. 총장(總章) 3년 경오(庚午 ; 670) 정월 7일에는 한기부(漢岐部)의 일산급간【一山級干 ; 혹은 성산아간(成山阿干)】의 종이 한꺼번에 네 아이를 낳았는데 딸 하나에 아들 셋이었다. 나라에서 상으로 곡식 200석(石)을 주었다. 또 고구려를 친 뒤에 그 나라 왕손(王孫)을 데려다가 그를 진골(眞骨 : 부모 중에 어느 한쪽이 왕족이 아닌 신분)의 지위에 두게 했다.

어느 날 왕은 그의 서제(庶弟) 거득공(車得公)을 불러서 말하기를, 「네가 재상이 되어 백관(百官)들을 고루 다스리고 나라 일을 처리하라.」 하니, 거득공이 말하기를, 「폐하께서 만일 저를 재상으로 삼으시려 하신다면, 신은 원컨대 남몰래 국내를 돌아다니면서 백성들의 부역하는 형편과 세금의 가볍고 무거운 것과 관리(官吏)의 청렴하고 재물을 탐하는 것을 알아보고 난 뒤에 그 직책을 맡을까 합니다 하니, 왕은 그 말을 좇았다. 공(公)은 중 복장을 하고 비파(琵琶)를 둘러메고 마치 거사(居士)의 모습을 하고 서울을 떠났다. 아슬라주【阿瑟羅州 ; 지금의 명주(溟州)】. 우수주【牛首州 ; 지금의 춘주(春州)】·북원경【北原京 ; 지금의 충주(忠州)】을 거쳐 무진주【武珍州 ; 해양(海陽), 지금의 광주】에 이르러 두루 촌락(村落)을 돌아다니니, 무진주의 관리 안길(安吉)이가 그를 이인(異人)인 줄 알고 자기 집으로 청하여 가서 정성을 다해서 대접했다. 밤이 되자 안길은 처첩(妻妾) 세 사람을 불러 말하기를, 「오늘 밤에 거사(居士) 손님을 모시고 자는 이는 내가 몸을 마치도록 함께 살 것이오.」 두 아내는, 「차라리 함께 살지 못할지언정 어떻게 남과 함께 잔단 말이오.」 했다. 그중에 아내 한 사람이 말하기를, 「그대가 몸을 마치도록 함께 살겠다면 명령에 따르겠습니다.」 했다. 이튿날 일찍 떠나면서 거사는 말하기를, 「나는 서울 사람으로서 내 집은 황룡사(皇龍寺)와 황성사(皇聖寺) 두 절 중간에 있고, 내 이름은 단오【端午 ; 속언(俗言)에 단오(端午)를 거의(車衣)라고 함. 즉, 수리치 떡.】요. 주인이 만일 서울에 오거든 내 집을 찾아주면 고맙겠소.」 했다. 그 뒤에 거득공(車得公)은 서울로 돌아와서 재상이 되었다. 나라 법에 해마다 각 고을의 향리(鄕吏) 한 사람을 서울에 있는 여러 관청에 올려 보내서 지키게 했으니, 이것이 곧 지금의 기인(其人 : 서울에 파견 온 지방관원)이다. 이때 안길이 차례가 되어 서울로 왔다. 두 절 사이로 다니면서 단오거사(端午居士)의 집을 물어도 아는 사람이 없다. 안길은 길가에 오랫동안 서 있노라니 한 늙은이가 지나다가 그 말을 듣고 한참 동안 생각하더니 말하기를, 「두 절 사이에 있는 집은 대내(大內)이고 단오란 바로 거득공(車得公)이오. 그가 외군(外郡)에 비밀히 돌았을 때 아마 그대는 어떠한 사연과 약속이 있었던 듯하오.」 했다. 안길이 그 사실을 말하자 노인은 말하기를, 「그대는 궁성(宮城) 서쪽 귀정문(歸正門)으로 가서 출입하는 궁녀(宮女)를 기다렸다가 말해 보라.」고 한다. 안길은 그 말을 좇아서 무진주의 안길이 뵈러 문밖에 왔다고 했다. 거득공이 이 말을 듣고 달려 나와 손을 잡아 궁중으로 들어가더니 공(公)의 부인을 불러내어 안길과 함께 잔치를 벌였는데 음식이 50가지나 되었다. 이 말을 임금께 아뢰고 성부산〔星浮山 ; 혹은 성손평산(星損平山)〕 밑에 있는 땅을 무진주 상수(上守 ; 번살이)의 소목전(燒木田)으로 주어 백성들의 벌채(伐採)를 금지하여 사람들이 감히 가까이 가지 못하게 하니 안팎 사람들이 모두 부러워했다. 산 밑에 밭 30묘(畝)가 있는데, 씨 3석(石)을 뿌리는 밭이다. 이 밭에 풍년이 들면 무진주가 모두 풍년이 들고, 흉년이 들면 무진주도 역시 흉년이 들곤 했었다.

萬波息笛(만파식적)

第.三十一, 神文大王의 諱는 政明이요, 金氏라.
제 삼 십 일 신 문 대 왕 휘 정 명 김 씨
開耀元年.辛巳(681),七月七日에 卽位하다. 爲.聖
개 요 원 년 신 사 칠 월 칠 일 즉 위 위 성
考.文武大王하여 創.感恩寺於.東海邊하다.[寺中記云
고 문 무 대 왕 창 감 은 사 어 동 해 변

하되 文武王이 欲鎭倭兵하여 故로 始創此寺나 未畢而崩하여 爲,
海龍하고 其子,神文立하다. 開耀二年畢하니 排,金堂石切下하여
東向開,一穴하니 乃龍之入寺하여 旋繞之備라. 蓋,遺詔之葬骨處
하니 名,大王岩이라 하고 寺名이 感恩寺라 하며 後에 見龍하여
現形處를 名이 利見臺니라.] 明年,壬午五月,朔에[一本에 云
명 년 임 오 오 월 삭
하되 天授元年은 誤矣라.] 海官,波珍飡,朴夙淸이 奏曰,
해 관 파 진 찬 박 숙 청 주 왈
東海中에 有,小山하여 浮來向,感恩寺하여 隨波往
동 해 중 유 소 산 부 래 향 감 은 사 수 파 왕
來하니다 하거늘 王이 異之하여 命,日官,金春質[一作
래 왕 이 지 명 일 관 김 춘 질
春日]하여 占之하니 曰, 聖考,今爲海龍하여 鎭護三
점 지 왈 성 고 금 위 해 룡 진 호 삼
韓하고 抑又,金公庾信이 乃,三十三天之,一子로
한 억 우 김 공 유 신 내 삼 십 삼 천 지 일 자
今,降爲大臣하여 二聖同德하여 欲出,守城之寶하
금 강 위 대 신 이 성 동 덕 욕 출 수 성 지 보
니 若,陛下,行幸海邊하면 必得,無價大寶하리다. 王
약 폐 하 행 행 해 변 필 득 무 가 대 보 왕
喜하여 以,其月七日에 駕幸,利見臺하여 望其山하
희 이 기 월 칠 일 가 행 이 견 대 망 기 산
고 遣使審之하니 山勢如,龜頭하고 上有,一竿竹하
견 사 심 지 산 세 여 귀 두 상 유 일 간 죽
여 晝爲二하고 夜合一이라.[一云, 山亦晝夜로 開合如竹이
주 위 이 야 합 일
라.] 使來奏之하니 王이 御,感恩寺宿하니 明日午時
사 래 주 지 왕 어 감 은 사 숙 명 일 오 시

에 竹合爲一하니 天地震動하고 風雨.晦暗七日이라
죽합위일 천지진동 풍우회암칠일

가 至.其月.十六日하여 風霽波平하다. 王이 泛海.入
지기월십육일 풍제파평 왕 범해입

其山하니 有龍하여 奉.黑玉帶來獻하니 迎接共坐하
기산 유룡 봉흑옥대내헌 영접공좌

여 問曰, 此山與竹이 或判或合하니 如何오? 龍曰,
문왈 차산여죽 혹판혹합 여하 용왈

比如.一手拍之.無聲이요, 二手.拍則聲이라. 此竹
비여일수박지무성 이수박즉성 차죽

之.爲物은 合之然後에 有聲이니 聖王以聲으로 理.
지위물 합지연후 유성 성왕이성 이

天下之.瑞也니이다. 王이 取.此竹하여 作笛吹之면
천하지서야 왕 취차죽 작적취지

天下和平하리다. 今.王考가 爲.海中大龍하고 庾信
천하화평 금왕고 위해중대룡 유신

이 復爲天神하여 二聖同心하여 出此.無價大寶하여
부위천신 이성동심 출차무가대보

令我獻之니이다. 王이 驚喜하여 以.五色.金彩金玉
령아헌지 왕 경희 이오색금채금옥

으로 酬賽之하다 勅使가 斫竹.出海時에 山與龍이
수새지 칙사 작죽출해시 산여룡

忽隱不現하다. 王이 宿.感恩寺하고 十七日에 到.祇
홀은불현 왕 숙감은사 십칠일 도기

林寺.西鷄邊하여 留駕晝饍하니 太子理恭[卽.孝昭大
림사서계변 유가주선 태자이공

王]이 守闕이라가 聞.此事하고 走馬來賀하고 徐察奏
수궐 문차사 주마래하 서찰주

曰, 此.玉帶諸窠는 皆.眞龍也니이다. 王曰, 汝何知
왈차옥대제과 개진룡야 왕왈 여하지

之오 하니 太子曰, 摘.一窠하여 沈水示之하소서. 乃
지 태자왈 적일과 심수시지 내

摘,左邊,第二窠하여 沈溪하니 卽,成龍하여 上天하
적 좌 변 제 이 과 심 계 즉 성 룡 상 천

고 其地成淵이라 因號,龍淵이라 하다. 駕還하여 以,
기 지 성 연 인 호 용 연 가 환 이

其竹으로 作笛하여 藏於月城,天尊庫하다 吹,此笛
기 죽 작 적 장 어 월 성 천 존 고 취 차 적

이면 則,兵退病愈하고 旱雨雨晴하고 風定波平하니
즉 병 퇴 병 유 한 우 우 청 풍 정 파 평

號를 萬波息笛이라 하여 稱爲,國寶하다. 至,孝昭大
호 만 파 식 적 칭 위 국 보 지 효 소 대

王,代, 天授四年,癸巳(693)에 因,失[夫]禮郞이 生
왕 대 천 수 사 년 계 사 인 실 부 례 랑 생

還之異로 更封號曰, 萬萬波波息笛이라 하니 詳見
환 지 이 갱 봉 호 왈 만 만 파 파 식 적 상 현

彼傳하다.
피 전

| 어려운 낱말 |

[開耀(개요)] : 당나라 고종의 연호. [明年(명년)] : 이듬해에. [鎭護(진호)] : 난리를 진압하여 나라를 지킴. [抑又(억우)] : 또. 抑은 발어사. [三十三天之一(삼십삼천지일)] : 도리천(忉利天). [竿竹(간죽)] : 장대. 확대. [酬賽(수새)] : 은혜에 대한 감사의 뜻으로 댓가를 주다. [斫] : 벨(작). [徐察(서찰)] : 천천히 살피다. [窠] : 한 덩이(과), 한 송이. [祇林寺(기림사)] : 선덕여왕, 12년(643)에 창건된 절로서, 경북 경주시 양북면 호암리 함월산(含月山)에 있음. [彼傳(피전)] : 失(夫)禮郞의 전기를 말함. * 여기서 원문의 '夫禮郞'을 '失禮郞'이라 한 것은 문경현 교수의 학설임.

| 본문풀이 | 〈만파식적(萬波息笛)〉

제31대 신문대왕(神文大王)의 이름은 정명(政明)이요, 성은 김씨(金氏)이다. 개요(開耀) 원년(元年) 신사(辛巳 ; 681) 7월 7일에 즉위했다. 아버지 문무대왕(文武大王)을 위하여 동해(東海) 가에 감은사(感恩寺)를 창건했다.【절 안에 있는 기록에는 이렇게 말했다. 문무왕(文武王)이 왜병(倭兵)을 진압하고자 이 절을 처음 창건(創建)했는데 끝내지 못하고 죽어 바다의 용(龍)이 되었다. 그 아들 신문왕(神文王)이 왕위(王位)에 올라 개요(開耀) 2년(682)에 공사를 끝냈다. 금당(金堂) 뜰아래에 동쪽을 향해서 구멍을 하나 뚫어 두었으니 용(龍)이 절에 들어와서 돌아다니게 하기 위한 것이다. 대개 유언(遺言)으로 유골(遺骨)을 간직해둔 곳은 대왕암(大王岩)이고, 절 이름은 감은사(感恩寺)이다. 뒤에 용(龍)이 나타난 것을 본 곳을 이견대(利見臺)라고 했다.】 이듬해 임오(壬午) 5월 초하루【다른 책에는 천수(天授) 원년(元年)이라 했으나 잘못】에 해관(海官 ; 바다 일을 보는 관리) 파진찬(波珍飡) 박숙청(朴夙淸)이 아뢰기를, 「동해 속에 있는 작은 산 하나가 물에 떠서 감은사를 향해 오는데 물결에 따라 이리저리 왔다 갔다 합니다」하거늘, 왕이 이상히 여겨 일관(日官) 김춘질〔金春質 ; 혹은 춘일(春日)〕을 명하여 점을 치게 했다. 대왕의 아버님께서 지금 바다의 용(龍)이 되어 삼한(三韓)을 진호(鎭護)하고 계십니다. 또 김유신공(金庾信公)도 삼십삼천(三十三天)의 한 아들로서 지금 인간 세계에 내려와서 대신(大臣)이 되었습니다. 이 두 성인(聖人)이 덕(德)을 함께 하여 이 성을 지킬 보물을 주시려고 하십니다. 만일 폐하께서 바닷가로 나가시면 반드시 값으로 칠 수 없는 큰 보물을 얻으실 것입니다.」라고 했다. 왕은 기뻐하여 그달 7일에 이견대(利見

臺)로 나가 그 산을 바라보고 사자(使者)를 보내어 살펴보도록 했다. 산 모양은 마치 거북의 머리처럼 생겼는데 산 위에 한 개의 대나무가 있어 낮에는 둘이었다가 밤에는 합해서 하나가 되었다. 사자(使者)가 와서 사실대로 아뢰었다. 왕은 감은사에서 묵는데 이튿날 점심 때 보니 대나무가 합쳐져서 하나가 되는데, 천지(天地)가 진동하고 비바람이 몰아치며 7일 동안이나 어두웠다. 그 달 16일에 가니 용 한 마리가 검은 옥대(玉帶)를 받들어 바친다. 왕이 용을 맞아 함께 앉아서 묻기를, 이 산이 대나무와 함께 혹은 갈라지고, 혹은 합치는 것은 무엇 때문인가? 용이 대답하기를, 비유해 말씀드리자면 한 손으로 치면 소리가 나지 않고 두 손으로 치면 소리가 나는 것과 같습니다. 이 대나무란 물건은 합쳐야 소리가 나는 것이오니, 성왕(聖王)께서는 소리로 천하를 다스리실 징조입니다. 왕께서는 이 대나무를 가지고 피리를 만들어 부시면 온 천하가 화평해질 것입니다. 이제 대왕의 아버님께서는 바닷속의 큰 용이 되셨고, 유신은 다시 천신(天神)이 되어 두 성인이 마음을 같이 하여 값으로 칠 수 없는 큰 보물을 보내시어 나로 하여금 바치게 한 것입니다 하니, 왕은 놀랍고 기뻐하여 오색(五色) 비단과 금(金)과 옥(玉)을 주고는 사자(使者)를 시켜 대나무를 베어 가지고 바다에서 나왔는데 그때 산이 용과 갑자기 모양을 감추고 보이지 않았다. 왕이 감은사에서 묵고 17일에 기림사(祇林寺) 서쪽 시냇가에 이르러 수레를 멈추고 점심을 먹었다. 태자(太子) 이공〔理恭; 즉 효소대왕(孝昭大王)〕이 대궐을 지키고 있다가 이 소식을 듣고 말을 달려와서 하례하고는 천천히 살펴보고 아뢰었다. 이 옥대(玉

帶)의 여러 쪽들은 모두 진짜 용입니다. 왕이 말하기를, 네가 어찌 그것을 아느냐 하니, 이쪽 하나를 떼어 물에 넣어 보십시오 하니, 이에 옥대의 왼편 둘째 쪽을 떼어서 시냇물에 넣으니 금시에 용이 되어 하늘로 올라가고 그 땅은 이내 못이 되었으니 그 못을 용연(龍淵)이라고 불렀다. 왕이 대궐로 돌아오자 그 대나무로 피리를 만들어 월성,천존고(月城,天尊庫)에 간직해 두었는데 이 피리를 불면 적병(敵兵)이 물러가고 병(病)이 나으며, 가뭄에는 비가 오고 장마 지면 날이 개며, 바람이 멎고 물결이 가라앉는다. 이 피리를 만파식적(萬波息笛)이라 부르고 국보(國寶)로 삼았다. 효소왕(孝昭王) 때에 이르러 천수(天授) 4년 계사(癸巳 ; 693)에 부례랑(夫禮郎 : 失禮郎)이 살아서 돌아온 이상한 일로 해서 다시 이름을 고쳐 만만파파식적(萬萬波波息笛)이라 했다. 자세한 것은 그의(실례랑) 전기(傳記)에 실려 있다.

* 부례랑(夫禮郎)을 失禮郎이라 읽는다는 것은 문경현 교수의 학설이다.

孝昭王代(효소왕대), 竹旨郎(죽지랑)

◉ [亦作,竹曼.亦名智官]

第,三十二,孝昭王代의 竹曼郎之徒에 有,得烏
제 삼십이 효소왕대 죽만랑지도 유득오

[一云谷]級干하여 隸名於,風流黃券하여 追日仕進이
급간 예명어풍류황권 추일사진

러니 隔,旬日不見이라. 郎이 喚其母하여 問,爾子何
격순일불견 랑 환기모 문이자하

在오, 母曰, 幢典,牟梁,益宣阿干이 以,我子로 差,
재 모왈 당전모양익선아간 이아자 차

富山城,倉直하여 馳去한대 行急,未暇,告辭於郎이
부산성창직 치거 행급미가고사어랑

니다. 郎曰, 汝子,若,私事로 適彼면 則,不須尋訪이
랑왈 여자약사사 적피 즉불수심방

나 今以,公事進去하니 須歸享矣하리라 하고 乃以,
금이공사진거 수귀향의 내이

舌餠一合과 酒,一缸으로 率,左人[鄕云하되 皆叱知言하
설병일합 주일항 솔좌인

니 奴僕也이라.] 而行하니 郎徒,百三十七,人이 亦具
이행 낭도백삼십칠인 역구

儀,侍從하다. 到,富山城하여 問,閽人하되 得烏失이
의시종 도부산성 문혼인 득오실

奚在오 하니 人曰, 今在,益宣田하여 隨例赴役이니
해재 인왈 금재익선전 수례부역

이다. 郎이 歸田하여 以,所將酒餠,饗之하고 請暇於,
낭 귀전 이소장주병향지 청가어

益宣하여 將欲偕還이나 益宣이 固禁不許하다. 時
익선 장욕해환 익선 고금불허 시

에 有,使吏,侃珍이 管收,推火郡하여 能,節租,三十
유사리간진 관수추화군 능절조삼십

石하여 輸送城中이라가 美郎(죽지랑)之,重士風味하
석 수송성중 미랑 지중사풍미

고 鄙宣,暗塞,不通하여 乃以,所領,三十石으로 贈,
비선암색불통 내이소령삼십석 증

益宣助請이나 猶不許라 又以,珍節舍知가 騎馬鞍
익선조청 유불허 우이진절사지 기마안

具,貽之하니 乃許라 朝廷,花主聞之하고 遺使取,益
구 이 지 내 허 조 정 화 주 문 지 유 사 취 익

宣하여 將,洗浴其,垢醜하니 宣이 逃隱이라. 掠其,長
선 장 세 욕 기 구 추 선 도 은 약 기 장

子而去하여 時,仲冬極寒之日에 浴洗於,城內池中
자 이 거 시 중 동 극 한 지 일 욕 세 어 성 내 지 중

하니 仍合,凍死하다. 大王이 聞之하고 勅,牟梁里人,
잉 합 동 사 대 왕 문 지 칙 모 량 리 인

從官者하여 竝合黜遣하고 更不接公署하다. 不著
종 관 자 병 합 출 견 갱 부 접 공 서 부 저

黑衣하되 若爲僧者는 不合入,鐘鼓寺中하다. 勅,史
흑 의 약 위 승 자 불 합 입 종 고 사 중 칙 사

上,侃珍子孫하여 爲「枰定戶」孫하여 標異之하다.
상 간 진 자 손 위 칭 정 호 손 표 이 지

時에 圓測法師는 是,海東高德으로 以,牟梁里人이
시 원 측 법 사 시 해 동 고 덕 이 모 량 리 인

라 故로 不授僧職하다. 初에 述宗公이 爲,朔州都督
고 불 수 승 직 초 술 종 공 위 삭 주 도 독

使하여 將歸理所러니 時에 三韓兵亂하여 以,騎兵
사 장 귀 이 소 시 삼 한 병 난 이 기 병

三千으로 護送之하여 行至,竹旨嶺하니 有,一居士
삼 천 호 송 지 행 지 죽 지 령 유 일 거 사

하여 平理其,嶺路라 公,見之歎美하니 居士도 亦,善
평 리 기 영 로 공 견 지 탄 미 거 사 역 선

公之威勢,赫甚하여 相感於心하다. 公이 赴,州理하
공 지 위 세 혁 심 상 감 어 심 공 부 주 리

여 隔,一朔에 夢見,居士入于,房中이러니 室家同夢
격 일 삭 몽 견 거 사 입 우 방 중 실 가 동 몽

이라 驚怪尤甚하다. 翌日에 使人,問其居士,安否하
경 괴 우 심 익 일 사 인 문 기 거 사 안 부

니 人曰, 居士가 死有日矣이라 하다 使來還告하니
인 왈 거 사 사 유 일 의 사 래 환 고

其,死與夢同日矣라. 公曰, 殆,居士가 誕於吾家爾
기 사 여 몽 동 일 의 공 왈 태 거 사 탄 어 오 가 이

로다 하고 更發卒,修葬於,嶺上北峯하고 造石彌勒
갱 발 졸 수 장 어 영 상 북 봉 조 석 미 륵

一軀하여 安於塚前하다 妻氏,自夢之日로 有娠하여
일 구 안 어 총 전 처 씨 자 몽 지 일 유 신

旣誕에 因名竹旨라 하다. 壯而出仕하여 與,庾信公
기 탄 인 명 죽 지 장 이 출 사 여 유 신 공

으로 爲,副帥하여 統三韓하고 眞德, 太宗, 文武, 神
위 부 수 통 삼 한 진 덕 태 종 문 무 신

文, 四代에 爲,冢宰하여 安定厥邦하다. 初에 得烏
문 사 대 위 총 재 안 정 궐 방 초 득 오

谷이 慕郎而,作歌曰,
곡 모 낭 이 작 가 왈

去隱春皆理米,

毛冬居叱沙哭屋尸以憂音,

阿冬音乃叱好支賜烏隱,

皃史年數就音墮支行齊,

目煙迴於尸七史伊衣,

逢烏支惡知作乎下是,

郎也慕理尸心未 行乎尸道尸,

蓬次叱巷中宿尸夜音有叱下是,

* 이는 향가 작품이기에 음을 달 수 없음. –아래 풀이를 참고.

| 어려운 낱말 |

[隸名(예명)] : 이름을 등록하다. [風流黃券(풍류황권)] : 화랑도의 명부. [追日仕進(추일사진)] : 날마다 출근하다. [幢典(당전)] : 군대의 직책으로서 부대장을 말함. [阿干(아간)] : 신라 관등의 제6위인 아찬(阿湌). [閽人(혼인)] : 문지기. [失奚在(실혜재)] : 어디에 있느냐? [使吏(사리)] : 수송, 연결 등의 임무를 맡은 관리. [推火郡(추화군)] : 화랑도 단체를 관장하는 관직. [節租(절조)] : 벼를 절약하다. [舍知(사지)] : 신라 관등 13위. [貽(이)] : 주다. [花主(화주)] : 화랑도의 단체를 관장하는 관직. [黑衣(흑의)] : 승려의 복장. [秤定戶子孫(칭정호자손)] : 당나라 제도에 한 마을의 사무를 관장하는 호(戶)를 칭정호라 한다. 호장(戶長)의 일종으로 면세 특전이 있었음.

| 본문풀이 | 〈효소왕대(孝昭王代)의 죽지랑(竹旨郎 ; 竹曼 또는 智官이라고도 한다.)〉

제32대 효소왕(孝昭王) 때의 죽만랑(竹曼郞) 낭도 가운데 득오〔得烏 ; 혹은 득곡(得谷)〕 급간(級干)이 있어서 풍류황권(風流黃卷)에 이름을 올려놓고 매일 나오고 있었는데, 한 번은 열흘이 넘도록 보이지 않았다. 죽만랑은 득오의 어머니를 불러서 당신의 아들이 어디 가서 있는가를 물으니 어머니가 대답하기를, 「당전【幢典 ; 당시 신라의 지방관.】 모량부(牟梁部)의 익선아간(益宣阿干)이 내 아들을 부산성(富山城) 창직으로 보냈으므로 빨리 가느라고 미처 그대에게 인사도 하지 못했습니다.」 했다. 죽만랑이 말하기를, 「그대의 아들이 만일 사사로운 일로 간 것이라면 찾아볼 필요가 없겠지만 이제 들으니 공무로 갔다니 마땅히 가서 대접해야겠소.」 하면서 이에 떡 한 그릇과 술 한 병을 가지고 하인들을【左人 ; 우리말에 개질지(皆叱知)라는 것이니, 이는 노복(奴僕)을 말한다.】 데리고 찾아가니 낭(郞)의 무리 137명이 위엄을 갖추고 따라갔다. 부산성에 이르러 문지기에게, 「득오실(得烏失)이 어디 있느냐?」고 물으니 문지기는 대답하기를, 「지금 익선(益宣)의 밭에서 예(例)에 따라 부역(賦役)을 하고 있습니다.」라고 했다. 낭은 밭으로 찾아가서 가지고 간 술과 떡으로 그를 대접했다. 익선에게 휴가를 청하여 함께 돌아오려 했으나 익선은 굳이 반대하고 허락하지 않는다. 이때 사리(使吏) 간진(侃珍)이 추화군(推火郡) 능절조(能節租 ; 벼의 품종?) 30석(石)을 거두어 싣고 성 안으로 가고 있다가 죽지랑이 부하를 소중히 여기는 품행을 아름답게 여기고, 익선의 고집불통을 비루하게 여겨서 가지고 가던 30석을 익선에게 주면서 휴가를 주도록 함께 청했으나 그래도 허락하지 않는다. 그래서 진절(珍節 : 인명) 사지(舍知)가 그의 말안장을 주니 그제야 허락했다. 조정의 화주(花主 : 화랑의 통솔자)가 이 말을 듣고 사자(使者)를 보내서 익선을 잡아다가 그 더럽고 추한 것을 씻어주려 하니 익선은 도망하여 숨어버렸다. 그래서 그의 맏아들을 잡아가서는 한겨울(仲冬) 극한인 동짓달에 몹시 추운 날인데, 성 안에 있는 못[池]에서 목욕을 시키니 얼어붙어 죽었다.

효소왕(孝昭王)이 그 말을 듣고 명령하여 모량리(牟梁里) 사람으로 벼슬에 오른 자는 모조리 쫓아내어 다시는 관청에 붙이지 못하게 하고, 승복을 입지 못하게 하고, 만일 중이 된 자라도 종을 치고 북을 울리는 절에는 들어가지 못하게 했다. 또 관원에게 명하여 간진(侃珍 : 인명)의 자손을 올려서 〈평정호(枰定戶 : 戶長의 일종)〉의 자손을 삼아 남달리 표창했다. 이때 원측법사(圓測法師)는 해동(海東)의 고승(高僧)이었지만 모량리(牟梁里) 사람이기 때문에 승직(僧職)을 주지 않았다.

처음에 술종공(述宗公)이 삭주도독사(朔州都督使)가 되어 임지(任地)로 가는데, 마침 삼한(三韓)에 병란(兵亂)이 있어 기병(騎兵) 3,000명으로 그를 호송하게 했다. 일행이 죽지령(竹旨嶺)에 이르니 어느 한 거사(居士)가 그 고갯길을 닦고 있었다. 공(公)이 이것을 보고 탄복하여 칭찬하니 거사도 공의 위세가 놀라운 것을 보고 좋게 여겨 서로 마음속에 감동한 바가 있었다. 공이 고을의 임소(任所)에 부임한 지 한 달이 지나서 꿈에 거사가 방으로 들어오는 것을 보았는데 공의 아내도 같은 꿈을 꾸었다. 더욱 놀라고 괴상히 여겨 이튿날 사람을 시켜 거사의 안부를 물으니 그곳 사람들이 거사는 죽은 지 며칠 되었습니다 한다. 사자(使者)가 돌아와 고하는데 그가 죽은 것은 꿈을 꾸던 것과 같은 날이었다. 이에 공이 말하기를, 필경 거사는 우리 집에 태어날 것이라고 했다. 공은 다시 군사를 보내어 고개 위 북쪽 봉우리에 장사지내고, 돌로 미륵(彌勒)을 하나 만들어 무덤 앞에 세워 주었다. 공의 아내는 그 꿈을 꾸던 날로부터 태기가 있어 아이를 낳으니, 이름을 죽지(竹旨)라고 했다. 그가 커서 벼슬을 하게 되어 유신공(庾信公)과 함께 부수(副帥)가 되어 삼한을 통일했고 진덕(眞德)·태종(太宗)·문무(文武)·신문(神文)의 4대에 걸쳐 재상으로서 이 나라를 안정시켰다. 처음에 득오곡(得烏谷)이 죽지랑(竹旨郞)을 사모하여 노래를 지으니, 그 노래가 '모죽지랑가'이다.

간 봄 그리워하니,

모든 것이 시름이로세.

아담하신 얼굴,

주름살 지시려 하네.

눈 돌릴 사이에나마

만나 뵙도록 기회 지으리라.

낭(郎)이여! 그리운 마음에 가고 오는 길.

쑥 우거진 마을에 잘 밤 있으리.

—慕竹旨郎歌(양주동 풀이)

참고

모죽지랑가

지나간 봄을 그리워하니

모든 것이 시름겹구나!

아담스런 그 얼굴,

주름살 지려 하누나!

눈 돌린 순간, 잠사나마

만나 뵙도록 짬 만드리라.

아, 낭이시여! 그리운 마음 오가는 길에

쑥대 우거진 마을, 어디에서 잠을 자리요.

—현대 시적인 표현의 '모죽지랑가'

聖德王(성덕왕)

第三十三, 聖德王의 神龍二年,丙午(706)에 歲
제 삼 십 삼 성 덕 왕 신 룡 이 년 병 년 세
禾不登하여 人民이 飢甚하다. 丁未,正月初一日로
화 부 등 인 민 기 심 정 미 정 월 초 일 일
至,七月三十日히 救民給租하되 一口一日,三升爲
지 칠 월 삼 십 일 구 민 급 조 일 구 일 일 삼 승 위
式하니 終事而計,三十萬五百碩也라. 王이 爲,太宗
식 종 사 이 계 삼 십 만 오 백 석 야 왕 위 태 종
大王하여 創,奉德寺하여 設,仁王道場,七日하고 大
대 왕 창 봉 덕 사 설 인 왕 도 량 칠 일 대
赦하다. 始有,侍中職하다.[一本에는 系孝成王하다.]
사 시 유 시 중 직

| 어려운 낱말 |

[神龍(신룡)] : 당 중종의 복위 연호. [不登(부등)] : 곡식이 익지 않음. 즉 흉년.
[給租(급조)] : 양식을 배급 주다. [終事(종사)] : 일을 끝내고.

| 본문풀이 | 〈성덕왕(聖德王)〉

제33대 성덕왕(聖德王) 신룡(神龍) 2년 병오(丙午 ; 706)에 흉년이 들어 백성들이 심히 굶주렸다. 그 이듬해 정미년(丁未年 ; 707) 정월 초하루부터 7월 30일에 이르기까지 백성을 구제하기 위하여 곡식을 나누어 주었는데, 한 식구에 하루 서 되(三升)씩을 주니 일을 마치고 계산해 보니 도합 30만 500석이었다. 왕이 태종대왕

(太宗大王)을 위해서 봉덕사(奉德寺)를 세우고 7일간 인왕도량(仁王道場)을 열고 대사령(大赦令)을 내렸다. 이때 비로소 '시중(侍中)' 이라는 직책을 두었다.【다른 책에는 효성왕(孝成王) 때의 일이라고 했다.】

水路夫人(수로부인)

聖德王代, 純貞公이 赴,江陵太守[今溟州]하여 行
성 덕 왕 대 순 정 공 부 강 릉 태 수 행

次海汀하여 晝饍이러니 傍有石嶂이 如屛臨海하여
차 해 정 주 선 방 유 석 장 여 병 임 해

高,千丈하고 上有,躑躅花,盛開라, 公之夫人,水路
고 천 장 상 유 척 촉 화 성 개 공 지 부 인 수 로

가 見之하고 謂,左右曰, 折花,獻者,其誰오. 從者曰,
견 지 위 좌 우 왈 절 화 헌 자 기 수 종 자 왈

非,人跡所到요 皆辭不能이니다. 傍有老翁이 牽牛
비 인 적 소 도 개 사 불 능 방 유 로 옹 견 우

而過者라가 聞,夫人言하고 折其花하여 亦作,歌詞,
이 과 자 문 부 인 언 절 기 화 역 작 가 사

獻之하니 其翁이 不知,何許人也라. 便行二日程에
헌 지 기 옹 부 지 하 허 인 야 편 행 이 일 정

又有,臨海亭하여 晝饍次러니 海龍이 忽攬,夫人하
우 유 임 해 정 주 선 차 해 룡 홀 람 부 인

여 入海하다. 公이 顚倒,躄地하여 計無所出이러니
입 해 공 전 도 벽 지 계 무 소 출

又有,一老人이 告曰, 故人有言하되 衆口鑠金이라
우 유 일 노 인 고 왈 고 인 유 언 중 구 삭 금

하니 今,海中傍生이 何不畏,衆口乎아? 宜進,界内
금 해 중 방 생 하 불 외 중 구 호 의 진 계 내

民하여 作歌唱之하고 以杖打岸하면 則,可見夫人
민 작 가 창 지 이 장 타 안 즉 가 견 부 인

矣리라. 公이 從之하니 龍이 奉,夫人하여 出海獻之
의 공 종 지 용 봉 부 인 출 해 헌 지

하다. 公이 問,夫人海中事하니 曰, 七寶宮殿에 所
공 문 부 인 해 중 사 왈 칠 보 궁 전 소

饌이 甘滑香潔하여 非,人間煙火니이다. 此,夫人이
찬 감 골 향 결 비 인 간 연 화 차 부 인

衣襲異香하니 非世所聞이러라. 水路가 姿容絶代하
의 습 이 향 비 세 소 문 수 로 자 용 절 대

여 每,經過深山大澤에 屢被,神物掠攬하니 衆人이
매 경 과 심 산 대 택 누 피 신 물 약 람 중 인

唱,海歌하니 詞曰,
창 해 가 사 왈

> 龜乎龜乎,出水路하라 掠人婦女,罪何極고?
> 귀 호 귀 호 출 수 로 약 인 부 녀 죄 하 극
>
> 汝若悖逆,不出獻이면 入網捕掠,燔之喫하리.
> 여 약 패 역 불 출 헌 입 망 포 약 번 지 끽

('해가사'는 7언 절구의 한시)

老人獻花歌曰,

紫布岩乎辺希,

執音乎手母牛放敎遣,

吾肹不喩慚肹伊賜等

花肹折叱可獻乎理音如.

＊이는 향가 작품이기에 음을 달 수 없음. –아래 풀이를 참고.

| 어려운 낱말 |

[海汀(해정)] : 바닷가. [晝饍(주선)] : 점심. [石嶂(석장)] : 가파른 돌산. [躑躅(척촉)] : 철쭉꽃. [盛開(성개)] : 한창 피어 있음. [折花(절화)] : 꽃을 꺾음. [皆辭(개사)] : 모든 이의 말이. [牽牛(견우)] : 소를 몰고 가다. [便行(편행)] : 길을 가다. [忽攬(홀람)] : 갑자기 잡아가다. 攬은 잡을(람). [顚倒(전도)] : 넘어지다. [躄地(벽지)] : 땅에 발을 구르다. [計無所出(계무소출)] : 어쩔 줄을 몰랐다. [鑠金(삭금)] : 쇠라도 녹인다. [傍生(방생)] : 짐승. 미물이. [所饌(소찬)] : 음식. [甘滑香潔(감활향결)] : 달고 매끄러우며 향기롭고 깨끗함. [煙火(연화)] : 이 세상의 것. [襲異香(습이향)] : 이상한 향기가 스며있다. [悖逆(패역)] : 거역하다. [掠攬(약람)] : 약탈되어 잡혀가다. [燔之喫(번지끽)] : 구워서 먹다.

| 본문풀이 | 〈수로부인(水路夫人)〉

성덕왕(聖德王) 때 순정공(純貞公)이 강릉태수【江陵太守 ; 지금의 명주(溟州)】로 부임하는 도중에 바닷가에서 점심을 먹었는데, 곁에는 돌 봉우리가 병풍과 같이 바다를 두르고 있어 그 높이가 천 길이나 되었고, 그 위에 철쭉꽃이 만발하여 있기에 공의 부인 수로(水路)가 이것을 보더니 좌우 사람들에게 말하기를, 누가 저 꽃을 꺾어다가 내게 줄 사람은 없는가 했다. 그러나 종자(從者)들이 이르기를, 거기에는 사람이 갈 수 없는 곳입니다 하고, 모두 사낭하며 아무도 나서는 자가 없었는데, 이때 암소를 몰고 길을 지나가던 늙은이 하나가 부인의 말을 듣고는 그 꽃을 꺾어 노래까지 지어서 바쳤다. 그러나 그 늙은이가 어떤 사람인지 아무도 아는 자가 없었다. 그 뒤 편안하게 이틀을 가다가 또 임해정(臨海亭)에서 점심을 먹는데 갑자기 바다에서 용이 나타나서 부인을 안고 바닷속으로 들어가 버렸다. 공이 땅에 넘어지면서 발을 동동 굴렀으나 어찌할 도리가 없었다. 또 한 노인이 나타나더니 말하기를, 「옛사람의 말에, 여러 사람의 말은 쇠도 녹인다 했으니 이제 바닷속의 용인들 어찌 여러 사람의 입을 두려워하지 않겠습니까? 마땅히 경내(境內)의 백성들을 모아 노래를 지어 부르면서 지팡이로 바다 언덕을 치면 부인을 만나볼 수가 있을 것입니다.」라고 했다. 공이 그대로 하였더니 용이 부인을 모시고 나와 도로 바쳤다. 공이 바닷속에 들어갔던 일을 부인에게 물으니 부인이 말하기를, 「칠보궁전(七寶宮殿)에 음식은 맛있고 향기롭고 깨끗한 것이 인간세상의 것이 아니었습니다.」라고 했다. 부인의 옷에서 나는 이상한 향기는 이 세상에서는 맡아보지 못한 향내였다. 수로부인은 아름다운 얼굴이 세상에 뛰어나 깊은 산이나 큰 못을 지날 때마다 여러 차례 귀신이나 영물에게 붙들리어 갔다. 이때 여러 사람이 부르던 노래를 해가사(海歌詞 ; 7언 절구의 한시)라고 했다.

거북아, 거북아, 수로부인을 내놓아라,
남의 부인 빼앗아간 죄 그 얼마나 큰가?

너 만일 거역하고 내놓지 않는다면,
그물로 잡아내어 구워 먹으리.

노인의 헌화가(獻花歌 : 향가)는 아래와 같았다.

자줏빛 바위 가에
잡은 암소 놓게 하시고,
나를 부끄러워하지 않으신다면,
저 꽃 꺾어 드리오리다.

—헌화가(4구체 향가)

孝成王(효성왕)

開元十年, 壬戌(722)十月에 始築.關門於.毛火
개 원 십 년 　 임 술 　 　 시 월 　 시 축 관 문 어 모 화

郡하다. 今.毛火村으로 屬.慶州東南境하니 乃防.日
군 　 금 모 화 촌 　 속 경 주 동 남 경 　 내 방 일

本塞垣也라. 周廻.六千七百九十二步.五尺이요 役
본 새 원 야 　 주 회 육 천 칠 백 구 십 이 보 오 척 　 역

徒.三萬九千二百六十二人이요, 掌員은 元眞.角干
도 삼 만 구 천 이 백 육 십 이 인 　 장 원 　 원 진 각 간

이라. 開元二十一年.癸酉(733)에 唐人이 欲征北狄
개 원 이 십 일 년 계 유 　 당 인 　 욕 정 북 적

하여 請兵新羅하니 客使,六百四人이 來還國하다.
청병신라 객사육백사인 내환국

| 어려운 낱말 |

[開元(개원)] : 당나라 현종의 연호. [塞垣(새원)] : 요새지. [周廻(주회)] : 둘레. [役徒(역도)] : 동원된 인원. [掌員(장원)] : 공사 책임자. [客使(객사)] : 사신 일행.

| 본문풀이 | 〈효성왕(孝成王)〉

개원(開元) 10년 임술(壬戌 ; 722) 10월에 처음으로 모화군(毛火郡)에 관문(關門)을 쌓았다. 지금의 모화촌(毛火村)으로서 경주(慶州) 동남쪽 경계에 속하니, 이것은 곧 일본을 막는 요새(要塞)의 성터였다. 둘레는 6,792보(步) 5척(尺), 여기에 부역한 인부의 수는 3만 9,262명이고, 역사를 감독한 사람은 원진,각간(元眞,角干)이었다. 개원(開元) 21년 계유(癸酉 ; 733)에 당(唐)나라 사람들이 북적(北狄)을 치려고 신라에 군대를 요청해 왔었다. 이때 당나라 사신 일행이 604명으로 신라에 왔다가 돌아갔다.

景德王,忠談師,表訓大德
(경덕왕,충담사,표훈대덕)

1 德經.等을 大王이 備禮受之하다. 王이 御國.
덕 경 등 대 왕 비 례 수 지 왕 어 국

二十四年에 五岳.三山神.等이 時或現하여 侍於殿
이 십 사 년 오 악 삼 산 신 등 시 혹 현 시 어 전

庭하다. 三月三日에 王이 御.歸正門.樓上하여 謂.左
정 삼 월 삼 일 왕 어 귀 정 문 루 상 위 좌

右曰, 誰能途中에 得.一員榮服僧來오? 하니 於是
우 왈 수 능 도 중 득 일 원 영 복 승 래 어 시

에 適有.一大德하여 威儀鮮潔하고 徜徉而.行하여
적 유 일 대 덕 위 의 선 결 상 양 이 행

左右望而.引見之하니 王曰, 非.吾所謂.榮僧也라
좌 우 망 이 인 견 지 왕 왈 비 오 소 위 영 승 야

하고 退之하다. 便有一僧하니 被.衲衣하고 負.櫻筒
퇴 지 변 유 일 승 피 납 의 부 앵 통

[一作荷簣]하고 從南而來하니 王이 喜見之하여 邀致
종 남 이 래 왕 희 견 지 요 치

樓上하여 視其筒中하니 盛.茶具已라. 曰, 汝爲誰
루 상 시 기 통 중 성 다 구 이 왈 여 위 수

耶오? 僧曰, 忠談이니다. 曰, 何所歸來오? 僧曰, 僧
야 승 왈 충 담 왈 하 소 귀 래 승 왈 승

每.重三重九之日에 烹茶饗.南山三花嶺.彌勒世
매 중 삼 중 구 지 일 팽 차 향 남 산 삼 화 령 미 륵 세

尊이러니 今茲.旣獻而.還矣니이다 王曰, 寡人도 亦.
존 금 자 기 헌 이 환 의 왕 왈 과 인 역

一甌茶.有分乎아? 僧乃.煎茶獻之하니 茶之氣味가
일 구 차 유 분 호 승 내 전 차 헌 지 다 지 기 미

異常하고 甌中異香이 郁烈이라. 王曰, 朕이 嘗聞師
이 상 구 중 이 향 욱 열 왕 왈 짐 상 문 사

「讚耆婆郎」詞腦歌하여 其意甚高라 하니 是其果
찬 기 파 랑 사 뇌 가 기 의 심 고 시 기 과

乎아? 對曰, 然하니다 王曰, 然則爲朕하여 作理
호 대 왈 연 왕 왈 연 즉 위 짐 작 리

「安民歌」하라. 僧이 應時奉勅하고 歌呈之하니 王이
안 민 가 승 응 시 봉 칙 가 정 지 왕

佳之하여 封王師焉하니 僧이 再拜固辭不受하다.
가 지 봉 왕 사 언 승 재 배 고 사 불 수

安民歌曰,
안 민 가 왈

君隱父也,

臣隱愛賜尸母史也,

民焉狂尸恨阿孩古爲賜尸知,

民是愛尸知古如,

窟理叱大肹生以支所音物生,

此肹喰惡支治良羅,

此地肹捨遣只於冬是去於丁, 爲尸知

國惡支持以支知古如,

後句 君如臣多支民隱如, 爲内尸等焉

國惡太平恨音叱如.

* 이는 향가 작품이기에 음을 달 수 없음. –아래 풀이를 참고.

讚,耆婆郎歌曰,

咽嗚爾處米,

露曉邪隱月羅理,

白雲音逐于浮去隱安支下,

沙是八陵隱汀理也中,

耆郎矣貌史是史藪邪,

逸烏川理叱磧惡希,

郎也持以支如賜烏隱,

心未際叱肹逐内良齊,

阿耶, 栢史叱枝次高支好,

雪是毛冬乃乎尸花判也.

* 이는 향가 작품이기에 음을 달 수 없음. –아래 풀이를 참고.

| 어려운 낱말 |

[德經(덕경)] : 노자의 도덕경을 말함. [五嶽三山(오악삼산)] : 동쪽의 토함산, 남쪽의 지리산, 서쪽의 계룡산, 북쪽의 태백산, 중앙의 부악산(대구 팔공산). 三山은 나력(경주 낭산), 골화(영천 금강산), 혈례(청도의 부산)를 말함. [時或現(시혹현)] : 그때마다 나타나서. [殿庭(전정)] : 대궐 마당. [威儀(위의)] :

위엄과 거동. [徜徉(상양)] : 어정거리다. [衲衣(납의)] : 중이 입는 옷. [櫻筒(앵통)] : 스님이 매고 다니는 질 것. [重三重九(중삼중구)] : 삼짇날과 중굿날. [烹茶(팽차)] : 차를 끓이다. [一甌茶(일구차)] : 한 사발의 차. [煎茶(전차)] : 차를 끓이다. [郁烈(욱렬)] : 더욱더 맹렬하다. [甌] : 사발(구). [讚耆婆郎(찬기파랑)] : 충담사가 지은 향가. [詞腦歌(사뇌가)] : 향가를 이르는 가사의 별칭.

| 본문풀이 | 〈경덕왕(景德王) · 충담사(忠談師) · 표훈대덕(表訓大德)〉

당(唐)에서 보내온 도덕경(道德經) 등을 대왕(大王)이 예를 갖추어 이를 받았다. 왕이 나라를 다스린 지 24년에 오악(五岳)과 삼산신(三山神)들이 때때로 대궐 뜰에 나타나서 왕을 모셨다. 3월 3일 왕이 귀정문(歸正門) 누각 위에 나가서 좌우 신하들에게 일러 말하기를, 「누가 길거리에서 위엄 있게 차려입은 중 한 사람을 데려올 수 있겠느냐?」 하니, 이때 마침 위엄 있고 깨끗한 고승(高僧) 한 사람이 길에서 이리저리 배회하고 있었다. 좌우 신하들이 이 중을 왕에게로 데리고 오니, 왕이 하는 말이, 「내가 말하는 위의(威儀) 있는 중이 아니다.」 하면서 그를 돌려보냈다. 다시 중 한 사람이 있었는데 납의(衲衣 : 누비 옷)를 입고 앵통(櫻筒 : 벚나무로 만든 통)을 지고 남쪽에서 오고 있었는데 왕이 보고 기뻐하여 누각 위로 영접했다. 통 속을 보니 다구(茶具)가 들어 있었다. 왕이 묻기를, 「그대는 누구요?」 하니, 소승(小僧)은 「충담(忠談)이라고 합니다. 했다. 어디서 오는 길이오?」 하니, 소승은 「3월 3일과 9월 9일에는 차를 달여서 남산(南山) 삼화령(三花嶺)의 미륵세존(彌勒世尊)께 드리는데, 지금도 드리고 돌아오는 길입니다.」 했다.

「나에게도 그 차를 한 잔 나누어 주겠는가?」 하니, 중이 이내 차를 달여 드리니 차 맛이 좋고 찻잔 속에서 이상한 향기가 풍긴다. 왕이 다시 물기를, 「내가 일찍이 들으니 스님이 〈기파랑(耆婆郎)〉을 찬미(讚美)한 사뇌가(詞腦歌)가 그 뜻이 무척 고상(高尙)하다고 하니 그 말이 과연 옳은가요?」 하니, 「그렇습니다.」라고 했다. 「그렇다면 나를 위하여 〈안민가(安民歌)〉를 지어 주시오.」 하니, 충담은 이내 왕의 명을 받들어 노래를 지어 바치니, 왕은 아름답게 여기고 그를 왕사(王師)로 봉하려 했으나 충담은 재배를 하고 굳이 사양하면서 받지를 않았다. 〈안민가〉는 다음과 같았다.

〈안민가〉 (양주동 역)

임금은 아버지요,
신하는 사랑스런 어머니시라.
백성을 어리석은 아이라 여기시니
백성이 그 은혜를 알리.
꾸물거리면서 사는 물생(物生)들에게,
이를 먹여 다스리네.
이 땅을 버리고 어디로 가랴,
나라 안이 유지됨을 알리.
아아! 임금답게 신하답게 백성답게 하면
나라는 태평하리이다.

〈안민가〉 — 10구체 향가

〈찬기파랑가(讚耆婆郎歌)〉 (양주동 역)

헤치고
나타난 달이,
흰 구름 좇아 떠가는 것 아닌가.
새파란 시내에
기파랑의 모습 잠겼어라.
일오천(逸烏川) 조약돌에서
낭(郞)이 지니신 마음 좇으려 하네.
아아! 잣나무 가지 드높아
서리 모를 그 씩씩한 모습이여!

〈찬기파랑가〉

② 王의 玉莖이 長八寸으로 無子라 廢之(三毛夫
왕 옥경 장팔촌 무자 폐지
人)하여 封沙梁夫人하다. 後妃는 滿月夫人이니 諡
봉사양부인 후비 만월부인 시
는 景垂太后로 依忠角干之女也니라. 王이 一日은
경수태후 의충각간지녀야 왕 일일
詔表訓大德하여 曰, 朕이 無耦不獲其嗣하니 願
조표훈대덕 왈 짐 무우불획기사 원
大德은 請於上帝而有之하라. 訓이 上告於天帝하
대덕 청어상제이유지 훈 상고어천제
고 還來하여 奏云하되 帝有言하시되 求女卽可어니
환래 주운 제유언 구여즉가
와 男卽不宜라 하더이다. 王曰, 願轉女成男하라 訓
남즉불의 왕왈 원전여성남 훈

이 再,上天하여 請之하니 帝曰, 可則可矣라 然이나
재 상 천 청 지 제 왈 가 즉 가 의 연

爲男이면 則,國殆矣니라. 訓이 欲下,時에 帝,又召
위 남 즉 국 태 의 훈 욕 하 시 제 우 소

曰, 天與人을 不可亂이니 今,師는 往來如,隣里하여
왈 천 여 인 불 가 난 금 사 왕 래 여 인 리

漏洩,天機하니 今後는 宜更不通하라. 訓이 來以,天
누 설 천 기 금 후 의 갱 불 통 훈 내 이 천

語諭之하니 王曰, 國,雖殆라도 得男而,爲嗣足矣니
어 유 지 왕 왈 국 수 태 득 남 이 위 사 족 의

라. 於是에 滿月王后가 生,太子하니 王이 喜甚이라
어 시 만 월 왕 후 생 태 자 왕 희 심

至,八歲에 王崩하여 太子,卽位하니 是爲,惠恭大王
지 팔 세 왕 붕 태 자 즉 위 시 위 혜 공 대 왕

이라. 幼沖故로 太后臨朝하니 政이 條不理하여 盜
유 충 고 태 후 임 조 정 조 불 리 도

賊蜂起하되 不遑備禦하니 訓師之說이 驗矣라 小
적 봉 기 불 황 비 어 훈 사 지 설 험 의 소

帝(혜공)旣女爲男이라. 故로 自,期晬로 至於,登位히
제 기 여 위 남 고 자 기 수 지 어 등 위

常爲,婦女之戲하고 好佩錦囊하고 與,道流爲戲라
상 위 부 녀 지 희 호 패 금 랑 여 도 류 위 희

故로 國有大亂하여 終爲宣德王,金良相,所弒하다.
고 국 유 대 란 종 위 선 덕 왕 김 양 상 소 시

自,表訓後로 聖人이 不生於,新羅云이라 하다.
자 표 훈 후 성 인 불 생 어 신 라 운

❙ 어려운 낱말 ❙

[玉莖(옥경)] : 왕의 남근. 莖은 줄기(경). [詔] : 조서(조). 고하다(고). [無禑(무우)] : 복이 없어. [可則可(가즉가)] : 가하기는 가하다만. [天語諭之(천어유지)]

: 하늘의 말을 전하다. [欲下時(욕하시)] : 하늘에서 내려오려 할 때. [不遑(불황)] : 겨를이 없다. 遑은 황급할(황). [備禦(비어)] : 막다. [小帝(소제)] : 나이 어린 임금. [晬] : 돌(수). [錦囊(금랑)] : 비단 주머니. [道流(도류)] : 도사들의 풍류놀이. [金良相(김양상)] : 곧 선덕왕을 말함. [所弑(소시)] : 시해된 바이다. 弑는 하극상을 말함.

| 본문풀이 |

경덕왕(景德王)은 옥경(玉莖)의 길이가 여덟 치로 아들이 없어 왕비(王妃)를 폐하여 사량부인(沙梁夫人)에 봉했다. 그 다음 왕비로는 만월부인(滿月夫人)이니, 시호(諡號)는 경수태후(景垂太后)로 의충각간(依忠角干)의 딸이었다. 왕이 어느 날 표훈대덕(表訓大德)에게 명하여 이르기를, 「내가 복이 없어서 아들을 두지 못했으니 바라건대, 대덕은 상제(上帝)께 청하여 아들을 두게 하라.」 하니, 표훈은 명을 받아 천제(天帝)에게 올라가서 고하고 돌아와 왕께 아뢰기를, 상제께서 말씀하시기를, 「딸을 구한다면 될 수 있지만, 아들은 마땅하지 못하다고 하셨습니다.」 하니, 왕은 다시 말하기를, 「원컨대 딸을 바꾸어 아들로 만들어 주시오.」 했다. 표훈은 다시 하늘로 올라가 천제께 청하니 천제는 말하기를, 「될 수는 있지만 그러나 아들이면 나라가 위태로울 것이다.」라고 말했다. 표훈이 내려오려고 하자 천제는 또 불러 말하기를, 하늘과 사람 사이를 어지럽게 할 수는 없는 일인데, 지금 대사(大師)는 마치 이웃 마을을 왕래하듯이 하여 천기(天機)를 누설했으니 이제부터는 아예 다니지 말도록 하라.」고 했다. 표훈은 돌아와서 천제의 말대로 왕께 알아듣도록 말을 하니 왕은 다시 말하기를, 「나라는 비록 위태롭더라도 아들을 얻어서 대를 잇게 하면 만족하겠소.」라고 했다. 이리하여 만월왕후(滿月王后)가 태자를 낳으니 왕은 무척 기뻐했다. 8세 때에 왕이 죽어서 태자가 왕위에 오르니, 이가 혜공대왕(惠恭大王)이다. 나이가 매우 어렸기 때문에 태후(太后)가 조정에 나아가 섭정을 했으니 정사가 제대로 다스려지지 못하고 도둑이 벌떼처럼 일어나 이를 막을 수가 없었으니 표훈 대사의 말이 맞은 것이다. 혜공왕은 이미 여자로서 남자가 되었기 때문에 돌날부터 왕위에 오르는 날까지 항상 여자의 놀이를 하고, 비단 주머니 차기를 좋아하고 도사들과 어울려 희롱하고 노니 나라가 크게 어지러워지고 마침내 선덕왕(宣德王) 김양상(金良相)에게 죽음을 당했다. 표훈대덕 이후에는 신라에 성인이 나지 않았다.

惠恭王(혜공왕)

大曆之, 初에 康州官署, 大堂之, 東에 地, 漸陷하
대력지초 강주관서대당지동 지점함

여 成池[一本, 大寺東小池]하니 從, 十三尺이요, 橫, 七尺이
성지 종십삼척 횡칠척

라. 忽有, 鯉魚五六이 相繼而, 漸大하니 淵亦隨大러
홀유이어오육 상계이점대 연역수대

라. 至,二年丁未(667)에 又,天狗墜於,東樓南하니 頭
지 이 년 정 미 우 천 구 추 어 동 누 남 두

如甕하고 尾,三尺許하고 色如烈火하니 天地亦振이
여 옹 미 삼 척 허 색 여 열 화 천 지 역 진

라. 又,是年에 今浦縣의 稻田,五頃中에 皆,米顆成
우 시 년 금 포 현 도 전 오 경 중 개 미 과 성

穗하고 是年,七月에 北宮庭中에 先有,二星墜地하
수 시 년 칠 월 북 궁 정 중 선 유 이 성 추 지

고 又一星墜하여 三星이 皆沒入地하다. 先時에 宮
우 일 성 추 삼 성 개 몰 입 지 선 시 궁

北,厠圊中에 二莖蓮生하고 又,奉聖寺,田中에 生蓮
북 측 청 중 이 경 연 생 우 봉 성 사 전 중 생 련

하고 虎入,禁城中하여 追覓失之하다 角干,大恭家
호 입 금 성 중 추 멱 실 지 각 간 대 공 가

의 梨木上에 雀集無數하다. 據,〈安國兵法〉,下卷
이 목 상 작 집 무 수 거 안 국 병 법 하 권

에 云하되 天下兵,大亂이라 하니 於是에 大赦修省하
운 천 하 병 대 란 어 시 대 사 수 성

다. 七月三日에 大恭角干이 賊起하여 王都及,五道
칠 월 삼 일 대 공 각 간 적 기 왕 도 급 오 도

州郡에 竝,九十六,角干이 相戰大亂하여 大恭,角干
주 군 병 구 십 육 각 간 상 전 대 란 대 공 각 간

이 家亡하니 輸其,家資,寶帛于,王宮하다. 新城의 長
가 망 수 기 가 자 보 백 우 왕 궁 신 성 장

倉이 火燒하고 逆黨之,寶穀으로 在,沙梁,牟梁等,里
창 화 소 역 당 지 보 곡 재 사 량 모 량 등 리

中者는 亦輸入,王宮하다. 亂彌,三朔,乃息하니 被賞
중 자 역 수 입 왕 궁 난 미 삼 삭 내 식 피 상

者,頗多하고 誅死者는 無算也라 表訓之,言의 「國
자 파 다 주 사 자 무 산 야 표 훈 지 언 국

殆가 是也니라.」
태 시 야

| 어려운 낱말 |

[大曆(대력)] : 당 태종의 연호. [康州(강주)] : 지금의 진주. [相繼(상계)] : 계속해서. [天狗(천구)] : 옛날 중국에서 유성이나 혜성을 일컫던 말. [稻田(도전)] : 논. [五頃(오경)] : '頃'은 토지의 면적 단위로 1경은 100묘. [米顆(미과)] : 쌀. [穗] : 이삭(수). [厠圊(측청)] : 뒷간. [追覓(추멱)] : 추격하여 잡다가. [安國兵法(안국병법)] : 병서의 일종으로, 우리나라 문헌으로 추정. [修省(수성)] : 자기반성의 몸가짐. [賊起(적기)] : 반란을 일으킴. [亂彌(난미)] : 난리가 오래 걸리다. 彌는 그치다(미). 걸리다. [國殆(국태)] : 나라의 위태로움.

| 본문풀이 | 〈혜공왕(惠恭王)〉

대력(大曆) 초년에 강주(康州) 관청의 대당의 동쪽에서 땅이 점점 꺼져서 연못이 되었는데【다른 책에는 대사(大寺) 동쪽의 조그만 못이라 했다.】 세로가 13척, 가로가 7척이었다. 갑자기 잉어 5, 6마리가 나타나더니 계속해서 점점 커지고 여기에 따라 못도 커졌다. 2년 정미(丁未 ; 667)에 이르러 또 천구성(天狗星)이 동루(東樓) 남쪽에 떨어졌는데 머리는 항아리만 하고 꼬리는 3척 가량이나 되며, 빛은 활활 타오르는 불과 같고, 이 때문에 하늘과 땅도 또한 진동했다. 또 이 해에 금포현(今浦縣)의 논 5경(頃) 가량의 쌀이 모두 이삭으로 매달렸다. 7월에는 북쪽 대궐의 뜰 안에 먼저 별 2개가 떨어지고, 또 한 별이 떨어지니 3별이 모두 땅속으로 들어갔다. 이보다 먼저 대궐 북쪽 뒷간 속에서 두 줄기 연(蓮)이 솟아올랐고, 또 봉성사(奉聖寺) 밭 속에서도 연이 솟아올랐고 범이 궁성 안으로 들어온 것을 쫓아가 잡으려다가 놓쳤으며, 각간(角干) 대공(大

恭)의 집 배나무 위에 참새가 무수히 모여들었다. 〈안국병법(安國兵法)〉 하권(下卷)에 의하면, 이런 일이 있으면 천하가 크게 어지러워진다고 하였으니, 이에 임금은 대사령(大赦令)을 내리고 몸을 닦고 자기반성과 몸조심을 하였다. 7월 3일에 각간 대공이 반란을 일으켜 서울과 오도(五道)의 주군(州郡)에 도합 96명의 각간(角干)들이 서로 싸우는 난리가 일어나 각간 대공의 집이 망하자, 그 집의 재산과 보물과 비단 등을 모두 왕궁(王宮)으로 옮겼다. 신성(新城)에 있는 장창(長倉)이 불에 타고 사량(沙梁)과 모량(牟梁) 등 마을에 있던 역적들의 보물과 곡식을 또한 왕궁으로 운반해 들였다. 난리가 3개월 만에 멎으니 상(賞)을 받은 사람도 제법 많았고, 죽음을 당한 사람도 수없이 많았으니, 표훈이 말한 「나라가 위태롭다.」고 한 것이 바로 이 말이었다.

元聖大王(원성대왕)

① 伊湌金周元이 初爲上宰하여 王은 爲角干하여 居二宰러니 夢에 脫幞頭하고 著素笠하여 把十二絃琴하고 入於天官寺井中이라. 覺而使人占之
(이찬김주원 초위상재 왕 위각간 거이재 몽 탈복두 저소립 파십이현금 입어천관사정중 각이사인점지)

하니 曰, 脫,幞頭者는 失職之兆요, 把琴者는 著枷
왈 탈복두자 실직지조 파금자 저가

之兆요, 入井은 入獄之兆라 하니 王이 聞之甚患하
지조 입정 입옥지조 왕 문지심환

여 杜門不出하다. 于時에 阿飡,餘三[或本餘山]이 來
두문불출 우시 아찬여삼 내

通謁이러니 王이 辭以疾,不出하니 再通曰, 願得一
통알 왕 사이질불출 재통왈 원득일

見하노이다 하니 王이 諾之하다. 阿飡曰, 公은 所忌
견 왕 낙지 아찬왈 공 소기

何事오? 王이 具說하여 占夢之由하니 阿飡,興拜
하사 왕 구설 점몽지유 아찬흥배

曰, 此乃,吉祥之夢이로소이다. 公이 若登大位하여
왈 차내길상지몽 공 약등대위

而,不遺我이시면 則,爲公解之하리다 하니 王이 乃,
이불유아 즉위공해지 왕 내

辟禁,左右하고 而請解之하니 曰, 脫,幞頭者는 人
벽금좌우 이청해지 왈 탈복두자 인

無居上也요, 著,素笠者는 冕旒之兆也요, 把,十二
무거상야 저소립자 면류지조야 파십이

絃琴者는 十二孫,傳世之兆也요, 入,天官井은 入,
현금자 십이손전세지조야 입천관정 입

宮禁之瑞也로소이다. 王曰, 上有周元하니 何居上
궁금지서야 왕왈 상유주원 하거상

位리오? 阿飡曰, 請,密祀,北川神이면 可矣니다 하니
위 아찬왈 청밀사북천신 가의

從之하다. 未幾에 宣德王,崩하니 國人이 欲奉,周元
종지 미기 선덕왕붕 국인 욕봉주원

爲王하여 將迎入宮이어늘 家在川北이라. 忽川漲,
위왕 장영입궁 가재천북 홀천창

不得渡하여 王이 先入宮하여 卽位하다. 上宰之徒
부득도 왕 선입궁 즉위 상재지도

衆이 皆來附之하여 拜賀.新登之主하니 是爲.元聖
중 개 래 부 지 배 하 신 등 지 주 시 위 원 성

大王이라. 諱는 敬信이요, 金氏이니 蓋.厚夢之應也
대 왕 휘 경 신 김 씨 개 후 몽 지 응 야

니라. 周元은 退居溟州하고 王이 旣.登極하니 時에
주 원 퇴 거 명 주 왕 기 등 극 시

餘山은 已卒矣라 召其子孫하여 賜爵하다. 王之孫
여 산 이 졸 의 소 기 자 손 사 작 왕 지 손

이 有.五人하니 惠忠太子, 憲平太子, 禮英匝干,
유 오 인 혜 충 태 자 헌 평 태 자 예 영 잡 간

大龍夫人, 小龍夫人.等也라. 大王은 誠知.窮達之
대 룡 부 인 소 룡 부 인 등 야 대 왕 성 지 궁 달 지

變이라 故로 有「身空詞腦歌」[歌亡未詳]하다. 王之
변 고 유 신 공 사 뇌 가 왕 지

考.大角干.孝讓이 傳.祖宗「萬波息笛」하니 乃傳
고 대 각 간 효 양 전 조 종 만 파 식 적 내 전

於王이라. 王이 得之하니 故로 厚荷天恩하고 其德
어 왕 왕 득 지 고 후 하 천 은 기 덕

遠輝하다. 貞元二年.丙寅(786)十月十一日에 日本
원 휘 정 원 이 년 병 인 월 십 일 일 일 일 본

王『文慶』이[按,日本帝紀하니 第五十五主,文德王이 疑是也
왕 문 경

라. 餘無文慶하니 或本云, 是王太子라.] 擧兵하여 欲伐新羅
거 병 욕 벌 신 라

타가 聞.新羅에 有「萬波息笛」하고 退兵하여 以金.
문 신 라 유 만 파 식 적 퇴 병 이 금

五十兩으로 遣使請其笛하니 王이 謂使曰, 朕이 聞.
오 십 양 견 사 청 기 적 왕 위 사 왈 짐 문

上世『眞平王』代에 有之耳나 今.不知所在로다.
상 세 진 평 왕 대 유 지 이 금 부 지 소 재

明年.七月七日에 更遣使하여 以金.一千兩.請之
명 년 칠 월 칠 일 갱 견 사 이 금 일 천 량 청 지

曰, 寡人이 願得見,神物而,還之矣로소이다. 王이 亦
왈 과인 원득견신물이환지의 왕 역

辭以,前對하고 以銀,三千兩,賜其使하여 還金而,不
사이전대 이은삼천양사기사 환금이불

受하고 八月에 使還하니 藏其笛於「內黃殿」하다.
수 팔월 사환 장기적어 내황전

| 어려운 낱말 |

[幞頭(복두)] : 머리에 쓰는 두건의 일종. [素笠(소립)] : 흰 삿갓. [天官寺井(천관사정)] : 천관사의 우물. [著枷(저가)] : 죄인이 칼을 쓰다. 枷는 칼(형틀). [具說(구설)] : 모두 말하다. [辟禁(벽금)] : 사람을 물리치고 아무도 못 듣게 하다. *당시 1인자 : 伊湌 金周元(북천거주), 물이 불어 등극 못하고, 2인자 : 金敬信(원성대왕) 천재지변인 홍수로 왕위에 오름. [冕旒(면류)] : 면류관. 임금이 쓰는 관. [人無(인무)] : 자기 위에 높은 사람이 없음. [厚夢(후몽)] : 좋은 꿈. [誠知(성지)] : 참으로 잘 알았다. [貞元(정원)] : 당나라 덕종(德宗)의 연호.

| 본문풀이 | 〈원성대왕(元聖大王)〉

이찬(伊湌) 김주원(金周元)이 맨 처음에 수석 재상으로 있을 때에 왕[敬信]은 각간(角干)으로서 차석 자리에 있었는데, 왕[敬信]은 꿈에 머리에 쓴 복두(幞頭)를 벗고 흰 갓을 쓰고, 열두 줄 가야금을 들고는 천궁사(天官寺) 우물 속으로 들어가는 꿈을 꾸었다. 꿈에서 깨어나 사람을 시켜 해몽을 하게 했더니, 복두(幞頭)를 벗은 것은 관직을 잃을 징조요, 가야금을 든 것은 칼을 쓸 징조요, 우물 속으로 들어간 것은 옥에 갇힐 징조라고 하니, 왕은 이 말을 듣고 몹시 근심하여 두문불출(杜門不出)했다. 이때 아찬(阿湌) 여 삼【餘三 ; 어떤 책에는 여산(餘山)이라 함.】이 와서 뵙기를 청했으나 왕은 병을 핑계하고 나오지 않았다. 아찬이 다시 청하여 한 번 뵙기를 원한다고 하니, 왕이 이를 허락하여 아찬이 묻기를, 「공께서 꺼리는 것은 무엇입니까?」 하니, 왕이 꿈을 점쳤던 일을 자세히 말했더니 아찬이 일어나서 절하고 말하기를, 「이는 좋은 꿈입니다. 공이 만일 왕위에 올라서도 나를 버리지 않으신다면 공을 위해서 꿈을 풀어 보겠습니다.」 하니, 왕이 이에 좌우 사람들을 물리치고 아찬에게 해몽(解夢)하기를 청하니, 아찬이 말하기를, 「복두를 벗은 것은 그대 위에 앉을 사람이 없다는 것이요, 흰 갓을 쓴 것은 면류관을 쓸 징조요, 열두 줄 가야금을 든 것은 12대손(代孫)이 왕위를 이어받을 징조요, 천관사 우물에 들어간 것은 궁궐에 들어갈 상서로운 징조입니다.」라고 했다. 왕이 말하기를, 「내 위에 주원(周元)이 있는데 내가 어떻게 상위(上位)에 앉을 수가 있단 말이오?」 하니, 아찬이 말하기를, 「비밀히 북천신(北川神)에게 제사를 지내면 가할 것입니다.」 하고 말하니, 임금은 그 말을 따랐다.

얼마 안 되어 선덕왕(宣德王)이 세상을 떠나자 나라 사람들은 김주원(金周元)을 왕으로 삼아 장차 궁으로 맞아들이려 했는데 그의 집이 북천(北川) 북쪽에 있었는데 갑자기 냇물이 불어서 건널 수가 없었다. 이에 왕이 먼저 궁에 들어가 왕위에 오르자 대신(大臣)들이 모두 와서 새 임금에게 축하를 드리니, 이가 곧 원성대왕(元聖大王)이었다.

왕의 이름은 경신(敬信)이요, 성(姓)은 김씨(金氏)이니 대개 길몽(吉夢)이 들어맞은 것이었다. 주원은 명주(溟洲)에 물러가 살았다.

경신이 왕위에 올랐으나 이때 여산(餘山)은 이미 죽었기 때문에 그의 자손들을 불러 벼슬을 주었다. 왕에게는 손자가 다섯 있었으니, 혜충태자(惠忠太子), 헌평태자(憲平太子), 예영잡간(禮英匝干), 대룡부인(大龍夫人), 소룡부인(小龍夫人) 등이다. 대왕(大王)은 실로 인생의 곤궁하고 영화로운 이치를 알았으므로 〈신공사뇌가【身空詞腦歌 ; 노래는 없어져서 자세치 못하다.】〉를 지을 수가 있었다. 왕의 아버지 대각간(大角干) 효양(孝讓)이 조종(祖宗)의 〈만파식적(萬波息笛)〉을 왕에게 전했다. 왕은 이것을 얻게 되었으므로 하늘의 은혜를 두텁게 입고 그 덕이 멀리까지 빛났던 것이다.

정원(貞元) 2년 병인(丙寅 ; 786) 10월 11일에 일본 왕 문경【文慶 ; 〈일본제기(日本帝紀)〉를 보면, 제55대 왕 문덕(文德)이라고 했는데 아마 이인 듯하다. 그 밖에 문경(文慶)은 없다. 어떤 책에는 이 왕의 태자(太子)라고 했다.】이 군사를 일으켜 신라를 치려다가 신라에 〈만파식적〉이 있다는 말을 듣고 군사를 물리치고 금(金) 50냥을 사자(使者)에게 주어 보내서 피리를 달라고 요청하므로 왕이 사자에게 이르기를, 「나는 들으니 상대(上代) 진평왕(眞平王) 때에 그 피리가 있었다고 하는데, 지금은 어디에 있는지 알 수가 없다.」고 했다. 이듬해 7월 7일에 다시 사자를 보내어 금 1천 냥을 가지고 와서 청하며 말하기를, 「내가 그 신비로운 물건을 보기만 하고 그대로 돌려보내드리겠다.」고 하였다. 왕은 역시 먼저와 같은 대답으로 이를 거절했다. 그리고 은(銀) 3천 냥을 그 사자에게 주고, 보내 온 금은 돌려주고 받지 않았다. 8월에 사자가 돌아가자 그 피리를 〈내황전(內黃殿)〉에 감추어 두었다.

② 王이 卽位十一年,乙亥(795)에 唐使來京하여
왕 즉위십일년을해 당사내경

留,一朔而還이러니 後,一日에 有,二女가 進,內庭奏
유일삭이환 후일일 유이녀 진내정주

曰, 妾等은 乃,東池青池[青池卽,동천사지泉也니 寺記云하
왈 첩등 내동지청지

되 泉乃東海龍이 往來하여 聽法之地라. 寺乃,眞平王所造로 五百

聖衆과 五層塔과 竝,納田民焉이라.] 二龍之妻也니이다. 唐
이룡지처야 당

使가 將,河西國,二人而來하여 呪,我夫二龍과 乃,
사 장하서국이인이래 주아부이룡 내

芬皇寺井等,三龍으로 變爲小魚하여 筒貯而歸하니
분황사정등삼용 변위소어 통저이귀

願,陛下勅,二人하여 留,我夫等,護國龍也하소서. 王
원폐하칙이인 유아부등호국용야 왕

이 追至,河陽館하여 親賜享宴하고 勅,河西人曰,
추지하양관 친사향연 칙하서인왈

爾輩는 何得取,我三龍,至此오? 若不以,實告면 必
이배 하득취아삼용지차 약불이실고 필

加極刑하리라 於是에 出,三魚獻之하다. 使,放於三
가극형 어시 출삼어헌지 사방어삼

處하니 各,湧水丈餘하고 喜躍而逝하고 唐人은 服,
처 각용수장여 희약이서 당인 복

王之明聖하다. 王이 一日에 請,黃龍寺[或本云, 華嚴寺,
왕지명성 왕 일일 청황용사

又金剛寺者어늘 蓋以寺明과 經名을 光混之也라?] 釋,智海入
석지해입

內하여 講,華嚴經五旬이러니 沙彌, 妙正이 每,洗鉢
내 강화엄경오순 사미 묘정 매세발

於,金光井[因大賢法師得名]邊이러니 有,一黿이 浮沈井
어금광정 변 유일원 부침정

中하여 沙彌每以,殘食으로 餽而爲戱하다 席(法席)이
중 사미매이잔식 궤이위희 석

將罷에 沙彌,謂黿曰, 吾德汝,日久하니 何以報之
장파 사미위원왈 오덕여일구 하이보지

오? 隔,數日에 黿吐一,小珠하여 如欲贈遺라. 沙彌
격수일 원토일소주 여욕증유 사미

得,其珠하여 繫於帶端하니 自後로 大王이 見,沙彌
득기주 계어대단 자후 대왕 견사미

愛重하여 邀致內殿하여 不離左右하다. 時에 有,一
애중 요치내전 불리좌우 시 유일

匝干이 奉使於唐에 亦愛沙彌하여 請與俱行하니
잡간 봉사어당 역애사미 청여구행

王이 許之하다. 同入於唐하니 唐帝,亦見沙彌而,寵
왕 허지 동입어당 당제역견사미이총

愛하고 丞相左右,莫不尊信하다. 有,一相士,奏曰,
애 승상좌우막불존신 유일상사주왈

審此沙彌하니 無一吉相이로되 得人信敬하니 必有,
심차사미 무일길상 득인신경 필유

所持異物이라 하여 使人檢看하여 得,帶端小珠하다.
소지이물 사인검간 득대단소주

帝曰, 朕이 有,如意珠,四枚러니 前年에 失,一个로
제왈 짐 유여의주사매 전년 실일개

다. 今見此珠하니 乃,吾所失也라. 帝問沙彌하니 沙
금견차주 내오소실야 제문사미 사

彌,具陳其事하다. 帝曰, 失珠之日이 與,沙彌得珠
미구진기사 제왈 실주지일 여사미득주

로 同日이라 하고 帝留,其珠而,遣之하니 後로는 人
동일 제류기주이견지 후 인

無愛信此,沙彌者러라. 王之陵은 在,吐含岳,西洞에
무애신차사미자 왕지능 재토함악서동

「鵠寺[今,崇福寺]」하니 有,崔致遠,撰碑하다. 又創,報
곡사 유최치원찬비 우창보

恩寺하고 又.望德樓하다. 追封祖.訓入匝干을 爲.興
은 사　우 망 덕 루　추 봉 조 훈 입 잡 간　위 흥

平大王하고 曾祖.義官匝干을 爲.神英大王하고 高
평 대 왕　증 조 의 관 잡 간　위 신 영 대 왕　고

祖.法宣大阿干을 爲.玄聖大王하니 玄聖大王(衍文)
조 법 선 대 아 간　위 현 성 대 왕　현 성 대 왕

之考는 卽.摩叱次.匝干이라.
지 고　즉 마 질 차 잡 간

| 어려운 낱말 |

[沙彌(사미)] : 절에서 수행하는 미숙한 중. [黿] : 자라(원). [匝干(잡간)] : 신라 관등의 제3위인 잡찬(匝飡)을 말함. [个] : 낱(개). [鵠寺(곡사)] : 지금의 숭복사(崇福寺). [大阿干(대아간)] : 신라 관등 제5위인 대아찬.

| 본문풀이 |

왕이 즉위한 지 11년 을해(乙亥 ; 795)에 당(唐)나라 사자가 서울에 와서 한 달을 머물러 있다가 돌아갔는데, 하루가 지난 뒤에 두 여자가 내정(內廷)에 나와서 아뢰기를, 저희들은 동지(東池) · 청지【靑池 ; 청지(靑池)는 곧 동천사(東泉寺)의 샘이다. 절에 있는 기록을 보면, 이 샘은 동해(東海)의 龍이 왕래하면서 불법(佛法)을 듣던 곳이요, 절은 진평왕(眞平王)이 지은 것으로서 오백(五百) 성중(聖衆)과 오층탑(五層塔)과 전민(田民)까지 함께 헌납했다고 했다.】에 있는 두 용(龍)의 아내입니다. 그런데 당나라 사자가 하서국(河西國) 사람들을 데리고 와서 우리 남편인 두 용(龍)과 분황사(芬皇寺) 우물에 있는 용까지 모두 세 마리 용의 모습을 바꾸어 작은 고기로 변하게 해서 통 속에 넣어 가지고 돌아갔으니 바라옵건대, 「폐하께서는 그 두 사람에게 명령하여 우리 남편들을 호국의 용으로 여기에 머무르게 해 주십시오.」 하니, 왕은 하양관(河陽館)까지 쫓아가서 친히 연회를 열고 하서국 사람들에게 명령하기를, 「너희들은 어찌하여 우리나라의 3용을 잡아 여기까지 왔느냐? 만일 사실대로 고하지 않으면 반드시 극형을 가할 것이리라.」 하니, 그제야 하서국 사람들이 고기 세 마리를 내어 바치므로 세 곳에 놓아 주니 각각 물속에서 한 길이나 뛰고 기뻐하면서 가 버렸다. 이에 당나라 사람들은 왕의 명철(明哲)함에 감복했다.

어느 날 왕이 황룡사【皇龍寺 ; 어떤 책에는 화엄사(華嚴寺)라 했고, 또 금강사(金剛寺)라고도 했으니, 이것은 아마 절 이름과 불경(佛經) 이름을 혼동한 것인 듯싶다.】의 중 지해(智海)를 대궐 안으로 청하여 화엄경(華嚴經)을 50일 동안 외게 했다. 사미(沙彌) 묘정(妙正)이 매양 금광정【金光井 ; 대현법사(大賢法師)가 이 이름을 지었다.】 우물가에서 바릿대를 씻는데 자라 한 마리가 우물 속에서 떴다가는 다시 가라앉곤 하므로 사미는 늘 먹다 남은 밥을 자라에게 주면서 희롱했다. 법석(法席)이 끝나려 할 무렵 사미 묘정은 자라에게 말하기를, 「내가 너에게 은덕을 베푼 지가 오랜데 너는 무엇으로 갚으려느냐?」 했다. 그런 지 며칠 후에 자라는 조그만 구슬 한 개를 입에서 토하더니 묘정에게 주려는 것같이 하므로 묘정은 그 구슬을 얻어 허리띠 끝에 달아놓았다. 그 후로부터 대왕(大王)은 묘정을 보면 사랑하고 소중히 여겨 내전(內殿)에 맞아들여 좌우에서 떠나지 못하게 했다. 이때 잡간(匝干) 한 사람이 당나라에 사신으로 가게 되었는데, 그도 묘정을 사랑해서 같이 가기를 청하자 왕은 이를 허락했다. 이들이 함께 당나라에 들어가니 당나라의 황제(皇帝)도 역시 묘정을 보자 매우 사랑하게 되고 승상(丞相)과 좌우 신하들도 모두 그를 존경하고 신뢰했다. 관상 보는 사람 하나가 황제에게 아뢰기를, 「사미를 살펴보니 하나도 길(吉)한 상(相)이 없는데 남에게 신뢰와 존경을 받으니 틀림없이 이상한 물건을 가졌을 것입니다.」 하니, 황제가 사람을 시켜서 몸을 뒤져 보니 허리띠 끝에 조그만 구슬이 매달려 있었다. 황제가 말하기를, 「나에게 여의주(如意珠) 네 개가 있던 것을 지난해에 한 개를 잃었는데 이제 이 구슬을 보니 내가 잃은 그 구슬이라.」고 했다. 황제가 묘정에게 그 구슬을 가진 연유를 물으니 묘정은 그 사실을 자세히 말했다. 황제가 생각하니 구슬을 잃었던 날짜가 묘정이 구슬을 얻은 날과 똑같다. 황제가 그 구슬을 빼앗아 두고 묘정을 돌려보냈더니 그 뒤로는 아무도 묘정을 사랑하지도 않고 신뢰하지도 않았다.

왕의 능(陵)은 토함산(吐含山) 서쪽 골짜기에 〈곡사【鵠寺 ; 지금의 숭복사(崇福寺)】〉에 있는데 최치원(崔致遠)이 지은 비문이 있다. 왕은 또 보은사(報恩寺)와 망덕루(望德樓)를 세웠고, 조부(祖父) 훈입잡간(訓入匝干)을 추봉(追封)하여 흥평대왕(興平大王)이라 하고, 증조(曾祖) 의관잡간(議官匝干)을 신영대왕(神英大王)이라 하고, 고조(高祖) 법선대아간(法宣大阿干)을 현성대왕(玄聖大王)이라 했다. 현성대왕의 아버지는, 곧 마질차잡간(摩叱次匝干)이다.

早雪(조설)

第四十, 哀莊王末年, 戊子(808)八月十五日에 有雪하다. 第四十一, 憲德王, 元和十三年戊戌(818)三月十四日에 大雪하다.[一本作에 丙寅은 誤矣라. 元和盡十五은 無丙寅이라.] 第四十六, 文聖王, 己未(839), 五月十九日에 大雪하다. 八月一日에 天地晦暗하니라.

제사십 애장왕말연 무자 팔월십오일 유설 제사십일 헌덕왕 원화십삼년무술 삼월십사일 대설 제사십육 문성왕 기미 오월십구일 대설 팔월일일 천지회암

| 어려운 낱말 |

[晦暗(회암)] : 그믐밤처럼 캄캄하게 어둡다.

| 본문풀이 | 〈早雪(조설 ; 예년보다 일찍 내린 눈)〉

제40대 애장왕(哀莊王) 말년인 무자(戊子 ; 808) 8월 15일에 눈이 내렸다. 제41대 헌덕왕(憲德王) 때인 원화(元和) 13년 무술(戊戌 ; 818) 3월 14일에 많은 눈이 내렸다.【어떤 책에는 병인(丙寅)이라 했으나 이는 잘못이다. 원화(元和)는 15년에 끝났기 때문에 병인(丙寅)은 없다.】 제46대 문성왕(文聖王), 기미(己未 ; 839) 5월 19일에 많은 눈이 내렸다. 8월 1일에는 천지가 한밤처럼 캄캄했다.

興德王(흥덕왕), 鸚鵡(앵무)

第.四十二, 興德大王은 寶曆二年.丙午(826)에
제 사 십 이 흥 덕 대 왕 보 력 이 년 병 오

卽位하다. 未幾에 有人.奉使於唐이라가 將.鸚鵡一
즉 위 미 기 유 인 봉 사 어 당 장 앵 무 일

雙而.至러니 不久雌死하고 而.孤雄哀鳴.不已하다.
쌍 이 지 불 구 자 사 이 고 웅 애 명 불 이

王이 使人.掛鏡於前이러니 鳥見.鏡中影하고 擬其
왕 사 인 괘 경 어 전 조 견 경 중 영 의 기

得偶하여 乃.啄其鏡而.知其影하고 乃.哀鳴而.死하
득 우 내 탁 기 경 이 지 기 영 내 애 명 이 사

니 王이 作歌云이라 하나 未詳이니라.
왕 작 가 운 미 상

| 어려운 낱말 |

[鸚鵡(앵무)] : 앵무새. [未幾(미기)] : 오래지 않아. [有人(유인)] : 어떤 사람. [將(장)] : 얻다. [哀鳴(애명)] : 슬피 울다. [鏡中影(경중영)] : 거울 속의 그림자.

| 본문풀이 | 〈흥덕왕(興德王)과 앵무새〉

제42대 흥덕대왕(興德大王)은 보력(寶曆) 2년 병오(丙午 ; 826)에 즉위했다. 얼마 되지 않아서 어떤 사람이 당(唐)나라에 사신(使臣)으로 갔다가 앵무새 한 쌍을 얻어 왔는데, 오래지 않아 암놈이 죽자 홀로 남은 수놈은 슬피 울기를 말지 않았다. 왕은 사람을 시켜 그 앞에 거울을 걸어 놓게 했더니 새는 거울 속의 그림자를 보고는 제 짝을 얻은 줄 알고 그 거울을 쪼아보다가 제 그림자인 것을 알고는 슬피 울다가 죽으니, 이에 왕이 앵무새를 두고 노래를 지었다고 하나 그 노래는 미상이다.

神武大王(신무대왕), 閻長(염장), 弓巴(궁파)

第.四十五, 神武大王.潛邸時에 謂.俠士,弓巴
제 사 십 오 신 무 대 왕 잠 저 시 위 협 사 궁 파
曰, 我有.不同天之讐하니 汝能.爲我除之하여 獲
왈 아 유 부 동 천 지 수 여 능 위 아 제 지 획
居大位하면 則娶.爾女爲妃하리라 弓巴許之하고 協
거 대 위 즉 취 이 녀 위 비 궁 파 허 지 협
心同力하여 擧兵犯.京師하여 能成其事하다. 旣.纂
심 동 력 거 병 범 경 사 능 성 기 사 기 찬
位하여 欲以.巴之女.爲妃하니 群極.諫曰, 巴側.微
위 욕 이 파 지 녀 위 비 군 극 간 왈 파 측 미
한대 上以其女로 爲妃는 則.不可라 하니 王이 從之
상 이 기 여 위 비 즉 불 가 왕 종 지
하다. 時에 巴在.清海鎭하여 爲.軍戍러니 怨.王之違
시 파 재 청 해 진 위 군 수 원 왕 지 위
言하여 欲謀亂하다. 時에 將軍.閻長이 聞之奏曰,
언 욕 모 난 시 장 군 염 장 문 지 주 왈
巴將爲.不忠하니 小臣이 請.除之하리이다 하니 王이
파 장 위 불 충 소 신 청 제 지 왕
喜許之하다. 閻長이 承旨歸.清海鎭하여 見.謁者通
희 허 지 염 장 승 지 귀 청 해 진 견 알 자 통

曰, 僕有.小怨於.國君하여 欲投明公하여 以全身
왈 복 유 소 원 어 국 군 욕 투 명 공 이 전 신

命하니다 巴聞之하고 大怒曰, 爾輩.諫於王而.廢我
명 파 문 지 대 노 왈 이 배 간 어 왕 이 폐 아

女하고 胡.顧見我乎아? 長이 復通曰, 是는 百官之
녀 호 고 견 아 호 장 부 통 왈 시 백 관 지

所諫이요, 我不預謀하니 明公은 無嫌也하소서 巴.
소 간 아 불 예 모 명 공 무 혐 야 파

聞之하고 引入廳事하여 謂曰, 卿以.何事來此오?
문 지 인 입 청 사 위 왈 경 이 하 사 래 차

長曰, 有忤於王하여 欲投幕下하여 而免害爾니이
장 왈 유 오 어 왕 욕 투 막 하 이 면 해 이

다. 巴曰, 幸矣라 하고 置酒歡甚에 長이 取.巴之長
파 왈 행 의 치 주 환 심 장 취 파 지 장

劍.斬之하다. 麾下軍士가 驚懾皆.伏地하니 長이 引
검 참 지 휘 하 군 사 경 섭 개 복 지 장 인

至京師하여 復命曰, 已斬弓巴矣니이다 하니 上이
지 경 사 복 명 왈 이 참 궁 파 의 상

喜賞之하여 賜爵阿干하다.
희 상 지 사 작 아 간

| 어려운 낱말 |

[弓巴(궁파)] : 일명 궁복, 또는 장보고임. [潛邸(잠저)] : 왕이 되기 전에. [讐(수)] : 원수. 여기서는 제46대 민애왕(閔哀王) 김명(金明)을 말함. 이에 앞서 김명이 신무왕의 아버지 균정(均貞)을 죽였음. [簒位(찬위)] : 자리를 찬탈하다. [淸海鎭(청해진)] : 지금의 전라남도 완도. [承旨(승지)] : 왕의 명을 받들다. [明公(명공)] : 궁파를 가리킴. [預謀(예모)] : 모의에 관여하다. [無嫌(무혐)] : 혐의가 없음. [忤] : 거스를(오). [害爾(해이)] : 죽음. 화. [驚懾(경섭)] : 놀랍고 두렵다.

| 본문풀이 | **〈신무대왕(神武大王)과 염장(閻長)과 궁파(弓巴)〉**

제45대 신무대왕(神武大王)이 왕위(王位)에 오르기 전에 의협사(義俠士)인 궁파(弓巴 : 장보고)에게 말하기를, 나에게는 이 세상에 불구대천의 원수가 있는데, 네가 만일 나를 위해서 이를 제거해 준다면 내가 왕위에 오른 뒤에 네 딸을 맞아 왕비로 삼겠다고 하니, 궁파가 이를 허락하니 마음과 힘을 같이하여 군사를 일으켜 서울로 쳐들어가서 그 일을 성취하였다. 그 뒤에 이미 왕위를 빼앗고 궁파의 딸을 왕비로 삼으려 하매, 여러 신하들이 극간(極諫)하여 말하기를, 「궁파(장보고)는 아주 미천한 사람이오니 왕께서 그의 딸을 왕비로 삼으려는 것은 옳지 못합니다.」 하니, 왕은 그 말에 따랐다. 그때 궁파는 청해진(淸海鎭)에서 진(鎭)을 지키고 있었는데 왕이 약속을 어기는 것을 원망하여 반란을 일으키려 하자 장군 염장(閻長)이 말을 듣고 왕께 아뢰기를, 「궁파가 장차 충성스럽지 못한 일을 하려 하오니 소신이 가서 이를 제거하겠습니다.」라고 하니, 왕은 기뻐하여 이를 허락했다. 염장은 왕의 뜻을 받아 청해진으로 가서 안내하는 자를 통해서 말하기를, 「나는 왕에게 조그만 원망이 있어서 그대에게 의탁하여 몸과 목숨을 보전하려 한다.」고 하니, 궁파는 이 말을 듣고 크게 말하기를, 「너희들이 왕에게 간(諫)해서 내 딸을 폐(廢)하고 어찌 나를 보려 하느냐?」 하니, 염장이 다시 사람을 통해서 말하기를, 「그것은 여러 신하들이 간한 것이고, 나는 그 일에 간여하지 않았으니 그대는 나를 혐의치 마십시오.」 하니, 궁파는 이 말을 듣고 그를 안으로 불러들여 묻기를, 「그대는 무슨 일로 여기에 왔는가?」 하니, 「왕의 뜻을 거스린 일이 있기에 그대의 막하(幕下)에 의탁해서 해(害)를 면할까 하는 것이오.」 하니, 「그렇다면 다행한 일이오.」 하고는, 궁파가 술자리를 마련하면서 무척 기뻐했다. 이에 염장은 궁파의 긴 칼을 빼앗아 궁파를 베어 죽이니 그 아래에 있던 군사들은 놀라서 모두 땅에 엎드리니, 이에 염장은, 「이들을 이끌고 서울로 와서 왕에게 복명(復命)했다. 궁파를 베어 죽였습니다.」라고 하니 왕은 기뻐해서 그에게 상을 내리고 아간(阿干)이란 벼슬을 주었다.

四十八(사십팔), 景文大王(경문대왕)

王의 諱는 膺廉이니 年.十八에 爲.國仙하다. 至於
왕 휘 응 염 연 십 팔 위 국 선 지 어
弱冠하여 憲安大王이 召郞하여 宴於殿中하고 問
약 관 헌 안 대 왕 소 랑 연 어 전 중 문
曰, 郞爲國仙하여 優遊四方하니 見.何異事오? 郞
왈 낭 위 국 선 우 유 사 방 견 하 이 사 랑
曰, 臣이 見有.美行者三하노니다. 王曰, 請聞其說
왈 신 견 유 미 행 자 삼 왕 왈 청 문 기 설
하니 郞曰, 有人爲.人上者로되 而撝謙坐於.人下가
랑 왈 유 인 위 인 상 자 이 휘 겸 좌 어 인 하
其一也요, 有人豪富로되 而衣儉易가 其.二也요,
기 일 야 유 인 호 부 이 의 검 이 기 이 야

有,人本貴勢로되 而,不用其威者가 三也로소이다.
유 인 본 귀 세 이 불 용 기 위 자 삼 야

王이 聞其言하고 而知其賢하고 不覺,墮淚而謂曰,
왕 문 기 언 이 지 기 현 불 각 타 루 이 위 왈

朕有二女하니 請以奉巾櫛하노라. 郎이 避席而拜
짐 유 이 녀 청 이 봉 건 즐 낭 피 석 이 배

之하고 稽首而退하여 告於父母하니 父母驚喜하여
지 계 수 이 퇴 고 어 부 모 부 모 경 희

會其子弟하여 議曰, 王之上公主는 貌甚寒寢하고
회 기 자 제 의 왈 왕 지 상 공 주 모 심 한 침

第二公主는 甚美라 하니 娶之幸矣라. 郎之徒上首
제 이 공 주 심 미 취 지 행 의 낭 지 도 상 수

인 範教師者聞之하고 至於家하여 問郎曰, 大王이
범 교 사 자 문 지 지 어 가 문 랑 왈 대 왕

欲以公主로 妻公이라 하니 信乎아? 郎曰, 然하다.
욕 이 공 주 처 공 신 호 낭 왈 연

曰, 奚娶오? 郎曰, 二親이 命我宜弟하니라. 師曰,
왈 해 취 낭 왈 이 친 명 아 의 제 사 왈

郎이 若娶弟면 則,予必死於,郎之面前하리라. 娶其
낭 약 취 제 즉 여 필 사 어 랑 지 면 전 취 기

兄이면 則,必有三美하니 誡之哉하라 郎曰, 聞命矣
형 즉 필 유 삼 미 계 지 재 낭 왈 문 명 의

라 旣而에 王이 擇辰하고 而使於郎曰, 二女,惟公
기 이 왕 택 신 이 사 어 랑 왈 이 녀 유 공

所命이라 하고 使歸以郎意어늘 奏曰, 奉,長公主爾
소 명 사 귀 이 랑 의 주 왈 봉 장 공 주 이

니이다 하다. 旣而過三朔에 王이 疾革하여 召,群臣
기 이 과 삼 삭 왕 질 혁 소 군 신

曰, 朕이 無,男孫하니 窀穸之事를 於,長女之夫,膺
왈 짐 무 남 손 둔 석 지 사 어 장 여 지 부 응

廉이 繼之하라. 翌日에 王崩하니 郎이 奉,遺詔卽位
렴 계 지 익 일 왕 붕 낭 봉 유 조 즉 위

하다. 於是에 範敎師,言旨於王曰, 吾所陳,三美者
어 시 범 교 사 언 지 어 왕 왈 오 소 진 삼 미 자

는 今皆著矣로소이다. 娶長故로 今登位가 一也요,
금 개 저 의 취 장 고 금 등 위 일 야

昔之欽艶弟主하니 今易可取가 二也요, 娶兄故로
석 지 흠 염 제 주 금 이 가 취 이 야 취 형 고

王이 與夫人으로 喜甚이 三也니이다. 王이 德其言
왕 여 부 인 희 심 삼 야 왕 덕 기 언

하여 爵爲大德하고 賜金一百三十兩하다. 王崩하니
작 위 대 덕 사 금 일 백 삼 십 양 왕 붕

謚曰, 景文이라 하다.
익 왈 경 문

王之寢殿에 每,日暮에 無數衆蛇俱集하여 宮人
왕 지 침 전 매 일 모 무 수 중 사 구 집 궁 인

이 驚怖하여 將驅遣之하니 王曰, 寡人이 若無蛇면
경 포 장 구 견 지 왕 왈 과 인 약 무 사

不得安寢이니 宜無禁하라 하여 每寢에 吐舌이 滿
부 득 안 침 의 무 금 매 침 토 설 만

胸鋪之하다.
흉 포 지

乃,登位하여 王耳가 忽長如,馬驢耳나 王后及宮
내 등 위 왕 이 홀 장 여 마 려 이 왕 후 급 궁

人은 皆未知하고 唯, 幞頭匠,一人이 知之러라 然이
인 개 미 지 유 복 두 장 일 인 지 지 연

나 生平不向人說이러니 其人(복두장)이 將死에 入,
생 평 불 향 인 설 기 인 장 사 입

道林寺하여 竹林中,無人處에 向,竹唱云하되 吾君
도 림 사 죽 림 중 무 인 처 향 죽 창 운 오 군

耳가 如,馬驢耳라 하더니 其後風吹면 則,竹聲云하
이 여 마 려 이 기 후 풍 취 즉 죽 성 운

되 吾君耳가 如,馬驢耳라 하니 王이 惡之하여 乃伐
오 군 이 여 마 려 이 왕 오 지 내 벌

竹하고 而植,山茱萸하니 風吹則,但聲云하되 吾君
죽 이 식 산 수 유 풍 취 즉 단 성 운 오 군

耳長[道林寺는 舊在入,都林邊하다.]이라 하다. 國仙인 邀
이 장 국 선 요

元郎과 譽昕郎과 桂元과 叔宗郎等이 遊覽金蘭하
원 랑 예 흔 랑 계 원 숙 종 랑 등 유 람 금 란

여 暗有爲,君主하여 理邦國之意하여 乃,作歌三首
암 유 위 군 주 리 방 국 지 의 내 작 가 삼 수

하여 使『心弼』舍知로 授針卷하여 送,「大炬和
사 심 필 사 지 수 침 권 송 대 구 화

尙」處하여 令作三歌하니 初名은「玄琴捕曲」이요,
상 처 령 작 삼 가 초 명 현 금 포 곡

第二는「大道曲」이요, 第三은「問群曲」이라. 入奏
제 이 대 도 곡 제 삼 문 군 곡 입 주

於王하니 王이 大喜하여 稱賞하다. 歌는 未詳이라.
어 왕 왕 대 희 칭 상 가 미 상

| 어려운 낱말 |

[弱冠(약관)] : 남자 나이 20세. [撝謙(휘겸)] : 겸양을 이르는 말. [儉易(검이)] : 검소하고 간략하게. [墮淚(타루)] : 눈물을 흘리면서. 墮는 떨어질(타). [巾櫛(건즐)] : 수건과 빗. 즉 아내를 말함. [稽首(계수)] : 머리를 조아리다. [寒寢(한침)] : 몹시 초라함. [上首(상수)] : 우두머리. [奚娶(해취)] : 어느 쪽에 장가갈 것인가? [誡] : 경계할(계). [聞命矣(문명의)] : 그 명을 듣겠다. 그대로 하겠다. [旣而(기이)] : 얼마 후에. [疾革(질혁)] : 병이 위독하다. [窀穸(둔석)] : 죽은 다음의 일. [欽艶(흠염)] : 아름다움. [吐舌(토설)] : 날름거리는 혀. [登位(등위)] : 임금 자리에 오르다. [馬驢(마려)] : 당나귀. [幞頭匠(복두장)] : 머리에 쓰는 모자의 일종인 복두를 만드는 사람. [金蘭(금란)] : 강원도 통천(通川)의 옛 이름. [暗有(암유)] : 은근히, 몰래. [針卷(침권)] : 공책. 초고(草稿).

| 본문풀이 | **〈제48대 경문대왕(景文大王)〉**

왕의 이름은 응렴(膺廉)이니, 나이 18세에 국선(國仙)이 되었다. 약관(弱冠)에 이르자 헌안대왕(憲安大王)은 그를 불러 궁중에서 잔치를 베풀고 묻기를, 「낭(郞)은 국선이 되어 사방을 돌아다니면서 놀았으니 무슨 이상한 일을 본 것이 있는가?」 하고 물으니 대답하기를, 「신(臣)은 아름다운 행실이 있는 자, 셋을 보았습니다.」 하니, 그 말을 나에게 들려주라고 했다. 그는 말하기를, 「남의 윗자리에 있을 만한 사람이면서도 겸손하여 남의 밑에 있는 사람이 그 하나요, 세력이 있고 부자이면서도 옷차림을 검소하게 한 사람이 그 두 번째요, 본래부터 귀(貴)하고 세력이 있으면서도 그 위력을 부리지 않는 사람이 그 세 번째입니다.」라고 했다. 왕은 그 말을 듣고 낭이 어질다는 것을 알고 자기도 모르게 눈물을 떨어뜨리면서 말하기를, 「나에게 두 딸이 있는데 낭에게 시집을 들게 하리라.」 하니, 낭이 자리를 피하여 절하고 머리를 조아려 물러가 부모에게 알렸다. 부모는 놀라고 기뻐하여 그 자제(子弟)들을 모아 놓고 의논하기를, 「왕의 맏 공주(公主)는 모양이 몹시 초라하고, 둘째 공주는 매우 아름답다 하니 그를 아내로 삼으면 다행이겠다.」라고 하였다. 낭의 무리들 중에 우두머리로 있는 범교사(範教師)가 이 말을 듣고 낭의 집에 가서 낭에게 묻기를, 「대왕께서 공주를 공의 아내로 주고자 한다니 사실인가?」 하니, 「그렇습니다.」라고 대답하니, 「어느 공주에게 장가들려는가?」 하니, 그는 「부모께서 둘째 공주가 좋겠다고 하십니다.」고 했다. 범교사는 다음과 같이 말하기를, 「낭이 만일 둘째 공주에게 장가를 든다면 나는 반드시 낭의 면전에서 죽을 것이고, 언니 공주에게 장가간다면 반드시 세 가지 좋은 일이 있을 것이니, 경계해서 하도록 하라고 하니 그는 그 말씀대로 하겠습니다.」 했다. 그 뒤에 왕이 날을 가려서 낭에게 사자를 보내어 말하기를, 「두 딸 중에서 공의 뜻대로 결정하도록 하라.」 하니, 사자가 돌아와서 낭의 의사를 왕에게 보고하기를, 「언니공주를 받들겠다고 합니다.」라고 했다.

그런 지 3개월이 지나서 왕은 병이 위독했다. 여러 신하들을 불러 놓고 말하기를, 「내게는 사내자식이 없으니 죽은 뒤의 일은 마땅히 맏딸의 남편 응렴(膺廉)이 이어야 할 것이다.」라고 했다. 이튿날 왕이 죽으니 낭이 유언을 받들어 왕위에 올랐다. 이에 범교사는 왕에게 나아가 말하기를, 「제가 아뢴 세 가지 아름다운 일이 이제 모두 이루어졌습니다. 언니 공주에게 장가를 드셨기 때문에 이제 왕위에 오른 것이 그 하나요, 예전에 흠모하시던 둘째 공주에게 이제 쉽게 장가드실 수 있게 되신 것이 그 둘이요, 언니 공주에게 장가를 드셨기 때문에 왕과 부인이 매우 기뻐하신 것이 그 셋입니다.」 했다. 왕은 그 말을 듣고 고맙게 여겨서 대덕(大德)이란 벼슬을 주고 금(金) 130냥을 하사했다. 왕이 죽자, 시호(諡號)를 경문(景文)이라고 했다.

일찍이 왕의 잠자리에는 날마다 저녁만 되면 수많은 뱀들이 모여들었다. 궁인(宮人)들이 놀라고 두려워하여 이를 쫓아내려 했지만 왕은 말하기를, 「내게 만일 뱀이 없으면 편하게 잘 수가 없으니 쫓지 말라.」 했으니, 왕이 잘 때에는 언제나 뱀이 혀를 내밀어 온 가슴을 덮고 있었다.

왕위에 오르자, 왕의 귀가 갑자기 길어져서 당나귀의 귀처럼 되었는데, 왕후와 궁인들은 모두 이를 알지 못했지만 오직 복두장(幞頭匠) 한 사람만은 이 일을 알고 있었으나 그는 평생 이 일을 남에게 말하지 못했다. 그 사람이 죽을 때에 도림사(道林寺) 대밭 속 아무도 없는 곳으로 들어가서 대숲을 보고 외치기를, 「우리 임금의 귀는 당나귀 귀다! 그런 후로 바람이 불면 대밭에서 소리가 들린다. '우리 임금의 귀는 당나귀 귀다!' 왕은 이 소리가 듣기 싫어서 대를 베어 버리고 그 대신 산수유(山茱萸)나무를 심었는데, 그랬더니 바람이 불면 거기에서는 다만 '우리 임금의 귀는 길다.'」 하는 소리가 났다.【도림사(道林寺)는 예전에 서울로 들어가는 곳에 있는 숲가에 있었다.】

국선 요원랑(邀元郞)과 예흔랑(譽昕郞)과 계원(桂元)과 숙종랑(叔宗郞) 등이 금란(金蘭)을 유람하는데 은근히 임금을 위해서 나라를 다스리려는 뜻이 있었다. 이에 노래 세 수(首)를 지었다. 다시 〈심필(心弼)〉 사지(舍知)를 시켜서 공책을 주어 〈대구화상(大矩和尙)〉에게 보내어 노래 세 수를 짓게 하니, 첫째는 〈현금포곡(玄琴抱曲)〉이요, 둘째는 〈대도곡(大道曲)〉이요, 셋째는 〈문군곡(問群曲)〉이었다. 대궐에 들어가 왕께 아뢰니 왕은 매우 기뻐하여 칭찬하였다. 그 노래는 미상(未詳)이라 알 수가 없었다.

處容郞(처용랑), 望海寺(망해사)

第四十九, 憲康大王之代에 自.京師로 至於海
제 사 십 구 헌 강 대 왕 지 대 자 경 사 지 어 해

内히 比屋連薔하고 無一草屋하다. 笙歌.不絶道路
내 비 옥 연 장 무 일 초 옥 생 가 부 절 도 로

하고 風雨調於.四時하다. 於是에 大王이 遊.開雲浦
풍 우 조 어 사 시 어 시 대 왕 유 개 운 포

[在,鶴城西南니 今蔚州]라가 王이 將.還駕할새 晝歇於汀
왕 장 환 가 주 헐 어 정

邊이러니 忽.雲霧冥曀하여 迷失道路하여 怪問左右
변 홀 운 무 명 에 미 실 도 로 괴 문 좌 우

하니 日官奏云하되 此는 東海龍.所變也니 宜行勝
일 관 주 운 차 동 해 용 소 변 야 의 행 승

事하여 以解之하소서. 於是에 勅.有司하여 爲龍.創
사 이 해 지 어 시 칙 유 사 위 용 창

佛寺.近境하라. 施令已出하니 雲開霧散이라 因名.
불 사 근 경 시 령 이 출 운 개 무 산 인 명

開雲浦라 하다. 東海龍喜하여 乃率七子하고 現於
개 운 포 동 해 용 희 내 솔 칠 자 현 어

駕前하여 讚德獻舞奏樂하다. 其.一子는 隨駕入京
가 전 찬 덕 헌 무 주 악 기 일 자 수 가 입 경

하여 輔佐王政하니 名曰, 處容이라. 王이 以.美女로
보 좌 왕 정 명 왈 처 용 왕 이 미 여

妻之하여 欲留其意하고 又賜.級干職하다. 其妻甚
처 지 욕 유 기 의 우 사 급 간 직 기 처 심

美어늘 役神이 欽慕之하여 變爲人하여 夜至其家하
미 역 신 흠 모 지 변 위 인 야 지 기 가

여 竊與之宿이러니 處容이 自外로 至.其家하여 見
절 여 지 숙 처 용 자 외 지 기 가 견

寢有.二人하고 乃.唱歌作舞而退하다. 歌曰,
침 유 이 인 내 창 가 작 무 이 퇴 가 왈

東京明期月良,

夜入伊游行如可,

入良沙寢矣見昆,

脚烏伊四是良羅,

二肹隱吾下於叱古,

二肹隱誰支下焉古,

本矣吾下是如馬於隱,

奪叱良乙何如爲理古.

* 이는 향가 작품이기에 음을 달 수 없음. –아래 풀이를 참고.

時에 神이 現形하여 跪於前曰, 吾.羨公之妻하여
시 신 현 형 궤 어 전 왈 오 선 공 지 처

今犯之矣로되 公이 不見怒하니 感而美之라. 誓今
금 범 지 의 공 불 견 노 감 이 미 지 서 금

已後로는 見.畵公之.形容이라도 不入其門矣리라.
이 후 견 화 공 지 형 용 불 입 기 문 의

因此로 國人이 門帖.處容之形하여 以.僻邪進慶하
인 차 국 인 문 첩 처 용 지 형 이 벽 사 진 경

다. 王이 旣還에 乃卜.靈鷲山.東麓勝地하여 置寺하
왕 기 환 내 복 영 취 산 동 록 승 지 치 사

고 曰, 望海寺라. 亦名.新房寺라 하니 乃.爲龍而置也니라. 又幸.鮑石亭하니 南山神이 現舞於御前이라, 左右不見이나 王이 獨見之러라. 有人.現舞於前하니 王이 自作舞하여 以像示之하다. 神之名을 或曰, 祥審이라 故로 至今國人이 傳.此舞하되 曰,「御舞祥審」이라 하고 或曰,「御舞山神」이라 하다. 或云, 旣神出舞에 審象其貌하여 命工摹刻하여 以示後代라 故로 云,「象審(본을 자세히 뜸)」이라 하고 或云,「霜髥舞(흰수염춤)」라 하니 此乃以.其形稱之니라. 又幸於.金剛嶺時에 北岳神이 呈舞하니 名을「玉刀鈐」이라 하다. 又「同禮殿」宴時에 地神出舞하니 名이「地伯級干」이라 하다.「語法集」云, 于時에 山神獻舞하여 唱歌云하니「智理多都波」라 하다. 〈都波〉等者는 盖言以.智理國者가 知而多逃라. 都邑將破云.謂也라 하니 乃.地神山神이 知國將亡이라, 故로 作舞以警之라도 國人이 不悟하고 謂爲現

瑞라 하여 耽樂滋甚이라 故로 國終亡하니라.
서 탐락자심 고 국종망

| 어려운 낱말 |

[笙歌(생가)] : 노랫소리. [晝歇(주흘)] : 점심 참. [冥曀(명에)] : (안개가) 자욱이 끼다. [勝事(승사)] : 선행(善行)으로. 좋은 일. [現形(현형)] : 모양을 나타냄. [羨公之妻(선공지처)] : 그대의 아내가 부러워서. [僻邪進慶(벽사진경)] : 邪를 물리치고 경사를 불러들임. [摹刻(모각)] : 모사하여 새김. [象審(상심)] : 춤추는 모습. [霜髯舞(상염무)] : 춤의 명칭, 또는 모양. [玉刀鈐(옥도검)] : 춤의 명칭. 鈐은 비녀장(검). 자물쇠. [智理多都波(지리다도파)] : 신이 나타나서 미리 춤과 노래로 미래를 깨닫게 예고한다는 뜻. [現瑞(현서)] : 상서로움이 나타나다. [耽樂滋甚(탐락자심)] : 탐락이 매우 심함.

| 본문풀이 | 〈처용랑(處容郎)과 망해사(望海寺)〉

제49대 헌강대왕(憲康大王) 때에는 서울로부터 지방에 이르기까지 집과 담이 이어졌고 초가(草家)는 하나도 없었다. 악기 연주하는 소리와 노랫소리가 길에까지 끊이지 않았고, 바람과 비는 사철 순조로웠다. 어느 날 대왕(大王)이 개운포【開雲浦 ; 학성(鶴城) 서남쪽에 있으니, 지금의 울주(蔚州)이다.】에서 놀다가 돌아가려고 할 때 낮에 물가에서 쉬고 있는데 갑자기 구름과 안개가 자욱해서 길을 잃었다. 왕이 괴상히 여겨 좌우 신하들에게 물으니 일관(日官)이 아뢰기를, 「이것은 동해(東海) 용(龍)의 조화이오니 마땅히 좋은 일을 해서 풀어 주십시오.」라고 말했다. 이에 왕은 유사(有司)인 관원에게 명하여 용을 위하여 근처에 절을 짓게 했다. 왕의 명령

이 내리자, 구름과 안개가 곧 걷혔으므로 그곳을 개운포(開雲浦)라 했다. 동해의 용은 기뻐서 아들 일곱을 거느리고 왕의 앞에 나타나 덕(德)을 찬양하여 춤을 추고 음악을 연주했다. 그 아들 중의 한 사람이 왕을 따라 서울로 들어와서 왕의 정사를 도우니 그의 이름을 처용(處容)이라 했다. 왕은 아름다운 여자로 처용의 아내를 삼아 머물러 있도록 하고, 또 급간(級干)이라는 관직(官職)까지 주었다. 처용의 아내가 무척 아름다웠기 때문에 역신(疫神)이 흠모해서 사람으로 변하여 밤에 그 집에 가서 남몰래 동침하고 있었는데, 처용이 밖에서 자기 집에 돌아와 두 사람이 누워 있는 것을 보고 이 같은 노래를 부르고 춤을 추면서 물러 나왔다. 그 노래는 다음과 같았다.

동경(東京) 밝은 달에
밤들어 노닐다가
들어와 자리를 보니,
다리 가랑이 넷일러라.
둘은 내해이고,
둘은 뉘해인고.
본디 내해언만,
빼앗겼으니 어찌할꼬.

—처용가(8구체 향가)

그때 역신이 본래의 모양을 나타내어 처용의 앞에 꿇어앉아 말하기를, 「내가 공의 아내를 사모하여 이제 잘못을 저질렀으나 공은 노여워하지 않으니 감동하여 아름답게 여기는 바입니다. 맹세코 이제부터는 공의 모양을 그린 것만 보아도 그 문 안에 들어가지 않겠습니다.」라고 했다. 이 일로 인해서 나라 사람들은 처용의 형상을 문에 그려 붙여서 사귀(邪鬼)를 물리치고 경사스러운 일을 맞아들이게 되었다. 왕은 서울로 돌아오자, 이내 영취산(靈鷲山) 동쪽 기슭의 경치 좋은 곳을 가려서 절을 세우고 이름을 망해사(望海寺)라 했다. 또는 이 절을 신방사(新房寺)라 했으니, 이것은 용을 위해서 세운 것이다.

왕이 또 포석정(鮑石亭)에 갔을 때 남산(南山)의 신(神)이 왕 앞에 나타나 춤을 추었는데 좌우의 사람에게는 그 신이 보이지 않고 다만 왕만이 혼자서 보았다. 사람이 나타나 앞에서 춤을 추니 왕 자신도 춤을 추면서 형상을 보였다. 신의 이름을 혹 상심(詳審)이라고도 했으므로, 지금까지 나라 사람들은 이 춤을 전해서 〈어무상심(御舞詳審)〉, 또는 〈어무산신(御舞山神)〉이라고 한다. 혹은 말하기를, 「신이 먼저 나와서 춤을 추자 그 모습을 살펴 공인(工人)에게 명해서 새기게 하여 후세 사람들에게 보이게 했기 때문에 〈상심(象審)〉이라고 했다.」고 한다. 혹은 〈상염무(霜髯舞)〉라고도 하는데, 이것은 그 형상에 따라서 이름 지은 것이다. 왕이 또 금강령(金剛嶺)에 갔을 때 북악(北岳)의 신이 나타나 춤을 추었는데, 이를 〈옥도검(玉刀劍)〉이라고 했다. 또 〈동례전(同禮殿)〉에서 잔치를 할 때에는 지신(地神)이 나와서 춤을 추었으므로 〈지백급간(地伯級干)〉이라 했다.

〈어법집(語法集)〉에 말하기를, 그때 산신(山神)이 춤을 추고 노래 부르기를, 〈지리다도파(智理多都波)〉라 했는데, 〈도파(都波)〉라고 하는 것은 대개 지혜로 나라를 다스리는 사람이 미리 사태를 알고 많이 도망하여 도읍이 장차 파괴된다는 뜻이라고 했다. 즉 지신과 산신은 나라가 장차 멸망할 것을 알기 때문에 춤을 추어 이를 경계한 것이었으나 나라 사람들은 깨닫지 못하고 도리어 상서(祥瑞)가 나타났다 하여, 탐닉을 매우 즐기다가 마침내 나라가 망하고 말았다고 한다.

眞聖女大王(진성여대왕), 居陀知(거타지)

1 第五十一, 眞聖女王이 臨朝有年에 乳母.鳧
제 오 십 일 진 성 여 왕 임 조 유 년 유 모 부
好夫人이 與其夫.魏弘角干等과 三四寵臣이 擅權
호 부 인 여 기 부 위 홍 각 간 등 삼 사 총 신 천 권
撓政하니 盜賊蜂起라 國人이 患之하다. 乃作.陀羅
요 정 도 적 봉 기 국 인 환 지 내 작 다 라
尼隱語하여 書投路上하니 王與.權臣等이 得之하고
니 은 어 서 투 노 상 왕 여 권 신 등 득 지
謂曰, 此非.王居仁이면 誰作此文이리오 하고 乃囚.
위 왈 차 비 왕 거 인 수 작 차 문 내 수
居仁於.獄하다 居仁이 作詩하여 訴于天하니 天이
거 인 어 옥 거 인 작 시 소 우 천 천
乃震其.獄囚하여 以.免之하다. 詩曰,
내 진 기 옥 수 이 면 지 시 왈

燕丹泣血,虹穿日이요 鄒衍含悲,夏落霜이라.
연 단 읍 혈 홍 천 일 추 연 함 비 하 낙 상

今我失途,還似舊하니 皇天何事,不垂祥고?
금 아 실 도 환 사 구 황 천 하 사 불 수 상

陀羅尼曰,
다 라 니 왈

「南無亡國, 剎尼那帝, 判尼判尼蘇判尼,
나 무 망 국 찰 니 나 제 판 니 판 니 소 판 니

于于三阿干, 鳧伊娑婆訶」
우 우 삼 아 간 부 이 사 파 하

說者云하되「剎尼那帝者는 言,女主也요, 判尼
설 자 운 찰 니 나 제 자 언 녀 주 야 판 니

判尼蘇判尼者는 言,二蘇判也니 蘇判은 爵名이요
판 니 소 판 니 자 언 이 소 판 야 소 판 작 명

于于三阿干也라. 鳧伊者는 言,鳧好也라.」
우 우 삼 아 간 야 부 이 자 언 부 호 야

| 어려운 낱말 |

[有年(유년)] : 몇 해 만에. [鳧] : 오리(부). [擅權撓政(천권요정)] : 나라의 정치를 마음대로 흔들다. 擅은 멋대로(천). [陀羅尼(다라니)] : 불가에서 공덕을 빌기 위해 외우는 주문. [得之(득지)] : 그것을 주워보고. [王居仁(왕거인)] : 당시의 문인. [震(진)] : 벼락. [燕丹(연단)] : 춘추전국시대 연나라의 태자로 형가(荊軻)를 고용하여 진왕에게 복수를 하려다 실패하였다. [虹穿日(홍천일)] : 무지개가 해를 뚫다. [鄒衍(추연)] : 전국시대의 제(齊)나라 사람. [蘇判(소판)] : 신라 관등 제3위인 잡찬(迊湌)의 별칭.

| 본문풀이 | 〈진성여대왕(眞聖女大王)과 거타지(居陀知)〉

제51대 진성여왕(眞聖女王)이 임금이 된 지 몇 해 만에 유모(乳母) 부호부인(鳧好夫人)과 그의 남편 위홍각간(魏弘角干) 등 3, 4명의 총신(寵臣)들이 권력을 마음대로 해서 정사를 어지럽히자 도둑들이 벌떼처럼 일어났다. 나라 사람들이 근심하여 이에 다라니(陀羅尼)의 은어(隱語)로 글을 지어서 길 위에 버렸으니 왕과 권세를 잡은 신하들은 이것을 얻어 보고 말하기를, 「이 글은 왕거인(王居仁)이 아니고서는 누가 이 글을 지을 사람이 있으랴?」 하고 거인을 잡아 옥에 가두니 거인은 시(詩)를 지어 하늘에 호소하니, 이에 하늘이 그 감옥에다 벼락을 쳐서 거인을 살아나게 했다. 그 시는 이러했다.

> 연단(燕丹)의 피울음은 무지개가 해를 뚫었고,
> 추연(鄒衍)이 슬픔 머금어 한여름에 서리가 내렸네.
> 지금 나의 억울함도 그들과 같은 억울함이거늘
> 하늘은 어이 상서로운 표징을 내리지 않는가?

또 다라니(陀羅尼)의 은어(隱語)는 이러했다.

南無亡國 刹尼那帝 判尼判尼蘇判尼 于于三阿干 鳧伊娑婆訶
나무망국 찰니나제 판니판니소판니 우우삼아간 부이사바하

해설하는 사람은 말하기를, 「찰니나제(刹尼那帝)란 여왕(女王)을 가리킨 것이요, 판니판니소판니(判尼判尼蘇判尼)는 두 소판(蘇

判)을 말한 것이니, 소판은 관작(官爵)의 이름이요, 우우삼아간(于于三阿干)은 3, 4명의 총신(寵臣)을 말한 것이다. 부이(鳧伊)는 부호(鳧好)를 말한 것이라.」고 했다.

②此王代에 阿湌.良貝는 王之季子也라. 奉使
차 왕 대 아 찬 양 패 왕 지 계 자 야 봉 사
於唐하여 聞.百濟(후백제)海賊이 梗於津島하고 選
어 당 문 백 제 해 적 경 어 진 도 선
弓士.五十人隨之하다. 舡次鵠島[鄕云,骨大島]에 風濤
궁 사 오 십 인 수 지 강 차 곡 도 풍 도
大作하여 信宿俠旬이라. 公이 患之하여 使人卜之
대 작 신 숙 협 순 공 환 지 사 인 복 지
하니 曰, 島有神池하니 祭之可矣니이다. 於是에 具
왈 도 유 신 지 제 지 가 의 어 시 구
奠於池上하니 池水湧高丈餘하고 夜夢에 有.老人
전 어 지 상 지 수 용 고 장 여 야 몽 유 노 인
하여 謂公曰, 善射一人하여 留.此島中이면 可得便
위 공 왈 선 사 일 인 유 차 도 중 가 득 편
風이리라. 公이 覺而以事로 諮於左右曰, 留誰可矣
풍 공 각 이 이 사 자 어 좌 우 왈 유 수 가 의
오, 衆人曰, 宜以木簡五十片하여 書我輩名하여 沈
중 인 왈 의 이 목 간 오 십 편 서 아 배 명 침
水而鬮之하소서. 公이 從之하다. 軍士에 有.居陀知
수 이 구 지 공 종 지 군 사 유 거 타 지
者하여 名.沈水中이어늘 乃留其人하니 便風忽起하
자 명 침 수 중 내 유 기 인 편 풍 홀 기
여 舡進無滯하다. 居陀,愁立島嶼할새 忽有老人하
강 진 무 체 거 타 수 립 도 서 홀 유 노 인
여 從池而出하여 謂曰, 我는 是「西海若」이니라. 每
종 지 이 출 위 왈 아 시 서 해 약 매

一沙彌하여 日出之時에 從天而降하여 誦,陀羅尼
일사미 일출지시 종천이강 송다라니

하고 三繞此池면 我之夫婦子孫이 皆浮水上하면
삼요차지 아지부부자손 개부수상

沙彌가 取吾子孫,肝腸하여 食之盡矣라. 唯存,吾夫
사미 취오자손간장 식지진의 유존오부

婦與一女爾라 來朝又,必來하리니 請君射之하라.
부여일여이 래조우필래 청군사지

居陀曰, 弓矢之事는 吾所長也니 聞命矣로다. 老
거타왈 궁시지사 오소장야 문명의 노

人이 謝之而沒하다 居陀,隱伏而待하니 明日,扶桑
인 사지이몰 거타은복이대 명일부상

旣暾에 沙彌果來하여 誦呪如前하여 欲取老龍肝이
기돈 사미과래 송주여전 욕취노용간

러니 時에 居陀射之하여 中,沙彌하니 卽變老狐하여
시 거타사지 중사미 즉변노호

墜地而斃하다. 於是에 老人出而謝曰, 受公之賜하
추지이폐 어시 노인출이사왈 수공지사

여 全我性命하니 請以女子로 妻之하노라. 居陀曰,
전아성명 청이여자 처지 거타왈

見賜不遺는 固所願也로소이다. 老人이 以其女로
견사불유 고소원야 노인 이기녀

變作,一枝花하여 納之懷中하고 仍命二龍하여 捧,
변작일지화 납지회중 잉명이용 봉

居陀知及使舡하여 仍護其舡하다 入於唐境하니 唐
거타지급사강 잉호기강 입어당경 당

人이 見,新羅舡하니 有,二龍負之어늘 具事上聞하
인 견신라강 유이용부지 구사상문

니 帝曰, 新羅之使는 必,非常人이라 하고 賜,宴坐
제왈 신라지사 필비상인 사연좌

於群臣之上하고 厚以,金帛遺之하다. 旣,還國하여
어군신지상 후이금백유지 기환국

居陀가 出花枝하여 變女하여 同居焉하다.
거타 출화지 변여 동거언

| 어려운 낱말 |

[梗(경)] : 막다. 대개. [舡次(강차)] : 배가 ~에 닿다. [鵠島(곡도)] : 우리나라 말로는 골대섬(骨大島)이라고도 한다. [信宿(신숙)] : 머물러서 묵다. [浹旬(협순)] : 10여 일 동안. [神池(신지)] : 귀신 못. [具奠(구전)] : 제전을 베풀다. [木簡(목간)] : 나무 조각. [鬮] : 제비뽑을(구). [便風(편풍)] : 순풍. [愁立(수립)] : 시름없이 서 있다. [島嶼(도서)] : 섬. [西海若(서해약)] : 서해의 물귀신. 若은 해신의 이름. [聞命(문명)] : 명령대로. [旣暾(기돈)] : 날이 밝아오자. 暾은 아침 해(돈). [老狐(노호)] : 늙은 여우. [斃] : 넘어져서 죽을 (폐). [見賜不遺(견사불유)] : 주면 거절하지는 않겠다. 賜는 은혜를 베풀다(사).

| 본문풀이 |

이 임금 시대에 아찬(阿飡) 양패(良貝)는 왕의 막내아들이었다. 당(唐)나라에 사신으로 갈 때에 후백제(後百濟)의 해적(海賊)들이 진도(津島)에서 길을 막는다는 말을 듣고 활 쏘는 사람 50명을 뽑아 따르게 했다. 배가 곡도【鵠島 ; 우리말로는 골대도(骨大島)라 한다.】에 이르니 풍랑이 크게 일어나 10여 일 동안 묵게 되었다. 양패공(良貝公)은, 「이것을 근심하여 사람을 시켜 점을 치게 하였더니, 섬에 신지(神池)가 있으니 거기에 제사를 지내면 좋겠습니다.」라고 했다. 이에 못 위에 제물을 차려 놓자 못물이 한 길이나 넘게 치솟았고, 그날 밤 꿈에 노인이 나타나서 양패공에게 말하기를, 「활 잘 쏘는 사람 하나를 이 섬 안에 남겨 두면 순풍(順風)을 얻을 것이라.」고 했다. 양패공이 깨어 그 일을 좌우에게 묻기를, 「누구를 남겨 두는 것이 좋겠느냐?」라고 하니, 여러 사람이 말하기를, 「나무 조각 50개에 저희들의 이름을 각각 써서 물에 가라앉게 해서 제비를 뽑으시면 될 것입니다.」라고 했다. 공은 이 말을 좇았다. 이때 군사 중에 거타지(居陀知)의 이름이 물에 잠겼으므로 그 사람을 남겨 두니 문득 순풍이 불어서 배는 막힘없이 잘 나갔다. 거타지는 걱정스럽게 섬 위에 서 있는데, 갑자기 노인 한 사람이 못 속에서 나오더니 일러 말하기를, 나는 「〈서해약(西海若)〉이니라. 사미(沙彌) 하나가 해가 뜰 때면 늘 하늘로부터 내려와 다라니(陀羅尼)의 주문(呪文)을 외면서 이 못을 세 번 돌면 우리 부부와 자손들이 물 위에 뜨게 되면, 중은 내 자손들의 간(肝)을 빼어 먹는 것이오. 그래서 이제는 오직 우리 부부와 딸 하나만이 남아 있을 뿐인데 내일 아침에 그 중이 또 반드시 올 것이니, 그대는 활로 죽이라.」고 했다. 거타는 말하기를, 「활 쏘는 일이라면 나의 장기(長技)이니 명령대로 하겠습니다.」 했다. 노인은 고맙다는 인사를 하고 물속으로 들어가고 거타지는 숨어서 기다리니 이튿날 동쪽에서 해가 뜨자 과연 중이 오더니 전과 같이 주문을 외면서 늙은 용의 간을 빼 먹으려 했다. 이때 거타가 활을 쏘아 맞히니 중은 이내 늙은 여우로 변하여 땅에 쓰러져 죽었다. 이에 노인이 나와 치사하기를, 「공의 은덕으로 내 성명(性命)을 보전하게 되었으니 내 딸을 아내로 삼기를 바라노라.」 하니 거타지가 말하기를, 「따님을 나에게 주시고 나를 저버리지 않는다면 참으로 원하는 바입니다.」 했다. 노인은 그 딸을 한 가지의 꽃으로 변하게 해서 거타지의 품속에 넣어 주고, 두 용에게 명하여 거타지를 모시고 사신(使臣)의 배를 따라 그 배를 호위하여 당나라에 들어가게 되니, 당나라 사람은 신라의 배를 용 두 마리가 호위하고 있는 것을 보고 이 사실을 황제(皇帝)에게 알리니 이에 황제는 말하기를, 「신라의 사신은 필경 비상한 사람이라.」 하고 이에 잔치를 베풀어 여러 신하들의 윗자리에 앉히고 금과 비단을 후하게 주었다. 본국으로 돌아와서 거타지는 꽃 한 가지를 꺼내어 여자로 변하게 하여 그와 동거하여 살았다.

孝恭王(효공왕)

第.五十二, 孝恭王의 光化十五年.壬申(912)에
제 오 십 이 효 공 왕 광 화 십 오 년 임 신
[實은 朱梁,乾化二年也라.] 奉聖寺.外門의 東西二十一間
봉 성 사 외 문 동 서 이 십 일 간
에 鵲巢하고 又.神德王, 卽位四年.乙亥(915)에는[古
작 소 우 신 덕 왕 즉 위 사 년 을 해
本云, 天祐十二年이나 當作,貞明元年이다.] 靈廟寺內.行廊
영 묘 사 내 행 랑
에 鵲巢三十四와 烏巢四十하다. 又三月에 再降霜
작 소 삼 십 사 오 소 사 십 우 삼 월 재 강 상
하고 六月에 斬浦水가 與.海水波로 相鬪三日하다.
유 월 참 포 수 여 해 수 파 상 투 삼 일

| 어려운 낱말 |

[鵲巢(작소)] : 까치집. [烏巢(오소)] : 까마귀 집. [降霜(강상)] : 서리가 내림. [相鬪(상투)] : 서로 맞붙어 싸우다.

| 본문풀이 | 〈효공왕(孝恭王)〉

제52대 효공왕(孝恭王) 때인 광화(光化) 15년 임신【壬申 ; 912. 사실은 주〔朱後梁〕의 건화(乾化) 2년이다.】에 봉성사(奉聖寺) 외문(外門) 동서쪽 21간(間)에 까치가 집을 지었다. 또 신덕왕(神德王) 즉위 4년 을해【乙亥 ; 915. 고본(古本)에는 천우(天祐) 12년이라고 했으나 마땅히 정명(貞明) 원년(元年)이라 해야 한다.】에 영묘사(靈廟寺) 안 행랑(行廊)채에 까치집이 34개와 까마귀가 집을 40개나 지었다. 또 3월에는 서리가 두 번이나 내렸고, 6월에는 참포(斬浦)의 물과 바닷물의 물결이 사흘 동안이나 서로 맞붙어 싸웠다.

景明王(경명왕)

第五十四, 景明王代인 貞明五年,戊寅(918)에
제 오 십 사 경 명 왕 대 정 명 오 년 무 인

四天王寺,壁畵狗가 鳴하여 說經三日,攘之하나 大
사 천 왕 사 벽 화 구 명 설 경 삼 일 양 지 대

半日又鳴하다. 七年庚辰(920)二月에 皇龍寺.塔影
반 일 우 명 칠 년 경 진 이 월 황 용 사 탑 영

이 倒立於「今毛舍知」家, 庭中하여 一朔하다. 又
도 립 어 금 모 사 지 가 정 중 일 삭 우

十月에는 四天王寺.五方神.弓弦이 皆絶하고 壁畵
시 월 사 천 왕 사 오 방 신 궁 현 개 절 벽 화

狗가 出走庭中이라가 還入壁中하다.
구 출 주 정 중 환 입 벽 중

| 어려운 낱말 |

[狗鳴(구명)] : 개가 울다. [攘] : 물리칠(양). [大半日(대반일)] : 반일이 지나. [大(대)] : 지나서. [五方神(오방신)] : 사방과 중앙을 수호하는 신장(神將).

| 본문풀이 | 〈경명왕(景明王)〉

제54대 경명왕(景明王) 때인 정명(貞明) 5년 무인(戊寅 ; 918)에 사천왕사(四天王寺) 벽화(壁畵) 속의 개가 울어서 3일 동안 불경을 외워 이를 물리쳤으나 반일(半日)이 지나자 그 개가 또 울었다. 7년 경진(庚辰 ; 920) 2월에는 황룡사탑(皇龍寺塔) 그림자가 〈금모사지(今毛舍知)〉의 집 뜰 안에 한 달 동안이나 거꾸로 서서 비쳐 보였다. 또 10월에, 사천왕사(四天王寺) 오방신(五方神)의 활줄이 모두 끊어졌고, 벽화 속의 개가 뜰 가운데로 뛰어 나왔다가 다시 벽 속으로 들어갔다.

景哀王(경애왕)

第五十五, 景哀王이 卽位하다 同光二年,甲申
제 오 십 오 경 애 왕 즉 위 동 광 이 년 갑 신

(924)二月十九日에 皇龍寺에서 設,百座說經하고
이 월 십 구 일 황 용 사 설 백 좌 설 경

兼飯禪僧三百하되 大王이 親,行香致供하니 此는
겸 반 선 승 삼 백 대 왕 친 행 향 치 공 차

百座通說,禪敎之始니라.
백 좌 통 설 선 교 지 시

| 어려운 낱말 |

[同光(동광)] : 후당 莊宗의 연호. [禪僧(선승)] : 참선하는 스님.

| 본문풀이 | 〈경애왕(景哀王)〉

제55대 경애왕(景哀王)이 즉위한 동광(同光) 2년 갑신(甲申 ; 924) 2월 19일에 황룡사(皇龍寺)에서 백좌(百座)를 베풀고 불경(佛經)을 풀이했다. 겸해서 선승(禪僧) 300명에게 음식을 먹이고 대왕(大王)이 친히 향을 피워 불공(佛供)을 드렸다. 이것은 백좌(百座)를 설립한 선교(禪敎)의 시작이었다.

金傅大王(김부대왕)

① 第五十六, 金傅大王은 謚가 敬順이라. 天成
제 오 십 육 김 부 대 왕 시 경 순 천 성

二年,丁亥(927)九月에 百濟(후백제)甄萱이 侵羅至,
이 년 정 해 구 월 백 제 견 훤 침 라 지

高鬱府하니 敬哀王이 請救於,我太祖하다. 命將以,
고 울 부 경 애 왕 청 구 어 아 태 조 명 장 이

勁兵一萬하여 往救之러니 救兵未至에 萱이 以,冬
경 병 일 만 왕 구 지 구 병 미 지 훤 이 동

十一月에 掩入王京하다. 王이 與,妃嬪宗戚으로 遊,
십 일 월 엄 입 왕 경 왕 여 비 빈 종 척 유

鮑石亭하여 宴娛할새 不覺兵至하고 倉卒,不知所
포 석 정 연 오 불 각 병 지 창 졸 부 지 소

爲하다. 王은 與妃로 奔入後宮하고 宗戚及,公卿大
위 왕 여 비 분 입 후 궁 종 척 급 공 경 대

夫士女는 四散奔走하여 爲賊所虜하여 無,貴賤,匍
부 사 녀 사 산 분 주 위 적 소 로 무 귀 천 포

匐乞爲,奴婢하다. 萱이 縱兵하여 摽掠,公私財物하
복 걸 위 노 비 훤 종 병 표 략 공 사 재 물

고 入處王宮하여 乃命左右索王하니 王與妃妾數
입 처 왕 궁 내 명 좌 우 색 왕 왕 여 비 첩 수

人이 匿在後宮이라가 拘致軍中하니 逼令王自盡하
인 익 재 후 궁 구 치 군 중 핍 령 왕 자 진

고 而,强淫王妃하고 縱其下하여 亂其嬪妾하다. 乃
이 강 음 왕 비 종 기 하 난 기 빈 첩 내

立,王之族弟傅를 爲王하니 王은 爲,萱所擧,卽位하
립 왕 지 족 제 부 위 왕 왕 위 훤 소 거 즉 위

다. 前王尸殯於,西堂하고 與,群下로 慟哭하니 太祖,
전 왕 시 빈 어 서 당 여 군 하 통 곡 태 조

遣使弔祭하다. 明年,戊子(928)春三月에 太祖率,五
견사조제 명년무자 춘삼월 태조솔오
十餘騎하고 巡到京畿하니 王이 與,百官으로 郊迎하
십여기 순도경기 왕 여 백관 교영
여 入宮相對하여 曲盡情禮하다. 置宴臨海殿하여
입궁상대 곡진정례 치연임해전
酒酣에 王이 言曰, 吾以不天으로 浸致禍亂하여 甄
주감 왕 언왈 오이불천 침치화란 견
萱이 恣行不義하여 喪我國家하니 何痛如之리오?
훤 자행불의 상아국가 하통여지
因,泫然涕泣하니 左右,莫不嗚咽하고 太祖亦,流涕
인현연체읍 좌우막불오인 태조역유체
하고 因留數旬하다가 乃,廻駕할새 麾下肅靜하여 不
인류수순 내회가 휘하숙정 불
犯秋毫하니 都人士女,相慶曰, 昔에 甄氏之來也에
범추호 도인사녀상경왈 석 견씨지래야
는 如逢豺虎러니 今,王公之至하여는 如見父母라 하
여봉시호 금왕공지지 여견부모
다. 八月에 太祖遣使하여 遺王,錦衫鞍馬하여 幷賜
팔월 태조견사 유왕금삼안마 병사
群僚,將士有差하다. 清泰二年,乙未(935)十月에 以,
군료장사유차 청태이년을미 시월 이
四方土地,盡爲他有하고 國弱勢孤하여 不能自安
사방토지진위타유 국약세고 불능자안
이라. 乃與群下謨하여 擧土降,太祖하니 君臣可否
내여군하모 거토항태조 군신가부
가 紛然不已러라 王太子曰, 國之存亡은 必有天命
분연불이 왕태자왈 국지존망 필유천명
이니 當與忠臣義士로 收合民心하여 力盡而後已니
당여충신의사 수합민심 역진이후이
豈可以,一千年之社稷을 輕以與人이리오? 王曰,
기가이일천년지사직 경이여인 왕왈

孤危若此하여 勢不能全하니 旣不能强하고 又不能
고위약차 세불능전 기불능강 우불능

弱이라. 至使無辜之民으로 肝腦塗地는 吾所不能
약 지사무고지민 간뇌도지 오소불능

忍也라 하고 乃使侍郎金封休,齎書하여 請降於太
인야 내사시랑김봉휴재서 청항어태

祖하다. 太子는 哭泣辭王하고 徑往,皆骨山하여 麻
조 태자 곡읍사왕 경왕개골산 마

衣初食으로 以終其身하다. 季子는 祝髮하고 隸,華
의초식 이종기신 계자 축발 예화

嚴하여 爲,浮圖하니 名은 梵空이라, 後住,法水,海印
엄 위부도 명 범공 후주법수해인

寺云이라. 太祖受書하고 送,太相하여 王鐵迎之하니
사운 태조수서 송태상 왕철영지

王은 率,百僚하여 歸我太祖할새 香車寶馬가 連亘
왕 솔백료 귀아태조 향거보마 연긍

三十餘里요 道路塡咽하고 觀者如堵라. 太祖,出郊
삼십여리 도로전열 관자여도 태조출교

迎勞하고 賜,宮東一區[今,正承院]하고 以長女,樂浪公
영노 사궁동일구 이장여낙랑공

主로 妻之하다. 以王이 謝,自國하고 居,他國이라, 故
주 처지 이왕 사자국 거타국 고

로 以鸞喩之하여 改號를 神鸞公主라 하고 諡,孝穆
이난유지 개호 신난공주 시효목

이라 封爲政丞하니 位在太子之上이요, 給祿一千
봉위정승 위재태자지상 급록일천

石하고 侍從員將을 皆錄用之하고 改,新羅하여 爲,
석 시종원장 개녹용지 개신라 위

慶州하니 以,爲公之食邑이라. 初에 王이 納土來降
경주 이위공지식읍 초 왕 납토내항

하니 太祖喜甚하여 待之厚禮하니 使告曰, 今에 王
태조희심 대지후례 사고왈 금 왕

이 以國으로 與,寡人하니 其,爲賜大矣라 願,結婚於
이 국 여 과 인 기 위 사 대 의 원 결 혼 어

宗室하여 以永,甥舅之好하노이다. 王이 答曰, 我,伯
종 실 이 영 생 구 지 호 왕 답 왈 아 백

父億廉[王之考는 孝宗角干이니 追封된 神興大王之,弟也니라.]
부 억 렴

이 有,女子하니 德容雙美라. 非是면 無以備,內政이
유 여 자 덕 용 쌍 미 비 시 무 이 비 내 정

로소이다. 太祖娶之하니 是爲神成王后,金氏니라.[本
태 조 취 지 시 위 신 성 왕 후 김 씨

朝의 登仕郞,金寬毅所撰의 〈王大宗錄〉에 云하되 '神成王后는 李氏의 本은 慶州이니 大尉 李正言이 爲,俠州守,時에 太祖가 王幸此州라가 納爲妃하다. 故로 或云, 俠州君이라 하다. 願堂은 玄化寺이며 三月二十五日이 立忌로, 葬貞陵하다. 生一子하니 安宗也니라. 此外에 二十五의 妃主中에 不載金氏之事하니 未詳이나 然이나 而史臣之論에 亦以安宗을 爲新羅外孫하니 當以史傳이 爲是니라.]

| 어려운 낱말 |

[天成(천성)] : 후당(後唐) 명종(明宗)의 연호. [高鬱府(고울부)] : 지금의 영천(永川). [勁兵(경병)] : 예리하고 강력한 군사. [倉卒(창졸)] : 갑자기. [摽掠(표략)] : 쳐서 노략질하다. [逼令(핍령)] : 핍박하여 명령하다. [不天(불천)] : 하늘이 돕지 않아서. [泫然(현연)] : 눈물이 줄줄 흘러내리다. [廻駕(회가)] : 되돌아가

다. [豺虎(시호)] : 승냥이와 호랑이. [淸泰(청태)] : 후당 말제의 연호. [紛然(분연)] : 의견이 분분하다. [至使(지사)] : ~으로 하여금. [齎書(재서)] : 국서를 가지고. 齎는 가져올(재). [皆骨山(개골산)] : 금강산의 다른 이름. [隷華嚴(예화엄)] : 화엄에 예속함. [塡咽(전열)] : 많은 사람과 물건들로 붐빔. [堵] : 담(도).

| 본문풀이 | 〈김부대왕(金傅大王)〉

재56대 김부대왕(金傅大王)의 시호는 경순(敬順)이다. 천성(天成) 2년 정해(丁亥 ; 927) 9월에 후백제(後百濟)의 견훤(甄萱)이 신라를 침범해서 고울부(高蔚府 : 지금의 영천)에 이르니, 경애왕(景哀王)은 우리 고려(高麗) 태조(太祖)에게 구원을 요청하였다. 태조는 장수에게 명령하여 강한 군사 1만 명을 거느리고 구원하게 했으나 구원병(救援兵)이 미처 도착하기도 전에 견훤(甄萱)은 그 해 11월에 신라 서울로 쳐들어갔다. 이때 왕은 비빈(妃嬪), 종척(宗戚)들과 포석정(鮑石亭)에서 잔치를 열고 즐겁게 놀고 있었기 때문에 적병이 오는 것도 알지 못했다가 창졸간에 어찌할 줄을 몰랐다. 왕과 비(妃)는 달아나 후궁(後宮)으로 들어가고 종척(宗戚) 및 공경대부(公卿大夫)와 사녀(士女)들은 사방으로 흩어져 달아나다가 적에게 사로잡혔으며, 귀천(貴賤)을 가릴 것 없이 모두 땅에 엎드려 노비(奴婢)가 되기를 빌었다. 견훤은 군사를 놓아 공사간(公私間)에 재물을 약탈하고 왕궁(王宮)에 들어가서 좌우 사람을 시켜 왕을 찾게 하니, 왕은 왕비와 첩들과 함께 후궁에 숨어 있다가 이를 군인들로 하여금 잡아다가 왕에게 억지로 자살을 강요하고 왕비를 강

간하였고, 부하들을 놓아 왕의 빈첩(嬪妾)들을 모두 강제로 능욕하였다. 이에 왕의 친척뻘 동생인 부(傅)를 세워 왕으로 삼으니 김부(경순왕)는 견훤에 의하여 왕위에 오른 셈이 되었다. 왕위(王位)에 올라 전왕(前王)의 시체를 서당(西堂)에 안치하고 여러 신하들과 함께 통곡하니, 이때 우리 태조(太祖)는 사신(使臣)을 보내서 조상했다.

이듬해 무자(戊子 ; 928)년 봄 3월에, 태조(太祖)는 50여 기병(騎兵)을 거느리고 신라 서울에 이르니 왕은 백관(百官)과 함께 교외에서 맞아 대궐로 들어갔다. 서로 대하여 곡정하게 예의를 다하여 이야기하고 임해전(臨海殿)에서 잔치를 열었다. 술이 얼근하게 취하니 왕은 말하기를, 「나는 하늘의 도움을 받지 못해서 화란(禍亂)을 불러일으켰고, 견훤(진훤)으로 하여금 불의(不義)한 짓을 마음껏 행하게 해서 우리나라를 훼손하여 놓았으니, 이 얼마나 원통한 일입니까?」 하고는, 인하여 눈물을 흘리면서 우니 좌우 사람들도 울지 않는 사람이 없었고, 태조 역시 눈물을 흘렸다. 태조는 여기에서 수십 일을 머무르다가 돌아갔는데 부하와 군사들은 엄숙하고 정연해서 조금도 침범하지 않으니 서울의 사녀(士女)들이 서로 경하(慶賀)해 말하기를, 「전에 견훤이 왔을 때는 마치 늑대와 호랑이를 만난 것 같더니, 지금 왕공(王公)이 온 것은 부모를 만난 것 같다.」라고 했다. 8월에 태조는 사자를 보내서 왕에게 비단 웃옷과 안장 놓은 말을 주고, 또 여러 관료(官僚)와 장사(將士)들에게도 차등에 따라 선물을 주었다.

청태(淸泰) 2년 을미(乙未 ; 935) 10월에, 사방의 땅이 모두 남의 나라 소유가 되고, 나라는 약하고 형세가 외로우니 스스로 지탱할 수가 없었으므로 여러 신하들과 함께 국토(國土)를 들어 고려 태조(太祖)에게 항복할 것을 의논했다. 그러나 여러 신하들의 의논이 분분하여 끝이 나지 않았는데 왕태자(王太子)가 말하기를, 「나라의 존망(存亡)은 반드시 하늘의 명에 있는 것이니 마땅히 충신(忠臣)과 의사(義士)들과 함께 민심(民心)을 수습하여 힘이 다한 뒤에야 그만둘 것이지, 어찌 1천 년의 사직(社稷)을 경솔하게 남에게 넘겨주겠습니까?」라고 하니 왕은 말하기를, 「외롭고 위태롭기가 이와 같으니 형세는 보전될 수 없다. 이미 강해질 수도 없고 더 약해질 수도 없으니 죄 없는 백성들로 하여금 간뇌도지(肝腦塗地)하게 하는 것은 내가 차마 할 수 없는 일이다.」 하고는, 이에 시랑(侍郞) 김봉휴(金封休)를 시켜서 국서(國書)를 가지고 태조에게 가서 항복하기를 청했다. 그러나 태자는 울면서 왕을 하직하고 바로 개골산(皆骨山)으로 들어가서 삼베옷을 입고 나물과 풀을 먹다가 세상을 마쳤다. 그의 막내아들은 머리를 깎고 화엄종(華嚴宗)에 들어가 중이 되어 승명(僧名)을 범공(梵空)이라 했는데, 그 뒤로 법수사(法水寺)와 해인사(海印寺)에 있었다 한다.

태조는 신라의 국서를 받고 태상(太相) 왕철(王鐵)을 보내서 맞게 했다. 왕은 여러 신하들을 거느리고 우리 태조에게로 돌아가니, 아름답게 꾸민 수레며 말들이 30여 리에 뻗치고 길은 사람으로 꽉 차고 구경꾼들이 담과 같이 늘어섰다. 태조는 교외에 나가서 영접하여 위로하고 대궐 동쪽의 한 구역〔지금의 정승원(正承院)〕을 주고, 장녀(長女) 낙랑공주(樂浪公主)를 그의 아내로 삼았다. 왕이 자기 나라를 작별하고 남의 나라에 와서 살았다 해서 이를 난조(鸞鳥)에 비유하여 공주의 칭호를 신란공주(神鸞公主)라고 고쳤으며, 시호(諡號)를 효목(孝穆)이라 했다. 왕을 봉(封)해서 정승(正承)을 삼으니 그 위는 태자(太子)의 위이며 녹봉(祿俸) 1천석을 주었으며 왕을 모시고 따라온 관원들도 모두 등용해서 쓰도록 했다. 신라를 고쳐 경주(慶州)라 하여 이를 경순왕(敬順王)의 식읍(食邑)으로 삼았다.

처음에 왕이 국토를 바치고 항복해 오니 태조는 무척 기뻐하여 후한 예로 그를 대접하고 사람을 시켜 말하기를, 「이제 왕이 나에게 나라를 주니 나에게 주시는 선물이 매우 큽니다. 원컨대 왕의 종실(宗室)과 혼인을 해서 옹서[舅甥]의 좋은 의(誼)를 길이 맺고 싶습니다.」 하니, 경순왕이 대답하기를, 「우리 백부(伯父) 억렴【億廉 ; 왕(王)의 아버지 효종각간(孝宗角干)은 추봉(追封)된 신흥대왕(神興大王)의 아우이다.】에게 딸이 있는데 덕행(德行)과 용모가 모두 아름답습니다. 이 사람이 아니고는 내정(內政)을 다스릴 사람이 없습니다.」 하여 태조가 그에게 장가를 드니, 이가 신성왕후(神成王后) 김씨(金氏)이다.【우리 왕조(王朝) 등사랑(登仕郎) 김관의(金寬毅)가 지은 〈왕대종록(王代宗錄)〉에 이와 같은 말이 있다. 신성왕후(神成王后) 이씨(李氏)는 본래 경주(慶州) 대위(大尉) 이정언(李正言)이 합주수(俠州守)로 있을 때 태조(太祖)가 그 고을에 갔다가 그를 왕비(王妃)로 맞았다. 그런 때문에 그를 합주군(俠州君)이라고도 한다 했다. 그의 원당(願堂)은 현화사(玄化寺)이며, 3월 25일이 기일(忌日)로, 정릉(貞陵)에 장사 지냈다. 아들 하나를 낳으니 안종(安宗)이다. 이 밖에 25 비주(妃主) 가운데 김씨(金氏)의 일은 실려 있지 않으니 자세히 알 수 없다. 그러나 사신

(史臣)의 의론을 봐도 역시 안종(安宗)을 신라의 외손(外孫)이라 했다. 그러니 마땅히 사전(史傳)을 옳다고 해야 할 것이다.】

② 太祖之孫, 景宗.伷가 聘.政承公之女로 爲妃
태 조 지 손 경 종 주 빙 정 승 공 지 녀 위 비

하니 是爲.憲承皇后라. 仍封政承을 爲尙父러니 太
시 위 헌 승 황 후 잉 봉 정 승 위 상 보 태

平興國三年.戊寅에 崩하니 謚曰, 敬順이라 하다 冊.
평 흥 국 삼 년 무 인 붕 익 왈 경 순 책

尙父誥曰, 「勅하노니 姬周.啓聖之初에 先封呂望
상 보 고 왈 칙 희 주 계 성 지 초 선 봉 여 망

하고 劉漢興王之始에 首開簫何하니 自此로 大定
유 한 흥 왕 지 시 수 개 소 하 자 차 대 정

寰區하고 廣開基業하여 立.龍圖三十代하고 躡麟
환 구 광 개 기 업 입 용 도 삼 십 대 섭 린

趾,四百年에 日月重明하고 乾坤交泰하여 雖自.無
지 사 백 년 일 월 중 명 건 곤 교 태 수 자 무

爲之主하여도 亦開.致理之臣하니 觀光順化衛國
위 지 주 역 개 치 리 지 신 관 광 순 화 위 국

功臣이며 上柱國.樂浪王政承이요, 食邑八千户의
공 신 상 주 국 낙 랑 왕 정 승 식 읍 팔 천 호

金傅는 世處鷄林하되 官分王爵하고 英烈은 振.凌
김 부 세 처 계 림 관 분 왕 작 영 렬 진 릉

雲之氣하고 文章은 騰.擲地之才라. 富有春秋하고
운 지 기 문 장 등 척 지 지 재 부 유 춘 추

貴居茅土하고 六韜三略이 恂入胸襟하고 七縱五
귀 거 모 토 육 도 삼 략 순 입 흉 금 칠 종 오

申을 撮歸指掌이라 我太祖.始修.睦鄰之好하여 早
신 촬 귀 지 장 아 태 조 시 수 목 린 지 호 조

認餘風하고 尋時頒馬하여 付馬之姻하니 内酬大節
인 여 풍 심 시 반 마 부 마 지 인 내 수 대 절

이라. 家國,旣歸於一統하여 君臣宛合於,三韓하여
가 국 기 귀 어 일 통 군 신 완 합 어 삼 한

顯播令明하고 光崇懿範하여 可加號,尙父都省令
현 파 령 명 광 숭 의 범 가 가 호 상 보 도 성 령

이라. 仍賜〈推忠愼義,崇德守節功臣〉號하고 勳封
잉 사 추 충 신 의 숭 덕 수 절 공 신 호 훈 봉

如故하고 食邑通前,爲一萬户라. 有司는 擇日備禮
여 고 식 읍 통 전 위 일 만 호 유 사 택 일 비 례

册命하니 主者는 施行하라.」 하니라.
책 명 주 자 시 행

| 어려운 낱말 |

[尙父(상보)] : 아버지와 같이 높이어 모심. 높임을 받는 사람. [太平興國(태평흥국)] : 송나라 태종의 연호. [誥] : 고할(고). 임금의 포고문. [姬周(희주)] : 姬는 주나라의 성씨(姓氏). [啓聖(계성)] : 성스러운 국가를 세우다. 여기서는 주나라의 개국을 말함. [呂望(여망)] : 강태공을 말함. 그는 태공망이었다. [劉漢(유한)] : 한나라 고조 유방을 말함. [蕭何(소하)] : 한나라 유방의 공신. [寰區(환구)] : 봉건 사회에서 천자의 직할 구역. 천하, 천지. [廣開基業(광개기업)] : 기초의 업을 넓게 열다. [淩雲之氣(능운지기)] : 하늘에 닿는 기상. [騰擲地(등척지)] : 땅을 진동시킴. [茅土(모토)] : 황제가 제후에게 봉함을 이르는 말.

| 본문풀이 |

태조의 손자 경종(景宗) 주(伷)는 정승공(政承公)의 딸을 맞아 왕비를 삼으니, 이가 헌승황후(憲承皇后)이다. 이에 정승공(政承公)

을 봉해서 상보(尙父)를 삼았다. 태평흥국(太平興國) 3년 무인(戊寅;978)에 죽으니, 시호를 경순(敬順)이라 했다. 상보(尙父)로 책봉하는 글에서 말하기를, 「조칙(詔勅)을 내리노니 희주(姬周)가 나라를 처음 세울 때는 먼저 여상(呂尙)을 봉했고, 유한(劉漢)이 나라를 세울 때에는 먼저 소하(蕭何)를 봉했으니, 이로부터 온 천하가 평정되었고 널리 기업(基業)이 열렸다. 용도(龍圖) 30대를 세우고 섭린(躡麟)은 400년을 이으니, 해와 달이 거듭 밝고 천지가 서로 조화되었다. 비록 무위(無爲)의 군주(君主)로서 시작되었으나 역시 보좌(輔佐)하는 신하로 해서 일을 이루었던 것이다. 관광순화 위국공신 상주국 낙랑왕, 정승 식읍팔천호 김부(觀光順化 衛國功臣 上柱國 樂浪王, 政承 食邑八千戶 金傅)는 대대로 계림(鷄林)에 살고 있어서 벼슬은 왕의 작위(爵位)를 받았고, 그 영특한 기상은 하늘을 업신여길 만하고 문장(文章)은 땅을 진동할 만한 재주가 있었다. 부(富)는 오랫동안 계속되었고 귀(貴)는 모토(茅土)에 거(居)했으며 육도삼략(六韜三略)은 정성스런 가슴속에 들어 있고 칠종오신(七縱五申)을 손바닥으로 잡아 쥐었다. 우리 태조는 비로소 이웃 나라와 화목하게 지내는 우호(友好)를 닦으시니 일찍부터 내려오는 풍도를 알아서 이내 부마(駙馬)의 인의(姻誼)를 맺어 안으로 큰 절의(節義)에 보답했다. 이미 나라가 통일되고 군신(君臣)이 완전히 삼한(三韓)으로 합쳤으니 아름다운 이름은 널리 퍼지고 올바른 규범(規範)은 빛나고 높았다. 상보도성령(尙父都省令)의 칭호를 더해주라 인하여, 〈추충신의 숭덕수절공신(推忠愼義 崇德守節功臣)〉의 호(號)를 주니, 훈봉(勳封)은 전과 같고 식읍(食邑)은 전후를 합쳐서 1만 호(戶)가 되었다. 유사(有司)는 날을 가려서 예(禮)를 갖추어 책명(冊命)하는 것이니 일을 맡은 자는 시행하도록 하라.」고 하였다.

③ 史論曰, 新羅朴氏와 昔氏는 皆自卵生하고
사론왈 신라박씨 석씨 개자란생

金氏는 從天으로 入,金櫃而降하고 或云, 乘,金車라
김씨 종천 입금궤이강 혹운 승금거

하니 此尤詭怪,不可信이라. 然이나 世俗相傳하여
차우궤괴불가신 연 세속상전

爲實事라 하다. 今但,原厥初에 在上者는 其,爲己也
위실사 금단원궐초 재상자 기위기야

儉하고 其,爲人也寬이요, 其,設官也略하고 其,行事
검 기위인야관 기설관야략 기행사

也簡이라. 以,至誠事中國하여 梯航,朝聘之使가 相
야간 이지성사중국 제항조빙지사 상

續不絶하고 常遣子弟하여 造朝而宿衛하고 入學而
속부절 상견자제 조조이숙위 입학이

誦習하여 于以襲,聖賢之風化하여 革,鴻荒之俗하
송습 우이습성현지풍화 혁홍황지속

여 爲,禮義之邦하다. 又憑,王師之威靈하여 平,百
위예의지방 우빙왕사지위령 평백

濟,高句麗하여 取其地爲,郡縣하니 可謂盛矣라. 然
제고구려 취기지위군현 가위성의 연

이나 而奉,浮屠之法하여 不知其弊하여 至使閭里에
이봉부도지법 부지기폐 지사여리

比其塔廟하고 齊民逃於緇褐하여 兵農浸小하고
비기탑묘 제민도어치갈 병농침소

而,國家日衰하니 幾何其,不亂且亡也哉아 於是時
이국가일쇠 기하기불란차망야재 어시시

에 景哀王이 加之以荒樂하여 與,宮人左右로 出遊,
경애왕 가지이황락 여궁인좌우 출유

鮑石亭하여 置酒燕衛하다가 不知,甄萱之至하여
포석정 치주연위 부지견훤지지

與,門外韓擒虎와 樓頭張麗華로 無以異矣리오. 若,
여문외한금호 누두장려화 무이이의 약

敬順之歸命太祖는 雖非獲已나 亦可佳矣니라. 向
경순지귀명태조 수비획이 역가가의 향

若,力戰守死하여 以抗王師하여 至於力屈勢窮하여
약역전수사 이항왕사 지어역굴세궁

則,必覆其家族하고 害及于,無辜之民하리니 而,乃
즉필복기가족 해급우무고지민 이내

不待,告命하고 封,府庫하여 籍,郡縣하여 以歸之하
부대고명 봉부고 적군현 이귀지

니 其,有功於朝廷하고 有德於生民이 甚大라. 昔에
기유공어조정 유덕어생민 심대 석

錢氏가 以,吳越入宋하니 蘇子瞻이 謂之忠臣이라
전씨 이오월입송 소자첨 위지충신

하니 今,新羅功德은 過於彼遠矣니라. 我太祖,妃嬪
금신라공덕 과어피원의 아태조비빈

이 衆多하여 其,子孫亦繁衍이라. 而顯宗은 自,新羅
중다 기자손역번연 이현종 자신라

外孫으로 卽寶位하니 此後,繼統者는 皆其子孫이니
외손 즉보위 차후계통자 개기자손

豈非,陰德也歟아? 新羅旣納土國除에 阿干,神會
기비음덕야여 신라기납토국제 아간신회

는 罷外署還하여 見,都城離潰하고 有,黍離離嘆하
파외서환 견도성이궤 유서리이탄

여 乃作歌나 歌亡未詳하다.
내작가 가망미상

| 어려운 낱말 |

[詭怪(궤괴)] : 이상하고 괴이함. [原厥初(원궐초)] : 건국 초기. 그 본래의 사실을 따져보면. [梯航(제항)] : 산 넘고 물 건너서. [革鴻荒之俗(혁홍황지속)] : 거친 풍속을 개혁함. [憑(빙)] : 기대어, 의탁하여. [威靈(위령)] : 권위와 힘. [齊民(제민)] : 많은 백성들이. [緇褐(치갈)] : 승려, 중. [浸小(침소)] : 점점 줄어들다. [荒樂(황락)] : 방탕하여. [燕衛(연위)] : 잔치를 벌이다. [韓擒虎(한금호)] : 수나라 동원인(東垣人)으로 수문제시(隋文帝時)에 노추총관(盧州摠管)이 되어 경기(輕騎) 500을 이끌고 금릉(金陵)에 쳐들어가 진(陳)의 후주(後主)를 잡아서 평진(平陳)의 공을 세운 사람. 진후주의 말로는 신라 경애왕과 방불함이 있다. [張麗華(장려화)] : 진 후주 장귀비 등의 유연오락과 그들의 최후가 역시 신라 경애왕의 경우와 같은 것. [雖非獲已(수비획이)] : 비록 마지못하여 한 일이지만. [向若(향약)] : 만약에. [蘇子瞻(소자첨)] : 소식(蘇軾). 자첨은 소식의 호. [彼(피)~遠(원)] : 저~보다 훨씬(~하다.) [繁衍(번연)] : 번성하여 수가 불어남. [黍離離嘆(서리이탄)] : 주나라가 망하여 피밭으로 변모했음을 보고 탄식하여 지은 시경의 '왕풍' 편의 시를 인용함.

| 본문풀이 |

사론(史論 : 김부식 삼국사기)에 이르기를, 「신라(新羅)의 박씨(朴氏)와 석씨(昔氏)는 모두 알에서 나왔다. 김씨는 황금(黃金) 궤짝 속에 들어서 하늘로부터 내려왔다고 한다. 혹은 황금으로 된 수레를 타고 왔다고 하는데, 이것은 더욱 황당해서 믿을 수가 없다. 그러나 세속에서는 서로 전하여 사실이라고 한다. 이제 다만 그 시초를 살펴보건대, 위에 있는 이는 그 몸을 위해서는 검소했고 남을 위해서는 너그러웠다. 그 관직을 설치하는 것은 간략히 했고 그 일을 행하는 것은 간소하게 했다. 성심껏 중국(中國)을 섬겨

서 조빙(朝聘)하는 사신이 제항(梯航)으로 연락이 끊이지 않았으며 항상 자제(子弟)들을 중국에 보내어 숙위(宿衛)하게 하고 국학(國學)에 들어가서 공부하게 했다. 이리하여 성현(聖賢)의 풍화를 이어받고 오랑캐의 풍속을 개혁시켜서 예의 있는 나라로 만들었다. 또 중국 군사의 위엄을 빌어 백제(百濟)와 고구려(高句麗)를 평정하고, 그 땅을 취하여 군현(郡縣)을 삼았으니 가히 장한 일이라 하겠다. 그러나 불법(佛法)을 숭상해서 그 폐단을 알지 못하고 심지어는 마을마다 탑과 절을 즐비하게 세워 백성들은 모두 중이 되어 군대(軍隊)니 농민(農民)이 점점 줄어들었다. 그리하여 나라가 날로 쇠퇴해가니 어찌 어지러워지지 않을 것이며 또 망하지 않겠는가. 이때에 경애왕(景哀王)은 더욱 음란하고 놀기에만 바빠 궁녀(宮女)들과 좌우 근신(近臣)들과 더불어 포석정(鮑石亭)에 나가 술자리를 베풀고 즐겨 견훤(甄萱)이 오는 것도 몰랐으니, 저 문밖의 한금호(韓擒虎)나 누각(樓閣) 위의 장려와(張麗華)와 다를 것이 없었다. 경순왕(敬順王)이 태조(太祖)에게 귀순(歸順)한 것은 비록 할 수 없이 한 일이기는 하나 또한 아름다운 일이라 하겠다. 만일 힘껏 싸우고 죽기로 지켜서 고려 군사에게 반항했더라면 힘은 꺾이고 기세는 다해서 반드시 그 가족을 멸망시키고 죄 없는 백성들에게까지 해가 미쳤을 것이다. 그런데 운명을 기다리지 않고 창고를 봉하고 군현(郡縣)의 이름을 기록하여 귀순했으니 조정에 대해서는 공로가 있고 백성들에 대해서는 덕이 있는 것이 매우 크다 하겠다. 옛날 전씨(錢氏)가 오월(吳越)의 땅을 송(宋)나라에 바친 일을 소자첨(蘇子瞻)은 충신(忠臣)이라고 했으니, 이제 신라의 공덕(功德)은 그보다 훨씬 크다고 하겠다. 우리 태조는 비빈(妃嬪)이 많고 그 자손들도 또한 번성했다. 현종(顯宗)은 신라의 외손(外孫)으로서 왕위(王位)에 올랐으며, 그 뒤에 왕통(王統)을 계승한 이는 모두 그의 자손이었다. 이것이 어찌 그 음덕(陰德)이 아니겠는가?」라고 했다.

신라가 이미 땅을 바쳐 나라가 없어지자 아간(阿干) 신회(神會)는 외직(外職)을 내놓고 돌아왔는데, 도성(都城)이 황폐한 것을 보고 서리리(黍離離)의 탄식함이 있어 이에 노래를 지었다고 하나 그 노래는 없어져 미상일 뿐이다.

新羅, 善花公主. 百濟武王
(신라, 선화공주. 백제무왕)

百濟第三十, 武王의 名은 璋이라. 母寡居에 築
백제제삼십 무왕 명 장 모과거 축

室於京師, 南池邊이러니 池龍, 交通而生하여 小名
실어경사 남지변 지룡 교통이생 소명

은 薯童이니 器量이 難測이라. 當掘薯蕷하여 賣爲
서동 기량 난측 당굴서여 매위

活業하니 國人이 因以爲名하다 聞, 新羅眞平王, 第
활업 국인 인이위명 문신라진평왕제

三公主善花[一作善化]가 美艷無雙하고 剃髮來, 京師
삼공주선화 미염무쌍 체발래경사

하여 以薯蕷로 餉.閭里.群童하니 群童親附라. 乃作
이 서 서 향 여 리 군 동 군 동 친 부 내 작
謠하여 誘.群童而唱之云하다.
요 유 군 동 이 창 지 운

善花公主主隱,

他密只嫁良置古,

薯童房乙,

夜矣卯乙抱遣去如.

* 이는 향가 작품이기에 음을 달 수 없음. −아래 풀이를 참고.

童謠滿京하여 達於宮禁이라, 百官이 極簡하여
동 요 만 경 달 어 궁 금 백 관 극 간
竄流.公主於遠方하다 將行에 王后가 以.純金一斗
찬 류 공 주 어 원 방 장 행 왕 후 이 순 금 일 두
로 贈行하다. 公主가 將至竄所에 薯童이 出拜途中
증 행 공 주 장 지 찬 소 서 동 출 배 도 중
하여 將欲侍衛而行하니 公主는 雖.不識其.從來나
장 욕 시 위 이 행 공 주 수 불 식 기 종 래
偶爾信悅하여 因此隨行하여 潛通焉이라. 然後에
우 이 신 열 인 차 수 행 잠 통 언 연 후
知.薯童名하고 乃信.童謠之驗하다. 同至百濟하여
지 서 동 명 내 신 동 요 지 험 동 지 백 제
出.王后所贈金하여 將謀計活이러니 薯童이 大笑
출 왕 후 소 증 금 장 모 계 활 서 동 대 소

曰, 此.何物也오? 主曰, 此是黃金으로 可致百年之
왈 차 하 물 야 주 왈 차 시 황 금 가 치 백 년 지

富라. 薯童曰, 吾.自小로 堀薯之地에 委積如.泥土
부 서 동 왈 오 자 소 굴 서 지 지 위 적 여 니 토

하니라 主聞.大驚曰, 此是天下至寶니 君今知.金
주 문 대 경 왈 차 시 천 하 지 보 군 금 지 금

之所在면 則.此寶.輸送父母宮殿이 如何오? 薯童
지 소 재 즉 차 보 수 송 부 모 궁 전 여 하 서 동

曰, 可하다. 於是에 聚金하니 積如丘陵이라 詣.龍華
왈 가 어 시 취 금 적 여 구 릉 예 용 화

山師子寺의 知命法師所하여 問.輸金之計하니 師
산 사 자 사 지 명 법 사 소 문 수 금 지 계 사

曰, 吾以神力으로 可輸하니 將金來矣하라. 主.作書
왈 오 이 신 력 가 수 장 금 래 의 주 작 서

하여 幷金置於.師子前하니 師以神力으로 一夜.輸
병 금 치 어 사 자 전 사 이 신 력 일 야 수

置新羅宮中하다. 眞平王이 異其神變하여 尊尤甚
치 신 라 궁 중 진 평 왕 이 기 신 변 존 우 심

하여 常馳書問.安否하다. 薯童이 由此로 得人心하
상 치 서 문 안 부 서 동 유 차 득 인 심

여 卽.王位하다. 一日은 王이 與.夫人으로 欲行.師子
즉 왕 위 일 일 왕 여 부 인 욕 행 사 자

寺하여 至.龍華山下의 大池邊하니 彌勒三尊이 出
사 지 용 화 산 하 대 지 변 미 륵 삼 존 출

現池中하여 留駕致敬하다. 夫人謂王曰, 須創.大
현 지 중 유 가 치 경 부 인 위 왕 왈 수 창 대

伽藍於此地가 固所願也니다 하니 王이 許之하다.
가 람 어 차 지 고 소 원 야 왕 허 지

詣知命所하여 問.塡池事하니 以.神力으로 一夜頹
예 지 명 소 문 전 지 사 이 신 력 일 야 퇴

山하여 塡池爲平地하다. 乃.法像彌勒三하여 會殿.
산 전 지 위 평 지 내 법 상 미 륵 삼 회 전

塔,廊廡,各三所創之하여 額曰, 彌勒寺[國史云 王興
탑 낭 무 각 삼 소 창 지 액 왈 미 륵 사

寺]라 하다. 眞平王이 遣,百工하여 助之하니 至今,存
진 평 왕 견 백 공 조 지 지 금 존

其寺하다.[三國史云하되 是는 法王之子라 하나 而此,傳之獨女
기 사

之子라 하니 未詳이라.]

| 어려운 낱말 |

[寡居(과거)] : 홀어미로 살다. [薯蕷(서여)] : 참마. [美艷(미염)] : 매우 곱고 아름다움. [剃髮(체발)] : 머리를 깎다. [餉] : 나누어줄(향). [閭里(여리)] : 마을과 마을 거리. [竄流(찬류)] : 숨겨서 유배하다. [偶爾(우이)] : 그를 만나다. [潛通(잠통)] : 몰래 정을 통함. [驗(험)] : 증험. 맞다. [自小(자소)] : 어려서부터. [委積(위적)] : 버려둔 것이 쌓여있다. 委는 조금 쌓는다는 뜻임. [神變(신변)] : 신기한 변술. [馳書(치서)] : 편지를 보내다. [致敬(치경)] : 치성을 드리다. [塡池(전지)] : 못을 메우다. [頹山(퇴산)] : 산을 무너뜨려. [彌勒三(미륵삼)] : 미륵 삼존상. [會殿,塔,廊廡(회전,탑,낭무)] : 전각, 탑, 행랑채.

| 본문풀이 | 〈신라 선화공주와 백제 무왕〉

백제 제30대 무왕(武王)의 이름은 장(璋)이다. 그 어머니가 과부(寡婦)가 되어 서울 남쪽 못 가에 집을 짓고 살았는데 연못가의 지렁이[池龍]와 관계하여 아들을 낳았으니, 그의 어릴 때 이름은 서동(薯童)으로 재능과 도량이 헤아릴 수 없을 정도였다. 항상 마[薯蕷]를 캐어서 파는 것으로 생업(生業)을 삼았으므로 사람들이 서동이라고 이름 지었다. 신라 진평왕(眞平王)의 셋째 공주 선화〔善花 ; 혹은 선화(善化)〕가 뛰어나게 아름답다는 말을 듣고는 머리를 깎고 서울로 가서 마을 아이들에게 마를 먹이니, 곧 아이들과 친해져 그를 따르게 되었다. 이에 동요를 지어 아이들을 꾀어서 모두들 이 '서동요'의 노래를 부르게 했다.

> 선화공주(善花公主)님은
> 남몰래 정을 통하고
> 서동방(薯童房)을
> 밤에 몰래 안고 간다.
>
> —4구체 향가 '서동요'

동요(童謠)가 서울에 가득 퍼져서 대궐 안에까지 들리자 백관(百官)들이 임금에게 극력 간해서 공주를 먼 곳으로 귀양을 보내게 되었다. 장차 떠나려 하는데 왕후(王后)는 순금(純金) 한 말을 주어 떠나게 했다. 공주가 장차 귀양지에 도착하려는데 도중에 서동이 나와서 공주에게 절하며 모시고 가겠다고 하니, 공주는 그가 어디서 왔는지는 알지 못했지만 그저 우연히 믿고 좋아하니 서동은 그를 따라가면서 비밀히 정도 통했다. 그런 뒤에 서동의 이름을 알았고, 동요가 그 내용에 맞는 것도 알았다. 함께 백제로 와서 모후(母后)가 준 금을 꺼내 놓고 살아 나갈 계획을 의논하자 서동이 크게 웃으면서 말하기를, 「이게 무엇이오?」 공주가 말하기를, 「이것은 황금이니 이것을 가지면 백 년의 부를 누릴 수 있는 것이라.」 했다. 그가 또 말하기를, 「나는 어릴 때부터 마를 캐던 곳에 황금을 흙덩이처럼 쌓아 두었다.」고 하니, 공주는 이 말을 듣고 크게 놀라면서 말하기를, 「그것은 천하의 가장 큰 보배이니 그대는 지금 그 금이 있는 곳을 아시면 우리 부모님이 계신 대궐로 보내는 것이 어떻겠습니까?」 하니, 서동은 좋다고 했다. 이에 금을 모아 산더미처럼 쌓아 놓고 용화산(龍華山) 사자사(師子寺)의 지명법사(知命法師)에게 가서 이것을 실어 보낼 방법을 물으니 법사가 말하기를, 「내가 신통(神通)한 힘으로 보낼 터이니 금을 이리로 가져 오시오.」 했다. 이리하여 공주가 부모에게 보내는 편지와 함께 금을 사자사(師子寺) 앞에 갖다 놓았다. 법사는 신통한 힘으로 하룻밤 동안에 그 금을 신라 궁중으로 보내자, 진평왕(眞平王)은 그 신비스러운 변화를 이상히 여겨 더욱 서동을 존경해서 항상 편지를 보내어 안부를 물었다. 서동은 이로부터 인심을 얻어서 드디어 왕위에 올랐다.

하루는 무왕이 부인을 더불어 사자사에 가려고 용화산(龍華山) 밑 큰 못 가에 이르니 미륵삼존(彌勒三尊)이 못 가운데에 나타나므로 수레를 멈추고 인사를 했다. 부인이 왕에게 말하기를, 「모름지기 여기에 큰 절을 지어 주십시오. 그것이 제 소원입니다.」라고 하니, 왕은 그것을 허락했다. 곧 지명법사에게 가서 못을 메울 일을 물으니 신비스러운 힘으로 하룻밤 사이에 산을 헐어 못을 메워 평지를 만들었다. 여기에 미륵 삼존상(像)을 만들고 회전(會殿)과 탑(塔)과 낭무(廊廡)를 각각 세 곳에 세우고 절 이름을 미륵사【彌勒寺 ; 〈국사(國史)〉에서는 왕흥사(王興寺)라고 했다.】라 했다. 진평왕이 여러 공인(工人)들을 보내서 그 일을 도왔는데, 그 절은 지금도 보존되어 있다.【〈삼국사(三國史)〉에는 무왕을 법왕(法王)의 아들이라고 했는데, 여기에서는 과부의 아들이라고 했으니 자세히 알 수 없다.】

後百濟(후백제), 甄萱(견훤)

① 三國史,本傳에 云하되 甄萱은 尙州.加恩縣
삼 국 사 본 전 운 견 훤 상 주 가 은 현

人也라, 咸通八年丁亥(867)生하니 本姓은 李요, 後
인 야 함 통 팔 년 정 해 생 본 성 이 후

以,甄으로 爲氏하다. 父는 阿慈个이니 以農自活하
이 견 위 씨 부 아 자 개 이 농 자 활

다가 光啓中에 據,沙弗城(今尙州)하여 自稱將軍이라
광 계 중 거 사 불 성 자 칭 장 군

하다. 有,四子하니 皆,知名於世하고 萱이 號,傑出하
유 사 자 개 지 명 어 세 훤 호 걸 출

고 多智略하더라. 〈李碑 家記〉에 云하되 眞興大王
다 지 략 이 제 가 기 운 진 흥 대 왕

妃,思刀는 謚曰, 白駥夫人이요, 第三子,仇輪公之
비 사 도 익 왈 백 숭 부 인 제 삼 자 구 륜 공 지

子,波珍干,善品之子,角干酌珍이 妻爲,王咬巴里
자 파 진 간 선 품 지 자 각 간 작 진 처 위 왕 교 파 리

하여 生,角干元善하니 是爲阿慈个也니라. 慈之第
생 각 간 원 선 시 위 아 자 개 야 자 지 제

一妻는 上院夫人이요, 第二妻는 南院夫人이니 生
일 처 상 원 부 인 제 이 처 남 원 부 인 생

五子一女하니라. 其,長子는 是,尙父萱이요, 二子는
오 자 일 녀 기 장 자 시 상 보 훤 이 자

將軍,能哀요, 三子는 將軍,龍盖요, 四子는 寶盖요,
장 군 능 애 삼 자 장 군 용 개 사 자 보 개

五子는 將軍,小盖요, 一女는 大主刀金이라. 又,古
오 자 장 군 소 개 일 녀 대 주 도 금 우 고

記에 云하되, 昔에 一富人이 居,光州北村하여 有,一
기 운 석 일 부 인 거 광 주 북 촌 유 일

女子러니 姿容端正이라. 謂父曰, 每有一,紫衣男이
여 자 자 용 단 정 위 부 왈 매 유 일 자 의 남

到寢交婚이니다. 父謂曰, 汝以長絲로 貫針刺其衣
도 침 교 혼 부 위 왈 여 이 장 사 관 침 자 기 의

하라 하니 從之하여 至明에 尋絲於北墻下하니 針刺
종 지 지 명 심 사 어 북 장 하 침 자

於大蚯蚓之腰하다. 因姙하여 生,一男하니 年十五
어 대 구 인 지 요 인 임 생 일 남 년 십 오

에 自稱甄萱이라 하니 至,景福元年壬子(892)에 稱
자 칭 견 훤 지 경 복 원 년 임 자 칭

王하여 立都於完山郡하여 理,四十三年이라가 以,
왕 입 도 어 완 산 군 이 사 십 삼 년 이

淸泰元年甲午(934)에 萱之三子가 簒逆하니 萱은
청 태 원 년 갑 오 훤 지 삼 자 찬 역 훤

投,太祖하고 子,金剛卽位하다. 天福元年,丙申(936)
투 태 조 자 금 강 즉 위 천 복 원 년 병 신

에 與,高麗兵으로 會戰於一善郡하니 百濟(후백제)
여 고 려 병 회 전 어 일 선 군 백 제

敗績하여 國亡云이라 하다. 初에 萱이 生,孺褓時에
패 적 국 망 운 초 훤 생 유 보 시

父耕于野하니 母餉之하여 以,兒置于林下하니 虎
부 경 우 야 모 향 지 이 아 치 우 림 하 호

來乳之하니 鄕黨聞者가 異焉하니라. 及壯에 體貌
래 유 지 향 당 문 자 이 언 급 장 체 모

雄奇하고 志氣倜儻하여 不凡이러라. 從軍入王京하
웅 기 지 기 척 당 불 범 종 군 입 왕 경

여 赴,西南海防戍하여 枕戈待敵하다 其氣恒爲,士
부 서 남 해 방 수 침 과 대 적 기 기 항 위 사

卒先하여 以勞爲,裨將하다. 唐,昭宗,景福元年은
졸 선 이 노 위 비 장 당 소 종 경 복 원 년

是,新羅眞聖王,在位六年이라. 嬖豎在側하여 竊弄
시 신 라 진 성 왕 재 위 육 년 폐 견 재 측 절 농

國權하니 綱紀紊弛라 加之以飢饉하여 百姓流移하
국 권 강 기 문 이 가 지 이 기 근 백 성 유 이

여 群盜蜂起러라 於是에 萱이 竊有叛心하여 嘯聚
군 도 봉 기 어 시 훤 절 유 반 심 소 취

徒侶하여 行擊京,西南州縣하니 所至響應하여 旬
도 려 행 격 경 서 남 주 현 소 지 향 응 순

月之間에 衆至五千이러라. 遂襲,武珍州하여 自王
월 지 간 중 지 오 천 수 습 무 진 주 자 왕

하되 猶不敢,公然稱王하고 自署爲,新羅西南,都統
유 불 감 공 연 칭 왕 자 서 위 신 라 서 남 도 통

行,全州刺史兼,御史中承,上柱國,漢南國,開國公
행 전 주 자 사 겸 어 사 중 승 상 주 국 한 남 국 개 국 공

이라 하니 龍化元年己酉(889)也라 하고 一云, 景福
용 화 원 년 기 유 야 일 운 경 복

元年壬子(892)라 하다.
원 년 임 자

| 어려운 낱말 |

[咸通(함통)] : 당 의종의 연호. [个] : 낱(개). [磾 : 검은 돌(제). [鷉] : 새매(숭). [蚯蚓(구인)] : 지렁이. [蚯蚓(구인)] : 지렁이. [景福(경복)] : 당 소종(昭宗)의 연호. [清泰(청태)] : 후당 폐제의 연호. [金剛(금강)] : 견훤의 아들. 신검의 잘못인듯함. 금강은 신검에게 죽음을 당했음. [天福(천복)] : 후진(後晋) 고조

의 연호임. *甄萱을 진훤이라 읽는다는 것은 문경현 교수의 학설임. [孺褓(유보)] : 젖먹이 때. [倜儻(척당)] : 출중하게 뛰어남. [嬖堅(폐견)] : 임금 곁에서 사랑받는 신하. [竊弄(절농)] : 농락하다. [紊弛(문이)] : 문란하고 이완됨. [嘯聚(소취)] : 불러 모으다. [響膺(향응)] : 호응하다. 膺=應. [公然(공연)] : 공공연하게.

| 본문풀이 | 〈후백제, 견훤〉

〈삼국사(三國史)〉 본전(本傳)에 이르기를, 견훤(甄萱)은 상주(尙州) 가은현(加恩縣) 사람으로, 함통(咸通) 8년 정해(丁亥 ; 867)에 태어났으니 근본 성(姓)은 이(李)씨였는데 뒤에 견(甄)으로 성을 고쳤다. 아버지 아자개(阿慈个)는 농사지어 생활했었는데, 광계(光啓) 연간에 사불성〔沙弗城 ; 지금의 상주(尙州)〕에 웅거하여 스스로 장군(將軍)이라 했다. 아들이 넷이 있어 모두 세상에 이름이 알려졌는데 그중에 견훤(甄萱)은 남보다 뛰어나고 지략(智略)이 많았다.

〈이제가기(李磾家記)〉에 이르기를, 「진흥대왕(眞興大王)의 비(妃) 사도(思刀)는 시호가 백숭부인(白䫂夫人)이요, 그 셋째 아들 구륜공(仇輪公)의 아들인 파진간(波珍干) 선품(善品)의 아들인 각간(角干) 작진(酌珍)이 왕교파리(王咬巴里)를 아내로 맞아 각간 원선(元善)을 낳으니, 이가 바로 '아자개'다. 아자개의 첫째 부인은 상원부인(上院夫人)이요, 둘째 부인은 남원부인(南院夫人)이니, 아들 다섯과 딸 하나를 낳았다. 그 맏아들이 상보(尙父) 훤(萱)이요, 둘째 아들이 장군 능애(能哀)요, 셋째 아들이 장군 용개(龍盖)요, 넷째 아들이 보개(寶盖)요, 다섯째 아들이 장군 소개(小盖)이며, 딸이 대주도금(大主刀金)이다.」

또 〈고기(古記)〉에는 이르기를, 「옛날에 부자 한 사람이 있어 광주 북촌에 거주하였는데, 딸 하나가 있었는데 모양이 몹시 단정했다. 딸이 아버지께 말하기를, 밤마다 자줏빛 옷을 입은 남자가 침실에 와서 관계하고 갑니다.」라고 하자, 아버지는 너는 긴 실을 바늘에 꿰어 그 남자의 옷에 꽂아 두어라 하여 그 말대로 시행했다. 날이 밝아 그 실이 간 곳을 찾아보니 북쪽 담 밑에 있는 큰 지렁이 허리에 꽂혀 있었다. 이로부터 태기가 있어 사내아이를 낳았는데, 나이 15세가 되자 스스로 견훤(甄萱)이라 일컬었으니, 경복(景福) 원년(元年) 임자(壬子 ; 892)에 이르러 왕이라 일컬어 완산군(完山郡)에 도읍을 정하여 나라를 다스린 지 43년 청태(淸泰) 원년(元年) 갑오(甲午 ; 934)에 견훤의 아들 셋[즉 신검(神劒) · 용검(龍劒) · 양검(良劒)]이 찬역하여 즉위했다가 천복(天福) 원년(元年) 병신(丙申 ; 936)에 고려 군사와 일선군(一善郡)에서 싸워서 패하니 후백제(後百濟)는 아주 없어졌다.

처음에 견훤이 나서 포대기에 싸였을 때, 아버지는 들에서 밭을 갈고, 어머니는 아버지에게 밥을 가져다주려고 아이를 수풀 아래 놓아두었더니 범이 와서 젖을 먹이니 마을 사람들은 이 말을 듣고 이상하게 여겼다. 아이가 장성하자 몸과 모양이 웅장하고 기이했으며 뜻이 커서 남에게 얽매이지 않고 비범했다. 군인이 되어 서울로 들어갔다가 서남의 해변으로 가서 변경을 지키는데 창을 베개 삼아 적군을 지키니 그의 기상(氣象)은 항상 사졸(士

卒)에 앞섰으며 그 공로로 비장(裨將)이 되었다. 당(唐)나라 소종(昭宗) 경복(景福) 원년(元年)은 신라 진성왕(眞聖王)의 재위 6년이다. 이때 왕의 총애를 받는 신하가 곁에 있어서 국권(國權)을 농간하니 기강(紀綱)이 어지럽고 해이하였으며, 기근(饑饉)이 더해지니 백성들은 떠돌아다니고 도둑들이 벌떼처럼 일어났다. 이에 견훤은 남몰래 반역할 마음을 품고 무리를 모아 서울의 서남 주현(州縣)들을 공격하니 가는 곳마다 백성들이 호응하여 한 달 동안에 무리는 5천 명이나 되었다. 드디어 무진주(武珍州)를 습격하여 스스로 왕이 되었으나 감히 공공연하게 왕이라 일컫지는 못하고 스스로 신라서남도통 행전주자사 겸 어사중승상주국 한남국개국공(新羅西南都統 行全州刺史 兼 御史中承上柱國 漢南國開國公)이라 했으니, 용화(龍化) 원년(元年) 기유(己酉 ; 889)였다. 이것을 혹 경복(景福) 원년(元年) 임자(壬子 ; 892)의 일이라고도 한다.

② 是時에 北原賊,良吉이 雄强하여 弓裔가 自投
시시 북원적 양길 웅강 궁예 자투
爲麾下하다. 萱이 聞之하고 遙授良吉을 職爲裨將
위휘하 훤 문지 요수양길 직위비장
하다. 萱이 西巡至,完山州하니 州民迎勞하여 喜得
훤 서순지 완산주 주민영노 희득
人心하다. 謂,左右曰, 百濟開國,六百餘年에 唐高
인심 위좌우왈 백제개국육백여년 당고
宗이 以,新羅之請으로 遣,將軍,蘇定方하여 以,舡
종 이신라지청 견장군소정방 이강
兵,十三萬으로 越海하고 新羅,金庾信이 卷土歷,黃
병십삼만 월해 신라김유신 권토력황

山하여 與,唐兵으로 合攻百濟하여 滅之라 予今,敢
산 여당병 합공백제 멸지 여금감

不立都하여 以,雪宿憤乎아? 遂,自稱後百濟王이라
불립도 이설숙분호 수자칭후백제왕

하고 設官分職하니 是唐,光化三年이요, 新羅孝恭
설관분직 시당광화삼년 신라효공

王四年也라. 貞明四年戊寅(918)에 鐵原京,衆心이
왕사년야 정명사년무인 철원경중심

忽變하여 推戴我太祖,卽位하니 萱이 聞之하고 遣
홀변 추대아태조즉위 훤 문지 견

使稱賀하고 遂獻孔雀扇하고 地理山,竹箭等하다.
사칭하 수헌공작선 지리산죽전등

萱이 與,我太祖로 陽和陰剋하여 獻,驄馬於太祖하
훤 여아태조 양화음극 헌총마어태조

다. 三年冬十月에 萱이 率,三千騎하여 至,曹物城(今
삼년동시월 훤 솔삼천기 지조물성

未詳)하니 太祖亦以,精兵來하여 與之角(싸움)이나 萱
태조역이정병래 여지각 훤

兵銳하여 未決勝負하다. 太祖欲,權和하여 以老其
병예 미결승부 태조욕권화 이노기

師하여 移書乞和하여 以,堂弟王信,爲質하니 萱이
사 이서걸화 이당제왕신위질 훤

亦以外甥,眞虎交質하다. 十二月에 攻取,居西(今未
역이외생진호교질 십이월 공취거서

詳)等, 二十餘城하고 遣使入,後唐稱藩하니 唐이 策
등 이십여성 견사입후당칭번 당 책

授하되 檢校太尉,侍中判,百濟軍事하고 依前하여
수 검교태위시중판백제군사 의전

都督行,全州刺史,海東四面都統,指揮兵馬,判置
도독행전주자사해동사면도통지휘병마판치

等事,百濟王이라 하고 食邑은 二千五百户라 하다.
등사백제왕 식읍 이천오백호

四年에 眞虎暴卒하니 疑,故殺하여 卽囚,王信하고
사 년 진 호 폭 졸 의 고 살 즉 수 왕 신

使人으로 請還,前年,所送驄馬하니 太祖笑還之하
사 인 청 환 전 년 소 송 총 마 태 조 소 환 지

다. 天成二年丁亥(927)九月에 萱이 攻取,近品城(今
천 성 이 년 정 해 구 월 훤 공 취 근 품 성

山陽縣)하여 燒之하니 新羅王이 求救於太祖하다. 太
소 지 신 라 왕 구 구 어 태 조 태

祖將,出師하니 萱이 襲取高鬱府(今永川)하고 進軍,
조 장 출 사 훤 습 취 고 울 부 진 군

族始林(一云,鷄林西郊)하여 卒入,新羅王都하다. 新羅
족 시 림 졸 입 신 라 왕 도 신 라

王이 與,夫人으로 出遊,鮑石亭時라 由是로 甚敗하
왕 여 부 인 출 유 포 석 정 시 유 시 심 패

니 萱이 强引,夫人亂之하고 以,王之族弟,金傅로 嗣
훤 강 인 부 인 난 지 이 왕 지 족 제 김 부 사

位하고 然後에 虜,王弟孝廉과 宰相,英景하고 又取,
위 연 후 로 왕 제 효 렴 재 상 영 경 우 취

國珍寶와 兵仗과 子女,百工之巧者하여 自隨以歸
국 진 보 병 장 자 녀 백 공 지 교 자 자 수 이 귀

하다. 太祖,以精騎五千으로 要,萱於公山下,大戰이
태 조 이 정 기 오 천 요 훤 어 공 산 하 대 전

러니 太祖之將,金樂과 崇謙,死之하고 諸軍敗北하
태 조 지 장 김 락 숭 겸 사 지 제 군 패 배

니 太祖,僅以身免이나 而,不與相抵하니 使盈其貫
태 조 근 이 신 면 이 불 여 상 저 사 영 기 관

하다. 萱이 勝勝하여 轉掠,大木城(今若木)하여 京山
훤 승 승 전 략 대 목 성 경 산

府(지금의 성주), 康州(지금의 진주)하고 攻,缶谷城하다.
부 강 주 공 부 곡 성

又,義城府之守,洪述이 拒戰而死하니 太祖,聞之
우 의 성 부 지 수 홍 술 거 전 이 사 태 조 문 지

曰, 吾失右手矣라 하다.
왈 오 실 우 수 의

| 어려운 낱말 |

[北原(북원)] : 충북 충주 지방. [良吉(양길)] : 당시 도둑 떼의 두목. 궁예가 처음에 여기에 의지했다. [卷土(권토)] : 휩쓸다라는 뜻으로, 찾아가서 전쟁을 일으킴. [孔雀扇(공작선)] : 부채의 명칭. [陽和陰剋(양화음극)] : 겉으로는 호의를 베푸나 속으로는 극함. [與之角(여지각)] : 더불어 겨루다. [權和(권화)] : 겉으로 화목하는 체하다. [老其師(노기사)] : 군사를 피로하게 만들다. [天成(천성)] : 후당 명종의 연호. [高鬱府(고울부)] : 앞에서는 영천이라 했는데, 여기서는 울주라고 한 것은 잘못임. [要(요)] : 맞이하다. [相抵(상저)] : 서로 대항하여 싸우다. [使盈其貫(사영기관)] : 못된 짓을 마음껏 하도록 하다.

| 본문풀이 |

이때 북원(北原)의 도둑 양길(良吉)의 세력이 몹시 웅대하여 궁예(弓裔)는 자진해서 그 부하가 되었다. 견훤이 이 소식을 듣고 멀리 양길에게 직책을 주어 비장(裨將)으로 삼았다. 견훤이 서쪽으로 순행(巡行)하여 완산주(完山州)에 이르니 고을 백성들이 영접하면서 위로했다. 견훤은 인심을 얻은 것을 기뻐해서 좌우 사람들에게 말하기를, 「백제가 나라를 시작한 지 600여 년에 당나라 고종(高宗)은 신라의 요청으로 소정방(蘇定方)을 보내서 수군(水軍) 13만 명이 바다를 건너오고 신라의 김유신(金庾信)은 군사를 거느리고 황산(黃山)을 거쳐 당나라 군사와 합세하여 백제를 쳐서 멸망시켰으니, 이 어찌 감히 도읍을 세워 옛날의 분함을 씻지 않겠는가?」라고 하며, 드디어 스스로 후백제 왕이라 일컫고 벼슬과 직책을 나누었으니, 이는 당나라 광화(光化) 3년이요, 신라 효공왕(孝恭王) 4년(900)이다.

정명(貞明) 4년 무인(戊寅 ; 918)에, 철원경(鐵原京)의 민심이 졸지에 변하여 우리 태조(太祖)를 추대하여 왕위에 오르게 하니 견훤은 이 소식을 듣고 사자(使者)를 보내서 경하(慶賀)하고 공작선(孔雀扇)과 지리산(智異山)의 죽전(竹箭) 등을 바쳤다. 견훤은 우리 태조에게 겉으로는 화친하는 체하면서 속으로는 시기하였다. 그는 태조에게 총마(驄馬)를 바치더니 3년 겨울 10월에는, 기병(騎兵) 3천을 거느리고 조물성(曹物城 ; 지금의 어딘지 자세히 알 수 없음)까지 오자 태조(太祖)도 역시 정병(精兵)을 거느리고 와서 싸웠으나 견훤의 군사가 날래어 승부(勝負)를 결단할 수가 없었다. 이에 태조는 일시적으로 화친하여 견훤의 군사들이 피로하기를 기다리려 글을 보내서 화친할 것을 요구하고 종제(從弟) 왕신(王信)을 인질로 보내니 견훤도 역시 그 사위 진호(眞虎)를 보내서 교환했다. 12월에 견훤은 거서(居西 ; 지금의 어딘지 자세히 알 수 없다.) 등 20여 성을 쳐서 차지하고 사자를 후당(後唐)에 보내서 번신(藩臣)이라 일컬으니, 후당에서는 그에게 검교태위 겸 시중판백제군사(檢校太尉 兼 侍中判百濟軍事)의 벼슬을 주고, 전과 같이 도독행전주자사 해동서면도통지휘병마판치등사 백제왕(都督行全州刺史 海東西面都統指揮兵馬判置等事 百濟王)이라 하고 식읍(食邑) 2천 5백 호를 주었다. 4년에, 진호가 갑자기 죽자 견훤은 일부러 죽인 것이라고 의심해서 즉시 왕신을 가두고 사람을 보내서 전년에 보낸 총마를 돌려보내라고 하니 태조는 웃고 그 말을 돌려보냈다. 천성(天成) 2년 정해(丁亥 ; 927) 9월에, 견훤은 근품성【近品成 ; 지금의 산양현(山陽縣)】을 쳐 빼앗아 불을 질렀다. 이에 신라왕이 태조에게 구원을 청하자 태조는 장차 군사를 내려는데 견훤은 고울부【高鬱府 ; 지금의 영천(永川)】를 쳐서 취하고 족시림【族始林 ; 혹은 계림(鷄林) 서쪽 들이라고 했다.】으로 진군하여 졸지에 신라 서울로 들어갔다. 이때 신라왕은 부인과 함께 포석정(鮑石亭)에 나가 놀고 있었으므로 더욱 쉽게 패했다. 견훤은 왕의 부인을 억지로 끌어다가 강간을 하고 왕의 친척 아우뻘인 김부(金傅)로 왕위를 잇게 한 뒤에 왕의 아우 효렴(孝廉)과 재상 영경(英景)을 사로잡고 나라의 귀한 보물과 무기와 자제(子弟)들, 그리고 여러 가지 공인(工人) 중에 우수한 자들을 모두 데리고 갔다. 태조는 정예(精銳)한 기병(騎兵) 5천을 거느리고 공산(公山) 아래에서 견훤을 맞아서 크게 싸웠으나 태조의 장수 김락(金樂)과 신숭겸(申崇謙)은 죽고 모든 군사가 패했으며, 태조만이 겨우 죽음을 면했을 뿐 대항하지 못했기 때문에 견훤은 많은 죄악을 짓게 되었다. 견훤은 전쟁에 이긴 기세를 타서 대목성(大木城)과 경산부(京山府)와 강주(康州)를 노략하고 부곡성(缶谷城)을 공격했는데 의성부(義成府)의 태수(太守) 홍술(洪述)은 대항해 싸우다가 죽었다. 태조는 이 소식을 듣고 말하기를, 「나는 나의 오른손을 잃었다.」라고 말했다.

③ 四十二年庚寅(930)에 萱이 欲攻古昌郡(今安
사 십 이 년 경 인 훤 욕 공 고 창 군

東)하여 大擧而石山營寨하니 太祖는 隔.百步하여
대거이석산영채 태조 격백보

而郡北.甁山營寨하여 累戰萱敗하고 獲.侍郞金渥
이군북병산영채 루전훤패 획시랑김악

하다. 翌日에 萱이 收卒하여 襲破.順州城하니 城主.
익일 훤 수졸 습파순주성 성주

元逢이 不能禦하고 棄城宵遁하니 太祖赫怒하사 貶
원봉 불능어 기성소둔 태조혁노 폄

爲.下枝縣(今豊山縣이니 元逢이 本順州城人, 故也라.)하다.
위하지현

新羅君臣이 以衰季로 難以復興이라 하여 謨人.我
신라군신 이쇠계 난이부흥 모인아

太祖하여 結好爲援하다. 萱이 聞之하고 又欲入.王
태조 결호위원 훤 문지 우욕입왕

都作惡이나 恐.太祖先之하여 寄書于.太祖曰, 「昨
도작악 공태조선지 기서우태조왈 작

者에 國相.金雄廉等이 將召足下를 入京이라 하니
자 국상김웅렴등 장소족하 입경

有同.鼈應黿聲이라, 是欲.鷃披.準翼이니 必使.生
유동별응원성 시욕안피준익 필사생

靈塗炭하고 宗社丘墟라, 僕이 是以로 先著祖鞭하
령도탄 종사구허 복 시이 선저조편

여 獨揮韓鉞하여 誓.百寮如皎日하고 諭.六部以.義
독휘한월 서백료여교일 유육부이의

風이러니 不意.奸臣遁逃하고 邦君薨變하여 遂奉.
풍 불의간신둔도 방군훙변 수봉

景明王表弟요. 憲康王之外孫으로 勸卽尊位하여
경명왕표제 헌강왕지외손 권즉존위

再造危邦하니 喪君有君이 於是乎在라. 足下는 勿
재조위방 상군유군 어시호재 족하 물

詳忠告하고 徒聽流言하여 百計窺覦하여 多方侵擾
상충고 도청유언 백계규유 다방침요

로되 尙不能,見僕馬首하고 拔僕牛毛니이다. 冬初에
상 불 능 견 복 마 수 발 복 우 모 동 초

都豆,索湘은 束手於星山陣下하고 月內에 左將金
도 두 색 상 속 수 어 성 산 진 하 월 내 좌 장 김

樂이 曝骸於美利寺前하고 殺獲居多하고 追禽不
낙 폭 해 어 미 리 사 전 살 획 거 다 추 금 불

小라. 强羸若此니 勝敗可知라. 所期者는 掛弓於
소 강 리 약 차 승 패 가 지 소 기 자 괘 궁 어

平壤之樓하고 飮馬於浿江之水라. 然이나 以,前月
평 양 지 루 음 마 어 패 강 지 수 연 이 전 월

七日에 吳越國使가 班尙書至하여 傳王詔旨하되
칠 일 오 월 국 사 반 상 서 지 전 왕 조 지

知,卿與,高麗와 久通和好하고 共契隣盟이러니 比
지 경 여 고 려 구 통 화 호 공 계 인 맹 비

因質子之兩亡하여 遂,失和親之舊好하고 互侵疆
인 질 자 지 양 망 수 실 화 친 지 구 호 호 침 강

境하여 不戢干戈라. 今專,發使臣하여 赴卿本道하
경 부 집 간 과 금 전 발 사 신 부 경 본 도

고 又,移文高麗하니 宜各相親比하고 永孚于休하
우 이 문 고 려 의 각 상 친 비 영 부 우 휴

라. 僕이 義篤尊王하고 情深事大러니 及聞詔諭하
복 의 독 존 왕 정 심 사 대 급 문 조 유

여 卽欲祗承이나 但廬足下,欲罷不能하고 因而猶
즉 욕 지 승 단 려 족 하 욕 파 불 능 인 이 유

鬪라. 今錄,詔書寄呈하니 請留心詳悉하라. 且,兎獹
투 금 록 조 서 기 정 청 유 심 상 실 차 토 로

迭憊면 從心胎譏요 蚌鷸相持면 亦爲所笑라. 宜迷
질 비 종 심 태 기 방 휼 상 지 역 위 소 소 의 미

復之爲誡하여 無,後悔之自貽라.」하다.
복 지 위 계 무 후 회 지 자 이

| 어려운 낱말 |

[營寨(영채)] : 군사 진영을 위한 성채를 만들다. [甁山(병산)] : 안동에 있는 지명. [收卒(수졸)] : 군사를 거두어. [弃城宵遁(기성소둔)] : 성을 버리고 밤에 도망가다. 弃 = 棄. [貶爲(폄위)] : 폄하하여 만들다. [衰季(쇠계)] : 쇠퇴한 말기. [鼈應黿聲(별응원성)] : 작은 자라가 큰 자라의 소리에 응하다. 鼈은 고려, 黿은 신라에 비유된 말. [鷃披隼翼(안피준익)] : 메추라기가 매의 날개를 펼치다. 鷃은 메추라기(안), 고려와 신라. 隼은 견훤을 가리킴. [丘墟(구허)] : 폐허. [僕(복)] : 나는. 1인칭. [祖鞭(조편)] : 남이 선수를 친다는 말. [韓鉞(한월)] : 한금호(韓禽虎)의 도끼. 한금호는 진(陳) 후주(後主)를 잡은 맹장. 무기의 일종. [如皎日(여교일)] : 밝은 날빛 같이. [表弟(표제)] : 외종제, 즉 경순왕을 가리키는 말. [窺覦(규유)] : 넘겨보다. [兎獹迭憊(토로질비)] : 토끼와 개가 싸우다가 지치면 고달프다. 憊는 고달플(비). [蚌鷸相持(방휼상지)] : 방휼지쟁(蚌鷸之爭)으로 결코 제3자가 이득을 얻는다는 말. 어부지리(漁父之利).

| 본문풀이 |

42년, 경인(庚寅 : 930)에 견훤은 고창군〔古昌郡 ; 지금의 안동부(安東府)〕을 치려고 군사를 크게 일으켜 석산(石山)에 영채를 마련하니 태조는 백보(百步) 가량을 공격해서 고을 북쪽 병산(甁山)에 영채를 마련했다. 여러 번 싸웠으나 견훤이 패하여 시랑(侍郞) 김악(金渥)이 사로잡혔다. 다음날 견훤이 군사를 거두어 순주성(順州城)을 습격하니 성주(城主) 원봉(元逢)은 막지 못하고 성을 버리고 밤에 도망했다. 태조는 몹시 노하여 그 고을을 낮추어 하지현【下枝縣 ; 지금의 풍산현(豊山縣). 원봉(元逢)이 본래 순주성(順州城) 사람인 까닭이다.】을 삼았다.

신라(新羅)의 군신(君臣)들은 망해 가는 세상에 다시 일어날 수가 없으므로 우리 태조를 끌어들여 우호를 맺어서 자기들을 후원해 주도록 했다. 견훤이 이 소식을 듣고 또다시 신라 서울에 들어가 나쁜 짓을 하려 하는데, 태조가 먼저 들어갈까 두려워해서 태조에게 편지를 보냈으니 그 편지에 말하기를, 「전일에 국상(國相) 김웅렴(金雄廉) 등이 장차 그대를 서울로 불러들이려 한 것은 작은 자라가 큰 자라의 소리에 호응하는 것과 같으며, 종달새가 매의 죽지를 찢으려 드는 것과 같으니, 반드시 백성들은 도탄(塗炭)에 빠지게 될 것이요 나라는 폐허가 될 것이매, 나는 이 때문에 먼저 선손을 써서 응징하는 무기를 휘둘렀으니 모든 관료들에는 해를 가리켜 맹서하였으며 6부 백성들에게는 옳은 교화로써 타일렀다. 뜻밖에 간신(奸臣)은 도망해 달아나고 임금〔경애왕(景哀王)〕은 세상을 떠났소. 이에 경명왕(景明王)의 외종제(外從弟)인 헌강왕(憲康王)의 외손(外孫)을 받들어 왕위에 오르게 해서 위태로운 나라를 다시 세우고 없는 임금을 다시 있게 만들어서 이제야 자리가 잡혔다. 그런데 그대는 내 충고(忠告)를 자세히 살피지 않고 한갓 흘러 다니는 말만을 듣고 온갖 계교로 왕위를 엿보고 여러 가지로 나라를 침노했으나 오히려 내가 탄 말의 머리도 보지 못했고 내 쇠털 하나도 뽑지 못했소. 이 겨울 초순에는 도두(都頭) 색상(索湘)이 성산(星山)의 진(陣) 밑에서 손을 묶어 항복했고, 또 이달 안에는 좌장(左將) 김락(金樂)이 미리사(美利寺) 앞에서 전사(戰死)했소. 이밖에 죽인 것도 많고 사로잡은 것도 적지 않았소. 그 강하고 약한 것이 이와 같으니 이기고 질 것은 알 만한 일이

오. 내가 바라는 일은 활을 평양성(平壤城) 문루(門樓)에 걸고 말에게 패강(浿江)의 물을 먹이는 일이오. 그러나 지난달 7일에 오월국(吳越國)의 사신 반상서(班尙書)가 와서 국왕(國王)의 조서(詔書)를 전하기를, '경(卿)은 고려와 오랫동안 좋은 화의(和誼)를 통하고 함께 이웃 나라의 맹약(盟約)을 맺은 줄 알았었소. 그런데 인질로 간 사람이 죽은 것을 보고 드디어 화친(和親)하던 옛 뜻을 잃어버리고 서로 국경을 침범하여 전쟁이 쉬지 않게 되었소. 이제 일부러 사신을 경의 고을로 보내고 또 고려에도 글을 보내어 마땅히 각각 서로 친목해서 길이 평화를 도모하도록 한 것이오.' 라고 하였다. 내가 생각하는 의리는 왕실을 높이는 데에 독실하고 마음은 큰 나라를 섬기는 데 깊었었소. 이제 오월왕(吳越王)이 조칙(詔勅)을 타이르는 것을 듣고 즉시 받들어 행하고자 하나, 다만 그대가 그만두고 싶어도 그만둘 수가 없고 국경에 있으면서도 싸우려는 것을 걱정하는 바요. 이제 그 조서(詔書)를 베껴서 보내는 터이니 청컨대 유의해서 자세히 살피시오. 또 토끼와 사냥개가 다 함께 지치고 보면 마침내는 반드시 남의 조롱을 받는 법이오. 조개와 황새가 서로 버티다가는 역시 남의 웃음거리가 되는 것이오. 마땅히 미복(迷復)을 경계하여 후회하는 일을 스스로 불러오지 말도록 하시오.」라고 하였다.

④ 天成二年.正月에 太祖答曰, 「伏奉.吳越國.
천성이년정월 태조답왈 복봉오월국

通和使.班尙書가 所傳詔旨書一道하고 兼蒙.足下
통화사반상서 소전조지서일도 겸몽족하

辱示,長書敍事者라. 伏以華軺膚使가 爰到制書하
욕 시 장 서 서 사 자 복 이 화 초 부 사 원 도 제 서

고 尺素好音이 兼蒙敎誨하여 捧芝檢而雖增激이나
척 소 호 음 겸 몽 교 회 봉 지 검 이 수 증 격

闢華牋而難遺嫌疑라. 今託廻軒하여 輒敷危衽하
벽 화 전 이 난 유 혐 의 금 탁 회 헌 첩 부 위 임

노이다. 僕이 仰承天假하고 俯迫人推하여 過叨히
복 앙 승 천 가 부 박 인 추 과 도

將帥之權하고 獲赴,經綸之會라. 頃以,三韓厄會로
장 수 지 권 획 부 경 륜 지 회 경 이 삼 한 액 회

九土凶荒하여 黔黎,多屬於黃巾하여 田野,無非其,
구 토 흉 황 검 여 다 속 어 황 건 전 야 무 비 기

赤土라. 庶幾,弭風塵之警하고 有以救,邦國之災하
적 토 서 기 미 풍 진 지 경 유 이 구 방 국 지 재

여 袁自善隣하여 於爲結好러니 果見,數千里,農桑
원 자 선 린 어 위 결 호 과 견 수 천 리 농 상

樂業하고 七八年을 士卒閑眼이러니 及至癸酉年,
낙 업 칠 팔 년 사 졸 한 안 급 지 계 유 년

維時陽月에 忽焉生事하여 至乃交兵하니 足下는
유 시 양 월 홀 언 생 사 지 내 교 병 족 하

始,輕敵以直前하여 若,螳螂之,拒轍이라 終,知難
시 경 적 이 직 전 약 당 랑 지 거 철 종 지 난

而,勇退하니 如蚊子之負山이라. 拱手陳辭하고 指
이 용 퇴 여 문 자 지 부 산 공 수 진 사 지

天作誓하되 今日之後에 永世歡和요 苟或渝盟이면
천 작 서 금 일 지 후 영 세 환 화 구 혹 투 맹

神其殛矣리라. 僕이 亦尙止,戈之武하고 期不殺之
신 기 극 의 복 역 상 지 과 지 무 기 불 살 지

仁하여 遂解重圍하여 以休疲卒이요 不辭質子하니
인 수 해 중 위 이 휴 피 졸 불 사 질 자

但欲安民이라. 此卽,我有,大德於,南人也니 豈期,
단 욕 안 민 차 즉 아 유 대 덕 어 남 인 야 기 기

歃血未乾에 匈威復作하고 蜂蠆之毒이 侵害於生
삽 혈 미 건 흉 위 부 작 봉 채 지 독 침 해 어 생

民하고 狼虎之狂이 爲梗於畿甸하니 金城이 窘忽하
민 낭 호 지 광 위 경 어 기 전 금 성 군 홀

고 黃屋이 震驚이라 仗義尊周하니 誰似,桓文之,霸
황 옥 진 경 장 의 존 주 수 사 환 문 지 패

리오? 乘間謀漢은 唯看,莽卓之,奸이니 致使,王之,
승 간 모 한 유 간 망 탁 지 간 치 사 왕 지

至尊으로 枉,稱子於,足下하니 尊卑失序하여 上下
지 존 왕 칭 자 어 족 하 존 비 실 서 상 하

同憂하여 以爲非有元輔之忠純이면 豈得,再安社
동 우 이 위 비 유 원 보 지 충 순 기 득 재 안 사

稷이리오 하다. 以,僕心,無匿惡하고 志切尊王하여
직 이 복 심 무 익 악 지 절 존 왕

將援,置於朝廷하여 使,扶危於,邦國이러니 足下는
장 원 치 어 조 정 사 부 위 어 방 국 족 하

見,毫釐之小利하고 忘,天地之,厚恩하여 斬戮君主
견 호 리 지 소 리 망 천 지 지 후 은 참 륙 군 주

하고 焚燒宮闕하고 葅醢卿佐하고 虔劉士民하고 姬
분 소 궁 궐 저 해 경 좌 건 류 사 민 희

妾則,取以同車하고 珍寶則,奪之相載하니 元惡浮
첩 즉 취 이 동 거 진 보 즉 탈 지 상 재 원 악 부

於桀紂하고 不仁甚於獍梟라. 僕이 怨極崩天하고
어 걸 주 불 인 심 어 경 효 복 원 극 붕 천

誠深却日하여 約效,鷹鸇之逐하여 以申犬馬之勤
성 심 각 일 약 효 응 전 지 축 이 신 견 마 지 근

하여 再擧干戈하고 兩更槐柳라. 陸擊則,雷馳電激
재 거 간 과 양 갱 괴 유 륙 격 즉 뢰 치 전 격

하고 水攻則虎搏龍騰하여 動必成功하고 擧無虛發
수 공 즉 호 박 룡 등 동 필 성 공 거 무 허 발

이라. 逐,尹卿海岸하니 積甲如山하고 禽雛,造於城
축 윤 경 해 안 적 갑 여 산 금 추 조 어 성

邊하니 伏屍蔽野라. 燕山郡畔에서 斬.吉奐於軍前
변 복시폐야 연산군반 참길환어군전

하고 馬利(疑伊山郡)城邊에서 戮.隨晤於纛下하고 拔.
마리 성변 륙수오어독하 발

任存(今大興郡)之日에 刑積等數百人捐軀하고 破.清
임존 지일 형적등수백인연구 파청

川縣(尙州領內縣名)之時에 直心等四五輩授首라. 桐
천현 지시 직심등사오배수수 동

藪(今桐華寺)는 望旗而潰散하고 京山은 銜璧以投降
수 망기이궤산 경산 함벽이투항

하고 康州는 則.自南而來하고 羅府는 則自西移屬
강주 즉자남이래 라부 즉자서이속

이라. 侵攻若此하니 收復寧遙리오? 必期.泜水.營中
침공약차 수복영요 필기지수영중

에 雪張耳.千般之恨하고 烏江岸上에 成.漢王.一捷
설장이천반지한 오강안상 성한왕일첩

之心이리니 竟息風波하고 永清寰海하리라. 天之所
지심 경식풍파 영청환해 천지소

助어늘 命欲何歸오? 況承.吳越.王殿下의 德洽包
조 명욕하귀 황승오월왕전하 덕흡포

荒하고 仁深字小하여 特出.綸於丹禁하여 諭戢難
황 인심자소 특출륜어단금 유집난

於青丘하라 하니 旣奉訓謨하고 敢不尊奉이리오?
어청구 기봉훈모 감불존봉

若.足下.祇承睿旨하여 悉戢凶機하면 不唯副.上國
약족하지승예지 실집흉기 불유부상국

之仁恩이요, 抑亦可紹.海東之.絶緖라. 若不過而.
지인은 억역가소해동지절서 약불과이

能改면 其如悔.不可追리라.」라고 했다.
능개 기여회불가추

| 어려운 낱말 |

[華軺膚使(화초부사)] : 화려한 수레를 타고 온 중요한 사신. [尺素好音(척소호음)] : 좋은 소식이 담긴 편지. [闢華牋(벽화전)] : 편지를 열다. [遺嫌疑(유혐의)] : 혐의를 버리다. [廻軒(회헌)] : 돌아가는 사신. [過叨(과도)] : 지나치게 탐내다. 과람하다. [獲赴(획부)] : ~를 가지게 되다. [九土(구토)] : 신라 전역을 말함. [黃巾(황건)] : 황건적이란 도둑 떼의 이름. [弭風塵之警(미풍진지경)] : 풍진의 경보를 늦추다. 즉, 전쟁의 위험을 종식시키다. [陽月(양월)] : 음력 10월의 딴 이름. [螳螂之拒轍(당랑지거철)] : 사마귀가 수레바퀴를 항거하다. 당랑거철(螳螂拒轍). [蚊子負山(문자부산)] : 모기가 산을 짊어지다. 불가능한 일. [渝盟(투맹)] : 약속을 어김. 渝는 바꾸다(투). 어기다. [殛] : 죽일(극). [蜂蠆(봉채)] : 벌과 전갈. 작아도 무서운 것을 비유함. [狼虎(낭호)] : 호랑이. [畿甸(기전)] : 서울, 경기. [金城(금성)] : 경주의 옛 이름. [黃屋(황옥)] : 왕실. [桓文(환문)] : 환공과 문공. 전국시대 주(周)나라를 종주국으로 떠받든 齊(齊桓公)와 晉(晉文公)나라의 제후들. [莽卓(망탁)] : 왕망과 동탁. 한나라의 반역자들. [毫釐(호리)] : 작은 이익. [葅醢卿佐(저해경좌)] : 야채를 소금에 절이다. 혹독한 형벌. 옛날 사람을 죽여 뼈를 소금에 절이는 것을 말함. '卿佐' 는 대신. [虔劉(건류)] : 모조리 죽여 해치다. 劉는 죽임. [獍梟(경효)] : 어미를 잡아먹는다는 새와 짐승. 흉악한 짐승의 대칭. [張耳(장이)] : 전국시대 조(趙)나라 재상으로서 진여(陳餘)와 사이좋게 지냈으나 후에 한(漢)나라에 투항하여 지수(泜水)에서 진여를 베어 죽임. [鷹鸇(응전)] : 맹위를 떨치는 사나운 새. [纛下(독하)] : 원수(元帥)의 대기(大旗) 아래서. [捐軀(연구)] : 의를 위하여 몸을 버린다는 뜻으로, '죽음' 을 이르는 말. [烏江(오강)] : 한고조가 항우를 크게 무찌른 곳.

| 본문풀이 |

천성(天成) 2년(927) 정월에 태조는 회답을 보냈다. 그 회답에 이르기를, 「오월국(吳越國)의 통화사(通和使) 반상서(班尙書)가 전한의 조서(詔書) 한 통을 받들고 겸하여 그대가 보낸 긴 편지도 받아 보았소. 사신의 행차 편에 가지고 왔고, 좋은 소식을 전하는 편지에 겸하여 교양되는 말씀도 받아 듣게 되었소. 조서를 받아 드니 감격은 더했지만 편지를 펴 보고 의심스러운 마음을 없애기 어려웠소. 이제 돌아가는 사신에게 부탁하여 내가 하고 싶은 말을 피력코자 하오. 나는 위로 하늘의 명령을 받들고, 아래로 백성들의 추대에 못 이겨서 외람되이 장수의 직권(職權)을 맡아서 천하를 경륜할 기회를 얻었던 것이오. 저번에 삼한(三韓)이 액운(厄運)을 당하고 모든 국토에 흉년이 들어 황폐해져서 백성들은 모두 황건(黃巾 : 도적 떼의 이름)에 소속되고, 논밭은 적토(赤土)가 아닌 땅이 없었소. 난리의 시끄러움을 그치게 하고 나라의 재앙을 구하려 하여 이에 스스로 사이좋게 우호(友好)를 맺으니, 과연 수천 리 되는 국토가 농사짓고 누에 치는 직업을 즐기고 사졸(士卒)은 7, 8년 동안 한가롭게 쉬었소. 그러던 것이 계유(癸酉)년 10월에 갑자기 일이 생겨서 교전(交戰)하게 되었소. 그대가 처음에는 적을 가볍게 여겨 곧장 전진해 와서 마치 당랑(螳螂)이 수레바퀴를 막는 것 같이 하더니, 마침내 어려움을 알고 용감히 물러가서 마치 모기가 산을 짊어진 것과 같이 했소. 그리고 손을 모아 공손한 말로 하늘을 가리켜 맹세하기를, '오늘 이후로는 길이 화목하며, 혹시라도 이 맹세를 어긴다면 신(神)이 벌을 줄 것이라.' 하였소. 이에 나도 전쟁을 중지하고 무(武)를 숭상하되 사람을 죽이지 않는 인(仁)을 기약하여 드디어 여러 겹 포위했던 것을 풀어 피로

한 군사들을 쉬게 했으며, 인질 보내는 것도 거절하지 않고 다만 백성만을 편안하게 하려 했으니, 이것은 곧 내가 남쪽 사람들에게 큰 덕(德)을 베푼 것이었소. 그런데 맹약(盟約)의 피가 마르기도 전에 흉악한 세력이 다시 일어나 봉채(蜂蠆 : 벌, 전갈)의 독이 생민(生民)을 침해하고 미친 이리와 호랑이가 서울 땅을 가로막아 금성(金城)이 군색하고 황옥(黃屋 : 왕실)을 몹시 놀라게 할 줄 어찌 생각했겠소? 큰 의리에 의거해서 주(周)나라 왕실을 높이는 것이 그 누가 환공(桓公) · 문공(文公)의 패업(霸業)과 같겠는가. 기회를 타서 한(漢)나라를 도모한 것은 오직 왕망(王莽) · 동탁(董卓)의 간사함을 볼 뿐이오. 왕의 지극히 높은 지위로서 몸을 굽혀 그대에게 자(子)라고 하게 하여 높고 낮은 차서를 잃게 하였으니, 상하(上下)가 모두 조심해서 원보(元輔)의 충순(忠純)이 아니면 어찌 사직(社稷)을 편안케 할 수 있으랴 했소. 나의 마음에는 악한 것이 없고 뜻은 왕실(王室)을 높이는 데 간절하여 장차 조정을 구원해서 나라를 위태로운 데서 구해내려 했소. 그대는 터럭만 한 작은 이익을 보고 천지의 두터운 은혜를 저버려 임금을 죽이고 대궐을 불사르며 대신(大臣)들을 죽이고 사민(士民)을 도륙했소. 궁녀(宮女)들은 잡아서 수레에 실어 가고 보물은 빼앗아서 짐 속에 실었으니 그 흉악함은 걸왕(桀王) · 주왕(紂王)보다 더하고 어질지 못함은 경짐승[獍]과 올빼미보다 더 심했소. 나는 붕천(崩天)의 원한과 각일(却日)의 깊은 정성으로 매가 참새를 쫓듯이 국가에 대해 견마(犬馬)의 수고로움을 다하려 했소. 그리하여 두 번째 군사를 일으켜 2년이 지났는데, 육로(陸路)로 진격하는 데는 천둥과 번개처럼 빨리 달렸고, 수로(水路)로 치는 데는 범과 용처럼 용맹스러워 움직이면 반드시 공을 세우고 일을 하는 데 헛일이 없었소. 윤경(尹卿)을 바닷가로 쫓으면 쌓인 갑옷이 산더미 같았고, 추조(雛造)를 성 가에서 잡았을 때에는 시체가 들을 덮었소. 연산군(燕山君)에서는 길환(吉奐)을 군전(軍前)에서 베었고, 마리성【馬利城 ; 아마 이산군(伊山郡)인 듯싶다.】 가에서는 수오(隨晤)를 깃발 아래서 죽였소. 임존성【任存城 ; 지금의 대흥군(大興郡)】을 함락시키던 날에는 형적(刑積) 등 수백 명이 목숨을 버렸고, 청천현【淸川縣 ; 상주(尙州) 영내(領內)의 현(縣) 이름】을 깨칠 때에는 직심(直心) 등 4, 5 무리가 머리를 바쳤소. 동수【桐藪 ; 지금의 동화사(桐華寺)】는 깃발만 바라보고 도망해 흩어졌고, 경산(京山)은 구슬을 입에 물고 항복했소. 강주(康州)는 남쪽으로부터 귀순해 왔고, 나부(羅府)는 서쪽에서 와서 소속되었소. 공격하는 것이 이와 같았으니 수복(收復)될 날이 어찌 멀겠소? 반드시 지수(泜水)의 영채에서 장이(張耳)의 묵은 원한을 씻고, 오강(烏江) 기슭에서 한왕(漢王)의 한번 승전(勝戰)한 마음을 이룩해서 마침내 바람과 물결을 쉬게 하여 길이 천하를 맑게 할 것이오. 이는 하늘이 돕는 바이니 천명(天命)이 어디로 돌아가겠소? 더구나 오월왕(吳越王) 전하의 덕은 포황(包荒)에도 흡족하고 인(仁)은 어린 백성에게도 깊어 특히 대궐에서 명령을 내려 우리나라에서 난리를 그치라고 효유하였소. 이미 가르침을 받았으니 어찌 받들어 행하지 않겠소? 만일 그대도 이 조서(詔書)를 받들어 흉악한 싸움을 그친다면, 다만 오월국의 어진 은혜에 보답할 뿐만 아니라 또한 동방(東方)의 끊어진 대(代)도 이을 수 있을 것이

오. 그러나 만일 허물을 고치지 않는다면, 후회해도 미치지 못할 것이오.」라고 했다.

⑤ 長興三年(932)에 甄萱臣,龔直이 勇而有,智略
장흥삼년 견훤신공직 용이유지략
이나 來降,太祖하니 萱이 捉,龔直二子一女하여 烙
래항태조 훤 착공직이자일녀 낙
斷股筋하다. 秋九月에 萱이 遣,一吉하여 以,舡兵入,
단고근 추구월 훤 견일길 이강병입
高麗,禮城江하여 留,三日하며 取,鹽白眞(鹽州,白州,眞
고려례성강 유삼일 취염백진
州)三州船,一百艘를 焚之而,去云하다. 淸泰元年,
삼주선일백소 분지이거운 청태원년
甲午(934)에 萱이 聞,太祖屯,運州(未詳)하고 遂簡,甲
갑오 훤 문태조둔운주 수간갑
士하여 蓐食而至하니 未及營壘하여 將軍黔弼이
사 욕식이지 미급영루 장군검필
以,勁騎擊之하여 斬獲,三千餘級하니 雄津以北,三
이경기격지 참획삼천여급 웅진이북삼
十餘城이 聞風自降이라 萱이 麾下術士,宗訓과 醫
십여성 문풍자항 훤 휘하술사종훈 의
者,之謙과 勇將,尙逢과 崔弼,等이 降於太祖하다.
자지겸 용장상봉 최필등 항어태조
丙申(936)正月에 萱이 謂子曰, 老父,新羅之季에
병신 정월 훤 위자왈 로부신라지계
立,後百濟名하여 有年于,今矣라 倍於北軍이나 尙
입후백제명 유년우금의 배어북군 상
爾不利하니 殆,天假手爲,高麗라. 盍,歸順於北王하
이불리 태천가수위고려 합귀순어북왕

여 保,首領矣리오 하나 其子神劍,龍劍,良劍等, 三
보 수 령 의 기 자 신 검 용 검 양 검 등 삼

人이 皆不應하니라. 〈李磾,家記〉에 云하되 「萱이
인 개 불 응 이 제 가 기 운 훤

有,九子하니 長曰, 神劍(一云,甄成)이요 二子,太師,謙
유 구 자 장 왈 신 검 이 자 태 사 겸

腦요, 三子,佐承,龍術이요, 四子,太師聰智요, 五子,
뇌 삼 자 좌 승 용 술 사 자 태 사 총 지 오 자

大阿,宗祐요, 六子,闕하고 七子,佐承,位興이요, 八
대 아 종 우 육 자 궐 칠 자 좌 승 위 흥 팔

子,太師,靑丘이며 一女는 國大夫人이니 皆,上院夫
자 태 사 청 구 일 녀 국 대 부 인 개 상 원 부

人,小生也라. 萱은 多,妻妾하여 有子,十餘人이나 第
인 소 생 야 훤 다 처 첩 유 자 십 여 인 제

四子,金剛이 身長而,多智하여 萱이 特愛之하여 意
사 자 금 강 신 장 이 다 지 훤 특 애 지 의

欲傳位하니 其兄,神劍,良劍,龍劍이 知之하고 憂憫
욕 전 위 기 형 신 검 양 검 용 검 지 지 우 민

이라. 時에 良劍이 爲,康州都督하고 龍劍은 爲,武州
시 양 검 위 강 주 도 독 용 검 위 무 주

都毒이라 獨,神劍,在側하니 伊湌,能奐이 使人,往,
도 독 독 신 검 재 측 이 찬 능 환 사 인 왕

康武二州하여 與,良劍,等으로 謀하다. 至,淸泰二年
강 무 이 주 여 양 검 등 모 지 청 태 이 년

乙未,春三月에 與英順等으로 勸神劍하여 幽萱於
을 미 춘 삼 월 여 영 순 등 권 신 검 유 훤 어

金山佛宇하고 遣人殺金剛하고 神劍自稱大王이라
금 산 불 우 견 인 살 금 강 신 검 자 칭 대 왕

하고 赦境內,云云이라.」 初에 萱이 寢未起러니 遙
사 경 내 운 운 초 훤 침 미 기 요

聞,宮庭呼喊聲이라 問是,何聲歟아 하니 告父曰,
문 궁 정 호 함 성 문 시 하 성 여 고 부 왈

"王이 年老하여 暗於,軍國政要라 하여 長子,神劍이
왕 년로 암어군국정요 장자신검

攝父王位라 하니 而,諸將,歡賀聲也니다." 하다. 俄,
섭부왕위 이제장환하성야 아

移父於,金山佛宇하고 以,巴達等, 壯士三十人으로
이부어금산불우 이파달등 장사삼십인

守之하다. 童謠曰, 「可憐完山兒, 失父涕漣洒라.」
수지 동요왈 가련완산아 실부체연쇄

하다. 萱이 與後宮과 年小,男女二人과 侍婢,古比,
훤 여후궁 년소남녀이인 시비고비

女와 內人,能乂男,等과 囚繫라가 至,四月에 釀酒而
녀 내인능예남등 수계 지사월 양주이

飮하여 醉,守卒三十人하고 而與,小元甫香乂,吳琰,
음 취수졸삼십인 이여소원보향예오염

忠質,等으로 逃奔錦城하여 請見於,太祖하니 太祖,
충질등 도분금성 청견어태조 태조

喜하여 遣,將軍,黔弼과 萬歲,等으로 以海路迎之하
희 견장군검필 만세등 이해로영지

다. 旣至에 以萱이 爲十年之長이라 尊號를 爲,尚父
기지 이훤 위십년지장 존호 위상보

하고 安置于,南宮하고 賜,楊州食邑과 田莊과 奴婢,
안치우남궁 사양주식읍 전장 노비

四十口와 馬,九匹하고 以,其國,先來降者,信康을
사십구 마구필 이기국선래항자신강

爲衙前하다. 甄萱婿,將軍,英規가 密語,其妻曰, 大
위아전 견훤서장군영규 밀어기처왈 대

王이 勤勞四十餘年하여 功業垂成이나 一旦에 以,
왕 근로사십여년 공업수성 일단 이

家人之禍하고 失地하여 從於高麗라 夫,貞女는 不
가인지화 실종 어고구려 부정여 불

可二夫요, 忠臣은 不事二主니 若捨己君하고 以事,
가이부 충신 불사이주 약사기군 이사

逆子면 何顔으로 以見.天下之.義士乎아? 況聞.高
역자 하안 이견천하지의사호 황문고
麗王公은 仁厚懃儉하여 以得民心이니 殆.天啓也
려왕공 인후근검 이득민심 태천계야
라 必爲.三韓之主리라. 盍.致書以.安慰我王하고
필위 삼한지주 합치서이안위아왕
兼.慇懃於王公하여 以圖.後來之福乎아? 하니 妻
겸은근어왕공 이도후래지복호 처
曰, 子之言이 是.吾意也니라 하다.
왈 자지언 시오의야

| 어려운 낱말 |

[長興(장흥)] : 후당 명종의 연호. [烙斷股筋(낙단고근)] : 다리의 근육을 자르고 낙형(烙刑)을 주다. [蓐食(욕식)] : 아침 일찍이 하는 식사. 새벽밥. [聞風(문풍)] : 소문을 듣고. [假手(가수)] : 힘을 빎. [北王(북왕)] : 왕건을 가리킴. [鹽白眞三州(염,백,진,3주)] : 염주(鹽州), 백주(白州), 진주(眞州)의 3주를 말함. 염주는 황해도 연안 지방, 백주는 황해도 백천(白川) 지방. 진주는 미상. [佛宇(불우)] : 절. 즉 금산사. [涕連洒(체연쇄)] : 눈물을 뿌리다. [尙父(상보)] : 상대를 존칭으로 부르는 대명사. [逆子(역자)] : 반역자(反逆者). [殆(태)] : 위태하다. 거의. [盍] : 덮을(합). 어찌 ~하지 아니하느냐.

| 본문풀이 |

장흥(長興) 3년(932)에, 견훤의 신하 공직(龔直)이 용맹스럽고 지략(智略)이 있었는데 태조(太祖)에게로 와서 항복하니 견훤은 공직의 두 아들과 딸 하나를 잡아서 다리 힘줄을 지져서 끊었다. 9월에, 견훤은 일길(一吉)을 보내어 수군(水軍)을 이끌고 고려 예

성강(禮成江)으로 들어가 3일 동안 머무르면서 염주(鹽州)·백주(白州)·진주(眞州) 등 세 주(州)의 배 100여 척을 빼앗아 불사르고 돌아갔다.

청태(淸泰) 원년(元年) 갑오(甲午 ; 934)에, 견훤은 태조가 운주【運州 ; 자세히 알 수 없다.】에 주둔해 있다는 말을 듣고 갑옷 입은 군사를 뽑아 욕식(蓐食)시켜 빨리 가게 하였는데, 미처 영채에 이르기 전에 장군(將軍) 유금필(庾黔弼)이 강한 기병(奇兵)으로 쳐서 3,000여 명을 목 베니 웅진(熊津) 이북(以北)의 30여 성은 이 소문을 듣고 자진해서 항복하였으며, 견훤의 부하였던 술사(術士) 종훈(宗訓)과 의사(醫師) 지겸(之謙), 용장(勇將) 상봉(尙逢)·최필(崔弼) 등도 모두 태조에게 항복했다.

병신(丙申 ; 936)년 정월에 견훤은 그 아들에게 말하기를, 「내가 신라말(新羅末)에 후백제를 세운 지 여러 해가 되어 군사는 북쪽의 고려 군사보다 배나 되는데도 오히려 이기지 못하니 필경 하늘이 고려를 위하여 가수(假手)하는 것 같다. 어찌 북쪽 고려왕에게 귀순해서 생명을 보전하지 않을 수 있겠느냐?」 했다. 그러나 그 아들 신검(神劍)·용검(龍劍)·양검(良劍) 등 세 사람은 모두 응하지 않았다. 〈이제가기(李磾家記)〉에는 이렇게 말했다. 「견훤에게는 아들 아홉이 있으니, 맏이는 신검(神劍), 둘째는 태사(太師) 겸뇌(謙腦), 셋째는 좌승(佐承) 용술(龍述), 넷째는 태사(太師) 총지(聰智), 다섯째는 대아간(大阿干) 종우(宗祐), 여섯째는 이름을 알 수 없고, 일곱째는 좌승(佐承) 위흥(位興), 여덟째는 태사(太師) 청구(靑丘)이며, 딸 하나는 국대부인(國大夫人)이니 모두 상원부인

(上院夫人)의 소생(所生)이다. 또 말하기를, "견훤은 처첩(妻妾)이 많아서 아들 10여 명을 두었는데, 넷째 아들 금강(金剛)은 키가 크고 지혜가 많아 견훤이 특히 그를 사랑하여 왕위를 전하려 하니 그 형 신검·양검·용검 등이 알고 몹시 근심했다. 이때 양검은 강주도독(康州都督), 용검은 무주도독(武州都督)으로 있고, 홀로 신검만이 견훤의 곁에 있었다. 이찬(伊飡) 능환(能奐)이 사람을 강주와 무주에 보내서 양검 등과 모의했다. 청태(淸泰) 2년 을미(乙未; 935) 3월에, 이들은 영순(英順) 등과 함께 신검을 권해서 견훤을 금산(金山) 불당(佛堂)에 가두고 사람을 보내서 금강을 죽이고 신검이 자칭 대왕이라 하고 나라 안의 모든 죄수들을 사면(赦免)해 주었다.」고 한다.

처음에 견훤이 아직 잠자리에서 일어나기 전에 멀리 대궐 뜰에서 고함치는 소리가 들리므로 이게 무슨 소리냐고 묻자 신검이 아버지에게 아뢰기를, 「왕께서는 늙으시어 군국(軍國)의 정사(政事)에 어두우시므로 장자(長子) 신검이 부왕(父王)의 자리를 대신하게 되었다고 해서 여러 장수들이 기뻐하는 소리입니다.」라고 했다. 조금 후에 아버지를 금산사(金山寺) 불당(佛堂)으로 옮기고 파달(巴達) 등 30명의 장사(壯士)를 시켜서 지키게 하니, 동요(童謠)에 이렇게 말했다.

가엾은 완산(完山) 아이
아비를 잃어 울고 있네.

그때 견훤은 후궁과 나이 어린 남녀 두 명, 시비(侍婢) 고비녀(古比女), 나인(內人) 능예남(能乂男) 등과 함께 갇혀 있었다. 그러다가 4월에 이르러 견훤은 술을 빚은 뒤에 지키는 장사 30명에게 먹여 취하게 하고는 고려로 도망해 왔다. 이에 태조는 소원보향예(小元甫香乂)·오염(吳琰)·충질(忠質) 등을 보내서 수로(水路)로 가서 맞아오게 했다. 고려에 이르자, 태조는 견훤의 나이가 10년 위라고 하여 높여서 상보(尙父)라 하여 남궁(南宮)에 편안히 있게 하고 양주(楊洲)의 식읍(食邑)·전장(田莊)과 노비 40명, 말 아홉 필을 주고, 먼저 항복해 와 있는 신강(信康)으로 아전(衙前)을 삼았다. 견훤의 사위 장군 영규(英規)가 비밀히 그 아내에게 말하기를, 「대왕께서 나라를 위해서 애쓰신 지 40여 년에 공업(功業)이 거의 이루어지려 하는데 하루아침에 집안사람의 화(禍)로 나라를 잃고 고려에 따르니, 대체로 정녀(貞女)는 두 남편을 모시지 않고 충신(忠臣)은 두 임금을 섬기지 않는 법이오. 만일 내 임금을 버리고 반역한 아들[神劍]을 섬긴다면 무슨 낯으로 천하의 의사(義士)들을 본단 말이오? 더구나 고려의 왕공(王公)은 인후근검(仁厚勤儉)하여 민심을 얻었다 하니, 이는 아마 하늘의 계시(啓示)로, 필경 삼한(三韓)의 임금이 될 것이니, 어찌 글을 올려 우리 임금을 위안하고 겸해서 왕공에게 은근히 하여 뒷날의 복을 도모하지 않겠소?」 하니, 그 아내가 말하기를, 「당신의 말씀이 바로 저의 뜻입니다.」라고 했다 한다.

⑥ 於是에 天福元年,丙申(936)二月에 遣人,致意
어 시 천 복 원 년 병 신 이 월 견 인 치 의

於,太祖曰,「君擧義旗하면 請爲內應하여 以迎,王
어 태 조 왈 군 거 의 기 청 위 내 응 이 영 왕

師하리다.」하니 太祖喜하여 厚賜其,使者遣之하고
사 태 조 희 후 사 기 사 자 견 지

謝,英規曰, 若,蒙恩一合하여 無,道路之梗이면 卽,
사 영 규 왈 약 몽 은 일 합 무 도 로 지 경 즉

先致,謁於將軍하고 然後에 升堂,拜,夫人하여 兄事
선 치 알 어 장 군 연 후 승 당 배 부 인 형 사

而,姊尊之하고 必,終有以厚報之하리니 天地鬼神
이 자 존 지 필 종 유 이 후 보 지 천 지 귀 신

이 皆聞此語이리라 하다. 六月에 萱이 告太祖하되
개 문 차 어 유 월 훤 고 태 조

老臣所以投身於殿下者는 願仗殿下威稜하여 以
로 신 소 이 투 신 어 전 하 자 원 장 전 하 위 릉 이

誅逆子耳니 伏望大王은 借以神兵하여 殲其賊亂
주 역 자 이 복 망 대 왕 차 이 신 병 섬 기 적 란

하면 臣은 雖死라도 無憾이니다. 太祖曰, 非,不欲討
신 수 사 무 감 태 조 왈 비 불 욕 토

之요 待其時也라. 先遣,太子武와 及,將軍述希하여
지 대 기 시 야 선 견 태 자 무 급 장 군 술 희

領,步騎十萬하여 趣,天安府하다 秋九月에 太祖率,
령 보 기 십 만 취 천 안 부 추 구 월 태 조 솔

三軍至,天安하여 合兵,進次一善하니 神劍이 以兵
삼 군 지 천 안 합 병 진 차 일 선 신 검 이 병

逆之하다. 甲午에 隔,一利川,相對하니 王師,背艮(동
역 지 갑 오 격 일 리 천 상 대 왕 사 배 간

북)向坤(서남)而陣하다. 太祖,與萱,觀兵이러니 忽白
향 곤 이 진 태 조 여 훤 관 병 홀 백

雲이 狀如,劍戟起하니 我師,向彼行焉하여 乃,鼓行
운 상 여 검 극 기 아 사 향 피 행 언 내 고 행

而進하니 百濟將軍.孝奉과 德述과 哀述과 明吉.等
이진 백제장군효봉 덕술 애술 명길등

이 望.兵勢大而.整하고 棄甲.降於陣前하니 太祖勞
망병세대이정 기갑항어진전 태조로

慰之하고 問.將帥所在하니 孝奉.等曰, 元帥神劍이
위지 문장수소재 효봉등왈 원수신검

在.中軍이니다. 太祖.命.將軍.公萱.等하여 三軍.齊
재중군 태조명장군공훤등 삼군제

進.狹擊하니 百濟軍.潰北라. 至黃山炭峴하니 神劍
진협격 백제군궤배 지황산탄현 신검

이 與二弟로 將軍.富達과 能奐.等, 四十餘人으로
여이제 장군부달 능환등 사십여인

生降하니 太祖受降하고 餘皆.勞之하고 許令與.妻
생항 태조수항 여개로지 허령여처

子上京하다. 問能奐曰, 始與.良劍等으로 密謀하여
자상경 문능환왈 시여양검등 밀모

囚.大王하고 立.其子者는 汝之.謀也라 爲.臣之義로
수대왕 입기자자 여지모야 위신지의

當.如是乎아? 能奐이 俛首.不能言하니 遂命誅之하
당여시호 능환 면수불능언 수명주지

다. 以.神劍.僭位는 爲人.所脅으로 非其.本心이요,
이신검참위 위인소협 비기본심

又且歸命乞罪하여 特原其死하니 甄萱이 憂懣發
우차귀명걸죄 특원기사 견훤 우만발

疽하여 數日卒於.黃山佛舍하니 九月八日也요, 壽
저 수일졸어황산불사 구월팔일야 수

七十이라. 太祖.軍令이 嚴明하여 士卒이 不犯秋毫
칠십 태조군령 엄명 사졸 불범추호

하니 州縣安堵하고 老幼皆呼萬歲러라. 謂.英規曰,
주현안도 로유개호만세 위영규왈

前王.失國後에 其.臣子가 無.一人慰之者러니 獨
전왕실국후 기신자 무일인위지자 독

卿,夫妻가 千里嗣音하여 以致誠意하고 兼歸,美於,
경 부 처 천 리 사 음 이 치 성 의 겸 귀 미 어

募人하니 其義,不可忘이라 하고 許職,左承하고 賜
모 인 기 의 불 가 망 허 직 좌 승 사

田,一千頃하고 許借,驛馬三十五匹하여 以迎家人
전 일 천 경 허 차 역 마 삼 십 오 필 이 영 가 인

하고 賜其二子以官하다. 甄萱이 起唐,景福元年
사 기 이 자 이 관 견 훤 기 당 경 복 원 년

(892)하여 至晉,天福元年(936)에 共,四十五年으로 丙
지 진 천 복 원 년 공 사 십 오 년 병

申에 滅하니라.
신 멸

〈史論〉曰, 新羅,數窮道喪하여 天無所助요 民
사 론 왈 신 라 수 궁 도 상 천 무 소 조 민

無所歸라. 於是에 群盜,投隙而作이 若猬毛然하여
무 소 귀 어 시 군 도 투 극 이 작 약 위 모 연

其劇者는 弓裔,甄萱,二人而已라. 弓裔는 本,新羅
기 극 자 궁 예 견 훤 이 인 이 이 궁 예 본 신 라

王子로 而,反以家國,爲讐하여 至斬,先祖之,畵像하
왕 자 이 반 이 가 국 위 수 지 참 선 조 지 화 상

니 其爲,不仁甚矣라. 甄萱은 起自,新羅之民하여 食
기 위 불 인 심 의 견 훤 기 자 신 라 지 민 식

新羅之祿하고 而,包藏禍心하여 幸,國之危하여 侵
신 라 지 녹 이 포 장 화 심 행 국 지 위 침

軼,都邑하여 虔劉君臣을 若,禽獸하니 實,天下之,元
질 도 읍 건 유 군 신 약 금 수 실 천 하 지 원

惡이라, 故로 弓裔는 見棄於,其臣하고 甄萱은 産禍
악 고 궁 예 견 기 어 기 신 견 훤 산 화

於其子하니 皆,自取之也라 又誰咎也리오. 雖,項羽,
어 기 자 개 자 취 지 야 우 수 구 야 수 항 우

李密之,雄才로도 不能敵,漢,唐,之興이어늘 而況,裔
이 밀 지 웅 재 불 능 적 한 당 지 흥 이 황 예

萱之, 凶人이 豈可與, 我太祖, 相抗歟리오.
훤 지 흉 인 기 가 여 아 태 조 상 항 여

| 어려운 낱말 |

[威稜(위릉)] : 존엄스러운 위엄. [太子武(태자무)] : 다음 대의 혜종(惠宗)을 말한다. [背艮向坤(배간향곤)] : 동북을 등지고 서남쪽을 향함. [劍戟(검극)] : 칼과 창. [僭位(참위)] : 교활하게 왕위를 찬탈하다. [憂懣(우만)] : 근심하고 번민함. [猬毛(위모)] : 고슴도치 털. 猬 = 蝟는 고슴도치(위). [包臟(포장)] : 가슴속에 품다. [虔劉(건유)] : 모조리 죽여서 해침. [見棄(견기)] : 버림을 받다.

| 본문풀이 |

이에 천복(天福) 원년(元年) 병신(丙申 ; 936) 2월에, 사람을 보내서 태조에게 자기의 뜻을 말하기를, 「왕께서 의기(義旗)를 드시면 저는 내응(內應)하여 고려 군사를 맞이하겠습니다.」라고 했다. 태조는 기뻐하여 사자에게 예물을 후히 주어 보내고 영규에게 치사하기를, 「만일 그대의 은혜를 입어 한번 합세해서 길에서 막히는 일이 없게 한다면 곧 먼저 장군께 뵙고, 다음에 올라 부인께 절하여 형으로 섬기고 누님으로 받들어 반드시 끝까지 후하게 보답하겠소. 천지와 귀신은 모두 이 말을 들을 것이오.」 했다. 6월에 견훤이 태조에게 말하기를, 「노신(老臣)이 전하께 항복해 온 것은 전하의 위엄을 빌어 반역한 자식을 죽이기 위한 것이니 엎드려 바라건대, 대왕은 신병(神兵)을 빌어 적자난신(賊子亂臣)을 죽이시면 신이 비록 죽어도 유감이 없겠습니다.」라고 하니, 태조가 말하기를, 「그들을 치지 않으려는 것이 아니라 그때를 기다리는 것이오.」라고 했다. 이에 먼저 태자 무(武)와 장군 술희(述希)에게 보병(步兵)과 기병(騎兵) 10만을 거느려 천안부(天安府)로 나가게 하고, 9월에 태조는 삼군(三軍)을 거느리고 천안(天安)에 이르러 군사를 합하여 일선군(一善郡)으로 진격해 나가니 신검이 군사를 거느리고 막았다. 갑오일(甲午日)에 일리천(一利川)을 사이에 두고 서로 대치하니 고려 군사는 동북방을 등지고 서남쪽을 향해 진을 쳤다. 태조는 견훤과 함께 군대를 사열하는데, 갑자기 칼과 창 같은 흰 구름이 일어나 적군(敵軍)을 향해 가므로 북을 치고 나가자 후백제의 장군 효봉(孝奉), 덕술(德述), 애술(哀述), 명길(明吉) 등은 고려 군사의 형세가 크고 정돈된 것을 바라보고 갑옷을 버리고 진 앞에 나와 항복했다.

태조는 이를 위로하고 장수가 있는 곳을 물으니 효봉 등은 말하기를, 「원수(元帥) 신검(神劍)은 중군(中軍)에 있습니다.」라고 했다. 태조는 장군 공훤(公萱) 등에게 명하여 삼군을 일시에 진군시켜 협격(挾擊)하니 백제군은 무너져 달아났다. 황산(黃山) 탄현(炭峴)에 이르자, 신검은 두 아우와 더불어 장군 부달(富達), 능환(能奐) 등 40여 명과 함께 항복했다. 태조는 항복을 받고 나머지는 모두 위로하여 처자(妻子)와 함께 서울로 돌아가도록 허락했다. 태조가 능환(能奐)에게 묻기를, 「처음에 양검 등과 비밀히 모의하여 대왕을 가두고 그 아들을 세운 것은 네 꾀이니, 신하된 의리(義理)에 이래야 마땅하단 말이냐?」 하니, 능환은 머리를 숙이고 말을 하지 못했다. 태조는 명하여 이를 베어라 했다. 신검이 참람

되게 왕위를 빼앗은 것은 남의 위협으로 그의 본심이 아니었으며, 또 항복하여 죄를 빌어 특히 그 죽음을 용서하였더니, 견훤은 분하게 여겨 등창이 나서 수일 만에 황산(黃山) 불사(佛舍)에서 죽으니, 때는 9월 8일이고, 나이는 70세이었다. 태조는 군령(軍令)은 엄하고 분명해서 군사들이 조금도 범하지 않아 주현(州縣)이 편안하여 늙은이와 어린이가 모두 만세를 불렀다. 태조는 영규(英規)에게 이르기를, 「전왕(前王)이 나라를 잃은 후에 그의 신하된 사람으로서 한 사람도 위로해 주는 이가 없었는데, 오직 경(卿)의 내외만이 천 리 밖에서 글을 보내서 성의를 보였고, 겸해서 아름다운 명예를 나에게 돌렸으니 그 의리를 잊을 수 없소.」라고 하며, 좌승(左承)이란 벼슬과 밭 1천 경(頃)을 내리고, 역마(驛馬) 35필을 빌려주어 가족들을 맞게 했으며 그 두 아들에게도 벼슬을 주었다.

견훤은 당나라 경복(景福) 원년(元年 ; 892)에 나라를 세워 진(晉)나라 천복(天福) 원년(元年 ; 936)에 이르러 45년 만인 병신(丙申)년에 망했다.

〈사론(史論 : 저자의 견해)〉에, 신라는 운수가 다하고 올바른 도리를 잃어 하늘이 돕지 않고 백성이 돌아갈 곳이 없이 되었다. 이에 뭇 도둑이 틈을 타서 일어났으니 마치 고슴도치의 털과 같아서 그중에서도 가장 극렬한 자는 궁예(弓裔)와 견훤(甄萱) 두 사람이었다. 궁예는 본래 신라의 왕자로서 도리어 제 나라를 원수로 삼아 심지어는 선조의 화상(畵像)을 칼로 베었으니 그 어질지 못한 것이 너무 심했다. 견훤은 신라의 백성으로 태어나서 신라의 녹을 먹으면서 나쁜 마음을 품어 나라의 위태로움을 기회로 신라의 도읍을 쳐서 임금과 신하를 마치 짐승처럼 죽였으니 참으로 천하의 원흉(元兇)이다. 때문에 궁예는 그 신하에게서 버림을 당했고, 견훤은 그 아들에게서 화(禍)가 생겼으니 모두 스스로 취한 것인데 누구를 원망한단 말인가. 비록 항우(項羽)와 이밀(李密)의 뛰어난 재주로도 한(漢)과 당(唐)이 일어나는 것을 대적하지 못했거늘, 하물며 궁예와 견훤 같은 흉한 인물들이 어찌 우리 태조와 함께 대항할 수 있겠는가!

駕洛國記(가락국기)

◉ [고려 문종 때 금관지주사(金官知州事)이던 어느 문인이 지었는데, 여기에 초략하여 싣는다.]

1 開闢之後에 此地에 未有,邦國之號요. 亦無
개벽지후 차지 미유방국지호 역무
君臣之稱이라. 越有,我刀干, 汝刀干, 彼刀干, 五
군신지칭 월유아도간 여도간 피도간 오
刀干, 留水干, 留天干, 神天干, 五天干, 神鬼干,
도간 유수간 유천간 신천간 오천간 신귀간
等, 九干者이니 是酋長이라 領總百姓하니 凡,一百
등 구간자 시추장 령총백성 범일백
户에 七萬五千人하며 多以,自都山野에서 鑿井而
호 칠만오천인 다이자도산야 착정이

飮하고 耕田而食하다. 屬,後漢世祖光武帝建武十
음 경전이식 속후한세조광무제건무십

八年, 壬寅(42)三月, 禊浴之,日에 所居,北龜旨[是峯
팔년 임인 삼월 계욕지일 소거북귀지

巒之稱으로 若十朋(무리)이 伏之狀이라 故云也라.]에 有,殊常
유수상

聲氣하여 呼喚衆庶하여 二三百人이 集會於,此라,
성기 호환중서 이삼백인 집회어차

有如人音하되 隱其形하고 而發其音曰, 此有人否
유여인음 은기형 이발기음왈 차유인부

아? 九干等云하되 吾徒,在이니다. 又曰, 吾所,在爲
구간등운 오도재 우왈 오소재위

何오? 對云, 龜旨也니이다. 又曰, 皇天이 所以,命
하 대운 귀지야 우왈 황천 소이명

我者하여 御,是處에 惟,新家邦하여 爲,君后하라 爲
아자 어시처 유신가방 위군후 위

玆故로 降矣니 爾等이 須掘,峯頂撮土하여 歌之云
자고 강의 이등 수굴봉정촬토 가지운

하되,

「龜何龜何, 首其現也하라,
귀하귀하 수기현야

若不現也, 燔灼而喫也라.」
약불현야 번작이끽야

以之蹈舞하며 則是,迎,大王하여 歡喜,踊躍之也
이지도무 즉시영대왕 환희용약지야

하라. 九干等이 如其言하여 咸忻而歌舞하니 未幾
구간등 여기언 함흔이가무 미기

에 仰而觀之하니 唯紫繩이 自天垂而着地라. 尋繩
앙이관지 유자승 자천수이착지 심승

之下하니 乃見,紅幅裏,金合子라, 開而視之하니 有,
지하 내견홍폭리금합자 개이시지 유

黃金卵,六이 圓如日者라. 衆人이 悉皆驚喜하여 俱
황금란육 원여일자 중인 실개경희 구

伸百拜하고 尋還,裹著抱侍하여 而歸我刀家하여
신백배 심환리저포시 이귀아도가

置,榻(榻)上하고 其衆各散하다. 過,浹辰하고 翌日
치탑 상 기중각산 과협진 익일

平明에 衆庶復相聚集하여 開合而,六卵化爲,童子
평명 중서부상취집 개합이육란화위동자

하니 容貌甚偉라. 仍坐於床하고 衆庶拜賀하여 盡
용모심위 잉좌어상 중서배하 진

恭敬止하다. 日月而大하여 踰,十餘晨昏에 身長九
공경지 일월이대 유십여신혼 신장구

尺하니 則,殷之天乙이요, 顔如龍焉으로 則,漢之高
척 즉은지천을 안여용언 즉한지고

祖요. 眉之八彩하니 則有唐之高(堯)하고 眼之重
조 미지팔채 즉유당지고요 안지중

瞳하니 則,有虞之舜이라. 其於,月望日에 卽位也니
동 즉유우지순 기어월망일 즉위야

라, 始現이라 故로 諱首露요. 或云首陵(首陵은 是崩後,
시현 고 휘수로 혹운수릉

諡也)이라. 國稱,大駕洛이요, 又稱,伽耶國이니 卽,六
국칭대가락 우칭가야국 즉육

伽耶之,一也라. 餘,五人은 各歸爲,五伽耶主하다.
가야지일야 여오인 각귀위오가야주

| 어려운 낱말 |

[越有(월유)] : 바로 이때에 ~가 있었다. [鑿井(착정)] : 우물을 파서 물을 마신다는 뜻. [禊浴之日(계욕지일)] : 3월 상사일(上巳日)에 액을 물리친다는 의미

로, 목욕하고 물가에서 회음(會飮)하는 날. [北龜旨(북귀지)] : 산봉우리 이름으로서 여러 마리의 거북이 엎드린 형상이므로 이렇게 불렀다. [衆庶(중서)] : 무리들. [撮土(촬토)] : 흙 한 줌씩을 쥐고. [紫繩(자승)] : 자색 끈. [紅幅(홍폭)] : 홍색 보자기. [金合(금합)] : 금으로 된 합자기(盒). [尋還(심환)] : 얼마 후에 ~하여 돌아오다. [榻(탑)] : 탁자. [浹辰(협진)] : 12지(支)의 자(子)로부터 해(亥)에 이르는 12시간. [平明(평명)] : 새벽. 날이 샐 무렵. [晨昏(신혼)] : 새벽에서 해질 무렵의 하루를 말함. [天乙(천을)] : 은나라 탕왕(湯王)의 다른 이름. [月望日(월망일)] : 그 달의 보름날.

| 본문풀이 | 〈가락국기(駕洛國記)〉

천지(天地)가 처음 열린 이후로 이곳에는 아직 나라 이름이 없었다. 그리고 또 군신(君臣)의 칭호도 없었다. 이럴 때에 아도간(我刀干), 여도간(汝刀干), 피도간(彼刀干), 오도간(五刀干), 유수간(留水干), 유천간(留天干), 신천간(神天干), 오천간(五天干), 신귀간(神鬼干) 등 아홉 간(干)이 있었다. 이들 추장(酋長)들이 백성들을 통솔했으니 모두 100호(戶)로서 7만 5,000명이었다. 이 사람들은 거의 산과 들에 모여서 살았으며 우물을 파서 물을 마시고 밭을 갈아 곡식을 먹었다.

후한(後漢)의 세조(世祖) 광무제(光武帝) 건무(建武) 18년, 임인(壬寅 ; 42) 3월 계욕일(禊浴日)에 그들이 살고 있는 북쪽 귀지【龜旨 ; 이것은 산봉우리를 말함이니, 마치 십붕(十朋 : 귀중한 보배. 화패)이 엎드린 모양과도 같기 때문에 이렇게 말한 것이다.】에서 무엇을 부르는 이상한 소리가 들렸다. 백성 2, 3백 명이 여기에 모였는데 사람의 소리 같기는 하지만 그 모양을 숨기고 소리만 내서 말하기를, 「여기에 사람이 있느냐?」 아홉 간(干) 등이 말하기를, 「우리들이 있습니다.」 하니, 그러자 또 말하기를, 「내가 있는 곳이 어디냐?」 했다. 「귀지(龜旨)입니다.」 하니, 또 말하기를, 「하늘이 나에게 명하기를, 이곳에 나라를 새로 세우고 임금이 되라고 하였으므로 일부러 여기에 내려온 것이니, 너희들은 모름지기 산봉우리 꼭대기의 흙을 파면서 노래를 부르라고 하되,

'거북아, 거북아,
머리를 내밀라.
만일 내밀지 않으면
구워먹겠다.'

하고, 뛰면서 춤을 추어라. 그러면 곧 대왕을 맞이하여 기뻐 뛰놀게 될 것이다.」 했다. 구간(九干)들은 이 말을 좇아 모두 기뻐하면서 노래하고 춤추다가 얼마 안 되어 우러러 쳐다보니 다만 자줏빛 줄이 하늘에서 드리워져서 땅에 닿아 있다. 그 노끈의 끝을 찾아보니 붉은 보자기에 금으로 만든 상자가 싸여 있으므로 열어보니 해처럼 둥근 황금 알 여섯 개가 있었다. 여러 사람들은 모두 놀라고 기뻐하여 함께 백배(百拜)하고 얼마 있다가 다시 싸안고 아도간(我刀干)의 집으로 돌아와 책상 위에 놓아두고 여러 사람은 각기 흩어졌다.

이런지 12시간이 지나, 그 이튿날 아침에 여러 사람들이 다시 모여서 그 함(函)을 여니 여섯 알은 화해서 어린아이가 되어 있는

데 용모(容貌)가 매우 훤칠했다. 이들을 평상 위에 앉히고 여러 사람들이 절하고 하례(賀禮)하면서 극진히 공경했다. 이들은 나날이 자라서 10여 일이 지나니, 키는 9척으로 은(殷)나라 천을(天乙)과 같고 얼굴은 용과 같아 한(漢)나라 고조(高祖)와 같았다. 눈썹이 팔자(八字)로 채색이 나는 것은 당(唐)나라 고조(高祖)와 같았고, 눈동자가 겹으로 된 것은 우(虞)나라 순(舜)과 같았다. 그가 그 달 보름에 왕위(王位)에 오르니 세상에 처음 나타났다고 해서 이름을 수로(首露)라고 했다. 혹은 수릉【首陵 ; 수릉(首陵)은 죽은 후의 시호(諡號)다.】이라고도 했다. 나라 이름을 대가락(大駕洛)이라 하고 또 가야국(伽耶國)이라고도 하니, 이는 곧 여섯 가야(伽耶) 중의 하나다. 나머지 다섯 사람은 각각 돌아가서 5가야의 왕이 되었다.

② 東은 以.黃山江이요, 西南은 以.滄海요, 西北은 以.地異山이요, 東北은 以.伽耶山이요, 南은 而爲.國尾라. 俾創.假宮而入御하나 但要質儉하여 茅茨不剪하고 土階는 三尺이라. 二年癸卯(43)春正月에 王若曰, 朕이 欲定置.京都라 하고 仍.駕幸.假宮之南의 新畓坪[是는 古來閑田으로 新耕作故로 云也라 畓乃俗文也라.] 하여 四望山嶽하고 顧.左右曰, 此地狹小

하여 如,蓼葉이나 然而秀異하니 可爲十六羅漢住
여 요 엽 연 이 수 이 가 위 십 육 나 한 주

地라. 何況自,一成三이요, 自三成七이니 七聖住地
지 하 황 자 일 성 삼 자 삼 성 칠 칠 성 주 지

니 固合于是라. 托,十開疆하면 終然,允藏歟인져 하
고 합 우 시 탁 십 개 강 종 연 윤 장 여

고 築置一千五百步에 周廻羅城과 宮禁殿宇와 及
축 치 일 천 오 백 보 주 회 나 성 궁 금 전 우 급

諸,有司屋宇와 虎庫(武庫)倉廩之地하고 事訖還宮
제 유 사 옥 우 호 고 창 름 지 지 사 흘 환 궁

하다. 徧徵國內丁壯과 人夫工匠하여 以其月,二十
편 징 국 내 정 장 인 부 공 장 이 기 월 이 십

日에 資始金陽하여 暨,三月十日役畢하다. 其宮闕
일 자 시 금 양 기 삼 월 십 일 역 필 기 궁 궐

屋舍는 俟農隙而作之하여 經始于,厥年十月하여
옥 사 사 농 극 이 작 지 경 시 우 궐 년 십 월

逮,甲辰二月而成하다. 涓吉,辰御新宮하여 理萬機
체 갑 진 이 월 이 성 연 길 진 어 신 궁 이 만 기

而懃庶務하다. 忽有琓夏國含達王之夫人이 妊娠
이 근 서 무 홀 유 완 하 국 함 달 왕 지 부 인 임 신

하여 彌月生卵하여 卵化爲人하니 名曰, 脫解라 從
미 월 생 난 난 화 위 인 명 왈 탈 해 종

海而來하니 身長三尺이요, 頭圓一尺이러라. 悅焉
해 이 래 신 장 삼 척 두 원 일 척 열 언

詣闕하여 語於王云하되 我欲奪,王之位하여 故來
예 궐 어 어 왕 운 아 욕 탈 왕 지 위 고 래

耳니이다. 王이 答曰, 天命我俾,卽于位하여 將,令
이 왕 답 왈 천 명 아 비 즉 우 위 장 영

安中國하니 而綏下民이라 不敢違,天之命하여 以
안 중 국 이 수 하 민 불 감 위 천 지 명 이

與之位요 又不敢,以吾國吾民을 付囑於汝니라. 解
여 지 위 우 불 감 이 오 국 오 민 부 촉 어 여 해

云, 若爾,可爭其術하리라? 하니 王曰, 可也니라. 俄
운 약이가쟁기술 왕왈 가야 아
頃之間에 解化爲鷹하니 王化爲鷲하고 又,解化爲
경지간 해화위응 왕화위취 우해화위
雀하니 王化爲鸇이라 于此際也에 寸陰未移하니 解
작 왕화위전 우차제야 촌음미이 해
還本身하고 王亦復然하다. 解乃伏膺曰, 僕也適於
환본신 왕역부연 해내복응왈 복야적어
角術之場에 鷹之於鷲하고 雀之於鸇하여 獲免焉하
각술지장 응지어취 작지어전 획면언
니 此는 蓋,聖人이 惡殺之,仁而然乎아 僕之與王으
차 개성인 오살지인이연호 복지여왕
로 爭位良難이오이다. 便,拜辭而出하여 到,隣郊外,
쟁위양난 변배사이출 도린교외
渡頭하여 將,中朝來泊之,水道而行하니 王은 竊恐,
도두 장중조래박지수도이행 왕 절공
滯留謀亂하여 急發,舟師五百艘而,追之하니 海奔
체유모란 급발주사오백소이추지 해분
入,鷄林地界하여 舟師盡還하다 事記所載가 多異
입계림지계 주사진환 사기소재 다이
與,新羅니라. 屬建武二十四年戊申(48)七月二十
여신라 속건무이십사년무신 칠월이십
七日에 九干等이 朝謁之次에 獻言曰, 大王,降靈
칠일 구간등 조알지차 헌언왈 대왕강영
已來로 好仇를 未得하니 請,臣等이 所有,處女絶好
이래 호구 미득 청신등 소유처여절호
者하여 選入宮闈하여 俾爲伉儷하니다. 王曰, 朕이
자 선입궁위 비위항려 왕왈 짐
降于茲는 天命也니 配,朕而作后도 亦,天之命이니
강우자 천명야 배짐이작후 역천지명
卿等은 無慮하라 하다.
경등 무려

| 어려운 낱말 |

[俾創(비창)] : 더하여 짓다. 俾는 더할(비). [質儉(질검)] : 질박과 검소. [茅茨不剪(모차부전)] : 집을 이은 짚과 이응도 자르지 않는다는 뜻으로, 매우 검소한 생활을 뜻함. [新畓坪(신답평)] : 묵은 밭을 갈아 눕혔으므로 신답(新畓)이라 함. [蓼葉(요엽)] : 여뀌의 잎으로 매우 소박하고 보잘것없음을 말함. [何況(하황)] : 더군다나. [七聖(칠성)] : 불교 성인으로, 전세에 출현했다는 일곱 부처. [固合(고합)] : 꼭 합당한 곳. [托十(탁십)] : 전부(사방)를 개척하여 열다. [終然(종연)] : 나중에는. [允臧(윤장)] : 진실로 좋겠다. [羅城(나성)] : 외성. [虎庫(호고)] : 무기고. [金陽(금양)] : 성터. [暨] : 이르러(기). [俟農(사농)] : 농사의 짬을 이용. [逮] : 미치다(체), 이르다.(체). [綏] : 편안할(수). [鸇] : 새매(전). [良難(양난)] : 진실로 어려운 일. 良은 진실로(량). [渡頭(도두)] : 나루터. [屬] : 때마침(속). [好仇(호구)] : 좋은 짝. [宮闈(궁위)] : 대궐의 문. 闈는 대궐의 작은 문(위). [伉儷(항려)] : 짝.

| 본문풀이 |

동쪽은 황산강(黃山江), 서남쪽은 창해(滄海), 서북쪽은 지리산(地理山), 동북쪽은 가야산(伽耶山)이며, 남쪽은 나라의 끝이었다. 그는 임시로 대궐을 세우게 하고 거처하면서 다만 질박(質朴)하고 검소하니, 지붕에 이은 이엉을 자르지 않고 흙으로 쌓은 계단은 겨우 3척이었다.

즉위 2년 계묘(癸卯 ; 43)정월에 왕이 말하기를, 「내가 서울을 정하려 한다.」 하고는 이내 임시 궁궐의 남쪽 신답평【新畓坪 ; 이는 옛날부터 묵은 밭인데, 새로 경작(耕作)했기 때문에 신답평(新畓坪)이라 했다. 답자(畓字)는 속자(俗字)다.】에 나가 사방의 산악(山嶽)을 바라보다가 좌우 사람을 돌아보고 말하기를, 「이 땅은 협소(狹小)하기가 여뀌[蓼] 잎과 같지만 수려(秀麗)하고 기이하여 가위 16나한(羅漢)이 살만한 곳이다. 더구나 1에서 3을 이루고 그 3에서 7을 이루니, 7성(聖)이 살만한 곳으로 가장 적합하다. 여기에 의탁하여 강토(疆土)를 개척해서 마침내 좋은 곳을 만드는 것이 어떻겠느냐?」고 했다. 여기에 1,500보(步) 둘레의 성과 궁궐(宮闕)과 전당(殿堂) 및 여러 관청의 청사(廳舍)와 무기고(武器庫)와 곡식 창고를 지을 터를 마련한 뒤에 궁궐로 돌아왔다. 두루 나라 안의 장정과 장인들을 불러 모아서 그달 20일에 성 쌓는 일을 시작하여 3월 10일에 공사를 끝냈다. 그 궁궐(宮闕)과 옥사(屋舍)는 농사일에 바쁘지 않은 틈을 이용하니, 그해 10월에 비로소 시작해서 갑진(甲辰 ; 44)년 2월에 완성되었다. 좋은 날을 가려서 새 궁으로 거동하여 모든 정사를 다스리고 여러 일도 부지런히 보살폈다. 이때 갑자기 완하국(琓夏國) 함달왕(含達王)의 부인(夫人)이 아기를 배어 달이 차서 알을 낳으니, 그 알이 화해서 사람이 되어 이름을 탈해(脫解)라 했는데, 이 탈해가 바다를 좇아서 가락국에 왔다. 키가 3척이요, 머리 둘레가 1척이나 되었다. 그는 기꺼이 대궐로 나가서 왕에게 말하기를, 「나는 왕의 자리를 빼앗으러 왔소?」 하니, 왕이 대답하기를, 「하늘이 나를 명해서 왕위에 오르게 한 것은 장차 나라를 안정시키고 백성들을 편안케 하려 함이니, 감히 하늘의 명(命)을 어겨 왕위를 남에게 줄 수도 없고, 또 우리 국민을 너에게 맡길 수도 없다.」고 했다. 탈해가 말하기를, 「그렇다면 술법(術法)으로 겨뤄 보려는가?」 하니, 왕이 좋다고 하였다. 잠깐 동안에 탈해가 변해서 매가 되니 왕은 변해서 독수리가 되고, 또 탈해가 변해서 참새가 되니 왕은 새매로 화하는데 그 변하는 것이 조금도 시간이 걸리지 않았다. 탈해가 본 모양으로 돌아오자 왕도 역시 전 모양이 되었다. 이에 탈해가 엎드려 항복하기를, 「내가 술법을 겨루는 마당에 있어서 매가 독수리에게, 참새가 새매에게 잡히기를 면한 것은 대개 성인(聖人)께서 죽이기를 미워하는 어진 마음을 가진 때문입니다. 내가 왕과 더불어 왕위를 다툼은 실로 어려울 것입니다.」 했다. 탈해는 문득 왕께 하직하고 나가서 이웃 교외의 나루터에 이르러 중국에서 온 배가 닿는 물길을 따라가려고 하는데, 왕은 그가 머물러 있으면서 반란을 일으킬까 염려하여 급히 수군(水軍) 500척을 보내서 쫓게 하니 탈해가 계림(鷄林)의 땅 안으로 달아나므로 수군은 모두 돌아왔다. 그러나 여기에 실린 사기(史記)는 신라의 것과는 다름이 많다.

건무(建武) 24년 무신(戊申 ; 48) 7월 27일에 구간(九干) 등이 조회할 때 말씀드렸다. 「대왕께서 강림(降臨)하신 후로 좋은 배필을 구하지 못하셨으니, 신들 집에 있는 처녀 중에서 가장 예쁜 사람을 골라서 궁중에 들여보내어 대왕의 짝이 되게 하겠습니다.」 하니 왕이 말하기를, 「내가 여기에 내려온 것은 하늘의 명령일 것이다. 나에게 짝을 지어 왕후(王后)를 삼게 하는 것도 역시 하늘의 명령이 있을 것이니 경들은 염려 말라.」고 했다.

③ 遂命.留天干하여 押.輕舟, 持.駿馬하고 到望
수명 유천간 압경주 지준마 도망

山島하여 立待하고 申命,神鬼干하여 就乘岾(望山島
산 도 입 대 신 명 신 귀 간 취 승 점

는 京南島嶼也요, 乘岾은 輦下國也라.)하다. 忽,自海之,西南
홀 자 해 지 서 남

隅에 掛,緋帆하고 張,茜旗하고 而指乎北하니 留天
우 괘 비 범 장 천 기 이 지 호 북 유 천

等이 先擧,火於島上하여 則,競渡下陸하여 爭奔而
등 선 거 화 어 도 상 즉 경 도 하 육 쟁 분 이

來라. 神歸(干)望之하고 走入闕하여 奏之하니 上聞
래 신 귀 간 망 지 주 입 궐 주 지 상 문

欣欣하여 尋遣,九干等하여 整,蘭橈하고 揚,桂楫而
흔 흔 심 견 구 간 등 정 난 요 양 계 즙 이

迎之하여 旋欲陪,入內하다. 王后乃曰, 我與爾等으
영 지 선 욕 배 입 내 왕 후 내 왈 아 여 이 등

로 素昧平生이니 焉敢,輕忽,相隨而去리오 留天等
소 매 평 생 언 감 경 홀 상 수 이 거 유 천 등

이 返하여 達后之語하니 王이 然之하여 率,有司하고
반 달 후 지 어 왕 연 지 솔 유 사

動蹕하여 從闕下,西南六十步許地,山邊에 設,嫚殿
동 필 종 궐 하 서 남 육 십 보 허 지 산 변 설 만 전

祗候하다. 王后於山外,別浦津頭에 維舟登陸하고
지 후 왕 후 어 산 외 별 포 진 두 유 주 등 육

憩於高嶠하며 解,所著綾袴로 爲贄하여 遺于山靈
게 어 고 교 해 소 저 릉 고 위 지 유 우 산 영

也하다. 其地(他)의 侍從媵臣二員은 名曰, 申輔와
야 기 지 타 시 종 잉 신 이 원 명 왈 신 보

趙匡이요. 其妻二人은 號를 慕貞과 慕良이니 或,臧
조 광 기 처 이 인 호 모 정 모 량 혹 장

獲이 竝計,二十餘口라, 所賫錦繡와 綾羅와 衣裳疋
획 병 계 이 십 여 구 소 재 금 수 릉 라 의 상 필

段과 金銀珠玉과 瓊玖服과 阮器는 不可勝記러라.
단 금 은 주 옥 경 구 복 완 기 불 가 승 기

| 어려운 낱말 |

[立待(입대)] : 기다리다. [申命(신명)] : 거듭 명하다. [忽自(홀자)] : 갑자기 ~로부터 오다. [緋帆(비범)] : 붉은 비단으로 만든 돛. [張茜旗(장천기)] : 빨강 깃발을 휘날리며. 張은 휘날리다(장). 茜은 꼭두서니 빛(천). [蘭橈(난요)] : 배의 노를 미화한 말. [桂楫(계즙)] : 배 노의 미화. [陪入內(배입내)] : 궐내로 모셔오다. [素昧(소매)] : 처음 보아서 알지 못하다. [返達(반달)] : 돌아와서 임금께 주달하니. [動蹕(동필)] : 임금의 거동. 행차하다. [幔殿(만전)] : 포장으로 임시로 만든 궁전. [祗候(지후)] : 공손히 기다림. 문안을 들다. [所著(소저)] : 입고 있던 바. [綾袴(능과)] : 비단 바지. [贄] : 폐백(지). [媵臣(잉신)] : 데리고 다니는 신하. 옛날 귀한 집 여자가 시집갈 때 데리고 가던 남자 하인. [臧獲(장획)] : 종. 남자 종과 여자 종을 통틀어 이르는 말. [所齎(소재)] : 가지고 온바. [瓊玖服(경구복)] : 구슬이 달린 아름다운 옷.

| 본문풀이 |

왕은 드디어 유천간(留天干)에게 명해서 경쾌한 배와 좋은 말을 가지고 망산도(望山島)에 가서 기다리게 하고, 신귀간(神鬼干)에게 명하여 승점【乘岾 ; 망산도(望山島)는 서울 남쪽의 섬이요, 승점(乘岾)은 경기(京畿) 안에 있는 나라다.】으로 가게 하였다. 갑자기 바다 서남쪽 모퉁이에서 붉은빛의 돛을 단 배가 붉은 기를 휘날리면서 북쪽을 향하여 다가오고 있었다. 유천간 등이 먼저 망산도에서 횃불을 올리니, 사람들이 다투어 육지로 내려 뛰어오므로 신귀간은 이것을 바라보다 대궐로 달려와서 왕께 아뢰었다. 왕은 이 말을 듣고 무척 기뻐하여 이내 구간(九干) 등을 보내어 목연(木蓮)으로 만든 키를 갖추고 계수나무로 만든 노를 저어 가서 그들을 맞이하여 대궐 안으로 모셔오려고 하니, 왕후가 말하기를, 「나는 본래 너희들을 모르는 터인데 어찌 감히 경솔하게 따라갈 수 있겠느냐?」 했다. 유천간 등이 돌아가서 왕후의 말을 전달하니 왕은 옳게 여겨 유사(有司)를 데리고 행차해서 대궐 아래에서 서남쪽으로 60보쯤 되는 산기슭에 장막을 쳐서 임시 궁전을 만들어 놓고 기다렸다. 왕후는 산 밖의 별포(別浦) 나루터에 배를 대고 육지에 올라 높은 언덕에서 쉬고, 입은 비단 바지를 벗어 산신령(山神靈)에게 폐백으로 바쳤다. 이 밖에 모시고 온 신하들이 두 사람이 있었으니, 이름은 신보(申輔)·조광(趙匡)이고, 그들의 아내 두 사람의 이름은 모정(慕貞)·모량(慕良)이라고 했으며, 데리고 온 노비까지 합해서 20여 명인데, 가지고 온 비단과 좋은 의상과 능라비단, 금은 보배와 구슬로 만든 패물들은 이루 말할 수 없이 많았다.

④ 王后가 漸近行在하니 上이 出迎之하여 同入
왕후 점근행재 상 출영지 동입
帷宮하고 媵臣已下,衆人은 就,階下而,見之卽退하
유궁 잉신이하중인 취계하이견지즉퇴
다. 上이 命,有司하여 引,媵臣夫妻曰, 人各以,一房
상 명유사 인잉신부처왈 인각이일방
安置하고 已下臧獲은 各一房,五六人,安置하여 給
안치 이하장획 각일방오육인안치 급
之以蘭液蕙醑하고 寢之以,文茵彩薦하고 至於,衣
지이란액혜서 침지이문인채천 지어의
服疋段,寶貨之類는 多以軍夫로하여 遴集而護之
복필단보화지류 다이군부 인집이호지

하다. 於是에 王與后가 共在御,國寢할새 從容語王
어 시 왕 여 후 공 재 어 국 침 종 용 어 왕

曰, 妾은 是,「阿踰陁國」公主也라. 姓은 許요, 名
왈 첩 시 아 유 타 국 공 주 야 성 허 명

은 黃玉이요, 年,二八(16세)矣이라. 在本國時인 今年
황 옥 년 이 팔 의 재 본 국 시 금 년

五月中에 父王與皇后가 顧妾而,語曰, 爺孃이 一
오 월 중 부 왕 여 황 후 고 첩 이 어 왈 야 양 일

昨夢中에 同見皇天上帝하니 謂曰, 駕洛國元君首
작 몽 중 동 현 황 천 상 제 위 왈 가 락 국 원 군 수

露者는 天所降而,俾御大寶하니 乃神乃聖이 惟其
로 자 천 소 강 이 비 어 대 보 내 신 내 성 유 기

人乎인저! 且以,新莅家邦하여 未定匹偶하니 卿等
인 호 차 이 신 리 가 방 미 정 필 우 경 등

은 須遣,公主而配之하라 하고 言訖升天하니 形開
수 견 공 주 이 배 지 언 흘 승 천 형 개

之後에 上帝之言이 其猶在耳라 儞는 於此에 而忽
지 후 상 제 지 언 기 유 재 이 이 어 차 이 홀

辭親하고 向彼乎하여 往矣라 妾也浮海하여 遐尋於
사 친 향 피 호 왕 의 첩 야 부 해 하 심 어

蒸棗하고 移天夐赴於蟠桃하고 螓首敢叨하여 龍顔
증 조 이 천 형 부 어 반 도 진 수 감 도 용 안

是近이니다. 王,答曰, 朕生而頗聖하니 先知公主自
시 근 왕 답 왈 짐 생 이 파 성 선 지 공 주 자

遠而届라. 下臣有納妃之請이나 不敢從焉이러니
원 이 계 하 신 유 납 비 지 청 불 감 종 언

今也淑質自臻하니 眇躬多幸이라 하고 遂以合歡하
금 야 숙 질 자 진 묘 궁 다 행 수 이 합 환

여 兩過淸宵하고 一經白晝하다. 於是에 遂還來船
양 과 청 소 일 경 백 주 어 시 수 환 래 선

하여 篙工楫師,共,十有五人을 各賜,粮粳米,十碩과
고 공 즙 사 공 십 유 오 인 각 사 양 갱 미 십 석

布三十疋하여 令歸本國하고 八月一日.廻鑾하니
포삼십필 영귀본국 팔월일일 회란

與后同輦하고 媵臣.夫妻.齊鑣並駕하다. 其.漢肆雜
여후동련 잉신 부처 제오병가 기 한사잡

物을 咸使乘載하고 徐徐入闕하니 時에 銅壺欲午하
물 함사승재 서서입궐 시 동호욕오

다. 王后는 爰處中宮하여 勅賜.媵臣夫妻하고 私屬
왕후 원처중궁 칙사 잉신부처 사속

은 空閑.二室分入하고 餘外는 從者.以賓館으로 一
공한 이실분입 여외 종자 이빈관 일

坐.二十餘間을 酌定人數하여 區別安置하고 日給
좌 이십여간 작정인수 구별안치 일급

豊羨하고 其.所載.珍物은 藏於內庫하여 以爲王后.
풍선 기 소재 진물 장어내고 이위왕후

四時之費하다.
사시지비

| 어려운 낱말 |

[臧獲(장획)] : 남자 종과 여자 종을 통틀어 이르는 말. [蘭液蕙醑(난액혜서)] : 향기로운 음료와 맛있는 술. [文茵彩薦(문인채천)] : 무늬와 채색이 있는 잠자리. [遴集(인집)] : 같은 것끼리 모아 두다. [爺孃(야양)] : 부모의 속칭. 爺는 아비(야). [新莅家邦(신리가방)] : 새롭게 나라를 세우다. [形開之後(형개지후)] : 꿈을 깬 뒤에도. [儞於此(이어차)] : 너는 여기서. [蒸棗(증조)] : 남해를 가리킴. [蟠桃(번도)] : 동해를 가리킴. [螓首(진수)] : 미인의 이마를 비유. [敢叨(감도)] : 감히 함부로 차지함. [屆] : 이르다(계). [自臻(자진)] : 스스로 이르다. [篙工楫師(고공즙사)] : 뱃사공. [粮粳米(양갱미)] : 쌀. [廻鑾(회란)] : 임금이 대궐로 돌아옴. [齊鑣並駕(제오병가)] : 야생마를 나란히 타고 오다. [漢肆雜物(한사잡물)] : 중국에서 수입해온 좋은 여러 가지 물건들. [銅壺(동호)] : 구리로 만든 물시계. [一坐(일좌)] : 집 한 채.

| 본문풀이 |

왕후가 점점 왕이 계신 곳에 가까워오니 왕은 나아가 맞아서 함께 장막 궁전으로 들어왔다. 잉신(媵臣 : 모시고 온 신하) 이하 여러 사람들은 뜰아래에서 뵙고 즉시 물러갔다. 왕은 유사(有司)에게 명하여 잉신 내외들을 안내하게 하고 말하기를, 「사람마다 방 하나씩을 주어 편안히 머무르게 하고 그 이하 노비들은 한방에 5, 6명씩 두어 편안히 있게 하라고 말을 마치고 지극히 맛이 있는 술과 맛이 있는 음식을 주고, 무늬와 채색이 있는 자리에서 자게 하고, 심지어 옷과 비단과 보화까지도 주고, 군인들을 많이 내어 보호하게 했다. 이에 왕이 왕후와 함께 잠자리에 드니 왕후가 조용히 왕에게 말하기를, '저는 〈아유타국(阿踰陁國)〉의 공주인데, 성(姓)은 허(許)이고, 이름은 황옥(黃玉)이며, 나이는 16세입니다.' 본국에 있을 때 금년 5월에 부왕과 모후(母后)께서 저에게 말씀하시기를, '우리가 어젯밤 꿈에 함께 하늘의 상제(上帝)를 뵈었는데, 상제께서는, 가락국의 왕 수로(首露)를 하늘이 내려보내서 왕위에 오르게 하였으니 신령스럽고 성스러운 사람이다. 또 나라를 새로 다스리는 데 있어 아직 배필을 정하지 못했으니 경들은 공주를 보내서 그 배필을 삼게 하라 하시고, 말을 마치자 하늘로 올라가셨다. 꿈을 깬 뒤에도 상제의 말이 아직도 귓가에 그대로 남아 있으니, 너는 이 자리에서 곧 부모를 작별하고 그곳으로 떠나라.' 하셨습니다. 이에 저는 배를 타고 멀리 증조(蒸棗 : 남해)를 찾고, 하늘로 가서 반도(蟠桃 : 동해)를 찾아 이제 모양을 가다듬고 감히 용안(龍顔 : 왕의 얼굴)을 가까이하게 되었습니다.」 하니, 왕이 대답하기를, 「나는 나면서부터 성스러워서 공주가 멀리서 올 것을 미리 알고 있어서 신하들이 왕비를 맞으라는 청을 따르지 않았소. 그런데 이제 현숙한 공주가 스스로 오셨으니 이 몸에는 매우 다행한 일이오.」 했다. 왕은 드디어 그와 혼인해서 함께 두 밤을 지내고 또 하루 낮을 지냈다. 이에 그들이 타고 온 배를 돌려보내는 데 뱃사공이 모두 15명이라 이들에게 각각 쌀 10석과 베 30필씩을 주어 본국으로 돌아가게 했다.

8월 1일에 왕은 대궐로 돌아오는데 왕후와 한 수레를 타고, 잉신(媵臣 : 모시는 신하) 내외도 역시 나란히 수레를 탔으며, 중국에서 나는 여러 가지 물건도 모두 수레에 싣고 천천히 대궐로 들어오니 이때 시간은 오정(午正)이 가까웠다. 왕후는 중궁(中宮)에 거처하고 잉신 내외와 그들의 사속(私屬)들은 비어 있는 두 집에 나누어 들게 하고, 나머지 따라온 자들도 20여 칸 되는 빈관(賓館 : 손님 치루는 집) 한 채를 주어서 사람 수에 맞추어 구별해서 편안히 있게 했다. 그리고 날마다 물건을 풍부하게 주고, 그들이 싣고 온 보배로운 물건들은 창고[內庫]에 두었다가 왕후가 사시(四時)에 사용하도록 했다.

⑤一日은 上이 語,臣下曰, 九干等은 俱爲,庶僚
일 일 상 어 신 하 왈 구 간 등 구 위 서 료

之長으로 其位與名이 皆是,宵人,野夫之號요, 頓非
지 장 기 위 여 명 개 시 소 인 야 부 지 호 돈 비

簪履職位之稱이라. 儻化,外傳聞이면 必有,嗤笑之
잠 리 직 위 지 칭 당 화 외 전 문 필 유 치 소 지

恥하리라. 遂改,我刀爲,我躬하고 汝刀爲,汝諧하고
치 수 개 아 도 위 아 궁 여 도 위 여 해

彼刀를 爲彼藏하고 五刀를 爲,五常하고 留水와 留
피 도 위 피 장 오 도 위 오 상 유 수 유

天之名은 不動上字하고 改,下字하여 留功,留德이
천 지 명 부 동 상 자 개 하 자 유 공 유 덕

라 하고 [神天]은 改爲新道하고 五天은 改爲五能하
신 천 개 위 신 도 오 천 개 위 오 능

며 神鬼之音은 不易하여 改訓爲臣貴하다. 取鷄林
신 귀 지 음 불 역 개 훈 위 신 귀 취 계 림

職儀하여 置角干, 阿叱干, 級干之秩하고 其下官
직 의 치 각 간 아 질 간 급 간 지 질 기 하 관

僚는 以,周判과 漢儀로 而,分定之하니 斯는 所以革,
료 이 주 판 한 의 이 분 정 지 사 소 이 혁

古鼎하고 新設官,分職之道歟아 於是乎에 理國諸
고 정 신 설 관 분 직 지 도 여 어 시 호 리 국 제

家하고 愛民如子하니 其教는 不肅而威하고 其政은
가 애 민 여 자 기 교 불 숙 이 위 기 정

不嚴而理라. 況與,王后而居也는 比如,天之有地요
불 엄 이 리 황 여 왕 후 이 거 야 비 여 천 지 유 지

日之有月하고 陽之有陰하며 其功也는 塗山翼夏하
일 지 유 월 양 지 유 음 기 공 야 도 산 익 하

고 唐媛興嬌하다. 頻年有,夢得,熊羆之兆하여 誕生
당 원 흥 교 빈 년 유 몽 득 웅 비 지 조 탄 생

太子,居登公하다. 靈帝,中平六年,己巳(189)三月一
태 자 거 등 공 령 제 중 평 육 년 기 사 삼 월 일

日에 后崩하니 壽,一百五十七이라. 國人이 如嘆坤
일 후 붕 수 일 백 오 십 칠 국 인 여 탄 곤

崩하다 葬於,龜旨,東北塢하고 遂欲,不忘子하여 愛,
붕 장 어 귀 지 동 북 오 수 욕 불 망 자 애

下民之惠하고 因號,初來下纜〈渡頭村〉을 曰, 〈主
하 민 지 혜 인 호 초 래 하 람 도 두 촌 왈 주

浦村〉이라 하고 解綾袴,高岡曰, 綾峴이라 하고 茜旗
포 촌 해 릉 고 고 강 왈 릉 현 천 기

行入海涯曰, 〈旗出邊〉이라 하다. 媵臣泉府卿,申
행 입 해 애 왈 기 출 변 잉 신 천 부 경 신

輔와 宗正監,趙匡,等은 到國,三十年後에 各産,二
보 종 정 감 조 광 등 도 국 삼 십 년 후 각 산 이

女焉하고 夫與婦踰,一二年而,皆,抛信也하다. 其餘
녀 언 부 여 부 유 일 이 년 이 개 포 신 야 기 여

臧獲之輩는 自來,七八年間에 未有茲,子生하고 唯
장 획 지 배 자 래 칠 팔 년 간 미 유 자 자 생 유

抱,懷土之悲하여 皆,首丘而沒하니 所舍,賓館이 圓
포 회 토 지 비 개 수 구 이 몰 소 사 빈 관 원

其,無人이러라.
기 무 인

| 어려운 낱말 |

[頓非(돈비)] : 결코 ~한 것이 아니다. [宵人野夫(소인야부)] : 소인처럼 상스럽고 야만스럽다. 宵人은 음침한 사람. 소인(小人). [簪履職位(잠리직위)] : 관원의 직위. 簪履는 대대로 높은 벼슬을 함. [儻化(당화)] : 혹시 ~라도 하게 되면. [嗤笑(치소)] : 빈정거리며 웃다. [秩] : 차례(질), 순서. [古鼎(고정)] : 옛 제도. [於是乎(어시호)] : 이에. [塗山(도산)] : 하(夏)나라의 우(禹)임금이 제후들과 맹세를 하던 곳, 이 도산씨는 우임금의 아내가 되어 내조의 공이 있었다 함. [唐媛(당원)] : 요(堯)임금의 딸로 순(舜)임금의 아내가 된 아황(蛾黃)과 여영(女英). [頻年(빈년)] : 이 해에. [熊羆(웅비)] : 곰 꿈을 꾸면 아들을 낳는다는 고사. [坤崩(곤붕)] : 땅이 꺼지는 듯한. 즉, 왕후의 죽음. [東北鳩(동북오)] : 동북쪽의 언덕. [抛信(포신)] : 세상을 버림. 여기서의 신(信)은 몸을 뜻함. [懷土之悲(회토지비)] : 고향을 그리워하는 슬픔. [首丘(수구)] : 수구초심을 말함이니, 즉 고향을 그리워하는 마음.

* [塗山翼夏(도산익하),唐媛興嬌(당원흥교)] ; 우임금의 왕후가 夏나라를 보좌하고 堯임금의

딸들이 舜임금의 가문을 일으킴. 여기에 嬀는 姚가 아닌지? 唐媛은 舜임금의 부인이 된 堯임금의 딸 娥黃과 女英을 말함.

| 본문풀이 |

어느 날 왕이 신하들에게 말하기를, 「구간(九干)들은 여러 관리의 어른인데, 그 지위와 명칭이 모두 소인(小人)이나 농부들의 칭호이니, 이것은 벼슬 높은 사람의 명칭이 못된다. 만일 외국 사람들이 듣는다면 반드시 웃음거리가 될 것이다.」라고 했다.

이리하여 아도(我刀)를 고쳐서 아궁(我躬)이라 하고, 여도(汝刀)를 고쳐서 여해(汝諧), 피도(彼刀)를 피장(彼藏), 오도(五刀)를 오상(五常)이라 하고, 유수(留水)와 유천(留天)의 이름은 윗 글자는 그대로 두고 아래 글자만 고쳐서 유공(留功) · 유덕(留德)이라 하고, 신천(神天)을 고쳐서 신도(神道), 오천(五天)을 고쳐서 오능(五能)이라 했다. 신귀(神鬼)의 음(音)은 바꾸지 않고 그 훈(訓)만 신귀(臣貴)라고 고쳤다. 또 계림(鷄林)의 직제(職制)를 취해서 각간(角干) · 아질간(阿叱干) · 급간(級干)의 품계를 두고, 그 아래의 관리는 주(周)나라 법과 한(漢)나라 제도를 가지고 나누어 정하니, 이것은 옛것을 고쳐서 새것을 취하고 관직(官職)을 나누어 설치하는 방법이다. 이에 비로소 나라를 다스리고 집을 정돈하며, 백성들을 자식처럼 사랑하니 그 교화(敎化)는 엄숙하지 않아도 위엄이 서고, 그 정치는 엄하지 않아도 다스려졌다. 더구나 왕이 왕후와 함께 사는 것은 마치 하늘에게 땅이 있고, 해에게 달이 있고, 양(陽)에게 음(陰)이 있는 것과 같았으며, 그 공은 도산(塗山)이 하

(夏)를 돕고, 당원(唐媛)이 교씨(嬌氏)를 일으킨 것과 같았다. 그 해에 왕후는 곰을 얻는 꿈을 꾸고 태자 거등공(居登公)을 낳았다.

영제(靈帝) 중평(中平) 6년 기사(己巳 ; 189) 3월 1일에 왕후가 죽으니, 나이는 157세였다. 온 나라 사람들은 땅이 꺼진 듯이 슬퍼하여 귀지봉(龜旨峰) 동북 언덕에 장사하고, 왕후가 백성들을 자식처럼 사랑하던 은혜를 잊지 않으려 하여 처음 배에서 내리던 〈도두촌(渡頭村)〉을 〈주포촌(主浦村)〉이라 하고, 비단 바지를 벗은 높은 언덕을 능현(綾峴)이라 하고, 붉은 기가 들어온 바닷가를 〈기출변(旗出邊)〉이라고 했다.

잉신(媵臣) 천부경(泉府卿) 신보(申輔)와 종정감(宗正監) 조광(趙匡) 등은 이 나라에 온 지 30년 만에 각각 두 딸을 낳았는데 그들 내외는 12년이 지나 모두 죽었다. 그 밖의 노비의 무리들도 이 나라에 온 지 7, 8년이 되는데도 자식을 낳지 못했으며, 모두 고향을 그리워하는 슬픔으로 모두 죽었으니 그들이 거처하던 빈관(賓館)은 텅텅 비어 사람 하나 없었다.

⑥ 元君이 乃.每歌鰥枕하여 悲嘆良多러니 隔.二五歲하여 以獻帝建安四年.己卯(199)三月二十三日에 而.殂落하니 壽가 一百.五十八歲矣러라. 國中之人이 若.亡天只하여 悲慟甚於.后崩之日하다. 遂

(원군 내매가환침 비탄양다 격이오세 이헌제건안사년 기묘 삼월이십삼일 이조락 수 일백오십팔세의 국중지인 약망천지 비통심어후붕지일 수)

於闕之艮方平地에 造立殯宮하니 高一丈이요, 周
어 궐 지 간 방 평 지 조 립 빈 궁 고 일 장 주

三百步而葬之하고 號를 首陵王廟也라 하다. 自嗣
삼 백 보 이 장 지 호 수 릉 왕 묘 야 자 사

子,居登王으로 洎,九代孫,仇衝之享,是廟하고 須以
자 거 등 왕 계 구 대 손 구 충 지 향 시 묘 수 이

每歲,孟春三之日과 七之日과 仲夏,五之日과 仲
매 세 맹 춘 삼 지 일 칠 지 일 중 하 오 지 일 중

秋,初五之日과 十五之日에 豐潔之奠이 相繼不絶
추 초 오 지 일 십 오 지 일 풍 결 지 전 상 계 부 절

하다. 洎,新羅第,三十王,法敏,龍朔元年,辛酉(661)
계 신 라 제 삼 십 왕 법 민 용 삭 원 년 신 유

三月日에 有制曰,「朕은 是,伽耶國元君의 九代孫,
삼 월 일 유 제 왈 짐 시 가 야 국 원 군 구 대 손

仇衝王이 之,降于當國也에 所率來子,世宗之子가
구 충 왕 지 항 우 당 국 야 소 솔 래 자 세 종 지 자

率,友公이요, 之,子庶云,匝干之女,文明皇后가 寔,
솔 우 공 지 자 서 운 잡 간 지 녀 문 명 황 후 식

生我者라, 玆故로 元君於,幼沖人에 乃爲十五代
생 아 자 자 고 원 군 어 유 충 인 내 위 십 오 대

始祖也라. 所,御國者,已曾敗하니 所葬廟者는 今,
시 조 야 소 어 국 자 이 증 패 소 장 묘 자 금

尙存하니 合于宗祧하여 續乃祀事하라.」하다. 仍遣
상 존 합 우 종 조 속 내 사 사 잉 견

使於黍離之趾하여 以近廟,上上田,三十頃으로 爲,
사 어 서 리 지 지 이 근 묘 상 상 전 삼 십 경 위

供營之資하고 號稱,王位田하여 付屬本土하다. 王
공 영 지 자 호 칭 왕 위 전 부 속 본 토 왕

之十七代孫,〈賡世級干〉이 祇稟朝旨하여 主掌厥
지 십 칠 대 손 갱 세 급 간 지 품 조 지 주 장 궐

田하고 每歲時에 釀,醪醴하여 設以餠飯,茶菓庶羞,
전 매 세 시 양 료 례 설 이 병 반 다 과 서 수

等奠하여 年年不墜하니 其.祭日은 不失.居登王之
등전 연년불추 기제일 불실거등왕지

所定.年內五日也라. 芬苾孝祀가 於是乎.在於我하
소정년내오일야 분필효사 어시호재어아

다. 自.居登王.卽位己卯(199)年으로 置.便房하여 剛
자거등왕즉위기묘 년 치편방 강

及.仇衝朝.末까지 三百三十載之中에 享廟.禮曲이
급구충조말 삼백삼십재지중 향묘예곡

永無違者하다 其乃.仇衝.失位.去國으로 逮.龍朔元
영무위자 기내구충실위거국 체용삭원

年.辛酉(661)까지 六十年之間에 享是廟禮가 或闕.
년신유 육십년지간 향시묘예 혹궐

如也라. 美矣哉라. 文武王(法敏王諡也)이여! 先奉尊
여야 미의재 문무왕 선봉존

祖하여 孝乎惟考하니 繼泯絶之祀를 復行之也라.
조 효호유고 계민절지사 복행지야

新羅季末에 有.〈忠至匝干〉者가 攻取.金官.高城하
신라계말 유 충지잡간 자 공취금관고성

고 而爲.城主將軍이러니 袁有〈英規阿干〉하여 假
이위성주장군 원유 영규아간 가

威於將軍하여 奪廟享而淫祀하다 當.端午而.致.告
위어장군 탈묘향이음사 당단오이치고

祀러니 堂梁.無故.折墜하여 因覆壓而死焉하다. 於
사 당양무고절추 인복압이사언 어

是에 將軍自謂하되 宿因多幸하여 辱爲.聖王의 所
시 장군자위 숙인다행 욕위성왕 소

御.國城之奠하니 宜.我畵其.眞影하여 香燈供之하
어국성지전 의아화기진영 향등공지

여 以酬玄恩하리라 하다. 遂以鮫絹三尺으로 摸出
이수현은 수이교견삼척 모출

眞影하여 安於壁上하고 旦夕膏炷하여 瞻仰虔至하
진영 안어벽상 단석고주 첨앙건지

다. 才三日에 影之二日에 流下血淚하여 而,貯於地
재삼일 영지이목 류하혈루 이저어지

上이 幾,一斗矣라. 將軍大懼하여 捧持其眞하여 就
상 기일두의 장군대구 봉지기진 취

廟而,焚之하고 卽,召王之,眞孫〈圭林〉而謂曰, 昨
묘이분지 즉소왕지진손 규림 이위왈 작

有,不祥事하니 一何重疊이라? 是必廟之威靈이 震
유불상사 일하중첩 시필묘지위령 진

怒余之圖畫,而供養不孫이라. 英規旣死하고 余甚
노여지도화이공양불손 영규기사 여심

愧畏라 影已燒矣니 必受陰誅리라. 卿,是王之眞孫
괴외 영이소의 필수음주 경시왕지진손

이니 信合依舊以祭之라 하다. 〈圭林〉이 繼世奠酹
신합의구이제지 규림 계세전뢰

하더니 年及八十八歲而卒하니 其子〈間元卿〉이 續
년급팔십팔세이졸 기자 간원경 속

而克禋하다 端午日에 謁廟之帝에 英規之子〈俊
이극인 단오일 알묘지제 영규지자 준

必〉이 又發狂하여 來詣廟하여 俾徹,間元之奠하고
필 우발광 래예묘 비철간원지전

以,己奠陳享하니 三獻未終에 得暴疾하여 歸家而
이기전진향 삼헌미종 득폭질 귀가이

斃하다. 然이 古人有言하되 「淫祀無福이요 反受其
폐 연 고인유언 음사무복 반수기

殃이라.」하니 前有英規하고 後有俊必하니 父子之
앙 전유영규 후유준필 부자지

謂乎인저! 又有賊徒하여 謂,廟中에 多有金玉이니
위호 우유적도 위묘중 다유금옥

將來盜焉이라 하여 初之來也에 有,躬擐甲胄하고
장래도언 초지래야 유궁환갑주

張弓挾矢하여 猛士一人이 從,廟中出하니 四面雨
장궁협시 맹사일인 종묘중출 사면우

射하여 中殺七八人이라 賊徒奔走하다.
사　　중살칠팔인　　적도분주

| 어려운 낱말 |

[鰥枕(환침)] : 외로운 잠자리. [良多(양다)] : 매우 많이. [殂落(조락)] : 임금의 죽음. [亡天只(망천지)] : 하늘이 무너지는 슬픔. 只는 다만, ~할 뿐, 어조사 등으로 쓰임. [艮方(간방)] : 동북방향. [嗣子(사자)] : 대를 이을 아들. [洎] : 물 부을(계). ~까지. [宗祧(종조)] : 원조(遠祖)를 옮겨서 모시던 사당. [黍離之趾(서리지지)] : 망해버린 왕조의 터. [祇稟(지품)] : 공손히 받들다. 종묘(宗廟). [釀醪醴(양료례)] : 술을 빚다. [芬苾(분필)] : 꽃답고 향기로움. [便房(변방)] : 별실. [享廟禮曲(향묘예곡)] : 제향범절. [泯絶之祀(민절지사)] : 멸망하여 끊어졌던 제사. 泯은 망할(민). [淫祀(음사)] : 부정한 제사. [辱爲(욕위)] : 분에 넘치다. [玄恩(현은)] : 보이지 않는 깊은 은혜. [鮫絹(교견)] : 비단의 종류. [膏炷(고주)] : 기름불. 즉 촛불. 炷는 심지(주). [陰誅(음주)] : 남 몰래 죽임을 당함. [克禋(극인)] : 이어 제사를 지내다. 禋은 제사 지낼(인). [擐甲冑(환갑주)] : 갑옷을 입고 투구를 쓰다. [張弓挾矢(장궁협시)] : 활과 화살을 끼고 나타남.

| 본문풀이 |

왕후가 죽자 왕은 매양 외로운 베개를 의지하여 몹시 슬퍼하다가 왕비가 죽은 후 25년 사이를 두고 헌제(獻帝) 입안(立安) 4년 기묘(己卯 ; 199) 3월 23일에 죽으니, 나이는 158세였다. 나라 사람들은 마치 부모를 잃은 듯 슬퍼하여 왕후가 죽던 때보다 더했다. 대궐 동북쪽 평지에 빈궁(殯宮)을 세우니 높이가 한 길이며 둘레가 300보(步)인데, 거기에 장사 지내고 이름을 수릉왕묘(首陵王廟)라고 했다.

그의 아들 거등왕(居登王)으로부터 9대손인 구충왕(仇衝王)까지 이 사당에 배향(配享)하고, 매년 정월(正月) 3일과 7일, 5월 5일과 8월 5일과 15일에 푸짐하고 깨끗한 제물을 차려 제사를 지내어 대대로 끊이지 않았다.

신라 제30대 법민왕(法敏王) 용삭(龍朔) 원년 신유(辛酉 ; 661) 3월에 왕은 조서를 내렸다. 〈가야국(伽耶國) 시조(始祖)의 9대손 구형왕(仇衡王)이 이 나라에 항복할 때 데리고 온 아들 세종(世宗)의 아들인 솔우공(率友公)의 아들 서운잡간(庶云匝干)의 딸 문명황후(文明皇后)께서 나를 낳으셨으니, 시조 수로왕은 어린 나에게 15대조가 된다. 그 나라는 이미 없어졌지만 그를 장사 지낸 사당은 지금도 남아 있으니 종묘(宗廟)에 합해서 계속하여 제사를 지내게 하리라.〉 이에 그 옛 터에 사자(使者)를 보내서 사당에 가까운 상전(上田) 30경(頃) 공영(供營)의 자(資)로 하여 왕위전(王位田)이라 부르고 본토(本土)에 소속시키니, 수로왕의 17대손 〈갱세급간(賡世級干)〉이 조정의 뜻을 받들어 그 밭을 주관하여 해마다 명절이면 술과 단술을 마련하고, 떡과 밥 · 차 · 과실 등 여러 가지를 갖추고 제사를 지내어 해마다 끊이지 않게 하고, 그 제삿날은 거등왕이 정한 연중(年中) 5일을 변동하지 않으니, 이에 비로소 그 정성 어린 제사는 우리 가락국에 맡겨졌다. 거등왕이 즉위한 기묘(己卯 ; 199)에 편방(便房 : 별실)을 설치한 뒤로부터 구형왕(仇衡王) 말년에 이르는 330년 동안에 사당에 지내는 제사는 길이 변함이 없었으나 구형왕이 왕위를 잃고 나라를 떠난 후부터 용삭(龍朔)

원년 신유(辛酉; 661)에 이르는 60년 사이에는 이 사당에 지내는 제사를 가끔 빠뜨리기도 했다. 아름답도다. 문무왕(文武王; 법민왕 法敏王의 시호)이여! 먼저 조상을 받들어 끊어졌던 제사를 다시 지냈으니 효성스럽고 또 효성스럽도다.

신라 말년에 〈충지잡간(忠至匝干)〉이란 자가 있었는데, 높은 금관성(金官城)을 쳐서 빼앗아 성주장군(城主將軍)이 되었다. 이에 〈영규아간(英規阿干)〉이 장군의 위엄을 빌어 묘향(廟享)을 빼앗아 함부로 제사를 지내더니, 단오(端午)를 맞아 고사(告祠)하는데 공연히 대들보가 부러져 깔려죽었다. 이에 장군(將軍)이 혼잣말로 중얼거렸다. 「다행히 전세(前世)의 인연으로 해서 외람되이 성왕(聖王)이 계시던 국성(國城)에 제사를 지내게 되었으니 마땅히 나는 그 영정(影幀)을 그려 모시고 향(香)과 등(燈)을 바쳐 신하된 은혜를 갚아야겠다.」 하고, 삼척(三尺) 교견(鮫絹)에 진영(眞影)을 그려 벽 위에 모시고 아침저녁으로 촛불을 켜놓고 공손히 받들더니, 겨우 3일 만에 진영의 두 눈에서 피눈물이 흘러서 땅 위에 괴어 거의 한 말이나 되었다. 장군은 몹시 두려워하여 그 진영을 모시고 사당으로 나가서 불태워 없애고, 곧 수로왕의 친 자손 〈규림(圭林)〉을 불러서 말하기를, 「어제는 상서롭지 못한 일이 있었는데 어찌해서 이런 일들이 거듭 생기는 것일까? 이는 필시 사당의 위령(威靈)이 내가 진영을 그려서 모시는 것을 불손(不遜)하게 여겨 크게 노하신 것인가 보다. 영규(英規)가 이미 죽었으므로 나는 몹시 두려워하여 화상도 이미 불살라 버렸으니 반드시 신(神)의 베임을 받을 것이다. 그대는 왕의 진손(眞孫)이니 전에 하던 대로 제사를 받드는 것이 옳겠다.」고 했다. 〈규림〉이 대를 이어 제사를 지내오다가 나이 88세에 죽으니, 그 아들 〈간원경(間元卿)〉이 계속해서 제사를 지내는데 단옷날 알묘제(謁廟祭) 때 영규의 아들 〈준필(俊必)〉이 또 발광(發狂)하여 사당으로 와서 간원(間元)이 차려 놓은 제물을 치우고 자기가 제물을 차려 제사를 지내는데 삼헌(三獻)이 끝나지 못해서 갑자기 병이 생겨서 집에 돌아가서 죽었다. 옛사람의 말에 이런 것이 있다. 〈음사(淫祀)는 복(福)이 없을 뿐 아니라 도리어 재앙을 받는다.〉 먼저는 영규가 있고 이번에는 준필이 있으니 이들 부자(父子)를 두고 한 말인가. 또 도둑의 무리들이 사당 안에 금과 옥이 많이 있다고 해서 와서 그것을 도둑질해 가려고 했다. 그들이 처음에 왔을 때는, 몸에 갑옷을 입고 투구를 쓰고 활에 살을 당긴 한 용사가 사당 안에서 나오더니 사면을 향해서 비오듯 화살을 쏘아서 7,8명이 맞아 죽으니 나머지 도둑의 무리들은 달아나버렸다.

⑦ 數日再來하니 有.大蟒(이무기)이 長.三十餘尺
수일재래 유대망 장삼십여척
하여 眼光如電하고 自.廟房出하여 咬殺.八九人하니
안광여전 자묘방출 교살팔구인
粗得.完免者도 皆.僵仆而散이라. 故로 知.陵園表
조득완면자 개강부이산 고 지릉원표
裏에 必有.神物護之하다. 自.建安四年.己卯(199)에
리 필유신물호지 자건안사년기묘
始造하여 逮.今上(고려 문종)御國.三十一載인 大康
시조 체금상 어국삼십일재 대강

二年,丙辰(1076)까지 凡八百七十八年이나 所封美
이 년 병 진 범 팔 백 칠 십 팔 년 소 봉 미

土가 不騫不崩하고 所植佳木이 不枯不朽하며 況
토 불 건 불 붕 소 식 가 목 불 고 불 후 황

所排列한 万蘊玉,之片片이 亦不頹坼하다. 由是觀
소 배 열 만 온 옥 지 편 편 역 불 퇴 탁 유 시 관

之하니 〈辛替否〉曰, 「自古迄今에 豈有,不亡之國
지 신 체 부 왈 자 고 흘 금 기 유 불 망 지 국

과 不破之墳이라.」하니 唯此,駕洛國之,昔曾亡은
불 파 지 분 유 차 가 락 국 지 석 증 망

則,〈替否〉之言이 有,微矣이니 首露廟之不毁는 則,
즉 체 부 지 언 유 미 의 수 로 묘 지 불 훼 즉

〈替否〉之言이 未足信也라. 此中에도 更有,戱樂思
체 부 지 언 미 족 신 야 차 중 갱 유 희 락 사

慕之事하니 每以,七月二十九日에 土人吏卒이 陟,
모 지 사 매 이 칠 월 이 십 구 일 토 인 이 졸 척

乘岾(고개 이름)하여 設,帷幕하고 酒食懽呼하며 而,東
승 점 설 유 막 주 식 환 호 이 동

西로 送目하며 壯健人夫가 分類以左右之하여 自,
서 송 목 장 건 인 부 분 류 이 좌 우 지 자

望山島로 駮蹄駸駸하여 而,競湊於陸하고 鷁首泛
망 산 도 박 제 침 침 이 경 주 어 륙 익 수 범

泛하여 而,相推於水하여 北指,古浦而,爭趨하니 盖
범 이 상 추 어 수 북 지 고 포 이 쟁 추 개

此昔에 留天,神鬼等이 望后之來하고 急促,告君之,
차 석 유 천 신 귀 등 망 후 지 래 급 촉 고 군 지

遺迹也니라.
유 적 야

| 어려운 낱말 |

[大蟒(대망)] : 큰 이무기. 큰 뱀. [粗得(조득)] : 조금 ~을 얻다. [僵仆(강부)] : 쓰러지고 엎어지다. [逮今上(체금상)] : 지금의 임금에 이르기까지. [不騫不崩(불건불붕)] : 조금도 무너지지 않음. 騫은 이지러질(건). [不枯不朽(불고불후)] : 마르지도 않고 썩지도 않음. [万蘊玉(만온옥)] : 쌓아둔 여러 가지 옥돌. 蘊은 쌓을(온). [頹坼(퇴탁)] : 퇴락하여 벌어짐. [迄今(흘금)] : 지금에 이르기까지. [土人(토인)] : 이 지역 사람. [乘岾(승점)] : 승점 고개. [送目(송목)] : 바라보다. [駮蹄(박제)] : 용맹한 말의 종류의 하나. 駮은 사나운 말(박). [駸駸(침침)] : 말이 빠르게 달리는 모양. [競湊(경주)] : 다투어 달리는 모양. [鷁首(익수)] : 익조의 머리를 새긴 배. [泛泛(범범)] : 배가 떠가는 모양. [爭趨(쟁추)] : 다투어 달림.

| 본문풀이 |

며칠 후에 다시 오자 길이 30여 척이나 되는 눈빛이 번개와 같은 큰 구렁이가 사당 옆에서 나와 8, 9명을 물어 죽이니 겨우 살아남은 자들도 모두 자빠지면서 도망해 흩어졌다. 그리하여 능원(陵園) 안에는 반드시 신물(神物)이 있어 보호한다는 것을 알았다.

건안(建安) 4년 기묘(己卯 ; 199)에, 처음 이 사당을 세운 때부터 지금 임금께서 즉위하신 지 31년 만인 대강(大康) 2년 병진(丙辰 ; 1076)까지 도합 878년이 되었으나 층계를 쌓아 올린 아름다운 흙이 허물어지거나 무너지지 않았고, 심어 놓은 아름다운 나무도 시들거나 죽지 않았으며, 더구나 거기에 벌여 놓은 수많은 옥조각들도 부서진 것이 없다. 이것으로 본다면 〈신체부(辛替否)〉가 한 말에 「옛날로부터 지금에 이르기까지 어찌 망하지 않은 나라와 파괴되지 않은 무덤이 있겠느냐.」고 한 말은, 오직 가락국(駕洛國)이 옛날에 일찍이 망한 것은 그 말이 맞았지만, 수로왕(首露王)의 사당이 허물어지지 않은 것은 〈신체부(辛替否)〉의 말도 믿을 수만은 없다. 이 가운데 또 수로왕을 사모해서 하는 놀이가 있다. 매년 7월 29일엔 이 지방 사람들과 서리(胥吏)·군졸(軍卒)들이 승점(乘岾)에 올라가서 장막을 치고 술과 음식을 먹으면서 즐겁게 논다. 이들이 동서쪽으로 서로 눈짓을 하면 건장한 인부들은 좌우로 나뉘어서 망산도(望山島)에서 말발굽을 급히 육지를 향해 달리고 뱃머리를 둥둥 띄워 물 위로 서로 밀면서 북쪽 고포(古浦)를 향해서 다투어 달리니, 이것은 대개 옛날에 유천간(留天干)과 신귀간(神鬼干) 등이 왕후가 오는 것을 바라보고 급히 왕에게 아뢰던 곳이 그 유적지이다.

⑧ 國亡之後에 代代稱號가 不一하니 新羅第.三
국 망 지 후　대 대 칭 호　불 일　신 라 제 삼

十一, 政明王이 卽位한 開耀元年.辛巳(631)에 號를
십 일　정 명 왕　즉 위　개 요 원 년 신 이　호

爲.金官京이라 하고 置.太守하다. 後.二百五十九年
위 금 관 경　치 태 수　후 이 백 오 십 구 년

하여 屬.我太祖.統合之後로는 代代爲.臨海縣하고
속 아 태 조 통 합 지 후　대 대 위 임 해 현

置.排岸使하여 四十八年也하며 次爲.臨海郡이라
치 배 안 사　사 십 팔 년 야　차 위 임 해 군

하고 或爲.金海府라 하여 置.都護府가 二十七年也
혹 위 김 해 부　치 도 호 부　이 십 칠 년 야

며 又置,防禦使가 六十四年也니라. 淳化二年(991)
우 치 방 어 사 육 십 사 년 야 순 화 이 년
에 金海府의 量田使인 中大夫, 趙文善의 申省狀,
김 해 부 양 전 사 중 대 부 조 문 선 신 성 장
稱하되 首露陵王에 廟屬田結,數多也하니 宜以,十
칭 수 로 릉 왕 묘 속 전 결 수 다 야 의 이 십
五結로 仍,舊貫하고 其餘는 分折於,府之役丁이라
오 결 잉 구 관 기 여 분 절 어 부 지 역 정
하여 所司,傳狀奏聞하니 時에 廟朝,宣旨曰,「天所
소 사 전 장 주 문 시 묘 조 선 지 왈 천 소
降卵이 化爲聖君하여 居位而,延齡하여 則,一百五
강 란 화 위 성 군 거 위 이 연 령 즉 일 백 오
十八年也니 自彼,三皇而下로 鮮克比肩者歟아?
십 팔 년 야 자 피 삼 황 이 하 선 극 비 견 자 여
崩後에 先代로 俾屬廟之壟畝를 而今減除는 良堪
붕 후 선 대 비 속 묘 지 농 묘 이 금 감 제 양 감
疑懼라.」하여 而,不允하니 使又申省하니 朝廷然之
의 구 이 불 윤 사 우 신 성 조 정 연 지
하고 半不動於陵廟中하고 半分給於,鄕人之丁也
반 부 동 어 릉 묘 중 반 분 급 어 향 인 지 정 야
하다. 節使(量田使稱也)가 受,朝旨하여 乃以,半屬於,
절 사 수 조 지 내 이 반 속 어
陵園하고 半은 以,支給於,府之傜役,户丁也하다. 幾
릉 원 반 이 지 급 어 부 지 요 역 호 정 야 기
臨事畢에 而甚勞倦하여 忽一夕夢에 見,七八介,鬼
임 사 필 이 심 노 권 홀 일 석 몽 현 칠 팔 개 귀
神하여 執,縲紲과 握,刀劍而至하여 云하되 爾有大
신 집 누 설 악 도 검 이 지 운 이 유 대
憝라, 故로 加,斬戮하리라 하다. 其使以謂,受刑而,慟
대 고 가 참 륙 기 사 이 위 수 형 이 통
楚에 驚懼而覺하여 仍有疾瘵이나 勿,令人知之하고
초 경 구 이 각 잉 유 질 채 물 령 인 지 지

宵遁而行하여도 其病不間하고 渡關而死하다. 是故
소 둔 이 행 기 병 불 간 도 관 이 사 시 고

로 量田都帳에 不著印也하고 後人이 奉使來하여
양 전 도 장 부 저 인 야 후 인 봉 사 래

審撿厥田하니 才,十一結,十二負,九束也라. 不足
심 검 궐 전 재 십 일 결 십 이 부 구 속 야 부 족

者가 三結,八十七負,一束矣라. 乃推鞠斜入處하여
자 삼 결 팔 십 칠 부 일 속 의 내 추 국 사 입 처

報告內外官하고 勅理足,支給焉하다. 又有,古今
보 고 내 외 관 칙 리 족 지 급 언 우 유 고 금

所,嘆息者하니 元君,八代孫,金銍,王이 克勤爲政하
소 탄 식 자 원 군 팔 대 손 김 질 왕 극 근 위 정

고 又切崇眞하여 爲世祖母許皇后奉資冥福하여
우 절 숭 진 위 세 조 모 허 황 후 봉 자 명 복

以,元嘉二十九年,壬辰(452)에 於元君與皇后合婚
이 원 가 이 십 구 년 임 진 어 원 군 여 황 후 합 혼

之地에 創寺하고 額曰, 王后寺라 하고 遣使하여 審
지 지 창 사 액 왈 왕 후 사 견 사 심

量,近側,平田十結하여 以爲供億,三寶之費하다. 自
양 근 측 평 전 십 결 이 위 공 억 삼 보 지 비 자

有,是寺,五百後에 置,長遊寺하니 所納,田柴幷三
유 시 사 오 백 후 치 장 유 사 소 납 전 시 병 삼

百結이러니 於是에 右寺(장유사)三剛(절을 주관하던 중
백 결 어 시 우 사 삼 강

의 직명. 三剛은 三綱의 오간임.)이 以,王后寺로 在寺(장유
이 왕 후 사 재 사

사)柴地,東南標內라 하여 罷寺(왕후사를 폐사함)爲莊
시 지 동 남 표 내 파 사 위 장

하여 作,秋收冬藏之,場과 秣馬養牛,之廐하니 悲夫
작 추 수 동 장 지 장 말 마 양 우 지 구 비 부

로다. 世祖已下,九代孫,曆數를 委錄于下하다.
세 조 이 하 구 대 손 역 수 위 록 우 하

| 어려운 낱말 |

[政明王(정명왕)] : 즉 신문왕. [排岸使(배안사)] : 고려시대 해변 방어를 맡았던 관직명. [申省狀(신성장)] : 상부에 올린 문서. [役丁(역정)] : 부역 담당 장정. [鮮克(선극)] : 드물다. [比肩者(비견자)] : 비교할만한 자. [壟畝(농묘)] : 논밭. [良堪疑懼(양감의구)] : 진실로 송구스러운 일이다. [量田使(양전사)] : 농토를 측량 등록하던 관직 명칭. [縲紲(누설)] : 밧줄. [大憝(대대)] : 큰 죄를 짓다. [慟楚(통초)] : 아파서 울다. [疾瘵(질채)] : 병을 앓다. [宵遁(소둔)] : 몰래 도망가다. 宵는 밤(소). 몰래. [不間(불간)] : (병이) 조금도 낫지 않다. [渡關(도관)] : 관문을 지나가다. [才] : 겨우(재). 纔와 같음. [推鞠(추국)] : 국문을 하다. 추궁하다. [斜入處(사입처)] : 잘못된 부분. [足支給(족지급)] : 넉넉히 지급하다. [銍] : 낫(질). [克勤(극근)] : 매우 부지런함. [切崇眞(절숭진)] : 간절하게 참된 일을 숭상함. 眞은 여기서는 도(道), 신선(神仙) 등을 말함. [審量(심량)] : 측량하다. [供億(공억)] : 공양. 가난한 사람들을 구휼하여 안심시킴. 억(億)은 안(安)의 뜻. [三寶(삼보)] : 불교의 총체적인 대상. 즉 불(佛), 법(法), 승(僧)을 말함. [田柴(전시)] : 전지와 땔나무를 채취하는 땅. [三綱(삼강)] : 승직(僧職)의 이름. [柴地(시지)] : 소유지. [秣(말)] : 꼴. 소나 말의 먹이. [廐] : 마구간(구).

| 본문풀이 |

가락국이 망한 뒤로는 대대로 그 칭호가 한결같지 않았다. 신라 제31대 정명왕〔政明王 ; 신문왕(神文王)〕이 즉위한 개요(開耀) 원년 신사(辛巳 ; 681)에는 금관경(金官京)이라 이름하고 태수(太守)를 두었다. 그 후 259년에 우리 고려 태조(太祖)가 통합(統合)한 뒤로는 여러 대를 내려오면서 임해현(臨海縣)이라 하고 배안사(排岸使)를 두어 48년을 계속했으며, 다음에는 임해군(臨海郡) 혹은 김해부(金海府)라고 하고 도호부(都護府)를 두어 27년을 계속했으며,

또 방어사(防禦使)를 두어 64년 동안 계속했다.

순화(淳化) 2년(991)에, 김해부(金海府)의 양전사(量田使) 중대부(中大夫) 조문선(趙文善)은 조사해서 보고하기를, 「수로왕의 능묘(陵廟)에 소속된 밭의 면적이 많으니 마땅히 15결(結)을 가지고 전대로 제사를 지내게 하고, 그 나머지는 부(府)의 역정(役丁)들에게 나누어주는 것이 좋겠습니다.」라고 했다. 이 일을 맡은 관청에서 그 장계(狀啓)를 가지고 가서 보고하자, 그때 조정에서는 명령을 내렸다. 「하늘에서 내려온 알이 화해서 성군(聖君)이 되었고 이내 왕위(王位)에 올라 나이 158세나 되셨으니, 저 삼황(三皇) 이후로 이에 견줄 만한 분이 드물다. 수로왕께서 붕(崩)한 뒤 선대(先代)부터 능묘(陵廟)에 소속된 전답을 지금에 와서 줄인다는 것은 참으로 두려운 일이다.」 하고는, 이를 허락하지 않았다. 양전사(量田使)가 또 거듭 아뢰자 조정에서도 이를 옳게 여겨 그 반은 능묘에서 옮기지 않고, 반은 그곳의 역정(役丁)에게 나누어주게 했다. 절사〔節使 : 양전사(量田使)〕는 조정의 명을 받아 이에 그 반은 능원(陵園)에 소속시키고, 반은 부(府)의 부역하는 호정(戶丁)에게 주었다. 이 일이 거의 끝날 무렵에 양전사(量田使)가 몹시 피곤하더니 어느 날 밤에 꿈을 꾸니 7,8명의 귀신이 보이는데 밧줄을 가지고 칼을 쥐고 와서 말기를, 너에게 큰 죄가 있어 목 베어 죽여야겠다고 했다. 양전사는 형(刑)을 받고 몹시 아파하다가 놀라서 깨어 이내 병이 들었는데, 남에게 알리지도 못하고 밤에 도망해 가다가 그 병이 낫지 않아서 관문(關門)을 지나자 죽었다. 이 때문에 양전도장(量田都帳)에는 그의 도장이 찍히지 않았다. 그 뒤에 사

신이 와서 그 밭을 검사해 보니 겨우 11결(結) 12부(負) 9속(束)뿐이며, 3결(結) 87부(負) 1속(束)이 모자랐다. 이에 모자라는 밭을 어찌했는가를 조사해서 내외궁(內外宮)에 보고하여 임금의 명령으로 그 부족한 것을 채워주게 했는데, 이 때문에 고금(古今)의 일을 탄식하는 사람이 있었다.

수로왕(首露王)의 8대손 김질왕(金銍王)은 정치에 부지런하고 또 참된 일을 매우 숭상하여 시조모(始祖母) 허황후(許皇后)를 위해서 그의 명복(冥福)을 빌고자 했다. 이에 원가(元嘉) 29년 임진(壬辰; 452)에, 수로왕과 허황후가 혼인하던 곳에 절을 세워 절 이름을 왕후사(王后寺)라 하고 사자(使者)를 보내어 절 근처에 있는 평전(平田) 10결(結)을 측량해서 삼보(三寶)를 공양하는 비용으로 쓰게 했다.

이 절이 생긴 지 500년 후에 장유사(長遊寺)를 세웠는데, 이 절에 바친 밭이 도합 300결(結)이나 되었다. 이에 장유사의 삼강(三綱)이, 왕후사(王后寺)가 장유사의 밭 동남쪽 지역 안에 있다고 해서 왕후사를 폐해서 장사(莊舍)를 만들어 가을에 곡식을 거두어 겨울에 저장하는 장소와 말을 기르고 소를 치는 마구간으로 만들었으니 슬픈 일이다.

세조(世祖) 이하 9대손의 역수(曆數)를 아래에 자세히 기록하다.

⑨ 銘曰, 「元胎肇啓하니 利眼初明이라. 人倫雖
명왈 원태조계 이안초명 인윤수

誕이나 君位未成이라. 中朝累世하고 東國分京하니
탄 군 위 미 성 중 조 누 세 동 국 분 경

鷄臨先定하고 駕洛後營이라. 自無銓宰하니 誰察
계 림 선 정 가 락 후 영 자 무 전 재 수 찰

民氓이리오. 遂茲玄造가 顧彼蒼生하여 用授符命하
민 맹 수 자 현 조 고 피 창 생 용 수 부 명

여 特遣精靈하다. 山中降卵하니 霧裏藏形이라. 內
특 견 정 영 산 중 강 난 무 리 장 형 내

猶漠漠하고 外亦冥冥하여 望如無象이나 聞乃有聲
유 막 막 외 역 명 명 망 여 무 상 문 내 유 성

이라. 群歌而奏하고 衆舞而呈하니 七日而後에 一
군 가 이 주 중 무 이 정 칠 일 이 후 일

時所寧이라. 風吹雲卷하고 空碧天青하여 下六圓
시 소 영 풍 취 운 권 공 벽 천 청 하 육 원

卵하고 垂一紫纓이라. 殊方異土에 比屋連甍하고
란 수 일 자 영 수 방 이 토 비 옥 연 맹

觀者如堵하고 覩者如羹이라. 五歸各邑하고 一在
관 자 여 도 도 자 여 갱 오 귀 각 읍 일 재

茲城하니 同時同迹하여 如弟如兄이라. 實天生德하
자 성 동 시 동 적 여 제 여 형 실 천 생 덕

여 爲世作程이로다. 寶位初陟하니 寰區欲淸이라.
위 세 작 정 보 위 초 척 환 구 욕 청

華構微古하고 土階尙平이라. 萬機始勉에 庶政施
화 구 미 고 토 계 상 평 만 기 시 면 서 정 시

行하니 無偏無儻이요 惟一惟情이라. 行者讓路하고
행 무 편 무 당 유 일 유 정 행 자 양 로

農者讓耕이라. 四方奠枕하고 萬姓迓衡이라. 俄晞
농 자 양 경 사 방 전 침 만 성 아 형 아 희

薤露하여 靡保椿齡하니 乾坤變氣하고 朝野痛情이
해 로 미 보 춘 령 건 곤 변 기 조 야 통 정

라. 金相其躅하고 玉振其聲이라. 來苗不絶하니 薦
금 상 기 촉 옥 진 기 성 내 묘 부 절 천

藻惟馨이라. 日月誰逝하나 規儀不傾이라.」하다.
조 유 형 일 월 수 서 규 의 불 경

| 어려운 낱말 |

[肇啓(조계)] : 처음으로 열리다. [利眼(이안)] : 해와 달, 임금을 비유함. [民氓(민맹)] : 백성. [紫纓(자영)] : 자주색 끈. [殊方異土(수방이토)] : 다른 나라 이역 강토. [連甍(연맹)] : 용마루가 서로 잇닿아 있음. 甍은 용마루(맹).

| 본문풀이 |

그 명(銘)에 이르기를,

「처음에 천지가 열리니, 해와 달이 비로소 밝았네.
비록 인륜(人倫)은 생겼지만, 임금의 지위는 아직 이루지 않았네.
중국은 여러 대를 거듭했지만, 동국(東國)은 서울이 갈렸네.
계림(鷄林)이 먼저 정해지고, 가락국(駕洛國)이 뒤에 경영(經營)되었네.
스스로 맡아 다스릴 사람 없으면, 누가 백성을 보살피랴.
드디어 상제(上帝)께서, 저 창생(蒼生)을 돌봐주었네.
여기 부명(符命)을 주어, 특별히 정령(精靈)을 보내셨네.
산속에 알을 내려보내고, 안갯속에 모습을 감추었네.
속은 오히려 아득하고, 겉도 역시 컴컴했네.
바라보면 형상이 없는 듯 하나, 들으니 여기 소리가 나네.
무리들은 노래 불러 아뢰고, 춤을 추어 바치네.

7일이 지난 후에, 한때 안정되었네.
바람이 불어 구름이 걷히니, 푸른 하늘이 텅 비었네.
여섯 개 둥근 알이 내려오니, 한 오리 자줏빛 끈이 드리웠네.
낯선 이상한 땅에, 집과 집이 연이었네.
구경하는 사람 줄지었고, 바라보는 사람 우글거리네.
다섯은 각 고을로 돌아가고, 하나는 이 성에 있었네.
같은 때 같은 자취는, 아우와 같고 형과 같았네.
실로 하늘이 덕을 낳아서, 세상을 위해 질서를 만들었네.
왕위(王位)에 처음 오르니, 온 세상은 밝아지려 했네.
궁전 구조는 옛법을 따랐고, 토계(土階)는 오히려 평평했네.
만기(萬機)를 비로소 힘쓰고, 모든 정치를 시행했네.
기울지도 치우치지도 않으니, 오직 하나이고 오직 정밀했네.
길 가는 자는 길을 양보하고, 농사짓는 자는 밭을 양보했네.
사방은 모두 안정해지고, 만백성은 태평을 맞이했네.
아침나절 풀잎의 이슬처럼, 만년의 나이[代椿]를 보전하지 못했네.
천지의 기운이 변하고, 조야(朝野)가 모두 슬퍼했네.
금과 같은 그의 발자취요, 옥과 같이 떨친 그 이름일세.
후손이 끊어지지 않으니, 사당의 제사가 오직 향기로웠네.
세월은 비록 흘러갔지만, 규범(規範)은 기울어지지 않았네.」

居登王(거등왕)

父는 首露王이요, 母는 許王后이다. 建安四年己
부 수로왕 모 허왕후 건안사년기
卯(199)三月十三日에 卽位하여 治三十九年하고 嘉
묘 삼월십삼일 즉위 치삼십구년 가
平五年, 癸酉(253)九月十七日에 崩하다. 王妃는 泉
평오년 계유 구월십칠일 붕 왕비 천
府卿.申輔女.慕貞이니 生.太子麻品하다. 〈開皇曆〉.
부경신보여모정 생태자마품 개황력
云하되 姓은 金氏라 하니 蓋國.世祖가 從.金卵而生
운 성 김씨 개국세조 종금란이생
이라, 故로 以.金으로 爲姓爾하다.
고 이김 위성이

| 어려운 낱말 |

[嘉平(가평)] : 조위(曹魏) 방(芳)의 연호. [世祖(세조)] : 시조, 조상.

| 본문풀이 | 〈거등왕(居登王)〉

아버지는 수로왕(首露王), 어머니는 허황후(許皇后). 건안(建安) 4년 기묘(己卯 ; 199) 3월 13일에 즉위(卽位), 치세(治世)는 39년으로 가평(嘉平) 5년 계유(癸酉 ; 253) 9월 17일에 죽음. 왕비(王妃)는 천부경(泉府卿) 신보(申輔)의 딸 모정(慕貞)이며 태자(太子) 마품(麻品)을 낳음. 〈개황력(開皇曆)〉에는 성(姓)은 김씨(金氏)이니, 대개 시조(始

祖)가 금란(金卵)에서 난 까닭으로 김으로 성을 삼았다고 했다.

麻品王(마품왕)

一云, 馬品이니 金氏로 嘉平〔曹魏 芳(방)의 연호〕五
일 운 마 품 김 씨 가 평 오

年, 癸酉에 卽位하여 治三十九年하고 永平(진나라
년 계 유 즉 위 치 삼 십 구 년 영 평

惠帝의 연호) 元年, 辛亥,一月二十九日에 崩하다. 王
원 년 신 해 일 월 이 십 구 일 붕 왕

妃는 宗正監,趙匡,孫女,好仇이며 生,太子,居叱彌
비 종 정 감 조 광 손 녀 호 구 생 태 자 거 질 미

하다.

| 본문풀이 | 〈마품왕(麻品王)〉

일명 마품(馬品)이라고도 하며, 김씨(金氏)로 가평(嘉平) 5년 계유(癸酉 ; 253)에 즉위하여 치세(治世)는 39년으로, 영평(永平) 원년 신해(辛亥 ; 291) 1월 29일에 죽음. 왕비(王妃)는 종정감(宗正監) 조광(趙匡)의 손녀(孫女) 호구(好仇)로 태자(太子) 거질미(居叱彌)를 낳았다.

居叱彌王(거질미왕)

一云, 今勿이요, 金氏이니 永平元年에 卽位하여
일 운 금 물 김 씨 영 평 원 년 즉 위

治五十六年하고 永和(동진 穆帝의 연호) 二年, 丙午
치 오 십 육 년 영 화 이 년 병 오

七月八日에 崩하다. 王妃는 阿躬阿干,孫女阿志이
칠 월 팔 일 붕 왕 비 아 궁 아 간 손 녀 아 지

며 生王子伊品하다.
생 왕 자 이 품

| 본문풀이 | 〈거질미왕(居叱彌王)〉

금물(今勿)이라고도 하며 김씨(金氏)이니, 영평(永平) 원년에 즉위하여 치세 56년, 영화(永和) 2년 병오(丙午;346) 7월 7일에 죽음. 왕비는 아궁아간(阿躬阿干)의 손녀 아지(阿志)로, 왕자(王子) 이시품(伊尸品)을 낳았다.

伊尸品王(이시품왕)

金氏로 永和二年에 則位하여 治六十二年하고
김 씨 영 화 이 년 즉 위 치 육 십 이 년

義熙(동진 安帝의 연호)三年, 丁未(407),四月十一日에
의 희 삼 년 정 미 사 월 십 일 일

崩하다. 王妃는 司農卿,克忠女,貞信이며 生,王子,
봉 왕 비 사 농 경 극 충 녀 정 신 생 왕 자

坐知하다.
좌 지

| 본문풀이 | 〈이시품왕(伊尸品王)〉

김씨(金氏)로, 영화(永和) 2년에 즉위하여 치세는 62년, 의희(義熙) 3년 정미(丁未 ; 407) 4월 11일에 죽음. 왕비는 사농경(司農卿) 극충(克忠)의 딸 정신(貞信)으로, 왕자 좌지(坐知)를 낳았다.

坐知王(좌지왕)

一云, 金叱이라. 義熙三年에 卽位하다. 娶,傭女
일 운 김 질 의 희 삼 년 즉 위 취 용 녀

하여 以,女黨으로 爲官하니 國內擾亂하여 鷄林國이
이 여 당 위 관 국 내 요 란 계 림 국

以,謨欲伐이러니 有,一臣하니 名이 朴元道라 諫曰,
이 모 욕 벌 유 일 신 명 박 원 도 간 왈

遺草,閱閱亦,含羽어늘 況乃人乎아? 天亡地陷하면
유 초 열 열 역 함 우 황 내 인 호 천 망 지 함

人保何基리오? 又,卜士筮하여 得解卦하니 其辭曰,
인 보 하 기 우 복 사 서 득 해 괘 기 사 왈

「解而拇요 朋至斯孚라.」 하니 君鑑易卦乎아? 하니
해 이 무 붕 지 사 부 군 감 역 괘 호

王謝曰, 可라 하고 擯傭女하여 貶於荷山島하고 改
왕 사 왈 가 빈 용 녀 폄 어 하 산 도 개

行其政하여 長御安民也라 治十五年하고 永初二
행 기 정 장 어 안 민 야 치 십 오 년 영 초 이

年, 辛酉(421)五月十二日에 崩하다. 王妃는 道寧大
년 신 유 오 월 십 이 일 붕 왕 비 도 녕 대

阿干女福壽이며 生子吹希하니라.
아 간 녀 복 수 생 자 취 희

| 어려운 낱말 |

[傭女(용녀)] : 하녀. [女黨爲官(여당위관)] : 아내의 친정 무리들에게 벼슬을 주다. [閱閱(열열)] : 보고 또 보다. [卜士筮(복사서)] : 점쟁이. [解而拇(해이무)] : 엄지손가락을 풀다. 즉 소인을 없애다. [斯孚(사부)] : 이것을 기르다. 도우다. [擯] : 물리치다(빈). [貶] : 깎아내리다(폄), 내치다(폄).

| 본문풀이 | 〈좌지왕(坐知王)〉

김질(金叱)이라고도 함. 의희(義熙) 3년(407)에 즉위하다. 용녀(傭女)에게 장가들어 그 여자의 무리를 관리로 등용하니 국내가 시끄러웠다. 계림(鷄林)이 꾀를 써서 치려하므로, 박원도(朴元道)라는 신하가 간하기를, 유초(遺草 : 하찮은 풀)를 보고 또 보아도 역시 털이 나는 법인데 하물며 사람에 있어서이겠습니까? 하늘이 망하고 땅이 꺼지면 사람이 어느 곳에서 보전하오리까? 또 점쟁이가 점을 쳐서 해괘(解卦)를 얻었는데 그 괘사(卦辭)에 「소인(小

人)을 없애면 군자(君子)가 와서 도울 것이다.」 했으니, 왕께선 역(易)의 괘를 살피시옵소서? 했다. 이에 왕은 사과하여 옳다고 하고 용녀를 내쳐서 하산도(荷山島)로 귀양 보내고, 정치를 고쳐 행하여 길이 백성을 편안하게 다스렸다. 치세는 15년으로, 영초(永初) 2년 신유(辛酉 ; 421) 4월 12일에 죽었다. 왕비는 도령대아간(道寧大阿干)의 딸 복수(福壽)로, 아들 취희(吹希)를 낳았다.

吹希王(취희왕)

一云, 叱嘉라고도 하며 金氏로 永初二年에 卽位
일운 질가 김씨 영초이년 즉위
하여 治三十一年하고 元嘉二十八年, 辛卯二月三
치삼십일년 원가이십팔년 신묘이월삼
日에 崩하다. 王妃는 進思.角干女.仁德이며 生.王
일 붕 왕비 진사 각간녀 인덕 생왕
子.銍知하다.
자질지

| 본문풀이 | 〈취희왕(吹希王)〉

질가(叱嘉)라고도 하며, 김씨(金氏)로 영초(永初) 2년에 즉위하여 왕위에는 31년 동안 있었으며, 원가(元嘉) 28년 신묘(辛卯 ; 451)

2월 3일에 붕어하다. 왕비는 진사각간(進思角干)의 딸 인덕(仁德)이며 왕자(王子) 질지(銍知)를 낳았다.

銍知王(질지왕)

一云, 金銍王으로 元嘉二十八年에 卽位하여 明
일운 김질왕 원가이십팔년 즉위 명
年에 爲,世祖와 許黃玉,王后의 奉資冥福하여 於,初
년 위세조 허황옥왕후 봉자명복 어초
與,世祖,合御之地에 創寺하여 曰, 王后寺라 하고
여세조합어지지 창사 왈 왕후사
納田,十結充之하다. 治,四十二年하고 永明,十年壬
납전십결충지 치사십이년 영명십년임
申(492)十月四日에 崩하다. 王妃는 金相沙干女,邦
신 십월사일 붕 왕비 김상사간녀방
媛이며 生,王子,鉗知하다.
원 생왕자겸지

| 본문풀이 | 〈질지왕(銍知王)〉

김질왕(金銍王)이라고도 함. 원가(元嘉) 28년에 즉위하여 이듬해에 시조(始祖)와 허황옥 왕후(許黃玉 王后)의 명복(冥福)을 빌기 위하여 처음 시조(始祖)와 만났던 자리에 절을 지어 왕후사(王后

寺)라 하고 밭 10결(結)을 바쳐 비용에 쓰게 하였다. 재위 42년으로 영명(永明) 10년 임신(壬申 ; 492) 10월 4일에 죽음. 왕비는 김상사간(金相沙干)의 딸 방원(邦媛)이며 왕자 겸지(鉗知)를 낳았다.

鉗知王(겸지왕)

一云, 金鉗王으로 永明十年에 卽位하여 治三十
일 운 김 겸 왕 영 명 십 년 즉 위 치 삼 십
年하고 正光二年, 辛丑(521)四月七日에 崩하다. 王
년 정 광 이 년 신 축 사 월 칠 일 붕 왕
妃는 出忠角干女淑이니 生王子仇衡하니라.
비 출 충 각 간 녀 숙 생 왕 자 구 형

| 본문풀이 | 〈겸지왕(鉗知王)〉

김겸왕(金鉗王)으로, 영명(永明) 10년에 즉위하여 30년 동안 나라를 다스리고 정광(正光) 2년 신축(辛丑 ; 521) 4월 7일에 붕어했다. 왕비는 출충각간(出忠角干)의 딸 숙(淑)이니, 왕자 구형(仇衡)을 낳았다.

仇衡王(구형왕)

金氏로 正光二年에 卽位하여 治.四十二年하다.
김 씨 정 광 이 년 즉 위 치 사 십 이 년
保定二年.壬午(562)九月에 新羅.第二十四代.眞興
보 정 이 년 임 오 구 월 신 라 제 이 십 사 대 진 흥
王이 興兵.薄伐하니 王.使親軍卒이나 彼衆我寡하여
왕 흥 병 박 벌 왕 사 친 군 졸 피 중 아 과
不堪對戰也라. 仍遣.同氣.脫知爾叱今하여 留在於
불 감 대 전 야 잉 견 동 기 탈 지 이 질 금 유 재 어
國하고 王子.上孫.卒支公.等으로 降入.新羅하다. 王
국 왕 자 상 손 졸 지 공 등 항 입 신 라 왕
妃는 分叱水爾叱.女.桂花이며 生.三子하니 一.世宗
비 분 질 수 이 질 녀 계 화 생 삼 자 일 세 종
角干이요, 二.茂刀角干이요, 三.茂得角干이라. 〈開
각 간 이 무 도 각 간 삼 무 득 각 간 개
皇錄〉.云,「梁.中大通.四年壬子(532)에 降于.新羅
황 록 운 량 중 대 통 사 년 임 자 항 우 신 라
라.」하다.

義曰, 案.〈三國史〉하니 仇衡이 以梁.中大通(수
의 왈 안 삼 국 사 구 형 이 량 중 대 통
나라 문제의 연호)四年.壬子에 納土投羅라 하니 則.計
사 년 임 자 납 토 투 라 즉 계
自.首露初.卽位한 東漢.建武十八年.壬寅(42)으로
자 수 로 초 즉 위 동 한 건 무 십 팔 년 임 인
至.仇衡末.壬子(532)가 得.四百九十年矣라. 若以.
지 구 형 말 임 자 득 사 백 구 십 년 의 약 이
此記考之면 納土는 在.元魏.保定(北周 武帝의 연호로
차 기 고 지 납 토 재 원 위 보 정

서 原魏가 아니다.) 二年.壬午(562)인즉, 則更.三十年하
이 년 임 오 즉 갱 삼 십 년

여 總.五百二十年矣라 今.兩存之하다.
총 오 백 이 십 년 의 금 량 존 지

| 어려운 낱말 |

[薄伐(박벌)] : 쳐들어오다. [彼衆我寡(피중아과)] : 적은 많고 우리 군사는 적다. [脫知,爾叱今(탈지,이질금)] : 탈지는 왕의 형제고, 이질금은 신라의 이사금과 통하는 유음이다.

| 본문풀이 | 〈구형왕(仇衡王)〉

김씨(金氏)로, 정광(正光) 2년에 즉위하여 치세는 42년이다. 보정(保定) 2년 임오(壬午 ; 562) 9월에, 신라 제24대 진흥왕(眞興王)이 군사를 일으켜 쳐들어오니 왕은 친히 군사를 지휘했다. 그러나 적병의 수는 많고 이쪽은 적어서 대전(對戰)할 수가 없었다. 이에 동기(同氣) 탈지이질금(脫知爾叱今)을 보내서 본국에 머물러 있게 하고, 왕자와 장손(長孫) 졸지공(卒支公) 등은 항복하여 신라에 들어갔다. 왕비는 분질수이질(分叱水爾叱)의 딸 계화(桂花)로, 세 아들을 낳으니, 첫째는 세종각간(世宗角干), 둘째는 무도각간(茂刀角干), 셋째는 무득각간(茂得角干)이다. 〈개황록(開皇錄)〉에 보면, 〈양(梁)나라 무제(武帝) 중대통(中大通) 4년 임자(壬子 ; 532)에 신라에 항복했다.〉고 했다.

논평해 말함 : 〈삼국사(三國史)〉를 상고하건대, 구형왕(仇衡王)

은 양(梁)의 무제(武帝) 중대통(中大通) 4년 임자(壬子)에 땅을 바쳐 신라에 항복했다고 한다. 그렇다면 수로왕(首露王)이 처음 즉위한 동한(東漢)의 건무(建武) 18년 임인(壬寅 ; 42)으로부터 구형왕 말년 임자(壬子 ; 532)까지를 계산하면 490년이 된다. 만일 이 기록으로 상고한다면 땅을 바친 것은 원위(元魏) 보정(保定) 2년 임오(壬午 ; 562)에 해당되니, 그러면 30년을 더하게 되어 도합 520년이 되는 셈이다. 여기에는 두 가지 설(說)을 모두 기록해 둔다.

제3편

興法(흥법)·塔像(탑상)

◎ 阿道基羅(아도기라)

◉ 아도가 신라 불교의 기초를 닦다.

1 〈新羅本記〉, 第四에 云하되 第.十九, 訥祇
신라본기 제사 운 제십구 눌지
王時에 沙門.墨胡子가 自.高麗로 至.一善郡하니 郡
왕시 사문묵호자 자고려 지일선군 군
人毛禮[或作毛祿]가 於.家中에 作堀하여 室.安置하다.
인모례 어가중 작굴 실안치
時에 梁이 遣使하여 賜.衣著香[高得相의 詠史詩에 云하되
시 량 견사 사의저향
梁遣使僧,元表하여 宜送,溟檀及經像하다.]物하니 君臣이 不
물 군신 부
知其.香名과 與其所用이라 遣人齎香하고 徧問國
지기향명 여기소용 견인재향 편문국
中하다. 墨胡子.見之曰, 此之.謂香也니 焚之則.香
중 묵호자견지왈 차지위향야 분지즉향
氣芬馥하여 所以.達誠於.神聖하니 神聖은 未有過
기분복 소이달성어신성 신성 미유과
於三寶라. 若.燒此發願이면 則.必有靈應[訥祇는 在,晋
어삼보 약소차발원 즉필유령응
宋之世라, 而云,梁遣使는 恐誤]이니다. 時에 王女病革하여
시 왕녀병혁
使召.墨胡子하여 焚香表誓하니 王女之.病이 尋愈
사소묵호자 분향표서 왕녀지병 심유
라 王이 喜하여 厚加賚貺하니 俄而.不知所歸하다.
왕 희 후가뢰황 아이부지소귀
又至二十一, 毗處王(소지왕)時하여 有.我道和尚하
우지이십일 비처왕 시 유아도화상

여 與,侍者三人으로 亦來,毛禮家하니 儀表似,墨胡
여시자삼인 역래모례가 의표사묵호
子러라. 住,數年에 無疾而終하니 其,侍者,三人留住
자 주수년 무질이종 기시자삼인류주
하여 講讀經律하니 往往有,信奉者하다.[有注에 云, 如
강독경률 왕왕유신봉자
本碑及,諸傳記는 殊異하다. 又,高僧傳云, 西竺人이요, 或云, 從吳
來라 하다.]

| 어려운 낱말 |

[一善郡(일선군)] : 지금의 선산군. [齎香(재향)] : 향을 가져오다. [芬馥(분복)] : 꽃다운 향기. [未有過(미유과)] : ~보다 더함이 없다. [病革(병혁)] : 병이 들어서. [表誓(표서)] : 향을 피우고 기도하다. [尋愈(심유)] : 병이 회복되다. [賚貺(뢰황)] : 예물을 주다. 賚는 주다(뢰,래).

| 본문풀이 | 〈아도기라(阿道基羅 ; 혹은 我道, 또는 阿頭라고 한다.)〉

〈신라본기(新羅本紀)〉 제4권에 이르기를, 제19대 눌지왕(訥祗王) 때 중 묵호자(墨胡子)가 고구려에서 일선군(一善郡)에 오니 그 고을 사람 모례【毛禮 ; 혹은 모녹(毛綠)이라고도 씀.】가 집 안에 굴을 파서 방을 만들고 거기서 안치하고 있었다. 이때 양(梁)나라에서 사신을 통해 의복과 향【香 ; 고득상(高得相)의 영사시(詠史詩)에는, 梁나라에서 사자(使者)인 중 원표(元表) 편에 명단(溟檀)과 불상(佛像)을 보내왔다고 했다.】을 보내왔는데 군신(君臣)들은 그 향의 이름과 쓰는 방법을 알지 못했다. 이에 사람을 시켜 향을 가지고 두루 나라 안을 돌아다니면서 묻게 했다. 묵호자(墨胡子)가 이를 보고 말하기를, 이는 향이라는 것으로 태우면 향기가 몹시 풍기는데, 「이는 정성이 신성(神聖)한 곳에까지 이르게 되니 '신성(神聖)'이란 삼보(三寶)보다 더한 것이 없으니, 만일 이것을 태우고 축원(祝願)을 하면 반드시 영험이 있을 것입니다.」라고 했다.【눌지왕(訥祗王)은 晉·宋 때 사람이다. 그런데 양(梁)에서 사신을 보냈다고 한 것은 잘못된 듯싶다.】 이때 왕녀(王女)의 병이 위중하여 묵호자를 불러 향을 피우고 축원하게 했더니 왕녀의 병이 나았다. 왕은 기뻐하여 예물을 후히 주었는데 갑자기 그의 간 곳을 알 수가 없었다. 또 21대 비처왕(毗處王 : 소지왕) 때에 이르러 아도화상(我道和尙)이 시자(侍者) 세 사람을 데리고 역시 모례(毛禮)의 집에 왔는데 모습이 묵호자와 비슷했다. 그는 여기에서 몇 해를 살다가 아무 병도 없이 죽었고, 그 시자 세 사람은 머물러 살면서 경(經)과 율(律)을 강독(講讀)하니 간혹 신봉(信奉)하는 사람이 생겼다.【주(注)에 말하기를, 본비(本碑)와 모든 전기(傳記)와는 사실이 다르다라고 했다. 또 〈고승전(高僧傳)〉에는 서천축(西天竺) 사람이라고 하고, 혹은 오(吳)나라에서 왔다고도 했다.】

② 按,我道本碑云하되 我道는 高麗人也라, 母는
안 아도본비운 아도 고려인야 모

高道寧으로 正始間(240~248)에 曹魏人,我堀摩가[姓,
고도령 정시간 조위인 아굴마

我氏也] 奉使,句麗라가 私之而還하니 因而,有娠하다.
봉사 구려 사지이환 인이 유신

師生五歲에 其母令,出家하니 年,十六에 歸魏하여
사 생 오 세 기 모 령 출 가 년 십 육 귀 위

省覲,堀摩(아굴마)하고 投『玄彰和尙』하여 講下,就
성 근 굴 마 투 현 창 화 상 강 하 취

業하다. 年,十九에 又,歸寧於母하니 母謂曰, 此國
업 년 십 구 우 귀 녕 어 모 모 위 왈 차 국

于,今,不知佛法이나 爾後,三千餘月이면 鷄林에 有,
우 금 부 지 불 법 이 후 삼 천 여 월 계 림 유

聖王出하여 大興佛敎하리라. 其,京都內에 有,七處
성 왕 출 대 흥 불 교 기 경 도 내 유 칠 처

伽藍之墟하니 一曰, 金橋東의 天鏡林[今,興輪寺이다.
가 람 지 허 일 왈 금 교 동 천 경 림

金橋는 謂西川之橋로 俗訛呼云, 松橋也라. 寺自我道가 始基하고

而中廢하다가 至法興王丁未에 草創하여 乙卯大開하고 眞興王畢

成이니라.]이요, 二曰, 三川岐[今,永興寺.與,興輪開同代]요,
이 왈 삼 천 기

三曰, 龍宮南[今皇龍寺.眞興王癸酉始開]이요, 四曰, 龍
삼 왈 용 궁 남 사 왈 용

宮北[今芬皇寺.善德甲午始開]이요, 五曰, 沙川尾[今,靈妙
궁 북 오 왈 사 천 미

寺.善德王乙未始開]이요, 六曰, 神遊林[今,天王寺,文武王己
육 왈 신 유 림

卯開]이요, 七曰, 壻請田[今曇嚴寺]이니 皆,前佛時伽藍
칠 왈 서 청 전 개 전 불 시 가 람

之墟로 法水,長流之地니라. 爾歸彼而,播揚大敎면
지 허 법 수 장 류 지 지 이 귀 피 이 파 양 대 교

當,東嚮於,釋祀矣하리라. 道,稟敎至,鷄林하여 寓
당 동 향 어 석 사 의 도 품 교 지 계 림 우

止,王城西里하니 今,嚴莊寺라. 于時, 味雛王,卽位
지 왕 성 서 리 금 엄 장 사 우 시 미 추 왕 즉 위

二年,癸未(263)也라. 詣闕,請行教法하니 世,以前,所
이 년 계 미 야 예 궐 청 행 교 법 세 이 전 소

未見,爲嫌하고 至有,將殺之者하여 乃,逃隱于,續林
미 견 위 혐 지 유 장 살 지 자 내 도 은 우 속 림

[今,一善縣]毛祿家[祿與禮,形近之訛이다. 古記云하되 法師,初來
모 록 가

毛祿家하니 時에 天地震驚하다. 時人이 不知僧名하여 而云,阿頭

彡麽라하니 彡麽者는 乃鄕言之,稱僧也하여 猶言,沙彌也니라.]하

다. 味鄒王 三年時에 成國公主,疾에 巫醫不效하니
미 추 왕 삼 년 시 성 국 공 주 질 무 의 불 효

勅使가 四方求醫라. 師,卒然赴闕하여 其疾遂理라
칙 사 사 방 구 의 사 졸 연 부 궐 기 질 수 리

王이 大悅하여 問其所願하니 對曰, 貧道,百無所求
왕 대 열 문 기 소 원 대 왈 빈 도 백 무 소 구

요, 但願,創佛寺於,天鏡林하여 大興佛教하여 奉福,
단 원 창 불 사 어 천 경 림 대 흥 불 교 봉 복

邦家爾하니다. 王이 許之하여 命,興工하다 俗方質
방 가 이 왕 허 지 명 흥 공 속 방 질

儉하여 編茅葺屋하고 住而,講演하니 時或,天花落
검 편 모 즙 옥 주 이 강 연 시 혹 천 화 락

地하여 號,興輪寺라 하다. 毛祿之,妹는 名,史氏로
지 호 흥 륜 사 모 록 지 매 명 사 씨

投師爲尼하고 亦於,三川岐에 創寺而居하여 名,永
투 사 위 니 역 어 삼 천 기 창 사 이 거 명 영

興寺라 하다. 未幾에 味雛王이 卽世하여 國人이 將,
홍 사 미 기 미 추 왕 즉 세 국 인 장

害之하니 師還,毛祿家하여 自作塚하고 閉户自絶하
해 지 사 환 모 록 가 자 작 총 폐 호 자 절

고 遂不復現하니 因此로 大教亦廢하다. 至,二十三,
수 불 부 현 인 차 대 교 역 폐 지 이 십 삼

法興大王하여 以,蕭梁天監,十三年,甲午에 登位하
법흥대왕 이소량천감십삼년갑오 등위

여 乃興釋氏하니 距,味雛王癸未(263)之歲로 二百
내흥석씨 거미추왕계미 지세 이백

五十二年하니 道寧,所言이 三千餘月,驗矣하다.
오십이년 도령소언 삼천여월험의

| 어려운 낱말 |

[道寧(도령)] : 고도령(高道寧)을 말함. [正始(정시)] : 중국 삼국시대 위나라 조방(曹芳)의 연호. [省覲(성근)] : 찾아보다. [和尙(화상)] : 승려의 존칭. [天花(천화)] : 천상의 묘화(妙花). [卽世(즉세)] : 세상을 떠남. [自絶(자절)] : 스스로 죽다. [蕭梁(소량)] : 중국 6조(朝)의 하나로 양나라이며, 그 왕실이 소(蕭)씨임. [天監(천감)] : 무제의 연호. [釋氏(석씨)] : 석가모니, 즉 불교를 말함.

| 본문풀이 |

아도본비(我道本碑)에 이르기를, 아도는 고구려 사람으로 어머니는 고도령(高道寧)이니, 정시(正始) 연간(240~248)에 조위(曹魏) 사람 아굴마(我堀摩)【我는 姓임】가 사신으로 고구려에 왔다가 고도령과 간통하고 돌아갔는데, 이로부터 태기가 있었다. 아도가 다섯 살이 되자 어머니는 그를 출가(出家)시켰는데, 나이 16세에 위(魏)나라에 가서 굴마를 찾아뵙고 〈현창화상(玄彰和尙)〉이 강독하는 자리에 나가서 불법을 배웠다. 19세가 되자 또 돌아와 어머니께 뵈니 어머니가 말하기를, 이 고구려는 지금까지도 불법을 알지 못하지만, 앞으로 3,000여 달이 되면 계림(鷄林)에서 성왕(聖

王)이 나서 불교를 크게 일으킬 것이다. 그 나라 서울 안에 일곱 곳의 절터가 있으니, 하나는 금교(金橋) 동쪽의 천경림【天鏡林 ; 지금의 흥윤사(興輪寺)이다. 금교(金橋)는 서천교(西天橋)로서 우리 속명에는 솔다리[松橋]이다. 절은 아도화상(我道和尙)이 처음 그 터를 잡았는데 중간에 폐지되었다가 법흥왕(法興王) 정미(丁未 ; 527)에 이르러 공사를 시작하며 을묘(乙卯)년에 크게 공사를 일으키고 진흥왕(眞興王) 때에 이루어졌다.】이요, 둘은 삼천기(三川岐)【지금의 영흥사(永興寺)로, 흥륜사(興輪寺)와 한때에 세워졌다.】요, 셋은 용궁남(龍宮南)【지금의 황룡사(皇龍寺)다. 진흥왕(眞興王) 계유(癸酉)에 공사가 시작되었다.】이요, 넷은 용궁북(龍宮北)【지금의 분황사(芬皇寺)다. 선덕왕(善德王) 갑오(甲午)년에 공사가 시작되었다.】이요, 다섯은 사천(沙川)【지금의 영묘사(靈妙寺)다. 선덕왕(善德王) 을미년(乙未年)에 공사가 시작되었다.】의 끝이요, 여섯은 신유림【(神遊林 ; 지금의 천왕사(天王寺). 문무왕(文武王) 기묘년(己卯年)에 공사가 시작됐다.】이요, 일곱은 서청전【壻請田 ; 지금의 담엄사(曇嚴寺)】이다. 이것은 모두 전불(前佛) 때의 절터이니 불법이 앞으로 길이 전해질 곳이다. 너는 그곳으로 가서 대교(大敎)를 전파하면 응당 네가 이 땅의 불교의 개조(開祖)가 될 것이다 했다. 아도(我道)는 이 가르침을 듣고 계림(鷄林)으로 가서 왕성(王城) 서쪽 마을에 살았는데, 곧 지금의 엄장사(嚴莊寺)이다. 때는 미추왕 즉위 2년 계미(癸未 ; 263)였다. 그가 대궐로 들어가 불법(佛法) 행하기를 청하니, 당시 세상에서는 보지 못하던 것이어서 이를 꺼려하고 심지어는 죽이려는 자까지 있어서 이에 속림【續林 ; 지금의 일선현(一善縣), 모록(毛祿)의 록(祿)이 禮라고도 불리는 것은 록(祿)과 예(禮)가 글자 모양이 비슷한 데서 생긴 잘못. 〈고기(古記)〉에 보면, 법사(法師)가 처음 모록

(毛祿)의 집에 오니 그때 천지가 진동했다. 당시 사람들은 중이라는 명칭을 알지 못했기 때문에 그를 아두(阿頭)삼마라고 불렀다. 삼마는 우리말로 중이니, 사미(沙彌)란 말과 같다.】의 모록가에 도망해 가서 숨었다. 미추왕 3년에 성국공주(成國公主)가 병이 났는데 무당과 의원의 효험도 없으니 칙사(勅使)를 내어 사방으로 의원을 구했다. 법사(法師)가 갑자기 대궐로 들어가 드디어 그 병을 고치니, 왕은 크게 기뻐하여 그의 소원을 묻자 법사(法師)는 대답하기를, 「빈도(貧道)에게는 아무 구하는 일이 없고, 다만 천경림(天鏡林)에 절을 세워서 크게 불교를 일으켜서 국가의 복을 빌기를 바랄 뿐입니다.」라고 했다. 왕은 이를 허락하여 공사를 일으키도록 명령했다. 그때의 풍속은 질박하고 검소하여 법사는 따로 지붕을 덮고 여기에 살면서 강연(講演)하니, 이때 혹 천화(天花 : 천상의 妙花)가 땅에 떨어지므로 그 절을 흥륜사(興輪寺)라고 했다. 모록(毛祿)의 누이동생의 이름은 사씨(史氏)로서 법사에게 와서 중이 되어 역시 삼천(三川) 갈래에 절을 세우고 살았기에 절 이름을 영흥사(永興寺)라고 했다. 얼마 안 되어 미추왕(未鄒王)이 세상을 떠나자 나라 사람들이 해치려 하므로 법사는 모록의 집으로 돌아가 스스로 무덤을 만들고 그 속에서 문을 닫고 자절(自絶)하여 다시 나타나지 않았으니 이 때문에 불교도 또한 폐하여졌다. 23대 법흥대왕(法興大王)에 이르러 소량(蕭梁) 천감(天監) 13년 갑오(甲午 ; 514)에 왕위에 올라 불교를 일으키니, 미추왕 계미(癸未 ; 263)에서 252년이 되니 고도령이 말한 3,000여 달이란 것이 옳은 말이라고 할 것이다.

東京(동경), 興輪寺(흥륜사), 金堂十聖(금당십성)

東壁 坐庚(西)向. 泥塑 - 我道, 猬髑, 慧宿, 安含, 義湘이요, 西壁 坐甲(東)向. 泥塑 - 表訓, 蛇巴, 元曉, 惠空, 慈藏이다.

동벽 좌경 향 니소 아도 위촉 혜숙 안함 의상 서벽 좌갑 향 니소 표훈 사파 원효 혜공 자장

| 어려운 낱말 |

[庚向(경향)] : 경방, 즉 서쪽. [甲向(갑향)] : 갑방, 즉 동쪽.

| 본문풀이 | 〈동경흥륜사(東京興輪寺) 금당십성(金堂十聖)〉

동쪽 벽에 앉아서 서쪽으로 향한 불상은 아도(我道) · 위촉(猬髑) · 혜숙(惠宿) · 안함(安含) · 의상(義湘)이다. 서쪽 벽에 앉아서 동쪽을 향한 불상은 표훈(表訓) · 사파(蛇巴) · 원효(元曉) · 혜공(惠空) · 자장(慈藏)이다.

* 위의 '猬髑'은 원문에는 '厭髑'으로 된다고 한 것을 문경현 교수의 학설에 의해 猬髑(위촉)으로 바로잡음. [猬] : 고슴도치(위)

皇龍寺(황룡사), 丈六(장육)

新羅.第.二十四, 眞興王.卽位十四年인 癸酉
신라 제 이십사 진흥왕 즉위십사년 계유

(553) 二月에 將築.紫宮於.龍宮.南하니 有.黃龍.現
이월 장축자궁어룡궁남 유황룡현

其地하여 乃.改置爲.佛寺하고 號를 皇龍寺라 하다.
기지 내개치위불사 호 황룡사

至.己丑年(569)하여 周圍.墻宇하고 至.十七年.方畢
지기축년 주위장우 지십칠년방필

이라. 未幾에 海南에 有.一巨舫하여 來泊於.河曲縣
미기 해남 유일거방 래박어하곡현

之.絲浦[今,蔚州,谷浦也]하여 撿看하니 有.牒文云하되
지사포 검간 유첩문운

西竺의 阿育王이 聚.黃鐵.五萬七千斤과 黃金.三
서축 아육왕 취황철오만칠천근 황금삼

萬分[別傳云 鐵四十萬七千斤 金一千兩 恐誤 或云三萬七千斤]
만푼

을 將鑄.釋迦.三尊像이나 未就하여 載舡.泛海而祝
장주석가삼존상 미취 재강범해이축

曰, 願到.有緣國土하여 成.丈六尊容이라 하고 幷
왈 원도유연국토 성장육존용 병

載.摸樣一佛과 二.菩薩像하다. 縣吏가 具狀上聞하
재모양일불 이보살상 현리 구장상문

니 勅使.卜其.縣之城東하여 爽塏之地에 創.東竺寺
칙사복기현지성동 상개지지 창동축사

하고 邀安.其三尊하다. 輸其.金鐵於.京師하여 以.大
요안 기삼존 수기금철어경사 이대

建六年.甲午(574)三月[寺中記云, 癸巳十月十七日.]에 鑄
건육년갑오 삼월 주

城,丈六尊像하여 一鼓而就하니 重,三萬五千七,斤
성 장 육 존 상 일 고 이 취 중 삼 만 오 천 칠 근

이요, 入,黃金,一萬一百九十八分이요, 二菩薩에 入
입 황 금 일 만 일 백 구 십 팔 푼 이 보 살 입

鐵,一萬二千斤하고 黃金萬一百三十六分이라. 安
철 일 만 이 천 근 황 금 만 일 백 삼 십 육 푼 안

於,皇龍寺하니 明年에 像이 淚流至踵하여 沃地一
어 황 룡 사 명 년 상 누 류 지 종 옥 지 일

尺하니 大王이 升遐之兆라. 或云, 像成在,眞平之,
척 대 왕 승 하 지 조 혹 운 상 성 재 진 평 지

世者는 謬也라. 別本에 云하되 阿育王이 在,西竺의
세 자 류 야 별 본 운 아 육 왕 재 서 축

大,香華國하여 生佛後,一百年間에 恨不得,供養眞
대 향 화 국 생 불 후 일 백 년 간 한 부 득 공 양 진

身하여 斂化,金鐵,若干斤하여 三度,鑄成無功이러
신 염 화 금 철 약 간 근 삼 도 주 성 무 공

라. 時에 王之太子가 獨不預,斯事하니 王使詰之하
시 왕 지 태 자 독 불 예 사 사 왕 사 힐 지

니 太子奏云하되 獨力非功이라 曾知不就하니다.
태 자 주 운 독 력 비 공 증 지 불 취

王이 然之하여 乃,載舡泛海하여 南閻浮提,十六大
왕 연 지 내 재 강 범 해 남 염 부 제 십 육 대

國과 五百,中國과 十千小國과 八萬聚落을 靡不周
국 오 백 중 국 십 천 소 국 팔 만 취 락 미 불 주

旋이나 皆鑄,不成하다. 最後에 到,新羅國하여 眞興
선 개 주 불 성 최 후 도 신 라 국 진 흥

王이 鑄之於,文仍林하여 像成하니 相好畢備하여
왕 주 지 어 문 잉 림 상 성 상 호 필 비

阿育은 此翻無憂라. 後에 大德慈藏이 西學到,五
아 육 차 번 무 우 후 대 덕 자 장 서 학 도 오

臺山하여 感,文殊하여 現身授訣하니 仍囑云하되 汝
대 산 감 문 수 현 신 수 결 잉 촉 운 여

國,皇龍寺는 乃,釋迦與,迦葉佛,講演之地로 宴坐
국 황 룡 사 내 석 가 여 가 섭 불 강 연 지 지 연 좌

石,西在라. 故로 天竺,無憂王이 聚,黃鐵,若干斤하여
석 유 재 고 천 축 무 우 왕 취 황 철 약 간 근

泛海하니 歷,一千三百餘年이라, 然後에 乃到爾國
범 해 력 일 천 삼 백 여 년 연 후 내 도 이 국

하여 成安其寺는 蓋,威緣,使然也[與別記所載符同]라 하
성 안 기 사 개 위 연 사 연 야

다. 像成後에 東竺寺,三尊도 亦,移安寺中하다. 〈史
상 성 후 동 축 사 삼 존 역 이 안 사 중 사

記〉云하되 眞平五年,甲辰(584)에 金堂造成하고 善
기 운 진 평 오 년 갑 진 금 당 조 성 선

德王代에 寺,初主는 眞骨,歡喜師요, 第二主는 慈
덕 왕 대 사 초 주 진 골 환 희 사 제 이 주 자

藏國統이요, 次,國統惠訓이요, 次,廂律師,云이라 하
장 국 통 차 국 통 혜 훈 차 상 율 사 운

다 今,兵火已來에 大像與,二菩薩은 皆,融沒하고 而,
금 병 화 이 래 대 상 여 이 보 살 개 융 몰 이

小釋迦,猶存焉이라. 讚曰,
소 석 가 유 존 언 찬 왈

塵方何處,匪眞鄕이오, 香火因緣,最我邦이라.
진 방 하 처 비 진 향 향 화 인 연 최 아 방

不是育王,難下手요, 月城來訪,舊行藏이라.
불 시 육 왕 난 하 수 월 성 래 방 구 행 장

| 어려운 낱말 |

[巨舫(거방)] : 큰 배. [撿看(검간)] : 조사를 해보다. [牒文(첩문)] : 어떤 문서. [西竺(서축)] : 지금의 인도. [爽塏之地(상개지지)] : 높아서 앞이 탁 트인 땅. 塏는 언덕 같은 것이 높은 모양(개). [邀安(요안)] : 편안히 모시다. [一鼓(일고)]

: 잠간 사이에. [沃地(옥지)] : 땅에 물이 홍건함. [預(예)] : 관여하다.

| 본문풀이 | 〈황룡사(皇龍寺)의 장육(丈六)〉

신라 제24대 진흥왕(眞興王)이 즉위한 14년 계유(癸酉 ; 553) 2월에 장차 용궁(龍宮) 남쪽에 대궐을 지으려 하니, 황룡(黃龍)이 그곳에 나타났으므로 이것을 고쳐서 절을 삼고 이름을 황룡사(皇龍寺)라 하였다. 기축년(己丑 ; 569)에 이르러 담을 쌓아 17년 만에 완성했다. 그 후 얼마 안 되어 바다 남쪽에 큰 배 한 척이 나타나서 하곡현(河曲縣)의 사포【絲浦 ; 지금의 울주(蔚州) 곡포(谷浦)】에 와 닿아서 이 배를 검사해 보니 편지글이 하나 있었는데 거기에 쓰였기를, 서축(西竺) 아육왕(阿育王)이 황철(黃鐵) 5만 7,000근과 황금 3만 푼【별전(別傳)에는 쇠가 40만 7,000근, 금(金)이 1,000냥이라고 했으나 잘못인 듯싶다. 혹은 3만 7,000근이라고도 한다.】을 모아 장차 석가(釋迦)의 존상(尊像) 셋을 부어 만들려고 하다가 이루지 못해서 배에 실어 바다에 띄우면서 빌기를, 「부디 인연 있는 국토(國土)로 가서 장육존상(丈六尊像)을 이루어주기 바란다.」고 했고, 부처 하나와 보살상(菩薩像) 둘의 모형(模型)도 함께 실려 있었다. 현(縣)의 관리가 문서를 갖추어서 보고하자, 왕은 사자를 시켜 그 고을 성 동쪽의 높고 깨끗한 땅을 골라서 동축사(東竺寺)를 세우고 세 불상(佛像)을 편안히 모시게 했다. 그리고 그 금(金)과 쇠는 서울로 보내서 태건(太建) 6년 갑오(甲午 ; 574) 3월【〈사중기(寺中記)〉엔 계미(癸未)년 10월 17일이라고 했다.】에 장륙존상(丈六尊像)을 부어 만들었는데 공사는 금시에 이루어졌으며, 그 무게는 3만 5,007근으로 황금(黃金) 198푼이 들었고, 두 보살상(菩薩像)은 쇠 1만 2,000근과 황금 1만 136푼이 들었다. 이 장륙존상을 황룡사에 모셨더니 그 이듬해 불상에서 눈물이 발꿈치까지 흘러내려 땅을 한 자나 적셨으니, 이것은 대왕(大王)이 승하할 조짐이었다. 혹은 불상이 진평왕(眞平王) 때에 이루어졌다고 하나 이것은 그릇된 말이다. 별본(別本)에는 이르기를, 아육왕은 서축 대향화국(大香華國)에서 부처님이 세상을 떠난 후 100년 만에 태어났다. 그는 부처님께 공양하지 못한 것을 한스럽게 여겨 금과 쇠 몇 근씩을 모아서 세 번이나 불상을 부어 만들었지만 성공하지 못했다. 당시 왕의 태자가 홀로 이 사업에 참가하지 않았으므로 왕이 그를 힐책하니 태자가 아뢰기를, 「그 일은 혼자의 힘으로 성공하지 못할 것을 저는 일찍부터 알고 있었습니다.」 하니, 왕은 그 말을 옳게 여겨 그것을 배에 실어 바다에 띄워서 그 배는 남염부제(南閻浮提)의 16개 큰 나라와 500 중국(中國)과 10천의 소국(小國), 8만의 촌락(村落)을 두루 돌아다니지 않은 곳이 없었으나 모두 불상을 부어 만드는 일에 성공하지 못했다. 최후로 신라국에 이르러 진흥왕이 문잉림(文仍林)에서 이것을 부어 만들어 불상을 이루니 좋은 모양이 다 이루어졌다. 아육왕은 이래서 근심이 없게 되었다. 그 후에 대덕(大德) 자장(慈藏)이 중국으로 유학하여 오대산(五臺山)에 이르렀더니 문수보살(文殊菩薩)이 현신(現身)해서 감응하여 비결(秘訣)을 주면서 그에게 부탁하기를, 너희 나라의 황룡사는 바로 석가와 가섭불(迦葉佛)이 강연하던 곳으로 연좌석(宴坐石)이 아직도 있다. 그렇기 때문에 인도의 무우왕(無憂王)이 황철(黃鐵) 몇 근을 모아서 바다에 띄워 보냈더니, 1,300여 년이 지난 뒤에야 너희 나라에 이르러서 불상이 이루어지고 그 절에 모셔졌으니, 이는 대개 위덕(威德)의 인연이 그렇게 만들어 준 것이다.〔별기(別記)에 실려 있는 것과 같다.〕

불상(佛像)이 이루어진 뒤에 동축사(東竺寺)의 삼존불(三尊佛)도 역시 황룡사로 옮겨져 안치(安置)했다. 〈사기(史記)〉에 이르기를, 진평왕 5년 갑진년(甲辰 ; 584)에 이 절의 금당이 이루어지고, 선덕왕(善德王) 때에 이 절의 첫 번째 주지(住持)는 진골(眞骨) 환희사(歡喜師)였고, 제2대 주지는 자장국통(慈藏國統), 그다음은 국통혜훈(國統惠訓), 그다음은 상률사(廂律師)였다. 지금은 병화(兵火)가 있은 이후로 대상(大像)과 두 보살상(菩薩像)은 모두 녹아 없어졌고 작은 석가상만 남아 있을 뿐이다. 찬미하는 시에 이르기를,

티끌세상 어느 곳도 참 고향이 아니라만,
불교의 인연은 우리나라가 최고일세.
아, 이것은 아육왕(阿育王)이 만들기 어려운 것이 아니라,
월성(月城)의 옛터를 찾느라고 그랬던 것이로세.

皇龍寺九層塔(황룡사구층탑)

① 新羅第.二十七, 善德王.卽位五年의 貞觀十
신라제 이십칠 선덕왕 즉위오년 정관십
年.丙申(636)에 慈藏法師.西學하여 乃於.五臺에 感.
년 병신 자장법사 서학 내어 오대 감
文殊授法[詳見本傳]하고 文殊又云하되 汝國王은 是.
문수수법 문수우운 여국왕 시
天竺.刹利種王으로 預受佛記라, 故로 別有因緣하
천축 찰리종왕 예수불기 고 별유인연
니 不同.東夷와 共工之族이라, 然이나 以.山川崎嶮
부동 동이 공공지족 연 이 산천기험
이라, 故로 人性麤悖하고 多信邪見으로 而.時或.天
고 인성추패 다신사견 이 시혹 천
神降禍라 然이나 有.多聞比丘가 在於國中하니 是
신강화 연 유 다문비구 재어국중 시
以로 君臣安泰하고 萬庶.和平矣라 하고 言已不現
이 군신안태 만서 화평의 언이불현
하다. 藏은 知是.大聖變化라 하고 泣血而退하다. 經
장 지시 대성변화 읍혈이퇴 경
由.中國.大和池邊하니 忽有神人이 出問하되 胡爲
유 중국 대화지변 홀유신인 출문 호위
至此오? 藏.答曰, 求.菩提故이니다. 神人이 禮拜하
지차 장 답왈 구 보리고 신인 례배
고 又問하되 汝國에 有.何留難이오? 藏曰, 我國은
우문 여국 유 하류난 장왈 아국
北連靺鞨하고 南接倭人하며 麗濟二國이 迭犯.封
북연말갈 남접왜인 여제이국 질범 봉
陲하고 隣寇縱橫이라, 是爲民梗이니다. 神人云하되
수 인구종횡 시위민경 신인운

今,汝國이 以女爲王하여 有德而無威라, 故로 隣國
금 여 국 이 여 위 왕 유 덕 이 무 위 고 인 국

謀之하니 宜,速歸本國하라 藏問歸鄕하면 將,何爲
모 지 의 속 귀 본 국 장 문 귀 향 장 하 위

利益乎아? 神曰, 皇龍寺,護法龍은 是吾長子로 受,
이 익 호 신 왈 황 룡 사 호 법 룡 시 오 장 자 수

梵王之命하여 來護是寺하니 歸,本國하여 成,九層
범 왕 지 명 내 호 시 사 귀 본 국 성 구 층

塔於,寺中이면 隣國降伏하고 九韓,來貢하고 王祚,
탑 어 사 중 인 국 항 복 구 한 래 공 왕 조

永安矣리라. 建塔之,後에 設,八關會하고 赦,罪人하
영 안 의 건 탑 지 후 설 팔 관 회 사 죄 인

니 則,外賊不能,爲害리라. 更,爲我하여 於,京畿南
즉 외 적 불 능 위 해 갱 위 아 어 경 기 남

岸에 置,一精廬하여 共資予福하면 予亦,報之,德矣
안 치 일 정 려 공 자 여 복 여 역 보 지 덕 의

리라. 言已에 遂,奉玉而獻之하고 忽隱不現[寺中記云
언 이 수 봉 옥 이 헌 지 홀 은 불 현

하되 於終南山圓香禪師處에 受,建塔因由하다.]하다.

| 어려운 낱말 |

[佛記(불기)] : 별기(莂記)라고도 하는바 불교 이치를 깨달은 이에게 주는 본인의 미래 세상에 관한 기록. [共工(공공)] : 중국 요순시대에 흉포했다는 족속. [麤悖(추패)] : 거칠고 어그러짐. [邪見(사견)] : 사특하고 간사함을 믿다. [泣血(읍혈)] : 피눈물을 흘리다. [封陲(봉수)] : 국경. [民梗(민경)] : 백성들의 괴로움. [梵王(범왕)] : 인도 바라문교의 최고 신으로 여기는 범천왕. [精廬(정려)] : 정사. [共資予福(공자여복)] : 함께 나의 복을 빌면.

| 본문풀이 | 〈황룡사(皇龍寺) 9층탑(九層塔)〉

신라 제27대 선덕왕 즉위 5년인 정관(貞觀) 10년 병신(丙申; 636)에 자장법사(慈藏法師)가 중국으로 유학하여 이에 오대산(五臺山)에서 문수보살(文殊菩薩)의 불법을 전해주는 것에 감응하고(자세한 것은 본전(本傳)에 실려 있음), 문수보살에게 또 이르기를, 「너희 임금은 바로 천축(天竺)의 찰리종(刹利種)의 왕으로, 이미 불기(佛記)를 받아서 특별한 인연이 있으니 다른 동이족과는 다름이 있으나, 그러나 산천(山川)이 험한 탓으로 사람의 성질이 거칠고 사나워서 간사한 말을 많이 믿으므로 그래서 때때로 혹 천신(天神)이 화를 내리기도 하지만, 그러나 이름 높은 스님들이 나라 안에 있기 때문에 군신(君臣)이 편안하고 만백성이 화평한 것이다.」라고 말을 끝내더니 이내 보이지 않았다. 자장은 이것이 대성(大聖)의 변화인 줄 알고 슬피 울면서 물러갔다. 법사(法師)가 중국 대화지(大和池) 못가를 지나는데 갑자기 신인(神人)이 나와서 묻기를, 「어찌하여 이곳에 오셨느냐?」 하니, 자장이 대답하기를, 보리(菩提)를 구하기 위해서입니다라고 했다. 신인은 그에게 절하고 나서 또 묻기를, 「그대의 나라에 무슨 어려운 일이 있느냐?」 하고 물으니, 「우리나라는 북으로 말갈(靺鞨)에 연하고 남으로는 왜국(倭國)에 이어졌으며, 고구려와 백제 두 나라가 국경을 침범하는 등 이웃 나라의 횡포가 자주 있사오니, 이것이 백성들의 걱정입니다.」라고 했다. 신인이 또 말하기를, 지금 그대의 나라는 여자를 왕으로 삼아 덕은 있어도 위엄이 없기 때문에 이웃 나라에서 침략을 도모하는 것이니 그대는 빨리 본국으로 돌아가라고 했다. 자장이 묻기를, 「고향에 돌아가면 무슨 유익한 일이 있겠습니까?」 하니, 신인이 말하기를, 「황룡사(皇龍寺)의 호법룡(護法龍)은 바로 나의 큰아들이니 범왕(梵王)의 명령을 받아 그 절에 와서 보호하고 있으니, 본국에 돌아가거든 절 안에 구층탑(九層塔)을 세우라. 그러면 이웃 나라들은 항복할 것이며, 구한(九韓)이 와서 조공(租貢)하여 왕업(王業)이 길이 편안할 것이다. 탑을 세운 뒤에는 팔관회(八關會)를 열고 죄인을 용서하면 외적(外賊)이 해치지 못할 것이오. 다시 나를 위해서 서울[京畿]의 남쪽 언덕에 절 한 채를 지어 함께 내 복을 빌어 주면 나도 또한 그 은덕(恩德)을 보답하리라.」 하고는, 말이 끝나자 옥(玉)을 바친 후에 홀연히 사라지고 말았다.【사중기(寺中記)에 이르기를, 종남산(終南山) 원향선사(圓香禪師)에게서 탑 세울 까닭을 들었다고 했다.】

② 貞觀十七年, 癸卯(643)十六日에 藏은 唐帝所
정 관 십 칠 년 계 묘 십 육 일 장 당 제 소
賜,經,象,袈裟,幣帛으로 而,還國하여 以,建塔之事를
사 경 상 가 사 폐 백 이 환 국 이 건 탑 지 사
聞於,上하니 善德王이 議於群臣하니 群臣曰, 請,
문 어 상 선 덕 왕 의 어 군 신 군 신 왈 청
工匠於,百濟然後라야 方可니이다. 乃以,寶帛으로
공 장 어 백 제 연 후 방 가 내 이 보 백
請於百濟하니 匠名,阿非知가 受命而,來하다 經營
청 어 백 제 장 명 아 비 지 수 명 이 래 경 영
木石하니 伊干,龍春[一作龍樹]이 幹蠱率,小匠,二百
목 석 이 간 용 춘 간 고 솔 소 장 이 백
人하다. 初立,刹柱之日에 匠이 夢,本國百濟,滅亡
인 초 립 찰 주 지 일 장 몽 본 국 백 제 멸 망

之狀하고 匠이 乃,心疑停手러니 忽,大地震動하고
지 상 장 내 심 의 정 수 홀 대 지 진 동

晦冥之中에 有,一老僧,一壯士가 自,金殿門出하여
회 명 지 중 유 일 노 승 일 장 사 자 금 전 문 출

乃立其柱하고 僧與壯士,皆隱不現하니 匠이 於是
내 립 기 주 승 여 장 사 개 은 불 현 장 어 시

에 改悔하여 畢成其塔하다. 刹柱記云하되 「鐵盤已
개 회 필 성 기 탑 찰 주 기 운 철 반 이

上이 高四十二尺이요, 已下가 一百八十三尺이라.
상 고 사 십 이 척 이 하 일 백 팔 십 삼 척

慈藏이 以五臺所授,舍利百粒을 分安於柱中하되
자 장 이 오 대 소 수 사 리 백 립 분 안 어 주 중

幷,通度寺,戒壇과 及,大和寺,塔하여 以副,池龍之
병 통 도 사 계 단 급 대 화 사 탑 이 부 지 룡 지

請[大和寺는 在,阿曲縣南하니 今,蔚州라, 亦,藏師所創也하다.]하
청

다.」 樹塔之後에 天地開泰하고 三韓爲一하니 豈
수 탑 지 후 천 지 개 태 삼 한 위 일 기

非,塔之靈蔭乎아? 後에 高麗王이 將謀伐羅에 乃
비 탑 지 령 음 호 후 고 려 왕 장 모 벌 라 내

曰, 新羅有,三寶하여 不可犯也니 何謂也오? 皇龍
왈 신 라 유 삼 보 불 가 범 야 하 위 야 황 룡

丈六과 幷,九層塔과 與,眞平王의 天賜玉帶니라 하
장 육 병 구 층 탑 여 진 평 왕 천 사 옥 대

고 遂寢其謀하다. 周有九鼎에 楚人,不敢北窺하니
수 침 기 모 주 유 구 정 초 인 불 감 북 규

此之類也니라. 讚曰,
차 지 류 야 찬 왈

鬼拱神扶,壓帝京하니, 輝煌金碧,動飛甍이라.
귀 공 신 부 압 제 경 휘 황 금 벽 동 비 맹

登臨何啻,九韓伏이리오, 始覺乾坤,特地平이라.
등 림 하 시 구 한 복 시 각 건 곤 특 지 평

又.海東名賢.安弘이 撰한 東都.成立記에 云하되
우 해 동 명 현 안 홍 찬 동 도 성 립 기 운

新羅.第二十七代.女王.爲主라, 雖有道나 無威하여
신 라 제 이 십 칠 대 여 왕 위 주 수 유 도 무 위

九韓侵勞니 若.龍宮南.皇龍寺에 建.九層塔이면
구 한 침 로 약 용 궁 남 황 룡 사 건 구 층 탑

則.國之災를 可鎭이라. 第一層은 日本이요, 第二層
즉 국 지 재 가 진 제 일 층 일 본 제 이 층

은 中華요, 第三層은 吳越이요, 第四層은 托羅요,
중 화 제 삼 층 오 월 제 사 층 탁 라

第五層은 鷹遊요, 第六層은 靺鞨이요, 第.七層은
제 오 층 응 유 제 육 층 말 갈 제 칠 층

丹國이요, 第八層은 女狄이요, 第九層은 穢貊이라
단 국 제 팔 층 여 적 제 구 층 예 맥

又按.〈國史〉及.〈寺中古記〉하면 眞興王.癸酉
우 안 국 사 급 사 중 고 기 진 흥 왕 계 유

(553)善德王代인 貞觀.十九年.乙巳(645)初.成하고
선 덕 왕 대 정 관 십 구 년 을 사 초 성

三十二.孝昭王.卽位七年인 聖曆.元年戊戌(698)霹
삼 십 이 효 소 왕 즉 위 칠 년 성 력 원 년 무 술 벽

靂[寺中古記云, 聖德王代는 誤也라. 聖德王代는 無,戊戌이라.]하
력

여 第.三十三.聖德王代.庚申(720)成하고, 四十八.
제 삼 십 삼 성 덕 왕 대 경 신 성 사 십 팔

景文王代.戊子(868) 第.二霹靂하여 同代.第.三重修
경 문 왕 대 무 자 제 이 벽 력 동 대 제 삼 중 수

하고, 至.本朝.光宗卽位四年.癸丑(953) 第.三霹靂
지 본 조 광 종 즉 위 사 년 계 축 제 삼 벽 력

하여 顯宗.十二年.辛酉(1021)에 第.四重成하고, 又.
현 종 십 이 년 신 유 제 사 중 성 우

靖宗一年.乙亥(1035) 霹靂하여 又.文宗甲辰(1064)
정 종 일 년 을 해 벽 력 우 문 종 갑 진

年에 第五重成하고, 又憲(獻)宗末年乙亥(1095)에
년 제오중성 우헌 종말년을해

第五霹靂하여 肅宗丙子(1096)에 第六重成하고,
제오벽력 숙종병자 제육중성

又高宗十六年戊戌(1238)冬月에 西山兵火에 塔
우고종십육년무술 동월 서산병화 탑

寺와 丈六과 殿宇가 皆災하다.
사 장육 전우 개재

| 어려운 낱말 |

[幹蠱(간고)] : 어려운 일을 주관하다. [蠱] : 독(고). 벌레. [刹柱(찰주)] : 탑의 중심 기둥. [甍] : 용마름(맹). [啻] : 뿐(시). [霹靂(벽력)] : 벼락.

| 본문풀이 |

정관(貞觀) 17년 계묘(癸卯 ; 643) 16일에, 자장법사는 당나라 황제가 준 불경(佛經)·불상(佛像)·가사(袈裟)·폐백(幣帛) 등을 가지고 본국으로 돌아와서 탑 세울 일을 임금에게 아뢰자 선덕왕이 여러 신하들에게 이 일을 의논하니 신하들은 말하기를, 「백제에서 장인(匠人)을 청해 데려와야 되겠습니다.」라고 했다. 이에 보물과 비단을 가지고 백제에 가서 청해 오게 했으니, 그 이름이 아비지(阿非知)라고 하는 장인이 명을 받고 와서는 나무와 돌을 재고, 이간(伊干) 용춘【龍春 ; 혹은 용수(龍樹)】이 그 역사를 주관하는데 거느리고 일한 소장(小匠)들은 200명이나 되었다.

처음에 탑의 기둥을 세우던 날에 장인의 꿈에 본국인 백제가 멸망하는 모양을 보았고, 장인이 마음속에 의심이 나서 일을 멈추었더니, 갑자기 천지가 진동하며 어두워지는 가운데 노승(老僧) 한 사람과 장사(壯士) 한 사람이 금전문(金殿門)에서 나와 그 기둥을 세우고는 중과 장사는 모두 없어지고 보이지 않았다. 장인은 일을 멈춘 것을 후회하고 그 탑을 완성시켰다. 찰주기(刹柱記)에 이르기를, 「철반(鐵盤) 이상의 높이가 42척, 철반 이하는 183척이다. 자장이 오대산에서 받아 가져온 사리(舍利) 100알을 탑 기둥 속과 통도사(通度寺) 계단(戒壇)과, 또 대화사【大和寺 ; 아곡현(阿曲縣) 남쪽에 있다. 지금의 울주(蔚州)이니 역시 자장법사(慈藏法師)가 세운 것이다.】 탑에 나누어 모셨으니, 이것은 못에 있는 용의 청에 따른 것이다. 탑을 세운 뒤에 천하가 형통하고 삼한(三韓)이 통일되었으니 어찌 탑의 영험이 아니겠는가? 그 뒤에 고려왕이 신라를 칠 계획을 하다가 말하기를, '신라에는 세 가지 보배가 있어 침범할 수 없다고 하니, 이는 무엇을 말하는 것이냐?' 고 하니, 황룡사(皇龍寺) 장륙존상(丈六尊像)과 구층탑(九層塔), 그리고 진평왕(眞平王)의 천사옥대(天賜玉帶)입니다.」라고 하니, 이 말을 듣고 고려왕은 그 침범할 계획을 그만두었다. 주(周)나라에 구정【九鼎 ; 禹임금의 9鼎을 말함.】이 있어서 초(楚)나라 사람이 감히 주나라를 엿보지 못했다고 하니, 이와 같은 따위일 것이리라. 시로 찬미하여 이르기를,

귀신이 받드는 힘, 제경(帝京)을 누르나니
휘황한 금 빛깔이 처마에 날아오르네.
여기에 오르면 어찌 구한(九韓)만의 항복 받으랴,

하늘과 땅, 편안함을 특별히 처음 깨달았네.

또 해동(海東)의 명현(名賢) 안홍(安弘)이 지은 〈동도성립기(東都成立記)〉에 이르기를, 「신라 제27대에는 여자가 임금이 되니 비록 올바른 도리는 있어도 위엄이 없어서 구한(九韓)이 침범하는 것이니, 만일 대궐 남쪽 황룡사(皇龍寺)에 구층탑을 세우면 이웃나라가 침범하는 재앙을 진압할 수 있을 것이다. 제1층은 일본(日本), 2층은 중화(中華), 3층은 오월(吳越), 제4층은 탁라(托羅), 제5층은 응유(鷹遊), 제6층은 말갈(靺鞨), 제7층은 거란(契丹), 제8층은 여진(女眞), 제9층은 예맥(穢貊)을 진압시킨다.」로 되어있다. *응유(鷹遊) = 백제, 말갈(靺鞨) = 발해.

또 〈국사(國史)〉 및 〈사중고기(寺中古記)〉를 상고하면, 「진흥왕(眞興王) 14년 계유(癸酉 ; 553)에 황룡사(皇龍寺)를 처음 세운 후에 선덕왕(善德王) 때인 정관(貞觀) 19년 을사(乙巳 ; 645)에 탑이 처음 이루어졌다. 제32대 효소왕(孝昭王)이 즉위한 7년 성력(聖歷) 원년 무술(戊戌 ; 698) 6월에 절이 벼락을 맞았다.【〈사중고기(寺中古記)〉에는 성덕왕(聖德王) 때라 했으나 잘못이다. 성덕왕 때에는 무술년이 없다.】 제33대 성덕왕 경신(庚申 ; 720)에 다시 이 절을 세웠으나 제 48대 경문왕(景文王) 무자(戊子 ; 868) 6월에 두 번째 벼락을 맞았으며, 같은 임금 때에 세 번째로 중수(重修)하였다. 본조(本朝) 광종(光宗)의 즉위 5년 계축(癸丑 ; 953) 10월에는 세 번째 벼락을 맞았고, 현종(顯宗) 13년 신유(辛酉 ; 1021)에 네 번째 중수(重修)했다. 또 정종(靖宗) 2년 을해(乙亥 ; 1035)에 네 번째 벼락을 맞았는데, 이것을 문종(文

宗) 갑진(甲辰 ; 1064)에 다섯 번째 중수(重修)했더니, 또 헌종〔憲(獻)宗〕 말년 을해(乙亥 ; 1095)에 다섯 번째 벼락을 맞았다. 숙종(肅宗) 원년 병자(丙子 ; 1096)에 여섯 번째로 중수했더니, 또 고종(高宗) 16년 무술(戊戌 ; 1238)년 겨울에 몽고(蒙古)의 병화(兵火)로 탑과 장륙존상(丈六尊像)과 절의 전우(殿宇 : 존상을 모신 전각)가 모두 재앙을 입었다.」라고 기록하고 있다.

皇龍寺鐘, 芬皇寺藥師, 奉德寺鐘 (황룡사종, 분황사약사, 봉덕사종)

新羅.第三十五, 景德大王이 以.天寶十三甲午
신 라 제 삼 십 오 경 덕 대 왕 이 천 보 십 삼 갑 오
(754)에 鑄.皇龍寺.鐘하니 長.一丈三寸이요, 厚.九寸
주 황 룡 사 종 장 일 장 삼 촌 후 구 촌
이요, 入重.四十九萬.七千五百八十一.斤이라. 施
입 중 사 십 구 만 칠 천 오 백 팔 십 일 근 시
主는 孝貞伊王.三毛夫人이요, 匠人은 里上宅.下典
주 효 정 이 왕 삼 모 부 인 장 인 이 상 댁 하 전
이라. 肅宗朝(당)에 重成新鐘하니 長六尺八寸이요,
숙 종 조 중 성 신 종 장 육 척 팔 촌
又.明年.乙未(755)에 鑄.芬皇.藥師銅像하니 重이 三
우 명 년 을 미 주 분 황 약 사 동 상 중 삼
十萬六千七百斤이요, 匠人은 本彼部.强古乃末이
십 만 육 천 칠 백 근 장 인 본 피 부 강 고 내 말

라. 又捨,黃銅一十二萬斤하여 爲,先考,聖德王하여
우 사 황 동 일 십 이 만 근 위 선 고 성 덕 왕

欲鑄,巨鐘一口러니 未就而崩하고 其子,惠恭大王,
욕 주 거 종 일 구 미 취 이 붕 기 자 혜 공 대 왕

乾運이 以,大曆,庚戌(770)十二月에 命,有司하여 鳩,
건 운 이 대 력 경 술 십 이 월 명 유 사 구

工徒하여 乃克成之하다 安於,奉德寺하니 寺乃,孝
공 도 내 극 성 지 안 어 봉 덕 사 사 내 효

成王,開元二十六年,戊寅(738)에 爲,先考,聖德大王
성 왕 개 원 이 십 육 년 무 인 위 선 고 성 덕 대 왕

의 奉福,所創也라. 故로「鐘銘曰, 聖德大王,神鐘
봉 복 소 창 야 고 종 명 왈 성 덕 대 왕 신 종

之銘이라.[聖德은 乃,景德之考인 典(興)光大王也라 鐘本,景德
지 명

爲,先考하여 所施之金으로 故稱云하여 聖德鐘爾이라.]」하다.

朝散大夫,前太子司議郎,翰林郎, 金弼奚가 奉敎
조 산 대 부 전 태 자 사 의 랑 한 림 랑 김 필 해 봉 교

撰,鐘銘이나 文煩不錄하다.
찬 종 명 문 번 불 록

| 어려운 낱말 |

[鑄] : 쇠 녹일(주), 주조할(주). [强古乃未(강고내말)] : 벼슬 이름. [巨鐘(거종)] : 큰 종. [一口(일구)] : 한 개. [鳩(구)] : 모으다. 비둘기. [工徒(공도)] : 장인들.

| 본문풀이 | 〈皇龍寺鐘(황룡사종),芬皇寺藥師(분황사약사),奉德寺鐘(봉덕사종)〉

신라 제35대 경덕대왕(景德大王)이 천보(天寶) 13년 갑오(甲午 ; 754)에 황룡사(皇龍寺)의 종을 주조했으니, 길이는 1장(丈) 3촌(寸),

두께가 9촌이요, 무게는 49만 7,581근이었다. 시주(施主)는 효정이왕(孝貞伊王) 삼모부인(三毛夫人)이요, 장인은 이상댁(里上宅) 하전(下典)이었다. 숙종 조에 다시 새 종을 만들었으니 길이가 6척 8촌이요, 또 이듬해 을미(乙未 ; 755)에 분황사(芬皇寺)의 약사여래불(藥師如來佛)의 동상(銅像)을 만들었으니 무게가 30만 6,700근이요, 장인(匠人)은 본피부(本彼部)의 강고내말(强古乃末)이었다. 또 경덕왕(景德王)은 황동(黃銅) 12만 근을 희사하여 그 아버지 성덕왕(聖德王)을 위하여 큰 종 하나를 만들려 하다가 이루지 못하고 죽고, 그 아들 혜공대왕(惠恭大王) 건운(乾運)이 대력(大曆) 경술(庚戌 ; 770) 12월에, 유사(有司)에게 명하여 장인들을 모아서 기어이 완성시켜 봉덕사(奉德寺)에 안치(安置)했으니, 이 절은 효성왕이 개원 26년 무인(戊寅 ; 738)에 아버지 성덕대왕의 복을 빌기 위해 세운 것이다. 그렇기 때문에 그 종의 명(銘)을 「성덕대왕신종지명(聖德大王神鐘之銘)이라.【성덕대왕은 경덕대왕의 아버지 전광대왕(典光大王)이다. 종은 본래 경덕대왕이 그 아버지를 위해서 시주한 금(金)이었으므로 성덕대왕의 종이라고 한 것이다.】」 했다.

조산대부(朝散大夫) 전태자사의랑(前太子司議郎) 한림랑(翰林郎) 김필해(金弼奚)가 임금의 명령을 받들어 종의 명(銘)을 지었으니 글이 너무 길어서 여기에 싣지 못한다.

* 일부 삼국유사에는 원문에 '强古乃末' 로 되어 있으나 문경현 교수에 의하여 '强古乃末' 로 확정함.

靈妙寺(영묘사), 丈六(장육)

善德王이 創寺하고 塑像因緣은 具載.〈良志法師傳〉하다. 景德王.卽位.二十三年에 丈六改金하니 租.二萬三千七百碩이라 하다.[良志傳에 作像之初成之費로 今,兩存之라.]

| 본문풀이 | 〈영묘사(靈妙寺) 장육(丈六)〉

선덕왕(善德王)이 절을 짓고 소상(塑像)을 만든 내력은 모두 〈양지법사전(良志法師傳)〉에 실려져 있다. 경덕왕(景德王) 즉위 23년(764)에 장육존상(丈六尊像)을 금으로 다시 칠했는데, 그 비용으로 조(租)가 2만 3,700석이었다.【〈양지전(良志傳)〉에는, 불상(佛像)을 처음 만들 때의 비용이라고 써져있다. 이 두 가지 설을 모두 싣는다.】

生義寺(생의사), 石彌勒(석미륵)

善德王時에 釋.生義가 常住.道中寺하니 夢에 有

僧이 引上,南山而行하여 令,結草爲標하고 至,山之
승 인 상 남 산 이 행 령 결 초 위 표 지 산 지

南洞하여 謂曰, 我埋此處하니 請師는 出安嶺上하
남 동 위 왈 아 매 차 처 청 사 출 안 령 상

라 하다. 旣覺하여 與,友人으로 尋,所標하여 至,其洞,
기 각 여 우 인 심 소 표 지 기 동

掘地하니 有,石彌勒出하여 置於,三花嶺,上하다. 善
굴 지 유 석 미 륵 출 치 어 삼 화 령 상 선

德王,十三年,甲辰(644)歲에 創寺而,居하니 後名,生
덕 왕 십 삼 년 갑 진 세 창 사 이 거 후 명 생

義寺라 하다.[今,訛言하여 性義寺라 하며 忠談師가 每歲,重三
의 사

과 重九에 烹茶,獻供者가 是,此尊也니라.]

| 어려운 낱말 |

[釋(석)] : 스님을 말함. [有僧(유승)] : 어떤 중이 있어. [南洞(남동)] : 남쪽 골짜기. [三花嶺(삼화령)] : 남산의 고개 이름. 삼화술(三花述)이라고도 함. 충담사가 삼짇날과 중구일에 미륵에 차를 올린 곳.

| 본문풀이 | 〈생의사(生義寺) 석미륵(石彌勒)〉

선덕왕(善德王) 때에 중, 생의(生義)는 항상 도중사(道中寺)에 머물러 있었으니, 어느 날 꿈에 어떤 중이 그를 데리고 남산(南山)으로 올라가서 풀을 매어 표를 해 놓게 하고는 산 남쪽 골짜기에 와서 말하여 이르기를, 「내가 이곳에 묻혀 있으니, 스님은 이것을 파내다가 고개 위에 편하게 묻어 주시오.」라고 했다. 꿈에서 깨자 그는 친구와 함께 표를 해 놓은 곳을 찾아 그 골짜기에 이르러 땅을 파니 거기에서 석미륵(石彌勒)이 나와서 그것을 삼화령(三花嶺) 위로 갖다 옮겨 놓았다. 선덕왕 13년 갑신(甲辰 ; 644)에 그곳에 절을 세우고 거기서 살았는데 그 후에 절의 이름을 생의사(生義寺)라고 했다.【지금은 잘못 전해져서 성의사(性義寺)라고 한다. 충담사(忠談師)가 해마다 3월 삼짇날과 9월 중구일에 차를 달여서 공양한 곳이 바로 이 부처님이시다.】

興輪寺壁畫(흥륜사벽화), 普賢(보현)

第.五十四, 景明王.時에 興輪寺.南門과 及.左右
제 오 십 사 경 명 왕 시 흥 륜 사 남 문 급 좌 우

廊廡, 災焚이나 未修하여 靖和.弘繼, 二僧이 募緣
랑 무 재 분 미 수 정 화 홍 계 이 승 모 연

將修하여 貞明.七年辛巳(921)五月十五日에 帝釋이
장 수 정 명 칠 년 신 사 오 월 십 오 일 제 석

降于.寺之.左經樓하여 留.旬日하니 殿塔及.草樹土
강 우 사 지 좌 경 루 유 순 일 전 탑 급 초 수 토

石이 皆發異香하며 五雲이 覆寺하여 南池魚龍이
석 개 발 이 향 오 운 복 사 남 지 어 룡

喜躍跳擲하니 國人이 聚.觀嘆하여 未曾有라 하다.
희 약 도 척 국 인 취 관 탄 미 증 유

玉帛梁稻가 施積丘山하고 工匠自來하여 不日成
옥 백 양 도 시 적 구 산 공 장 자 래 불 일 성

之라 工旣畢하여 天帝將還하니 二僧,白曰, 天若,
지　공기필　천제장환　이승백왈　천약

欲,還宮이면 請,圖寫聖容하여 至誠供養하여 以報
욕환궁　청도사성용　지성공양　이보

天恩하고 亦乃,因茲留影하여 永鎭下方焉하소서.
천은　역내인자유영　영진하방언

帝曰, 我之願力은 不如彼,普賢菩薩이 遍垂玄化
제왈　아지원력　불여피보현보살　편수현화

하니 畵此,菩薩像하여 虔設供養하고 而,不廢宜矣
화차보살상　건설공양　이불폐의의

니라. 二僧奉敎하여 敬畫,普賢菩薩於,壁間하니 至
이승봉교　경화보현보살어벽간　지

今,猶存其像하다.
금유존기상

| 어려운 낱말 |

[募緣(모연)] : 시주를 모아서. [帝釋(제석)] : 불교에서 말하는 33천의 주재 신, 즉 제석왕. [跳擲(도척)] : 껑충껑충 뛰다. [永鎭下方(영진하방)] : 이 세상을 길이 보호. [願力(원력)] : 신앙력. [玄化(현화)] : 조화력. [猶存(유존)] : 지금도 보존되고 있음.

| 본문풀이 | 〈흥륜사(興輪寺)의 벽화(壁畵), 보현(普賢)〉

제54대 경명왕(景明王) 때, 흥륜사의 남문과 좌우 낭무(廊廡)가 화재를 입었으나 이것을 수리하지 못하고 있었다. 정화(靖和)·홍계(弘繼) 두 스님이 장차 시주를 받아 수리하려 했는데, 정명(貞明) 7년 신사(辛巳 ; 921) 5월 15일에 제석(帝釋) 신이 이 절 왼쪽 경

루(經樓)에 내려와 열흘 동안 머무르니 전탑(殿塔)과 풀 · 나무 · 흙 · 돌들이 모두 이상한 향기를 풍기고 오색구름이 절을 덮고 남쪽 연못의 어룡(魚龍)들도 기뻐서 뛰놀았으니 나라 사람들이 모여서 이것을 보고 전에는 일찍 없었던 일이라고 했다. 옥과 비단과 곡식들을 시주하여 산더미처럼 쌓이고, 장인들도 스스로 와서 하루가 안 되어 공사를 끝내니, 천제(天帝)께서 장차 돌아가려 하니 이 두 중이 아뢰기를, 「천제(天帝)께서 만일 궁중으로 돌아가려 하시거든 저희에게 천제의 얼굴을 그려 정성껏 공양해서 하늘의 은혜를 갚게 하시고, 또한 이로 인해서 영상(影像)을 여기에 남겨두어서 이 세상을 길이 보호하게 하시옵소서.」 하니 천제께서 말하기를, 「나의 힘은 저 보현보살(普賢菩薩)의 오묘한 이치를 두루 펴는 것만 같지 못하니 이 보살의 화상을 그려서 공손히 공양하여 끊이지 않는 것이 옳을 것이라.」 고 했다. 이에 두 스님은 천제의 가르침을 받들어 보현보살(普賢菩薩)의 상(像)을 벽에 공손히 그렸는데, 지금도 이 보현보살의 그림이 오히려 남아 존재하고 있다고 한다.

栢栗寺(백률사)

鷄林之北岳을 曰, 金剛嶺이니 山之陽에 有栢
계 림 지 북 악 　 왈 　 금 강 령 　 　 산 지 양 　 유 백

栗寺하고 寺有,大悲之像,一軀하다. 不知作始하나
률사 사유대비지상일구 부지작시

而,靈異頗著하다. 或云, 是는 中國之神匠이 塑
이영이파저 혹운 시 중국지신장 소

「衆生寺」像時에 竝造也라 하다. 諺云하되 此,大聖
중생사 상시 병조야 언운 차대성

은 曾上,忉利天하여 還來入,法堂時에 所履,石上脚
증상도이천 환래입법당시 소리석상각

迹이 至今不刓이라 하다. 或云, 救『失禮郞』還來
적 지금불완 혹운 구 실례랑 환래

時之,所視迹也라 하다. 天授三年,壬辰(692)九月七
시지소시적야 천수삼년임진 구월칠

日에 孝昭王은 奉,大玄,薩飡之,子『失禮郞』을 爲,
일 효소왕 봉대현살찬지자 실례랑 위

國仙하니 珠履,千徒에 親,安常尤甚이러라. 天授四
국선 주리천도 친안상우심 천수사

年[長壽 二年]癸巳(693)暮春之月에 領徒,遊,金蘭하여
년 계사 모춘지월 령도유금란

到,北溟之境이라가 被,狄賊所掠,而去하니 門客이
도북명지경 피적적소략이거 문객

皆,失措,而還이나 獨,安常이 追迹之하니 是,三月,
개실조이환 독안상 추적지 시삼월

十一日也라. 大王聞之하고 驚駭不勝曰, 先君이
십일일야 대왕문지 경해불승왈 선군

得,神笛하여 傳于朕躬하여 今與,玄琴과 藏在內庫
득신적 전우짐궁 금여현금 장재내고

하니 因何國仙이 忽爲賊俘하니 爲之奈何(琴笛事具,
인하국선 홀위적부 위지내하

戴,別傳)오? 時에 有,瑞雲이 覆,天尊庫하니 王이 又,震
시 유서운 복천존고 왕 우진

懼使,檢之하니 庫內失,琴笛二寶라. 乃曰, 朕이 何
구사검지 고내실금적이보 내왈 짐 하

不予하여 昨失國仙하고 又亡,琴笛이오? 乃,囚司,庫
불 여 작 실 국 선 우 망 금 적 내 수 사 고

吏,金貞高等,五人하고 四月에 募於國曰, 得,琴笛
리 김 정 고 등 오 인 사 월 모 어 국 왈 득 금 적

者는 賞之一歲租하리라. 五月十五日에 郎,二親이
자 상 지 일 세 조 오 월 십 오 일 랑 이 친

就,栢栗寺,大悲像前하여 禋祈累夕이러니 忽,香卓
취 백 률 사 대 비 상 전 인 기 루 석 홀 향 탁

上에 得,琴笛二寶하고 而,郎常二人이 來到於像後
상 득 금 적 이 보 이 랑 상 이 인 래 도 어 상 후

라. 二親이 顚喜하여 問其,所由來하니 郎曰, 予自,
이 친 전 희 문 기 소 유 래 랑 왈 여 자

被掠爲彼國,大都仇羅,家之牧子하여 放牧於,大烏
피 략 위 피 국 대 도 구 라 가 지 목 자 방 목 어 대 오

羅尼,野[一本作都仇家奴 牧於大磨之野]러라, 忽有一僧이
라 니 야 홀 유 일 승

容儀端正하여 手携,琴笛來慰曰, 憶,桑梓乎아? 予,
용 의 단 정 수 휴 금 적 래 위 왈 억 상 재 호 여

不覺跪于,前曰, 眷戀君親을 何論其極이리오? 僧
불 각 궤 우 전 왈 권 련 군 친 하 논 기 극 승

曰, 然則,宜從我來하라. 遂率至,海堧하여 又與,安
왈 연 즉 의 종 아 래 수 솔 지 해 연 우 여 안

常會하고 乃,批笛爲,兩分하여 與二人으로 各乘一
상 회 내 비 적 위 양 분 여 이 인 각 승 일

隻하여 自乘其琴하고 泛泛歸來러니 俄然至此矣니
척 자 승 기 금 범 범 귀 래 아 연 지 차 의

이다. 於是에 具事馳聞하니 王이 大驚使迎하다. 郎
어 시 구 사 치 문 왕 대 경 사 영 랑

이 隨,琴笛入內하니 施鑄金銀五器二副와 各重,五
수 금 적 입 내 시 주 금 은 오 기 이 부 각 중 오

十兩과 摩衲袈裟,五領과 大綃三千疋과 田,一萬頃
십 양 마 납 가 사 오 령 대 초 삼 천 필 전 일 만 경

을 納於寺하여 用答.慈庥焉하다 大赦國內하고 賜
납 어 사 용 답 자 휴 언 대 사 국 내 사
人爵.三級하고 復.民租三年하고 主寺僧으로 移住
인 작 삼 급 부 민 조 삼 년 주 사 승 이 주
奉聖하고 封郎爲.大角干[羅之冢宰는 爵名이라.]하고 父.
봉 성 봉 랑 위 대 각 간 부
大玄阿飡을 爲.太大角干하고 母.龍寶夫人을 爲.沙
대 현 아 찬 위 태 대 각 간 모 룡 보 부 인 위 사
梁部.鏡井宮主하고 安常을 師爲.大統하고 司庫五
량 부 경 정 궁 주 안 상 사 위 대 통 사 고 오
人을 皆免하고 賜爵.各五級하다. 六月.十二日에 有.
인 개 면 사 작 각 오 급 유 월 십 이 일 유
彗星孛于.東方하고 十七日에 又孛于.西方하니 日
혜 성 패 우 동 방 십 칠 일 우 패 우 서 방 일
官奏曰, 不.封爵於.琴笛之瑞이니다. 於是에 冊號
관 주 왈 불 봉 작 어 금 적 지 서 어 시 책 호
笛을 爲.萬萬波波息하니 彗.乃滅하다 後多靈異나
적 위 만 만 파 파 식 혜 내 멸 후 다 영 이
文煩不戴하다. 世謂.安常을 爲.俊永郎徒라 하니 不
문 번 부 대 세 위 안 상 위 준 영 랑 도 부
知.審也라 永郎之徒는 唯.眞才.繁完.等이 知名이나
지 심 야 영 랑 지 도 유 진 재 번 완 등 지 명
皆亦.不測人也니라.[詳見別傳]
개 역 불 측 인 야

| 어려운 낱말 |

[刓] : 깎을(완). [天授(천수)] : 당(唐)의 측천무후의 연호. [薩飡(살찬)] : 신라 관품의 제8위인 사찬(沙飡)임. [珠履(주리)] : 화랑. [金蘭(금란)] : 지명. 지금의 강원도 통천 지방. [狄賊(적적)] : 오랑캐. [驚駭(경해)] : 놀라다. [因何(인하)] : 무엇 때문에. [賊俘(적부)] : 도적에 사로잡히다. [禋祈(인기)] : 신에 제사

나 기도를 드리다. [桑梓(상재)] : 고향을 이르는 말. 옛날 집안에 뽕나무와 가래나무를 심었기 때문에 고향을 이른다. [海堧(해연)] : 해안. [慈庥(자휴)] : 사랑에 보답 ＊新羅四仙=1. 安常, 2. 永郎, 3. 述郎, 4. 南石行. ＊永郎湖= '영랑도남석행' 비석. ＊본문의 '夫禮郎' 이 '失禮郎' 이라는 것은 문경현 교수의 학설임.

| 본문풀이 | 〈백률사(栢栗寺)〉

계림(鷄林)의 북쪽 산을 금강령(金剛嶺)이라 하니, 산의 남쪽에는 백률사(栢栗寺)가 있고, 그 절에는 부처의 상(像)이 하나 있다. 그 불상이 어느 때 만든 것인지 알 수가 없으나 영험이 자못 현저했다. 혹은 말하기를, 「이것은 중국의 뛰어난 장인이 〈중생사(衆生寺)〉의 관음보살상을 만들 때 함께 만든 것이라.」 했다. 세속에 전해오는 말에 이르기를, 「이 부처님이 일찍이 도리천(도利天)에 올라갔다가 돌아와서 법당(法堂)에 들어갈 때에 밟았던 돌 위의 발자국이 지금까지 지워지지 않고 남아 있다.」고 했다. 또 어떤 사람은 말하기를, 「부처님이 〈실례랑(失禮郎)〉을 구출하여 돌아올 때에 보였던 자취라.」고도 했다.

천수(天授) 3년 임진(壬辰 ; 692) 9월 7일에 효소왕(孝昭王)은 대현(大玄) 살찬(薩湌)의 아들 〈실례랑〉을 받들어 화랑을 만드니, 화랑의 무리가 1,000명이나 되었는데 안상(安常)과는 매우 친했다. 천수(天授) 4년〔장수(長壽) 2년〕 계사(癸巳 ; 693) 모춘의 달에 〈실례랑〉은 무리들을 거느리고 금란(金蘭 : 강원 통천)에 놀러 갔는데, 북명(北溟)의 경계에 이르렀다가 도적떼들에게 사로잡혀 갔으니 그 문객들이 모두 어쩔 줄을 모르고 그대로 돌아왔으나 홀로 안상

(安常)만이 그를 좇아갔으니, 이때는 3월 11일이었다. 대왕이 이 말을 듣고는 놀라움을 금치 못하여 말하기를, 「선왕(先王)께서 신적(神笛)을 얻어 나에게 전해주셔서 지금 현금(玄琴)과 함께 내고(內庫 : 창고)에 간수해 두었는데, 무슨 일로 해서 화랑이 갑자기 적에게 잡혀갔단 말인가. 이 일을 어찌하면 좋겠는가?」【현금(玄琴)과 신적(神笛)의 일은 별전(別傳)에 자세히 적혀 있다.】 이때 상서로운 구름이 천존고(天尊庫)를 덮으니 왕이 또 놀라고 두려워하여 조사하게 하니, 천존고 안에 있던 현금과 신적 두 보배가 없어졌다. 이에 왕은 말하기를, 「내가 어찌 복이 없어 어제는 국선을 잃고, 또 이제 현금과 신적까지 잃는단 말인가?」 하고 이에 왕은 즉시 창고를 맡은 관리 김정고(金貞高) 등 5명을 가두었고, 4월에 나라 안의 사람을 모아놓고 말하기를, 「현금(玄琴)과 신적(神笛)을 찾아오는 사람은 1년 조세(租稅)를 상으로 주겠다.」라고 했다. 5월 15일에 〈실례랑〉의 부모가 백률사(栢栗寺) 불상 앞에 나가 여러 날 저녁 기도를 올렸더니, 갑자기 향탁(香卓) 위에 현금과 신적의 두 보배가 놓여있고, 두 낭도(실례랑과 안상)가 불상 뒤에 와 있었다. 두 부모는 매우 기뻐하여 어찌된 일인가를 물으니, 랑이 말하기를, 저는 적에게 잡혀간 뒤 적국의 대도구라(大都仇羅)의 집에서 말 치는 일을 맡아 대오라니(大烏羅尼)의 들에서【다른 책에는 도구(都仇)의 집, 종이 되어 대마(大磨)의 들에서 말을 먹였다고 했다.】 말에게 풀을 뜯기고 있는데, 갑자기 모양이 단정한 스님 한 분이 손에 거문고와 피리를 들고 와서 위로하기를, 「고향 일을 생각하느냐?」 하기에, 「나는 나도 모르는 사이에 그 앞에 꿇어앉아서 임금과 부모를 연연하는

마음을 어찌 다 말하겠습니까?」 하고 말했다. 스님은 「그러면 나를 따라오너라.」 하고는, 드디어 저를 데리고 바닷가까지 갔는데 거기에서 또 안상과 만나게 되었습니다. 이에 스님은 신적을 둘로 쪼개어 우리 두 사람에게 주면서 각기 한 짝씩을 타라고 하시어, 그는 현금(玄琴)을 타고 바다에 떠서 돌아오는데 잠깐 동안에 여기에 와 닿았다고 했다. 이에 이 일을 자세히 왕에게 알리니 왕은 크게 놀라 사람을 보내어 그들을 맞이했다. 실례랑이 현금과 신적을 가지고 대궐 안으로 들어가니 왕은 금은(金銀)으로 만든 그릇 다섯 개씩 두 벌과 누비 가사[摩衲袈裟] 다섯 벌, 비단 3,000필, 밭 1만 경(頃)을 백률사에 바쳐서 부처님의 은덕에 보답했다. 또 나라 안의 죄인들에게 대사령을 내리고, 관리들에게는 벼슬 3계급을 높여 주고, 백성들에게는 3년간의 세금을 면제해 주었으며, 절의 주지(住持)를 봉성사(奉聖寺)로 옮겨 살게 했고, 실례랑을 봉하여 대각간(大角干 ; 신라의 재상의 벼슬 이름)을 삼고, 아버지 대현 아찬을 태대각간(太大角干)을 삼고, 어머니 용보부인(龍寶夫人)을 사량부(沙梁部)의 경정궁주(鏡井宮主)를 삼았고, 안상은 대통(大統)을 삼았으며 창고를 맡았던 관리 다섯 사람은 모두 용서해주고 각각 관작(官爵)을 다섯 급씩 올려 주었다. 6월 12일에 혜성(彗星)이 동쪽 하늘에 나타났고, 17일에 또 서쪽 하늘에 나타나니 일관(日官)이 아뢰기를, 「이것은 현금과 신적을 벼슬에 봉하지 않아서 그러한 것이라.」고 했다. 이에 신적에게 벼슬을 주어 만만파파식적(萬萬波波息笛)이라고 했더니 혜성(彗星)은 이내 없어졌다. 그 뒤에도 신령스럽고 이상한 일이 많았지만 글이 번거로워 다

신지 못한다. 세상에서는 안상을 준영랑(俊永郞)의 무리라고 했으니 이 일은 자세히 알 수가 없다. 영랑의 무리에는 오직 진재(眞材)·번완(繁完) 등만의 이름이 알려졌으나 이들도 역시 알 수 없는 인물들이다.【상세한 것은 별전(別傳)에 실려 있음.】

芬皇寺, 千手大悲, 盲兒得眼 (분황사, 천수대비, 맹아득안)

◉ 분황사, 천수대비와 맹아가 눈을 뜨다.

景德王,代에 漢岐里女,希明之,兒가 生,五稔而,
경 덕 왕 대 한 기 리 여 희 명 지 아 생 오 임 이
忽盲이러니 一日은 其母,抱兒하고 詣,芬皇寺하여
홀 맹 일 일 기 모 포 아 예 분 황 사
左殿北,壁畵의 千手大悲,前에 令兒,作歌禱之하니
좌 전 북 벽 화 천 수 대 비 전 영 아 작 가 도 지
遂,得明이라. 其詞曰,
수 득 명 기 사 왈

膝肹古召旀

二尸掌音毛乎攴内良하여

千手觀音叱前良中하여

祈以攴白屋尸置内乎多라.

千隱手叱千隱目肹이니

一等下叱放一等肹除惡攴하니

二于萬隱吾羅

一等沙隱賜以古只内乎叱等邪라.

阿邪也 吾良遺知攴賜尸等焉이면

放冬矣用屋尸慈悲也根古라.

* 이는 향가 작품이기에 음을 달 수 없음. -아래 풀이를 참고.

讚曰,
찬 왈

竹馬葱笙,戲陌塵이러니 一朝雙碧,失瞳人이라.
죽 마 총 생 희 맥 진 일 조 쌍 벽 실 동 인

不因大士,廻慈眼이런들 虛度楊花,幾社春고?
불 인 대 사 회 자 안 허 도 양 화 기 사 춘

| 어려운 낱말 |

[五稔(오임)] : 곡식 5번 익는 기간이니, 5년임. [抱兒(포아)] : 아이 안고. *春思〔춘사, 혹은 사일(社日)〕: 입춘 후 5번째 무일(戊日). 이때에 재비가 온다고 함.(春社,秋社)

| 본문풀이 | 〈맹아의 눈을 뜨게 한 분황사(芬皇寺) 천수대비(千手大悲)〉

경덕왕(景德王) 때에 한기리(漢岐里)에 사는 희명(希明)이라는 여자의 아이가 난 지 5년 만에 갑자기 눈이 멀었다. 어느 날 어머니는 이 아이를 안고 분황사(芬皇寺) 좌전(左殿) 북쪽 벽화의 천수관음(千手觀音) 앞에 나가서 아이로 하여금 노래를 지어 빌게 했더니 멀었던 눈이 드디어 떠졌다. 그 노래에 이르기를,

무릎을 세우고
두 손바닥 모아
천수관음(千手觀音) 앞에 비옵나이다.
천개의 손과 천개의 눈
하나를 내고 하나를 덜기를,
둘 다 없는 이 몸이오니
하나만이라도 주시옵소서.
아아! 나에게 주시오면
그 자비(慈悲) 얼마나 클 것인가요.

또 찬미하는 시에 이르기를,

대나무 말 타고 피리 불며 길에서 놀더니
하루아침에 두 눈을 잃어버렸네.
보살님의 자비로운 눈 주시지 않았다면
몇 번이나 버들 꽃 피는 봄을 헛되이 보냈는고?

天龍寺(천룡사)

東都,南山之南에 有,一峯屹起하니 俗云,高位
동도 남산지남 유일봉흘기 속운고위

山이라. 山之陽에 有寺하니 俚云,高寺요, 或云,天
산 산지양 유사 이운고사 혹운천

龍寺하다.『討論三韓集』에 云하되 鷄林土内에 有,
룡사 토론삼한집 운 계림토내 유

客水二條하고 逆水一條하니 其,逆水,客水,二源은
객수이조 역수일조 기역수객수이원

不鎭天災이면 則致,天龍,覆沒之災라 하다. 俗傳에
부진천재 즉치천룡복몰지재 속전

云하되 逆水者는 州之南에 馬等烏村의 南流川이
운 역수자 주지남 마등오촌 남류천

是요, 又,是水之源에 致,天龍寺하니 中國來使‘樂
시 우시수지원 치천룡사 중국내사악

鵬龜’來見云하되 破,此寺면 則,國亡하니 無日矣라
붕귀내견운 파차사 즉국망 무일의

하다. 又,相傳云하되 昔有,檀越에 有,二女하니 曰,
우상전운 석유단월 유이녀 왈

天女,龍女라, 二親이 爲,二女하여 創寺하여 因,名之
천녀용녀 이친 위이녀 창사 인명지

하다. 境地異常하여 助道之場이러니 羅季에 殘破
경지이상 조도지장 라계 잔파

久矣라. 衆生寺,大聖이 所乳,崔殷諴之子,承魯하니
구의 중생사대성 소유최은함지자승로

魯生,肅하고 肅生,侍中齊顔하니 顔乃,重修起廢하
로생숙 숙생시중제안 안내중수기폐

고 仍置,釋迦萬日,道場하고 受,朝旨하니 兼有,信書
잉치석가만일도량 수조지 겸유신서

願文하여 留于寺하다. 旣卒에 爲護,伽藍神하여 頗
원 문 유 우 사 기 졸 위 호 가 람 신 파
著靈異하다 其,信西略曰,『檀越한 〈內史侍郎이며
저 령 이 기 신 서 략 왈 단 월 내 사 시 랑
同內史,門下平章事인 柱國〉崔齊顔은 狀하노라.
동 내 사 문 하 평 장 사 주 국 최 제 안 장
東京,高位山,天龍寺가 殘破有年이러니 弟子가 特
동 경 고 위 산 천 룡 사 잔 파 유 년 제 자 특
爲,聖壽天長하고 民國,安泰之願하여 殿堂,廊閣과
위 성 수 천 장 민 국 안 태 지 원 전 당 랑 각
房舍,廚庫를 已來,興構畢具하고 石造,泥塑佛,聖
방 사 주 고 이 래 흥 구 필 구 석 조 니 소 불 성
數軀하고 開置,釋迦萬日道場하다. 旣,爲國修營하
수 구 개 치 석 가 만 일 도 량 기 위 국 수 영
니 官家에 差定,主人亦可라. 然이나 當,遞換交代之
관 가 차 정 주 인 역 가 연 당 체 환 교 대 지
時에 道場僧衆이 不得安心이라. 側觀入田하니 稠
시 도 량 승 중 부 득 안 심 측 관 입 전 조
足寺院이 如,公山,地藏寺는 入田,二百結이요, 毗
족 사 원 여 공 산 지 장 사 입 전 이 백 결 비
瑟山,道仙寺는 入田,二十結이며 西京之,四面,山
슬 산 도 선 사 입 전 이 십 결 서 경 지 사 면 산
寺에는 各田二十結例하니 皆,勿論,有職無職하고
사 각 전 이 십 결 례 개 물 논 유 직 무 직
須擇,戒備才高者하여 社中衆望하여 連次,住持焚
수 택 계 비 재 고 자 사 중 중 망 연 차 주 지 분
修(분향하여 도를 닦음)하여 以爲,恒規하라. 弟子,聞風
수 이 위 항 규 제 자 문 풍
而悅하여 我此,天龍寺도 亦於,社衆之中에 擇選,才
이 열 아 차 천 룡 사 역 어 사 중 지 중 택 선 재
德雙高大德하여 兼爲棟梁하여 差,主人하여 鎭長
덕 쌍 고 대 덕 겸 위 동 량 차 주 인 진 장

焚修하노라. 具錄,文字하여 付在綱司하니 自,當時,
분수 구록문자 부재강사 자당시

主人爲始하여 受留,守官文通하여 示,道場諸衆하
주인위시 수류수관문통 시도량제중

니 各宜知悉하라. 重熙九年六月日에 具銜如,前署
각의지실 중희구년유월일 구함여전서

하다.』라고 했다. 按,重熙는 乃,契丹,興宗年號이니
안중희 내거란흥종년호

本朝의 靖宗七年庚辰(1040)歲也니라.
본조 정종칠년경진 세야

| 어려운 낱말 |

[東都(동도)] : 경주를 말함. [檀越(단월)] : 시주(施主). [化主(화주)] : 중생을 교도하는 사람. 여기서는 인명(人名). [公山(공산)] : 경산 팔공산(八公山). [毗瑟山(비슬산)] : 대구시 달성군에 있는 산. [西京(서경)] : 평양. [綱司(강사)] : 소임자. 본문의 剛司는 綱司임을 문경현 교수가 밝힘. [具銜(구함)] : 직함을 갖추어.

| 본문풀이 | 〈천룡사(天龍寺)〉

동도(東都)의 남산(南山) 남쪽에 봉우리 하나가 우뚝 솟아 있으니 세속(世俗)에서는 고위산(高位山)이라. 산 남쪽에 절이 있으니 시속에 고사(高寺)요, 혹은 천룡사(天龍寺)라고 한다. 〈토론삼한집(討論三韓集)〉에는 말하기를, 「계림(鷄林)에는 두 줄기의 객수(客水)와 한 줄기의 역수(逆水)가 있는데, 그 역수와 객수의 두 근원이 천재(天災)를 진압하지 못하면 천룡사(天龍寺)가 뒤집혀 무너지는 재앙이 생긴다.」고 했다. 또 속전(俗傳)에는 이르기를, 「역수는 이 고을 남쪽 마등오촌(馬等烏村)의 남쪽을 흐르는 내[川]가 이것이요, 또 이 물의 근원에 천룡사가 있으니, 중국에서 온 사자(使者) 악붕귀(樂鵬龜)가 와서 보고 말하기를, 이 절을 파괴하면 이내 나라가 망할 것이라.」고 했다. 또 서로 전하는 말에 의하면, 「옛날 단월(檀越)에게 딸 둘이 있어서 이름을 천녀(天女)와 용녀(龍女)라고 했는데, 부모가 두 딸을 위하여 절을 세우고 딸들의 이름 '天'과 '龍'을 따서 천룡사라고 이름을 지었다.」고 했다. 이곳은 경지(境地)가 이상하고 불도(佛道)를 돕는 곳이었는데, 신라 말년에 파괴된 지 이미 오래되었다. 중생사(衆生寺)의 관음보살(觀音菩薩)이 젖을 먹여 키운 최은함(崔殷諴)의 아들 승로(承魯)가 숙(肅)을 낳고, 숙(肅)이 시중(侍中) 제안(齊顔)을 낳았는데, 제안(齊顔)이 이 절을 중수(重修)하여 없어졌던 절을 일으켰다. 이에 석가만일도량(釋迦萬日道場)을 설치하고 조정의 명을 받았으며, 다시 신서(信書)와 원문(願文)까지 절에 남겨 두었다. 그는 세상을 떠나자 절을 지키는 신(神)이 되어 자못 신령스럽고 이상한 일을 많이 나타나게 했다.

그가 남긴 기록을 대략하여 이르기를, 「시주를 한 〈내사시랑동내사,문하평장사,주국(內史侍郞同內史,門下平章事,柱國)〉 최제안(崔齊顔)은 쓰노라. 경주(慶州) 고위산(高位山)의 천룡사가 파괴된 지 여러 해가 되었다. 이에 제자 최제안은 특별히 임금님의 만수무강과 국가가 편안하고 태평하기를 기원하여 전당(殿堂)·낭각(廊閣)과 방사(房舍)·주고(廚庫)를 모두 갖추어 이룩하고, 또 석조

와 흙으로 불상 몇 개를 만들어 '석가만일도량'을 열었다. 이미 국가를 위해서 수리하여 세웠으니 조정에서 절의 주지(住持)를 정해 보내는 것이 옳은 일이다. 하지만 이 주지를 교대할 때에는 도량(道場)의 중들이 안심하고 지낼 수가 없다. 희사(喜捨)한 토지를 가지고 사원(寺院)을 충족하게 하는 것을 보면, 팔공산(八公山)의 지장사(地藏寺)와 같은 절은 희사한 토지가 200결(結)이었고, 비슬산(毗瑟山)에 있는 도선사(道仙寺)는 20결이었고, 서경(西京) 사면에 있는 산사(山寺)들도 각기 20결씩이었으며, 이들은 모두 유직(有職)·무직(無職)을 물론하고 모름지기 계(戒)를 갖추고 재주가 높은 이를 뽑아서 절의 중망(衆望)에 의하여 여러 차례를 계속하여 주지로 삼아 분향(焚香)하고 도를 닦는 것을 상례(常例)로 삼았다. 제자 제안(齊顔)은 이 풍습을 듣고 기뻐하여 우리 '천룡사'에서도 역시 절의 많은 중들 가운데서 재주와 덕이 함께 뛰어난 고승(高僧)으로 절의 기둥감이 될 만한 사람을 뽑아서 주지로 삼아 길이 분향(焚香) 수도(修道)하게 하고자 한다. 이에 갖추어 글로 기록하여 강사(綱司 : 절의 간부. 직명)에게 맡겨 두는 것이니, 이때부터 비로소 주지를 두게 되었다. 유수관(留守官)은 공문(公文)을 받아 도량의 여러 중들에게 보여 모두를 각각 알도록 할 것이다. 중희(重熙) 9년 6월에, 관직(官職)을 갖추어 위와 같이 서명(署名)한다.」고 했다.

생각해 보면, 중희(重熙)는 거란(契丹) 흥종(興宗)의 연호라, 본조(本朝) 정종(靖宗) 7년인 경신년(庚辰年 ; 1040)이었다.

鍪藏寺(무장사), 彌陀殿(미타전)

京城之,東北,二十許里의 暗谷村之,北에 有,鍪
경 성 지 동 북 이 십 허 리 암 곡 촌 지 북 유 무

藏寺하니 第,三十八,元聖大王之,考인 大阿干,孝
장 사 제 삼 십 팔 원 성 대 왕 지 고 대 아 간 효

讓과 追封된 明德大王之,爲.叔父,波珍飡하여 追
양 추 봉 명 덕 대 왕 지 위 숙 부 파 진 찬 추

崇,所創也라. 幽谷,逈絶에 類似削成하여 所奇冥奧
숭 소 창 야 유 곡 형 절 류 사 삭 성 소 기 명 오

라 自生虛白하여 乃,息心樂道之,靈境也라. 寺之,
자 생 허 백 내 식 심 락 도 지 령 경 야 사 지

上方에 有,彌陀古殿하니 乃,昭成[一作聖]大王之, 妃
상 방 유 미 타 고 전 내 소 성 대 왕 지 비

인 桂花王后가 爲,大王先逝하여 中宮,乃充充焉하
계 화 왕 후 위 대 왕 선 서 중 궁 내 충 충 언

고 皇皇焉하고 哀戚之至하여 泣血,棘心하여 思所
황 황 언 애 척 지 지 읍 혈 극 심 사 소

以,幽贊明休하여 光啓,玄福者라 聞,西方에 有,大
이 유 찬 명 휴 광 계 현 복 자 문 서 방 유 대

聖曰, 彌陀,至誠歸仰이면 則,善救來迎이라 하고
성 왈 미 타 지 성 귀 앙 즉 선 구 래 영

是,眞語者니 豈欺我哉아? 하고 乃捨,六衣之,盛服
시 진 어 자 기 기 아 재 내 사 육 의 지 성 복

하고 罄,九府之貯材하여 召彼名匠하여 敎造,彌陀
경 구 부 지 저 재 소 피 명 장 교 조 미 타

像,一軀하고 幷造神衆하여 以安之하다. 先是에 寺
상 일 구 병 조 신 중 이 안 지 선 시 사

有,一老僧이러니 忽夢,眞人이 坐於石塔,東南岡上
유 일 로 승 홀 몽 진 인 좌 어 석 탑 동 남 강 상

하여 向西爲,大衆說法하고「意謂此地에 必,佛法所
향 서 위 대 중 설 법 의 위 차 지 필 불 법 소

住也라.」하고 心秘之而,不向人說하다. 嵒石이 巉
주 야 심 비 지 이 불 향 인 설 암 석 참

崒하고 流澗이 激迅하니 匠者不顧하고 咸謂不藏이
줄 유 간 격 신 장 자 불 고 함 위 부 장

라 하더라. 及乎辟地에 乃得,平坦之地하고 可容,堂
급 호 벽 지 내 득 평 탄 지 지 가 용 당

宇하니 宛似神基라, 見者,莫不愕然,稱善하다. 近古
우 완 사 신 기 견 자 막 불 악 연 칭 선 근 고

來에 殿則壞圮하고 而寺獨在하다. 諺傳에 太宗의
래 전 즉 괴 비 이 사 독 재 언 전 태 종

統三已後에 藏,兵鍪於,谷中이라 因,名之하다.
통 삼 이 후 장 병 무 어 곡 중 인 명 지

| 어려운 낱말 |

[迥絶(형절)] : 아득한 절벽. [削成(삭성)] : 깎아서 만든 듯하다. [冥奧(명오)] : 매우 깊숙함. [虛白(허백)] : 허하고 뚜렷함. [充充(충충)] : 근심이 있는 모양, 매우 슬픈 모양. [皇皇(황황)] : 당황하여. [哀戚(애척)] : 매우 슬퍼서. [泣血棘心(읍혈극심)] : 피눈물을 흘리며 매우 슬퍼함. [幽贊明休(유찬명휴)] : 명휴를 그윽하게 찬양하다. 明休는 밝은 덕. [光啓玄福(광계현복)] : 빛을 열어 명복을 빌다. [罄] : 빌(경). 기울여. [九府(구부)] : 재화를 관장했던 아홉 개의 관청. 즉 대부(大府), 왕부(王府), 내부(內附), 외부(外府), 천부(天府), 천부(泉府), 직내(職內), 직금(職金), 직폐(職幣) 등이다. [貯財(저재)] : 재물을 저장하다. [巉崒(참줄)] : 산 바위가 험하게 솟아있다. [壞圮(괴비)] : 무너지다. [諺傳(언전)] : 전하는 말. [兵鍪(병무)] : 군사들이 머리에 쓰는 투구. 鍪는 투구(무).

| 본문풀이 | 〈무장사(鍪藏寺) 미타전(彌陀殿)〉

동도(東都) 동북쪽 20리 쯤 되는 암곡촌(暗谷村) 북쪽에 무장사(鍪藏寺)가 있으니, 이것은 신라 제38대 원성대왕(元聖大王)의 아버지 대아간(大阿干) 효양(孝讓), 즉 추봉(追封)된 명덕대왕(明德大王)의 숙부 파진찬(波珍飡)을 추모(追慕)해서 세운 것이다. 그윽한 골짜기가 몹시 험준해서 마치 깎아 세운 듯하여, 그곳은 깊고 어두워 저절로 적적하여 이야말로 마음을 쉬고 도(道)를 즐길 만한 신령스러운 곳이었다. 절의 위쪽에 아미타(阿彌陀)를 모신 옛 전각이 있으니, 곧 소성대왕(昭成大王 ; 혹은 昭聖大王)의 비(妃)인 계화왕후(桂花王后)가 대왕(大王)이 먼저 세상을 떠나자, 왕후는 근심에 차서 창황하여 어찌할 줄 모르고 지극히 슬퍼서 피눈물을 흘리고 괴로워하던 나머지 살아있을 적에 아름다운 행적을 죽어서 드날리고 그의 명복을 빛나게 하고자 생각했다. 이때 서방(西方)에 대성이 있어 이르기를, 아미타(阿彌陀)라는 성인이 있어 지성으로 그를 믿으면 잘 구원하여 맞아준다는 말을 듣고, 「왕비는 이것이 사실이라면 어찌 나를 속이겠느냐?」 하고는 이에 자기가 입은 화려한 옷을 희사하고 궁중에 쌓아 두었던 재물을 다 내어 이름난 공인(工人)들을 불러서 아미타불상(阿彌陀佛像) 하나를 만들게 하고, 아울러 귀신의 무리들도 만들어 안치할 것을 지시했다.

이보다 앞서 이 절에는 늙은 중 하나가 있었는데, 어느 날 꿈에 신선 같은 사람 하나가 석탑(石塔) 동남쪽 언덕 위에 앉아서 서쪽을 향하여 대중을 위해서 설법하는 것을 보고 속으로 「이곳은 반드시 불법이 머무를 곳이다.」라고 생각하고 마음속에 숨겨두고는 다른 사람에게는 말하지 않았다. 그곳은 바위가 험하고 시냇물이 급하게 흐르므로 장인(匠人)들은 돌아다보지도 않았고, 다른 사람들도 모두 좋지 못한 곳이라고 했다. 그러나 터를 닦을 때에는 평탄한 곳을 얻어서 집을 세울 만하여 확실히 신령스러운 터와 같으니 보는 이들은 깜짝 놀라 좋다고 하지 않는 이가 없었다. 그러나 근래에 와서 미타전(彌陀殿)은 허물어지고 절만 홀로 남아 있다.

전해오는 말에 의하면, 태종(太宗)이 삼국(三國)을 통일한 뒤에 병기와 투구를 이 골짜기 속에 감추어 두었기 때문에 무장사(鍪藏寺)라 한다고 했다.

靈鷲寺(영축사)

寺中.古記에 云하되 新羅眞骨.第三十一主, 神
사중 고기 운 신라진골 제삼십일주 신

文王代인 永淳二年癸未(683)[本文云,元年,誤]에 宰相.
문왕대 영순이년계미 재상

忠元公이 萇山國[卽,東萊縣이니 亦名은 萊山國]에서 溫井
충원공 장산국 온정

沐浴하고 還城次에 到.屈井驛.桐旨野하여 駐歇이
목욕 환성차 도굴정역동지야 주헐

러니 忽見一人이 放鷹하여 而.逐雉하니 雉飛過.金
홀견일인 방응 이축치 치비과금

岳하여 杳無蹤迹이라. 聞鈴尋之하여 到,屈井縣,官
악 묘무종적 문령심지 도굴정현관

北井邊하니 鷹坐樹上하고 雉在井中이라. 水渾血
북정변 응좌수상 치재정중 수혼혈

色하고 雉開兩翅하여 抱,二雛焉이요, 鷹亦,如相惻
색 치개양시 포이추언 응역여상측

隱而,不敢攫也라. 公이 見之惻然,有感하여 卜問此
은이불감확야 공 견지측연유감 복문차

地하니 云, 可立寺라 歸京,啓於王하여 移其縣於,
지 운 가립사 귀경계어왕 이기현어

他所하고 創寺於,其地하니 名을 〈靈鷲寺〉焉하다.
타소 창사어기지 명 영축사 언

| 어려운 낱말 |

[永淳(영순)] : 당 고종의 연호. [萇] : 장춘나무(장). [鷹] : 매(응). [雉] : 꿩(치).
[兩翅(양시)] : 두 날개. [雛] : 새끼(추). [攫] : 움킬(확).

* 靈鷲寺(영취사)를 '영축사' 라고 읽는다는 것은 문경현 교수의 학설임.

| 본문풀이 | 〈영축사(靈鷲寺)〉

이 절의 옛 기록에 이르기를, 신라 진골(眞骨) 제31대왕 신문왕(神文王) 때인 영순(永淳) 2년【683 ; 본문(本文)에는 원년이라고 했으나 잘못이다.】에 재상 충원공(忠元公)이 장산국【萇山國 ; 곧 동래현(東萊縣)이니 또한 내산국(萊山國)이라고도 한다.】 온천에서 목욕하고 성으로 돌아올 때 굴정역(屈井驛) 동지(桐旨) 들판에 이르러서 머물러 쉬었다. 여기에서 문득 보니 한 사람이 매를 놓아서 꿩을 쫓게 하자, 꿩은 날아서 금악(金嶽)을 지나서는 어디로 갔는지 자취 없이 사라졌다. 방울소리를 듣고 찾아 굴정현(屈井縣) 관청 북쪽 우물가에 이르니 매는 나무 위에 앉아 있고 꿩은 우물 속에 있었는데, 물이 마치 핏빛같이 붉었다. 여기에서 꿩은 두 날개를 벌려 새끼 두 마리를 안고 있고, 매도 역시 그것을 측은하게 여겨서 감히 꿩을 잡지 못하고 있다. 공(公)이 이것을 보고 측은히 여기고 감동하여 그 땅을 살펴보니, 가히 여기에 절을 세울 곳이라 여기고 서울로 돌아와 이 사실을 왕에게 아뢰어 그 고을 관가를 다른 곳으로 옮기고 그곳에 절을 세워 이름을 〈영축사(靈鷲寺)〉라 했다고 한다.

제4편

義解(의해)·感通(감통)
避隱(피은)·孝善(효선)

圓光西學(원광서학)

① 唐「續高僧傳」第.十三卷에 載하니, 新羅.皇
당 속고승전 제십삼권 재 신라황
隆寺의 釋.圓光은 俗姓이 朴氏라. 本住三韓의 卞
륭사 석원광 속성 박씨 본주삼한 변
韓, 辰韓, 馬韓에 光은 卽.辰韓人也니라. 家世海東
한 진한 마한 광 즉 진한인야 가세해동
하여 祖習綿遠으로 而.神器恢廓하고 愛染篇章하여
조습면원 이신기회확 애염편장
校獵玄儒하고 討讎子史하여 文華騰翥於.韓服이러
교렵현유 토수자사 문화등저어한복
라. 博贍猶愧於.中原하여 遂.割略.親朋하고 發憤溟
박섬유괴어중원 수할략친붕 발분명
渤하여 年.二十五에 乘.舶造于.金陵하다.
발 년이십오 승박조우금릉

| 어려운 낱말 |

[本住(본주)] : 본래. [綿遠(면원)] : 면면히 내려오다. [神器(신기)] : 도량을 말함. [恢廓(회확)] : 넓고 크다. [篇章(편장)] : 글과 문장. [校獵(교렵)] : 널리 섭렵하다. [玄儒(현유)] : 유학. [討讎(토수)] : 찾아내어 공부함. [子史(자사)] : 제자백가와 역사서. [騰翥(등저)] : 날아오르다. 뛰어나다. [韓服(한복)] : 삼한을 굴복시키다. [博贍(박섬)] : 넓고 넉넉함. [中原(중원)] : 중국. [割略(할략)] : 끊어버리다. 이별하다. [溟渤(명발)] : 중국. [乘船(승박)] : 배를 타고.

| 본문풀이 | 〈원광서학(圓光西學)〉

당나라 「속고승전(續高僧傳)」 제13권에 등재되어 있으니, 신라 황룡사(皇隆寺)의 중 원광(圓光)의 속성(俗姓)은 박씨(朴氏)이다. 본래 삼한(三韓)에 살았는데, 즉 변한(卞韓) · 진한(辰韓) · 마한(馬韓) 중에 원광은 바로 진한 사람이었다. 대대로 해동(海東)에 살아 조상의 풍습(風習)이 멀리 계승되었으며, 그는 도량(道量)이 넓고 컸으며 글을 즐겨 읽어 유교의 깊은 이치를 두루 공부하고 여러 대가들의 역사 서적을 연구하여 글 잘한다는 이름을 삼한(三韓)에 떨쳤다. 그러나 넓고 풍부한 지식은 오히려 중국 사람에게는 미치지 못하여 드디어 친척과 벗들을 이별하고 중국에 가기로 작정하고, 나이 25세에 배를 타고 금릉(金陵)으로 찾아갔다.

② 光은 學通吳越하여 便欲.觀化周秦하여 開皇.
광 학통오월 변욕관화주진 개황
九年(589)에 來遊帝宇하다. 值.佛法初會요, 攝論.肇
구년 내유제우 치불법초회 섭론조
興하니 奉佩.文言하고 振績.微緖하여 又馳慧解하여
흥 봉패문언 진적미서 우치혜해
宣譽京皐하다. 勣業旣成하여 道東須繼하여 本國
선예경고 적업기성 도동수계 본국
遠聞하다. 上啓頻請하니 有勅.厚加勞問하여 放歸
원문 상계빈청 유칙후가노문 방귀
桑梓하다. 光이 往還累紀에 老幼相欣하고 新羅王.
상재 광 왕환루기 노유상흔 신라왕
金氏(진평왕)는 面申虔敬하여 仰若聖人하다. 光性.
김씨 면신건경 앙약성인 광성

在虛閑하고 情多汎愛하며 言常含笑하고 慍結不形
재 허 한 정 다 범 애 언 상 함 소 온 결 불 형

이라. 而,牋表啓書와 往還國命이 竝出,自胸襟慷하
이 전 표 계 서 왕 환 국 명 병 출 자 흉 금 강

다. 一隅傾奉하여 皆委以,治方하여 詢之道化하니
일 우 경 봉 개 위 이 치 방 순 지 도 화

事異,錦衣나 情同觀國하니 乘機敷訓하여 垂範于,
사 이 금 의 정 동 관 국 승 기 부 훈 수 범 우

今이라. 年齒旣高하여 乘輿入內하니 衣服藥食을
금 년 치 기 고 승 여 입 내 의 복 약 식

竝,王手自營하고 不許佐助하고 用希專福하니 其,
병 왕 수 자 영 불 허 좌 조 용 희 전 복 기

感敬이 爲,此類也라.
감 경 위 차 류 야

| 어려운 낱말 |

[講肆(강사)] : 강석(講席). [開皇(개황)] : 수나라 문제의 연호.

| 본문풀이 |

원광은 학문이 중국의 남방 지역인 오월(吳越)을 통달했기 때문에 문득 중국 북쪽 지방인 주(周)와 진(秦)의 문화를 보고자 하여 개황(開皇) 9년(589)에 수나라 서울에 유학(遊學)했다. 그때는 불교의 첫 시기요, 섭론종(攝論宗 : 대승불교의 한 종파)이 비로소 일어나니, 그는 오묘한 말씀을 삼가 받들어 간직하여 작은 데서부터 시작하여 큰 공적을 떨치면서 총명한 해석을 재빨리 하여 이름을 중국 서울에까지 드날렸다. 커다란 업적이 이미 이루어지자 그는 신라로 돌아가서 계속해야겠다고 생각했다. 본국(本國)인 신라에서는 멀리 이 소식을 듣고 수나라 임금에게 아뢰어 돌려보내 달라고 자주 간청했다. 수나라 임금은 칙명을 내려 그를 후하게 대접하여 고향으로 돌려보냈다. 원광이 여러 해 만에 돌아오니, 노소(老少)가 서로 기뻐하고 신라의 왕 김씨(金氏 : 진평왕)는 그를 만나보고는 공경하면서 성인(聖人)처럼 우러렀다.

원광은 성품이 한가롭고 다정박애(多情博愛)하였으며, 말할 때는 항상 웃음을 머금고 노여운 기색을 나타내지 않았다. 임금에게 바치는 글이나 외국과 내왕하는 국서들은 모두 그의 가슴과 머리에서 나왔다. 온 나라가 받들어 나라 다스리는 방법을 모두 그에게 맡기고 도(道)로 교화(敎化)하는 일을 물으니, 처지는 비록 금의환향(錦衣還鄕)한 것과는 달랐지만 실지로는 중국의 모든 것을 보고 온 것 같아서 기회를 보아 교훈을 펴서 지금까지도 그 모범(模範)을 보였다. 나아가 이미 높아지자 수레를 타고 대궐에 출입했으며, 의복(衣服)과 약(藥)과 음식은 모두 왕이 손수 마련하여 좌우의 다른 사람이 돕는 것을 허락지 않고 왕이 혼자서 복을 받으려 했으니, 그 감복하고 공경한 모습이 대개 이와 같았다.

③ 又,東京,安逸户長,貞孝家에 在,「古本殊異
우 동 경 안 일 호 장 정 효 가 재 고 본 수 이
傳」하여 載,〈圓光法師傳〉曰, 法師의 俗姓은 薛氏
전 재 원 광 법 사 전 왈 법 사 속 성 설 씨
('속고승전' 에는 박씨로 됨.)로 王京人也라. 初에 爲,僧
왕 경 인 야 초 위 승

學佛法하여 年,三十歲에 思,靜居修道하여 獨居,三
학불법 년삼십세 사정거수도 독거삼

岐山하다. 後,四年에 有,一比丘來하여 所居不遠에
기산 후사년 유일비구래 소거불원

別作蘭若하여 居,二年이라. 爲人强猛하고 好修呪
별작난야 거이년 위인강맹 호수주

術하다 法師가 夜에 獨坐誦經이러니 忽有神聲하여
술 법사 야 독좌송경 홀유신성

呼其名하고『善哉善哉라 汝之修行이여! 凡,修者
호기명 선재선재 여지수행 범수자

雖衆이나 如法者,稀有라, 今見隣有,比丘하니 徑修
수중 여법자희유 금견린유비구 경수

呪術이나 而無所得하니 喧聲이 惱他靜念하고 住
주술 이무소득 훤성 뇌타정념 주

處,礙我行路하여 每有去來에 幾發惡心하니 法師,
처애아행로 매유거래 기발오심 법사

爲我語告하고 而使移遷하라. 若久住者면 恐我忽
위아어고 이사이천 약구주자 공아홀

作罪業하노라.』하다. 明日에 法師往而告曰, 吾於
작죄업 명일 법사왕이고왈 오어

昨夜에 有聽神言하니 比丘는 可移別處니라. 不然
작야 유청신언 비구 가이별처 불연

이면 應有餘殃이리라. 比丘對曰, 至行者도 爲魔所
응유여앙 비구대왈 지행자 위마소

眩하니 法師는 何憂,狐鬼之言乎아? 其夜에 神又來
현 법사 하우호귀지언호 기야 신우래

曰, 向我告事하니 比丘는 有何答乎아? 하니 法師가
왈 향아고사 비구 유하답호 법사

恐神,瞋怒而對曰, 終未了說이나 若,强語者면 何
공신진노이대왈 종미료설 약강어자 하

敢不聽이리오? 神曰, 吾已具聞이니 法師는 何須補
감불청 신왈 오이구문 법사 하수보

說가? 但可默然하여 見我所爲하라 하고 遂辭而去
설 단 가 묵 연 견 아 소 위 수 사 이 거

하다. 夜中에 有,聲如雷震이러니 明日에 視之하니
야 중 유 성 여 뢰 진 명 일 시 지

山이 頹塡,比丘所在,蘭若하다. 神亦來曰, 師見如
산 퇴 전 비 구 소 재 난 야 신 역 래 왈 사 견 여

何오? 法師對曰, 見甚驚懼니이다. 神曰, 我歲,幾
하 법 사 대 왈 견 심 경 구 신 왈 아 세 기

於三千年이요, 神術最壯하니 此是小事이니 何足
어 삼 천 년 신 술 최 장 차 시 소 사 하 족

爲驚이리오. 但復,將來之事를 無所不知하고 天下
위 경 단 부 장 래 지 사 무 소 부 지 천 하

之事를 無所不達이라. 今思法師가 唯居此處하면
지 사 무 소 부 달 금 사 법 사 유 거 차 처

雖有,自利之行이나 而,無利他之功이라. 現在,不揚
수 유 자 이 지 행 이 무 이 타 지 공 현 재 불 양

高名하면 未來,不取勝果하리니 盍採,佛法於,中國
고 명 미 래 불 취 승 과 합 채 불 법 어 중 국

하여 導群,迷於東海오. 對曰, 學道中國이 是本所
도 군 미 어 동 해 대 왈 학 도 중 국 시 본 소

願이나 海陸逈阻하여 不能,自通而已니이다. 神이
원 해 육 형 조 불 능 자 통 이 이 신

詳誘歸,中國所行之計하니 法師依其言하여 歸,中
상 유 귀 중 국 소 행 지 계 법 사 의 기 언 귀 중

國하여 留,十一年하여 博通三藏하고 兼學儒術하다.
국 유 십 일 년 박 통 삼 장 겸 학 유 술

| 어려운 낱말 |

[東京(동경)] : 경주를 말함. [安逸戶長(안일호장)] : 지방 하급 관직인 아전의 수석으로 퇴직한 자. [王京人(왕경인)] : 서울 사람, 즉 경주인. [蘭若(난야)] :

절. [强猛(강맹)] : 사납고 억세다. [喧聲(훤성)] : 시끄럽게 떠드는 소리. [礙] : 막을(애). [惡心(오심)] : 미운 마음. [瞋怒(진노)] : 눈을 부릅뜨고 성을 냄. 瞋은 눈 부릅뜰(진). [强語者(강어자)] : 강력히 말한다면. [具聞(구문)] : 자세하게 듣다. [頹塡(퇴전)] : 무너져 덮다. [東海(동해)] : 이 나라. 해동을 이름. [逈阻(형조)] : 멀리 막혀있음. 逈은 멀(형).

| 본문풀이 |

또 동경(東京)의 안일호장(安逸戶長) 정효(貞孝)의 집에 있는 고본(古本) 〈수이전(殊異傳)〉에 원광법사전(圓光法師傳)이 실려 있는데, 그 내용은 이렇다. 법사의 속성은 설씨(薛氏)로 왕경(王京) 사람이었다. 처음에 중이 되어 불법(佛法)을 배웠는데, 나이 30세에 한가히 지내면서도 도를 닦으려고 생각하여 삼기산(三岐山)에 홀로 살았다. 4년이 지난 뒤에 어떤 중 하나가 와서 멀지 않은 곳에 따로 절을 짓고 2년 동안 살았다. 그는 사람됨이 강하고 용맹스러우며 주술(呪術)을 배우기를 좋아했다. 법사가 밤에 홀로 앉아서 불경을 외는데 갑자기 신(神)이 그의 이름을 부르면서 말하기를, 「그대의 수행(修行)은 참 장하기도 하오! 대체로 수행하는 자가 아무리 많아도 법대로 하는 이는 드문 것이요. 지금 이웃에 있는 중을 보니 주술을 빨리 익히려 하지만 얻는 것이 없을 것이며, 시끄러운 소리가 오히려 남의 정념(情念)을 괴롭히기만 하오. 그가 살고 있는 곳은 내가 다니는 길을 방해하여 매양 지나다닐 때마다 미운 생각이 날 지경이오. 그러니 법사는 나를 위해서 그 사람에게 말하여 다른 곳으로 옮겨 가도록 하세요. 만일 오랫동안 거기에 머무른다면 내가 갑자기 죄를 저지를지도 모르겠노라.」 했다. 이튿날 법사가 가서 말하기를, 「내가 어젯밤 신의 말을 들으니 스님은 다른 곳으로 옮기는 것이 좋을 것이오. 그렇지 않으면 반드시 재앙이 있을 것이오.」라고 했으나 그 중은 대답하기를, 「수행이 지극한 사람도 마귀(魔鬼)의 현혹을 받습니까? 법사는 어찌 호귀(狐鬼)의 말을 근심하시오?」 했다. 그날 밤에 신이 또 와서 말하기를, 「전에 내가 한 말에 대해서 중이 무어라 대답합디까?」 했다. 법사는 신이 노여워할까 두려워서 대답하기를, 「아직 말은 하지 않았습니다. 하지만 말을 한다면 어찌 감히 듣지 않겠습니까?」 하니, 신은 말하기를, 「내가 이미 다 들었는데 법사는 어찌해서 말을 보태서 하시오? 그대는 잠자코 내가 하는 것만 보시오.」 했다. 말을 마치고 가더니 밤중에 벼락과 같은 소리가 났다. 이튿날 가서 보니 산이 무너져서 중이 있던 절을 묻어 버렸다. 신이 또 와서 말하기를, 「법사가 보기에 어떠하오?」 하니 법사가 대답하기를, 「보고서 몹시 놀라고 두려웠습니다.」 하니, 신이 또 말하기를, 「내 나이가 거의 3,000세가 되고 신술(神術)도 가장 훌륭하니 이런 일이야 조그만 일인데 무슨 놀랄 것이 있겠소. 나는 장래의 일도 알지 못하는 것이 없고, 온 천하의 일도 통달하지 못한 것이 없소. 이제 생각하니 법사가 오직 이곳에만 있으면 비록 자기 몸을 이롭게 하는 행동은 있을지 모르나 남을 이롭게 하는 공로는 없을 것이오. 지금 높은 이름을 드날리지 않는다면 미래에 승과(勝果)를 얻지 못할 것이오. 그러니 어찌해서 불법을 중국에서 취하여 이 나라의 모든 혼미(昏迷)한 무리를 지도하지 않으시오.」 하니, 법사가 대답하기를, 「중국에 가서 도를 배우는 것은 본래 나의 소원이지만 바다와 육지가 멀리 막혀 있기 때문에 스스로 가지 못할 뿐입니다.」 했다. 이에 신은 중국 가는 데 필요한 일을 자세히 일러 주었다. 법사는 그 말에 의해서 중국에 갔으며, 11년을 머무르면서 삼장(三藏)을 널리 통달하였고 유교(儒敎)의 학술(學術)까지도 겸해서 배웠다.

④ 眞平王,二十二年,庚申(660)[三國史云,明年,辛酉,來]
진 평 왕 이 십 이 년 경 신

에 師,將理策,東還에 乃隨,中國,朝聘使,還國하다.
사 장 이 책 동 환 내 수 중 국 조 빙 사 환 국

法師欲,謝神하여 至,前住,三岐山寺하니 夜中에 神
법 사 욕 사 신 지 전 주 삼 기 산 사 야 중 신

亦,來呼其名曰, 海陸途間에 往還如何오? 對曰,
역 래 호 기 명 왈 해 육 도 간 왕 환 여 하 대 왈

蒙神鴻恩하여 平安到訖하니다. 神曰, 吾亦,授戒於
몽 신 홍 은 평 안 도 흘 신 왈 오 역 수 계 어

神하여 仍結,生生相濟,之約하다. 師,又請曰, 神之
신 잉 결 생 생 상 제 지 약 사 우 청 왈 신 지

眞容을 可得見耶아? 하니 神曰, 法師,若欲,見,我形
진 용 가 득 견 야 신 왈 법 사 약 욕 견 아 형

이면 平旦可望,東天之際니라. 法師,明日望之하니
평 단 가 망 동 천 지 제 법 사 명 일 망 지

有,大臂貫雲하여 接於天際하다. 其夜에 神亦來曰,
유 대 비 관 운 접 어 천 제 기 야 신 역 래 왈

法師는 見,我臂耶아? 對曰, 見已,甚奇絶異니이다.
법 사 견 아 비 야 대 왈 견 이 심 기 절 이

因此하여 俗號를 臂長山이라 하다. 神曰, 雖有此身
인 차 속 호 비 장 산 신 왈 수 유 차 신

이나 不免,無常之害라, 故로 吾,無月日이라 捨身其
불면무상지해 고 오무월일 사신기

嶺하리니 法師는 來送,長逝之魂하라 하다. 待約日
령 법사 래송장서지혼 대약일

에 往看하니 有,一老狐가 黑如漆하고 但,吸吸無息
왕간 유일노호 흑여칠 단흡흡무식

이러니 俄然而死하다. 法師가 始自,中國來로 本朝
아연이사 법사 시자중국래 본조

(신라)君臣이 敬重爲師하니 常講,大乘經典하다. 此
군신 경중위사 상강대승경전 차

時에 高麗,百濟가 常侵,邊鄙하니 王이 甚,患之하여
시 고려백제 상침변비 왕 심환지

欲,請兵於唐하여 請,法師作,乞兵表하다. 皇帝見하
욕청병어당 청법사작걸병표 황제견

더니 以,三十萬兵으로 親征,高麗하니 自此로 知,法
이삼십만병 친정고려 자차 지법

師가 旁通,儒術也라. 享年,八十四入寂하니 葬,明
사 방통유술야 향년팔십사입적 장명

活城西하다.
활성서

| 어려운 낱말 |

[鴻恩(홍은)] : 매우 큰 은혜. [生生相濟(생생상제)] : 거듭되는 세대를 통하여 서로 서로 구제해주는 약속. [平旦(평단)] : 밝은 아침. [來送(래송)] : 와서 ~를 하라. [吸吸(흡흡)] : 헐떡이며 숨을 쉬는 모습. [俄然(아연)] : 잠시, 잠깐. 그만. [乞兵表(걸병표)] : 군사를 요청하는 글. [旁通(방통)] : 자세하고 간곡함. [儒術(유술)] : 유교에 관한 학문. [入寂(입적)] : 스님이 돌아가심.

| 본문풀이 |

진평왕(眞平王) 22년 경신(庚申 ; 600)년【〈삼국사(三國史)〉에는 다음 해인 신유년(辛酉年)에 왔다고 했다.】에 법사는 중국에 왔던 조빙사(朝聘使)를 따라서 본국에 돌아왔다. 법사는 신에게 감사를 드리고자 하여 전에 살던 삼기산의 절에 갔다. 밤중에 신이 역시 와서 법사의 이름을 부르고 말하기를, 「바다와 육지의 먼 길을 어떻게 왕복하였소?」 했다. 「신의 큰 은혜를 입어 편안히 다녀왔습니다.」고 대답하니, 내 또한 그대에게 계(戒)를 드리겠소라고 말하고는, 「이에 생생상제(生生相濟)의 약속을 맺었다. 법사가 또 청하기를, 신의 참 얼굴을 볼 수가 있습니까?」 하니, 법사가 「만일 내 모양을 보고자 하거든 내일 아침에 동쪽 하늘가를 바라보시오.」 했다. 법사가 이튿날 아침에 하늘을 바라보니 큰 팔뚝이 구름을 뚫고 하늘가에 닿아 있었다. 그날 밤에 신이 또 와서 말하기를, 「법사는 내 팔뚝을 보았소?」 했다. 「보았는데 매우 기이하고 이상했습니다.」라고 했다. 이로 인하여 속칭(俗稱) 비장산(臂長山)이라고 했다. 신이 말하기를, 「비록 이 몸이 있다 하더라도 무상(無常)의 해(害)는 면할 수 없을 것이니, 나는 앞으로 얼마 가지 않아서 그 고개에 사신(捨身)할 것이니 법사는 거기에 와서 영원히 가 버리는 내 영혼을 보내 주오.」 했다. 법사가 약속한 날을 기다려서 가보니, 늙은 여우 한 마리가 있는데, 검기가 옻칠을 한 것과 같고 숨조차 쉬지 못하고 헐떡거리기만 하다가 마침내 죽었다.

법사가 처음 중국에서 돌아왔을 때 신라에서는 임금과 신하들이 그를 존경하여 스승으로 삼으니 법사는 항상 대승경전(大乘經

典)을 강의했다. 이때 고구려와 백제가 항상 변방을 침범하니 왕은 몹시 이를 걱정하여 당나라에 군사를 청하고자 법사를 청하여 걸병표(乞兵表)를 짓게 했다. 당나라 황제가 그 글을 보더니 30만 군사를 내어 친히 고구려를 쳤다. 이로부터 법사가 유술(儒術)까지도 두루 통달한 것을 세상 사람은 알았다. 나이 84세에 입적을 하여 명활성(明活城) 서쪽에 장사 지냈다.

⑤ 又.〈三國史〉.列傳云, 賢士.貴山者는 沙梁
우 삼국사 열전운 현사 귀산자 사량

部.人也라 與.同里.箒項으로 爲友러니 二人.相謂
부 인 야 여 동 리 추항 위우 이인 상위

曰, 「我等이 期與.士君子.遊하면 而.不先.正心持
왈 아등 기여 사군자 유 이 불선 정심지

身이면 則恐.不免於.招辱이리니 盍.問道於.賢者之
신 즉공 불면어 초욕 합 문도어 현자지

側乎아? 時에 聞.圓光法師.入隋回하여 寓止.嘉瑟
측호 시 문 원광법사 입수회 우지 가슬

岬[或作,加西, 又,嘉栖라 하니 皆,方言也라. 岬은 俗云, 古尸라. 故
갑

로 或云, 古尸寺에 猶言,岬寺也라. 今,雲門寺東의 九千步許에 有,加西峴하니 或云, 嘉瑟峴하며 峴之北洞에 有,寺基가 是也니라.]하

니 二人이 詣門進告曰, 俗士顓蒙하여 無所知識하
이인 예문진고왈 속사전몽 무소지식

니 願賜一言하여 以爲.終身之誡하노이다. 光曰, 佛
원사일언 이위 종신지계 광왈 불

敎에 有.菩薩戒하니 其.別有十이나 若等이 爲人臣
교 유 보살계 기 별유십 약등 위인신

子하니 恐不能堪이라. 今有,世俗五戒하니 一曰, 事
자 공불능감 금유세속오계 일왈 사

君以忠이요, 二曰, 事親以孝이며 三曰, 交友以信
군이충 이왈 사친이효 삼왈 교우이신

이요, 四曰, 臨戰無退요, 五曰, 殺生有擇이라. 若等
사왈 임전무퇴 오왈 살생유택 약등

은 行之無忽하라 하다. 貴山等曰, 他則,旣受命矣오
행지무홀 귀산등왈 타즉기수명의

나 所謂,殺生有擇은 特未曉也니이다. 光曰, 六齋
소위살생유택 특미효야 광왈 육재

日,春夏月,不殺이 是,擇時也요, 不殺使畜은 謂,馬
일춘하월불살 시택시야 불살사축 위마

牛雞犬이요, 不殺細物은 謂,肉不足,一臠이니 是擇
우계견 불살세물 위육부족일련 시택

物也라. 此亦唯其所用하고 不求多殺이니 此是,世
물야 차역유기소용 불구다살 차시세

俗之,善戒也니라. 貴山等曰, 自今以後로 奉以周
속지선계야 귀산등왈 자금이후 봉이주

旋하여 不敢失墜하리다.」하니 後에 二人,從軍事하
선 불감실추 후 이인종군사

여 皆有,奇功於,國家하니라.
개유기공어국가

| 어려운 낱말 |

[三國史(삼국사)] : 삼국사기. [列傳(열전)] : 삼국사기 인물전을 말함. [士君子(사군자)] : 점잖은 선비. [恐不免(공불면)] : ~면하지 못할까 두렵다. [盍(합)] : 어찌 ~하지 아니하느냐. [寓止(우거)] : 머물러 살다. [嘉瑟岬(가슬갑)] : 지명의 하나. 가서(加西), 가서(嘉栖)라고도 하는데, 모두 우리말이다. 운문사 동쪽에 가서현, 혹은 가슬현이 있다. [顓蒙(전몽)] : 어리고 어리석음. [終身之誡(종신지계)] : 평생의 교훈으로 삼음. [若等(약등)] : 너희들은. [恐不能堪(공

불능감)] : 아마 감당하지 못할까 염려됨. [旣受命矣(기수명의)] : 이미 명령 받은 바 대로 하다. [特未曉(특미효)] : 그 뜻을 잘 알지 못함. [六齋日(6재일)] : 음력으로 8, 14, 15, 23, 29, 30일. [細物(세물)] : 미물. [一臠(일련)] : 한 줌의 고기. 臠은 저민 고기(련), 여윈 모양(란). [奇功(기공)] : 특이한 공로.

| 본문풀이 |

또 〈삼국사(三國史)〉 열전(列傳)에 이르기를, 「어진 선비 귀산(貴山)이란 자는 사량부(沙梁部) 사람인데, 같은 마을의 추항(箒項)과 친구가 되어 두 사람은 서로 말하기를, 우리들이 사군자(士君子)들과 함께 사귀려면 먼저 마음을 바르게 하여 처신하지 않는다면, 끝내는 욕 당하는 것을 면치 못할 것이다. 그러니 어찌 어진 사람을 찾아가서 도를 묻지 않겠는가?」 했다. 이때 원광법사가 수나라에 갔다가 돌아와서 가슬갑【嘉瑟岬 ; 혹은 가서(加西), 또는 가서(嘉栖)라고 하는데, 모두 방언(方言)이다. 갑(岬)은 속언(俗言)으로 고시(古尸 : 곶)이라고 한다. 때문에 이것을 고시사〔古尸寺 ; [곶절]〕라고 하니, 갑사(岬寺)라는 것과 같다. 지금 운문사(雲門寺) 동쪽 9,000보(步)쯤 되는 곳에 가서현(加西峴)이 있는데, 혹은 가슬현(嘉瑟峴)이라고 하며, 고개의 북쪽 골짜기에 절터가 있으니 바로 이것이다.】에 잠시 살고 있다는 말을 듣고 두 사람은 그에게 나아가 아뢰기를, 「저희들 시속 선비는 어리석어서 아는 것이 없습니다. 바라옵건대 한 말씀을 주시어 평생의 경계가 되게 해 주십시오.」 하니 원광이 말하기를, 「불교에는 보살계(菩薩戒)가 있으니, 그것은 특별히 10이 있으나 너희들이 남의 신하가 되어 감히 지키지 못할까 두렵다. 지금에 세속오계가 있으니 [1]은 임금을 충성으로 섬기는 일이요, [2]는 부모를 효도로 섬기는 일이요, [3]은 벗을 신의(信義)로 사귀는 일이요, [4]는 싸움에 임해서는 물러서지 않는 일이요, [5]는 산 짐승을 죽이는 데 가려서 한다는 일이다. 너희들은 이 일을 실행하여 소홀히 하지 말라.」 하니, 귀산 등이 말하기를, 「다른 일은 모두 알아듣겠습니다마는, 말씀 하신 바 '산 물건을 죽이는 데 가려서 한다.' 는 것은 아직 터득할 수가 없습니다.」 하니, 원광이 말하기를, 「6재일(齋日 : 음 8, 14, 15, 23, 29, 30)과 봄 · 여름에는 죽이지 않는 것이니, 이것은 시기를 가리는 것이다. 말 · 소 · 개 등 가축을 죽이지 않고 고기가 한 점도 되지 못하는 세물(細物)을 죽이지 않는 것이니, 이것은 그 물(物)을 가리라는 것이다. 또한 죽일 수 있는 것도 또한 쓸 만큼만 하고 많이 죽이지 말라는 것이다. 이것이 바로 세속의 좋은 계인 것이다.」 하니, 귀산 등이 말하기를, 「지금부터 이 말을 받들어 실천하여 감히 어기지 않겠습니다.」 했다. 그 후에 두 사람은 전쟁에 나가서 모두 국가에 큰 공이 있었다.

⑥ 又,建福三十年,癸酉(613)[卽,眞平王卽位,三十五年
우 건 복 삼 십 년 계 유

也라.] 秋에 隋使,王世儀,至하여 於,皇龍寺에 設,百
추 수 사 왕 세 의 지 어 황 용 사 설 백

座,道場하고 請,諸高德,說經하니 光이 最居,上首하
좌 도 량 청 제 고 덕 설 경 광 최 거 상 수

다. 議曰, 原宗,興法已來로 津梁始置하나 而未,遑
의 왈 원 종 흥 법 이 래 진 량 시 치 이 미 황

堂奧라. 故로 宜以,歸戒滅懺,之法으로 開曉愚迷라.
당 오 고 의 이 귀 계 멸 참 지 법 개 효 우 미

故로 光이 於,所住,嘉栖岬에 置占察寶하여 以爲恒
고 광 어 소 주 가 서 갑 치 점 찰 보 이 위 항

規하다. 時에 有,檀越尼하여 納田於,占察寶하니 今,
규 시 유 단 월 니 납 전 어 점 찰 보 금

東平郡之,田,一百結이 是也니 古籍猶存이라. 光이
동 평 군 지 전 일 백 결 시 야 고 적 유 존 광

性好虛靜하고 言常含笑하고 形無慍色이라. 年臘
성 호 허 정 언 상 함 소 형 무 온 색 연 랍

旣邁에 乘輿入內하니 當時群彦과 德義攸屬이 無
기 매 승 여 입 내 당 시 군 언 덕 의 유 속 무

敢出其右者하고 文藻之贍이 一隅所傾이러라 年,
감 출 기 우 자 문 조 지 섬 일 우 소 경 년

八十餘에 卒於貞觀間하니 浮圖,在,三岐山,金谷寺
팔 십 여 졸 어 정 관 간 부 도 재 삼 기 산 금 곡 사

[今,安康之西南,洞也니 亦,明活之西也라.]하다. 唐傳云, 告
당 전 운 고

寂,皇隆寺라 하나 未詳其地니 疑,皇龍之訛也니 如,
적 황 륭 사 미 상 기 지 의 황 룡 지 와 야 여

芬皇을 作,王芬寺之,例也라. 據如上,唐鄕,二傳之
분 황 작 왕 분 사 지 례 야 거 여 상 당 향 이 전 지

文컨대 但,姓氏之,朴薛이요, 出家之,東西가 如,二
문 단 성 씨 지 박 설 출 가 지 동 서 여 이

人焉이니 不敢詳定이라. 故로 兩存之라. 然이나 彼
인 언 불 감 상 정 고 양 존 지 연 피

諸,傳記에 豈無,鵲岬,璃目,與,雲門之事니 而,鄕人,
제 전 기 개 무 작 갑 리 목 여 운 문 지 사 이 향 인

金陟明이 謬以,街巷之說,潤文하여 作,〈光師傳〉
김 척 명 류 이 가 항 지 설 윤 문 작 광 사 전

에 濫記,雲門,開山祖,寶壤師之事迹하여 合爲一傳
남 기 운 문 개 산 조 보 양 사 지 사 적 합 위 일 전

하다. 後에 撰,〈海東僧傳〉,者가 承誤而錄之라 故
후 찬 해동승전 자 승오이록지 고

로 時人이 多惑之하다. 因辨於,此하고 不,加減一字
시인 다혹지 인변어 차 불 가감일자

하여 載,二傳之,文詳矣하다. 陳,隋,之世에 海東人이
재 이전지 문상의 진 수 지세 해동인

鮮有,航海,問道者하고 設有라도 猶未大振이러니
선유 항해 문도자 설유 유미대진

及,光之後에 繼踵,西學者가 憧憧焉이니 光이 乃,啓
급 광지후 계종 서학자 동동언 광 내 계

途矣라. 讚曰,
도의 찬왈

航海初穿,漢地雲하니 幾人來往,挹淸芬이오?
항해초천 한지운 기인래왕 읍청분

昔年蹤迹,靑山在하니 金谷嘉西,事可聞이라.
석년종적 청산재 금곡가서 사가문

| 어려운 낱말 |

[百座道場(백좌도량)] : 불교를 강설하는 모임의 명칭. [高德(고덕)] : 고명한 중. 고승. [說經(설경)] : 불경을 강설하다. [上首(상수)] : 윗자리. 웃어른. [原宗(원종)] : 법흥왕의 휘. [津梁(진량)] : 불(佛)이 나루의 역할을 하여 인간을 구제하는 방법. [遑堂奧(황당오)] : 심오한 경지. 안채의 전당. 遑은 당황할 (황). 奧는 깊을(오). [歸戒滅懺(귀계멸참)] : 일체의 번뇌를 소멸하는 법. [開曉愚迷(개효우미)] : 어리석고 몽매한 중생을 밝게 깨닫게 하는 것. [嘉栖岬(가서갑)] : 지명. [占察寶(점찰보)] : 길흉을 점치는 '점찰경' 연구를 중심으로 모임의 비용을 담당하는 적립 재산. [恒規(항규)] : 일정한 규례. [檀越尼(단월니)] : 시주하러 다니는 여승. [納田(납전)] : 전토를 바치다. [古籍(고적)] : 옛 토지의 문서. [虛靜(허정)] : 허무와 정적. [年臘旣邁(연랍기매)] : 나이가 이미

많아지다. 邁는 지나다(매). [攸屬(유속)] : ~에 속하는 바가. 攸는 바(유). [其右者(기우자)] : 그보다 나은 자. [文藻(문조)] : 문장, 즉 글하는 능력. 藻는 말(조), 문체가 있는 문장(조). [贍] : 넉넉할(섬). [一隅所傾(일우소경)] : 한 나라가 그에게 쏠리다. [告寂(고적)] : 입적했다고 알리다. [潤文(윤문)] : 윤색한 글. [濫記(남기)] : 잘못 뒤섞여 기록함. [設有(설유)] : 설혹 있다 하더라도. [憧憧(동동)] : 끊임없이 오가는 모양, 마음이 잡히지 않는 모양. [啓途(계도)] : 길을 열다. 개척하다.

| 본문풀이 |

또 건복(建福) 30년 계유【癸酉 ; 613, 즉 진평왕(眞平王) 즉위 35년】 가을에 수나라 사신 왕세의(王世儀)가 오자 황룡사(黃龍寺)에 백좌도량(百座道場)을 열고 여러 고승(高僧)들을 청해다가 불경을 강의하니 원광이 제일 윗자리에 있었다. 논평해 말하기를, 「원종(原宗)이 불법을 일으킨 후로 진량(津梁)이 비로소 설치되었으나 당오(堂奧)에는 아직 도달하지 못했다. 때문에 마땅히 귀계멸참(歸戒滅懺)의 법으로 어리석고 어두운 중생들을 깨우쳐주어야 할 것이다.」 했다. 그런 때문에 원광은 살던 가서갑(嘉西岬)에 점찰보(占察寶)를 두어 이것을 상규(常規)로 삼았다. 이때 시주(施主)하던 여승(女僧) 하나가 점찰보에 밭을 바쳤는데, 지금 동평군(東平郡)의 밭 100결(結)이 바로 이것이며, 옛날의 문서가 아직도 있다.

원광은 천성이 허정(虛靜)한 것을 좋아하여 말할 때는 언제나 웃음을 머금었고, 얼굴에는 성을 내는 기색이 없었다. 나이가 이미 많아지자 수레를 타고 대궐에 출입했는데, 그 당시 덕의(德義)

가 있는 여러 어진 선비들도 그의 위의 보다 뛰어난 사람이 없었으며, 그의 풍부한 문장은 한 나라의 으뜸이었다. 나이 80여 세로 정관(貞觀) 연간에 세상을 떠나니 부도(浮圖)가 삼기산(三岐山) 금곡사【金谷寺 ; 지금의 안강(安康) 서남쪽 골짜기】에 있으니 명활(明活)의 서쪽이었다.

당전(唐傳)에서는 황륭사(皇隆寺)에서 입적(入寂)하였다고 했는데, 그 장소를 자세히 알 수가 없으나 이것은 황룡사(黃龍寺)의 잘못인 듯싶으니, 마치 분황사(芬皇寺)를 왕분사(王芬寺)라고 한 예와 같다. 위와 같이 당전과 향전(香奠)의 두 전기(傳記)에 있는 글에 따르면, 그의 성은 박(朴)과 설(薛)로 되었고, 출가(出家)한 것도 동쪽과 서쪽으로 되어 있어 마치 두 사람 같으니, 감히 자세하고 명확하게 결정지을 수가 없다. 그래서 여기에는 두 전기를 모두 적어 둔다. 그러나 그 두 전기에 모두 작갑(鵲岬) · 이목(璃目)과 운문(雲門)의 사실이 없는데, 향인(鄕人) 김척명(金陟明)이 항간(巷間)의 말을 가지고 잘못 글을 윤색해서 〈원광법사전(圓光法師傳)〉을 지어 함부로 운문사(雲門寺)의 개조(開祖)인 보양(寶壤) 스님의 사적과 뒤섞어서 하나의 전기를 만들어 놓았다. 뒤에 〈해동승전(海東僧傳)〉을 편찬한 자도 잘못된 것을 그대로 이어받아서 기록했기 때문에 당시 사람들이 많이 현혹되었다. 그래서 이것을 분별하고자 한 자(字)도 가감(加減)하지 않고 두 전기의 글을 자세히 적어 두는 것이다. 진(陳) · 수(隋) 때에 우리나라 사람으로서 바다를 건너가서 도를 배운 자는 드물었으며, 혹시 있다고 해도 그 이름을 크게 떨치지는 못했다. 원광 뒤로 계속해서 중국으로 배우러 간 사람이 끊이지 않았으니 원광이 길을 열었다 하겠다.

찬미하는 시에 이르기를,

> 배를 타고 처음으로 중국 땅을 밟았으니
> 몇 사람이나 왕래하며 그 밝은 덕을 배웠던가?
> 옛날의 자취는 오직 청산에 있을 뿐이라지만
> 금곡(金谷)과 가서(嘉西)의 일을 지금도 들을 수가 있다네.

良志使錫(양지사석)

◉ 양지스님, 지팡이를 부리다.

釋,良志는 未詳,祖考鄕邑이라, 唯,現迹於,善德
석 양 지 미 상 조 고 향 읍 유 현 적 어 선 덕

王朝하다. 錫杖頭에 掛,一布帒하니 錫,自飛至,檀越
왕 조 석 장 두 괘 일 포 대 석 자 비 지 단 월

家하여 振拂而,鳴하면 户知之,納齋費하니 帒滿則,
가 진 불 이 명 호 지 지 납 재 비 대 만 즉

飛還이라. 故로 名其,所住曰, 錫杖寺라 하다 其,神
비 환 고 명 기 소 주 왈 석 장 사 기 신

異莫測,皆類此하며 旁通雜譽하여 神妙絶比하다
이 막 측 개 류 차 방 통 잡 예 신 묘 절 비

又善,筆札하여 靈廟,丈六三尊과 天王像과 幷,殿塔
우 선 필 찰 영 묘 장 육 삼 존 천 왕 상 병 전 탑

之瓦와 天王寺,塔下에 八部神將과 法林寺,主佛三
지와 천왕사탑하 팔부신장 법림사 주불삼

尊과 左右,金剛神等은 皆,所塑也라. 書,靈廟와 法
존 좌우금강신등 개소소야 서영묘 법

林二寺의 額하고 又嘗彫磚하여 造,一小塔하고 竝
림이사 액 우상조전 조일소탑 병

造,三千佛하여 安其塔置於寺中하고 致敬焉하다.
조삼천불 안기탑치어사중 치경언

其塑,靈廟之,丈六也에 自入定하여 以,正受所對하
기소영묘지장육야 자립정 이정수소대

여 爲,揉式이라, 故로 傾城士女가 爭運泥土하니 〈風
위유식 고 경성사녀 쟁운니토 풍

謠〉云하되,
요 운

來如來如來如.

來如哀反多羅,

哀反多矣徒良,

功德修叱如良來如라.

* 이는 향가 작품이기에 음을 달 수 없음. –아래 풀이를 참고.

하니 至今,土人이 舂相,役作皆用之는 蓋始于此라,
지금토인 용상역작개용지 개시우차

像,初成之費가 入穀이 二萬三千七百碩[或云,改金時,
상초성지비 입곡 이만삼천칠백석

租]하다. 議曰, 師는 可謂,才全,德充하여 而以,大方
의왈 사 가위재전덕충 이이대방

으로 隱於末技者也라. 讚曰,
은 어 말 기 자 야 　 찬 왈

齋罷堂前錫杖閑하니 靜裝爐鴨自焚檀이라.
재 파 당 전 석 장 한 　 정 장 노 압 자 분 단

殘經讀了無餘事하니 聊塑圓容合掌看이라.
잔 경 독 료 무 여 사 　 요 소 원 용 합 장 간

| 어려운 낱말 |

[使錫(사석)] : 錫은 지팡이요, 使는 부리는 일이니, 스님이 지팡이를 부린다는 뜻. [旁通(방통)] : 두루 통함. 旁은 두루(방). [雜譽(잡예)] : 여러 가지 기예(技藝). [絶比(절비)] : 비할 바가 없다. [筆札(필찰)] : 그림과 글씨. [彫(조)] : 조각. [入定(입정)] : 참선하여 잡념을 버리는 것. [正受(정수)] : 바르게 받아들임. [揉式(유식)] : 부드럽게. [傾城(경성)] : 온 성 안에. [泥土(니토)] : 진흙. [風謠(풍요)] : 향가의 제목.

| 본문풀이 | 〈양지사석(良志使錫) ; 양지스님이 지팡이를 부리다.〉

중 양지(良志)는 그 조상이나 고향에 대해서는 자세히 알 수 없고, 오직 신라 선덕왕(善德王) 때에 자취를 나타냈을 뿐이다. 석장(錫杖) 끝에 포대(布帶) 하나를 걸어 두면 그 지팡이가 저절로 날아 시주(施主)의 집에 가서 흔들리면서 소리를 낸다. 그러면 그 집에서 이를 알고 재(齋)에 쓸 비용을 여기에 넣는데, 포대가 차면 날아서 돌아온다. 때문에 그가 있던 곳을 석장사(錫杖寺)라고 했다. 양지의 신기하고 이상한 행적이 남이 헤아릴 수 없을 정도였으며, 그는 또 한편으로 여러 가지 기예(技藝)에도 통달해서 신묘함이 비길 데가 없었다. 또 글씨에도 능하였으며, 영묘사(靈廟寺) 장육삼존상(丈六三尊像)과 천왕상(天王像), 또 전탑(殿塔)의 기와와 천왕사(天王寺) 탑(塔) 밑의 팔부신장(八部神將), 법림사(法林寺)의 주불삼존(主佛三尊)과 좌우 금강신(金剛神) 등은 모두 그가 만든 것이다. 영묘사(靈廟寺)와 법림사(法林寺)의 현판을 썼고, 또 일찍이 벽돌을 새겨서 작은 탑 하나를 만들고, 아울러 삼천불(三千佛)을 만들어 그 탑을 절 안에 모셔 두고 공경했다. 그가 영묘사(靈廟寺)의 장육상(丈六像)을 만들 때에는 선정(참선하는 심경)하는 상태에서 부처님을 주물러서 만드니, 온 성 안의 남녀들이 다투어 진흙을 운반해 주었고, 그때 부른 노래가 〈풍요(風謠)〉라고 했으니, 노래는 이러하다.

오다, 오다, 왔도다.
오니 인생은 서러워라
서러워라 우리들은
공덕(功德) 닦으러 왔네.

지금까지도 이 지방 사람들이 방아를 찧을 때나 다른 일을 할 때에는 모두 이 노래를 불렀는데, 그것은 대개 이때 시작된 것이다. 장육상(丈六像)을 처음 만들 때에 든 비용은 곡식 2만 3,700석이었다.(혹은 이 비용이 금빛을 칠할 때 든 것이라고도 한다.) 사람들이 논평하기를, 양지 스님은 재주가 온전하고 덕이 충만(充滿)했다고 일렀다. 그는 여러 방면의 대가(大家)로서 하찮은 재주

만 드러내고 자기 실력은 숨긴 것이라 할 것이다. 찬미하는 시에 이르기를,

> 재(齋)가 끝난 법당 앞에 석장(錫杖)은 조용한데,
> 고요하게 향로 가에서 혼자 향(香)을 피우네.
> 불경을 모두 읽으니 더 남은 일이 없어져서
> 소상(塑像)을 끝내 놓고 합장하고 바라보네.

二惠同塵(이혜동진)

◉ 혜숙과 혜공이 함께 속세에 들다.

1 釋.惠宿이 沈光於.好世郞徒하니 郞旣.讓名
석 혜 숙 침 광 어 호 세 낭 도 낭 기 양 명
黃卷이라. 師亦.隱居.赤善村[今,安康縣,有,赤谷村]에 二
황 권 사 역 은 거 적 선 촌 이
十餘年하다. 時에 國仙.瞿旵公이 嘗往其郊하여 縱
십 여 년 시 국 선 구 참 공 상 왕 기 교 종
獵이러니 一日은 宿이 出於道左하여 攬轡而請曰,
렵 일 일 숙 출 어 도 좌 람 비 이 청 왈
庸僧도 亦願隨從이 可乎니까? 하니 公이 許之하다.
용 승 역 원 수 종 가 호 공 허 지
於是에 縱橫馳突하여 裸袒相先하다 公이 旣悅이러
어 시 종 횡 치 돌 나 단 상 선 공 기 열

라. 及,休勞坐하여 數炮烹,相餉하고 宿이 亦與啖囓
급 휴 로 좌 수 포 팽 상 향 숙 역 여 담 설

하며 略無忤色이러니 旣而進於前曰, 今有,美鮮於
약 무 오 색 기 이 진 어 전 왈 금 유 미 선 어

此하니 益薦之何오? 公曰, 善타 하다. 宿이 屛人,割
차 익 천 지 하 공 왈 선 숙 병 인 할

其股하여 寘盤以薦하니 衣血淋漓라. 公이 愕然曰,
기 고 치 반 이 천 의 혈 임 리 공 악 연 왈

何至此耶아? 宿曰, 始吾謂公이 仁人也라, 能,恕
하 지 차 야 숙 왈 시 오 위 공 인 인 야 능 서

己,通物也라, 故로 從之爾니 今,察公所好하니 唯,
기 통 물 야 고 종 지 이 금 찰 공 소 호 유

殺戮之耽하여 篤害彼하여 自養而已니 豈,仁人,君
살 륙 지 탐 독 해 피 자 양 이 이 기 인 인 군

子之,所爲리오. 非,吾徒也라 하고 遂,拂衣而行하니
자 지 소 위 비 오 도 야 수 불 의 이 행

公이 大慙하여 視其所食하니 盤中,鮮胾不滅이라.
공 대 참 시 기 소 식 반 중 선 자 불 멸

公이 甚,異之하여 歸奏於,朝하니 眞平王,聞之하고
공 심 이 지 귀 주 어 조 진 평 왕 문 지

遣使徵迎하니 宿이 示,臥婦床而,寢이라. 中使陋焉
견 사 징 영 숙 시 와 부 상 이 침 중 사 루 언

하여 返行七八里에 逢師於途하고 問其,所從來하니
반 행 칠 팔 리 봉 사 어 도 문 기 소 종 래

曰, 城中,檀越家에 赴,七日齋하고 席罷而,來矣라
왈 성 중 단 월 가 부 칠 일 재 석 파 이 래 의

하다. 中使,以其語로 達於上하니 又,遣人,檢,檀越
중 사 이 기 어 달 어 상 우 견 인 검 단 월

家하니 其事亦實이라 未幾에 宿忽死하니 村人이
가 기 사 역 실 미 기 숙 홀 사 촌 인

轝葬於,耳峴(一作 硎峴)東하다. 其村人이 有,自峴,西
여 장 어 이 현 동 기 촌 인 유 자 현 서

來者러니 逢宿於.途中하여 問其何往하니 曰, 久居
래자 봉숙어도중 문기하왕 왈 구거

此地하니 欲遊.他方爾라 하고 相揖而別하고 行.半
차지 욕유타방이 상읍이별 행반

許里하여 躡雲而.逝하다. 其人至.峴東하여 見.葬者
허리 섭운이서 기인지현동 견장자

未散이라, 具說其由하여 開塚視之하니 唯.芒鞋一
미산 구설기유 개총시지 유망혜일

隻.而已라. 今.安康縣之.北에 有寺하니 名을 惠宿이
척이이 금안강현지북 유사 명 혜숙

라 하다. 乃其.所居云이요, 亦有.浮圖焉이니라.
내기소거운 역유부도언

| 어려운 낱말 |

[同塵(동진)] : 함께 속세에 들다. [沈光(침광)] : 빛을 숨기다. 자취를 감춤. [好世郎徒(호세낭도)] : 화랑 호세의 무리 속에 들다. [讓名(양명)] : 이름을 사양하다. 즉 이름을 지우다. [黃卷(황권)] : 낭도의 명부. [道左(도좌)] : 길가에 나와서. [攬轡(람비)] : 고삐를 잡고. [馳突(치돌)] : 이리 뛰고 저리 뛰고 달려서. [裸袒(나단)] : 옷을 벗다. [休勞(휴로)] : 쉬다. [炮烹(포팽)] : 굽고 삶은 고기 요리. [相餉(상향)] : 서로 앉아서 먹다. [啖囓(담설)] : 맛있게 뜯어먹다. [忤色(오색)] : 꺼리는 기색. [美鮮(미선)] : 아름답고 신선한 고기. [益薦(익천)] : 더 올려놓다. [屛人(병인)] : 사람으로 막다. [寘盤(치반)] : 소반 위에 올려놓다. [淋漓(임리)] : 베어나다. [鮮胾(선자)] : 신선한 고기 조각. 胾는 고깃점(자). [檀越家(단월가)] : 절에 시주하는 사람의 집, 신도의 집. [轝葬(여장)] : 장사 지냄. 轝는 가마. 관을 싣는 가마. 상여. [躡雲(섭운)] : 구름을 타고. 躡은 밟을(섭). [具說(구설)] : 자세하게 말하다.

| 본문풀이 | 〈혜숙과 혜공의 동진〔二惠同塵〕〉

스님 혜숙(惠宿)이 화랑(花郞) 호세(好世)의 무리 중에 속했는데, 그는 이미 화랑 명부[黃卷]에서 이름을 지운 뒤로는 혜숙은 적선촌【赤善村 ; 지금 안강현(安康縣)에 적곡촌(赤谷村)이 있다.】에 은퇴하여 20여 년을 살게 되었다. 그때 국선(國仙)인 구참공(瞿旵公)이 일찍 그가 살고 있는 적선촌에 가서 온 하루 사냥을 하게 되었는데 혜숙이 길가에 나와서 말고삐를 잡고 간청하기를, 「원하오니 소승도 따라가고 싶은데 그래도 좋습니까?」 하니, 공이 허락하였다. 그는 좋아서 이리 뛰고 저리 뛰고 달려서 옷을 벗어 흔들며 서로 앞을 다투니 공이 보고 매우 기뻐했다. 앉아 쉬면서 피로를 풀고 고기를 굽고 삶아서 서로 먹기를 권하는데 혜숙도 같이 먹으면서 조금도 미워하는 빛이 없더니 이윽고 그가 공의 앞에 나가서 말하기를, 「지금 맛있고 싱싱한 고기가 여기 있으니 좀 더 드시는 것이 어떻겠습니까?」 하니, 공이 좋다고 말했다. 혜숙이 사람을 물러치고 자기 다리 살을 베어서 소반에 올려놓아 바치니 옷에 붉은 피가 줄줄 흘렀다. 공이 깜짝 놀라 말하기를, 「어째서 이런 짓을 하느냐?」 하니, 혜숙이 말하기를, 「처음에 제가 생각하기에 공은 어진 사람이어서 능히 자기 몸만큼 다른 물건에도 그 생각이 미치리라 하여 따라왔던 것입니다. 그러나 이제 공이 좋아하는 것을 살펴보니, 오직 죽이는 것만을 몹시 즐겨 해서 짐승을 죽여 자기 몸만 보신할 뿐이니, 어찌 어진 사람이나 군자가 할 일이겠습니까. 이는 우리와 같은 동지가 아닙니다.」 하며, 말하고 드디어 옷을 뿌리치고 가버렸다. 공이 크게 부끄러워하여 혜숙이 먹던 것을 보니 소반 위의 고기가 하나도 없어지지 않았다. 공이 몹시 이상히 여겨 돌아와 조정에 아뢰니 진평왕(眞平王)이 듣고 사자(使者)를 보내어 그를 알아오게 하니, 혜숙이 여자의 침상에 누워서 자는 것을 보고 대궐에서 보낸 사자는 이것을 비루하게 여겨 그대로 돌아갔다. 그런데 7, 8리쯤 가다가 도중에서 혜숙을 만났다. 사자는 그가 어디서 오느냐고 물으니 혜숙이 대답하기를, 「성 안에 있는 시주(施主) 집에 가서 칠일재(七日齋)를 마치고 오는 길이라.」고 했다. 사자가 그 말을 왕에게 아뢰니, 또 사람을 보내어서 그 시주 집을 조사해 보니 그 일이 과연 사실이었다. 얼마 안 되어 혜숙이 갑자기 죽자, 마을 사람들이 이현【耳峴 ; 혹은 硎峴(형현)이라고도 함.】 동쪽에 장사 지냈는데, 그때 마을 사람으로서 이현 서쪽에서 오는 이가 있었다. 그는 도중에서 혜숙을 만나 어디로 가느냐고 물으니 대답하기를, 「이곳에 오랫동안 살았기 때문에 다른 지방으로 유람하러 간다고 하여 서로 인사를 하고 헤어졌는데, 반 리(半里)쯤 가다가 구름을 타고 가 버렸다. 그 사람이 고개 동쪽에 이르러 장사 지내던 사람들이 아직 흩어지지 않은 것을 보고 그 까닭을 자세히 이야기하고 무덤을 헤쳐 보니 다만 짚신 한 짝이 있을 뿐이었다. 지금 안강현(安康縣) 북쪽에 절이 하나 있으니, 이름을 혜숙사(惠宿寺)라.」고 했다. 이것이 그가 거처하는 곳이라 이르며, 역시 여기에 부도(浮圖)가 남아있다.

② 釋惠空은 天眞公之家에 傭嫗之子요 小名은
석혜공 천진공지가 용구지자 소명

虞助[盖,方言也]라. 公이 嘗,患瘡으로 濱於死하여 而,
우 조 공 상 환 창 빈 어 사 이

候慰塡街하니 憂助,年이 七歲라. 謂其母曰, 家有
후 위 전 가 우 조 년 칠 세 위 기 모 왈 가 유

何事로 賓客之,多也오? 母曰, 家公이 發,惡疾하여
하 사 빈 객 지 다 야 모 왈 가 공 발 악 질

將死矣인대 爾何不知오? 하니 助曰, 吾能,右之라
장 사 의 이 하 부 지 조 왈 오 능 우 지

하니 母異其言하여 告於,公하니 公使喚來하니 至坐
모 이 기 언 고 어 공 공 사 환 래 지 좌

床下하여 無,一語에 須臾,瘡潰라. 公謂偶爾라 하고
상 하 무 일 어 수 유 창 궤 공 위 우 이

不,甚異之하다. 旣壯에 爲公,養鷹이러니 甚愜公意
불 심 이 지 기 장 위 공 양 응 심 협 공 의

라 初에 公之,弟가 有,得官하여 赴,外者하니 請,公之
초 공 지 제 유 득 관 부 외 자 청 공 지

選鷹하여 歸,治所러니 一夕에 公忽,憶其鷹하여 明
선 응 귀 치 소 일 석 공 홀 억 기 응 명

晨에 擬遣,助取之러니 助已,先知之하고 俄頃取鷹
신 의 견 조 취 지 조 이 선 지 지 아 경 취 응

하여 昧爽,獻之라. 公이 大驚悟하여 方知昔日에 救
매 상 헌 지 공 대 경 오 방 지 석 일 구

瘡之事가 皆叵測也하고 謂曰, 僕이 不知至,聖之
창 지 사 개 파 측 야 위 왈 복 부 지 지 성 지

托,吾家하고 狂言,非禮汚辱之하니 厥罪何雪이리
탁 오 가 광 언 비 예 오 욕 지 궐 죄 하 설

오. 而後乃今으로 願爲,導師하여 導,我也하소서 하고
이 후 내 금 원 위 도 사 도 아 야

遂,下拜하다. 靈異旣著하니 遂,出家,爲僧하여 易名,
수 하 배 령 이 기 저 수 출 가 위 승 역 명

惠空이라 하다 常住,一小寺하여 每,猖狂大醉하여
혜 공 상 주 일 소 사 매 창 광 대 취

負簣歌舞於,街巷하니 號를 負簣和尙이라 하고 所
부 궤 가 무 어 가 항　　호　부 궤 화 상　　　소

居寺를 因名「夫蓋寺」라 하니 乃,簣之,鄕言也라.
거 사　인 명　부 개 사　　　내 궤 지 향 언 야

每入,寺之,井中하여 數月不出하니 因以師名으로
매 입 사 지 정 중　　수 월 불 출　　인 이 사 명

名其井(惠空井)하다 每出에 有,碧衣神童,先湧이라,
명 기 정　　　　매 출　유 벽 의 신 동 선 용

故로 寺僧이 以此,爲候하고 旣出에 衣裳,不濕하니
고　사 승　이 차 위 후　　기 출　의 상 불 습

라 晩年移止「恒沙寺[今,迎日縣이니 吾魚寺는 諺云에 恒
　만 년 이 지　항 사 사

沙人이 出世라 故로 名을 恒沙洞이라.]」하다. 時에 元曉가
　　　　　　　　　　　　　　　　　　시　원 효

撰,諸經疏에 每,就師質疑하고 或相調戲러라. 一日
찬 제 경 소　매 취 사 질 의　　혹 상 조 희　　일 일

은 二公이 沿溪에 掇,魚蝦而,啖之하고 放便於,石上
　이 공　연 계　철 어 하 이 담 지　　방 변 어 석 상

하니 公이 指之戲曰, 汝屎吾魚라. 故로 因名「吾魚
　공　지 지 희 왈　여 시 오 어　고　인 명　오 어

寺」라 하다. 或人이 以此로 爲,曉師之語이나 濫也
사　　　혹 인　이 차　위 효 사 지 어　　남 야

라. 鄕俗에 訛呼,其溪曰,「芼矣川」이라 하다.
　향 속　와 호 기 계 왈　모 의 천

瞿旵公이 嘗,遊山하니 見公이 死僵於,山路中하
구 참 공　상 유 산　　견 공　사 강 어 산 노 중

여 其屍逢脹이라 爛生虫蛆어늘 悲嘆久之하다. 及,
　기 시 봉 창　　란 생 충 저　　비 탄 구 지　　급

迴轡,入城하여 見公하니 大醉,歌舞於市中하니라.
회 비 입 성　　견 공　　대 취 가 무 어 시 중

又,一日은 將草索綯하여 入,靈廟寺하여 圍結於金
우 일 일　장 초 삭 도　　입 영 묘 사　　위 결 어 금

堂과 與左右經樓와 及南門廊廡하고 告剛司하되
당 여좌우경누 급남문낭무 고강사

此索須三日後取之하라. 剛司異焉而從之러니
차삭수삼일후취지 강사이언이종지

果三日에 善德王駕幸入寺하여 志鬼心火가 出燒
과삼일 선덕왕가행입사 지귀심화 출소

其塔하나 唯結索處獲免이니라. 又神印祖師明
기탑 유결삭처획면 우신인조사명

朗이 新創「金剛寺」하여 設落成會하니 龍象畢集
낭 신창 금강사 설낙성회 용상필집

이나 唯師不赴라. 朗이 卽焚香虔禱하니 小選에 公
유사불부 낭 즉분향건도 소선 공

至하다. 時에 方大雨러니 衣袴不濕하고 足不沾泥
지 시 방대우 의고불습 족불첨니

니라. 謂明朗曰, 辱召懃懃이라. 故로 玆來矣라 하
위명낭왈 욕소근근 고 자내의

다. 靈迹頗多러니 及終에 浮空告寂하니 舍利莫知
령적파다 급종 부공고적 사리막지

其數하다. 嘗見'肇論'曰, 是吾昔所撰也라 하니
기수 상견 조논 왈 시오석소찬야

乃知僧肇之後身也라. 讚曰,
내지승조지후신야 찬왈

草原縱獵床頭臥하고 酒肆狂歌井底眠이라.
초원종렵상두와 주사광가정저면

隻履浮空何處去오, 一雙珍重火中蓮이라.
척리부공하처거 일쌍진중화중련

| 어려운 낱말 |

[傭嫗(용구)] : 품팔이하는 늙은이. [患瘡(환창)] : 종기. [候慰(후위)] : 병문안

오는 사람. [塡街(전가)] : 거리를 메우다. [吾能右之(오능우지)] : 내가 그것을 도우겠다. 右之는 그것을 돕다. 右는 佑와 같음. [須臾(수유)] : 얼마 만에. [瘡潰(창궤)] : 종기가 곪아 터지다. [甚愜(심협)] : 매우 마음에 들다. 愜은 유쾌할(협). [昧爽(매상)] : 새벽. [叵測(파측)] : 측량하기 어렵다. [厥罪(궐죄)] : 그 죄. [猖狂(창광)] : 미치광이처럼. [負蕢(부궤)] : 夫蓋=부개=큰 전대, 삼태기. 蕢는 삼태기(궤). [爲候(위후)] : 조짐을 삼다. [掇魚蝦(철어하)] : 고기와 새우를 잡다. [逢脹(봉창)] : 시체가 부풀어 오르다. [虫蛆(충저)] : 구더기. [廻轡(회비)] : 말고삐를 돌리다. [索綯(삭도)] : 새끼 꼬다. [圍結(위결)] : 둘러 묶다. [廊廡(낭무)] : 행낭채. [綱司(강사)] : 주지. [志鬼(지귀)] : 신라 때 선덕여왕을 사모했다는 전설적인 인물. [神印祖師(신인조사)] : 신인종(神印宗)의 불교 종파인 신인종의 원조. [龍象(용상)] : 고승. [小選(소선)] : 잠시 후에. [肇論(조론)] : 새로운 사실을 논평하는 글의 제목.

| 본문풀이 |

스님 혜공(惠空)은 천진공(天眞公)의 집에서 품팔이하던 노파의 아들로, 어릴 때의 이름은 우조〔憂助 ; 이것은 대개 방언(方言)이다.〕이다. 천진공이 일찍이 종기를 앓아서 거의 죽게 되니 문병(問病) 오는 사람이 거리를 메웠는데, 이때 우조의 나이 7세였다. 그 어머니에게 말하기를, 「집에 무슨 일이 있기에 이렇게 손님이 많습니까?」 하니, 그 어머니가 말하기를, 「주인어른이 나쁜 병이 있어서 장차 죽게 되었는데 너는 어찌해서 알지 못하느냐?」 하니, 우조가 말하기를, 「제가 주인을 도와 그 병을 고치겠습니다.」 했다. 어머니가 그 말을 이상히 여겨 공에게 알리니 공은 그를 불러오게 했다. 그는 침상 밑에 앉아서 말 한마디도 않았는데 얼마 안 되어 공의 종기가 터지게 되었다. 공은 우연한 일이라 하여 별로 이상히 여기지도 않았다.

그가 자라자 공을 위해서 매를 길렀으니 이것이 공의 마음에 아주 들었다. 처음에 공의 아우가 벼슬을 얻어 지방으로 부임하는 길이었는데 공이 골라준 좋은 매를 얻어 가지고 임지(任地)로 갔다. 어느 날 밤 공이 갑자기 그 매 생각이 나서 다음 날 새벽이면 우조를 보내어 그 매를 가져오게 하리라고 했다. 우조는 미리 이것을 알고 금시에 그 매를 가져다가 새벽녘에 공에게 바쳤다. 공이 크게 놀라 깨닫고는 그제야 전일에 종기를 고치던 일이 모두 측량하기 어려운 일임을 알고 말하기를, 「나는 지극한 성인(聖人)이 내 집에 와 있는 것을 알지 못하고 미친 말과 예의에 벗어난 짓으로 욕을 보였으니 그 죄를 어찌 씻을 수 있겠습니까. 이제부터는 부디 스승이 되시어 나를 인도해 주십시오.」 하고는, 공은 말을 마치자 내려가서 절을 했다.

우조는 신령스럽고 이상한 것이 이미 나타났기 때문에 드디어 중이 되어 이름을 바꾸어 혜공(惠空)이라 했다. 그는 항상 조그만 절에 살면서 매양 미친 듯이 크게 술에 취해서 삼태기를 지고 거리를 돌아다니면서 노래하고 춤을 추니 부궤화상(負簣和尙)이라고 불렀다. 그리고 그가 있는 절을 〈부개사(夫蓋寺)〉라고 했는데, 이 말은 우리말로 삼태기이다. 매양 절의 우물 속에 들어가면 몇 달씩 나오지 않으므로 스님의 이름을 따서 우물의 이름을 '혜공정(惠空井)' 이라 지었다. 또 우물 속에서 나올 때면 푸른 옷을 입은 신동(神童)이 먼저 솟아 나왔기 때문에 절의 중들은 이것으로 조짐을 삼았으며, 우물에서 나와도 옷은 젖지 않았다. 만년에는 〈항사사【恒沙寺 ; 지금의 영일현(迎日縣) 오어사(吾魚寺)다. 세상에서는 항하사(恒河沙)처럼 많은 사람이 출세(出世)했기 때문에 항사동(恒沙洞)이라 한다고 했다.】〉에 가서 있었다. 이때 원효(元曉)가 여러 가지 불경(佛經)의 주해를 지으면서 언제나 혜공 스님에게 가서 묻고 혹은 서로 농담도 했다. 어느 날 혜공과 원효가 시내를 따라가면서 물고기와 새우를 잡아먹고 돌 위에서 변을 보았다. 혜공이 그를 가리키면서 희롱하여 말을 하기를, 「그대가 눈 똥은 내가 잡은 물고기요.」라고 했다. 이런 일이 있었기 때문에 이 절을 〈오어사(吾魚寺)〉라 했다. 어떤 사람은 이것을 원효대사의 말이라 하지만 이는 잘못이다. 세상에서는 그 시내를 잘못 불러 〈모의천(芼矣川)〉이라고 한다.

구참공(瞿昆公)이 어느 날 산에 놀러 갔다가 혜공이 산길에 죽어 쓰러져서 그 시체가 부어터지고 살이 썩어 구더기가 난 것을 보고 오랫동안 슬피 탄식하고는 말고삐를 돌려 성으로 들어오니, 혜공은 술에 몹시 취해서 시장 안에서 노래하고 춤추고 있는 것을 보았다. 또 어느 날은 풀로 새끼를 꼬아 가지고 영묘사(靈廟寺)에 들어가서 금당(金堂)과 좌우에 있는 경루(經樓)와 남문(南門)의 행랑채를 묶어 둘러치고 주지에게 말하기를, 「이 새끼를 3일 후에 풀도록 하라.」고 했다. 주지가 이상히 여겨 그 말에 좇으니, 과연 3일 만에 선덕왕(善德王)이 행차하여 절에 왔는데, 지귀(志鬼)의 심화(心火)가 나서 그 탑을 불태웠지만 오직 새끼로 맨 곳만은 화재를 면할 수 있었다. 또 신인종(神印宗)의 조사(祖師) 명랑(明朗)이 새로 〈금강사(金剛寺)〉를 세우고 낙성회를 열었는데, 고승(高

僧)들이 다 모였으나 오직 혜공만은 오지 않았다. 이에 명랑이 향을 피우고 정성껏 기도했더니 조금 후에 혜공이 왔다. 이때 큰 비가 내리고 있었는데도 공의 옷은 젖지 않았고 발에 진흙도 묻지 않았다. 혜공이 명랑에게 말하기를, 「그대가 은근히 초청하기에 왔소이다.」 했다. 이와 같이 그에게는 신령스러운 행적이 자못 많았다. 죽을 때는 공중(空中)에 떠서 세상을 마쳤는데 사리(舍利)는 그 수를 셀 수 없을 만큼 많았다.

그는 일찍이 〈조론(肇論)〉을 보고 말하기를, 「이것은 내가 옛날에 지은 글이다.」 하였으니, 이것으로써 혜공(惠空)이 승조(僧肇)의 후신(後身)임을 알겠다.

찬미하여 이르기를,

초원에서 사냥하고는 침상 위에 누워있고,
술집에서 미친 노래, 우물 속에서 잠을 잤네.
척리(隻履), 부공(浮空)으로 어디로 갔는가,
한 쌍의 보배로운 불생불멸의 꽃이로세.

元曉不羈(원효불기)

◉ 원효는 계율에 구애됨이 없음.

① 聖師.元曉의 俗姓은 薛氏요, 祖는 仍皮公으로
성 사 원 효 속 성 설 씨 조 잉 피 공
亦云하되 赤大公이라 하니 今.赤大淵.側에 有.仍皮
역 운 적 대 공 금 적 대 연 측 유 잉 피
公.廟하고 父는 談捺乃末이라. 初에 示生于.押梁郡
공 묘 부 담 날 내 말 초 시 생 우 압 량 군
南[今,章山郡]하니 佛地村.北에 栗谷의 娑羅樹下하다.
남 불 지 촌 북 율 곡 사 라 수 하
村名.佛地는 或作.發智村[俚云,弗等乙村]이라 하다. 娑
촌 명 불 지 혹 작 발 지 촌 사
羅樹.者는 諺云하되 師之家는 本住.此谷西南이러
라 수 자 언 운 사 지 가 본 주 차 곡 서 남
니 母가 旣娠而.月滿에 適過하여 此谷.栗樹下라가
모 기 신 이 월 만 적 과 차 곡 율 수 하
忽.分産하여 而.倉皇.不能歸家하고 且以.夫衣掛樹
홀 분 산 이 창 황 불 능 귀 가 차 이 부 의 괘 수
하고 而.寢處其中이라. 因號樹曰, 娑羅樹라 하다
이 침 처 기 중 인 호 수 왈 사 라 수
其.樹之實이 亦異於.常하여 至今稱하되 娑羅栗이
기 수 지 실 역 이 어 상 지 금 칭 사 라 률
라 하다. 古傳에 昔有.主寺者하여 給.寺奴一人에 一
고 전 석 유 주 사 자 급 사 노 일 인 일
夕.饌栗.二枚라. 奴訟于.官하니 官吏怪之하여 取栗
석 찬 률 이 매 노 송 우 관 관 리 괴 지 취 율
檢之하니 一枚가 盈.一鉢이라 乃反自判하여 給.一
검 지 일 매 영 일 발 내 반 자 판 급 일

枚라. 故로 因名,栗谷이라 하다. 師旣出家하여 捨其
매 고 인 명 율 곡 사 기 출 가 사 기

宅,爲寺하여 名을 初開라 하고 樹之旁에 置寺曰, 裟
댁 위 사 명 초 개 수 지 방 치 사 왈 사

羅라 하다.
라

| 어려운 낱말 |

[不羈(불기)] : 계율에 구애됨이 없음. [押梁郡(압량군)] : 장산군(章山郡). 지금의 경산. [盈一鉢(영일발)] : 한 그릇에 가득 차다. 한 바리에 가득하다.

| 본문풀이 | 〈원효불기(元曉不羈) ; 원효는 계율에 구애됨이 없었다.〉

성사(聖師) 원효(元曉)의 속성(俗姓)은 설씨(薛氏)요, 조부는 잉피공(仍皮公) 또는 적대공(赤大公)이라고도 하니, 지금 적대연(赤大淵) 옆에 잉피공의 사당이 있고, 아버지는 담날내말(談捺乃末)이다. 처음에 원효는 압량군(押梁郡)의 남쪽【지금의 장산군(章山郡)】 불지촌(佛地村) 북쪽 율곡(栗谷)의 사라수(裟羅樹) 밑에서 태어났다. 그 마을의 이름 불지(佛地)는, 혹은 발지촌【發智村 ; 속언(俗言)에 불등을촌(弗等乙村)이라 한다.】이라고도 한다. 사라수란 것은 속언에 이르기를, 「스님의 집이 본래 이 골짜기 서남쪽에 있었다. 그 어머니가 태기가 있어 이미 만삭인데, 마침 이 골짜기에 있는 밤나무 밑을 지나다가 갑자기 해산하였으므로 몹시 급했기 때문에 집에 돌아가지 못하고 남편의 옷을 나무에 걸고 그 속에서 해산했기 때문에 이 나무를 사라수라 했다. 그 나무의 열매가 또한 이상하여 지금도 사라율(裟羅栗)이라.」 한다. 예로부터 전하기를, 「옛적에 절을 주관하는 자가(주지) 절의 종 한 사람에게 하루 저녁 끼니로 밤 두 알씩을 주었다. 종이 적다고 관청에 호소하자, 관리는 괴상히 여겨 그 밤을 가져다가 조사해 보았더니 한 알이 바리 하나에 가득 차므로 도리어 한 알씩만 주라.」고 판결했다. 이런 이유로 율곡(栗谷)이라고 했다.

스님은 이미 중이 되자 그 집을 희사(喜捨)해서 절을 만들어 이름을 초개사(初開寺)라고 하고, 또 사라수 곁에 절을 세우고 사라사(裟羅寺)라고 했다.

② 師之行狀에 云하되 是는 京師人이니 從,祖考
사지행장 운 시 경사인 종조고
也라, 〈唐僧傳〉에 云하되 本은 下湘州之人이라. 按,
야 당승전 운 본 하상주지인 안
麟德,二年間에 文武王이 割,上州下州之地하여 置,
인덕이년간 문무왕 할상주하주지지 치
歃良州러니 則,下州는 乃今之,昌寧郡也라, 押梁郡
삽량주 즉하주 내금지창녕군야 압량군
은 本,下州之,屬縣이요. 上州則,今,尙州이니 亦作,
본하주지속현 상주즉금상주 역작
湘州也라. 佛地村은 今屬,慈仁縣이니 則乃,押梁之
상주야 불지촌 금속자인현 즉내압량지
所,分開也라. 師生,小名〈誓幢〉이요, 第名은 〈新
소분개야 사생소명서당 제명 신
幢〉[幢者는 俗云에 毛也라.]이라. 初에 母夢에 流星入懷
당 초 모몽 류성입회
하고 因而,有娠이러니 及,將產에 有,五色雲이 覆地
인이유신 급장산 유오색운 복지

하니 眞平王,三十九年이요, 大業,十三年,丁丑(617)
진 평 왕 삼 십 구 년 대 업 십 삼 년 정 축
歲也니라. 生而,頴異하여 學不從師하다. 其,遊方始
세 야 생 이 영 이 학 불 종 사 기 유 방 시
末에 弘通茂跡은 具載,唐傳與,行狀이나 不可具載
말 홍 통 무 적 구 재 당 전 여 행 장 불 가 구 재
하고 唯,鄕傳所記에 有,一二段,異事하다. 師嘗一日
유 향 전 소 기 유 일 이 단 이 사 사 상 일 일
은 風顚하여 唱街云하되,
풍 전 창 가 운

「誰許,沒柯斧오 我斫,支天柱하리라.」 하니
수 허 몰 가 부 아 작 지 천 주

人皆未喩하되 時에 太宗,聞之曰,「此師는 殆,欲
인 개 미 유 시 태 종 문 지 왈 차 사 태 욕
得貴婦하여 産,賢子之謂爾아? 國有大賢이면 利,莫
득 귀 부 산 현 자 지 위 이 국 유 대 현 이 막
大焉이라.」하다. 時에 瑤石宮[今,學院是也]에 有,寡公
대 언 시 요 석 궁 유 과 공
主하여 勅,宮吏하여 覓曉,引入하다. 宮吏,奉勅,將求
주 칙 궁 리 멱 효 인 입 궁 리 봉 칙 장 구
之하니 已自,南山來하여 過,蚊川橋[沙川을 俗云,牟川이
지 이 자 남 산 내 과 문 천 교
니 又蚊川이라 又橋名은 楡橋也이다.]라가 遇之하니 佯墮水
우 지 양 타 수
中하여 濕衣袴하다. 吏,引師於宮하여 褫衣曬晾하고
중 습 의 고 이 인 사 어 궁 치 의 쇄 낭
因,留宿焉하다. 公主가 果,有娠하여 生,薛聰하다.
인 유 숙 언 공 주 과 유 신 생 설 총

| 어려운 낱말 |

[行狀(행장)] : 그 사람의 내력을 적은 글. [麟德(인덕)] : 당나라 고종의 연호. [大業(대업)] : 수나라 양제의 연호. [穎異(영이)] : 총명하고 뛰어남. [弘通(홍통)] : 널리 교리를 홍보함. [茂跡(무적)] : 훌륭한 발자취. [風顚(풍전)] : 춘의가 동하여. [沒柯斧(몰가부)] : 자루 빠진 도끼. [斫] : 깎을(작). [未喩(미유)] : 깨닫지 못함. [濕衣袴(습의고)] : 바지가 젖다. [褫衣(치의)] : 옷을 갈아입히다. [曬晾(쇄낭)] : 볕을 쪼이어 말리다.

| 본문풀이 |

스님의 행장(行狀)에는 서울 사람이라고 했으나 이것은 조부가 살던 곳을 따른 것이고, 〈당승전(唐僧傳)〉에는 본래 하상주(下湘州) 사람이라고 했다. 상고해 보건대, 인덕(麟德) 2년 사이에 문무왕(文武王)이 상주(上州)와 하주(下州)의 땅을 나누어 삽량주(歃良州)를 두었으니, 하주는 곧 지금의 창령군(昌寧郡)이요, 압량군(押梁郡)은 본래 하주의 속현(屬縣)이다. 상주는 지금의 상주(尙州)이니 상주(湘州)라고도 한다. 불지촌은 지금 자인현(慈仁縣)에 속해 있으니, 바로 압량군에서 나뉜 곳이다. 스님의 소명(小名)은 〈서당(誓幢)〉이요, 또 한 다른 이름은 〈신당【新幢 ; 당(幢)은 우리말로 모(毛)라고 한다.】〉이라 했다.

처음에 어머니 꿈에 유성(流星)이 품속으로 들어오더니 이내 태기가 있었으며, 장차 해산하려 할 때는 오색구름이 땅을 덮었으니, 진평왕(眞平王) 39년 대업(大業) 13년 정축(丁丑 ; 617)이었다. 나면서부터 총명하고 남보다 뛰어나서 스승을 따라 배울 것이 없었다. 그의 유방(遊方)의 시말(始末)과 불교를 널리 편 큰 업적들은 〈당승전(唐僧傳)〉과 그의 행장에 자세히 실려 있으므로, 여기에는 모두 싣지 않고 오직 향전(鄕傳)에 있는 한두 가지 이상한 일만을 기록한다. 원효가 어느 날 춘의를 느껴 거리에서 다음과 같은 노래를 불렀는데 그 노래에 이르기를,

그 누가 자루 없는 도끼를 내게 빌려주겠는가.
나는 하늘 떠받칠 기둥을 깎으리.

사람들은 아무도 그 노래 속뜻을 알지 못했다. 이때 태종(太宗)이 이 노래를 듣고 말하기를, 「이 스님께서 아마도 귀부인(貴婦人)을 얻어서 어진 아들을 낳고자 하는구나? 나라에 큰 현인(賢人)이 있으면 이보다 더 좋은 일이 없을 것이다.」 했다. 이때 요석궁【瑤石宮 ; 지금의 학원(學院)이 이것이다.】에 과부 공주(公主)가 있었는데 왕이 궁리(宮吏 : 관리)에게 명하여 원효(元曉)를 찾아 데려가라 했다. 관리가 명령을 받들어 원효를 찾으니, 그는 이미 남산(南山)에서 내려와 문천교【蚊川橋 ; 사천(沙川)이니 속담에는 모천(牟川), 또는 문천(蚊川)이라 한다. 또 다리 이름을 유교(楡橋)라 한다.】를 지나다가 만나니, 이때 원효는 일부러 물에 빠져서 옷을 적셨다. 관리가 원효를 궁에 데리고 가서 옷을 말리고 인하여 그곳에 유숙하게 했다. 공주가 과연 임신하여, 곧 설총(薛聰)을 낳았다.

③ 聰은 生而,睿敏하여 博通,經史하니 新羅,十賢
총 생이 예민 박통 경사 신라 십현

中,一也라. 以,方音으로 通會,華夷,方俗,物名하고
중 일 야 이 방 음 통 회 화 이 방 속 물 명

訓解,六經文學하니 至今,海東業,明經者가 傳受不
훈 해 육 경 문 학 지 금 해 동 업 명 경 자 전 수 부

絶하다. 曉가 旣,失戒生聰하고 已後는 易俗服하고
절 효 기 실 계 생 총 이 후 역 속 복

自號를 〈小姓居士〉라 하다. 偶得,優人,舞弄,大瓠하
자 호 소 성 거 사 우 득 우 인 무 농 대 호

니 其狀이 瑰奇하여 因其形으로 製爲道具하여 以,
기 상 괴 기 인 기 형 제 위 도 구 이

〈華嚴經〉의 『一切,無㝵人은 一道出,生死라.』하여
화 엄 경 일 절 무 애 인 일 도 출 생 사

命名曰,〈無㝵〉라 하고 仍,作歌하여 流于世하다. 嘗
명 명 왈 무 애 잉 작 가 유 우 세 상

持此하고 千村萬落에 且歌且舞하여 化詠而,歸하여
지 차 천 촌 만 낙 차 가 차 무 화 영 이 귀

使,桑樞瓮牖와 玃猴之輩도 皆識,佛陀之號하여 咸
사 상 추 옹 유 확 후 지 배 개 식 불 타 지 호 함

作「南無」之稱하니 曉之化가 大矣哉니라. 其,生
작 나 무 지 칭 효 지 화 대 의 재 기 생

緣之村을 名,佛地라 하고 寺名을 〈初開〉라 하여 自
연 지 촌 명 불 지 사 명 초 개 자

稱,元曉者는 蓋,初輝,佛日之意爾요. 元曉는 亦是,
칭 원 효 자 개 초 휘 불 일 지 의 이 원 효 역 시

方言也라 當時人이 皆以,鄕言稱之「始旦」也라.
방 언 야 당 시 인 개 이 향 언 칭 지 시 단 야

曾住〈芬皇寺〉하여 纂,華嚴疏러니 至,第四의 十廻
증 주 분 황 사 찬 화 엄 소 지 제 사 십 회

向品하여 終乃,絶筆하다. 又嘗因訟하여 分軀於,百
향 품 종 내 절 필 우 상 인 송 분 구 어 백

松이라, 故로 皆謂,位階初地矣라. 亦因,海龍之誘하
송 고 개 위 위 계 초 지 의 역 인 해 룡 지 유

여 承詔於,路上하여 撰〈三昧經疏〉할새 置,筆硯於,
승조어노상 찬삼매경소 치필연어

牛之兩角上이라 因謂之〈角乘〉이라 하다. 亦表,本
우지양각상 인위지 각승 역표본

始,二覺之,微旨也라. 大安法師가 排來而粘紙하니
시이각지미지야 대안법사 배내이점지

亦知音하여 唱和也라. 旣入寂하니 聰이 碎遺骸하
역지음 창화야 기입적 총 쇄유해

여 塑,眞容하여 安〈芬皇寺〉하여 以表,敬慕,終天之
소진용 안 분황사 이표경모종천지

志하다. 聰이 時,旁禮하니 像忽廻顧하여 至今,猶顧
지 총 시방례 상홀회고 지금유고

矣라. 曉嘗所居〈穴寺〉旁에 有,聰家之墟云이라 하
의 효상소거 혈사 방 유총가지허운

다. 讚曰,
찬왈

角乘初開,三昧軸하고 舞壺終掛,萬街風이라.
각승초개삼매축 무호종괘만가풍

月明瑤石,春眠去하고 門掩芬皇,顧影空이라.
월명요석춘면거 문엄분황고영공

| 어려운 낱말 |

[方音(방음)] : 신라의 방언, 즉, 이두(吏讀)식 우리말. [華夷(화이)] : 중국과 외방. [六經(육경)] : 시(詩), 서(書), 역(易), 춘추(春秋), 예기(禮記), 주례(周禮). [失戒(실계)] : 계율을 어김. [瑰奇(괴기)] : 둥글고 이상하다. [無㝵人(무애인)] : 㝵는 碍와 같음. 즉 생사와 열반임을 아는 것. [桑樞甕牖(상추옹유)] : 뽕나무 지게문과 헌 독 주둥이로 한 봉창. 즉 매우 궁핍한 집. [玃猴之輩(확후지배)] : 원숭이 무리들. [佛日(불일)] : 부처가 중생의 어리석음을 깨우쳐줌이 마치 해가 어둠을 깨트림과 같다는 것. [始旦(시단)] : 첫 새벽. [二覺(이각)] : 자각

(自覺)과 타각(他覺)을 말함. [知音唱和(지음창화)] : 그의 속을 알아 협력하다. [旁禮(방례)] : 곁에서 예를 올리다.

| 본문풀이 |

설총은 나면서부터 지혜롭고 민첩하여 경서(經書)와 역사에 널리 통달하니, 신라 10현(賢) 중의 한 사람이었다. 방언(方言)으로 중국과 외이(外夷)의 각 지방 풍속과 물건 이름 등에도 통달하고 육경(六經)과 문학(文學)을 훈해(訓解)했으니, 지금도 우리나라에서 경학을 전문하는 학자들이 이를 전수(傳受)해서 끊이지 않았다. 원효는 이미 계(戒)를 잃어 총(聰)을 낳은 후로는 속인(俗人)의 옷으로 바꾸어 입고 스스로 〈소성거사(小姓居士)〉라고 이름했다. 그는 우연히 광대들이 가지고 노는 큰 박을 얻었으니, 그 모양이 괴상하여 원효는 그 모양을 따라서 도구(道具)를 만들어 〈화엄경(華嚴經)〉 속의 「일체의 무애인(無㝵人)은 한결같이 죽고 사는 것을 벗어난다.」 하여, 이름을 〈무애(無㝵)〉라 하고 계속하여 노래를 지어 세상에 퍼뜨렸다. 일찍 이 도구를 가지고 수많은 마을에서 노래하고 춤추면서 교화(敎化)시키고 읊다가 돌아오니, 오막살이 가난뱅이 어중이떠중이들까지 모두 부처의 이름을 알고, 나무아미타불(南無阿彌陀佛) 하며 염불을 한마디씩 할 줄 알았으니 원효(元曉)의 교화야말로 참으로 컸다 할 것이다. 그가 태어난 마을 이름을 불지촌(佛地村)이라 하고, 절 이름을 〈초개사(初開寺)〉라 하였으며 스스로 원효라 한 것은 모두 불교를 처음 빛나게 했다는 뜻이다. 원효도 역시 방언이니, 당시 사람들은 모두 향언(鄕言)으로 〈첫새벽[始旦]〉이라 불렀던 것이다. 그는 일찍이 〈분황사(芬皇寺)〉에 살면서 〈화엄경소(華嚴經疏)〉를 지었는데, 제4권 십회향품(十廻向品)에 이르러 마침내 절필을 하였다. 또 일찍이 그의 몸을 100개의 형상으로 갈랐다고 말하였는바, 그러므로 모두 이르기를 원효가 도통할 첫 자리가 잡혔다고 하였다. 또한 바다 용의 권유로 해서 길바닥에서 임금의 조서(詔書)를 받아 〈삼매경소(三昧經疏)〉를 지었는데, 붓과 벼루를 소의 두 뿔 위에 놓았으므로 〈각승(角乘)〉이라 했다. 이것은 또한 두 가지 깨달음으로부터 시작하였다는 오묘한 뜻을 나타낸 것이요, 대안법사(大安法師)가 와서 종이를 발랐으니 역시 그의 속마음을 알아 협력해준 것이리라.

그가 죽자 아들 설총이 그 유해(遺骸)를 부수어 그의 모습을 빚어 〈분황사(芬皇寺)〉에 모시고 한평생을 공경하고 사모하였다. 당시 설총이 그때 그 곁에서 예배하자 소상이 갑자기 돌아다보았는데, 지금까지도 몸을 돌려 돌아다본 그대로 있다. 원효가 일찍이 살던 〈혈사(穴寺 : 구멍 절)〉 옆에 설총이 살던 집터가 있다고 한다. 찬미하는 시에 이르기를,

> 깨달음은 처음으로 〈삼매경(三昧境)〉의 중심을 이루었고,
> 호리병 들고 추는 춤은 끝내 거리마다 바람으로 걸렸네.
> 달 밝은 요석궁(瑤石宮)에 봄 잠 깊어갔으니
> 문 닫힌 분황사(芬皇寺)엔 되돌아보는 그림자만 공허하네.

義湘傳教(의상전교)

① 法師,義湘의 考는 曰, 韓信이니 金氏라. 年,二
법사 의상 고 왈 한신 김씨 년 이

十九에 依,京師,皇福寺,落髮이러니 未幾에 西圖觀
십구 의 경사 황복사 낙발 미기 서도관

化하여 遂與,元曉로 道出,遼東이라가 邊,戍邏之爲
화 수여 원효 도출 료동 변 수라지위

諜者하여 囚閉者,累旬이라가 僅免而,還[事在, 崔侯本
첩자 수폐자 누순 근면이 환

傳 及, 曉師行狀等이라.]하다. 永徽,初에 會에 唐使,舡有,
영휘 초 회 당사 강유

西還者하여 寓載入,中國하다. 初에 止,楊州하니 州
서환자 우재입 중국 초 지 양주 주

將인 劉至仁이 請留衙内하고 供養,豊贍하다. 尋往,
장 류지인 청류아내 공양 풍섬 심왕

終南山, 至相寺하여 謁「智儼」하니 儼,前夕夢에
종남산 지상사 알 지엄 엄 전석몽

一,大樹生,海東하여 枝葉이 溥布하여 來蔭神州하
일 대수생 해동 지엽 부포 내음신주

고 上有鳳巢하여 登,示之하니 有一,摩尼寶珠하여
상유봉소 등 시지 유일 마니보주

光明屬遠이라. 覺而驚異하여 洒掃而,待러니 湘乃
광명속원 각이경리 주소이 대 상내

至라 殊禮迎際하여 從容謂曰, 吾,昨者之夢에 子
지 수례영제 종용위왈 오 작자지몽 자

來,投我之兆라 하고 許爲入室하다. 雜花妙旨를 剖
내 투아지조 허위입실 잡화묘지 부

析幽微하니 儼喜,逢郢質하여 克發新致하니 可謂,
석유미 엄희 봉영질 극발신치 가위

鉤深索隱이요 藍茜沮,本色이라. 旣而,本國,丞相인
구 심 색 은 남 천 저 본 색 기 이 본 국 승 상

金欽純[一作仁問]과 良圖,等이 往囚於,唐하고 高宗은
김 흠 순 양 도 등 왕 수 어 당 고 종

將,大擧東征하니 欽純,等이 密遣,湘誘而,先之하여
장 대 거 동 정 흠 순 등 밀 견 상 유 이 선 지

以,咸享元年,庚午(670)還國하다. 聞事於,朝하니 命,
이 함 향 원 년 경 오 환 국 문 사 어 조 명

神印大德,明朗하여 假設,密壇法하고 禳之하여 國,
신 인 대 덕 명 낭 가 설 밀 단 법 양 지 국

乃免하다. 儀鳳元年에 湘歸,太伯山하여 奉,朝旨創,
내 면 의 봉 원 년 상 귀 태 백 산 봉 조 지 창

浮石寺하여 敷敞,大乘하니 靈感,頗著라. 終南門人,
부 석 사 부 창 대 승 령 감 파 저 종 남 문 인

賢首가 撰『搜玄疏』하여 送,副本於,湘處하고 幷,逢
현 수 찬 수 현 소 송 부 본 어 상 처 병 봉

書懃懇하다.
서 근 간

| 어려운 낱말 |

[落髮(낙발)] : 머리를 깎고 중이 됨. [未幾(미기)] : 얼마 안 있어. 드디어. [戍邏(수라)] : 순라군. 邏는 순라할(라). [諜者(첩자)] : 간첩. [囚閉(수폐)] : 잡아 가두다. [僅免(근면)] : 겨우 풀려나다. [豊贍(풍섬)] : 매우 넉넉함. [終南山(종남산)] : 당나라 장안의 남산. [至相寺(지상사)] : 절 이름. [溥布(부포)] : 널리 덮다. [來蔭(내음)] : 그늘이 와서 덮이다. [神州(신주)] : 중국을 말함. [鳳巢(봉소)] : 봉황새의 집. [摩尼寶珠(마니보주)] : 용왕의 뇌 속에서 나왔다는 보주. 즉 여의주. [屬遠(속원)] : 멀리 비치다. [酒掃(주소)] : 손님을 맞는 예의로. [殊禮(수례)] : 특별한 예의로. [雜花(잡화)] : 화엄. [剖析(부석)] : 세밀한 곳까지 해석하다. [幽微(유미)] : 그윽하고 작은 부분까지. [郢質(영질)] : 뛰어난

인물. [鉤深索隱(구심색은)] : 깊이 숨은 것을 찾아내다. [藍茜(남천)] : 쪽빛과 꼭두서니. 청색의 근본이 됨. [咸亨(함형)] : 당 고종의 연호. [敷敞大乘(부창대승)] : 대승을 높이 펴다. [敷敞(부창)] : 높이 펴다. [門人(문인)] : 문하생, 제자. [懃懇(근간)] : 은근, 간절하고 친절함.

| 본문풀이 | 〈의상전교(義湘傳敎)〉

법사 의상(義湘) 스님의 아버지는 한신(韓信)이니, 성(姓)은 김씨(金氏)이다. 나이 29세 때에 서울 황복사(皇福寺)에서 머리를 깎고 중이 되었는데 얼마 안 되어 중국으로 가서 불교의 교화(敎化)를 참관하고자 드디어 원효(元曉)와 함께 요동(遼東) 변방으로 가다가 여기에서 변방의 순라병(巡邏兵)으로 오인, 간첩(間諜)으로 잡혀 갇힌 지 수십일 만에 겨우 풀려 돌아왔다.【이 사실은 최치원(崔致遠)이 지은 〈의상본전(義湘本傳)〉과 원효대사(元曉大師)의 행장(行狀)에 있다.】 영휘(永徽) 초에 마침 당나라 사신이 배를 타고 본국으로 돌아가는 자가 있으므로 그 배에 실려 중국에 들어갔다. 처음 양주(揚州)에 거주하였으니, 주장(州將) 유지인(劉至仁)이 의상을 관아에 머물기를 청하고 풍성하게 대접해 주었다. 그 후 얼마 안 되어 종남산(終南山 : 당나라의 서울 장안의 남산) 지상사(至相寺)에 가서 〈지엄(智儼)〉을 뵈었는데, 지엄은 그 전날 밤 꿈에, 큰 나무 하나가 해동(海東)에서 났는데 가지와 잎이 널리 퍼져서 중국에까지 와서 덮였고, 가지 위에는 봉황새의 집이 있는데 올라가서 보니 마니(摩尼 : 여의주) 구슬 한 개가 있어 그 광명(光明)이 먼 곳에까지 비쳤다. 꿈을 깨자 놀랍고 이상스러워서 그는 집을 청소하고 기다리는데 의상이 오므로 지엄은 특별한 예로 그를 맞아 조용히 일러 말하기를, 「내가 꿈꾼 어젯밤은 그대가 내게 올 징조였구나.」라고 했다. 이에 입실(入室)할 것을 허락하니, 의상은 〈화엄경(華嚴經)〉의 깊은 뜻을 세밀한 곳까지 해석했다. 지엄은 뛰어난 자질의 인물을 만난 것을 기뻐하여 새로운 이치를 터득해내니 이야말로 깊이 숨은 것을 찾아내서 남천(藍茜 : 쪽과 꼭두서니)이 그 본색(本色)을 잃음과 다를 바 없었다. 이때 이미 본국의 승상(丞相) 김흠순【金欽純 ; 혹은 인문(仁問)】, 양도(良圖) 등이 당나라에 갇혀 있었는데, 고종(高宗)이 장차 크게 군사를 일으켜 신라를 치려 하자, 흠순 등은 몰래 의상을 권하여 먼저 돌아가게 하여 함형(咸亨) 원년 경오(庚午 ; 670)에 본국으로 돌아왔다. 이 일을 본국 조정에 알리자 신인종(神印宗)의 고승(高僧) 명랑(明朗)법사에 명하여 밀단(密壇 : 비밀 제단)을 가설(假說)하고 비법(秘法)으로 기도해서 국난(國難)을 면할 수 있게 되었다. 의봉(儀鳳) 원년(676)에 의상은 태백산(太伯山)에 돌아가서 조정의 뜻을 받들어 부석사(浮石寺)를 세우고 대승(大乘)의 교법을 펴니 영험이 많이 나타났다. 종남산(終南山) 지엄의 제자인 현수(賢首)가 『수현소(搜玄疏)』를 지어서 부본(副本)을 의상에게 보내면서 아울러 은근한 정이 담긴 편지를 받들어 올렸다.

② 西京의 崇福寺.僧, 法藏은 致書於.海東新羅.
서경 숭복사승 법장 치서어해동신라
華嚴法師.侍者하나니 一從分別.二十餘年에 傾望
화엄법사시자 일종분별이십여년 경망

之誠이 豈離心首리오. 加以,烟雲萬里요 海陸千重
지성 기리심수 가이연운만리 해륙천중

이라, 恨此一身이 不復再面하니 抱懷戀戀을 夫何
한차일신 불부재면 포회연련 부하

可言이리오. 故로 由夙,世同因하고 今生同業이라
가언 고 유숙세동인 금생동업

得於此報하여 俱沐大經하고 特蒙,先師授玆,奧典
득어차보 구목대경 특몽선사수자오전

하니다. 仰承하노니 上人이 歸鄕之後에 開演華嚴하
앙승 상인 귀향지후 개연화엄

여 宣揚法界는 無㝵緣起하고 重重帝網하고 新新
선양법계 무애연기 중중제망 신신

佛國하여 利益弘廣이라 하니 喜躍增深이니다. 是知,
불국 이익홍광 희약증심 시지

如來滅後에 光輝佛日하고 再轉法輪하여 令法久
여래멸후 광휘불일 재전법륜 영법구

住者는 其唯,法師矣니이다. 藏은 進趣無成하고 周
주자 기유법사의 장 진취무성 주

旋寡況하여 仰念玆典하니 愧荷先師니이다. 隨分受
선과황 앙념자전 괴하선사 수분수

持하여 不能捨離하고 希憑此業하여 用結來因이나
지 불능사리 희빙차업 용결내인

但以,和尚章疏가 義豊文簡하여 致令後人으로 多
단이화상장소 의풍문간 치령후인 다

難趣入이니다. 是以로 錄,和尚,微言妙旨하여 勒成
난취입 시이 녹화상미언묘지 늑성

〈義記〉하니다. 近因,勝詮法師하여 抄寫還鄕하여
의기 근인승전법사 초사환향

傳之彼土하노니 請,上人은 詳檢臧否하여 幸示箴
전지피토 청상인 상검장부 행시잠

誨하니다. 伏願,當當來世에는 捨身受身하여 相與
회 복원당당내세 사신수신 상여

同於盧舍那에 聽受如此無盡妙法하고 修行如此
동어여사나 청수여차무진묘법 수항여차

無量普賢願行하니다. 儻餘惡業으로 一朝顚墜면
무량보현원행 당여악업 일조전추

伏希上人은 不遺宿昔하여 在諸趣中하여 示以正
복희상인 불유숙석 재제취중 시이정

道하고 人信之次에 時訪存沒하소서 不具하니다. 法
도 인신지차 시방존몰 불구 법

臟和南[文載,大文類]
장화남

| 어려운 낱말 |

[法藏(법장)] : 현수(賢首)를 가리킴. [烟雲(연운)] : 연기와 구름. 즉 멀다는 뜻. [夙世(숙세)] : 전 세상. [俱沐(구목)] : 함께 목욕하다. [奧典(오전)] : 심오한 경전. [帝網(제망)] : 제석천(帝釋天)의 보배 그물. 그물코마다 보주를 달았고, 각 보주가 교영(交映)하여 중중무진(重重無盡)하게 된다는 것. [利益弘廣(이익홍광)] : 널리 이롭게 함. [法輪(법륜)] : 사도(邪道)를 깨뜨리고 법화(法化)를 펼침이 거륜(車輪)이 구르는 것과 같다는 말. [儻餘(당여)] : 아마 그 나머지의. [顚墜(전추)] : 떨어지다. [伏希(복희)] : 바라옵건대. [人信(인신)] : 인편. [存沒(존몰)] : 안부.

| 본문풀이 |

서경(西京) 숭복사(崇福寺) 중 법장(法藏)은 해동(海東) 신라 화엄법사(華嚴法師) 앞에 글을 드립니다. 한번 작별한 지 20여 년이 되니 사모하는 정성이 어찌 마음속에서 떠나겠습니까? 게다가 연운(烟雲)이 1만 리나 되고, 바다와 육지가 1천 겹이나 쌓였으니 이 몸이 다시 뵙지 못하는 것을 한스럽게 여기며, 회포와 그리움을 어찌 다 말하오리까? 전생(前生)에 인연을 같이 했고, 금세(今世)에 학업을 함께 닦았기 때문에 이 과보(果報)를 얻어서 큰 도에 함께 목욕하고, 돌아가신 스승(지엄)의 특별한 은혜로 오묘한 경전(經典 : 화엄경)의 가르침을 입게 된 것입니다.

우러러 듣건대, 스님께서는 고향에 돌아가신 후로 〈화엄경(華嚴經)〉을 강연해서 불교계에 드날리셨다니, 이는 끝없는 인연이오며 높은 하늘 아래에 새로운 불교 국가에 복리를 널리 퍼뜨렸으매 기쁘기 한량없사옵니다. 이것으로써 석가모니께서 돌아가신 후 불교를 빛내고 법륜(法輪)을 다시 돌려 불법(佛法)을 오래 머물게 한 분은 오직 법사(法師)뿐임을 알겠습니다. 법장(法藏)은 정진하여 성공한 것이 하나도 없고 활동하는 일이 더욱 적사오니, 이 경전(經典)을 우러러 생각하니 선사(先師)께 부끄러울 뿐입니다. 오직 분수에 따라 받은 바를 잠시도 놓칠 수 없으니, 이 업(業)에 의지하여 내세(來世)의 인연을 맺기를 원할 뿐입니다. 다만 스님께서 주해하신 뜻은 풍부하지만 글이 간결하여 후세(後世) 사람으로는 이해하기가 어려울 것 같습니다. 그래서 제가 스님의 깊은 말씀과 미묘한 뜻을 기록하여 〈의기(義記 : 뜻을 주석한 기록)〉를 이루었습니다. 요새 이것을 승전법사(勝詮法師)가 베껴 가지고 고향에 돌아가 그 지방에 전할 것입니다 하오니, 스님께서는 그 잘잘못을 자세히 검토하셔서 가르쳐주시면 고맙겠습니다. 엎드려 바라옵건대, 마땅히 내세(來世)에서는 이 몸을 버리고 새로운 몸을 받아 함께 노사나(盧舍那)에서 지내면서 이와 같이 다함없는 오묘한 불법을 듣고 무한량한 보현의 발원을 공부하기 삼가 바라옵니다. 아마 악업이 남아서 하루아침에 전추할지라도 바라옵건대, 상인께서는 옛날의 일을 잊지 않으시고 여러 가지 뜻에서 올바른 길을 보여주시기 바라며 인편이 있으시면 때때로 안부를 전해주시기 바랍니다. 나머지는 다 갖추지 못했습니다.(이 글은 「대문류(大文類)」에 실려 있음.)

③ 湘은 乃令.十刹傳敎하니 太伯山.浮石寺, 原
상 내령십찰전교 태백산부석사 원
州.毗摩羅, 伽耶之.海印, 毗瑟之.玉泉, 金井之.梵
주비마나 가야지해인 비슬지옥천 금정지범
魚, 南嶽.華嚴寺等이 是也니라. 又著.〈法界圖書
어 남악화엄사등 시야 우저 법계도서
印〉과 幷〈略疏〉하여 括盡一乘樞要와 千載龜鏡
인 병 략소 괄진일승추요 천재귀경
하여 競所珍佩하고 餘無撰述이나 嘗.鼎味는 一臠으
경소진패 여무찬술 상정미 일련
로 足矣라. 圖(법계도)는 成.總長元年.戊辰(668)하니
족의 도 성총장원년무진
是年에 儼亦歸寂하니 如.孔氏之.絶筆於.獲麟矣라.
시년 엄역귀적 여공씨지절필어획린의
世傳에 湘은 乃.金山.寶蓋之.幻身也라. 徒弟로는
세전 상 내금산보개지환신야 도제
悟眞, 智通, 表訓, 眞定, 眞藏, 道融, 良圓, 相源,
오진 지통 표훈 진정 진장 도융 양원 상원
能仁, 義寂.等은 十大德.爲.領首니 皆.亞聖也이며
능인 의적등 십대덕위령수 개아성야
各.有傳하다. 眞은 嘗處.下柯山의 鶻嵒寺하여 每野.
각유전 진 상처하가산 골암사 매야

伸臂하여 點,浮石,室燈하고 通은 著,〈錐洞記〉하니
신비 점부석실등 통 저 추동기

蓋承,親訓이라, 故로 辭多詣妙하다. 訓은 曾住佛國
개승친훈 고 사다예묘 훈 증주불국

寺하여 常,往來天宮하다. 湘住,皇福寺時에 與徒衆
사 상왕내천궁 상주황복사시 여도중

으로 繞塔할새 每步,虛而上하여 不以階升이라, 故로
요탑 매보허이상 불이계승 고

其塔,不設梯磴하다. 其徒가 離階,三尺하여 履空而
기탑불설제등 기도 이계삼척 이공이

旋하니 湘이 乃,顧謂曰, 世人이 見此면 必以爲怪하
선 상 내고위왈 세인 견차 필이위괴

리니 不可以,訓世하다. 餘는 如,崔侯所撰本傳하다.
불가이훈세 여 여최후소찬본전

讚曰,
찬왈

披榛跨海,冒烟塵하니 至相門開,接瑞珍이라.
피진과해 모연진 지상문개 접서진

采采雜花,栽故國하니 終南太伯,一般春이라.
채채잡화 재고국 종남태백 일반춘

| 어려운 낱말 |

[南嶽(남악)] : 지리산의 별칭. [括盡(괄진)] : 모두 묶어서. [龜鏡(귀경)] : 본보기, 귀감. [珍佩(진패)] : 소중히 지님. [撰述(찬술)] : 글을 짓다. [臠] : 다진 고기(련). [獲麟(획린)] : 공자의 '춘추(春秋)'의 마지막 대목인 노나라에서 기린을 잡던 해를 의미한다. [總章(총장)] : 당나라 고종의 연호. [伸臂(신비)] : 팔을 뻗어. [蓋承親訓(개승친훈)] : 대개 이상의 가르침을 받음. [辭多詣妙(사다예묘)] : 묘한 말이 많음. [繞塔(요탑)] : 탑돌이. [步虛(보허)] : 허공을 밟고 탑

에 올라가다. [梯磴(제등)] : 사다리. [履空而旋(이공이선)] : 공중을 밟고 돌아가다.

| 본문풀이 |

의상은 이에 영(令)을 내려 열 곳 절에서 불교를 전하니 태백산의 부석사, 원주(原州)의 비마라사(毗摩羅寺), 가야산(伽倻山)의 해인사(海印寺), 비슬산(毗瑟山)의 옥천사(玉泉寺), 금정산(金井山)의 범어사(梵魚寺), 남악(南嶽)의 화엄사(華嚴寺) 등이 이것이다. 또 〈법계도서인(法界圖書印)〉과 〈약소(略疏 : 간략한 주석)〉를 지어서 불교 이치의 요점을 모두 기록하여 천 년의 본보기가 되게 하였으니, 이를 여러 사람이 다투어 소중히 지녔다. 이 밖에는 저술한 것이 없었으나 온 솥의 고기 맛을 알려면 한 점의 살코기로도 족한 것이다.

〈법계도(法界圖)〉는 총장(總章) 원년 무진(戊辰 ; 668)에 완성되었으며, 이 해에 지엄(智儼)도 세상을 떠났으니, 이것은 마치 공자(孔子)가 '기린을 잡았다' 는 구절에서 붓을 끊은 것과 같다. 세상에서 전하는 말에 의상은 바로 불보살(佛菩薩)의 환생한 몸이라고 한다. 그의 제자에는 오진(悟眞), 지통(智通), 표훈(表勳), 진정(眞定), 진장(眞藏), 도융(道融), 양원(良圓), 상원(相源), 능인(能仁), 의적(義寂) 등 열 명의 고승들은 영수(領首)가 되었는데, 그들은 모두 아성(亞聖)들이며 각각 전기(傳記)가 전하고 있다. 오진은 일찍이 하가산(下柯山) 골암사(鶻嵒寺)에 살면서 밤마다 팔을 뻗쳐서 부석사 석등(石燈)에 불을 켰다. 지통은 〈추동기(錐洞記)〉를 지었는데,

그는 대개 친히 의상의 가르침을 받았기 때문에 묘한 말이 많다. 표훈은 일찍이 불국사(佛國寺)에 살았으며 항상 천궁(天宮 : 하늘나라)을 왕래했다. 의상이 황복사(皇福寺)에 있을 때 여러 무리들과 함께 탑을 돌았는데, 항상 허공을 밟고 올라가 층계는 밟지 않았으므로 그 탑에는 사다리를 설치하지 않았다. 그 무리들도 층계에서 3척이나 떠나 허공을 밟고 돌았기 때문에 의상은 그 무리들을 돌아보면서 말하기를, 「세상 사람들이 이것을 보면 반드시 괴이하다고 할 것이다. 그러니 그들에게는 가르치지 못한다.」라고 했다 한다. 이 나머지는 최치원(崔致遠)이 지은 본전(本傳)과 같다. 시를 지어 찬미하기를,

덤불 넘고 바다 건너 연기와 티끌을 무릅쓰고
지상사(至相寺) 문이 열려 서광을 접했도다.
화엄(華嚴)을 캐다가 우리나라에 심었으니
종남산(終南山)과 태백산(太伯山)이 다 같은 봄이로세.

仙桃聖母(선도성모), 隨喜佛事(수희불사)

① 眞平王朝(진평왕조)에 有比丘尼(유비구니)하니 名(명)은 智惠(지혜)라 多(다),

賢行하다. 住,安興寺하여 擬,新修佛殿이나 而力未
현행 주안흥사 의신수불전 이력미

也러니 夢에 一,女仙이 風儀婥約하고 珠翠飾鬟하여
야 몽 일여선 풍의작약 주취식환

來慰曰, 我是,仙桃山,神母也라. 喜汝欲,修佛殿하
래위왈 아시선도산신모야 희여욕수불전

여 願,施金十斤以,助之하니 宜取,金於,予座下하여
원시금십근이조지 의취금어여좌하

粧點,主尊三像하고 壁上繪,五十三佛과 六類聖衆
장점주존삼상 벽상회오십삼불 육류성중

과 及,諸天神과 五岳神君[羅時五岳은 謂,東은 吐含山이
급제천신 오악신군

요, 南은 智異山이요, 西는 鷄龍이요, 北은 太伯이요, 中은 父岳이

니 亦云,公山也라.]하고 每,春秋,二季之,十日에 叢會,善
매춘추이계지십일 총회선

男善女하여 廣爲,一切含靈하여 設,占察法會를 以
남선녀 광위일체함령 설점찰법회 이

爲,恒規하라.[本朝의 屈弗池의 龍이 託夢於帝하여 請於靈鷲山
위항규

에 長開藥師道場하여 □平海途하라 하니 其事亦同이라.] 惠乃,
혜내

驚覺하고 率徒往,神祠,座下하여 堀得黃金,一百六
경각 솔도왕신사좌하 굴득황금일백육

十兩하여 克就乃功하니 皆依,神母所諭라 其事唯
십량 극취내공 개의신모소유 기사유

存이나 而,法事廢矣니라.
존 이법사폐의

| 어려운 낱말 |

[比丘尼(비구니)] : 여승을 말함. [婥約(작약)] : 얼굴이나 몸가짐이 아름다운

모양. [飾鬟(식환)] : 머리를 꾸며 장식하다. [仙桃山(선도산)] : 경주 서악(西岳)을 말함. [粧點(장점)] : 장식하다. [繪] : 그리다(회). [叢會(총회)] : 많이 모여. [含靈(함령)] : 영성을 가지고 있는 것. 즉 사람. [恒規(항규)] : 일정한 규정. [克就(극취)] : 모두 성취하다. [法事(법사)] : 불법의 행사.

| 본문풀이 | 〈선도성모(仙桃聖母)와 수희불사(隨喜佛事)〉

진평왕(眞平王) 때에 비구니(比丘尼)가 있어 이름은 지혜(智惠)이니, 어진 행실이 많았다. 안흥사(安興寺)에 살고 있었는데 새로 불전(佛殿)을 수리하려 했지만 힘이 모자랐더니 어느 날 꿈에 모양이 아름답고 구슬로 머리를 장식한 한 선녀가 와서 그를 위로하여 말하기를, 「나는 바로 선도산(仙桃山) 신모(神母)니라. 네게 불전을 수리하려 하는 것을 기쁘게 생각하여 금 10근을 주어 돕고자 하니, 네가 있는 자리 밑에서 금을 꺼내서 주존(主尊) 삼상(三像)을 장식하고 벽 위에는 오삼불(五三佛 : 53불) 육류성중(六類聖衆) 및 모든 천신(天神)과 오악(五岳)의 신군【神君 ; 신라 때의 오악(五岳)은 東의 토함산(吐含山), 南의 지리산(智異山), 西의 계룡산(鷄龍山), 北의 태백산(太伯山), 중앙(中央)의 부악(父岳), 또는 공산(公山)이다.】을, 그리고 해마다 봄과 가을의 10일에 남녀 신도들을 많이 모아 널리 모든 함령(含靈 : 일체 중생)을 위해서 점찰법회(占擦法會)를 베풀어서 그것을 일정한 규정으로 삼도록 하라.」고 했다.【본조(本朝) 굴불지(屈弗池)의 용이 황제(皇帝)의 꿈에 나타나 영취산(靈鷲山)에 낙사도장(樂師道場)을 영구히 열어 바닷길이 편안할 것을 청한 일이 있는데 그 일도 역시 이와 같다.】

지혜가 놀라 꿈에서 깨어 무리들을 데리고 신당으로 가서 자리

밑을 파고 황금 160냥을 꺼내어 불전 수리하는 일을 완성했으니, 이는 모두 신모(神母)가 시키는 대로 했던 것이다. 그러나 그 사적은 남아 있지만 불법행사는 폐지되었다.

②神母는 本.中國.帝室之女로 名은 娑蘇라. 早
신모 본중국제실지녀 명 사소 조
得神仙之述하여 歸止海東에 久而不還하니 父皇.
득신선지술 귀지해동 구이불환 부황
寄書繫足.云하되 隨鳶.所止.爲家하라. 蘇.得書放
기서계족운 수연소지위가 소득서방
鳶하니 飛到.此山而止라 遂.來宅爲.地仙이라. 故로
연 비도차산이지 수내댁위지선 고
名을 西鳶山이라 하다 神母.久據茲山하여 鎭祐邦
명 서연산 신모구거자산 진우방
國하니 靈異甚多러라. 有國已來로 常爲.三祀之一
국 영이심다 유국이내 상위삼사지일
하여 秩在.群望之上하다. 第.五十四.景明王이 好.
질재군망지상 제오십사경명왕 호
使鷹하여 嘗登此.放鷹而.失之하고 禱於.神母曰,
사응 상등차방응이실지 도어신모왈
若.得鷹이면 當.封爵하리라 하니 俄而.鷹飛來止.机
약득응 당봉작 아이응비내지궤
上하여 因.封爵을 大王焉하다. 其始.辰韓也에 生.聖
상 인봉작 대왕언 기시진한야 생성
子爲.東國始君하니 蓋.赫居.閼英二聖之.所自也
자위동국시군 개혁거알영이성지소자야
라. 故로 稱.鷄龍.鷄林.白馬.等하니. 鷄는 屬西故也
고 칭계룡계림백마등 계 속서고야
라. 嘗使.諸.天仙織羅하여 緋染作.朝衣하여 贈.其
상사제천선직라 비염작조의 증기

夫하니 國人이 因此로 始知神驗하다. 又,國史에 史
부 국 인 인 차 시 지 신 험 우 국 사 사

臣曰, 軾이 政和中에 嘗,奉使入宋하여 詣,佑神館
신 왈 식 정 화 중 상 봉 사 입 송 예 우 신 관

하니 有,一堂에 設,女仙像이라. 館伴學士,王黼曰,
유 일 당 설 녀 선 상 관 반 학 사 왕 보 왈

此是,貴國之神이니 公은 知之乎아? 하고 遂言曰,
차 시 귀 국 지 신 공 지 지 호 수 언 왈

古有,中國帝室之,女가 泛海抵,辰韓하여 生子爲,
고 유 중 국 제 실 지 녀 범 해 저 진 한 생 자 위

海東始祖하고 女爲,地仙하여 長在,仙桃山하니 此,
해 동 시 조 녀 위 지 선 장 재 선 도 산 차

其像也라. 又,大宋國使,王襄이 到,我朝하여 祭,東
기 상 야 우 대 송 국 사 왕 양 도 아 조 제 동

神聖母하니 文에 有,娠賢,肇邦之句하다. 今能,施
신 성 모 문 유 신 현 조 방 지 구 금 능 시

金,奉佛하고 爲,含生,開,香火하고 作,津梁하니 豈,
금 봉 불 위 함 생 개 향 화 작 진 량 개

徒學長生而,囿於,溟濛者,哉아! 讚曰,
도 학 장 생 이 유 어 명 몽 자 재 찬 왈

來宅西鳶,幾十霜을 招呼帝子,織霓裳이라.
내 댁 서 연 기 십 상 초 호 제 자 직 예 상

長生未必,無生異하니 故謁金仙,作玉皇이라.
장 생 미 필 무 생 이 고 알 금 선 작 옥 황

| 어려운 낱말 |

[繫足(계족)] : 발에 묶다. [鳶] : 솔개(연). [靈異(영이)] : 신령스럽고 이상한 일들. [鎭祐(진우)] : 지키면서 도와주다. [三祀之一(삼사지일)] : 대사(大祀), 중사(中祀), 소사(小祀)를 말함. 서연산은 소사(小祀)에 속했다. [机上(궤상)] : 책상

위에. [緋染(비염)] : 붉은 물을 들이다. 緋는 붉은 비단(비). [政和(정화)] : 송나라 휘종의 연호. [肇邦(조방)] : 나라를 세우다. 조국(肇國). [含生(함생)] : 중생. [津梁(진량)] : 중생제도의 길을 물을 건너는 나루와 다리에 비유함. [囿] : 동산(유), 사로잡힐(유). [溟濛(명몽)] : 비가 내려 날씨가 침침함, 또는 아득함 속에 사로잡힘. [霓裳(예상)] : 무지개로 짠 치마. 霓는 무지개(예).

| 본문풀이 |

신모는 본래 중국 황실(皇室)의 딸로서, 이름은 사소(娑蘇)라 했다. 일찍이 신선의 술법(術法)을 배워 해동(海東)에 와서 머물러 오랫동안 돌아가지 않으니, 이에 아버지인 황제가 솔개 발에 매달아 딸에게 보낸 편지에 말하기를, 「소리개가 머무는 곳에 집을 지으라.」고 했다. 사소는 편지를 보고 솔개를 놓아 보내니, 선도산(仙桃山)으로 날아와서 멈추므로 드디어 거기에 살아 여선(女仙)이 되었다. 때문에 산 이름은 서연산(西鳶山)이라고 했다. 신모는 오랫동안 이 산에 살면서 나라를 진호(鎭護)하니 신령스럽고 이상한 일이 매우 많았다. 때문에 나라가 세워진 뒤로 항상 삼사(三祀)의 하나로 삼았고, 그 차례도 여러 산천제사[望祭]의 윗자리를 차지했다. 제54대 경명왕(景明王)이 매사냥을 좋아하여 일찍이 여기에 올라가서 매를 놓았다가 잃어버리고서는 이 일로 해서 신모에게 빌기를, 「만약 매를 찾게 된다면 마땅히 성모(聖母)께 작(爵)을 봉해 드리겠습니다.」 하니, 이윽고 매가 날아와서 책상 위에 앉으므로 성모를 대왕(大王)에 봉작(封爵)하였다. 그가 처음 신한(辰韓)에 와서 성자(聖子)를 낳아 동국(東國)의 처음 임금이 되었으니 아마 혁거세(赫居世)와 알영(閼英)의 두 성군(聖君)을 낳았을 것이다. 때문에 계룡(鷄龍)·계림(鷄林)·백마(白馬) 등으로 일컬으니, 이는 닭이 서쪽에 속해 있기 때문이다. 성모는 일찍이 하늘 선녀를 시켜 비단을 짜게 해서 붉은빛으로 물들여 조복(朝服 : 관복)을 만들어 남편에게 주었으니, 나라 사람들은 이 때문에 비로소 신비스러운 영험을 알게 되었다.

또 〈삼국사기(三國國史記)〉에 보면, 「사신(史臣)이 말하다」에 이르기를, 김부식(金富軾)이 정화(政和 : 송나라 휘종의 연호) 연간에 일찍이 사신으로 송나라에 들어가 우신관(佑神館)에 나갔더니 한 사당에 여선(女仙)의 상(像)이 모셔져 있었다. 관반학사(館伴學士) 왕보(王黼)가 말하기를, 「이것은 귀국의 신인데, 공은 알고 있습니까?」라고 했다. 그리고 이어 말하기를, 「옛날에 어떤 중국 제실(帝室)의 딸이 바다를 건너 진한(辰韓)으로 가서 아들을 낳았더니 그가 해동의 시조가 되었고, 또 그 여인은 그곳의 신선이 되어 길이 선도산(仙桃山)에 있는데, 이것이 바로 그 여인의 상이라.」고 했다.

또 송나라 사신 왕양(王襄)이 우리 조정에 와서 동신성모(東神聖母)에게 제사 지낼 때에 그 제문에 '어진 사람을 낳아 비로소 나라를 세웠다.'는 글귀가 있었다. 성모가 이제 황금을 주어 부처를 받들게 하고, 중생을 위해서 법회(法會)를 열어 구원의 길을 만들었으니, 어찌 다만 오래 사는 술법(術法)만 배워서 저 아득함 속에 사로잡힐 것이랴! 찬미하는 시에 이르기를,

서연산(西鳶山)에 집을 짓고 몇천 년 살았던가,

천제(天帝)의 딸을 불러 무지개로 치마를 짰네.

오래 사는 것, 조금도 이상한 일 아니오니

곧 부처님(金仙 : 금선) 뵈옵고는 옥황(玉皇)이 되었구나.

廣德(광덕), 嚴莊(엄장)

① 文武王代에 有.沙門하니 名은 廣德과 嚴莊.
문 무 왕 대 유 사 문 명 광 덕 엄 장

二人이라, 友善하여 日夕에 約曰, 先歸.安養者면
이 인 우 선 일 석 약 왈 선 귀 안 양 자

須.告之라 하다. 德은 隱居.芬皇西里[或云,皇龍寺 有,西
수 고 지 덕 은 거 분 황 서 리

去房이나 未知孰是]하여 蒲鞋爲業하고 挾.妻子而居하
포 혜 위 업 협 처 자 이 거

고 莊은 庵栖.南岳하여 大種力耕하다. 一日은 日影
장 암 서 남 악 대 종 력 경 일 일 일 영

이 陁紅하고 松陰이 靜暮한대 窓外有聲하여 報云하
이 홍 송 음 정 모 창 외 유 성 보 운

되 某는 已西往矣하니 惟君好住하다가 速從我來하
모 이 서 왕 의 유 군 호 주 속 종 아 래

라. 莊이 排闥而.出顧之하니 雲外에 有.天樂聲하고
장 배 달 이 출 고 지 운 외 유 천 악 성

光明屬地라. 明日에 歸訪其居하니 德이 果亡矣러
광 명 속 지 명 일 귀 방 기 거 덕 과 망 의

라. 於是에 乃與其婦로 收骸하여 同營.蒿里하다 旣
어시 내여기부 수해 동영호리 기

事하고 乃謂婦曰, 夫子逝矣하니 偕處何如오? 하니
사 내위부왈 부자서의 해처하여

婦曰, 可라 하여 遂留夜宿에 將欲通焉하니 婦.靳之
부왈 가 수유야숙 장욕통언 부근지

曰, 師求淨土가 可謂.求魚緣木이라 하다.
왈 사구정토 가위구어연목

| 어려운 낱말 |

[沙門(사문)] : 스님. [友善(우선)] : 사이가 좋다. [安養(안양)] : 극락. [蒲鞋(포혜)] : 짚신. [庵栖(암서)] : 암자를 짓고 살다. 栖는 깃들일(서). [大種(대종)] : 농사일. [阤紅(이(타)홍)] : 붉은 기운. [靜暮(정모)] : 고요히 저물다. [報云(보운)] : 일러 말하기를. [某已(모이)] : 나는 이제. [西往(서왕)] : 서쪽으로 가다. 즉 저승길로 가다. [排闥(배달)] : 문을 밀고. 闥은 문(달). [屬地(속지)] : 땅에 드리움. [蒿里(호리)] : 태산 남쪽에 있는 산 이름. 죽은 사람의 혼백이 머문다는 전설에서 묘지를 이른다. [婦靳(부근)] : 그 아내가 거절함. 靳은 가로막다(근). 가슴걸이. [求魚緣木(구어연목)] : 연목구어(緣木求魚), 불가능한 일.

| 본문풀이 | 〈광덕(廣德)과 엄장(嚴莊)〉

문무왕(文武王) 때에 중 광덕(廣德)과 엄장(嚴莊)이 있었으니, 두 사람은 서로 사이가 좋아 늘 약속하기를, 「누구든 먼저 극락세계로 가게 되면 모름지기 서로 알리도록 하자.」라고 했다. 광덕은 분황사(芬皇寺) 서쪽 마을【西里 ; 혹은 황룡사(皇龍寺)에 서거방(西去方)이 있다고 하니 어느 것이 옳은지 모르겠다.】에 은거하면서 짚신 삼는 것으로 직업을 삼아 처자를 데리고 살았고, 엄장은 남악(南岳 : 남산?)에 암자를 짓고 살면서 나무를 베어 불을 지피면서 농사를 짓고 살았다.

어느 하루는 해 그림자가 붉은빛을 띠고 소나무 그늘이 고요히 저물었는데, 창밖에서 소리가 들리기를, 나는 이미 서쪽으로 가니 그대는 잘 살다가 속히 나를 따라오라고 했다. 엄장이 문을 밀치고 나가 보니 구름 밖에 풍악 소리가 들리고 밝은 빛이 땅에 드리워있었다. 이튿날 광덕이 사는 곳을 찾아가 보니 광덕이 과연 죽어 있었다. 이에 그의 아내와 함께 유해를 거두어 호리(蒿里 : 북망산천에 장사)를 마치고 부인에게 말하기를, 「남편이 죽었으니 나와 함께 있는 것이 어떻겠소?」 하니, 광덕의 아내도 좋다고 하여 드디어 그 집에 머물렀는데, 밤에 자면서 부인과 관계를 하려 하니 그가 가로 막아 거절하기를, 「스님께서 서방정토(西方淨土)를 구하는 것은 마치 나무에 올라가 물고기를 구하는 것과 같습니다.」라고 했다.

② 莊이 驚愧問曰, 德이 旣乃爾니 予又何妨이
장 경괴문왈 덕 기내이 여우하방

오? 婦曰, 夫子與我는 同居.十餘載이나 未嘗.一夕
부왈 부자여아 동거 십여재 미상 일석

同床而.枕이어늘 況觸汚乎아? 但.每夜에 端身正坐
동상이 침 황촉오호 단 매야 단신정좌

하여 一聲으로 念.阿彌陀佛號하고 或作.十六觀하여
일성 념 아미타불호 혹작 십육관

觀旣熟에 明月入戶면 時昇其光하여 加趺於上이라. 竭誠若此하니 雖欲勿西나 奚往이리오? 夫適,千里者는 一步可規이니 令,師之觀하니 可云,東矣언정 西則,未可知也니이다. 莊이 愧赧而退하여 便詣,元曉法師處하여 懇求津要하니 曉는 作,錚觀法하여 誘之하다. 莊이 於是에 潔己悔責하고 一意修觀하여 亦得,西昇하다. 錚觀은 在,曉師本傳과 與,〈海東僧傳〉中하다. 其婦는 乃,芬皇寺之,婢니 蓋,十九應身之一이라. 德이 嘗有歌云하되,

月下,伊底亦

西方念丁去賜里遣

無量壽佛前乃

惱叱古音(鄕言云,報言也)多可支白遣賜立.

誓音深史隱尊衣希仰支

兩手集刀花乎白良

願往生,願往生

慕人有如白遣賜立.

阿邪, 此身遺也置遣

四十八大願成遣賜去.

* 이는 향가 작품이기에 음을 달 수 없음. –아래 풀이를 참고.

| 어려운 낱말 |

[旣乃爾(기내이)] : 이미 그렇게 되었는데. [何妨(하방)] : 어찌 방해가 되겠는가. [觸汚乎(촉오호)] : 접촉으로 더럽힐까보냐? [十六觀(16관)] : 중생이 죽어 극락으로 가기 위해 닦는 16가지 법. [觀旣熟(관기숙)] : 관(16관)이 절정에 달하면. [竭誠(갈성)] : 정성을 다하다. [未可知(미가지)] : 가히 알 수 없다. [愧赧(괴난)] : 부끄러워 얼굴을 붉히다. 赧은 얼굴 붉힐(난). [津要(진요)] : 도 닦는 방법. [誘(유)] : 지도하다. [潔己悔責(결기회책)] : 몸을 깨끗이 하고 잘못을 뉘우치다. [錚觀法(정관법)] : 선(禪)에 들어 진리에 달관하는 방법. * 원문의 '錚觀法' 을 문경현 교수는 '錘觀法' 이라 했다. [海東僧傳(해동승전)] : 해동고승전. [十九應身(19응신)] : 19는 법화경(法華經) 보문품(普門品)의 19설법에서 취한 것.

| 본문풀이 |

엄장이 놀라고 괴이히 여겨 묻기를, 「광덕도 이미 그러했거니 내 또한 어찌 안 되겠는가?」 하니 부인은 말하기를, 「남편은 나와 함께 십여 년을 같이 살았지만 일찍이 하룻밤도 자리를 함께 하지 않았거늘, 더구나 어찌 몸을 더럽히겠습니까? 다만 밤마다 단

정히 앉아서 한결같은 목소리로 아미타불(阿彌陀佛)을 부르고, 또 혹은 십륙관(十六觀 : 불교 참선 방법 16가지)을 만들어 모든 유혹을 깨치고 달관(達觀)하여 밝은 달이 창에 비치면 때때로 그 빛에 올라 가부좌(跏趺坐)하였습니다. 이에 정성을 기울임이 이와 같았으니 비록 극락으로 가지 않으려고 한들 어디로 가겠습니까? 대체로 천 리 길을 가는 사람은 그 첫걸음부터 알 수가 있는 것이니, 지금 스님의 하는 일은 동방으로 가는 것이지 서방으로 간다고는 할 수 없는 일입니다.」 했다. 엄장은 이 말을 듣고 부끄러워 물러나 그 길로 원효법사(元曉法師)의 처소에 가서 도 닦는 묘방을 간곡하게 청하니, 원효는 삽관법(鍤觀法)을 만들어 그를 지도했다. 엄장은 이에 몸을 깨끗이 하고 잘못을 뉘우쳐 스스로 꾸짖고 한마음으로 도를 닦으니 역시 극락에 갈 수 있었다. 정관법은 원효법사의 본전(本傳)과 〈해동고승전(海東高僧傳)〉 속에 있다.

그 부인은 분황사의 여자종이니, 대개 관음보살 십구응신(十九應身)의 하나였다.

광덕에게는 일찍이 노래가 있었는데 노래에 이르기를,

> 달아,
> 서방까지 가시나이까,
> 무량수불(無量壽佛) 앞에
> 말씀〔우리말로 보언(報言)을 말함〕 아뢰소서.
> 다짐 깊은 부처님께
> 두 손 모아

원왕생(願往生), 원왕생(願往生)이라고
그리워하는 사람 있다고 아뢰소서.
아으, 이 몸 남겨 두고
사십팔원(四十八願)이 이루어질까.

— 원왕생가(10구체 향가)

月明師(월명사), 兜率歌(도솔가)

景德王十九年, 庚子(790)四月,朔에 二日竝現하
경덕왕십구년 경자 사월삭 이일병현
여 挾旬에 不滅이라 日官이 奏하되 請,緣僧하여 作,
협순 불멸 일관 주 청연승 작
散花功德이면 則,可禳이니다. 於是에 潔壇於,朝元
산화공덕 즉가양 어시 결단어조원
殿하고 駕幸,青陽樓하여 望,緣僧하다. 時에 有,月明
전 가행청양루 망연승 시 유월명
師하여 行于,阡陌時之,南路하니 王이 使,召之하여
사 행우천맥시지남로 왕 사소지
命,開壇作啓하다. 明이 奏云하되 臣僧은 但屬於,國
명개단작계 명 주운 신승 단속어국
仙之徒라 只解,鄕歌요 不閑,聲梵이니다. 王曰, 旣
선지도 지해향가 불한성범 왕왈 기
卜緣僧하니 雖用,鄕歌라도 可也니라. 明이 乃作,兜
복연승 수용향가 가야 명 내작도

率歌하여 賦之하니 其詞曰,
솔가 부지 기사왈

今日此矣散花唱良

巴寶白乎隱花良汝隱

直等隱心音矣 命叱使以惡只

彌勒座主陪立羅良!

* 이는 향가 작품이기에 음을 달 수 없음. –아래 풀이를 참고.

解曰,「龍樓此日散花歌하여 排送青雲一片花
해왈 룡루차일산화가 배송청운일편화
라. 殷重直心之所使이니 遠邀兜率大僊家하노
은중직심 지소사 원요도솔 대선가
라.」今俗謂此하여 爲散花歌라 하나 誤矣요, 宜
금속위차 위산화가 오의 의
云〈兜率歌〉라. 別有散花歌하나 文多不載니라.
운 도솔가 별유산화가 문다부재
旣而日愧卽滅하니 王이 嘉之하여 賜品茶一襲과
기이일괴즉멸 왕 가지 사품다일습
水晶念珠百八箇하니 忽有一童子가 儀形鮮潔하
수정념주백팔개 홀유일동자 의형선결
여 跪奉茶珠하고 從殿西小門而出하다. 明은 謂是
궤봉다주 종전서소문이출 명 위시
內宮之使라 하고 王은 謂師之從者하나 及玄徵而
내궁지사 왕 위사지종자 급현징이
俱非라. 王이 甚異之하여 使人追之하니 童入內院
구비 왕 심이지 사인추지 동입내원

塔中,而隱하고 茶珠는 在,南壁畵,慈氏像前이러라.
탑 중 이 은 다 주 재 남 벽 화 자 씨 상 전

知,明之至德與,至誠이 能,昭假于,至聖也,如此하
지 명 지 지 덕 여 지 성 능 소 가 우 지 성 야 여 차

니 朝野,莫不聞知하고 王은 益敬之하여 更,贐絹,一
조 야 막 불 문 지 왕 익 경 지 갱 신 견 일

百疋하여 以表鴻誠하다. 明이 又嘗爲,亡妹營齋에
백 필 이 표 홍 성 명 우 상 위 망 매 영 재

作,鄕歌祭之하니 忽有,驚颷吹,紙錢하여 飛擧,向西
작 향 가 제 지 홀 유 경 표 취 지 전 비 거 향 서

而沒하다. 歌曰,
이 몰 가 왈

生死路隱

此矣有阿米次肹伊遣

吾隱去内如辭叱都

毛如云遣去内尼叱古.

於内秋察早隱風未

此矣彼矣浮良落尸葉如

一等隱枝良出古

去奴隱處毛冬乎丁.

阿也, 彌陀刹良逢乎吾

道修良待是古如.

＊이는 향가 작품이기에 음을 달 수 없음. –아래 풀이를 참고.

明은 常居四天王寺하여 善吹笛하여 嘗月夜에
명 상거사천왕사 선취적 상월야
吹過門前大路러니 月馭하다가 爲之停輪이라 因
취과문전대로 월어 위지정륜 인
名其路曰, 月明里라 하고 師亦以是著名하다. 師
명기로왈 월명리 사역이시저명 사
는 卽能俊大師之門人也라. 羅人이 尙鄕歌者尙
즉능준대사지문인야 라인 상향가자상
矣하니 蓋詩頌之類歟라. 故로 往往에 能感動天
의 개시송지류여 고 왕왕 능감동천
地鬼神者가 非一이러라. 讚曰,
지귀신자 비일 찬왈

風送飛錢資逝妹하고 笛搖明月住姮娥라.
풍송비전자서매 적요명월주항아
莫言兜率連天遠하라. 萬德花迎一曲歌라.
막언도솔연천원 만덕화영일곡가

| 어려운 낱말 |

[兜率歌(도솔가)] : 경덕왕 19년에 지은 4구체의 향가. [竝現(병현)] : 둘이 함께 나타남. [挾旬(협순)] : 열흘 동안. [緣僧(연승)] : 인연 있는 중. [可禳(가양)] : 가히 재앙을 물리칠 수 있다. [駕幸(가행)] : 임금의 행차. [阡陌(천맥)] : 두렁. 논이나 밭에 난 길. [開壇(개단)] : 단을 열다. [作啓(작계)] : 기도문을 짓게 하다. [不閑(불한)] : 익숙하지 못하다. [聲梵(성범)] : 불교의 노래, 즉 범패(梵

唄). [旣卜(기복)] : 이미 지목되다. [賦之(부지)] : 그것을 바치다. [排送(배송)] : 날려 보내다. [殷重(은중)] : 은근하고 정중한. [玄徵(현징)] : 확인해보니. [俱非(구비)] : 잘못된 추측. [慈氏像(자씨상)] : 미륵상. [昭假(소가)] : 밝은 지혜를 입음. 감동시키다. [朝野(조야)] : 서울이나 시골. [贐絹(신견)] : 비단. 贐은 예물(신). [鴻誠(홍성)] : 매우 큰 정성. [驚飇(경표)] : 회오리바람. [紙錢(지전)] : 종이 돈. [月馭(월어)] : 달이 지나다가. 馭는 부릴(어). [停輪(정륜)] : 둥근 달이 멈추다.

| 본문풀이 | 〈월명사(月明師)의 도솔가(兜率歌)〉

경덕왕(景德王) 19년 경자(庚子 ; 790) 4월 초하루에 해가 둘이 나란히 나타나서 열흘 동안 없어지지 않으니 일관(日官)이 아뢰기를, 「인연 있는 중을 청하여 산화공덕(散花功德 : 불교의식에 꽃을 뿌리는 절차)을 지으면 재앙을 물리칠 수 있을 것입니다.」 했다. 이에 조원전(朝元殿)에 단을 정결히 모으고 임금이 청양루(靑陽樓)에 행차하여 인연 있는 중이 오기를 기다렸다. 이때 월명사(月明師)가 긴 밭두둑 길을 가고 있었다. 왕이 사람을 보내서 그를 불러 단을 열고 기도하는 글을 짓게 하니 월명사가 아뢰기를, 「저는 다만 국선(國仙)의 무리에 속해 있기 때문에 겨우 향가(鄕歌)만 알 뿐이고 성범(聲梵)에는 서투릅니다.」 하니, 왕이 말하기를, 「이미 인연이 있는 중으로 뽑혔으니 향가라도 좋소.」라고 했다. 이에 월명이 도솔가(兜率歌)를 지어 바쳤는데 가사는 이러하다.

오늘 여기 산화가(散花歌)를 불러
뿌린 꽃아, 너는

곧은 마음의 명령을 따라
미륵좌주(彌勒座主)를 모시게 하라!
—도솔가(4구체 향가)

이것을 풀이하면 이렇다.

용루(龍樓)에서 이 날 산화가(散花歌)를 불러서
청운(靑雲)에 한 송이 꽃을 보내옵니다.
은중(殷重)하고 바른 마음 정성 다하여
멀리 도솔천의 부처님 모시려고 하노라.

지금 민간에서는 이것은 산화가(散花歌)라고 하지만 잘못이요, 마땅히 〈도솔가(兜率歌)〉라고 해야 할 것이다. 산화가(散花歌)는 따로 있는데 그 글이 많아서 실을 수 없다. 도솔가를 부른 후에 곧 해의 변괴가 사라졌다. 왕이 이것을 가상히 여겨 차 한 봉지와 수정염주(水晶念珠) 108개를 하사했다. 이때 갑자기 동자(童子) 하나가 나타났는데 모양이 곱고 깨끗했고, 그는 공손히 다(茶)와 염주(念珠)를 받아들고 대궐 서쪽 작은 문으로 나갔다. 월명(月明)은 이것을 내궁(內宮)의 사자(使者)로 알고, 왕은 스님의 종자(從子)로 알았으나, 그러나 자세히 알고 보니 둘 다 아니었다. 왕은 심히 이상히 여겨 사람을 시켜 뒤를 따르게 했더니 동자는 내원(內院) 탑 속으로 들어가서 사라지고, 염주는 남쪽의 벽화(壁畵) 보살님 앞에 놓여 있었다. 월명의 지극한 덕과 지극한 정성이 부처님을 감동시킬 수 있음을 알았으니 조정이나 민간에서 소문이 퍼졌으며 왕은 더욱 그를 존경하여 다시 비단 100필을 주어 큰 정성을 표시했다.

월명은 또 일찍이 죽은 누이동생을 위해서 재(齋)를 올렸는데 향가를 지어 제사 지냈었다. 이때 갑자기 회오리바람이 일어나서 지전(紙錢)을 불어서 서쪽으로 날려 사라지게 했다. 향가는 이러했다.

죽고 사는 길이
여기 있으니 두려워지고,
나는 간다는 말도
못 다하고 가는가.
어느 가을 이른 바람에
여기저기 떨어지는 잎과 같이
한 가지에 나서
가는 곳은 모르는구나.
아, 미타찰(彌타刹 : 서방정토)에서 너를 만나볼 나는
불도를 닦아 기다리겠노라.

—제망매가(10구체 향가)

월명은 항상 사천왕사(四天王寺)에 있으면서 피리를 잘 불었는데 어느 날 달밤에 피리를 불면서 문 앞 큰길을 지나가니 달이 그를 위해서 움직이지 않고 서 있다. 이 때문에 그곳을 일러 말하기를, 월명리(月明里)라고 하고 월명사(月明師)도 또한 이 일 때문에

이름을 나타냈다. 월명사는 곧 능준대사(能俊大師)의 제자인데 신라 사람들도 향가를 숭상한 자가 많았으니, 이것은 대개 시(詩)·송(頌) 같은 것이다. 때문에 이따금 천지와 귀신을 감동시킨 것이 한두 가지가 아니었다. 예찬한 시에 이르기를,

> 바람은 지전을 날려 죽은 누이의 노자 돈을 하게 하고
> 피리는 달을 일깨워 하늘의 선녀도 걸음 멈추었다네.
> 도솔천(兜率天)이 하늘보다 멀다고 말하지 말지어다.
> 만덕화(萬德花) 그 한 곡조에 즐겨 맞이했다네.

融天師(융천사), 彗星歌(혜성가)

眞平王代 第五.居烈郎과 第六.實處郎[一作突處郎]
진평왕대 제오 거열랑 제육 실처랑
과 第七.寶同郎.等의 三花之徒가 欲遊.楓岳이러니
제칠 보동랑 등 삼화지도 욕유풍악
有.彗星하여 犯,心大星이라. 郎徒疑之하여 欲罷其
유혜성 범심대성 낭도의지 욕파기
行하다. 時에 天師.作歌하여 歌之하니 星怪.卽滅하
행 시 천사작가 가지 성괴즉멸
고 日本兵이 還國하여 反成福慶이라. 大王이 歡喜
일본병 환국 반성복경 대왕 환희
하여 遣郎.遊岳焉하다. 歌曰,
견랑유악언 가왈

舊理東尸汀叱 乾達婆矣

遊鳥隱城叱 肹良望良古

倭理叱軍置來叱多

烽燒邪隱邊也藪耶.

三花矣岳音見賜烏尸聞古

月置八切爾數於獎來尸波衣

道尸掃尸星利望良古

彗星也 白反人是有叱多.

後句 達阿,羅浮去伊叱等邪

此也友物北所音叱彗叱只有叱故.

* 이는 향가 작품이기에 음을 달 수 없음. –아래 풀이를 참고.

| 어려운 낱말 |

[三花之徒(삼화지도)] : 세 사람의 화랑도. [楓岳(풍악)] : 풍악산, 즉 금강산의 딴 이름. [乾達婆(건달파)] : 인도 수미산 금강굴에 살면서 향만을 먹고 공중으로 날아다닌다는 신(神). 건달파의 성(城)이란 신기루를 뜻함.

| 본문풀이 | 〈융천사(融天師)의 혜성가(慧星歌) : 진평왕대(眞平王代)〉

제5 거열랑(居烈郎), 제6 실처랑【實處郎 ; 혹은 돌처랑(突處郎)이라고도 씀.】 제7 보동랑(寶同郎) 등 세 화랑의 무리가 풍악(風岳)에 놀러 가려고 하는데, 혜성(慧星)이 심대성(心大星)을 범하였다. 낭도(郎徒)들은 이를 의아스럽게 생각하고 그 여행을 중지하려고 했다. 이때에 융천사(融天寺)가 노래를 지어 부르자, 별의 괴변은 즉시 사라지고 일본(日本) 군사가 제 나라로 돌아가니 도리어 경사롭게 되었다. 임금이 기뻐하여 낭도(郎徒)들을 보내어 풍악에서 놀게 했으니 노래에 이르기를,

옛날 동해(東海)가에 건달바(乾達婆)가
놀던 성을 버리고
'왜군(倭軍)이 왔다' 고
봉화를 든 변방이 있어라.
세 화랑은 산 구경 오심을 듣고
달도 부지런히 등불을 켜는데,
길 쓰는 별을 바라보고
'혜성(慧星)이여' 하고 말한 사람 있구나.
아아, 달은 저 아래로 떠갔거니, 보아라,
이 벗아, 무슨 혜성(慧星)이 있으랴.

—혜성가(10구체 향가)

正秀師(정수사), 救氷女(구빙녀)

◉ 정수사가 추위에 언 여인을 구함.

第四十, 哀莊王代에 有.沙門.正秀하여 寓之.皇
제 사 십 애 장 왕 대 유 사 문 정 수 우 지 황

龍寺하다. 冬日에 雪深하고 旣暮에 自.三郎寺.還하
룡 사 동 일 설 심 기 모 자 삼 랑 사 환

여 經由.天嚴寺.門外하니 有.一乞女가 産兒하여 凍
경 유 천 엄 사 문 외 유 일 걸 여 산 아 동

臥瀕死라. 師.見而憫之하여 就抱하니 良久에 氣蘇
와 빈 사 사 견 이 민 지 취 포 양 구 기 소

라. 乃.脫衣以.覆之하고 裸走.本寺하여 苫草로 覆身
내 탈 의 이 복 지 나 주 본 사 점 초 복 신

過夜하다. 夜半에 有.天唱於.王庭曰, 「皇龍寺.沙
과 야 야 반 유 천 창 어 왕 정 왈 황 룡 사 사

門.正秀로 宜封.王師하라.」 急.使人檢之하고 具事
문 정 수 의 봉 왕 사 급 사 인 검 지 구 사

升聞하다. 王은 備.威儀하고 迎入.大內하여 冊爲.國
승 문 왕 비 위 의 영 입 대 내 책 위 국

師하다.
사

| 어려운 낱말 |

[寓止(우지)] : 머물러 있음. [雪深(설심)] : 눈이 깊이 쌓임. [經由(경유)] : 거쳐 가다. [凍臥(동와)] : 얼어서 누워있었다. [瀕死(빈사)] : 거의 죽게 됨. [憫之(민지)] : 불쌍히 여겨. [良久(양구)] : 한참 있으니. [氣蘇(기소)] : 깨어나다. [苫草(점초)] : 거적자리. [王庭(왕정)] : 대궐의 뜰. [具事(구사)] : 모든 사실. [升聞

(승문)] : 윗사람에게 들리게 함. [威儀(위의)] : 위엄과 거동.

| 본문풀이 | 〈정수사(正秀師) 빙녀(氷女)를 구하다.〉

제40대 애장왕(哀莊王) 때, 중 정수(正秀)는 황룡사(皇龍寺)에 머물러 있었다. 겨울날에 눈이 깊이 쌓이고 날은 이미 저물었는데, 삼랑사(三郞寺)에서 돌아오다가 천엄사(天嚴寺) 문밖을 지나게 되었는데, 그때 한 여자 거지가 아이를 낳고 누워서 얼어 죽게 되었다. 스님이 그것을 보고 불쌍히 여겨 그녀를 안아주었더니 한참 후에서야 깨어났다. 이에 옷을 벗어 덮어주고는 벌거벗은 몸으로 본사(本寺)에 달려와서 거적자리로 몸을 덮고 밤을 새웠다. 한밤중에 하늘에서 궁정 뜰로 외치는 소리가 들렸다. 「황룡사(皇龍寺)의 중 정수(正秀)를 마땅히 임금의 스승으로 봉하라.」고 한다. 급히 사람을 시켜 조사하게 하여 그 사실이 모두 왕에게 알려졌다. 왕은 위의를 갖추어 그를 대궐로 맞아들여 국사(國師)로 책봉했다.

信忠掛冠(신충괘관)

◉ 신충, 벼슬을 버리다.

孝成王.潛邸時에 與.賢士.信忠으로 圍碁於.宮
효 성 왕 잠 저 시 여 현 사 신 충 위 기 어 궁

庭栢樹下하다. 嘗謂曰,「他日에 若忘卿이면 有如
정 백 수 하 상 위 왈 타 일 약 망 경 유 여

栢樹하리라.」하니 信忠이 興拜하다. 隔,數月에 王이
백 수 신 충 흥 배 격 수 월 왕

卽位하여 賞功臣할새 忘忠而,不第之하니 忠이 怨
즉 위 상 공 신 망 충 이 부 제 지 충 원

而作歌하여 帖於栢樹하니 樹忽黃悴라. 王이 怪使
이 작 가 첩 어 백 수 수 홀 황 췌 왕 괴 사

審之하니 得歌獻之어늘 大驚曰,『萬機鞅掌에 幾
심 지 득 가 헌 지 대 경 왈 만 기 앙 장 기

忘乎,角弓이라.』하고 乃,召之賜,爵祿하니 栢樹乃
망 호 각 궁 내 소 지 사 작 록 백 수 내

蘇하다. 歌曰,
소 가 왈

物叱好支柏史

秋察尸不冬爾屋支墮米

汝於多支行齊敎因隱

仰頓隱面矣改衣賜乎隱冬矣也

月羅理影支古理因淵之叱

行尸浪 阿叱沙矣以支如支

皃史沙叱望阿乃

世理都之叱逸烏隱第也

…………………

………………… (後句亡)

* "怨歌" - 뒤 구절 없어짐. * 이는 향가이기에 음을 달 수 없음.

後句亡이라. 由是로 寵現於,兩朝하다. 景德王[王
후구망 유시 총현어양조 경덕왕

卽,孝成之弟也] 二十二年,癸卯에 忠이 與,二友相約하
이십이년계묘 충 여이우상약

고 掛冠入,南岳하고 再徵不就하고 落髮爲,沙門하
괘관입남악 재징불취 낙발위사문

여 爲王,創,斷俗寺,居焉하고 願,終身,丘壑하여 以,
위왕창단속사거언 원종신구학 이

泰福大王하니 王이 許之하다. 留眞在,金堂後壁이
태복대왕 왕 허지 류진재금당후벽

是也니라. 南有村名,俗休하니 今訛云,小花里라 하
시야 남유촌명속휴 금와운소화리

다.[按,三和尙傳에 有,信忠奉聖寺하니 與此,相混하여 然計其,神

文之世라. 距,景德巳,百餘年에 況,神文與,信忠,乃,宿世之事則,非

此信忠明矣라. 宜詳之로다.] 又,別記 云하되 景德王代에
우별기 운 경덕왕대

有,直長,李俊[高僧傳作李純]하여 早會發願이러니 年至
유직장이준 조회발원 연지

知命이면 須,出家,創佛寺하리라 하고 天寶,七年,戊
지명 수출가창불사 천보칠년무

子에 年登,五十矣에 改創,槽淵小寺하여 爲,大刹하
자 년등오십의 개창조연소사 위대찰

니 名을 斷俗寺하고 身亦削髮하니 法名을 孔宏長
명 단속사 신역삭발 법명 공굉장

老라 하며 住寺二十年,乃卒하다. 與前,三國史,所載
로 주 사 이 십 년 내 졸 여 전 삼 국 사 소 재

不同이니 兩存之闕疑하다. 讚曰,
부 동 양 존 지 궐 의 찬 왈

功名未已,鬢先霜이요 君寵雖多,百歲忙이라.
공 명 미 이 수 선 상 군 총 수 다 백 세 망

隆岸有山,頻入夢하니 逝將香火,祝吾皇이라.
융 안 유 산 빈 입 몽 서 장 향 화 축 오 황

| 어려운 낱말 |

[掛冠(괘관)] : 벼슬을 버리다. [潛邸時(잠서시)] : 벼슬하지 않고 집에 머물러 있을 때, 왕이 왕위에 오르지 않고 있을 때. [圍碁(위기)] : 바둑을 두다. [有如(유여)] : 저것이 증명이 되리라. [不第(부제)] : 순서에서 빠지다. [黃悴(황췌)] : 누렇게 말라서 변하다. [鞅(앙)] : 가슴걸이. 배때끈. 원망하다. "정무가 바빠 하마터면 각궁(角弓)을 잊을 뻔했구나." 에서 나온 말. [角弓(각궁)] : 좋은 활. 여기서는 진짜 좋은 것을 잃을 뻔했다는 뜻. [南岳(남악)] : 매우 높은 산. 지리산의 이칭. [沙門(사문)] : 중. 스님. [丘壑(구학)] : 산속의 골짜기. [知命(지명)] : 50을 이름.

| 본문풀이 |

효성왕(孝成王)이 잠저(潛邸)에 있을 때 어진 선비 신충(信忠)과 더불어 궁정(宮庭)의 잣나무 밑에서 바둑을 두면서 일찍이 말하기를, 「훗날 만약 그대를 잊는다면 저 잣나무가 증거가 될 것이다.」 라고 하니, 신충이 일어나서 절을 했다. 몇 달 뒤에 효성왕이 왕

위에 올라 공신(功臣)들에게 상을 주면서 신충을 잊고 차례에 넣지 않았다. 신충이 원망하여 노래를 지어 잣나무에 붙였더니 잣나무가 갑자기 말라버렸다. 왕이 괴이하게 여겨 사람을 보내 살펴보게 했더니 노래를 얻어서 왕께 바쳤다. 왕은 크게 놀라서 말하기를, 「정무(政務)가 복잡하고 바빠 각궁(角弓)을 거의 잊을 뻔했구나.」 하고, 이에 신충을 불러 벼슬을 주니 잣나무가 그제야 다시 살아났다. 노래[怨歌]는 이러하다.

모든 잣나무는
가을에도 시들어 떨어지지 않는 것에 비추는데
너를 어찌 잊겠느냐 말씀하시어
그 인격을 우러러보았더니, 이제 당신의 변심이여.
그것은 연못에 비친 달그림자가
물결이 일면 사라져 버리듯
하찮은 일에 변모함이니
세상이 모두 그런 때로구나.
……………………
…………………… (후구망)

—후구망(본래는 10구체인데, 2구절이 없어졌음.)

후구(後句)는 없어졌다.

이로써 신충에 대한 총애는 양조(兩朝)에 두터웠었다. (경덕왕은 곧 효성왕의 아우임) 22년 계묘(癸卯)에, 신충은 두 친구와 서로 약속하고 벼슬을 버리고 남악(南岳)에 들어갔다. 두 번을 불렀으나 나오지 아니하고 머리 깎고 중이 되었다. 그는 왕을 위하여 단속사(斷俗寺)를 세우고 거기에 살았는데 평생을 구학(丘壑)에서 마치면서 대왕의 복을 빌기를 원했으므로 왕은 이를 허락하였다. 임금의 진영(眞影)을 모셔두었는데 금당 뒷벽에 있는 것이 바로 그것이다. 남쪽에 속휴(俗休)라는 마을이 있었는데, 지금은 와전되어 소화리(小花里)라고 한다.【〈삼화상전(三和尙傳)〉을 살펴보면, 신충봉성사(信忠奉聖寺)가 있는데 이것과 서로 혼동된다. 따져보면 신문왕(神文王) 때는 경덕왕(景德王)과 100여 년이나 되는데, 하물며 신문왕(神文王)과 신충(信忠)이 숙세(宿世)의 인연이 있다는 사실은 이 신충(信忠)이 아님이 분명하다. 자세히 살펴야 할 일이다.】 또 별기(別記)에 이르기를, 「경덕왕 때에 직장(直長) 이준【李俊 ; 〈고승전(高僧傳)〉에는 李純이라고 하였다.】이 일찍이 소원을 빌었더니 나이 50이 되면 중이 되어 절을 세우게 되리라.」 했다. 천보(天寶) 7년 무자(戊子)에 50세가 되자 조연소사(槽淵小寺)를 고쳐지어 큰 절을 만들고 단속사(斷俗寺)라 하고, 자신도 삭발하고 법명(法名)을 공굉장로(孔宏長老)라 했다. 이준은 절에 거주한 지 20년에 세상을 떠났다. 이는 앞의 〈삼국사(三國史)〉에 실린 것과 같지 않으니, 두 가지 설(說)을 다 실어 의심나는 점을 덜고자 한다. 시를 지어 찬(讚)해 이르기를,

공명은 다하지 못했는데 귀밑머리 먼저 희어버렸으니
임금의 총애 비록 많았으나 한평생이 바쁘도다.
언덕 저 편 산이 자주 꿈속에 들어오니
돌아가서 향화를 피워 왕의 복을 빌리로다.

永才遇賊(영재우적)

◉ 영재가 도둑을 만남.

釋永才는 性滑稽하고 不累於物하고 善鄕歌하
석영재　성골계　불루어물　선향가
다. 暮歲에 將隱于南岳하여 至大峴嶺하니 遇賊六
모세　장은우남악　지대현령　우적육
十餘人하여 將加害하다. 才는 臨刃無懼色하고 怡
십여인　장가해　재　임인무구색　이
然當之하니 賊이 怪而問其名하니 曰, 永才라. 賊
연당지　적　괴이문기명　왈　영재　적
素聞其名이라 乃命作歌하니 其辭曰,
소문기명　내명작가　기사왈

自矣心米 貌史毛達只將來呑隱日

遠烏逸□□過出知遣

今呑藪未去遣省如.

但非乎隱焉破□主

次弗□史内於都還於尸良也

此兵物叱沙過乎

好尸曰沙也内乎呑叱

阿耶, 唯只伊吾音之叱恨隱潽陵隱

安攴尙宅都乎隱以多.

* 이는 향가 작품이기에 음을 달 수 없음. -아래 풀이를 참고.

賊이 感其意하여 贈之綾.二端하니 才가 笑而.前
적 감기의 증지능이단 재 소이전
謝曰,「知.財賄.之爲.地獄根本하고 將.避於窮山하
사왈 지재회지위지옥근본 장피어궁산
여 以餞一生하니 何敢受焉이리오.」乃.投之地하다
이전일생 하감수언 내투지지
賊이 又感其言하여 皆.釋劒投戈하고 落髮爲徒하여
적 우감기언 개석검투과 락발위도
同隱智異하고 不復蹈世하다. 才.年僅.九十矣니 在.
동은지이 불부도세 재년근구십의 재
元聖大王之世라. 讚曰,
원성대왕지세 찬왈

策杖歸山.意轉深하니 綺紈珠玉.豈治心이리오.
책장귀산의전심 기환주옥기치심
綠林君子.休相贈하라. 地獄無根.只寸金이라.
녹림군자휴상증 지옥무근지촌금

| 어려운 낱말 |

[滑稽(골계)] : 성격이 익살스럽고 활달함. [不累(불루)] : 얽매이지 않음. [暮歲(모세)] : 만년에. 나이가 많아서. [怡然(이연)] : 늠름하다. [綾二端(능이단)] : 비단 두필. [財賄(재회)] : 재물과 뇌물. [餞(전)] : 보내다. [皆釋(개석)] : 모두 놓아 버리다. [不復蹈世(불부도세)] : 다시는 세상에 나오지 않았다. [年僅九十(년근구십)] : 나이가 거의 90이었다. [綠林君子(녹림군자)] : 도둑의 별칭.

| 본문풀이 | 〈영재(永才)가 도둑을 만남.〉

중 영재(永才)는 성품이 익살스럽고 재물에 얽매이지 않았으며, 향가(鄕歌)를 잘했다. 만년에 장차 남악(南岳)에 은거하려고 대현령(大峴嶺)에 이르렀을 때 도둑 60여 명을 만났다. 도둑들이 그를 해치려 했으나 영재는 칼날 앞에 서있어도 두려워하는 기색이 없이 늠름하게 대하였다. 도둑들이 이상히 여겨 그 이름을 물으니, 영재라고 대답했다. 도둑들이 평소에 그 이름을 들었으므로 이에 노래를 짓게 했는데 그 노래에 이르기를,

내 마음의 형상(形相)을 벗어나려던 날,
멀리 지나치고
이제는 숨어서 가고 있네.
오직 그릇된 파계승(破戒僧)이여
놀라게 한들 다시 또 돌아가리.
이 칼날이야 아무렇지도 않으오
좋을 날이 오리니,
아아, 오직 요만한 선(善)으로야
극락에는 아직 턱도 없지요.

—우적가

도둑들은 그 노래에 감동되어 비단 2필을 그에게 주니 영재는 웃으면서 사양하여 말하기를, 「재물이 지옥으로 가는 근본임을 알고 장차 궁벽한 산중으로 피해 가서 일생을 보내려 하는데, 어찌 감히 이것을 받겠는가.」 했다. 이에 땅에 던지니 도둑들은 다

시 그 말에 감동되어 가졌던 칼과 창을 땅 위에 던지고, 머리를 깎고 영재의 제자가 되어 함께 지리산(智理山)에 숨어서 다시는 세상을 밟지 않았다. 영재의 나이 거의 90살이었으니 원성대왕(元聖大王)의 시대이다. 찬미하는 시에 말하기를,

> 지팡이 짚고 산에 들어가는 그 뜻이 깊으니
> 비단에 구슬인들 어찌 마음 다스리리요.
> 야, 이 도둑 군자들아! 그런 물건을 아예 주지를 말라.
> 지옥 가는 근본임은 다름 아닌 그 재물이라오.

勿稽子(물계자)

第十.奈解王, 卽位.十七年.壬辰에 保羅國과 古
제 십 나 해 왕 즉 위 십 칠 년 임 진 보 라 국 고
自國[今固城]과 史勿國[今泗州] 等, 八國이 倂力.來侵
자 국 사 물 국 등 팔 국 병 력 래 침
邊境하니 王이 命.太子.棕音과 將軍一伐.等하여 率
변 경 왕 명 태 자 나 음 장 군 일 벌 등 솔
兵拒之하니 八國이 皆降하다. 時에 勿稽子의 軍功
병 거 지 팔 국 개 항 시 물 계 자 군 공
이 第一이나 然이나 爲.太子所嫌하여 不賞其功하다.
제 일 연 위 태 자 소 혐 불 상 기 공
或謂.勿稽曰, 此戰之.功은 唯子而已나 而.賞不及
혹 위 물 계 왈 차 전 지 공 유 자 이 이 이 상 불 급

子하니 太子之嫌을 君其怨乎아? 하니 稽曰, 國君
자 태자지혐 군기원호 계왈 국군

在上하니 何怨人臣이리오? 或曰, 然則, 奏聞于,王
재상 하원인신 혹왈 연즉 주문우왕

이 幸矣니라? 하니 稽曰, 伐功爭命하여 揚己掩人은
행의 계왈 벌공쟁명 양기엄인

志士之,所,不爲也라 勵之待時而已니라. 十年乙未
지사지소불위야 여지대시이이 십년을미

에 骨浦國[今,合浦也] 等, 三國王이 各率兵하여 來功,
골포국 등 삼국왕 각솔병 래공

竭火[疑,屈弗也, 今蔚州라.]하여 王이 親率禦之하니 三
갈화 왕 친솔어지 삼

國이 皆敗하다 稽가 所獲,數十級이나 而,人不言,稽
국 개패 계 소획수십급 이인불언계

之功하니 稽謂,其妻曰, 吾聞하니 事君之道는 見危
지공 계위기처왈 오문 사군지도 견위

致命하고 臨難忘身하고 仗於節義하여 不顧死生
치명 임난망신 장어절의 불고사생

之,謂忠也라 하니 夫,保羅[疑,發羅니 今羅州라.]와 竭火
지위충야 부보라 갈화

之,役은 誠是,國之難이요, 君之危인데 而吾,未曾
지역 성시국지난 군지위 이오미증

有,忘身致命之,勇하니 此乃,不忠甚也라. 旣以,不
유망신치명지용 차내불충심야 기이불

忠而,仕君하여 累及於,先人이니 可謂孝乎아? 旣失
충이사군 루급어선인 가위효호 기실

忠孝니 何顔으로 復遊,朝市之,中乎아? 하고 乃,被
충효 하안 부유조시지중호 내피

髮荷琴하고 入,師彘山(사체산 : 未詳)하여 悲,竹樹之,
발하금 입사체산 비죽수지

性病하고 寄托作歌하며 擬,溪澗之,咽響하여 扣琴
성병 기탁작가 의계간지인향 구금

制曲하며 隱居, 不復現世하다.
제곡 은거 불부현세

| 어려운 낱말 |

[倂力(병력)] : 힘을 합세하여. [所嫌(소혐)] : 미움 때문에. [幸矣(행의)] : ~하는 게 좋겠다. [伐功爭命(벌공쟁명)] : 자기의 공을 자랑하여 이름을 다투다. [揚己掩人(양기엄인)] : 자기를 드러내기 위해 남을 억누르는 일. [待時(대시)] : 때를 기다림. [事君(사군)] : 임금을 섬기다. [致命(치명)] : 목숨을 바침. [未曾有(미증유)] : 아직 ~함이 없었다. [被髮荷琴(피발하금)] : 머리를 풀어헤치고 거문고를 메다. [性病(성병)] : 성벽(性癖)을 말함. [咽響(인향)] : 울리는 소리. [扣琴(구금)] : 거문고를 두드리다. [制曲(제곡)] : 노래를 짓다. 즉 작곡과 같음.
* [悲竹樹之性病(비죽수지성병)] : 대나무의 곧은 충절에 미치지 못함을 슬퍼하다. * [擬溪澗之咽響(의계간지인향)] : 흐르는 시냇물 소리에 비유하여 거문고 소리를 내다.

| 본문풀이 | 〈물계자(勿稽子)〉

제10대 나해왕(奈解王)이 즉위한 지 17년〔임진(壬辰)에 보라국(保羅國)〕·고자국【古自國 ; 지금의 고성(固城)】·사물국【史勿國 ; 지금의 사주(泗州)】 등 여덟 나라가 합세해서 변경을 침범해오니, 왕은 태자 나음(㮈音)과 장군 일벌(一伐) 등에게 명하여 군사를 거느리고 이를 막게 하니 여덟 나라가 모두 항복했다. 이때 물계자(勿稽子)의 군공(軍功)이 제일이었으나 그러나 태자에게 미움을 받아 그 공로에 대한 상을 받지 못하니 어떤 사람이 물계자에게 말하기를, 「이번 싸움의 공은 오직 물계자 그대뿐인데, 상은 당신에게 미치지 않았으니 태자가 그대를 미워함을 원망 않는가?」 하고 묻자, 물계자는 대답하기를, 「나라의 임금이 위에 계신데 신하로서 태자를 어찌 원망 하리오?」 하니 그 사람이, 「그렇다면 이 일을 왕에게 아뢰는 것이 옳지 않겠소?」 하니, 그 물계자가 말하기를, 「공을 자랑하고 이름을 다투며 자기를 나타내고 남을 가리는 것은 지사(志士)의 할 바가 아니오. 힘써 때를 기다릴 뿐이라.」고 말하였다. 10년 을미(乙未)에 골포국【骨浦國 ; 지금의 합포(合浦)】 등, 세 나라 왕이 각기 군사를 이끌고 와서 갈화【竭火 ; 굴불(屈弗)인 듯하니, 지금의 울주(蔚州)】를 침범하여 왕이 친히 군사를 거느려 이를 막으니 세 나라가 모두 패했다. 물계자가 잡은 적병이 수십 명이었으나 사람들은 그의 공을 말하지 않으니, 물계자는 그 아내에게 말하기를, 「내 들으니, 임금을 섬기는 도리는 위태로움을 보면 목숨을 바치고, 환란을 당해서는 몸을 잊어버리고, 절의(節義)를 지켜 사생(死生)을 돌보지 않는 것을 충이라.」 하였으니, 보라【保羅 ; 발라(發羅)인 듯 하니 지금의 나주(羅州)】와 갈화(竭火)의 싸움은 진실로 나라의 환란이었고 임금의 위태로움이었는데, 그러나 나는 일찍이 「자기 몸을 잊고 목숨을 바치는 용맹이 없었으니 이것은 불충(不忠)하기 심할 뿐이니라. 이미 불충으로써 임금을 섬겨 그 누(累)가 아버님께 미쳤으니 어찌 효라 할 수 있겠느냐고 했다. 이미 충효를 잃어버렸으니 무슨 얼굴을 들고 세상(시중)에 나올 수 있으리오?」 하고는 이에 머리를 풀어헤치고 거문고를 메고서 사체산(師彘山 ; 미상)에 들어가서 대나무의 곧은 성벽(性癖)을 슬퍼하고 그것에 비유하여 노래를 짓고, 흐르는 시냇물 소리에 비겨서 거문고를 타며 노래를 짓기도 하며, 그곳에 숨어 살면서 다시는 세상에 나타나지 않았다.

向得舍知(향덕사지), 割股供親(할고공친)

景德王代 雄川州에 有.向得舍知者하니 年凶에
경덕왕대 웅천주 유향득사지자 년흉

其父.幾於餒死하니 向得이 割股以.給養하여 州人
기부 기어뇌사 향득 할고이급양 주인

이 具事奏聞하니 景德王이 賞賜租.五百碩하니라.
구사주문 경덕왕 상사조오백석

| 어려운 낱말 |

[舍知(사지)] : 신라 17관 관등 중의 13째 관등. [年凶(년흉)] : 흉년이 들어. [餒死(뇌사)] : 굶어죽다. [割股(할고)] : 다리의 살을 베다. [給養(급양)] : 봉양하다. [具事(구사)] : 사실 전부를. [奏聞(주문)] : 임금께 알리어. [賜租(사조)] : 나라에서 곡식을 주다. [碩] : 클(석). 여기서는 石과 같음.

| 본문풀이 | 〈사지(舍知) 향득(向得)이 할고(割股)하여 공친(供親)하다 : 경덕왕대(景德王代)〉

웅천주(熊川州)에 사지(벼슬 이름) 벼슬을 하는 향득(向得)이란 자가 있었으니, 흉년이 들어 그 아버지가 거의 굶어 죽게 되자 향

득이가 그의 다리 살을 베어 (아버지를) 봉양했다. 고을 사람들이 이 사실을 자세히 임금께 아뢰니, 경덕왕(景德王)은 곡식 500석을 상으로 하사했다.

孫順埋兒(손순매아)

興德王代 孫順[古本作孫舜].者는 牟梁里.人으로
흥 덕 왕 대 손 순 자 모 량 리 인
父는 鶴山이라. 父沒에 與妻로 同.傭作人家하여 得.
부 학 산 부 몰 여 처 동 용 작 인 가 득
米穀하여 養.考孃하니 孃名은 運烏라. 順이 有.小兒
미 곡 양 고 양 양 명 운 오 순 유 소 아
하여 每奪孃食에 順이 難之하여 謂其妻曰, 兒는 可
매 탈 양 식 순 난 지 위 기 처 왈 아 가
得이어니와 母는 難再求라. 而奪其食하니 母飢何
득 모 난 재 구 이 탈 기 식 모 기 하
甚이리오. 且埋此兒하여 以圖.母腹之盈하리라. 乃.
심 차 매 차 아 이 도 모 복 지 영 내
負兒歸.醉山[山在,牟梁西北]北郊하여 堀地라가 忽得.
부 아 귀 취 산 북 교 굴 지 홀 득
石鐘하니 甚奇라. 夫婦驚怪하여 乍懸.林木上하고
석 종 심 기 부 부 경 괴 사 현 임 목 상
試擊之하니 舂容可愛라. 妻曰, 得.異物은 殆兒之
시 격 지 용 용 가 애 처 왈 득 이 물 태 아 지
福이니 不可埋也라 하니 夫亦.以爲然하여 乃.負兒.
복 불 가 매 야 부 역 이 위 연 내 부 아

與鐘而,還家하여 懸鐘於,梁하고 扣之하니 聲이 聞
여 종 이 환 가 현 종 어 양 구 지 성 문

于闕하다. 興德王이 聞之하고 謂,左右曰, 西郊에
우 궐 흥 덕 왕 문 지 위 좌 우 왈 서 교

有,異鐘聲하여 淸遠不類하니 速檢之하라. 王人이
유 이 종 성 청 원 불 류 속 검 지 왕 인

來檢其家하여 具事奏王하니 王曰, 昔에 郭巨,瘞子
래 검 기 가 구 사 주 왕 왕 왈 석 곽 거 예 자

에 天賜,金釜러니 今,孫順埋兒에 地湧,石鍾하니 前
천 사 금 부 금 손 순 매 아 지 용 석 종 전

孝後孝는 覆載同鑑이라. 乃,賜屋一區하고 歲給粳,
효 후 효 복 재 동 감 내 사 옥 일 구 세 급 갱

五十碩하여 以,尚純孝焉하다. 順은 捨,舊居爲寺하
오 십 석 이 상 순 효 언 순 사 구 거 위 사

고 號를 弘孝寺라 하여 安置,石鐘하다. 眞聖王代에
호 홍 효 사 안 치 석 종 진 성 왕 대

百濟橫賊이 入,其里하여 鐘亡하고 寺存하다. 其,得
백 제 횡 적 입 기 리 종 망 사 존 기 득

鐘之,地名을 完乎坪이라 하니 今,訛云하여 枝良坪
종 지 지 명 완 호 평 금 와 운 지 량 평

이라 하다.

| 어려운 낱말 |

[考孃(고양)] : 어머니. 孃은 어미(양). [且(차)] : 또. 그러니. [腹之盈(복지영)] : 배가 부르도록. [乍懸林木上(사현임목상)] : 잠시 숲속 나무 위에 걸어놓고. 乍는 잠간(사). [舂容(용용)] : 종소리의 의성어. [殆(태)] : 아마, 거의. [梁] : 대들보(양). 樑과 같음. [扣] : 두드릴(구). [淸遠(청원)] : 멀리서 들리는 청아한 소리. [不類(불류)] : 종류가 다름. [王人(왕인)] : 왕의 사신. [郭巨(곽거)] : 중국 한나라 때의 사람. [瘞子(예자)] : 자식을 묻다. 瘞는 묻을(예). [覆載(복재)] :

하늘과 땅. 만물을 하늘이 덮어 싸고, 땅이 받아 싣는다는 뜻으로 '천지(天地)'를 말함. [同鑑(동감)] : 같은 본보기. [訛] : 그릇 전해질(와).

| 본문풀이 | 〈손순, 아이를 묻다.〔孫順埋兒〕: 흥덕왕대(興德王代)〉

손순【孫順 ; 고본(古本)에는 손순(孫舜)이라고 했다.】은 모량리(牟梁里) 사람이니, 아버지 이름은 학산(鶴山)이다. 아버지가 죽자 아내와 함께 남의 집에 품을 팔아 양식을 얻어 늙은 어머니를 봉양하니, 어머니의 이름은 운오(運烏)라 했다. 손순에게는 어린아이가 있어서 항상 어머니의 음식을 빼앗아 먹으니 어머니가 얼마나 배가 고플까? 손순은 곤란히 여겨 그 아내에게 일러 말하기를, 「아이는 다시 얻을 수가 있지만 어머니는 다시 구하기 어렵소. 아이가 어머님의 음식을 빼앗아 먹으니 어머님은 얼마나 굶주림이 심하랴. 이 아이를 땅에 묻어서 어머니의 배를 부르게 해드리리라.」 하고, 이에 아이를 업고 취산【醉山 ; 이 산은 모량리(牟梁里) 서북쪽에 있다.】 북쪽 들에 가서 땅을 파다가 이상한 석종(石鐘)을 얻으니 매우 신기했다. 부부는 놀라고 괴이히 여겨 잠깐 나무 위에 걸어 놓고 시험 삼아 두드렸더니 그 소리가 은은해서 매우 듣기 좋았다. 아내가 말하기를, 「이상한 물건을 얻은 것은 아마 이 아이의 복인 듯싶으니 이 아이를 묻는 것은 옳지 않습니다.」라고 하니, 남편도 이 말을 옳게 여겨 아이와 석종(石鐘)을 지고 집으로 돌아와서 종을 들보에 매달고 두드렸더니 그 소리가 대궐까지 들렸다.

흥덕왕(興德王 : 42대)이 종소리를 듣고 좌우 신하들에게 알려 말하기를, 「서쪽들에서 이상한 종소리가 나는데 맑고도 멀리 들리는 것이 보통 종소리가 아니니 빨리 가서 조사해 보라.」고 하니, 왕의 사자(使者)가 그 집에 가서 조사해 보고 그 사실을 자세히 아뢰니 왕은 말하기를, 「옛날 곽거(郭巨 : 중국 한나라 때 인물)가 아들을 땅에 묻자 하늘에서 금솥[金釜]을 내렸더니, 이번에는 손순이 그 아이를 묻자 땅속에서 석종이 솟아나왔구나. 전세(前世)의 효도와 후세의 효도를 천지 간에 함께 보는 것 같구나.」 하고, 이에 집 한 채를 내리고 해마다 벼 50석을 주어 지극한 효성을 숭상했다. 이에 손순은 예전에 살던 집을 희사하여 절로 삼아 『홍효사(弘孝寺)』라 하고 거기에다가 석종을 안치했다.

진성왕(眞聖王) 때에 후백제의 흉악한 도둑이 그 마을에 들어와서 종은 없어지고 절만 남아 있었다. 그 종을 얻은 땅의 이름을 〈완호평(完乎坪)〉이라 했는데, 지금은 잘못 전하여 〈지량평(枝良坪)〉이라고 이른다.

貧女養母(빈녀양모)

◉ 어미를 봉양한 가난한 딸.

孝宗郞이 遊,南山,鮑石亭[或云,三花述]할새 門客이
효종랑 유 남산 포석정 문객

星馳하나 有,二客이 獨後라. 郞이 問其故하니 曰,
성 치 유 이 객 독 후 랑 문 기 고 왈

芬皇寺之,東里에 有女하니 年이 二十左右라. 抱,盲
분 황 사 지 동 리 유 녀 년 이 십 좌 우 포 맹

母相號,而哭이라 問,同里하니 此女,家貧하여 乞啜
모 상 호 이 곡 문 동 리 차 녀 가 빈 걸 철

而,反哺有年矣이러니 適,歲荒하여 倚門難以,藉手
이 반 포 유 년 의 적 세 황 의 문 난 이 자 수

라 贖賃他家하여 得穀,三十石하여 奇置大家,服役
속 임 타 가 득 곡 삼 십 석 기 치 대 가 복 역

하고 日暮에 槖米而來家하여 炊餉伴宿하고 晨則,
일 모 탁 미 이 래 가 취 향 반 숙 신 즉

歸役大家하다. 如是者,數日矣에 母曰, 昔日之,糠
귀 역 대 가 여 시 자 수 일 의 모 왈 석 일 지 강

粃는 心和且平이러니 近日之,香杭은 膈肝若刺하고
비 심 화 차 평 근 일 지 향 갱 격 간 약 자

而心未安하니 何哉오? 女言其實하니 母,痛哭이라.
이 심 미 안 하 재 녀 언 기 실 모 통 곡

女,嘆己之,但能,口腹之養하여 而失於,色難也라
녀 탄 기 지 단 능 구 복 지 양 이 실 어 색 난 야

故로 相持而,泣이라. 見此而,遲留爾니이다. 郞이 聞
고 상 지 이 읍 견 차 이 지 류 이 낭 문

之潛然하여 送穀,一百,斛하니 郞之二親이 亦送,衣
지 잠 연 송 곡 일 백 곡 낭 지 이 친 역 송 의

袴,一襲하고 郞之千徒가 斂租,一千石,遺之하다. 事
고 일 습 낭 지 천 도 염 조 일 천 석 유 지 사

達宸聽하니 時에 眞聖王이 賜穀,五百石과 幷宅一
달 신 총 시 진 성 왕 사 곡 오 백 석 병 택 일

廛하고 遣,卒徒,衛其家하여 以儆劫掠하고 旌其坊
전 견 졸 도 위 기 가 이 경 겁 략 정 기 방

하여 爲,孝養之里하다. 後에 捨,其家爲寺하여 名을
위 효 양 지 리 후 사 기 가 위 사 명

兩尊寺라 하다.
양 존 사

| 어려운 낱말 |

[星馳(성치)] : 빨리 달려오다. [啜] : 마실(철). 먹다. [反哺(반포)] : 자식이 부모의 은혜를 갚음. 여기서는 자식이 밥을 얻어다가 어미를 먹이다. [歲荒(세황)] : 흉년. [倚門(의문)] : 남의 집에 의지하다. [藉手(자수)] : 손으로 얻기가 어려워지자. [贖賃(속임)] : 품을 팔아서. [寄置(기치)] : 맡겨두다. [橐米(탁미)] : 자루에 쌀을 담아서. [炊餉(취향)] : 밥을 해서 먹여드리다. [糠粃(강비)] : 보잘것없는 음식에 비유. [香秔(향갱)] : 맛있는 쌀밥. [膈肝(격간)] : 가슴과 간. [色難(색난)] : 자식이 안색을 항상 부드럽게 하여 부모를 섬기기는 어렵다는 뜻. [相持(상지)] : 서로 붙들고. [遲留(지류)] : 늦게 오다. 지각. [潸然(잠연)] : 측은하게 생각함. [斛(곡)] : 곡식을 담는 단위. 10말의 용량. [斂租(염조)] : 곡식을 거두다. [宸聽(신총)] : 대궐의 임금님이 듣고. 宸은 대궐(신). [儆] : 경계할(경). 지키다. [刦掠(겁략)] : 약탈하다. [旌其坊(정기방)] : 그 마을을 표창하여서.

| 본문풀이 | 〈어머니를 봉양한 가난한 딸〔貧女養母〕〉

효종랑(孝宗郎 : 화랑)이 남산(南山) 포석정【鮑石亭 ; 혹은 삼화술(三花述)이라고도 했다.】에서 놀게 되었는데, 문객(門客)들이 모두 급히 달려와 모였으나 오직 두 사람만이 뒤늦게 왔다. 효종랑이 그 까닭을 물으니 그들이 대답하기를, 「분황사(芬皇寺) 동쪽 마을에 여인이 있는데 나이는 20세 안팎이라. 그는 눈이 먼 어머니를 껴안고 서로 통곡하므로 같은 마을 사람에게 그 까닭을 물으니, 이 여자는 집이 가난하여 밥을 빌어다가 어머니를 봉양한 지가 이제 여러 해가 되었는데, 마침 흉년이 들어 밥을 빌어다가 먹기가 어렵게 되니, 이에 남의 집에 가서 품을 팔아 곡식 30석을 얻어서 주인집에 맡겨 놓고 일을 하다가 날이 저물면 쌀을 가지고 집에 와서 밥을 지어 먹고, 어머니와 같이 잠을 자고는 새벽이면 주인집에 가서 일을 했다.」고 한다. 이렇게 한 지 며칠이 되었는데 그 어머니가 말하기를, 「전일에 거친 밥을 먹어도 마음은 편하더니 요새는 쌀밥을 먹어도 창자를 찌르는 것 같아 마음이 편안치 못하니 어찌 된 일이냐?」고 물었다. 그 딸이 사실대로 말했더니 「어머니는 통곡하는 것이었고, 딸은 자기가 다만 어머니의 구복(口腹)의 봉양만을 하고 부모의 마음을 살피지 못함을 탄식하여 서로 껴안고 울고 있는 것이라고 했다. 이에 그것을 구경하느라고 이렇게 늦었습니다.」라고 했다. 낭은 이 말을 듣고 측은하여 곡식 100곡(斛)을 보내니 낭의 부모도 또한 옷 한 벌을 보냈으며, 수많은 낭도들도 곡식 1,000석을 거두어 보내주었다.

이 일이 왕에게 알려지자 그때 진성왕(眞聖王)은 곡식 500석과 집 한 채를 내려 주고 또 군사들을 보내서 그 집을 호위해서 도둑을 막도록 했다. 또 그 마을을 표창하여 〈효양리(孝養里)〉라 했다. 그 뒤에 그 집을 희사하여 절을 삼았으니 그 절을 『양존사(兩尊寺)』라 이름 지었다.

제5편

跋(발)

三國遺事(삼국유사), 卷跋文(권발문)

吾,東方三國은 本史,遺事,兩本이나 他無所刊하
오 동 방 삼 국 본 사 유 사 양 본 타 무 소 간

고 而,只在本府러니 歲久刓缺하여 一行可解가 僅
이 지 재 본 부 세 구 완 결 일 행 가 해 근

四五字라. 余惟컨대 士生斯世하여 歷觀諸史하여
사 오 자 여 유 사 생 사 세 력 관 제 사

其於,天下治亂과 興亡,與諸異跡을 尙欲傳識이어
기 어 천 하 치 란 흥 망 여 제 이 적 상 욕 전 식

늘 況居是邦하여 不知其,國事를 可乎아? 因欲改刊
황 거 시 방 부 지 기 국 사 가 호 인 욕 개 간

하여 廣求完本이나 閱,數載不得焉이라. 其曾,罕行
광 구 완 본 열 수 재 부 득 언 기 증 한 행

于世하여 人未易,得見을 可知라 若今不改하면 則,
우 세 인 미 이 득 견 가 지 약 금 불 개 즉

將爲失傳하여 東方往事를 後學,竟莫聞知하리니
장 위 실 전 동 방 왕 사 후 학 경 막 문 지

可嘆也已라. 幸吾斯文이 星州牧使,權公,輳가 聞
가 탄 야 이 행 오 사 문 성 주 목 사 권 공 주 문

余之求하고 求得完本送余하니 余,喜受하고 具告,
여 지 구 구 득 완 본 송 여 여 희 수 구 고

監司, 安相國,瑭과 都事, 朴侯佺하니 僉曰, 善이라
감 사 안 상 국 당 도 사 박 후 전 첨 왈 선

하다. 於是에 分刊,列邑하여 令,還藏于,本府하다. 噫
어 시 분 간 렬 읍 영 환 장 우 본 부 희

라! 物久則,必有廢하고 廢則,必有興하니 興而廢하
물 구 즉 필 유 폐 폐 즉 필 유 흥 흥 이 폐

고 廢而興은 是,理之常이라. 知理之常하고 而有時
폐 이 흥 시 리 지 상 지 리 지 상 이 유 시

興하여 以.永其傳하고 亦有望於.後來之.惠學者云
홍 이영기전 역유망어후래지혜학자운
이라.

皇明.正德.壬申(1512)季冬에 府尹, 推誠定難功
황명정덕임신 계동 부윤 추성정난공
臣, 嘉善大夫, 慶州鎭.兵馬節制使, 全平君 李繼
신 가선대부 경주진병마절제사 전평군 이계
福은 謹跋하다.
복 근발

| 어려운 낱말 |

[本府(본부)] : 본 고을에. [刓缺(완결)] : 나무나 돌에 새긴 것이 닳아서 없어짐. [余惟(여유)] : 내가 생각하기에. [歷觀諸史(역관제사)] : 여러 역사서를 두루 보다. [完本(완본)] : 완전한 판본. [曾罕(증한)] : 드물다. [輳] : 모일(주). [瑭] : 옥(당). [佺] : 신선 이름(전). [僉曰(첨왈)] : 여러 사람들이 말하기를. [還藏(환장)] : ~에 와서 보관하게 되다. [斯文(사문)] : 유교적인 문화를 이르는 말. [皇明正德(황명정덕)] : 명나라 무종(武宗)의 연호. [壬申(임신)] : 1512년으로서 고려 중종 7년임. [季冬(계동)] : 12월. [府尹(부윤)] : 종2품의 외관직. 여기서는 경주부윤을 말함. [嘉善大夫(가선대부)] : 종2품의 문무관의 품계.

| 본문풀이 | 〈삼국유사 발문(跋文)〉

우리나라 동방 삼국(三國)의 본사(本史)와 유사(遺事), 두 책이 딴 곳에서는 간행된 적이 없고, 오직 본부(本府 : 경주부)에서만 간행되었는데, 세월이 오래 되니 완결(刓缺)되어 한 줄에 알아볼 수 있는 것이 겨우 4, 5자밖에 되지 않았다. 내가 생각하기에,

「선비가 이 세상에 나서 여러 역사책을 두루 보아서 천하의 치란(治亂)과 흥망(興亡), 그리고 모든 이상한 사적에 대해서 오히려 그 견식을 넓히려 하거늘, 하물며 이 나라에 살면서 그 나라의 일을 알지 못해서야 되겠는가? 이에 이 책을 다시 간행하려고 하여 완본(完本)을 널리 구하기를 몇 해가 되어도 이를 얻지 못했다. 그것은 일찍이 이 책이 세상에 드물게 유포되어 사람들이 쉽게 얻어 보지 못했다는 것을 알 수 있다. 만일 지금 이것을 고쳐 간행하지 않는다면 장차 실전(失傳)되어 동방의 지나간 역사를 후학(後學)들이 마침내 들어 알 수가 없게 될 것이니 실로 탄식할 따름이다. 다행히 사문(斯文) 성주목사(星州牧使) 권공(權公) 주(輳)가, 내가 이 책을 구한다는 말을 듣고, 완본(完本)을 구해 얻어서 나에게 보냈다. 나는 이것을 기쁘게 받아 감사(監司) 안상국(安相國) 당(瑭)과 도사(都事) 박후전(朴候佺)에게 이 소식을 자세히 알렸더니 이들은 모두 좋다.」고 했다. 이에 이것을 여러 고을에 나누어 간행시켜서 본부(本府)에 갖다가 간직해 두게 했다.

아아! 물건이란 오래되면 반드시 없어지고, 없어지면 반드시 생기게 됨이 상례(常禮)이다. 이렇게 생겼다 없어지고, 없었다가 다시 생기는 것은 또 떳떳한 이치이다. 이치의 떳떳함을 알고 홍할 때가 있는 것을 또 알아서 그 전하는 것을 영구히 하여 또한 후학 하는 자들에게 은혜를 주기 바라는 바이다.

황명(皇明) 정덕(正德) 임신(任申) 계동(季冬)에 부윤(府尹), 추성정난공신(推誠定難功臣) 가선대부(嘉善大夫) 경주진,병마절제사

(慶州鎭,兵馬節制使) 전평군(全平君) 이계복(李繼福)이 삼가 발문을 쓴다.

「한문, 원본」을 주해 · 풀이한
삼국유사(三國遺事)
[신라 초략본]

초판 인쇄 2019년 4월 25일
초판 발행 2019년 4월 30일

현토·주해 | 정민호
원 작 자 | 일연
감 수 | 문경현
발 행 자 | 김동구
디 자 인 | 이명숙 · 양철민
발 행 처 | 명문당(1923. 10. 1 창립)
주 소 | 서울시 종로구 윤보선길 61(안국동)
우체국 010579-01-000682
전 화 | 02)733-3039, 734-4798(영), 733-4748(편)
팩 스 | 02)734-9209
Homepage | www.myungmundang.net
E-mail | mmdbook1@hanmail.net
등 록 | 1977. 11. 19. 제1~148호

ISBN 979-11-88020-97-3 (03820)
20,000원

* 낙장 및 파본은 교환해 드립니다.
* 복제불허